MINGUO TONGSU XIAOSHUO
DIANCANG WENKU

冰弦弹月记

民国通俗小说典藏文库·刘云若卷

刘云若◎著

中国文史出版社

图书在版编目（CIP）数据

冰弦弹月记／刘云若著. — 北京：中国文史出版
社，2017.1

（民国通俗小说典藏文库·刘云若卷）

ISBN 978 - 7 - 5034 - 8448 - 3

Ⅰ．①冰… Ⅱ．①刘… Ⅲ．①长篇小说 – 中国 – 现代
Ⅳ．①I246.5

中国版本图书馆 CIP 数据核字（2016）第 264699 号

责任编辑：马合省　卢祥秋

点　　校：袁　元

出版发行：**中国文史出版社**

网　　址：http://www.chinawenshi.net

社　　址：北京市西城区太平桥大街 23 号　邮编：100811

电　　话：010 - 66173572　66168268　66192736（发行部）

传　　真：010 - 66192703

印　　装：廊坊市海涛印刷有限公司

经　　销：全国新华书店

开　　本：720 × 1020　1/16

印　　张：21.75　　字数：298 千字

版　　次：2017 年 1 月第 1 版

印　　次：2018 年 6 月第 2 次印刷

定　　价：49.80 元

直面人性的"小说大宗师"——刘云若

（代序）

张元卿

1950年刘云若去世后，作家招司发文悼念，竟招来一些非议，认为不必为刘云若这样一位旧文人树碑立传。半个多世纪后，刘云若已"走进"中国现代文学馆，成了经典作家。现在中国文史出版社即将规模推出《民国通俗小说典藏文库·刘云若卷》，这说明刘云若这个"旧文人"的小说还是有价值的，至少可以提供更多的原始文本，读者可以从量到质做出自己的评价。

关于刘云若的生平资料，百度上已有一些，关注刘云若的读者多已熟悉，此处不再赘述。本文着重写我为什么认为刘云若是直面人性的"小说大宗师"。

20世纪40年代，上官筝在《小说的内容形式问题》中写道："我虽然是不大赞成写章回小说的人，可是对于刘云若先生的天才和修养也着实敬佩。"郑振铎认为刘云若的造诣之深远出张恨水之上。这里所说的"天才"和"造诣"，指的应是作为"小说大宗师"的"天才"与"造诣"。

刘云若的小说虽在上世纪三十年代就风行沽上了，但那也只是"风行沽上"，影响还有限。1937年平津沦陷后，张恨水南下，刘云若困守天津，京津一带出现"水流云在"的局面，北京的一些报刊便盯住了刘云若，后来东北的报刊也向他"招手"，于是刘云若便成了北方沦陷区炙手可热的小说家，影响开始扩展到平津以外的地区，盗用其名的伪作也随之出现，而他竟在这种混乱的局面中从通俗小说家变成了"小说大宗师"。

1937 年 9 月，《歌舞江山》开始在天津《民鸣》月刊（后改名《民治》月刊）连载，至 1939 年 5 月连载至第十七回，同月由天津书局出版了单行本，这是天津沦陷后刘云若创作的第一部小说。此后，因沦陷而停载的小说《旧巷斜阳》《情海归帆》开始在《新天津画报》连载，卖文为生的生活得以继续。沦陷期间，他在天津连载的小说还有《画梁归燕记》（连载于《妇女新都会画报》）、《酒眼灯唇录》《燕子人家》（连载于《庸报》）、《海誓山盟》（连载于《天津商报画刊》）、《粉黛江湖》（连载于《新天津画报》）等。在天津连载小说的同时，北京的报刊也在连载刘云若的小说，先后连载的小说有《金缕残歌》（连载于《戏剧周刊》）、《江湖红豆记》（连载于《戏剧报》）、《冰弦弹月记》（连载于《新民报半月刊》）、《湖海香盟》（连载于《新北京报》）、《云霞出海记》《紫陌红尘》（连载于《369 画报》）、《翠袖黄衫》《鼙鼓霓裳》（连载于《新民报》）、《银汉红墙》（连载于《立言画刊》）、《姽婳英雄》（连载于《新光》）等。从数量上看，在北京连载的小说超过了天津。张恨水离开北京后的空白是被刘云若补上了，因此读者才有"水流云在"之感。在沦陷时期，刘云若在东北的影响逐渐扩大，沈阳、长春的出版社开始大量出版刘云若的小说，东北的报刊也开始集中刊载刘云若的小说，《麒麟》杂志就先后连载了刘云若的《回风舞柳记》和《落花门巷》。与此同时，随着 1941 年刘汇臣在上海成立励力出版社分社，刘云若的小说开始成系列地进入上海市场，在抗战结束前先后出版了《换巢鸾凤》《红杏出墙记》《碧海青天》《春风回梦记》《云霞出海记》《海誓山盟》等小说。由此可见，沦陷时期刘云若小说的影响范围远超从前，几乎覆盖了整个东部沦陷区。这说明当时的读者是非常认可他的小说的。

那么，当时的读者为何认可他的小说呢？刘云若的小说素以人物生动、情节诡奇著称，沦陷之后的小说也延续了这种特色，但刘云若令读者佩服之处实在于每部小说程式类似，情节人物却不雷同，因而能一直吊着读者的胃口。情节人物的歧异处理虽然可增加这种类型化小说的阅读趣味，但立意毕竟难有突破，因而多数小说也还是停留在供人消遣的层面。如《歌舞江山》主要写督军"吕启龙"和他的姨太太们的种种事迹，书中写道：帅府"简直是一座专演喜剧和武剧的双层舞台，前面是一群政客官僚、武夫嬖幸，在钩心斗角争夺权利，后面是一班娇妾宠姬，各自妒宠负恃，争妍乞怜。外面赳赳桓桓之士，时常仿效内庭姜妇之道，在宦海中固位保身；里面莺莺燕燕之俦，也时常学着外间的政治手腕，来在房帷间纵横捭阖"。此书之奇在于写出了"帅府"的黑幕空间，讽刺意味自然亦有，但除此之外，读者欣赏的还是情节人物之新颖。再如《媲嫿英雄》，小说写汪剑平从南京回天津，从公司分部调回总部，并准备与未婚妻举行婚礼。回到天津后，未访到未婚妻棠君，却意外地在舞场看到她同一贵公子在一起。回到旅馆后，才看到未婚妻留言，说要解除婚约。后汪结识暗娼姚有华，适公司要开宴会，汪便请姚扮作他的太太参加宴会。汪这样做是因为公司老板不喜欢未婚男士，这样一来就可以使老板认为自己结婚，不会因未婚而丢了工作。此后，汪经朋友张慰苍介绍同苑女士结婚。姚有华自参加宴会后，力图上进，恰见汪陷入命案，便思营救。她住到接近歹人的地方，想办法救汪，慢慢发现汪的朋友张慰苍夫妇竟是匪党，而与其一伙的文则予就是陷害汪的人。就在此时，张氏夫妇设计灌醉有华，文则予趁机将有华侮辱。后有华被卖作暗娼，又利用文则予对自己的感情逃出。在路过警察局时，有华大喊捉贼，文被捉进警局，供出自己就是谋害汪的罪犯。至此，真相大白，汪出狱，有华却不再准备嫁人。苑女士在汪入狱后生活贫苦，继续做起舞女，却被一客人侮辱，受其摆弄，不得与汪重圆旧梦。有华看到汪和苑女士这种景况，又请人撮合，欲挽回他们的夫妻情缘。小说结尾写有华"宛如一个'杀身成仁'的英雄，情场中有这样伟大的心胸，而且出于一个风尘中的弱女子，称她为'媲嫿英雄'，谁曰不宜？至于剑平出狱后，理宜对有华感恩入骨，能否善处知己，报答深情，以及苑娟能否摆脱季尔康的羁绊，和剑平重偕白首，只可让读者们细细咀嚼，作为本书未尽的余波了"。小说命意如此，读者亦甘愿在此多角情爱中享受"过山车"般之沉醉。不可否认沦陷时期的读者需要这种"过山车"般的沉醉，而刘云若的小说最能满足他们的这种阅读需求，因此风行一时，也毫不奇怪。然而，令人奇怪的是刘云若在写作这类小说时竟能写出《旧巷斜阳》这样引起社会轰动的小说。

　　《旧巷斜阳》主要写下层贫苦妇女谢璞玉人海浮沉的故事。璞玉的丈夫是个瞎眼残废，有两个未成年的孩子。为了生活，她只好去餐馆做女招待。其间，偶遇王小二，一见倾情，几欲以身相许，但她苦于已为人妇、人母，痛苦地徘徊在丈夫和情人间，"几把芳心碾碎，柔肠转断"。此后，丈夫发现她的隐情，为成全她和王小二，独自出走。王小二为此深怀自责，忍痛南下。璞玉此时贫苦无依，只好移往贫民窟。在失身地痞过铁后，被卖作暗娼，又为张月坡侮辱，几番沉沦。后经搭救才跳出火坑。其时，王小二回津做官，两人再度相逢，经柳塘说项，遂成眷属。可惜不久督军下台，王小二身受牵连，亡命天涯。璞玉只好依附老名士柳塘过活。柳塘晚年因发现妻子与人私通，而更加厌恶尘世生活，遂南下寻见王小二，相携出家。柳塘老宅日渐荒芜，璞玉和柳塘夫人相依为命、孤苦度日。在刘云若的小说中，《旧巷斜阳》的情节并不算太繁复，论奇诡还比不上《姹嬬英雄》，但在刻画人物上，特别是对璞玉的刻画却极为成功，在连载期间《新天津画报》头版头条就常刊发评说璞玉命运的文章，最后竟转化为探讨妇女命运的大讨论，以至于1940年8月天津文华出版社出版单行本时，在"作者自序"和正文之间加印了"《旧巷斜阳》引起的批评讨论文字选录"，这在现代通俗小说出版史上是不多见的。加印的讨论文章共九篇，分别是榕孙的《谈谢璞玉》、彝曾的《再谈谢璞玉》、榕孙的《答彝曾先生——代王小二呼冤　替谢璞玉叫屈》、趾的《与云若表同情——璞玉所遭愈苦　愈足以警惕人心》、葛暗的《关于璞玉问题的平议》、摩公的《云若的公敌　为璞玉请命》、丁太玄的《响应宗兄丁二羊》、聊止的《关于璞玉获救的感想》、一迷的《关心妇女生活者应大批营救璞玉》。

这九篇文章大都发表于连载《旧巷斜阳》的《新天津画报》，大致能反映当时读者的看法。榕孙《谈谢璞玉》写道："谢出身微贱，居然出污泥而不染，能不为利欲所动，洵不失为女侍中典型人物。……深盼刘君能兜转笔锋，俾谢氏母子得早日出诸水火，则璞玉固未必知感，而一般替他人担忧之读者实感盛情也。"这说明璞玉在小说中的处境引起了读者的怜悯，他们不忍见"出污泥而不染"之人继续遭罪。而彝曾《再谈谢璞玉》表达的是另一派读者的意见："日前榕孙君《谈谢璞玉》一文，请作者鉴佳人之惨劫，怜稚子之无辜，早转笔锋，登之衽席，实为蔼然仁者之言，先获我心，倾慕曷已。不佞所不敢请者，因璞玉以一念之差，叛夫背子，再蹈前辙，沉溺尤深，作者非必欲置之于万劫不复之地。但揆诸人情天理，设不严惩苛责，何以对其恝然舍家之盲目夫婿，更何以点出一班将步璞玉后尘之芸芸众生。是则璞玉之遭垢，有为人情所必至，而天道所欲昭者矣！"显然这派读者觉得璞玉"叛夫背子"应受严惩。趾《与云若表同情——璞玉所遭愈苦 愈足以警惕人心》和《再谈谢璞玉》观点相近，他觉得虽然"在报上发表文字，一再向云若警告，或请求设法把璞玉救了出来"，但作者不必就将璞玉救出，他的理由是："但鄙人看来，现社会中像她这样堕落的女子，不知凡几。虽然堕落的途径不同，其原因无非误解自由，妄谈交际，以致身隐危境，无法摆脱，遂演出背叛尊亲，脱弃家庭，夫妇离异，以及淫奔私会奸杀拐卖种种不幸的惨剧。她们所受的痛苦，往往比璞玉还要来得厉害。所以著者正好拿假设的璞玉来做牺牲品，把她形容得愈苦，愈足以警惕人心，使那些醉心文明、误解自由、意志薄弱的青年女子，以璞玉做一前车之鉴，以收惩一警百之效，其有功于世道人心。正风移俗，自非浅鲜。"一迷的文章更是直接喊出了"应大批营救璞玉"的呼声："我们知道《旧巷斜阳》里所描写的低级娼寮，是真有那个去处。在娼寮里受着非人生活的女人，其痛苦情形或许十倍于作者之所描写，但是无人想到她们，只知关心璞玉，这是多么不合理。"又说："这里我们应该谈到文学了。譬如一则新闻，记载璞玉的故事，便不会如《旧巷斜阳》所写可以感人。假若关心妇女生活的当局（如新民妇女会）由璞玉想到那些在地狱里受罪的女子，而设法大批营救，则《旧巷斜阳》不是一部泛泛的小说了。"由对小说人物命运的关注，逐渐转到营救当时像璞玉"在地狱里受罪的女子"，一部小说能有这样的社会影响，首先说明它触及了当时黑暗的现实，起到了为时代立言、代无告之人控诉的作用。能产生这样的社会效果的作品，在号称文学为人生的新文学作品中也很少见，因此有研究者认为"作为一个旧时代的通俗小说作家，且在日伪高压政策的钳制下，能够写出如此惨烈之书，引发出如此严肃的社会问题，我们今天怎能用一个'鸳鸯蝴蝶派'的概念去解释他"。我想刘云若之高明，就在于能活用社会言情小说程式，他可以依照程式写很"鸳鸯蝴蝶"的通俗小说，也能利用程式写出超越"鸳鸯蝴蝶"味的小说人物，最终用经典的人物形象超越了程式，也就脱"俗"入"雅"了。当时有评论者认为"刘云若可称得起中国南北唯一小说大宗师"，这显然没有把他当作鸳鸯蝴蝶派，而直接说是"小说大宗师"。刘云若是否称得起是"小说大宗师",暂且不论,但这称号是在《旧巷斜阳》发表之后,而且是针对这部小说而提出的,这至少可以说明在当时读者眼中,能写出《旧巷斜阳》就称得起是"小说大宗师"。

那《旧巷斜阳》何以能体现出"小说大宗师"的功力呢?

《关心妇女生活者应大批营救璞玉》发表于 1940 年 3 月 16 日的《新天津画报》。此后,《新天津画报》又陆续发表了一批评论《旧巷斜阳》的文章,读者的讨论一直持续至年末。8 月 22 日,作家夏冰在《读〈旧巷斜阳〉有感》中坦言《旧巷斜阳》是现在最受欢迎的小说。8 月 23 日,报人魏病侠在《读〈旧巷斜阳〉之后》中认为刘云若小说之所以能特受欢迎,除了"设想用笔"等处外,还有两点:"一、其所描写者,均为现代人物,以及现代社会上各方面之事态;二、其所叙述各社会上之情事,每多其亲身经历,或随时留心调查之所得。有此两种原因,自能使读者均感其亲切有味,与寻常小说家言,大相径庭矣。""设想",主要指情节,璞玉落水的情节自然是精心营造的,但璞玉被救之后的情节却并不出彩,柳塘和王小二一起出家的结局也很老套,因此魏病侠没有多谈"设想"。至于"用笔",白羽和周骥良的观点最有代表性。白羽认为刘云若"写情沁人心脾,状物各具面目"。周骥良认为:"刘云若笔下的那些被侮辱与被损害的女性,个个血肉丰满、呼之欲出。单是一部《旧巷斜阳》,揭露那些被欺压的女性挣扎在毁灭的深渊中,就足以和影响颇大的日本电影《望乡》相提并论。读作品读的是作家的文字功夫,有如看戏看的是演员演技,看球赛看的是球员球技。刘云若的文字流畅如行云流水,读起来既自然又舒服,不掺半点洋味,有中国传统文字之美。"他们二位的评论相隔近六十年,这说明刘云若的"用笔"不仅被时人称颂,也为后人所赞赏。以《旧巷斜阳》为例,我以为刘云若描写胡同环境和璞玉心理的"用笔"确实具有"小说大宗师"的功力。

魏病侠认为刘云若受欢迎的地方是所描写者为"现代人物",所叙故事"每多其亲身经历",这其实是强调作品的写实性。鸳鸯蝴蝶派小说的兴起很大程度上靠的就是写实,《玉梨魂》《北里婴儿》能引起读者关注,也是因为所写是"现代人物",故事"每多其亲身经历",而后来之逐渐式微，关键不在章回体的束缚，而在作家背离了写实的原则，人物无现实依据，故事少真情投入，一味以情节和色欲迎合读者。说刘云若是鸳鸯蝴蝶派，也不是没有道理，但要说明他继承的是早期鸳鸯蝴蝶派的衣钵。而称他为"小说大宗师"，超越鸳鸯蝴蝶派，则是因为刘云若的写实虽继承了《北里婴儿》《倡门红泪》的传统，却不局限于展示"北里"、"倡门"中的不幸，而是在更为广阔的社会生活中描摹不幸人生的种种人情世态，不仅让读者吃惊，有时也能令读者发笑。平凡人生因此而变得立体可感，成为蕴蓄时代情绪的历史画面，小说因此有了史诗的意味。人情世态的核心是人性，能让平凡人生立体可感，关键在于能否写活平凡人生的人性。夏冰在《情海归帆·序》中写道："盖云若之笔，善能曲尽事情，尤详于市井鄙俚之事，如禹鼎燃犀，无微不至。"所谓"曲尽事情"、"无微不至"，其实就是表彰刘云若能让平凡人生立体可感。张聊止称刘云若为中国的莫泊桑，也是在表彰刘云若能让平凡人生立体可感。姚灵犀认为刘云若"应与兰陵笑笑生、曹雪芹相颉颃"，还是表彰刘云若能让平凡人生立体可感。这些评论者都没能明确地从刻画人性的角度来肯定刘云若，而真正认识到刘云若人性书写价值的还是当代的一些研究者。

毛敏在《津门社会言情小说家刘云若论》中写道：

> 刘云若遵循艺术美丑皆露的原则，对人性的复杂性做了深刻的挖掘，他十分注意人物恶极偶善的可信性，以及本性难移的必然性，力图展现人物性格的多面性和复杂性。他对人性阴暗面的揭露又是不遗余力的，《旧巷斜阳》中大杂院里刘三家妓女出身、后来做了官姨太太的外甥女雅琴来探亲时，各家各户像迎接贵宾那样恭候她的到来，那种奴颜婢膝的神态将其劣根性展现无遗。刘云若批判穷人只羡慕富人，对同类穷人没有同情，譬如车夫，"一个人穷到拉车，也就够苦了……做车夫的应该可以同病相怜了，然而不然，个中强凌弱，众暴寡，以及拉包车的欺侮拉散车的，拉新车的鄙视拉旧车的，能巴结上巡警的，就狐假虎威，欺压同行，能拉上阔座的，就趾高气扬，鄙夷同伙，诸如此类，直成风气。我们看着以为一个人穷到拉车，也就够苦了，竟还有这

等现象，实在可鄙可怜！然而这正是整个社会的缩影啊"。这种对国民劣根性的批判是对二十年代鲁迅小说改造国民性主题的继续，并且把鲁迅小说的题材从农民扩展到市民，不过刘云若不同于鲁迅以启蒙精神战士的姿态来审视他笔下的对象，他没有过启蒙者的经历，他是以与对象同一的眼光来体察他笔下的对象，在批判他们的精神病态的同时，又充满了默默的温情，从而表现出不同于鲁迅小说的深沉冷竣的另一种温婉幽默的风格。他将触角伸向繁华大都市中为人所遗忘、平日蜷缩在肮脏灰暗角落中的贫苦市民，挖掘褴褛衣衫下熠熠生辉的人性。《旧巷斜阳》中底层妇女谢璞玉因生活的逼迫而沦入娼门，出卖肉体和灵魂，过着悲惨不堪的生活。同样生活悲苦，却因一笔小小的意外之财而得以第一次嫖妓的人力车夫丁二羊对她产生了深切的同情。刘云若用洗练生动的文笔勾画出了丁二羊那衣不蔽体、食不果腹的艰苦生活境况，衬托出他第一次嫖妓的机会得之不易。谢璞玉因难以忍受他的污浊不堪而对他婉言相拒，丁花了"巨资"而未完成心愿不但没有恼怒反而对谢流露出极大的同情。他说道：

"可怜，可怜！我原先只道世上最可怜的，数我们车夫了，为奔两顿饭，不管冬天夏天，都得舍命地跑。热天跑得火气攻心，一个跟头栽倒，就算小命玩儿完；冷天呢，没座儿的时候，在街上能冻成银鱼，有了座儿，拉起一跑，又暖和过了头，通身大汗直流，到地方一歇立刻衣服都成了冰片，冰得难受，还须上僻静地，把冰片挫下来，你想这是什么罪过儿？可是若有两天进项不错，就可以歇天工，玩玩乐乐谁也不能管，你们……"

生活的悲苦令人发指，令人忍不住要控诉社会的不公，可下层娼妓的生活比车夫更苦，自身生活都难以确保的丁二羊费尽心思要把璞玉从火坑里拯救出来，虽然璞玉因此掉入更深的火坑。刘云若在这里深刻地写出了劳动者对妓女的同情，表现了底层人民内心的美好品质以及他们之间的惺惺相惜，揭示出人性的美好的一面。既批判又认同于小市民，这包含着他对小民百姓卑微和平庸生活的深深理解和同情，也是对人生的正视，正视人生的凡俗性质。

我认为刘云若能用小说"挖掘褴褛衣衫下熠熠生辉的人性",就足以说明他已具有"小说大宗师"的功力,而他"挖掘褴褛衣衫下熠熠生辉的人性"时所呈现出的"温婉幽默的风格",就是"小说大宗师"的气派。

钱理群等在《中国现代文学三十年》中对刘云若《红杏出墙记》的通俗性和现代性都做了分析,认为它对人性的表现,"也是超乎以往任何一部通俗小说(包括张恨水)的"。这还是在通俗小说范围评论刘云若,但这部论著至少注意到刘云若很早就开始写人性了。可是刘云若写人性的变化,这部论著没能指出。《红杏出墙记》写人性基本是在"揖让情场"上做文章,立意还不深刻,人性刻画还从属于情节,而不是写作的中心,因此也只是"超乎以往任何一部通俗小说",还不足以与新文学阵营的小说一较高下。可《旧巷斜阳》一出,它前半部写璞玉,已是情节从属于人物,人性刻画已是写作中心,褴褛衣衫下的人性被刻画得熠熠生辉,其价值早已经超过了以消遣为主旨的通俗小说,而具备了严肃小说的艺术特征,足可与新文学名作一较高下了。刘云若能在沦陷时期写出《旧巷斜阳》,自然得力于他长期关注人性问题,但家园沦陷的现实刺激无疑加深了他对人性的思考。而面对现实的无可奈何,让他的"用笔"于温婉幽默中更加平静质朴,这便贴近了莫泊桑的风格。因此,家园沦陷的现实无疑是促使刘云若从通俗小说家转化为"小说大宗师"的历史契机。

尽管沦陷时期刘云若的小说整体上还属于通俗小说,卖文为生的生活不允许他只做"小说大宗师",但他在写作《旧巷斜阳》时所积累的艺术感受并不曾因此而泯灭。抗战胜利后,刘云若写出了又一部能代表其"小说大宗师"水准的小说《粉墨筝琶》。孙玉芳认为刘云若塑造了一系列女性群像,"其中以女招待璞玉(《旧巷斜阳》)和伶人陆凤云这一形象(《粉墨筝琶》)最为复杂生动。抗争与妥协,自尊与虚荣,生命的悲哀与人性的弱点,全都彰显无遗"。陆凤云的形象塑造之所以复杂生动,除了伶人这一角色赋予的特定内涵外,也得益于璞玉这一角色提供的营养。作为伶人,陆凤云自有多情妩媚的一面,但作为普通人,她又有软弱犹豫、随波逐流的一面。刘云若写陆凤云作为普通人的一面时,就借鉴了璞玉身上软弱犹豫、随波逐流的特征。但作为在江湖上闯荡的伶人，陆凤云在多情妩媚和软弱犹豫之外，还有刚烈正直的一面。《粉墨筝琶》中出城一节，就显示了陆凤云作为乱世佳人刚烈正直一面。孟子曰："人性之善也，犹水之就下也。人无有不善，水无有不下。今夫水，搏而跃之，可使过颡；激而行之，可使在山。是岂水之性哉？其势则然也。"然而势终不能变其性，才见人性之光辉。陆凤云处乱世而不失刚烈正直之性，正是刘云若在沦陷时期就用心刻画"熠熠生辉的人性"的延续与升华。璞玉是顺势而不失其良知，凤云是逆势而卓显其刚烈，均能势变而不失其性，可谓乱世两佳人。佳人不朽，云若亦不朽。

刘云若在《粉墨筝琶·作者赘语》中写道："作小说的应该领导青年，指示人生的正鹄，我很想努力为之，但恐在这方面成就不能很大，我或者能给人们竖一只木牌，写着'前有虎阱，行人止步'，但我也不愿作陈腐的劝惩，至多有些深刻的鉴戒。……至于我爱写下等社会，就因为下等社会的人，人性较多，未被虚伪湮没。天津《民国日报》主笔张柱石先生说我善于写不解情的人的情，这是我承认的，因为不解情的人的情，才是真情，不够人物的人，才是真人。"幸而刘云若没有积极的"领导青年"的意识，也"不愿作陈腐的劝惩"，才使得他既不同于新文学作家，也不同于通俗小说家，对雅俗均能保持清醒的距离，内心却别有期许："比肩曹（雪芹）施（耐庵），而与狄（查尔斯·狄更斯）华（华盛顿·欧文）共争短长。"

天津作家招司和石英都曾用"淋漓尽致"来称赞刘云若刻画人物的功夫，不知他们在称赞之时，是否意识到与他们"插肩而过"的是一位混迹于市井的"小说大宗师"？如今，读者面对刘云若的这些小说作品，是否会觉得"小说大宗师"迎面而来呢？

一切交给读者，交给历史，我想刘云若有这样的自信。

2016 年 10 月 19 日晚于南秀村

目 录

第一回

叠鼓唱斜阳春浓人醉

垂柳腰肢全似女，斜阳颜色好于花。
酒旗戏鼓天桥市，多少游人不忆家。

几人未遇几途穷，两种英雄在此中。
满眼哀鸿自歌舞，听歌人亦是哀鸿。

秋寒翠袖如空谷，日落黄昏似古原。
哪怪杜陵魂断尽，哀王孙又感公孙。

苧萝溢浦两红妆，感事怜才益自伤。
两种才人三种泪，一齐分付与斜阳。

笔者向来在刊物上撰稿未曾谈到自己，今日开端录了实甫四首诗，不禁生出今昔之感。实甫这几首《天桥曲》（原八首录四），原为天桥鼓姬冯凤喜而作。实甫在民初三四年间，在北京顶着名士头衔，选舞征歌，装疯卖傻，把堂堂首都中明河暗沟的水都闹浑了。听鲜灵芝的戏，狂呼要命尝鲜，一为金玉兰的死，倡言叹凤嗟麟。而且寻芳探胜，竟闹到天桥，为迷一个歌姬冯凤喜，给天桥留了不少佳话。那一副"归路且寻冯凤喜，海升英话李鸿章"的诗联，是俏利工巧，足与"杨三已死无苏丑，李二先生是汉奸"联媲美。又作了八首《天桥曲》，也极脍炙人口。可爱的是词旨感唱韵致苍凉，把美人才士融为一体，深致其沦落不偶之感。尤其前录的最

1

末首最为有力。包含得深远，比拟得恰合，苎萝是西施未遇，贫贱溪头自浣纱；溢浦是美人途穷，老大嫁作商人妇，所以说是两种才人。这才人既是可怜，再加上感事和自伤，所以说三种泪。笔者在惨绿年华时，也曾在金粉堆中、歌舞丛里阅历过很长的时间，深深领略了实甫诗意，个中未遇的途穷，沧桑变幻，宛然是人生的映照，社会的缩影。真值得局外人的感事怜才，因而引起自伤，用三副泪眼加以观察。

在十余年前笔者小说处女作便是以鼓姬为背景的《春风回梦记》，这部书决定了我做小说匠的命运，至今还是吃这碗饭。不过十余年来，为避免题材的重复，不再用鼓姬为背景。现在因无意中看到实甫的《天桥曲》，忽由重温旧梦之中，触了新意，才又写起这《冰弦弹月记》。虽仍以鼓姬为题材，但重于社会方面，和《春风回梦记》专主言情取径迥异。昔日曾在《春风回梦记》例言中说："小说最重情感，可与诗通，倘读者读此如一首长诗，则吾愿毕矣。"现在，这《冰弦弹月记》又似作诗，但不是《春风回梦》的香诗体，而想作成"人世几回伤往事"的感旧体。或者这是无题定有题的无题诗。然而说易行难，口高手低，也许说说罢了。

闲话休提，书归正传。原北京有个天桥大名鼎鼎，通国皆知。但若依中外沟通专家的说法，称上海作东方的巴黎，苏州作东方威尼斯，金少山为中国夏里亚平，淡瑛是中国嘉波，据此为例，则天桥也可称为北京的三不管，掉过来说天津的三不管也可称得北京的天桥。因为这两个地方太像了。北京人没到过天津的，去看看天桥，可得到三不管的概念，天津人没见过天桥的亦然。只三不管没有豆汁摊，而三不管的特种时调，也为天桥所未有，如是而已。

且说在易实甫作《天桥曲》以后的十五年，约在民国十五年的春天，天津有位名士，想要追步前人，作一篇《三不管歌》，但此公是包月车阶级，虽然成年累月征逐酒食于三不管之间，但他所去的是广义的三不管，包括南市一带繁华区域。至于真正的狭义的三不管，却还未褒尊枉驾。这时要作诗行世，自然效法西洋文学家为要作描写穷人小说，先上贫民区域中住上二年。然而名士并没有那样毅力，也不肯那样牺牲，只打算作半日之游，来个走马观花。好在作诗和旧剧是一样抽象艺术，无须过于写实，看个大致也就够了。他先翻历书选择宜出行的吉日，又得赶上那吉日不风不雨，气候清佳，才可出行。

结果屡经拖延，直到三月二十五日，居然在艳阳天气之中，午后策杖出门，安步当车奔了三不管。先经过他每日过往的南市，一直向南，到一条东西向的横街，越过一条水浊如泥的臭沟，才进了东兴市场。场内有些洋货摊和各种小型商店，无甚可观，由侧面横巷穿出，到了似乎院落的市场。理发馆开在修脚处旁边，小饭铺前面就是露天的花柳医室，一位名医穿着茶房式的灰白大褂，用着上锈的一八八一年式的外科工具，给病人治疮。盛脓血的洗脚木盆就放在饭铺陈列美味煎黄花鱼的大釜下面。成群的苍蝇由脓上飞到鱼上，来回往复，大餐肥甘。而且那医生稍不留神，就许把拭脓血的草纸掷入鱼锅。名士看着直要作呕，又因这种景象不能引为诗料掉头而去。

再穿一条横巷出去，是一片阔大的广场，锣鼓喧天，游人如蚁。这才到了真正像天桥的部分。名士随着人潮奔向人丛，先在两旁看见些卖大碗凉粉素丸子以及卖血花流烂的狗肉驴肉的，或列长案或摆地摊，购食的人或者高坐，或者蹲踞，还是真多。这里的食物都有两种不取价的天然佐料：污尘和苍蝇粪。若被讲卫生的洋人看见，定要认为毒物，吃下便死。然而这些吃客当然并非初次尝鲜，而且大半常川主顾，他们却壮健无病，想是有着特制的抗毒肠胃。

再向前走，到了最热闹的中心，充满了低级娱乐场的精华。这边是拉洋片，那边是变戏法，这一丛练武卖药，那一堆相面算卦。东面说《济公传》一声唵呢叭哞吽，西面说《小五义》的高喊唔呀臭豆腐。名士看了半天，并没感觉很大兴味，只在拉洋片的后面，看到一位说隋唐的先生，喉咙本已暗哑，又被锣鼓声遮没，秦琼罗成都被遏于口齿之间，无法出世。听的人都走去了，那先生唉声叹气，甚为可怜。又在西边一角看见一座书场，是一个鸦片烟鬼的男子操琴，一个中年黄瘦妇人唱《虹霓关》的小旦。声音枯涩，有如鬼号。场中并无多坐听的人，场外只有几个乡人遥遥观望，看情形并不能敛得一文钱。名士心想，这妇人落魄至此，当年妙龄三五，或曾珠喉以玉貌，倾倒无数世人，也许有若干贵官巨贾想不到手。如今青春老去，沦落泥涂，当年一曲红俏，缠头无数，现在臃肿喉咙，难求一饱，真是"非山酒店江村路，一曲霓裳卖一钱"了。想着不胜慨叹，

3

取了一点儿钱掷入场中，转身便走。

又转了一会儿，觉得所见好景无多，所收诗料太少。听人说这里颇有春色包藏，怎的不见？莫非我没寻到地方？就想寻个人打听一下。随见旁边走过一个工匠模样的人，就点头问了声："借光，哪儿有女人的？"

那人看看他，笑着用手向北指点道："往北走，过了那堵墙角就有。"

名士谢了一声，向他所指的方向行去。过了墙角，面前是一道臭沟，上搭板桥，对面并列着五六家小宅门，门口都站着一两个浓脂厚粉、牛鬼蛇神的女人，向过往行人搔首弄姿。门外墙上贴着红纸，写着四个字，上两字是"六角"，下两字笔画稍多，名士的近视眼看不清楚。但那些女人却把他看清楚，都招手相唤。名士吓得抱头鼠窜而逃，老远才停住步。心中埋怨那个指路的人，不该如此玩笑。但自己问得也太马虎，只说女人在哪里，难怪他认为问津之客，指引桃源了。便不敢再去问路，只好自己信步行之，打算仍然穿出东兴市场，便赋归与。

及至转至市场侧面，穿入横巷，又进一道方院，耳中忽闻管弦之声。举目也不见饭铺医室，只在迎面和左右三方，各有一间房子，门上挂着棉帘，弦音歌声就出自帘隙。每间门外多有一小堆人向里探头探脑，或是面墙而立，却并不进去。大有"李摹撅笛傍宫墙，偷得新翻数般曲"之势。名士知道这是歌场，进去必须出资，他们却舍不得，故而甘为门外汉。就先走到迎面一间门前，见墙上并排贴着两张红纸，一张上写"灯下特请超等艺员张杰鑫《三侠剑》"，一张上写"白天特请第一坤角花小红演唱全本《征东传》"。又听由帘内透出铁片叮当、皮鞋嘭嘭之声，夹着颇为清脆的女人歌唱。正唱道："整整鼓板开了正峰，上回还有半本半没有说清。哪里丢了哪里找，枝枝叶叶头头尾尾就把它说清。上回书表的哪一个，上回书表的可是哪一名……"唱了这许多句，全是不知所云的废话。名士却被歌声引诱，不自禁地掀开帘缝，想先看一看再行进去。只见迎面一方形土台，台上放着小桌，桌后坐着个老瞎子弹弦，桌旁立着个穿水红麻葛旗袍的大妞儿，正在敲方桌上的矮脚鼓，高声歌唱。台下两行板凳，坐满了短衣帕首和一种准长衫阶级的低等绅士，都在那目如痴地望着台上。有的摇头吮嘴，似乎对那些废话歌词犹感趣味。名士心想自己何不进去一坐，歇歇腿儿。哪知方往里迈步，恰巧台上的妞儿转脸看到门际，见有人探头儿，就施展魔力，引其深入落网。把身躯整个转过，向着外面嫣然一笑。在她以为一下如磁引针，如火诱蛾，可以使外面的人舍命奔入，把腰缠之资尽作缠头之锦。哪知名士那面竟因她回过脸儿，倒看清楚她只一汪秋水，另一汪已经干涸，而且一笑露出黄板牙，立刻吓得倒退。挤出门外到人丛立住了，闭眼把所见的美人形影逐出脑中，不使稍留痕迹，就徐步向左方的房间走来。

　　来到近前，先闻竹板声敲得震耳，门上也垂着棉帘，门也贴着条红纸，上写"李小辫大翠卿演唱文明时调"，这时调完全是天津特产的一种下里巴人之歌，和广东的蛇肉、北京的臭豆腐、西洋的吐司一样，除了本地人能够领略佳处，吃得津津有味，外乡人俱觉恶臭，绝对不能理解。幸而名士是本地土著，并不避之若浼，竟也由帘缝望了一望。这里的局势迥不相同，听客的座位分据三面，中间一片旷地，当作表演处所。迎面虽有土台，上面只坐了一个弹弦的人，旷地上有秃头男子，抹了满脸白粉，和一个粗身大脸的女人合演一出世界最低级趣味的曲子，似乎名叫讨妆。剧情是一个下等土娼因为营业衰落收入毫无，绝食已经两日。恰值有个知心客人前来探视，土妓求他相救，无奈客人也是游手好闲，虽一宿之资也无法筹措。幸而天不绝人，时在隆冬，有善士开设粥厂，救济孤寒。客人就去讨来一盆热粥，给土妓权充一饱。但在土妓吃的时候客人在旁极口夸耀恩情，表白功劳。言说古今的情人以他为第一，古往今来以情人的投赠，也以这盆粥为最丰厚。那土妓听着不忿，就对他诮骂。二人这么一来一往，有唱有做，丑恶淫秽，真是无法形容。名士怕听了无处寻清水洗耳朵，急忙又退了出来。但是帘缝一动，人影一晃，里面的男演员已然看见，认为是个白听的人，就向外叫道："朋友，进来坐会儿，没钱也不要紧。给我帮个场儿，别这么走啊？我说盟弟，你回来，怎么越远了呢？你家里倒了人口，忙着看装裹寿材去呀？"名士隐约听见，才明白这房间门外无人张望的缘故，里面演员真是江湖恶霸，遇着不进去花钱在外白听的就这样对待，自己无端挨了一顿冤枉的恶骂，好不窝心。想着不由兴致阑珊，意将归去。

　　懒懒地走了几步，抬头见右面还有一室，门口堆集了十多个人，向内张望。由帘内隐隐透出很幽清的声音，唱道："进园来那里还是当初的景，

5

这公子不由得百感丛生泪似麻。"名士原是征歌选舞的惯家，二十年前的风流浪子。这时只听到两句，便已愕然失惊。心想这段竟是韩小窗编的《红楼十回》中的《哭玉》，高等歌场也没几人能唱，行将失传，怎会在这秽境穷区听到仙音法曲？想着只听里面又接唱道："老树无情飘落叶，空林有恨噪啼鸦。栏前尽是相思树，砌边都种断肠花。栏干十二依然在，倚栏的人儿在哪搭？"唱得不但音韵悠扬，腔调婉转，而且声含幽怨，好像唱的人很能了解词意，夹杂着情感唱出来。名士可再忍不住了，口中自语道："真是天涯何处无芳草，此地会有此人？我可得看看。"同时推开门外的人，掀帘走入。见里面是一条龙的长条凳子，中间留着走道，两旁各有一行板凳，最靠里也有一方土台，台上中间坐着个须发皆白的老弦师，正在弹着弦子，右边放着一架鼓，鼓后站着一个玉质单寒的女郎，正在按板徐歌。座上听客寥寥，不过十余人。名士看了一眼，直向里走，心想能歌佳韵必是佳人，即使这个女郎也是独目黄牙，丑陋不堪，我也得看在歌喉上面，花几个钱给她捧捧场。及至走到台前第二行板凳，他才坐下。抬头一看，只见这唱曲女郎有十六七岁，身材不过中人，但因生得玉骨珊珊，就显得稍高。不过长圆形的清水脸儿，却较为丰满。秀目弯眉，玉肤朱唇，颇有几分姿色。头上秀发垂肩，并无修饰。身上穿着蓝色绸旗袍，似乎屡经洗染，旧得不成样儿，但是清洁没有污痕。下面一双平瘦而天然脚儿，白袜青鞋，一尘不染。这时虽正唱着，意态十分肃静。

名士看着，心想这鼓姬才质都好，怎么屈于泥涂？她的技艺若在高等书馆，未必不出人头地？她的姿色虽非甚艳，却也清秀可人，而且神闲意淡，天然林下风姿。好像芦帘纸阁中人物。若在长中求短，虽然神色太滞，意态稍瘦，肤色微黄，但只这样，已是艾丛芝兰，难得很了。想着又注目细看，凝视静听，当那女郎转步之间，再一端详，忽又失惊自念，今几乎失眼，错相了风尘界的国色。这个人实是美艳绝伦，只为年纪尚幼，境遇太寒，许多美点全郁塞蕴含，未曾全现于形外。像明珠蒙了尘土，但贤光已隐隐外射。若不细看，简直难于觉察。这真可惊诧叹息。在这等地方，居然埋没这样美材。只要稍一拂拭，略加培养，便要出绝代容华。但是谈何容易，她沦落至此，身世何等凄凉，境遇更不知何等艰困，倘然栽植上苑，久已名花有主。既落到这污下之区，镇日向贩夫走卒乞钱生活，又哪能遇着知音之客？不知飘零到何年何月，方能苦尽甘来。也许长此下去，红颜老于风尘，珠喉枯于檀板，永没出头之日。只可怜我已老了，泥絮禅心，久已不逐东风上下。今日和她枉自相逢，虚此赏识了。

名士正在嗟异，忽然见女郎唱着，身体稍一回旋，妙目横波，向自己身后瞥然一转，只觉她那眼光之中，含有烈火似的热情、闪电般的速度和利镞般的穿透力。而且两个漆黑瞳子似乎在这一瞥之间，说了许多言语，表明无限心事。名士更为惊异，心想以前见过许多智慧女子，却从未看到这样表现情绪、深窈活泼的眼睛。但也只从她突然一瞥，自己觉察方才我还以为她眼睛虽美，尚嫌呆滞呢？不过她心里若没有极浓的情感，绝不会射出这样眼光。这一眼为谁而发，我得看个明白。就回头细瞧，看见座上多是粗蠢的人，绝没一个值这一眼，及至看到身后墙根，见那儿有一个灰衣少年，身上穿着并不齐整的军装，年在二十多岁。面貌甚为秀整，神气也很沉静，并没有丘八气概。但看服装也不过是个普通的兵士，或者比兵士高一级，但绝不是军官。他正倚墙坐着，手握军帽放在膝上，眼睛直勾勾地望着台上，似乎正在着迷。名士不由点头暗道："是了，方才那一眼就是在此着落。"便回头重望台上，那女郎也望着名士，见他回头，立刻将眼光转到他处，但颊上微晕红潮。名士心中喝彩，风尘队中女子居然娇羞如许，足见芳心未展，情窦初开。这小兵哪世修来的福泽，会遭到美人青睐？连我五旬老翁都免不住嫉妒了。

正在这时，台上已是红牙拍罢，金鼓声沉，那女郎放下鼓板，坐在身后椅上，台下座客知道到了要钱时候，立刻溜走了几个。这时便有个卖茶的来问名士可要喝茶，名士虽然很渴，仍低下头。随见那女郎拿了个小笸箩，盈盈走下台来，默然无语，只把笸箩向座客面前一伸，座客给了钱，她也不作声，及到名士面前，名士早备出一元钱，放入笸箩中。那女郎似因他给得较多，樱唇一动，似说"谢谢"二字，但只发于喉中，未出口外。名士再仔细端详她的皮肤，只见在白净中蕴着赧黄，憔悴中含着红润。而且那未施脂粉的清水脸儿似乎在表面敷着一层牙色的细粉，一种光气由表皮层以下映发出来。不由想到往日在北京月夜游公园中白石桥柱以及故宫殿阁，又一次在西洋友人书斋，浅碧灯光下瞧看他珍藏的女神雕像，都曾有这种美的感觉。这种感觉可用袁子才那两句"从来国色玉光寒，昼视常疑月下看"的诗来说明。"玉光寒"三字，真令人想象无穷，寻味不尽。自己想象多年是今日方遇真实模型，知道"玉光"并非指着洁白言，只是状其柔润含蓄，"寒"是形容光的，意味尤其深奥。我想不到由此人身上得悟古人诗意，但也只可意会不可言传，回去作几首诗或能发明其意，兼留纪念。想着见那女郎在自己面前停步迟疑一下，就向后面走去。知道她是向后面的人敛钱，心想看看她对少年兵士作何情感，就回过头去，哪知女郎单单越过那兵士坐的一条板凳，似乎无视那少年的存在，径向后面走去，跟一些短衣听客举手讨钱。那些人只给两三铜元，至多不过十枚铜元票，女郎居然很清脆地屡道费心。及至把全场都走遍了，又由后面走回。她仍擎着小笸箩徐徐向台前而来，但是粉颈低垂，目光注地，颊上微晕红潮，似乎有所羞怯。名士看着诧异，心想她在后面讨钱，态度颇为从容大方，却怎么讨完钱走回又害起羞来？窘的是什么呢？哪知女郎渐近，将和身后这条板凳成平行线时，忽见那少年兵士霍地立起，脚下并未转动，只探身伸取，将一张卷成细棍形的五元钞票投入女郎所持的小箩之内。投完立刻坐下，不知怎么倒窘得低了头，把军帽当作扇连连摇动。名士看得明明白白，那女郎一直没有抬头，没有斜视，却不知怎的，当那少年将钱投入箩内，她忽然面上更羞得通红，一声未响，且把脚步加快，直跑回台上。将小箩向桌上一放，就掏出条小手巾，向着墙假做出鼻涕，半响没回过头。

　　名士瞧着方才醒悟，这少年兵士对女郎必然倾倒至极，捧场已有多日，女郎灵犀一点，情缘万缕，也已落到他身上。不过看这含情带羞的光景，想还止于两心相印，尚未借微波以通词。这少年必是每次在女郎歌罢敛钱之时，照例掷以缠头之锦，女郎因为爱上了他，由于微妙的心理作用，每逢他投钱时，就发生极度娇羞，不敢仰视。而且她对满场听客俱都讨钱，只不到少年跟前，内中也有很深的情意。大约少年必常在她由后面走回时，悄然把钱投入箩内，故而她未到近前，先已含羞。又因投钱入箩，是二人中间唯一的接触，以致双方全有此精神震动，不能支持。这种小儿女乍历情人初经恋爱的景状，真是人间最美的境界，想不到我今天得饱眼福。不过这女郎是天生尤物，既然秀外，自能慧中。女孩儿家冰心聪明，虽然善于弄情，尚无可怪，可怪者是这少年兵士。兵士向都赳赳昂昂，劣丑不堪，如何会有这样丰姿韵秀的人？丰姿韵秀的人如何当了兵？既当了兵，又怎这样庄重文雅，做这贾实甫的行为？最奇怪的是由他军服，就看出确是普通小兵，却如何会有钱挥霍？方才一掷五元，即使只来过五天，每天只听五段计算，也得花费一二百元。这数目已岂是每月薪饷七八元的小兵所能办到？若说是贵家公子，易服变行，又何必矫为步卒？实在令人大惑不解。名士纳闷之下，以为这疑团很难打破，却不料转瞬间就有人来给解释明白了。

当时女郎回到台上，半晌才将身向外。那位白发老弦师看见笸内的钞票，欣然色喜，好似注射了兴奋剂，把臃肿的眼皮睁开，枯涸的老眼也灼灼放光，转脸向女郎耳边低语了一句，女郎扭扭腰摇摇头，那老弦师微微一笑，望着台下，点了点头，其实精神全注贯在那少年兵士身上，发出暗哑声音说道："谢谢先生们，真有主顾捧场，没有君子，不养艺人。我们无恩可报，只有卖力气伺候。诸位喜欢听什么，就赏个话儿，教月琴加劲儿给您唱。"

说着目光直注那少年兵士，似乎要他点个曲儿，以报捧场之情。名士却明白个中情事，卖唱女郎虽然自称卖艺不卖身，实际也有的暗操副业。这月琴固是天仙化人，不可唐突，但她年纪尚幼，必非自由身体。处在师傅或养母势力之下，又怎能出污泥不染？现在必是那师傅因少年手头阔绰，而且钱也花得够数了，故而想要拉拢入幕，大大地宰割一下。想着就回顾少年，见他仍低着头，似对弦师的话若无所闻。那弦师连让了几句，见他不理，就改口说道："那么就给诸位改改口儿，唱一段梅花调《摔镜架》吧。"

说着就端好了弦子，重定音律，随即弹了起来。月琴才徐徐转过脸儿，面上红润已然消逝，重复玉雪之容，凑近一步到鼓架前，取起鼓槌先打了鼓套，手法纯熟，节拍流利。名士方惊她多才多艺，随见朱唇一启，发出另一种悲凉婉转之音，和方才所唱的小曲迥乎不同，高处穿云裂石，低时呜咽缠绵，声音之美，直可用欧阳修《秋声赋》中"初淅沥而崩"一段形容秋声文字，苏东坡《赤壁赋》中"如怨如慕，如泣如诉"一段形容箫声的文字和《老残游记》中一段记述黑白唱曲文字，合起来作她的论赞。名士不觉瞑目倾耳，点头咂嘴，灵魂全都融化到歌声之中。这段《摔镜架》的本事不知出自何朝代，大致有个姓王人家，姐妹二人，大姐嫁给坏人赵昂，二姐嫁给秀才张廷秀。廷秀家贫，夫妇受了许多世态炎凉。后来张廷秀上京赶考，得中状元，做了八府巡按，衣锦还乡，回家假装穷人，试验二姐的心，结果试出她贞节如旧，贫贱不移。就迎她做官太太，同享富贵，对赵昂也大报前仇。这故事显有蹈袭《红鬃烈马》的嫌疑，张廷秀就是薛平贵，王二姐就是王三姐，赵昂就是魏虎，而且编制粗俗，情节散漫，所以只配在半班戏和大鼓中演唱。这段《摔镜架》是全故事中的一节抒情描写，张廷秀赶考北京，久无音讯，王二姐想念丈夫，不只如《西厢记》张生五千回长吁短叹，一万遍捣枕捶床，竟发了色情狂，把被褥扯成碎片，鸳枕丢入水缸，菱花镜也摔碎了，表示无人怜惜，何必为容之意。尤其整段多是姐姐儿荟语，张廷秀大概尊行在二，以致王二姐在这段曲中，连叫了二三十声"二哥"，淫艳鄙野，简直不登大雅之堂。和方才唱的"红楼哭玉"，雅俗悬隔天壤。

　　名士抛开了词句，只领略音韵腔调，听了一会儿，忽然由月琴的香口中，吐出一连串的"二哥"，直似深闺儿女浓欢尔汝之声。名士听得销魂荡魄，恍觉年光倒流，回忆惨绿年华，洞房艳侣，喁喁相呼。但也明白自己白发星星，颓然一老，再无听这呼声的资格了。无如这"二哥"的声音直向耳中灌注，似乎月琴对着自己呼唤，不由睁眼瞧看。月琴正唱到"二哥回来枕胳膊"之句，果然对着自己，发出那含蕴情感的"二哥"呼声。名士初想我难道还有这种福气？继而回头一看哑然失笑，人家叫二哥声音不是为己而发，原来承受这呼声的另有其人，就是身后的少年兵士。自己坐在他们二人中间，正当音波必经之路。冒领了他人的艳福，已自伤廉，何况还居之不疑，真是不要老脸了。他一面好笑，一面羡慕那少年兵士，像这样的柔情蜜意，能享受一分一秒，胜似合欢同梦，积岁经年。只恐这少年初历情场，不是情人就辜负美人深心了。

　　正在想着，月琴又唱到一句"不舍廷秀二哥"，唱到"二"字忽然声音发颤，底下的"哥"字也咽了下去。名士听她歌声忽断，好似由于惊恐，同时弦声也停住了。就听后面一阵皮鞋蹴踏，像是进来许多人。急忙回头一看，只见后面半间房子已拥满了穿灰衣的兵士，约有十二三个。为首的一个小军官率领，直奔自己这边而来。名士不由大惊，自思并未犯法，怎会有军士来捉我？继而转眼看见那位正在承受"二哥"美称的少年兵士已吓得面色灰白，躲在墙根，通身战抖，又用力向墙上挨靠，似乎要钻进里面躲藏。才明白这群兵士为他而来，立刻把心宽放，立起躲远了些。只见那小军官已走到少年兵士面前，伸手揪住领头，冷笑道："陶师爷，你在这儿哪？可把我们弟兄害苦了。连等了你七八天，腿都跑细了，天天还得挨骂。团长那儿都红了眼，找不着你我是二百军棍开革，现在没别的，跟我们走吧。"

说着回头喊声："把他捆上。"随即过来三四个大兵，围住那少年兵士，七手八脚将他的双臂拢到背后，用绳子左旋右绕，捆成不规则不艺术的五花大绑。那少年由他们摆布，毫不抵抗，战战兢兢地向着那军官道："李排长，你看着咱们同事情面，救救我吧。这一带回去，我就没命了。我实在没打算跑，只是……在……外面呆住了。"

那李排长冷笑道："对了，你没想跑，只是带着公款藏起来不回去。"

那少年兵士道："公款我也没花多少，剩下的还在身上。我本打算凑齐了就买东西回营盘去。"

那李排长哦了一声道："我还忘了问你，剩下的款子还有多少？在哪儿放着？"

那少年道："在我小衣口袋里。"

李排长立刻掀开他的军衣，由里面口袋中取出两叠钞票，就一脚踏着板凳，一五一十地数起来，数完说道："这是七百七十三块，还有么？"

少年道："军衣口袋里还有几张角票。"

李排长望着他，顿足就道："陶蔚生你这小子，要为这回事挨枪毙真是冤到头儿。可是也不算冤，你太混了。营长给你一千块钱上天津来买东西，你稳稳当当地足可以赚他三成，换个老油子，还可以多赚些。先买了东西送回去，洋钱赚到腰里，哪里不能告假出来玩？就是开小差也比这个罪名轻得多呀？如今你带钱出来，十多天不回去，营长报告了团长，把你当作拐款潜逃，派出人四下访拿。连本地地面都有团部公事了。你的罪名已是板上钉钉，可是现在捉着了你，你又把公款花去二百多，并且连军衣也没换。我明白你并没打算逃跑，只是年轻糊涂，到天津不知迷了哪个花大姐，把公款花了几个。你不知内里头还有赚头，只愁着钱短了买不出东西，没法回去交差。又恋着花大姐，在这儿一天一天忍下去，钱也一天天亏下去。我今儿若不捉住你，终久你也得落个跑。好你个荒唐鬼，咱哥儿俩向来素日不错，你还常帮我抄抄写写，我若不想救你，是大伙儿的小舅子。无奈你自个儿送了忤逆，我也没法儿。老实跟我走，回去我给你多说好话。"

那少年哀声说道："李排长，我这条命就在你身上。"

那李排长道："不用多说，我准对得住你。咱们无怨无仇，怎会不做德行事？"说着眼珠一转，猛抓住那少年胳膊，叫道，"我想起个道儿，你这二百多块，花在哪个花大姐身上？我跟你去给讨回来凑上原数儿，我就说在小店里，我看你正害着病，所以没得回去。上头见钱数没短，也许就不追究了。这主意顶好，真值个参谋处长。快告诉我，我们快去，还许另外讹上几十，大家富裕富裕。"

名士在旁听着，大吃一惊，心想这少年兵士的钱定然全花在月琴身上，他为救回自己性命，定要说出。这个李排长看样儿是较有知识的营混子，十分刁恶险诈，必要向月琴尽情吓诈。何况他们生意人向来不存隔夜钱，恐怕这可怜的弱女眼看横祸临头了。想着同时回顾台上，见月琴仍在原处立着，身体战如秋叶，面上更像害过一场大病，颜色苍白憔悴，樱口大张，星眸直启，似乎知觉全无，三魂七魄，所余无几。又见那老弦师在这一瞬间老得好似一百多岁，而且面目现出死气，小辫儿也绺了，抬头纹也开了，鼻中玉筋也垂下了，只差子孙泪没流出来。眼睛却是直勾勾地望着那少年兵士，想是听了那排长的话，吓得死了九成，只余一成生望，等待那少年如何作答。

这时那少年摇头说道："我的钱都是零碎花去，吃喝嫖赌全有，没一处常去地方。上哪里找号儿去？"

那李排长道："那么就没法了。"

那少年叹了口气，表示绝望。但偷眼看看台上的月琴，又低下头去。

李排长道："陶蔚生，我可尽到心了，这也是你的命。"说着高喝一声"带走"，几个大兵就拥簇着少年兵士陶蔚生，由李排长在后督队，纷纷出室而去。

名士望着这灰衣队伍向外走着，心中赞叹陶蔚生如此多情，拼着自己性命，保护月琴，不肯把她招供出来，真是万分难得。自己以前未免太小看他，这时才知此人是情场英杰。月琴得此知己，真不枉称风尘巨眼。只是这陶蔚生下文不知如何，倘若真个军法从事，多么可惜！由方才的英雄举动，看出是极有希望的人才，但盼上天保佑他吧。

想着见陶蔚生已被拥出门外，李排长趾高气扬地昂然出去，他出门时，用手将门帘扬起甚高，走到门外，那门帘在他身后落下，因为帘的中间钉着竹片，打得门框啪的一响，似乎壮士身后声威，犹足令人惊惧。哪知就在这门帘的声音响起，跟着又在房中发生一阵乱杂的巨响，轰隆扑通，震人耳鼓。名士听声音发于身后，急忙回头，只见月琴已倒在台上，一只扁鼓在她身旁乱滚。原来月琴在灰衣队伍出去之后，忽然向后仰倒，头正撞在后面的板墙，随即直挺挺地溜倒，把鼓架撞翻，鼓也滚在地下。那老弦师这时没了法，惊得把弦子丢在一旁，跳将起来，颤巍巍地连叫：“怎么了？怎么了？”但是只在月琴身旁左进一步右退一步地摸着屁股打转，并无办法。这房内的听客本来寥寥，又全被队伍吓走了，此际除了台上的两人，台下只有名士和一个卖茶的。名士因怜爱月琴，颇为关心，见老弦师茫然无计，就向卖茶的道：“这姑娘吓坏了，你去把她扶起来，撅巴几下就可以缓过气来。”

卖茶的闻言，跳上台去，把月琴抱扶坐起，粗手笨脚地尽力摇撼。名士叫道：“这样不成，你轻轻地捶她脊背。”又对那弦师道，“这姑娘是你什么人？”

老弦师呵呵地道：“是我外孙女。”

名士道：“你别闲着，快替她摩擦前胸。”

老弦师依言蹲下，用手上下摩擦，口中直叫“月琴我的儿”，过了一会儿，月琴忽然咯的喘出一口气，接着发出似呻似叹之声，又软弱又无力地嘤嘤啜泣起来。名士向卖茶的道：“缓过来了，你给她一点儿热水喝吧。”

卖茶的便下台取茶给月琴喝了，老弦师扶她起来，坐在凳上，又连声慰藉，劝她止哭。月琴好似不闻，仍悲泣不已。老弦师道：“那些兵早已走了，也并没打架闹事，只带着那逃兵而去。你怎吓得这个模样？又哭起来没完。”

名士却知道月琴心中虽有难言之痛，不关害怕，就插口道："你教她哭几声，消消心里郁闷，省得受病。"

哪知他这几句话反倒收了劝止的功效，月琴微微抬头，瞥眼向他一看，立即低下头去，渐渐把哭泣止住。那老弦师这才定了定神，搔头说道："莫怪孩子害怕，连我也吓得昏了。好怕人，一二十个大兵直拥进来，知道什么来头呀？"说着摇摇头道，"这一下把场子全搅了，还不算晚哪，月琴你还唱么？要不就再唱两段，这儿还有位座儿呢。"

月琴听了摇头，名士心想这老东西也不看看月琴什么情形，还教她唱？又用我做题目，把我一片怜香惜玉之心，助成焚琴煮鹤之举，直是岂有此理。就道："老先生，姑娘才受了惊恐，别教她唱了，快回去歇着吧。倘然赚的钱不够用，我可以帮你点儿。"

老弦师还未答话，月琴忽然颤声说道："够用够用，谢谢你老，我们足够用了。"

老弦师瞪她一眼道："那么就收拾回家吧。"又向名士道，"明儿再伺候您。"

名士一听这话，知道等于逐客令，不能再流连了。自己今日游历这三不管，得遇风尘尤物，总算收获甚丰，回去不愁缺乏诗料。只是垂老之年，风怀尽减，势不能常常偷闲学少年，每日到这里承受玉人眼波。今日一别，也许经年累月再没有到三不管的机会，她们生意人又是脚跟蓬转，行踪无定，或者再无相见之期。不由心中惆怅，就向月琴细盯了两眼，欲使脑中深深印下她的芳影，好供过后的长久思量。

看完正要转身走出，只见那老弦师把桌上的钱数了一下，分出一堆放在旁边，向那卖茶的叫道："喂，徐四，你的房钱在这儿了，拿去吧。"

名士方知卖茶的竟是房主，就仍向外走，就听那卖茶的徐四说道："吴老头儿，你走啊，明儿不用来了。我的场子已经定了拨儿河南坠子，你另找地方吧。"

名士听了不由停步立在门口瞧着，只见那老弦师既惊且怒地道："徐四，你别开玩笑。"

徐四道："怎么玩笑？你看人家河南坠子的报子签都写好了。"

老弦师愤愤地道："你这是成心欺人。我不短你的，不欠你的，起头儿说好二八分账，没几天你变了卦，硬要改三七，我也认头答应，怎今儿又往外赶我？"

徐四道："倒不是我赶你，实在这场子赁给你我找不出挑费来。往后日暖天长，正是旺月，我还指着捞摸几个补冬天的亏空。尽教你占着，我就快饿干牙了。"

吴老头气得只剩下点头，高声叫道："徐四你说话别亏心，这些日子你分的钱少么？"

徐四道："什么这些日子？总共没有几天，从这个年轻的小兵来捧你们，我才每天见上三两块钱。以前你们嗥丧一天也未必能赚一笸箩铜子儿，我还看得见钱呀？老头儿不用多说，我已跟人家坠子定规好了，报签也写好了，这就贴出去，明天一准换班。人家坠子一班六个大妞儿，玩意儿又热闹又新鲜，准保挤不动。莫说批账多落钱，连茶也多卖几壶呀。从你们爷俩儿在这儿唱，我的茶净让自己喝了。"

吴老头抖颤着道："你真是势利眼。"

徐四接口道："不错，我就是势利眼，我那屋子得邀叫座儿赚钱的生意，你们就是不成。有那个小兵捧场还能对付着，他又被抓，我还指望什么？再说还是废话，你就另找好场子吧。"

吴老头顿着脚，好像自言自语地道："你真是挤罗人，我上哪儿再找场子？姑娘又不愿上洼里洼地……"

他方说到这里，忽见月琴很快立起，指着吴老头儿叫道："你这不是多说？此处不留人，自有留人地。何必尽自赖着？收拾快走。"

说着就自行动手，把鼓装在蓝布套中，桌上零物件和钱都装入另一袋内，就向老头儿道："你拿着走吧。"

名士听见月琴劝她祖父的几句话，说得有如夹剪哀梨脆快截断，而且语当娇嫩婉妙，更认识了她的性格，不由越发心折。又见她立着收拾什物，颊上泪痕尤湿，想她失掉钟情之人，又失用武之地，芳心不知如何痛楚。但看她居然能强制伤心，还替老人负气，足见很有志愿。这人真是百美俱备，可惜我没法帮她。想着见她祖孙已下了小台，向外走来，不好再留，就走出门外，闪在一旁。随见月琴手提白布袋，老头儿提着鼓套，夹着鼓架，互相扶持着由屋内走出，直向市场而去。

名士也是太爱惜月琴，明知花枝虽好，自己恨年光老耄，绝无倚玉怜香之望，而且这江湖中的薄命女儿，非有大力不能使她出水而登衽席，绝不是自己区区微力，所能拯拔。自己既不配爱她，又不能救她，只有默然置之。但名士虽然心里想得开，脚底却止不住，竟跟在后面遥遥随着。真是莫之为而陶，连他自己也不知跟着要做什么，只好像被月琴吸住了，不能自脱似的。

　　及至进了市场又向南行走，沿着市场的中心正巷，两边都是半摊半铺的小商家，形式和货品也颇似高级市场，但都是些旧物假品为多。大约是因为游人既少，购客更稀，肆中人见名士走过来，都迎着高声吆喝，又喊着里面坐，有的竟伸手相阻，看样儿直是用绑票手法做交易。但对月琴二人竟不招揽，好像知道不是照顾主儿。名士趋步疾行，眼光不敢斜视，因为恐怕向他们瞧，肆中人就要硬赖他要买某种东西，拉住不放。但只这样已被他们吵得耳朵欲聋了。幸而南行商铺渐渐稀少，到了南端忽然一阵锣鼓之声敲得震耳，原来迎面是一座最平民化娱乐场的大众戏园。门首居然规模宏阔，一切戏园设备应有尽有。可是园址是用席搭成，门外也有伶名牌匾，是用红纸写的，而且特标名牌有二三十块，普通名牌上又列有七八十人，合计总有百人以上，足称得起大戏班。地下写的戏名牌还真是全本的连台好戏，当日演的是名角赛小楼，坤角赛兰芳合演《霸王别姬》，上面标明准带五彩电光，新式跳舞。但不知在别姬戏里如何能插入跳舞节目，也许是帐中饮酒，虞姬想给霸王以新刺激，把舞剑改作跳雀儿蝴蝶，也可免得霸王独自枯坐。但这样名伶好戏，价目却是很贱，名士还未走到近前，就听戏院门口立着个短衣高声喊道："这才敛过了票，好戏还没上台，整出的霸王别姬，霸王别姬还带跳舞，早来的花整票也只有看这一出，这时哪位进来只收半票，半票三大枚，买啊买啊！花三大枚，就看霸王别姬！上中国得花三块大洋，这儿只要三大枚。三大枚好便宜呀！"

　　名士听着也觉便宜，三枚铜板看别姬，还是小楼兰芳主演，岂非自古未闻的大廉价？他哪知道便宜中还有便宜，他走到戏园近前，价已减到两大枚，他再随着月琴祖孙向西一转，进入横街，还未走出那卖票人音波所及的范围以外，已听得喊为一大枚。原来这是低级一种骗人局，在它将演完之际，就在门外市场喊减价，有人付钱进来，看不到一分钟就散了，也许才走进门就被园内蜂拥人潮给挤了出来，但园中只可白得一笔外快了。名士若不是有所追随，必然要观光开眼，上当一次。

这时只顾缀着月琴向西走了不远，又转路西南进了一条窄窄的胡同，非常污秽，两旁多是很低陋残破的小房，住了些褴褛如丐的男女。门内乌光漆黑，看不清是何形状，但东面还有一间房子，单摆浮搁，显露奇怪的构造。那是一间方形小室，并没有门窗，还是用旧木板把全室隔成井状方也已，做井字形。好像商肆中的货架，但也没有货物。井字中除两孔空着，其余每孔中都睡着一个人，有的头外脚里，有的头里脚外。料想那头部向外的人入孔时必须用很妙的技术，因为孔太小了，仅能容纳身体，绝对不能回旋。而且在这世界最经济的居室中，好像还分着阶级，这阶级由孔内的御寒和孔口的遮蔽物而分。有的孔内竟有破烂棉被，有的是半片麻袋，有的只睡光板。在孔口有的还挂着布帘，有的是报纸糊的纸门，有的任其透露天光，流通空气。

名士瞧着正诧异这见所未见闻所未闻，却见前面月琴祖孙已走在丈余开外，转入一个门内，隐没不见。急忙赶上前去，向他们进入的门一看，只见这所倒是比较整齐宽阔的房子，黄色的门好像曾在十年内上油一次，额灰的墙未甚剥落，大门开着，但里面还有一道屏门，所以看不到院中。门旁墙上却挂着一只笊篱，旁边贴着一张小小红纸，写着"师傅小店"。名士心中纳闷，自思我知道这笊篱是小店的标识，但小店都以主人的姓作为店名，例如张家小店、李家小店，这"师傅小店"是什么意思？莫非主人是位师傅，但师傅二字范围甚广，凡是手艺人都可称为师傅，这又是哪一行的师傅？想着又连带瞧见墙头上插着一支短竹竿，竿头挂下一件黄澄澄的圆形东西，细看才知是金纸糊成，约有七寸盘大小，中间一部凸起颇似乐器中的小钹，但边沿翻转与小钹不同。瞧了半天，忽然醒悟是算命先生所敲的那个铜器，别名好像叫作报君知，俗名却叫不上。这小店挂算命先生用具是什么用意？正在纳闷，忽见来了替他释疑的人。只见由门内走出一位衣服整洁的瞽目先生，左手握着马竿，右手就提着那种铜的用具，徐徐地向北走去。名士方才明白这小店必是瞽目先生的聚处，所以挂他们的用具做标识，前来投止。又诧异月琴何以会住在瞽目先生的店里？再一转想，不由点头暗道："是了，凡算命先生多半操着歌唱的事业。想必是那吴老头他和瞽人有什么渊源，故而携着孙女住到这里。我现在已探明她的住处，还在此流连什么？别装傻了，快回家去吧。"

想着才要举步，又听门外当当两声，由里面走出两位算命先生，和先走的那个一样向北去了。名士也随着向北走，未出巷口，后面又有一位瞎人走来，匆匆北去。名士又纳闷了，心想这时天已垂暮，怎算命先生才由店里出来，难道算命也赶夜市？而且自己所见四个瞎子，都是衣服整洁，面容腴润，好似全过着舒服日子。现在民间迷信大半破除，瞽目人生计甚窘，怎这里的瞎人却都特别丰裕？而且又都聚在一起呢？他思索半天，才雇车回到家中，仍未能想起个中道理。但从此一直忆念不忘，便大作其诗纪念这一番风尘艳遇，把月琴说得秀外慧中，空前绝后。

恰值三天以后，正是名士和其他名士合组的诗社雅集例会之期，他为声张艳遇，夸耀文章，自然携着诗稿按时赴会。原来这处诗社名为城北诗社，所起这名字就因为社中主脑和灵魂是一位前朝遗老徐止庵先生。此公爱慕风雅，纠集同志，创立诗社，借此遣兴陶情，本意甚为高雅。因为止庵颇好风雅事，又是道高名重，虽是遗老，但门生帮吏遍于天下，还颇有些势力。他却淡泊自甘，谢绝世事，只以诗酒自娱。哪知外面想要巴结请托人为数甚多，只苦于不得其门而入。及至他创办诗社，许多人便认为这是结识他的好机会，纷纷托人介绍，请求加入。止庵虽也看出品类太杂，但是风雅之事理宜提倡，不容包办，只可略加甄别，就成立起来。在商议取名时，就有人提议社赴即在城北，可以省用"城北"二字，其实是暗引城北徐公的典，推尊止庵。止庵固然人格甚高，只是好诗好名，是人类遍通天性，他也不能独异，就依议定名。这诗社成立以后，因为人类不齐，连纨绔市井都在附庸风雅之列。社友虽多，景况虽盛，但是每期社课交卷的却寥寥无几，内中还尽多大鼓词小唱本的一类佳作。这还不算，最可怕的是很多社友包围止庵，请吃饭送厚礼，不是求他以老师资格代向某省省长举荐位置，就是求他以绅士资格代向本地当局请托事务。止庵虽恐累清名，一概拒绝，却已不胜其扰。又这诗社孤立成不了之局，不但风雅扫地，而且腐化不堪。想要来次清社运动，又恐得罪很多的人，想要停办，又可惜这已成之局，就自己托病请退。那些想巴结他的人失去目标，也便随着纷纷脱离。止庵等腐化分子去尽，才和一班真正道合志同的诗友重把社务整理，按期集会。这次因为挑择精严，居然成为持久的局面。内中大半都是莘莘青年学子与本地知名之士，而文名最盛的，除了止庵和太史公丁林西、退职按察使李克公、现任省署秘书孔眉山以外，就数着前文所说的老名士梁叔子。另外还有一位白衣少年陆九芝，他出身寒门，现在也只充当报社编辑，竟以诗文受止庵器重，招邀入社。社中虽有二三十人，却以这几个人性情最投，踪迹最密。

老名士梁叔子这日到社聚饮，酒酣之后，便把自家已作之诗取出给大家传观，又对众盛赞那月琴怎样色艺俱绝，叹息她怎样的沦落堪怜。大家很谈论了一阵。到饭罢席散，止庵特邀梁叔子和陆九芝到家小坐，又谈起叔子的艳遇诗篇，止庵就说："叔子赏识无虚，这样绝代佳人又如何沦落不堪，我辈既然遇见，怎可不拯拔她一下。你说这月琴沦落江湖，只和祖父相依为命，她祖父又很老了，倘若一朝逝去，这月琴更不知落到何等苦况？我们应该早把她拔出风尘，给她找个归宿，也是件德行事。"

叔子听了不禁暗替月琴庆幸，她真是走了运，我前日邂逅相遇，凭空着迷，更是无端，止庵家资富厚，当然有这力量。何况月琴屈在泥涂，声价不高，尤为轻而易举。只是怎样救她，救出她来又做何安置呢？叔子也知止庵性不好色，早年虽有几房姬妾，但在退隐之后都给资遣去，至今后堂抱枕拂衾只有一位老姨太太。何况他近年又习于颐养，当然绝不是为了自己打算，就故意取笑道："止翁真是老而多情偷学少年，想必是被我说动心，想要眠琴抱月，把这朵花移植过来，使白乐天的小蛮素不得专美于前。这真是一段佳话。只是我这荐贤之功不要忘了重赏。"

止庵摇摇头，白须飘拂地道："不要乱说，我从十年前就已戒之在色，你难道不晓得？何况你所说的这样天仙化人，我哪能忍心叫她做梨花下的海棠？我并非多情，只是好事。我听你这样赞不绝口叹不绝声，想见情有所钟，所以我要做个昆仑黄衫，替你成全一下。美人名士相得益彰，大家得了这样好题目，必有许多好诗出来。我花点钱买个绝好诗题，多么值得。"

叔子诚惶诚恐地道："谢谢止翁，免来照顾吧。我虽没到古稀，也快花甲，还敢做这缺德的事？再说我家里一妻一妾，都比狮子还凶，已经吵得民不聊生了。"

止庵笑道："你不要么？哈哈，你想要我可得给你啊？说实话对这件事我已内定有人。"说着向旁坐的一指。叔子顺着止庵的手一看，原是九芝。

那陆九芝在二十六岁左右，虽然出身寒微，却是仪容俊雅，气度轩昂。这时正旁听二位老人调谑，忽闻说到自己身上，不由大惊而起，叫道："您说什么？"

止庵笑道："你坐下听吧。"又向叔子道，"九芝既无父母，孤孤单单度着好像做客的岁月，如今已快到男子有室的年纪。我常替他打算实在太清苦了，他又过于少年老成，义命自安，竟不作求凰之想。其实以他之人品才学，任何高门淑女都配得过。可是我对他一露做媒的意思，他必竭力推辞。总自谦家世寒微，能力薄弱，万不敢谋及家室。今日你一提这月琴，形容入细，教我好似看见一样。因为可怜她，就想救她，又想到安置她。不由把念头转到九芝身上，所以邀二位到舍下细商。"说着又对九芝道："老弟你实在需要伴侣，我曾细想过，高门闺阁的小姐你嫌齐大非偶，可是低门小户的平庸女子，也实在配不上你。这个月琴倘然叔子老眼没花，说得不是言过其实，却是跟你很配合。凭你这样的人，娶一个江湖女子，当然委曲。不过好汉不怕出身低，像叔子所说，她那样高雅有志，却是难得。"

九芝插口说道："我绝不是嫌什么出身低，我又何尝高来？实在我依人作嫁，生活无定，没有娶妻的资格。您千万把我豁免了吧。"

止庵笑道："这不用愁，你的资格在我口袋里，说有便有。不过这件事我也并不强迫，也不要你立时决定，若没有特别困难和意外牵缠，月琴祖父能得笔养老全钱，再安置个养老地方，自然愿意把他孙女嫁给合适的主儿。等到商议停妥，那时再请你仔细察看月琴，就按新式办法，跟她先做几天朋友也可。你若认为她配做你的太太，就帮我圆满这件功德，教我将来临终时想想心中多一件乐事，脸上也添一点儿笑容。若是认为她有所缺欠，我就把她另行安置，这总成了吧？"

九芝本来在叔子诉说月琴情形时，心中已觉爱慕，但是婚姻之事，却是因为自己位低力微，向来最怕提起。所以听止庵一说尽力推辞，对于任何女子都要持此态度，并非对月琴有所憎嫌。但止庵竟由此事扯到他临终

20

安慰的话，知道老头儿又犯了执拗脾气。他最乐于为善，却最怕别人拦他高兴。譬如他把金钱赠人，对方以为取之伤廉，坚辞不受，他有时只为完成自己的义举，竟不顾及对方的苦衷，或者竟吵起来。自己对事曾旁观多次，今日想不到竟身当其冲了。九芝素日敬慕止庵为人，尊如父师，既不忍使他扫兴，又想止庵是一时兴致之谈未必作真，即使他果然要做此非常之举，我还大有退缩余地，并非今日决于一言，我又何必当面拗他？就不再言语，表示默认了。止庵大喜，就和众人畅谈许久，款留夜酌，到半夜才各自归去。

过了两日，到约会之期，九芝如时到徐宅候约，止庵见叔子已然到了，稍坐进茶，便和九芝三人一同出门，坐着止庵的老马旧车，同奔三不管而去。止庵这辆马车已有二十多年的历史，他在北京做大官时，向来不用公家所备之汽车，只驾着敞驷车马，缓行于京廛十丈之间。到下野家居，也仿用原来那套仪仗。由这件小事上便可看出此公浩淡清高，无论在朝在野，俱是一般风度。只是驾车的马却已老了，走路甚迟。他也向不着急，禁止车夫鞭挞，任其雅步徜徉。但他这辆车反成为特别标识，路上行人都一望而知是徐止老的车，生出一种敬意。似乎比同时当权者所坐装潢华美、设备齐全、行动发出乐声的最新式汽车，别有荣显之处。

三人坐在车中，都觉安稳舒服，颇有坐上水船老牛车的风味。车前的马也具有通灵的性格和自由的习惯，走在热闹拥挤之处，好似讨厌嚣杂，居然肯卖力气疾行数步，到了清静之区，它又似工作不忘求学，不是停一会儿低头向路面上研究地质，抬头向楼舍考察建筑，就是且行且止地流连风景，左顾右盼地品评人物，可惜太不知经济时间，车中若能再多一人，凑一局麻将准可从容打罢四圈才到目的地。所好三人都是闲散之身，在车中同作清谈，居然不知不觉已至东兴市场。

车子停住，止庵还夸奖老马今日负重致远，力效驰驱，实是不易。说着三人下车，令车夫守候，才由叔子领导，进了市场。止庵虽老，却是腰腿甚健，兴致极高。当时转弯拐角，直奔月琴鬻技的那个院落。到了地方，只闻歌管嘈嘈，似乎比叔子初次来时还更加热闹。看了看，只见东北两面唱时调和唱大鼓书的仍然还在，只西面一室的门首吴月琴的报签已经被贴一张大红纸遮盖了。叔子走近瞧看，见纸上横列六个人名，是林黛玉、林鼙卿、刁玉红、刁玉卿、黑瞭子、旱甜瓜，下面写着全班河南坠子。同时听由屋中发出女子的歌声，叔子对这种雅调向未曾闻，只觉那音难听得出奇，似乎村里初丧夫的蠢寡妇被父母压迫不许改嫁，又受了小叔小姑打骂，半似躲入茅房委委屈屈数数落落地哭泣一样。心中诧异这是什么玩意儿？就掀起帘缝向里瞧看。先觉一阵热气喷将出来，把他的近视眼镜扑了一层薄雾，等雾退了再看，原来里面和上次来时大不相同，听客几乎挤得没了座儿，连走道全站满了人。再看台上和台下一样拥挤，一个十七八岁的大妞儿和一个四五十岁的男人，分立小桌左右，正做对口合唱，中间一个不及弱冠的童子正在奏着一种不知名的乐器，而且桌上还绑着一件东西，由他的腿摇动发出怪声。在后面靠墙的地方，并坐着三个女性在那里陈列展览，一个四十多岁，一个三十多岁，一个二十岁上下。那最老的还抱着个入世未久的婴儿，在敞怀袒胸地喂乳。总计四个女性，都是穿着最具诱惑性的粉红色旗袍，剪着入时式样的发型，脸上也擦着白粉，嘴巴和两颊也抹着红脂，居然含有美人姿态。但是她们化妆术好似尚欠讲究，脸上除了擦粉处成为白垩之色，其余粉饰不及的地方，如额角下耳后脖颈等处都还显着故乡的阳光和尘土的痕迹。尤其是暴露的双臂，有如隔夜熟藕，把所戴的金银包括戒指都带累得失了光彩，不异黄铜。旗袍也不知是哪家裁缝做的，好似没量过尺寸，比变戏法人所穿的长衫还肥，真委屈了曲线，虽美不彰。

　　叔子看了直欲作呕，心想这一班坤角直好似庚子年义和拳由外乡到天津，把抢当铺所得的衣饰给妻女穿上去充红灯照的样儿。看着已经怕人，何况又唱得这样难听，怎会如此叫座？莫怪屋子的主人要赶走月琴把他们邀来了。自古下里巴人最适俗耳，阳春白雪知者无人。看见这班牛鬼蛇神居然得意，就可知月琴必得落魄了。叔子想着，正因眼前情况勾起自身不遇之感，却忽听那位女角使了在医院手术室常能听到的哎呀新腔，台下哄起好了。好声方落下去，忽然又起了一阵驴鸣，原来台右立的壮男开口接唱了。叔子吓了一跳，不由想起在街上常见残废乞丐用砖敲打胸膛，敲一下叫一声爷爷奶奶的惨状，急忙缩着脖子退了回来，向止庵说道："我告诉你那个月琴已不在这里唱，你偏要来看看。如今看了我一肚子气，真是冤枉。你今晚得请我吃酒解秽。"

止庵道："请你可以，不过怎样气着你了？"

叔子把屋中情形述说一遍，九芝叹道："这就叫黄钟毁弃，瓦缶雷鸣，千古以来总有这种感慨。"

止庵笑道："不必感慨，我知道你和那个月琴很有同病相怜的意思，才这样说法。现在我不正预备给你们治病么？走吧，老弟，咱们请叔子引导，来个斜阳里醉访美人，也许今天就好事成功。"

说着就同出了这道院落，转到市场正街，向南行走。经过天乐戏园门首，见园外又张贴了新名牌，写着"全球唯一坤角，真正老鲜灵芝明天登台"。止庵诧异问道："这是那个在北京红过很久的鲜灵芝么？"

叔子道："只怕是的，听说她近年很不得意，如今竟落到这地方来了。回想在北京正红时节，举国若狂的情形，真是不堪回首。"

止庵笑道："你真多情，又替这老去秋娘感慨起来。这地方实在不好，若是常常来游，只怕要生神经病。"

九芝笑道："还怕等不到生神经病就先害传染病死了。难为止老居然受得住这地方的臭气味。"

止庵道："我倒随遇而安，早年在云贵做过几年官，那边的蛮烟瘴雨，比这里还可怕，我也受得惯了。"

三人说着向西行走，到了那路南巷口，转了进去，止庵、九芝见着那些穷民窟和乞丐的井字窟笼，自然有一番惊讶。止庵叹道："我做了半世的官，自觉还颇知民间疾苦，可是梦想不到还有这等情形。今日虽得相见，可惜已不在其位，只算多一番阅历罢了。我很盼望现在主持民众生计的人都到这里看看。"

叔子笑道："我们是来寻香访艳，谈什么国计民生？别煞风景了，快走吧。"

说着再向前行，叔子估量将到地方，就向东西注意瞧看，寻那金纸糊的店招。哪知走了很远，并不见那圆形乐器了。叔子寻思，记得那日并未走到这么远，就停步向左右瞧看，只见房舍生疏，又似乎并未见过，方悟走过头了，只可转向回走。这次仔细留神，到一家门前，瞧见那门和墙都十分像月琴祖孙走入的房子，再细看墙上，还残留着红纸的刮剩痕迹，更确定必是这里。但墙上悬的标识已没有了，而且大门和里面屏门全都开

23

着，可以望进院中。只见里面满地堆着零乱碎纸，一个衣服褴褛的穷人在里面蹲着，似向垃圾中有所寻觅，看情形似已空无人居了。叔子呆呆地望了半晌，向止庵说道："真奇怪，我认准是这门内，可是怎么会空了？"

九芝道："你认识是这个门，不错么？"

叔子道："不错，你看这墙上的红纸招贴还留着新刮的痕迹呢。"

九芝道："既然确是这里，怎只隔一天就有了这样变化？"

叔子道："我跟这乞丐样儿的打听一下，看他可能知道？"

说着招手向那院内的人叫道："喂，请你过来，借问一件事。"

那人也闻声抬头看看，才慢慢走过来，叔子见那人面色枯槁，头发长如囚犯，身上却穿着一件许多补丁的长袍，叫不出是什么名色，原质既盖满了可鉴人的油泥，辨不清是布或是绸缎。说是棉袍，却在上半身是单层，说是夹袍，却在底襟下摆等处还藏有成团的棉絮，累累下垂，说是单衫，却又只单了一部分，细看才知原是棉袍，只破烂得不成样儿，而且看他的神情还不像是乞丐。就向他客气说道："对不住，打搅你，请问这里怎么……原住的人上哪儿去了？"

那穷人举目打量叔子，又瞧瞧止庵、九芝，才道："你找谁啊？"

叔子听着不知如何回答是好，一时窘住，未既开口。九芝在旁代他说道："我们来找一位吴老头儿，带着姑娘卖艺为生的。"

那人脸上微露一丝笑影说道："找吴老头儿啊？我看你们别是找吴老头儿的孙女吧？可惜来晚了，他们祖孙俩已经被官面抓进警局去打官司了。"

叔子愕然大惊道："怎么？真的……他祖孙怎会被捉进警局？"

那穷人笑了笑道："他们只是吃了旁人的连累，很容易洗清出来，不至于受罪。"

话未说完，忽听背后有钉鞋的声音走过，同时有粗哑喉咙叫道："王咬牙，你还在这里干吗？"

那穷人应道："苟秃子，老爷爱在这里，你管不着。"

背后那粗哑喉咙又道："我才没工夫管你，我只问你还在这里干什么？把人也害苦了，钱也弄到了。王咬牙，你可真是咬牙，在这里还咬谁？"

那穷人闻言骂道："苟秃子，你少说闲话，我知道你恨我，我毁了他

24

们，拦了你的财路。其实不能怨我，谁叫他们对我那么狠，不肯供我烟抽？我恨极了才上警局报告，报了仇还得了赏，多么便宜！无奈昨儿一场牌九，把赏钱全都输干，今天又没了辙啦，只可上这儿捡些旧烟盒跟破烂，市上对付一顿饭钱。哪知早有人捡净了，妈的一点儿也没剩。秃子，你带着钱借给我两毛，明天还你。"

背后的人听了哈哈大笑，叔子回头看时，只见笑的是一个长大汉，头颅又大又圆，又红又黑，直似一只皮球。身穿深色短衣，脚下却在这晴天穿着带钉油靴。他笑看着一言不发，掉头而去。那穷人望着他的后影破口大骂，叔子却已由那秃汉口中得知穷人名叫王咬牙，又急欲问明月琴遭祸的原委、现时的下落，就取出一元的钞票拿着问道："老兄可是姓王么？"

那王咬牙道："不错，我姓王。"

叔子把钱递过说道："老兄现在用钱请拿这个去，不要客气。还得求你把吴老头怎样被捉进警局的事告诉一声，有信朋友托我打听他们的消息。"

那王咬牙看看叔子，伸手把钱接过，点头说道："你打听月琴必是跟她相好，实话告诉你吧，我可不是成心害她。只怨她点儿低，赶上了。"说着回手指指门内道，"你知道这院里是一家客店么？其实这客店做了私卖鸦片烟。你知道这几年街上有些个算命瞎子，只在夜里串街过巷，敲着当当儿，实在他们并不做算命生意，每人身上都带着烟土烟膏，各处寻主顾出卖，很能赚钱。汪大狗就招了许多这样的瞎子，住在店里合伙生意。"

叔子听到这里才明白那日看见许多衣服整洁的瞎子出入，和墙头悬挂算命标识的缘故，不由哦了一声道："原来这么回事，可是月琴和她祖父也做这营生么？"

王咬牙道："他们是卖唱的，不干这个。而且吴老头跟孙女才到天津没一个月，因为这店里有个瞎子是吴老头的师弟，邀他们到店里同住，才吃了挂落儿。你若问吃了谁的挂落儿，实不相瞒是我干的。我就住在这南边不远，当初也……好汉不提当年勇，当初也阔过一阵，如今混落魄了，又有两口烟瘾，才常到汪大狗这里买烟。日子长了，短不了赊赊欠欠，总共欠了没十块钱，汪大狗就止住不赊，任我说尽好话他只咬牙没一点儿商量。旁边几个瞎子还跟着挖苦，真把我气疯了。老先生，你别听人们都叫我王咬牙，我可向来不做咬牙的事。没有汪大狗的咬牙，也惹不出我咬牙。前天一早我就上警署把这私烟馆告发了，署长亲自带人来抓，把汪大狗跟瞎子一网打尽，还搜出许多私货。吴老头和月琴分辩不是同伙，我也往外择他们，署长说回到署里再做定夺，仍把他们一同带走了。我跟到署里，署长对我说，这样的案子告密的人本该给一百元赏金，但是你也是个瘾客，内中必有挟嫌争利的内幕，若切实查问起来，恐怕不能得赏，反要治罪。只是念你总算有此微劳，不忍深究，只把赏金减为二十元，快领了出去。就给了二十元钱把我赶了出来。我解了恨又落了钱，心里自然很得意。哪知晚上进赌局，不大工夫就两手空。我心里才觉得这件事做得损人不利己，好没趣儿，在吴老头祖孙身上更是缺德亏心。如今你老先生既跟月琴认识，又问到我这儿，我可不是因为你给我钱，才捡好听的说，实在自觉对不起他们。你若有门路快救他们出来，若要证见，我一定去给他们洗刷。可是你得再给个三块几块的，教我抽足了好有气力说话。"

叔子听了心中悚然，暗想在这下等社会之中，竟也人心诡诈。可怜江湖薄命的月琴竟会遭到这无妄之灾，好生可怜。这王咬牙害了月琴还想借着救她由我身上取利，真是善用机谋，有缝即钻。我宁可把钱掷入水坑，也不给他。但转想此人也许有用，暂用不可得罪，就忍怒说道："请你告诉月琴现在哪里？我们好去报告朋友，教他设法托人关说。到时必须请老兄你做证。"

王咬牙听了忙道："他祖孙被荣业大街南道警察局抓进去了，若是找我，我住在这胡同南头一个小院里，很好找的。院内常放着几辆卖切糕的独轮小车，我就在那院里南屋住。"

叔子点头道："好，大概明后天准去找你，多打搅，改日再见。"

说着就和止庵、九芝反身转回归途，他们三人初来时都抱着满怀热望，满心趣味，酿成一腔高兴，兴致勃勃地走来，好似走到天边也不会疲乏。哪知白跑了许多路，竟而发现与希望相反的事实，不但香巢空在，燕子已飞，而且噩耗惊传，美人落劫。不由都索然意尽，惆怅难堪，把高兴全消，力气齐丧。止庵向来自夸老腰的健腿，不知怎的竟自拖拖曳曳起来，叔子的两条腿也有点儿抬不够尺寸，擦着地面移动，幸而九芝少年气壮，不显急软，在中间扶着两位老人，且行且笑。

止庵等人因去寻访月琴扑了个空，并且得知美人运劫，或已陷入缧绁，大家都十分扫兴，惘惘归来，回到止庵宅中。叔子从下便唉声叹气，口中咳着道："岂是寻芳到已迟，应嗟花自负花期。空浇一夜招魂酒，难乞三春续命丝。好月已无含笑影，东风犹妒可怜枝……"

止庵在旁摆手道："够了，够了，人家还没有死，你怎么作诗吊她？"

叔子笑道："这也不是我作的，是别人的落花诗。我一时感慨，就随口念为。"

止庵道："不用念了，咱们还是先研究月琴的下落，设法救她出来，才算全始全终，不枉你我发痴一场，奔波一阵，而且也不负对九芝的夙诺。"说着又对九芝道，"喂，老弟，你是局中主要，怎倒不言不语，像置身事外似的？"

九芝那里就因为被他硬派做局中人，所以此际只可不住微笑。

叔子说道："止翁不必调侃九芝，他这时心里不知怎样难过，因为那月琴已经是他精神上的云英了。今天崔护来时，人面已渺，悲感是不必说的。"

九芝笑道："可惜我的崔护只是初次观光，还没见过当年的桃花人面，想感慨也无从感慨起。"

止庵道："不必乱谈，且说正经。咱们快想法打听她的下落。"

叔子道："这倒容易，止庵可以给警厅马厅长写封信，询问在最近可曾有南市区所送到这样的案件，案中可有这样的人，若是有时再请他设法。"说到这里，忽见止庵沉吟摆手，叔子立刻悟到止庵为人品格甚高，向来即为很重要的事，也不愿向当局请托，如今为这风尘歌女，竟要他屈节破例，自然不肯。就忙改口道："其实这小事也无须止庵出面，我倒有个接近官厅的朋友，可以先烦他去打听一下，明白了下落，再定办法。"

止庵点头道："这样最好，就烦叔子偏劳，我先替九芝谢谢。"说着哈哈大笑。

叔子道："事不宜迟，我就去找这朋友，托他快去打听。"说着就告辞走了。

九芝望着他的后影笑道："你们二公真是老而多情，为一个不相识的女子，竟这样不惜心力，不辞劳苦？"

止庵也笑道："什么老而多情？这才叫无事忙。只因饱食终日，无所用心，也闲得难过。就要自己给自己寻些事消遣，好容易得着这么有趣的题目，自然很高兴地做去。就如诗人寂寞行吟，忽逢美景，必然搜索枯肠，作一篇好诗，才觉心中畅快。若问这样劳心费力，有什么意义，有什么好处，那可以说一点儿没有，不过这就是人生的乐趣。只因情之所寄，兴之所至，常有莫之为而为的。若是每做一事，都要想想何若如此，何必如此，何须如此，那就恐怕一个该做的事就很少了，而且这世界也很没趣味了。我和叔子同是闲得难过，而且全都诗酒成癖，这次因为叔子意外遇见那个月琴，我们两人全认为是一个好题目，想用这题目做成一篇锦绣灿烂的活诗，这篇活诗，诗中有画，画上是老弟你和那月琴都穿上喜服，双双立在礼堂，由我们证婚，成就一双美满姻缘、风尘韵事。然而现第一步便遇着阻碍，也许是老弟红运未动，也许是天将搜佳偶于斯人也，必先另其道途，迟其遇合，痛苦其精神，而后……"说着又拍掌大笑道，"可是我和老弟一样，还没有见过那月琴是什么模样呢。"

九芝听着心想原来老先生们的风雅好事都是闲出来的，但他终是年轻脸薄，觉得对这问题不便参加讨论，就把话锋转到别事，又共谈了一会儿，便要告辞，止庵定要留他吃晚饭，并等待叔子的回信。

到了黄昏时候，仆人来报开饭，二人同至餐厅，方才就座，叔子忽然来了，不待让就坐下同吃。止庵和九芝都惯饮黄酒，见叔子来到，止庵忙教仆人去取白酒，叔子笑道摇头道："我今天不饮，没有兴致。"

九芝忙问怎么，叔子一拍桌子道："月琴已经走了，不知踪迹了。可恨警厅里的人好像跟我作对，官厅办事向来迟缓，他们这次竟然特别敏捷，好似实行拘押人犯不得过二十四小时的人权保障法令。"

止庵插口道："你说了半天，到底怎么回事？"

叔子道："我烦朋友去警厅探问，很快便得了回信。原来月琴住的师傅小店确确是贩卖毒品的机关，许多在算命唱曲上寻不出活路的瞽人，都住在那里。白天睡觉，晚上打着小锣儿上街，身上藏着鸦片海洛因等毒品，向主顾家分送。月琴祖孙原是北京人，只因家贫潦倒，就以卖歌自养，流转江湖。这次从山东回来，想在天津留些日子。月琴的祖父和师傅小店的一个主人是旧日同堂学艺的师兄弟，就被邀住在师傅小店，不想师傅小店贩卖毒品的秘密被人告发，竟被警察抄了，带到区里。区里询问月琴祖孙，知道他俩不是伙犯，并且那告密的人也往外摘他们，只是区里不敢做主，就把全案送到警厅。这位承审员真是慈悲成性，问明他祖孙只是寄居，竟尔当堂开释，连保也不要取，就给放了。到现在那师傅小店的犯人已全转送法院，月琴祖孙也走了两天。我们可上哪里去寻找呢？我倒愿意警厅办事迟缓，到现在还把她拘押不放，我们托个人保出来，岂不一切顺理成章了？"

止庵听着不觉怅然若失，却摇摇头向叔子笑道："你真是不讲理，只因你寻找月琴的便利，倒把警厅的手续敏捷、承审官的判断明爽一概都说成不该了么？"

叔子苦笑道："我也知道这是一腔情愿的话，不过他们若多留两天，于我们多么便当？现在鸿飞冥冥，弋人何慕？我们功败垂成，九芝老弟的好事也落到虚无缥缈之中了。"

九芝笑道："叔翁，何必又牵扯到我身上？本来这事一直在虚无缥缈中，只因你二公一时兴之所至，因心造就，硬把我与不相关素不相识的人给扯到一起，并且把空想当作实事似的，就奔走张罗起来。其实细想又何尝有丝毫可凭借的事实？只不过你二公构造的空中楼阁罢了。现在月琴已经无可踪迹，这空中楼阁也算塌圮，我看很可以不必再谈这事了。叔子还居然不肯忘形，大有太息痛哭之势，我真要忍不住笑了。"

叔子听着瞪目说道："你真是冷心冷面，这事和我有什么相干？我热心奔走以至太息痛哭，都是因为爱惜月琴，想要给你撮合。如今波折横生，大功不成，我难过也是为你们难过。你自己草木无情，倒来笑我？哼哼，你只是没见过那月琴罢了，若是见过，管保这时比我还难过。得得，我也不管了。'黄金费尽教歌舞，留与他人乐少年'，哪知少年还不承情？我又是何苦呢？"

止庵笑道："你二位也不必辩嘴，据我看九芝是其词若有憾焉，其实是深喜之。"

叔子道："是啊，我本想造成一件韵事，哪知反落了笑柄。不过我还不歇心，以后仍要继续寻访这个风尘尤物。"

止庵道："好，你倘若寻着，我仍照旧帮忙。"

叔子道："到那时我自会给她另寻佳偶，教这冷面冷心的人在旁看着眼热心酸，才后悔今天不该笑我。"

九芝见叔子过于热烈，反怪自己冷淡，大有恼意，觉得好没来由，但也不好分辩，只得干笑不言。大家吃完了饭，稍坐一会儿，九芝已到工作时间，就告辞走了，叔子也稍留即行。于是他们对月琴的一番不知所由的侠举便也不知所止地突然消灭了。好似无意中在水池内投下石子，忽起波纹，随又平静无迹。又好似夜中忽做了个有趣的梦，忽被惊醒，回想梦中情形，还想继续，但再就枕，泥泥入睡，醒来时这梦已由脑中消失，漫灭无痕了。

但在叔子心中却还未能忘情，他总寻思月琴或者未离天津，若在天津，他祖孙以艺人之身，无隔夜之储，自然要卖唱糊口，要卖唱就离不了三不管那种地方。于是他在暇时就仍到三不管寻访，以及其他低级娱乐场所也偶去走走。但过了几月，并未访着月琴踪迹，却有一次在三不管的稠人丛中，忽然瞧见一个衣冠楚楚的人，像是九芝。那人很快地没入人丛不见，叔子老眼未睁，本来很少自信力，又加一瞥即逝，简直无法断定是否九芝。过几日到了诗社集会之期，见着九芝，问他可曾到三不管去，九芝坚不承认，叔子也就罢了。

哪知又过了月余，叔子听包车夫说河东铁路地道外还有一片低级娱乐场，就教车夫拉着前去，瞧见那里和三不管情形大同小异，也是百戏杂陈，十分热闹。便循着管弦之声，到了一个用席棚搭盖的歌场，见门外报签上写着许多香红宝翠的女人名字，注明演唱时调大鼓。他便举步走入，正想寻个空位坐下，好留心细察内中是否有月琴在着，却不料他向里走，里面也有人匆匆忙忙地往外走，又恰值一个卖糖小贩也端盘走过，三个人撞到一处，由里而走的人又是侧着脸儿，没瞧见卖糖童子，乃至到了近前，木盘撞到他后颈上，他急忙一闪，却和叔子撞个满怀。叔子猛然立住，向这人一瞧，才瞧出正是九芝，不由失声叫道："你怎么……怎么也上这里来了？"

九芝满脸通红，拱着手道："我……我……我来……随便走走……找个朋友……您您您坐着，我还有事……再见……再见……"说完，转出门一溜烟跑了。

叔子望着他的后影儿，怔了半天，还是卖茶的高喊落座，他才坐在一个空位上，凝神思想，想着九芝何以也到这地方来，何以见了自己那样惶愧，又把上次在三不管看见他，他不肯承认的事，联起来细一参详，立时恍然大悟，急忙止笑低头，仍自寻思，九芝太已心口不相应了，他明与自己正走着一条道路，抱着一个目的，大约在我和止庵商议拯救月琴，给他撮合的时候，他由我口中得知月琴的美好娟洁，已在心中种下没来由的情根，和我同止庵发动没来由的豪举一样，他盼望见到月琴的心，比我们还热。不过因为少年面嫩，还要假撇清，竭力表示无动于衷。及至寻访月琴不遇，他的失望也比我们为甚。可是仍然坚忍不形于外，反故意笑我发痴以显他的不痴，其实他的痴是背着人暗地发作。大约这些日子天天向低级娱乐场所走动，寻访他向未见过的月琴，下的功夫比我还许加倍。上次在三不管被我遇见，他一死儿认定我是眼花误认，今天必是他正在这里坐着，见我进来，就要逃避，却不料反而撞到一起，来个冤家对面。论理儿这儿并不是娼寮赌局丧德败检之地，偶来消遣，并非耻辱，何以他会羞窘到那个份儿，足见他心仍藏着个月琴，所以到这种地方却不敢见我。哈哈，这回看你还说什么？下次诗会我定然当众对他质问，给他宣布，看你年轻人可敢再对我老头儿捣鬼？

　　叔子想着，又观察小台上的歌姬，见一个个神头鬼面，鸡颈粗腰，都是上帝最不经意的副产品剽庄货，就抛下几个钱走出来，又到别处转了一回。佳境遍探，美人终渺，才意兴阑珊地坐车回家。

　　这天是星期四，到星期六便是诗社集会之期，叔子满心兴致，忍俊不禁，只待会期向九芝开回大玩笑，这件有趣的事，足供大众开颜半日，下酒三升。哪知次日早晨，便接到九芝一封信，叔子尚未展开，便已料到信内必是央告自己不要宣布他的秘密，自己万不能允许，好容易获得这个有趣的灯虎儿，怎能暗地取消，不供众览？这就是箭在弦上，不容不发，如若不发，心乱如麻。

　　叔子想着才展开信，哪知上面并未谈及昨日的事，开头便是"夫子大人函丈"，叔子惊得跳了起来，平日九芝只以叔相称，通信也只写"叔翁函丈"，今日怎竟做师弟称呼？再向下看，却是说他素日对于诗的学问，万分倾佩。又自觉学无根柢，浪得浮名，久思深造，恨无机会。现在想要

31

投入叔子门墙，在旧学上求些进益。倘蒙不弃，许其立于雪门，听经问帐，谨当束脩以上等等的话。说得十二分恭敬，下款也写着"受业陆九芝谨禀"。叔子瞪眼几十秒钟，才又恍然而生大悟，心想九芝这小人儿真是刁钻得可爱，他什么是认老师？不过仍为昨日的事，恐怕宣传出去，被人讪笑，所以设法堵我的嘴。却不直言相恳，竟绕着弯儿给我灌米汤，戴高帽，以弟子自居，把我抬到老师的宝座上。我若承认，自然正名定分，就得敦品修身，万不能以老师之尊，乱给学生宣布桃花秘密。即使我谦不敢当，也得念他一片恭敬之忱，不忍也不好意思开玩笑了。这小人儿真是厉害，我简直明知落进他的圈套，而不能脱避了。可是我偌大年纪，还上他的当么？无奈左思右想，除了自甘离开人情，再没法不上他的当。只可气愤愤笑嘻嘻地写了几句回信道：尊嘱万不敢当，还祈收回成命。唯执经问难，虽为人之所患，而守口如瓶，当为君之所欲也。仆愿永学金人，长为石友，中天明月，鉴此誓言。诸唯心照不宣。写完即装封派人送去。

到了次日，叔子去赴诗社之会，九芝早已等在那里，远迎扶掖，执礼甚恭。叔子却对他一笑，再也没法说什么。从此这段秘密也算埋葬胸中，不能暴露。但到数日之后，叔子终在背地告诉了止庵，止庵止于好笑，也没对别人说。他二人都怕九芝发窘，当面很少提起月琴，九芝当然更是绝口不谈。

自此以后，月琴渐渐变成轻烟一样，被人们淡忘了。但是诗社的集会却仍是如期进行。月琴这一节事，只替叔子诗集中添了一首古风，八首七绝，对于诗社公众却少影响。就如同叔子发现了一株奇花，打算邀社友观赏作诗，却不料先期遇了风雨，把花儿摧残，结果空拟了个好题目，并未成为一期社课。

然而此事过去，到了春残，大家咏了茶叙，到了夏中，咏了端阳角粽，六月咏了莲花，游了八里台，又结伴到北京，向北海西山颐和园陶然亭，收了许多诗料。转瞬节令交秋，又咏牛女鹊桥，再咏中秋明月，重阳时就近在一家大百货七层楼上，登高赋秋。以后到了冬天，又随着节令办了消寒会，把寒消尽了，又逢新春，大家咏了春雪。在叔子斋中先尝了碧桃，又在孔眉山花园中赏了桃杏，接着止庵宅里书斋檐下的燕巢，旧年就寓居的燕子回来了，随即生了乳燕，紫襟黄口，在庭中鹅黄新柳间，飞舞

32

呢喃。止庵又邀集社友置酒燕巢中的旧客人，庆祝燕子家庭的新生命。大家饮啖之际，都不免感慨岁月无涯，人生易尽。看着小燕的出生，就反映着旧燕的老去。大家每年都到止庵宅中欢迎燕子，这有五六年，认识燕子祖孙三代了。大家每年在此欢聚一次，就是老了一年，真觉不堪回首。

叔子望着庭前花木，不由想到去年，更由去年想到自己和月琴的遇合，如今岁序骎骎，春天又回到人间，那月琴却是美人消息经年杳没了。不知她可曾远去，现在可曾随着春风又回到这旧游之地。想着就去瞧九芝，见他也正停杯不饮，望着燕巢似有所思。叔子心想，莫非他也和自己一样，想到月琴身上，正感慨着旧燕已归，月琴她不随春共返么？至于九芝那里是否和叔子具有同感，也是不得而知，止于外貌上也一样似有所思而已。

当日大家饮宴完毕，已到了晚上。客人有的留止在书室同作清谈，有的告辞回家，九芝他独自回报馆办公。他本来在馆中担任着文艺副编辑，每日只晚间有二三小时工作，办完之后，便回到职员宿舍休息。进了自己卧室，方才坐定，便听隔壁有人正唉声叹气，同时又有捶打床板之声。九芝不由暗笑，他知道同事张秩如又在发神经了。

这张秩如也是馆中社会版的编辑，是河北省南部某小县的人，去年才从北京大学肄业，但已年近三十。当他读书时代，因为家境寒苦，举止村俗，又加幼时天花落了一张麻面，一切够不上恋爱条件，所以很少接近女人，大有半生未识绮罗香之慨。但看着旁人各有艳侣，难免因羡妒而发生炽烈的情焰，不能自加抑制。他深晓临渊羡鱼，不如退而结网的道理，又信服书中自有黄金屋颜如玉的古训，他自去拼命用功，这样因为图谋恋爱，在学业处加倍努力，自是好事。及至大学毕业，以为到了实在希望的时候，他去竭力谋求高上职业，指望一步升天，哪知第一步先破了他书中黄金屋的信念。因为谋求职业竟尔非常艰难，原来心比天高，渐渐因挫折而低跑到地上，最后把什么抱负希望全都抛开，只求生活有落，还是费了九牛二虎之力，经年累岁之功，才得到这报馆中的编辑一职。

他本来全部人生观都被女人充满，既然有了固定的收入，自然要去向女人身上寻求享受，以求不负十载寒窗之苦。但是他天然生来的乡气土味既苦不易消除，又加为人有些痴气，即便力效摩登，穿着西服革履，修饰得油头粉面，终和生长都市的贵公子大有区别。又赶上这时候盛行健康美，男子都要模仿泰山型，越是粗豪雄武，愈能受女子垂青。但张秩如追随风气，竟遭失败。因为他一模仿西洋式的泰山，倒弄得村气尽露，变成庄稼汉的模样。漂亮女人谁也不肯和他挽臂同行。张秩如在交际场闺秀队中，连遭败运，精神大受打击，竟改口就骂女人，宣言要终身抱独身主义。他好似伊索寓言中的狐狸，吃不到高枝上的葡萄，他骂葡萄太酸，本不要吃。可是暗中一直涎长欲滴。而且葡萄遍地生长，散着诱人的芳香，他过了没有多久，又觉得忍不住了。他又宣言说把独身主义改为玩世主义，对那些该诅咒的女人加以报复了。于是理面熏衣，重去征逐欢场。无奈那些仍没一个肯献身做他主义的试验，莫说受他玩弄，就连肯玩弄他的也苦不甚多。他撞了许多钉子，遗了许多笑柄，又复铩羽归来。

这次可伤心透了，先是变为颓废一派，整天拿本颓废诗人的集子倒在床上读着，读到感伤之处，便哭上一阵，骂上一阵，由此得了神经病的绰号。更有刻薄的人，将他的相貌拼合计算，借用神经麻痹的病名，将痹字谐音，总称为神经麻皮。但他再向颓废的深处追求，又觉得这样只犯神经，没有事实表现，还不成颓废的家数。必得醇酒妇人，做慢性自杀，才足以上追往哲。无奈醇酒易得，一提到妇人，又遇到难题。若能得到妇人，起始就不致颓废，如今因颓废而需要妇人，直如在实胡同里打转，又回到碰壁的地方了。

好在颓废派的先觉已在诗文集中替他开了先路，提示着得到妇人的便宜办法，就是去嫖妓女。闺阁中人对男人有着选择权利，所以不及格的男子常遭失败，勾栏中人完全受着金钱支配，只要出钱，也照样能买。商店中人万不会因他长得丑陋，穿得破烂而加以限制的。神经麻皮得了这条捷径，就去实行。果然到了秦楼楚馆，得毕生未享之乐，虽然妓女对他这样的人不会特加优待，但只不虐待他已有受宠若惊之慨。这就好比冬天在露天地挨惯冻的人，一旦住到有顶盖的房内，就觉四体如春，若是有了暖气火炉，就要受暑。而且他也未曾想象及之。神经麻皮自从新辟了这世界，就好比狂蜂浪蝶，受香气引诱，翻翻跹跹，将要老死花间。最初认识了个名叫大金翠的妓女，连报效了三四个月，把裤子都送进了当铺，才得着肌肤之亲。他乐得逢人便告诉说那大金翠对他如何钟情，如何疼爱。并且曾

经海誓山盟，订有终身之约。简直不愧现代的苏三，言下隐然以王金龙
自命。

哪知正在得意，现代苏三竟随着一个毛伙同逃，把现代王金龙抛得好
苦。他哭了好几天作了几十首新诗，给副刊添了不少材料。又对人说这次
心灵上受了绝大创伤，自然仍要女人弥补。这就似你脚上穿的皮鞋头上磨
破一孔，自然还要用皮子来补，绝不能用铁片嵌上，纸片贴上，是一样道
理。神经麻皮看看自己的皮鞋，立刻言下大悟，就又去妓馆重访可意的
人。这一次不知他寻着的是否足以弥补创伤，但由经济恐慌的情形看来，
便知道他又遇着现代苏三，使王金龙不得不用尽白金三万两了。

只是神经麻皮的月薪不过六七十元，自从踏入花丛，不特寅支卯粮，
惹得会计部职员望见他就头疼，以致发出不再通融的警告。而且他本是典
质一空，除了身上所穿衣服，连被褥也早已入库，夜间只睡在光板上。近
来更变本加厉地向同人借钱，连听差都借遍了。但是有借无还，自然都不
肯再敷衍他。他又奇想天开，向好便宜的同人商量，以月薪做抵出厚利借
款，例如现在是四月，由同人借以六十，到五月就代领七十元的全薪，六
月份的月薪就只能抵押五十元，七月份更减为四十元，这样连十二月份也
都抵押出去。至于来年的薪水，同人却因日期太远，虽只抵押到五分之
一，也不肯收受。

所以这位神经麻皮在报馆中是一个怪物，是一桩笑柄。九芝和他隔室
而居，较为亲密。虽然很反对他的行为，却看着他自讨苦吃的狼狈情形觉
得有些可怜。每逢他张口借钱，常常不忍拒绝。因此神经麻皮和九芝感情
很好，认为是唯一的朋友。但九芝本身所入也很有限，日子一长，既觉供
不应求，而且把本身的钱财救济朋友艰困，尚在情理之中，若把钱供朋友
狂嫖，谁也感到不合算。于是九芝对他也就渐渐疏远，虽偶然求借一次两
次还是照旧敷衍，实际也只于敷衍了。

今日九芝下班以后，听神经麻皮在隔壁又发神经，知道他必是又穷到
床头金尽不能去访他的相知。相思欲狂，就实行了《诗经》上的"求之不
得，辗转反侧"，和《西厢记》上的"五千遍长吁短叹，一万遍捣枕捶
床"了。想着觉得好笑，就倒在床上，吸了支纸烟，却由划火柴的声音惹
起事端。神经麻皮听他划火，知道九芝回来，就过来拜访。

九芝正倒在床上休息，忽见房门一启，由外面探进一张麻脸，急忙起身让座，叫道："秩如，你的工作早完了？还没睡觉？"

他摇头说道："我今天整晚上没有事，直在房里腻了这半天，真闷极了。"

九芝心想，你既不肯看书，也无心谈笑，只有守着女人才能不闷，而又没有钱购买女人照时厮守，那就只可闷下去吧。想着不好直说，只有微笑。张秩如才坐在椅上，说了句话，好似椅上有钉子扎屁股似的，猛又立起，在房中来回踱了两步，向这边墙上看看，那边墙上看看，仿佛他的灵魂已经出壳，在满屋乱跑，他的肉遍地追赶灵魂，却不能追上。忽然走到桌前，伸手取过本书，打开看看，眼睛睁得很圆，却并没有看见一个字，只发狠地似有所思。忽又把书本合上，向桌上一掷，转身走到床边，向九芝说道："你回来这么早，怎不在外面逛逛？在这春天，但有一线之路，也不能在房里闷着。大好的春天，春风暖得像在女人怀里，春夜软得像跟女人接吻。春天的月亮，啊啊，今儿正有月亮……"他说着向窗外望了望，又道，"这时候和一个女人在楼上倚栏望月，或是在马路踏月闲游，才是人生的乐境。更不必说明月香衾，哎哟，这四个字就教我销魂死了。"

九芝故意调侃他道："你既有此乐境，怎不去享受呢？"

神经麻皮将手一张，做个无可奈何的姿势道："乐境本放在那里，无奈没钱买门票，进不去啊。"

九芝听着心想糟了，自己这一提头儿，他定要趁坡儿借钱了。哪知神经麻皮竟不如他所料，又仰天叹道："苍天苍天，你莫非有意闷死英雄也？我再在房里待一点钟，准得脑充血。"说着拉住九芝道，"老弟，你同我出去疏散疏散，绕个圈儿就回来。"

九芝本不愿和他同走，但觉不好推却。又因月色甚佳，天气尚早，就点头道："好，我陪你去，可不能远走，我就要睡了。"说着就穿上件驼绒长袍，随神经麻皮到了他的房内。

那房中可称空无所有，除了屋顶电灯，在下的桌椅床榻，因是馆中公物得保安全，他私人被褥都已不翼而飞，不胫而走。只有一只掉了底的破网篮在床下，一顶灰尘蒙盖的破草帽挂在墙上，以外就只一件旧灰绸的夹袍，很熨帖地铺在床板之上。这件夹袍在这春风料峭的夜里穿了出去，似乎还差着一月节气，定要冻得难过。但是神经麻皮的棉袍已在十天之前因着调剂金融而和他分离了，他这夹袍本在当铺取存，当价只一元五角，而他的棉袍能当到三元，他在那时因为急欲往访相知，最少需一元购券入门之费，就把棉袍当了三元，花一元五角赎出夹袍穿着。除去利钱，却是价格悬殊，万不可能了。这时他把夹袍穿上，挺了挺腰，向九芝道："你怎这样乏？现在春暖花开，还穿得挺厚的，也不怕热？我可就是怕热，穿夹的还出汗呢。"

九芝瞧着也不答言，及至一同出了馆门，到了街上。三月里的午夜春风还像刺刀一样，由身旁掠过，神经麻皮立刻耸肩缩头，口中也微发唏嘘之声。这时明月当头，人影在地，九芝虽然不冷，却也有夜凉如水的感觉，心头陡然清爽，就和他载言载笑，信步所之。本来这是无目的散步，但神经麻皮心中却有目的，脚下向着目的地行去，口中只东拉西扯地谈着。他是三句话不离女人的，说着就把女人抬了出来，先骂闺秀自高身价，冷酷油滑，不堪受教，又称赞风尘中人倒常温柔多情，不拿架子。接着夸说自己艳遇，说得天花乱坠，把九芝浑浊未分的人俨以识途老马自居，对他讲说一切。九芝虽然未曾沉溺欢场，但是年来随着各位名士诗酒之余，也不断到风流花月之场。虽未探玄秘，但也稍有阅历，这时神经麻皮信口开河，只觉暗笑。

及至走了一会儿，九芝便提议回去，神经麻皮要求再走一程，九芝只得奉陪。哪知走来走去，忽见街头灯火辉煌，车水马龙，显出一派繁华景象，九芝注目一瞧，认识是南市中等平康巷的汇集之区，不由心中诧异，就向神经麻皮道："走得太远了，你怎领我到了这里？大概来得太熟，好比老驴认槽一样，顺腿就走了来，快向后转吧。"

神经麻皮拉住他叫道："可不是，我也没想走到这里，不过既来到了，你乐得跟我到个地方歇歇腿儿，顺便看看我认识的人儿。来来，走走。"

说着就揪住他向一条巷里硬拉，九芝这才恍然大悟，自己上了他的大当，他以散步为名，骗自己到这里来，便拉着同入妓馆，若是早说，我当然压根儿就不肯，但他何必这样劳心费力，骗我同来，难道只为教我视他的贵相知？当然不是，他是要我做财东，替购入场券啊。想着就摇头道："不成，谢谢，我得快回去睡觉。你请自便。"

神经麻皮拼命拉着，苦苦央告，九芝既明白他的心理，觉得可笑可怜，又恐这样拉拉扯扯被人看着不成体统，就直说出来道："你不必拉我，若是用钱给你两块，你自己进去，放我走。"

神经麻皮被他说破隐衷，羞得满面通红，更不好意思起来，口里虽像含着块热豆腐，咕咕噜噜说不出什么，但拉得更加着劲儿。九芝没法，只得答应道："好，我去坐一会儿，你放手，放手。"

神经麻皮仍不肯放，直拉入巷内，到了一家悬灯挂牌的书寓门外，方才放手，让九芝先走进去，九芝无可奈何，只得先举步入院，眼角一扫，看见门旁挂的牌子，写着"眉月楼"三字。到了院内，神经麻皮才转到前面，引领他进了楼门。门内坐着三四个毛伙，早已隔着玻璃看见了他，但没一个人过来开门，到他自走进去，也没一个人立起来，只是一个年纪稍老的有气无力地大喊道："楼上有屋了没有？"随闻楼上也有喊声，由楼梯口传下来，似乎回答说有，那伙计就向神经麻皮道："上楼吧。"

九芝见毛伙毫无礼貌，而且对客人说话，连个请字也不道破费，就明白神经麻皮必因寒酸态度、拮据行为受着轻视和慢待，不由替他感到没趣。但神经麻皮却不自理会，挽着九芝一同上楼。到了楼上，上面一处毛伙看见神经麻皮，也现出不欢迎的冷淡态度。他本立在一间房门之旁，手拉帘儿，似乎预备揭起来让人进去。他见是不及格的客人到来，竟把拉帘的手放下，离开房门，向他二人说声"请这边坐"，就在前引领，走到后楼一间极小房间，才让进去。九芝入室一看，见这房子小如鸟笼，陈设简陋和麻皮在馆中的卧室一样，只于床上多了一张旧被单，桌上多了只破镜子，墙上多了两张年画，而且满床臭虫血。九芝暗自摇头，无奈何只可坐下。那毛伙在门外向麻皮问道："您可是招呼七姑娘么？"

麻皮连声应道："对了，七姑娘，招呼七姑娘。"

那毛伙便放下门帘，高喊七姑娘。九芝觉得这毛伙对麻皮有些公然侮辱，因为麻皮心情这样热烈，起码也必来过几十次，而毛伙竟假装不认识他，但不认识又何以知道他招呼七姑娘，既知道又何必多此一问？但看麻皮时，却正在精神兴奋，意气发皇，在那里一会儿整整衣袖，一会儿摸摸头发，专心诚意地等候。哪知这一等竟等了很大工夫，还不见有人到来。听着前面笑语欢哗，似乎把他们忘记了。麻皮渐渐变得站立不安，隔几分钟便向外探头张望。过了约莫有二十分钟，才有另一毛伙送进茶来，放下便走。再过一刻钟，居然来了个女子，九芝疑是麻皮的贵相知到了，急忙注目瞻仰，不料来的虽是女人，却已年将半百，而且梳头裹脚，古意盎然，原来是个老妈儿。那老妈进门叫了声二爷，说了句："我们姑娘正在前边忙着，就来了。"又给倒了两杯茶，又说了句"搁在这儿请你喝茶"，就又退出去。一去之后，房中又寂静起来。九芝好不耐烦，看着腕上手表道："我们进来快三刻钟了。"

麻皮红着脸咳嗽两声，才道："我认识的这老七是个红人儿，一天忙得很。大约她是要把别的客人应酬走了，再来陪咱们长谈。咱们也得体贴她，耐点儿烦。"

九芝听着要笑，又不好笑出来，心想我今儿真是遭劫在数，陪他到冷宫受苦已然难堪，又要看他的丑态，听他的鬼话，早知如此，绝不进来。想着忽听门外有细碎的高跟鞋响声，由远而近，麻皮一跃而起，跳到门边，就要掀帘迎接。但他的动作稍微迟慢了些，九芝正在好笑，但那脚步声已到门前，麻皮很快地把门帘掀起，九芝一看这进来的人，立刻敛却笑容，现出惊异之状。他眼中觉得一阵发亮，好似房门变成一面大镜，映得房中灯光加倍增了光明。其实这光是由那进门的女子身上发出的，九芝突然悟到容光四照的话，不由看得呆了。

那女子生得一张美秀的脸儿，一副窈窕的身材，态度大方，风神流丽，而且有一种幽媚的情致发生于眉梢眼角。身上穿着一件印度红花旗袍，脚下穿着绣花小鞋，头发只烫作简单的波纹式，打扮得很是朴素，但却似通身上都冷却着光华，弥漫着风韵。九芝看着，心想这必是麻皮认识的妓女，但在娼门之中，何以竟有这样美人？尤其难得如此神清气秀，简直是闺中意致，林下风姿。莫非麻皮如此颠倒，为她连裤子都当了。不过这样美人，竟被麻皮享受，虽在青楼之中，也未免有彩凤随鸦之感。九芝这样想着，那女子已小步姗姗，进到房中。却是沉着脸儿，目不斜视。麻皮在旁望着她似乎爱得不知如何是好，笑嘻嘻地叫道："老七，老七，你出门了么？很累了吧。"

那老七直有些无视他的存在，只微微点头，向里走着，忽然秋波一转，瞧见了旁边坐的九芝，向他稍一顾盼，立刻玉颜开霁，却转过脸向麻皮发出命令的声音道："你给引见朋友。"

麻皮听了如奉圣旨，匆忙赔笑说道："我还忘了，这是陆二爷，这是我们老七。"

那老七想是被"我们"二字刺了耳朵，向他白了一眼，又转脸向九芝微启瓠犀，嫣然一笑，随手递过支纸烟。九芝接过道谢，又抢过她手里的火柴匣自己燃着。那老七笑道："您太客气，请坐吧。"

九芝听她语声脆若银铃，娇似新莺，而且含着温柔意味，和方才对麻皮的冷硬声音大不相同，不由心中一打转儿。那麻皮这时已凑到老七身旁，很亲昵地说道："陆二爷不是外人，老七不用照应。你上楼下楼地应酬客人，还不够累？就躺在床上歇歇吧。"

老七好似没听见他温存熨帖的话，只把腰儿一扭，翩然离开麻皮身畔，坐到九芝身边。麻皮对于这老七好似爱得要命，但又似乎时常受到冷遇，因而蓄有戒心，望着她又爱又怕，有如欲采蔷薇又恐刺手，脚下赵赵趄趄地想向她身边挨挤，又料着必吃没趣，欲前复却地忍了半晌，终于忍不住，就又凑到老七身旁坐下。老七还没容他走到，自己先立起来移坐到椅上，拿起支纸烟自吸。看样儿她是去取纸烟，举动很是自然，其实却是躲避麻皮。因为她只是把纸烟含在唇间吸了一口，以后就夹在指缝，只看着烟缕袅袅上升。九芝看她态度好似十分骄傲，简直不肯对麻皮稍加颜色，心中更觉麻皮可笑可怜。却又诧异一个妓女何以有这样大的架子？勾栏生涯，原以媚人为业，她反其道而行之，前途岂不危险？但再一观察，这老七的冷淡面容之下，却隐藏着温柔的本性，这一副神情，直是单独对麻皮。她虽不说话，却时时含笑向九芝偷瞟过来，但麻皮一开口说无聊的情话，她立刻就敛皱蹙眉，及至转脸对着九芝，又是笑面生春了。

九芝渐渐觉着这老七对麻皮十分厌恶，大约麻皮自认识她以来，不定说过何等肉麻言语，做过何等卑鄙举动，而他的形貌又是那样的丑恶猥琐，当然久已招致老七深恶痛绝。可是做生意的规矩，不能拒绝花钱客人，老七既无法阻他前来，只可这样对待。难得麻皮竟丝毫不知意味，还把她当作风尘知己，弄得魂颠梦倒，裘敝金尽。虽是当局者迷，但在我局外人看来，立在和麻皮朋友立场上，自然对她的侮慢行为觉得不满，可是由人情上看，麻皮这样的人，根本没有追求女人的资格。何况又不自度德量力，妄想高攀这样天仙化人，实是自取其辱。而且他的温存殷勤，又是极讨厌之能事呢？所以对他们实在不易判断是非。好在麻皮自己能够以辱为荣，以苦为乐，我不过只来此一次，又何必多管闲事？坐会儿告辞走了也罢。

九芝想着，却见老七的眼神不住向自己瞥来，妙目流光，漆黑的瞳仁儿似乎含情欲语。初尚以为她只是厌恶麻皮，加以冷待，但对自己这初识的人无端受累觉得不安，故而稍施色笑，以资抵补。但过了一会儿，忽觉她在不断瞧着自己之时，每逢自己一去瞧她，她就很快地把眼光避开，同时双颊微晕红霞。九芝念头一转，立刻感觉一种温馨的情味，心中一阵发热。同时房中的空气好似变成一种柔软温软的物质，把他浸在里面。尤其对着老七那一面，好像由老七身上放射出看不出的热力，把他半边身体都炙得酥软了。这时老七的眼光又从地下抬起，回到九芝面上，似乎由他的面容和眼神中看出什么，竟而无端自笑，低头下去。九芝更觉心中迷茫，同时想到旁边还有个麻皮，这半天静悄悄的，莫非正在观察自己和老七的情形？若生了疑心，岂不得罪朋友？想着急忙收敛心神，想要掩饰。其实麻皮绝未注意他们，而且一直没断说话。九芝只为心有专注，听而不闻，急想借个事故，掩饰心中的不安。咳嗽一声，很客气地向那老七道："七小姐一天很忙吧？我还没领教你的芳名。"

那老七抿嘴儿一笑，才答出"我叫……"两个字，那麻皮好容易等待机会，一听九芝询问，觉得是自己联络的好机会，怎肯错过？猛然一跳，就到了椅旁，做出亲热态度，把手放在老七肩上一挥，叫道："我们老七称得起大名鼎鼎，无人不知，无人不晓。就是南云落子馆台柱的花月琴么。你真孤陋寡闻……"

九芝只听月琴两字，已觉顶上轰的一声，脑府中立刻被千头万绪塞住，神经全失了作用，对麻皮底下的话完全不能听见，只把眼望着月琴，心中跳动得似乎发着声音，连问："就是她么？就是她么？"哪知月琴在麻皮说话中间，忽然脸儿一红，霍地由椅上立起，娇躯一转，闪开了麻皮的手，恰恰转到九芝面前。她的举动是那样迅速，却又不失安详，手儿一伸，把吸剩的半支纸烟递给九芝，九芝倒是心慌手颤，五个手指好像都粘在一处，几乎像大把抓东西那样把纸烟接过，那老七已翩若惊鸿地走出门去。

那麻皮竟不觉屡吃没趣的难堪，把眼儿直睁着看她出去，又跟到门口，向外探了探头，才走回问九芝道："你瞧她的身段多么美，只这几步走儿，就是教我做梦三天，更别提容颜的美丽，心性的聪明，这才真正是上帝的杰作。上海人都说胡蝶是上帝杰作，那是任其所好，胡蝶早年还好，到登了皇后宝座，就成了外国人说的一只桶上安个大圆球。说是上帝的加料出品造成，大约上帝那一次造了若干人类，最末才造到胡蝶，一看各种材料都是恰够，只脂肪和渣滓剩得多了，也许正赶上暑天，再留下去恐怕变味，就一股脑儿放在她身上，所以才便宜她的丈夫，得着分两加重的太太。"说着哈哈一笑，又道，"我们老七才足当上帝杰作而无愧，岂止杰作，简直是代表作，岂止代表作，简直是神妙之作，不，不，是神来之作。好比我们写文章，一阵灵感来了，提笔写出，过后自己看着，也疑惑怎会写得这样好。再想诚心诚意再作一篇，就作不出来了……"

他这里喋喋不休，九芝却是一句也没入耳，吸着月琴吸剩的烟，嘴嚼情味，心里只想这老七也叫月琴，她莫非就是叔子赏识的月琴？莫非就是我精神上久已深镌固结，一年来遍访不见的月琴？若说是她，天下哪有这样巧事？若说不是她，世上又怎会有如此巧合？叔子所见的月琴是那样的美好，麻皮所识的月琴又是这样的娟秀，如此佳人怎会竟有两个，而又同以月琴为名？恐怕只是一人吧。虽然那个月琴姓吴，这个月琴姓花，但勾栏妓女惯用假姓，百家姓中虽有花字，却非她们姓的来源，她们只是无意谕地用这美丽字眼，替代本姓，所以个中姓花的最多。这月琴也许本姓是吴姓，入了勾栏方才隐真用假。只恨叔子未曾同来，否则早已认识出来。但又转想叔子倘知我在此，岂不成了他取笑的材料？我只好自己探听，若能探明她真是那个吴月琴，我就……

九芝想到这里，忽觉心中横生一道阻障，立刻爽然自失，即使察知她确是那个神交心盟的人，自己又能怎样？她已然堕落了，我有何力加以拯拔？难道跟随麻皮之后，到这里来做嫖客？何况她已被麻皮捷足先登，自己连嫖客资格都没有呢？九芝正在心神历乱地想着，麻皮仍口沫横飞地在说，他二人虽然近在咫尺，但精神隔绝直有千里，各有所思，各有所望。

正在这时，忽然门帘一启，有人说话，才把二人的心神引到一方面。

门外来的是个伙计，掀起门帘高声说道："请到本屋坐。"

九芝听了，知道这是勾栏的规矩，客人认识某一妓女，本该到她本屋去坐，但有时生意过忙，本屋先已被人盘踞，那就只有依着先后次序，陆续延入，和官场的记名补缺一样。不过本屋只有一间，而来客却会十帮八帮，即欲依次递补，又苦时间不够，因而有的客人不等进入本屋，就自走了。日久妓女便从中作弊，以爱憎分别待遇，有时空着本屋，留给爱人享用，把其余客人都让在别室，因而有的根本进不到本屋。然而规矩总是规矩，所以九芝听了伙计的话，觉得是当然的待遇，就立起要与麻皮同行。哪知麻皮倒像遇着意外的事，一阵发悸，眼望那伙计，又看看九芝，眼珠乱转，手足失措，好像一个挑水夫，突然接到聘他做官的通知，既惊没有来由，又疑不是自己。九芝看他初觉诧异，继而微有所悟，就向麻皮推了一下，低声说道："走啊。"麻皮方悟自己失神，连应道："走，走。"

二人就一同出了这冷宫一样的小室，随伙计到了前楼，行至一间房门，伙计把雪白的门帘掀开，二人眼前大放光明，房中电灯皎如霜雪，直射出来。及至进到房内，九芝四下一望，心中暗夸好漂亮的房间。原来里面是两间大室通连，墙壁房顶都糊着浅碧色的花纸，迎面墙上嵌了一面大镜，镜前并列三角乳色圆球电灯，映到镜中，生出加倍的光度，所以由门外看来那样耀眼。房中很简单地陈设一套象牙白西式家具，靠左面是一套精美的沙发，沙发前是短几矮榻，右端放着一架很大的铜床，而且左右墙上都有悬镜，也一样地映着电灯。所以屋内显得雪洞相似。

九芝看了，知道这月琴是个极红的姑娘，否则绝不能享用这样妆阁。不由心中沉吟，想到叔子所说那月琴的寒苦情形，孤高行径，怎会隔了一年，便已成为红妓？妓女走运，不只仗着容貌，还要善于撒娇弄媚，假意虚情，才能把人迷入玄中，尽力报效。但叔子所说的月琴，似乎距离这程度尚远，怎会在短期间出人头地？莫非不是她吧。但看方才她对麻皮的情形，却显出孤芳自赏的性格，和叔子所说的月琴相似。至于她的境遇，虽然由沦落江湖的歌姬，改作卖笑生涯的神女，并不见得是飞黄腾达，但在俗眼看来，却是自九渊升入天堂了。向来风尘女子的境遇，本来容易升腾，昨日还在街上拾煤核，今天便可以戴上钻戒，坐上汽车。我们臭男子实苦望尘莫及。男子便能竿头日上，也是慢如马牛，万不能像女人那样一飞冲霄。就看我自己，去年春天穿着这件夹袍，今春仍是这件夹袍，真是故我依然，毫无改变。所变者只是夹袍上的破孔今年比去年稍大，唇上的胡楂儿今年比去年稍多而已。以我这样境遇，怎还不知自量，胡思乱想？即使这月琴果是那月琴，我又将如何感想？萧然意尽，把心冷了一半。

惘然回顾麻皮，想要和他说些闲话，以解心头疑云。不料麻皮正立在桌前左右张望，好似乡人入市，看到五花十色的繁华景象，心神迷乱，两只眼不够使用，瞧瞧这边，看看那边，面上现出惊羡之色，心中也在念念有词，似乎对室内一切表示欢喜赞叹。九芝瞧着，忽又心中一动，在诧异中把方才想到的事重提起来，便向麻皮道："老兄，你怎这样仔细观赏，难道是第一次进到贵相知的妆阁么？"

麻皮听了，又似被他触着痒处，忽然变作得意样儿，笑了一声，凑到九芝身旁坐下，低声说道："难得难得，今儿是我的纪念日。我对老七的初步恋爱算是成功了。你猜得不错，我今儿还是头一次进她的本屋。今天居然把我让进来，可谓破格优待。九芝兄，你得给我庆贺。"说着肩摇腰扭，好似身上有了虱子一样。

九芝由他口中证实是第一次得入本屋，心中猛又燃烧起来，他深深感到老七的破格优待和麻皮毫无关系，由她对麻皮的冷淡情形和对自己含情脉脉的意致，就可以想到了。但想到自己一介寒儒，有何长处能博美人青睐？不要自己疑惑，弄成和麻皮一样不知肉麻。正在想着，麻皮忽在旁推他一下，附耳说道："九芝兄，这怎么办？恐怕今天要不得……不得了。"

九芝见他忽喜忽忧，直又犯了神经，就问："什么不得了？你今恋爱成功了么？"

麻皮苦着脸儿，每个麻子全都缩小加深，低声说道："就因为恋爱成功，所以怕要不了，我方才想起来，老七今儿忽然特别优待，把我让进本屋，只恐她别有居心。"

九芝道："什么居心？你以为……"

麻皮耸肩说道："就是灭烛留髡，我怕她要留着我不放走了。"

九芝听着，只觉一股酸气直由心底冲了出来，直要大声狂笑，但怕麻皮不悦，急忙竭力忍住，咳嗽一声道："这当然正是你馨香祝祷，求之不得的，怎倒不要了？"

麻皮猛然抱住九芝脖颈，紧低着耳朵说道："我没有钱呀，连茶围费还得跟你借，怎么住……要不然，老兄你就大发慈悲，借给我二十元钱，成全一下。我一世也不忘你的恩德。"

九芝摇头道："我哪有许多，身上只有两元钱，倒可以给你。"

麻皮又央告道："凭你平日节俭，一定有钱。就做……好事吧。"

九芝才说了句"我实在没有"，忽见门帘一启，月琴姗姗走进来，向九芝横波一笑，仍躲着麻皮，坐在单人椅上。九芝一看她又不自禁地心跳起来，想要和她说话，无奈嘴唇颤了几颤，并没说出什么，而且也不知说什么是好。半天才想起麻皮说她在落子馆演唱的话，才鼓起勇气问道："七姑娘，您是落子馆上台么？"

话未说完，忽听外面似乎有人在楼梯上大喊了一声，隐约是什么催场。随有个女仆走入，向月琴道："落子馆又来催场，说到了您的场口，再耽误就折腰了。"

月琴点头道："教车夫点灯吧。"

女仆应声而出，月琴才抿嘴笑道："对了，我上台。这不是落子馆催场来了。"

九芝听着，知道她要去上台，自己和麻皮也不能再留了，但仍问出一句要紧的话道："您唱什么？"

月琴把眼儿向他一瞥，笑道："我唱大鼓。您不常上落子馆吧？"

麻皮在旁说道："我们陆先生是规矩人，向来不进玩笑场，今天上这儿还是我强拉来的。"

正在这时，月琴出去一次，又婷婷袅袅走了进来，仍坐在九芝旁边，麻皮不知怎么心血来潮，忽连声夸赞道："你的房屋可真讲究呀。"

月琴仍装作没有听见，向九芝道："二爷，你躺下歇歇吧。"

九芝摇头道："我并不累。老七，您这样跑出跑进，上楼下楼，一定很劳乏了。"

月琴倚着床栏，微伸了个懒腰笑道："我倒是惯了。"

九芝听着，便想趁势探问她的出身，继续说道："您在这眉月楼有多少日子？以前在哪儿呢？"

月琴道："我进这里才只有两个多月，以前在引风馆。"

45

九芝心想引风馆仍是娼寮，就又换个方法问道："您在落子馆上台唱什么呢？"

月琴道："我唱大鼓。"

九芝道："无情定唱得很高明，是在这里面学的么？"

月琴摇摇头，方要说话，忽听房门外有叫七姑娘，月琴向九芝转眸一笑，眼中似说请你稍待，一会儿再谈，就应了一声，向外走去。过了没几分钟，又回来了，仍坐在原处。麻皮又说出不得滋味的话道："叫你什么事啊？"

月琴摇摇头并不答言，九芝知道讯问妓女私事是不应该的，就打岔道："您请忙吧，不必照应。我们也坐不大工夫就要走了。"

月琴道："忙什么，我今儿还算清闲，只是有拨讨厌的客，刚从这儿走了，就打电话来，请我到旅馆串门。我最讨厌上旅馆，就推辞不去。他偏不知意味，还接二连三地催。"

麻皮这个人出身乡僻，虽曾时常入花丛，却因经济所限，对于繁华世界的内幕所见尚少，他并不知道有好些好玩的常在旅馆中开个房间，集会朋友，招呼妓女，做长夜饮博之欢是很平常的事。他听了月琴有客人招赴旅馆，只认为旅馆只是一男一女不做好事的地方，就在旁大声说道："你这客人真是岂有此理，怎能叫你到旅馆去？简直糟蹋人。你不去对极了。"

月琴听着撇嘴一笑道："上旅馆怎能算糟蹋人？人家约我去玩玩，或者替打几圈牌，有什么不好？我只是不愿意去。"

九芝见麻皮受月琴鄙视，心中好笑，但还记着方才的茬儿，想继续向她询问，说道："七姑娘您每天什么时候上台呢？"

月琴看看手表道："快了，就是这时候。方才落子馆不是来催场了？"

九芝道："那您该执公了。"

月琴道："不忙，就是偶然告天假，也没关系。我本没拿落子馆的包银。"

九芝道："您是落子馆的台柱，怎么不拿包银呢？"

月琴道："落子馆里的规矩，当初本没拿包银这条儿，只为姑娘到落子馆上台，可以挂客。落子馆只给上台的姑娘上捐，借她们可以叫座，这是鱼帮水水帮鱼的事儿。以后因为有些姑娘唱得好，台底下爱听，可是这些姑娘端着架子，不肯天天去唱，惹得台下不愿意，落子馆掌柜只可按邀角的办法，每月给她们一点儿包银，好教天天上台，不再脱懒。论起我来，倒可以拿点儿包银，落子馆也常常提起，不过我因为包银很有限，拿了就得受他们的制，反不如白尽义务，不受拘管。我还是爱去不去，教落子馆知我的情，落个仁义水甜。"

九芝听着，更知道她是个自由身体的红姑娘，而且说话这样明白，真是难得。就又问道，"您从什么时候学唱大鼓？师傅是哪一位？"

月琴听了，似乎有所感触，微微叹着说道："我是从小儿学的，师傅……"

才说到这里，忽见门帘一启，跟妈进来说道："七姑娘，周二爷派汽车来了。说他正在天声戏院七厢里候着，程砚秋的《红拂传》就要上场了。落子馆又来了人，催您就去。方才上了两场，后面就是压场的小戏，您再不去，台下就起哄了。"说着又问道，"您倒是上哪儿呀？大明饭店冯八爷又催请哪。"

月琴皱着眉头，说声："真麻烦死人，我可上哪儿呢？"说着向九芝一溜秋波，好似在对他询问。

九芝见她如此忙碌，知道不好再留，正要向麻皮提议告辞，不料麻皮那里已接着月琴的话茬儿说道："依我看，怪累的跑什么？还不如在家歇会儿，给他们个都不去。"

九芝听着暗自替他害羞，想你和月琴有何交情，何况她对你十分讨厌，你就妄作主张？她一个妓女本来只仗着应酬和歌唱，维持声价，图谋生活，你就敢教她完全谢绝，在家休息，在家陪着你啊？你此来至多花两元钱，可能够给她的开销？可见一个天生讨厌的人，无论如何不会说出得味的话了。想着就听月琴向跟妈说道："那么我就先上台去，唱完了再到戏院打个转儿。反正旅馆是不去了，你教拉车的点灯吧。"

九芝听着她的话，不啻抡圆了给麻皮一个硬钉，好生替他难堪。但看麻皮时，他尚似不觉，也没有走的意思，忍不住立起说道："秩如兄，我们也该走了。"

月琴闻言转身对着九芝道："没事多坐会儿，我去去就回来。"

麻皮应声道："对了，我们就多坐会儿，等她回来再走。"

九芝不由心中发恨，你真是不知意味，非得讨了没趣才肯罢休，可惜白认识了字，连知足不辱都不明白，由此可见你受到虐待丝毫不怨月琴，我可不能陪你在这里挨伙计跟妈的白眼。想着就正色道："你不走你自己坐着，我可万万不能奉陪了。"说着就戴帽子。

　　麻皮见九芝行意甚坚，知道不能挽回，急忙说道："好，走，咱们一同走。"

　　月琴不知为什么咻的一笑，向九芝又瞥了一眼，目光中似含着什么隐意，九芝却猜度不出，也不好问。却忽觉衣襟被拉一下，转脸看时，原来麻皮不知几时已绕到身后，趁九芝回头，就把他拉到屋隅，低声说道："我没带着钱，你借给我好开发。"

　　九芝忙伸手向衣袋潜取，麻皮又低声抱怨道："我本打算等屋里没人时再向你借，现在你忙着要走，这戏法儿都教她们看见，我脸上多么难看！快着快着，快着递给我。"

　　九芝瞧瞧月琴，见她正在对镜理妆，并没向这边看，心想麻皮亦向这种小节上注意，恐怕被月琴看他向人借钱，因而轻视。其实你一副形骸，一身衣服，已经穷气冲天，无可掩饰，依我看大可不必理会这些。只能把无味语言、可憎面目的毛病稍为减些，虽穷也可讨人欢喜，想着就出两元钱递了给他。麻皮接过，先放入自己袋内，才搭讪着走到月琴跟前，做临别致意道："程砚秋的《红拂传》真是不错，除了梅兰芳就得数他。我听过梅兰芳的《红拂传》，那才叫真好。嗓子真是掉在地下摔两截儿，又甜又脆。跪着唱那半天。"

　　月琴听着咯的一笑道："梅兰芳还唱过《红拂传》哪？我倒没开过眼。还跪着唱半天？陆二爷你听见过么？"

　　九芝脸上有些发烧，也不答言。只向麻皮道："你是走不走？别尽自啰唆，我还有事呢。"

　　麻皮忙道："走，走。"才由身旁取出了钱，放在桌上。

　　月琴这时已披上大衣，走到九芝面前道："我也不留了，今天太慢待，明儿务必来。"

　　九芝见她只向自己说话，怕麻皮难堪，就答道："好，我明儿一定把张二爷陪来。"

月琴撇撇嘴儿道："我们一块儿下楼。走啊。"

她这末句话是向麻皮说的，麻皮正立在门口，似乎还等待月琴给他什么体己，及闻月琴催走，九芝又后面推他，才无可奈何地走出门外。论理朋友的在这时候应该先躲出去，好让本主儿跟姑娘做些临别纪念，姑娘也好施展笼络手段。九芝并非不知，只为看着情形，麻皮并没有那样希望。就因他立在前面，就推着快走。麻皮走到室外，九芝也随着出来，才一迈步，不料脚上似被什么东西挡住，转脸看时，只见月琴正在旁边，将腿先斜伸过来，挡住去路。见九芝瞧她，忽嫣然微笑，秋波一转，举手做了个手势。九芝不解她是什么意思，方才一怔，月琴忽推了他一下，就走出室外。九芝心里迷离恍惚，但脚下很快地跟着走出，见麻皮已走到楼梯口，回头相待。九芝不禁悚然，他虽不解月琴是何寓意，但已悟到是和自己做着秘密通讯，甚觉愧对朋友。也不敢再看月琴，紧走几步，随着麻皮下楼。随听身后高跟鞋咯咯作声，知道月琴紧随下来。因为精神上的关系，脊背好似受着烘炙，有些发热。走到楼梯中间，背上又被轻轻戳了一下，九芝更觉察了月琴有意垂青，暗传心事。不由神魂飘荡，心慌腿颤。

好容易挨下楼下，才踏着地面，月琴已由他身旁一跃而下，奔到迎面的账桌边，向那管账先生说道："现在几点了？"

管账先生答道："还不到十一点。"

月琴道："哦，都这时候了。烦你告诉我的跟妈，把本屋留着，不要让人。我十二点准可以回来。"

管账先生唯唯答应，九芝这时正走到门口，听得明白，心中又是一动，但终不敢回头，就和麻皮走出眉月楼，直奔巷口。

麻皮跟他并肩走着，口中说道："你怎这样心忙？今天好容易得她特别优待，让我们进本屋，又说又笑，意思极好。咱们多坐会儿还不知有什么乐子，你偏要回来，这一来把我的机会全耽误了。"

九芝听着，觉得他真是可笑可怜，但又不便说破，只笑着道："你别糊涂，这样落个整脸儿，全师而退，也就罢了。你还指望什么？她还会灭烛留髡呀？就能这样，你又如何应付？得得，别说了，快走吧。"

麻皮又道："你是外行，不知她们红姑娘的行事。只要情愿，还是不在乎。今天她跟我多么有劲？你别看她只跟你有说有笑，那是替我应酬朋友，她若看不起我，就这么优待你么？看这意思，咱们若再坐会儿，她就许不放我走了。"

九芝强忍住笑道："倘然她不放你走，你可敢住下？"

麻皮道："为什么不敢？她既打算跟我要好，就得替我垫办一切。你是没阅历，我常听人说这种事，很不稀奇。"

九芝听得肚发胀，幸而晚饭吃得很早，时际已消化殆尽，若是才吃下不久，一定得呕出来。就笑道："这种事也许不稀奇，不过老兄你经过几次呢？"

麻皮红着脸道："我以前虽没经过，也许今天才要走桃花运也保不定。"

九芝听着，不觉由鲜艳桃花想到他丑怪的麻脸，正在忍俊不禁，忽听身后有车子驰骤之声。九芝一转脸一瞧，只见是一辆崭新的人力车，上面安设两只电石灯，光亮耀眼。车中坐着的正是月琴，在这四周黑暗之间，只车上独显光明。灯光都集向中间，照着她的脸儿，直好似一团宝光，映出庄严妙相。更显得玉貌明妆，添了万分仪态。九芝看得眼中生花，月琴在车上也瞧见了九芝，向他点点头儿，又微微转向后面，香唇微动，似要说话，但没说出什么，那车夫已拉着她飞驰而去。九芝的眼似被车上灯光照得一阵迷眩，急忙定神，方才重向前走。到了巷口，就听麻皮说道："你看见么？车上正是月琴，她还跟我笑呢。"

九芝心想不会有这种事，不是你花了眼，便是说谎话。但也不答言，只自思索月琴的前后情态动作到底是何心意。无奈麻皮走着仍是喋喋不休。这本是初观色界的常情，凡是没有阅历的青年和女人打交道，常是神经过敏，把女人的一言一动都看作非常神秘，要加以探讨研究。立在平康曲巷外，常能见到这种人，由娼家出来，互相议论，这个说老大对我笑得奇怪，必定有了意思；那个说老二只对我太好，必是想说什么，诸如此类。其实在妓女方面，均无用意，只是平常行动，竟惹得他们当作问题研究起来。麻皮也是犯了这样毛病，但九芝何尝不是一样？不过麻皮完全是自己猜疑，九芝却是实有所见罢了。

但九芝这时被月琴所给的问题盘踞心中，再没心绪听麻皮乱说，就向他道："对不住，我今儿晚饭吃了酒，身上很是疲乏，不能陪你走了。咱们坐车回去好么？"

麻皮道："你若觉得累就坐车吧，我自己走回去。"

九芝也不同他客气，就喊了辆洋车坐上，向麻皮一拱手，便自去了。在路上自己思想，今天意外地遇见这个风尘尤物，但不知她是否就是叔子所见的那人，不过名儿相符又会唱鼓词，恐怕是不错的。只于没从他口中证实。又想她对我很有钟情之意，第一由麻皮口中，知道他向未进过本屋，今天好像是特别优待我，才破了例。第二她对我顾盼含情，笑语生春，对麻皮却是冷若冰霜，不屑理他，大有雨露雷霆之分。即使像麻皮所说应酬朋友，但也不会对花钱客人如此虐待，显见她故示轩轾。再说她临别时种种表示，更是出于有意。不过她是要我做什么呢？

九芝想了半晌，还未体会，车已到了报社。他开发车钱，进门直奔宿舍，上楼入室，便展开枕衾，关门熄灯睡下，以避麻皮回来再受搅扰。睡下仍是回肠轮转，思索月琴的用意，想了半天，忽然一阵灵机大动，立觉豁然贯通，悟到月琴许多动作，只是约自己前去私觌。她在房门口背着麻皮所做手势，是伸着一个手指，当心点指，当然是暗示她有心事，好告诉自己独自前去。在楼梯上戳我脊背一下，只是显露她的心情，让自己注意，注意她到下面所说的话。她明对管账先生嘱咐，实际是和我约会，说明她在十二点后便可回寓居，要自己准时前去。及至她在车上的神情，却是教我赴约的意思。

九芝越想越觉有理，便再守不住了，心中忙乱非常，在黑暗之中，好似看见月琴的婷婷小影，正立在前面，含情凝睇，举手相呼。划根火柴瞧瞧手表，恰正指着十二点，更觉灵魂飞越，似乎强曳着身体，向眉月楼飞去。正在这时，麻皮由外面回来，先不进他自己的房间，来叩九芝的门，九芝心中乱跳，屏息无声，装睡不应。麻皮敲了几下，不闻声息，说声"睡得好快"，就走开了。九芝心想麻皮既已回来，自己若又起床出门，他看见必然疑心，只可等他睡着再作道理。想着就倚着床栏等待，过了半天，才听隔壁麻皮上床就寝，但他想是有事在心，一直辗转反侧，又夹着咳嗽声，好半天方才安静。

九芝觉着可以走了，但方推衾下床，摸着衣服，还未穿上，忽觉一阵寒风吹到身上，猛地悚然一惊，好像心中狂热被房内寒气打退一半，不由

51

念头一转又回到枕上。自思我真个去赴约么？麻皮虽然无聊，总是同事而兼朋友，我怎好夺他所爱？便把这问题抛开，我以落魄之身，依人作嫁，仅能生活，如今竟不自量地高攀那样红妓女，岂非和麻皮一样自寻苦恼？九芝悟到月琴有意暗约自己单独前去赴约，不由一时意马心猿，按捺不住，就想披衣起床，背着麻皮去会月琴，但转而一想月琴只于暗示，并未明言。倘若自己会错了意思，贸然跑去，岂不大吃没趣？而且即使月琴真个有心，她已是麻皮的相好，俗语说君子不夺人之所好，何况今日又是麻皮领我前去，他弄成引狼入室，我又怎对得住朋友呢？九芝左思右想，在情理上，他深知以不去为是，在感情却煞费抑制，几次犹疑欲起，最后猛一咬牙，用力把衣服抛开，倒在床上用被蒙头，自己把自己当作囚犯，加以监禁，辗转反侧许久，方才睡着。这一来竟把佳期辜负，只顾一枕而梦，忘却有人望穿秋水了。

但那位和他约会的月琴却不然了，因为她做的卖笑生涯，必得随事婉转，在送九芝和麻皮走后，先得去上台，又得出去过班，还替客人代打了四圈牌。回班时已将近早晨两点钟，班中尚有两帮客人要酬应。月琴进门向各屋转了一转，不见自己所约的人，心中甚是失望。又恐九芝恰在自己未在之时到来，未肯坐候，便自走去。但又不好一直询问根由，只可绕着弯儿问有谁来过，跟妈回答有熟客三爷来过，因姑娘未在，未坐着就走了。月琴听她所说姓名都是熟客，并非意中人，心中更为惆怅，但在忙乱中也不暇细想。直到三点过后，客人才都走了，月琴方得休息，卸装就寝。她倒在床上辗转反侧，恰是九芝入睡之时。她直到天明以后方才入睡，那时九芝已然起床。即使双方精神能够互相感应，也因为入睡时间不同，倩女离魂而情郎正在清醒，仍是不能相接，徒劳往返。何况她还不知他栖身何所呢？

闲话休提，且说次日到了将近正午，这平康曲巷之中，仍寂静有如清晨。家家门扉双掩，帘幕低垂，虽然远处市声嚣繁，此间却是不受烦扰。想不到夜间弦管嘈杂，纸醉金迷之地，此际竟大有结庐在即而无车马喧哗之声，又好似家家都住着个万里桥边女校书，在枇杷花下闭门居，好不清播宜人。尤其三月里的春风，在巷口徐徐吹着，春阳明朗，斜照红楼，房中瓦隙中初生小草，被风吹得摇摇微动，这几微春色，点缀在无限春光之中，更是动人遐想。但是巷中除了几个车夫，坐在踏脚车上，被暖日晒着，都在春困打盹儿，更无心领略这曲巷风光。偶然一家妓馆的门微开一扇，由里面走出个睡眼蒙眬、步履蹒跚、冠侧衣斜的男子，也是出门便上车走去，更无精神左右顾盼。车夫见有人出来，都像作吃兴奋剂似的，上前兜揽，一阵吵嚷过后，又重归寂静。

这样接二连三，每个门中都有人走出，神情几乎同样惺忪，都似由睡中乍醒，带梦而行。但仔细观察，却也各有情致，不尽相同。有的脸上带着笑意，还回头瞧望，似乎恋恋不舍，那必是夜中曾受优待，魂儿尚失落在迷魂阵中，此后要常常探望所失的魂，也许直到倾家荡产，无力再来为止。有的面有怒色，步履迅速，大有壮士一去不复还之意，那必是受了冷遇，也许从此改却前非，回心务正，那必是他祖宗积有阴德，才遇着不肯害他的妓女，从陷溺中拔救出来。也有的眉头微皱神思迷离，眼望朱楼，尚寻回味，手摸衣袋，顿发愁思，一步一回头，一步一叹气的，步行而去，连车也不肯坐，这个必是无力冶游，却受了妓女迷恋，逼得倒行逆施，不是在做事地方亏了款，便是在家庭中偷出了钱，起码也是正用之费，做了度夜之资。昨夜只顾受了情迷忘却来日大难，现在享受已毕，囊中已空，出得门来，才想起来日的大难来了，就易今日，由妓女的柔情蜜意，所造成的五毒千灾，立待自己去尝受了，怎会不又愁又悔？但是回味昨宵，却又难离难舍，才现出这副神态。此种人最是危险，日后结果当然身败名裂。报纸上登载携款潜逃的照片，或是逐出家庭的广告，多是此类人物。所以有人说，对于沉溺花丛、痴迷不返的人，最好教他早晨到妓寮去，看看妓女粉残脂蚀、青黄斑驳的脸光，悟彻美人骷髅的道理，再教在门外守上几时，瞧瞧每个兴尽囊空、心悔神颓的客人，知道个中无聊的意味，便可挽回不少。

闲话不提，且说背面第二家的眉月楼中，也便是双扉静掩，门外分外寂静。楼上月琴的房中，此际又换了一番景色。外面两间通边的大房中，在这早晨，日影当窗，更显得白如雪洞。当中一盏电灯想是忘记关闭，仍在明亮，被日色欺得暗淡无色。靠左面一挂绿绒垂幔已然拉严，幔内正是月琴寝室，她睡在大铜床上，头儿斜枕软枕，身上盖着幅湖色棉被，一只玉臂斜伸向上，露出一段贴身粉色小衣的袖儿，秀发松鬈，散在枕边，由那漆黑头发，红的软枕，湖色的被子，更把她的脸也衬得如同朝露晚雪。她面上本来薄施脂粉，经过一夜时光多已脱去，现出细润有光的柔肤，分外美观。尤其日光由窗上照入，穿过窗帘的空隙，恰成一直线，落到枕边，使她颜色加倍光艳。这里面的人因久度夜生活，惯于凿丧，所以宜于灯前，而不宜于日下。月琴却是不然，想是落溷为日不久，尚未失却本来面目。

这时她在睡中，似感到日光射目，微做欠伸，把衾内另一只玉臂也伸出来，翻了个身，面向床里。过了一会儿，不知梦中遇着什么可喜的事，口唇微展，现出天真的笑容。同时又口角微动，似要说话，等到笑容渐渐消逝，空而双眉紧皱，全身跟着颤动起来，似乎梦中跟人争持，两手也举起舞动，口中忽地说道："爷爷，你又走了，不管我……"

叫着又一阵动弹，忽然睁开了眼睛，不料恰迎着日光，立又闭上，举手揉了揉眼，忽地坐起，才起下床栏，一手抚着玉颈，妙目微启，向前直视，带着惊愕迷惑的样儿，怔了一下，忽然玉面绯红，秋波一转，同时抚颈的手也颓然落下，好似通体酥融无力，轻轻咳了一声，摇头自语道："这都是哪儿的事，那个姓陆的昨天才来过一回，连话还没有说十句，怎么会梦见跟他结婚，还有我爷爷也活了，长袍马褂地站在我旁边，好像当主婚人，真是怪事。简直胡梦颠倒。"

说着又凝眸寻思半晌，才悄然说道："也是真怪，我自从爷爷死后，办丧事塌下亏空，被谢四大爷劝着到班子里混事，一晃这好几个月，只照着原来约定的章程，上台唱曲和应酬茶客，他们从未逼我留客。我也照着早先拿定主意，进这里只为访寻终身归着，留个干净身子嫁人，不肯胡乱跟谁要好。这些日很结识了些花钱的好客人，可是我都不中意，从来未跟谁走过心。昨天真怪，我一见那姓陆的，竟好像是个老熟人，其实并没有见过，大约我心里可意的男子，正是他这样的人。所以弄得我也忘了害臊，跟人家不知说了什么，比划了什么，只记得约会他独自回来。我向来对花钱的正主儿，都不大理论，居然跟个乍见的朋友弄出这没有脸的事，真不知当时会那样发狂，想起来好不有趣儿。可是他不知是不明白我的意思，还是为别的缘故，竟没有回来。哪知他自己的魂儿却离了，还在梦里跟我结婚。喜堂上那么阔气热闹，好像是很有身份，我也跟着做了太太。

54

这个梦做得蹊跷，也许有些说处，日后或者……"

说着抬头看看窗上日影，忽又摇头道："天已过了晌午，这时做梦还灵什么？夜里做梦才灵验呢，我别胡思乱想了，人家姓陆的是个局面人，昨天见我那样轻狂，还不定猜我什么心，起码也要瞧不起我。本来哪有当着本客勾搭朋友的？知道人家两人是什么交情？只怕他一出门，就要原原本本地告诉张麻子。我这才叫活见不得换，还胡思什么？从此万不会再见他了。"

说着面色惨淡，目光呆凝，呆了很大工夫，忽然双泪直流，悲声叫道："爷爷，你抛得我好苦。从你一死，我再也没个亲人，孤苦伶仃，可怎么是了啊？我现在虽然把账还得快清了，在这里穿衣吃饭，像个阔小姐似的，可是往后哪是我的收场结果？难道永远老在这里？现在想出去固然不难，无奈上哪儿投奔呀？想起来真不如当初跟爷爷走江湖卖唱的时候，便是奔波劳碌，挨冷受饿，心里却能舒服。如今落得无依无靠，好似悬在半空，上不着天下不着地，谁是我的依靠？谁来给我做主？爷爷，你可坑死我了。"说着哇的一声，猛然扑到叠被上，呜咽起来。

正在这时，忽听外面有人敲着房门叫道："七姑娘，怎么又做梦了？快醒醒儿，开门吧。你也该起了。"

月琴她是常常自悲身世，背人哀泣，或是夜有所思，醒犹哭啼，被跟妈注意，屡次请求入室伴宿，都被月琴拒绝。这时跟妈在门外听她抽咽之声，以为又在做梦，故而敲门相唤。月琴听着，急忙止住悲声，用衣角拭干了眼，才装作乍醒，向外问道："谁呀？"

外面跟妈答了一声："我，姑娘醒了？天已过午，起来吧。"

月琴应了一声，徐徐着衣下床，将房门开了。跟妈进来望着月琴，不好直说她曾哭泣，就问："姑娘，又做梦了？我听您不住声地哭，只怕魇住，急忙敲门叫醒。"

月琴摇头道："我只听你敲门，方才惊醒，不记得做什么梦。也许是说睡话，你快打水吧。"

跟妈出去取了洗面之具，放在幔外，便自入幔内收拾床被。月琴在幔外洗脸已毕，才对镜理妆。跟妈也收拾完了，把帐幔拉开，窗户开启，立觉房内豁然开朗。月琴对镜描眉涂唇，跟妈立在后面，替她梳理头发，口中说着闲话。月琴觉得融融的春风，由窗外吹进来扑在身上，发生了软腻腻的感觉，不由筋骨酥软，又觉春困。伸个懒腰，打个呵欠，转眼向窗外瞧看。那一面正对着一家煤厂大院，院中所种几株洋槐树冠高出屋，新绿葱葱，因风微动。月琴瞧着，不知怎么，心中忽然一阵阵空虚，恍惚惚的，说不出是什么滋味。好像有个牵肠挂肚的人别离已久，这时她见春色明媚，不由对诗怀人，大有"忽见陌头杨柳色，悔教夫婿觅封侯"的意味。但她不特没有夫婿，连个有关系的人也没有，只不过为多情善感，无端惹这样的情绪而已。但是她每日早起开窗，常见到这同样景色，却从未有过这样情绪，可见今日越发幽思，当然和所思的人有关。

不过当时她并未思及九芝，只于凭空添了一段春愁，闷闷郁郁，无精打采，接连又打了两个呵欠。那跟妈在她梳成波纹的秀发上擦了司丹康，用棕刷轻轻梳理，口中笑道："七姑娘，怎么才起床又困了？您瞧今儿多么好的天儿，正好出去玩玩开心。白天也没有多少客人。"

月琴伸着懒腰道："有什么地方好玩呢？"

跟妈道："好玩的地方可多了，楼下四姑娘现在正跟那漂亮客周三爷一同吃饭，饭后要上西沽看桃花去，汽车已经叫来了。对面屋里大姑娘，是她的老头客毛大爷在新明大戏院包厢请听尚小云小翠花。南屋二姑娘专爱学派，方才换了一身布衣服，假充女学生，跟她那相好的大学生一同上什么球场，看外国人打球去了。"

月琴听着跟妈的话，因为这时正是在心思荡漾，觉得颇为入耳，心中暗生孤寂之感，好像人都有知心伴侣，唯我独无。未免辜负了美景良辰，就摇头微叹道："她们真高兴，我就不好这些事儿。再说出去也没人做伴，还是在屋里歇会儿吧。等天夕你陪我上街买件衣料。"

跟妈说这些话，月琴还以为跟她是随口闲谈，万不料她别有居心，是受了他人嘱托，来试月琴的意思。先借着同院姑娘做题目，暗示在这艳阳天气，她们都有同心伴侣，携手寻芳，是探月琴是否动心。月琴万想不到她是有意挑诱，就信口说出自己无伴不想游的话，而跟妈听着，以为说得入彀，便跟着进步嫣然自得地一笑。

月琴回头问道："你笑什么？"

跟妈道："我笑那马八爷。"

月琴道："哪个马八?"

跟妈道："就是开大发医院的马大夫马八爷。"

月琴道："就是那个谢头顶的马八爷啊?本来可笑,他当医院院长给人治病,怎不研究出一种生发药膏,治好自己的秃顶,省得教人喊马秃子。"

跟妈笑道："大概秃子药不能治,不然他早长出头发来了。不过那位马八爷心性可是太好,我未见过那样好心眼的人。"

月琴道："哟,他才认识不久,连我还不知他的底细,你倒连他的心眼儿也品透了?"

跟妈笑道："不是在这里,我从早就认识他。在前二年我跟着万花楼品卿老三的时候,马八爷也在品卿班挑识了一个叫玉纹的。那玉纹是扬州人,容貌看得下去,只是脾气各别。她爱上一个在什么机关做事的小科员,好得比火还热,把别的客人全得罪了。事由是一天不如一天,债务一天大着一天。而小科员又穷,无法弄她从良。眼看要被债主逼着降下三等地方,卖身还债了。玉纹越想越没有路,打算寻死,就跟那小科员说了。那小科员倒是个有情的人,决意陪着她一块去死。在一天夜里,两人偷着一同吃了大烟,等着毒气发作,被打更伙计听见声息,急忙喊来了人,请大夫把他俩灌救过来,幸而都没有死。万花楼掌班虽恨那小科员,但他已赔出性命,无法如何,对玉纹更怕她再死,人命财物落不到自己身上,愁得没法,只好派人守着他俩,自己打主意。哪知在这时候恰巧马八爷来了,玉纹的客人本已全不上门,只有这马八爷跟别位客人不同,挑识玉纹,只为应酬朋友,没有一点儿贪图。既不吃醋,也不挑过节儿。所以玉纹特别看重他,两人好像换心朋友一样。这日马八爷一到,听说玉纹服毒的事,就自己进到玉纹房里,问明细情,跟着把掌班的请过来,言说要替玉纹还债赎身。立刻打电话教银号送来了款,把玉纹债务还清,又取了五百块钱送给玉纹,教她跟那小科员安心度日。那小科员和玉纹做梦想不到遇见这样好人,当时都喜欢得不了,跪下给他叩了半天头。马八爷还叫汽车把他们送到旅馆暂住,以后这两人果然成为夫妇,听说现在都生了孩子。这件事很多人知道,您是混的日子浅,未听说过罢了。"

月琴听着,哟了一声道："敢情马八爷这样好心眼儿,我还只当他是个寻常治花柳病的大夫呢?"

跟妈道:"他这大夫也不寻常啊,您没见过他开的医院,五层大楼还带花园儿,那才叫阔呢。"

月琴听着道:"医院给人治病,要这么阔干什么?"

跟妈道:"医院阔,才有阔人前去治病。他眼里的主顾,尽是督军省长。"

月琴道:"那么像我们这样穷人有病也不能去治了?"

跟妈哽了一声道:"若是姑娘去,他准得像接神似的,怎会不能进去?"

月琴道:"我不是说我自己,是说像我这下等的穷人。"

跟妈道:"穷人自然进不去,进去也花不起钱。"

月琴道:"啊,他那医院特别贵啊?原来专伺候阔人,他怎么在这上面有好心眼儿呢?"

跟妈听了,不由红了脸,原来她是受人所托,向月琴暗下说辞,要引动月琴的心,有所图谋。所以绕着弯儿给那位马八爷大刷其色,先杜撰一段故事,形容他的豪富,跟着又渲染他的财势,却不料把话说得有欠斟酌,被月琴捉住把柄一问,那跟妈一时窘住,咳嗽了一声才道:"谁知道么,我也只听别人这样说。不过他的医院我却看见过,在三经路西口,瞧那势派,实在太阔,门口尽是汽车,大概未必不治穷人,只是穷人看着那势派就不敢进去。我也只是猜想罢了。若说马八爷那人可一点儿不势利,只看对我们下人都那样和气。"说着又扑哧一笑。

月琴瞧着她道:"你笑什么?哦,我想起来了,方才你笑,还没说为什么倒勾起马八爷,把他说了半天。现在你又笑。"

跟妈更笑得咯咯的道:"我想起来就得笑,那马八爷也是四十岁的人,说话还跟小孩子一样。昨儿晚上您出去串门,他来坐了一会儿,跟我说了好些话。您猜他说什么?"

月琴道:"我如何猜得着?"

跟妈道:"他先把您夸了一顿,说您的人品比大家小姐还要在上。我就说八爷多照应吧,他忽然拉住我说道,我太爱惜你们姑娘了,早想尽点心,你说怎样办好?我听他自己要挨竹杠,就说八爷爱惜我们姑娘,还不好办？你先捧几场牌，给做一点儿衣服，打点首饰，往后再……"

她才说到这儿，月琴忽然一沉脸儿，现出怒色道："你干什么说这没脸的话，谁教你说的？这些日你还看不出我的行事，向来不跟客人开口要过东西，就是照例的牌饭局，也得客人自投罗网，我绝不需索，就为着教他们讪不上我。亏你还是老当跟妈的，连这一点儿事都不晓？你跟客人开口，就跟我主使一样，比如马八爷应了你，明天送来衣服首饰，再打几桌牌，打完他赖着不走，那时你陪他啊？你跟我不少日子，可看我留过客人？这是怎么说？"

那跟妈受着她的申斥，面上通红，勉强笑着道："怨我说错了，您往下听啊？要是马八爷应了我的话，还有什么可笑呢？他等我说完，连连摇头，说你们姑娘虽然落在妓馆里面，可是我看她比千金小姐还要贵重，绝不敢当姑娘看待。并且她那样人才，落到烟花柳巷，实在教人可怜可惜。我有个意思，只是因为跟她相交日浅，怕她不肯相信。当时我就问你有什么意思，他正颜厉色地说，他是一脉单传，无有兄弟，只有个妹妹，在五六年前去世。那妹妹跟您脸面儿十分相像，所以他一见您就想起他的妹妹，对您生了说不出的感情。思量了好几天才想出个主意，打算给您还了账，接出去……"

月琴接口道："他这不是发疯？我有账也用不着他还，何况还没有什么账。他跟我才认识几天，说得着么？真是一厢情愿，岂有此理！"

跟妈笑道："您往下听啊，他说接您出去，是要把您当作亲妹妹，一同住着。他那医院事情很忙，正要个亲近人帮他照顾，日后他还替您寻个合适的主儿嫁出去，他还可以多一门亲戚。说的话多了，我一时也学说不出，只记得他那虔诚的样儿。口口声声说您比大家小姐还高，他看见您就想起他的妹妹，为着纪念他的妹妹，定要把您救出去。你看好笑么，世上会有到班子里认妹妹的。我只听接妓女做姨太太，没听见过接妓女当妹妹。他还托我先把这意思对姑娘说一说，我心想姑娘听了准得当他是半疯儿，连我也骂一顿。现在若不提起闲话儿，我还不说呢。"

说着眼望着月琴，看她如何表示。哪知月琴听了跟妈后半段话，倒觉入耳动心，既不像以前那样发怒，也未讪笑，只默默无言地沉思。这事是有环境和心理的作用，月琴自落到这卑鄙之地，所遇的不是对她鄙视就是向她追求，其实追求了正是精神上的鄙视，把她当作普通做皮肉生意的神女，希望用金钱或手段达到泄欲的目的。所有客人，无论老的少的，村的俏的，温柔的暴躁的，虽然所用方法、所取态度各不相同，然而希望却是一样，大有殊途同归之势。月琴又独抱孤芳，处淤泥而不染，只珍重无瑕之身，寻求可托终身之士。对于客人惯于冷眼观察，结果看出都是纨绔子弟，不禁失望伤心。今日忽然感到个特殊的人，竟不把自己当妓女看待，觉得这是第一次受到尊重，不由得便发了感激之心，而且听跟妈说到那马大夫因她貌似亡妹，生了骨肉情分，就更引起身世飘蓬，形影孤孑之感。人的心理都是没有什么希望什么，羡慕什么。富人把钱看得无关重要，穷人却把钱看得有如性命；做官的因为公务繁劳，时常闹得退休，谋事的却对一个小位置盼红了眼；儿女多的父母时常打骂，恨不得死几个才得清静，年老无子的却拜佛许愿，求延香烟。人情大抵如此。

月琴因自幼便父母双失，随着祖父长大，如今祖父已亡故，剩下孑然一身，每看到他们骨肉团聚，便由羡慕而生感叹。所以她虽没有家庭骨肉，却对家庭骨肉具有深刻的情感。就和穷人眼中的钱，白丁眼中的官，老绝户眼中的子女一样，今日忽然听见有人要认她做妹妹，自然难免动心。只想自己在这世界并无一个亲人，每看他人兄弟姐妹互相亲爱，就眼热得不了。现在居然有人不嫌她是妓女，肯认作妹妹，实是意想不到。她这样一想，便忘了这事来得突兀，只觉马大夫如此相重，非常难得。而且入了跟妈先入之言，认为马大夫心地豪爽，做事大方，由他搭救玉纹的事便可证明。再说他所以要认自己做妹妹，是因为容貌像他的亡妹，发了感情，并非出于无端。由此看来，他的好意完全是纯净的，不像别个客人包藏野心。不过口说无凭，我以后见着他还得考察考察，倘然果真如此，我就认他哥哥，借他的力量拔出这里，岂不很好？我当初投入此中本是为着埋葬我祖父以身抵债，如今账已还得差不多，本可拔身出去，不过因为一则没有投奔，二则在这里还可访求可嫁的人，才因循至今。近来才知道到这里来的，除了纨绔公子，就是粗俗商人，想寻可心的人，好像在半空钓鱼一样。只昨天那个姓陆的教我一见倾心，无奈他竟不肯赴我的约，看样儿那人规矩老成，不惯寻花问柳，定是被麻皮强拉来的，以后更不会再到此间。虽有意于他，恐怕等他也等不来。便能从麻皮身上和他再见一面，但由昨夜失约的情形看来，他对我这妓女不会重看，我钟情也是枉然。还不如等马大夫有个机会，脱开火坑，做个正经人。日后寻着了人，还许有些希望。好在马大夫居心洁净，只要是我向上做人，把我当作骨肉，我出去仍是自由身体，可以随便嫁人，马大夫一定还要赞助的。

月琴由听了跟妈的话，脑中便画好了空中楼阁，把自己的过去未来，种种切切，都想了起来。并且把马大夫和陆九芝联想到一处，以为得到马大夫的提拔，正可以利用他做阶梯，遂了自己的美满的愿望。更思想将来有一日自己和陆九芝结婚，实现早晨梦中的环境。不过把主婚的亡祖，换作了马大夫。

月琴想得悠然神往，半晌无语。那跟妈见她竟自出神，就笑问道："你听他说的不是小孩子话么？多么可笑。"

月琴才似忽然惊觉，点头道："谁知道么？我去年听人说过，美国有位大财主，家产好几千万，老两口只有一儿一女，不想儿子害病死了，老夫妇悲伤万分，几乎都成了神经病。有一天老财主走在街上，遇见一个小叫花子，长得与他死去的儿子一样。老财主便拉他回家，问知无有父母，就认作儿子，并且大排筵席，请了许多亲友庆贺，美国报纸上全登录了他们一家的照片。一个穷叫花立刻变成阔少爷。还有上礼拜对门福仙院的老七，请我去看电影《茶花女》，那片里面也有位老公爵，因为茶花女长得与他死去的女儿相像，竟把爱情放在她身上，屡次出钱找她，直到她临死还未断绝。这种事倒有的是。马大夫若果然想他去世的妹妹，看我面貌相像，要认我做干妹妹，我又何必伤他的心？不过这在他怕不大好看，我现在还是个混世的姑娘呀。"

跟妈听了，知道月琴已然动心，不由暗自欢喜，但不加怂恿，只顺口把马大夫揄扬一阵。月琴已觉饿了，便吩咐厨房开饭。妓馆中规矩，凡是搭住的姑娘，都是每餐四菜一汤，养女却是待遇不等。不走时的餐以粗饭，能挣钱的也和搭住的姑娘一样享受。不过同是四菜一汤，还要以红的程度而定丰吝。月琴是眉月楼中最红的姑娘，故而膳食特别丰美，摆了上来，看着足供几个壮汉食用。但月琴只吃了小半碗饭，就停箸不食，那跟妈照例享用残余。食毕她竟不知哪里去了。过半晌方才回到房中，月琴问她去做什么，跟妈回答去上厕所。其实她却是到隔壁一家班子借个电话，向那马大夫报告消息。至于她何以不用本班电话，却去舍近求远，自然为着不愿被月琴听见。若问她何以瞒着月琴，内中大有因由。

原来那位马大夫本姓是胡，名叫天来，出身是上海一家医院的医生。并未卒业，就因事被医院开除。穷得无归，只可到一家医院去做仆役。恰巧派到配药室，他乘隙偷了许多药剂，出卖谋利，又被查出驱逐。他在上海立足不住，就跑到福州，因为多少有些医学知识，仍向医院投身谋业。恰巧福州市上有家新设的私立医院，正在招请助手，胡天来跑去自荐，竟被选中。这实是个节节上进的机会，无奈生性卑劣，不肯学好。偏巧那医院的情形特别，无可致力，因为创办人马自清虽是货真价实的留德医学博士，本领十分高强，却苦于相貌蠢陋，口齿拙笨，再加上不喜交际，竟使事业大受影响。空负满腹学问，不能发达。自从归国先在上海各大医院谋事，所遇阻碍，偶然待个位置，病家一见他相貌，先已不肯信是留学生。而且他对病源药性虽然认识清楚，却苦说不透彻，因此病家都拒绝他诊治。经过屡次失业，自然受到许多刺激，于是气愤之余，回到江北淮城故乡，把房产田地完全变卖，弄到一笔钱回到上海，开设诊所。虽然自他营业，不受他人辖制，无奈本身并未改变，对外也不会宣传，干了半年，直是门可罗雀。他才恍然醒悟，上海人性虚浮，只讲外表，不求实际。医生也要漂亮，自己这拙陋之身，实难争胜。无望立足，只得迁地为良，他处或有人能发现自己的真才实学。于是就把上海诊所收市，移到福州。开设小规模的医院，只赁了一所两楼两底的楼，楼下一间做诊室，一间做药剂兼手术室，楼上两间布置成病房。因陋就简，预备营业发达再行扩张。所用的人也只一个助手，一个练习生，一个仆役。这样虽然开销很轻，但是初经创立，人地生疏，开张许久，并没主顾登门。偶然有一个撞柜的生意，一经马自清诊治，任如何尽心竭力，也不会再来复诊。因此院中人只有坐着打盹儿。马自清把本钱已将耗尽，眼看没法支持，焦灼愁愤，渐成心病。每日无聊，常和胡天来闲谈。胡天来就劝他出去开心，二人渐成好友。但马自清失意灰心，易受引诱，竟而酗酒嫖娼，入了堕落之途。日子不多，身体上又得了恶疾，幸而还能自己医治。哪知尚未医好，家乡又来了电报，他的老母因病亡故。马自清骨肉亲人只余老母，一闻逝世，悲悼欲绝。又加事业垂败，生路毫无，竟致呕血身亡。

胡天来以朋友资格，把他草草殡葬，又知无有亲族，就把医院结束，所遗财物完全据为已有。虽然没有什么值钱的东西，但马自清在国内外习医的学位证件，都已落到他的手中。他带着远走高飞，奔到天津，先在三不管空地卖假药骗人，积下一点儿钱财，就在花街柳巷之间开了一间门面的小医室，专治花柳病。不想时来运转，有位妓女寻他治病，发生感情，竟而互相姘靠。过了不久，妓女认识了一位暴发户的商人，定要娶她从良。妓女和胡天来商量停妥，预备嫁过以后，骗些钱到手，便伺隙卷逃，和他重行团聚。不料胡天来命中该有大批邪财，那妓女从良之后，还未待卷逃，那商人因犯了嫌疑被捉入狱，问成五年徒刑，一切钱财票据都落到妓女手中。妓女并未通知那商人故乡家属，悄悄把独一无二完全提出，带着去投胡天来。这一下得了七八万金，二人便另立家室，安度寓公地过活。经年以后，胡天来是个有心计的人，因为那妓女和他情爱渐衰，心地欲变，恐怕她又要携款飞扬，就暗地打算。好在他颇有医药知识，医药能够活人，也能害人。于是那位妓女不知怎么得了吁喘的病，喘得不能饮食，没几天就驾返瑶池。

胡天来做了她的财产继承人，不甘坐食山空，想要有所营运，以财生财。但对其他商业俱都外行，只有医界能够驾轻就熟，竟而奇想天开，冒了那位已故医学博士的名字，改名马自清，先在社会上活动，结交了许多朋友。他和那马自清大不相同，特别善于交际，和他认识的人，常被利用于不自觉。他在社会立了基础，跟着就招股创设医院。虽然没有几个人来入股，但他意不在此，只要拉几个有名的人，列名股东，以壮声势。便只几十元股票，他也欢迎，连十元也不肯出的，他就赠送干股。至于立案等等手续，他有着马自清的真实证件，再加托人说项，自然顺利成功。到医院开幕，又延聘几位有名的医师助理，利用社会名人号召，广行交际，大肆宣传，生意居然很为兴旺。他虽名为院长，却向不操诊疗工作，只仗着几个医师的真实才学，有了入院的病人，但有好名誉却落在他身上。因为人们提起来，总说是自清医院医道高明，而他的大名便是马自清（本书也从此只称他的伪名了），自然盛誉攸归。那些真出力的医师却被掷在阴山背后，湮没无闻。

这医院开了年余，营业甚盛，马自清赚了不少钱财，越发长袖善舞，广交官僚以及名流。偏巧有些好出风头的下野巨官，昔日都曾煊赫一时，成为报纸第一版的人物，这时运败时衰，已没人提起，想要出风头，再现姓名于报纸，除了家中被火被抢，或是后辈出什么风流案件以外，只有介绍名誉和大相家，马自清利用这班人在报纸登载长期广告，所列介绍或是感谢人名，几乎罗致了二十年来的历史人物。外人看着，以为必是贵人害病，都归自清医院包治。贵人性命向来值钱，都肯托付他而不疑，我们不富不贵的人，更可加信托，便是治死也只怨命。因为他连富贵人尚能医治，何况区区平民呢？由于马自清善吹虚气，引起社会人士的盲从心，很多病人以投自清医院求治为时髦，于是生意越发兴盛。他又大事扩充，把医院收拾得极尽亭台花木之盛，雇用名厨，研究膳食，不但病人住着感觉舒服，就连不病的人，也觉着在这医院里比旅馆分外享受。尤其他用女看护，都是年少貌美，活泼温柔，又受到特别训练，能使病人有宾至如归之乐，到好时仍觉恋恋不舍。因此有钱的人一害病都要住自清医院，渐渐连没病的人，也乐于去住。好在自清医院章程甚宽，只要住院便是病人，只要医药房饭费用任从敲刮，便住上一百年也不会下逐客令。至于对于真正有病的人，他又别有敲骨吸髓的妙法。于是营业愈盛，赚钱愈多，他愈能交游，交游愈广，越发有人延誉，称誉的人一多，招来的力量愈大，结果营业愈盛。在这循环的关系中，马自清越发根深蒂固，便偶然惹件人命重案，或是发现敲诈事件，也很容易弥缝。因为信任他的人多，有说坏话的也没有人入耳了。马自清交游既广，他本身又除了暗中操持财政，并没有正式工作，因而每日总在外面酬酢。又因自那位替他骗来横财的妓女太太死后，并未续弦，然而食色天性，他也不会例外，除了近水楼台，在本院女看护中寻些消遣，便去花天酒地，买笑挥金。因而在眉月楼认识了月琴，不过月琴孤芳自赏，对马自清很是冷淡。马自清虽觉月琴人淡如菊，是个不易近觐的人物，却嫌她过于冷静，不会巴结。也就未曾急于进步，只于偶然陪着朋友前来茗叙其间，捧回牌局而已。

哪知在这时候，自清医院中忽然来了一位阔人投住，这位阔人姓吉，名叫九章，号苏丞。原是前朝名臣之后，家道豪富。现时虽然在野，但前途希望极大，外面颇有将做某省领袖的呼声。这次住院，身体健康的原因很小，而政治病却害得很深，似乎是避人耳目，才来静养。把身体寄在医院，却用灵魂在外活动，不久也许一出医院，便入官署。马自清接到这样阔人，自然尽力巴结。把最富丽的病房给他居住，派最美貌的看护对他伺候，自己每日三番五次入室问安。那吉九章因他善于捧拍，居然甚为投缘。马自清受到贵人赏识，不由生了野心，想要结识下他，加以利用。一则等他上台，援引自己做官，二则希望有机会说他向医院入股斥资。于是就使出了侍奉父母的孝心和妾妇爱护丈夫的殷勤，先意承欢，唯恐不得欢心。吉九章住在医院，虽不治病，却颇有小息劳生、养精蓄锐的意思。所以除了一两个秘密朋友以外，来访的甚少，每日只和女看护鬼混，也很喜欢跟马自清闲谈。日子久了，不由发生友谊。马自清就利用久处狎熟，可以无话不说，预备乘隙深入，达到自己的目的。

在一天日暮时，吉九章正在室窗外晒台的睡椅上，对着西落斜阳瞻望着花园中风景，恰巧马自清进来，就命他旁坐，指着花木亭台，夸说布置甚好，有地方比他家花园还有雅趣，这正是宜于养病的静境。马自清趁势拍马，说："九老太夸奖了，这小地方怎比得您府上花园？"

吉九章说："我并非违心之论，这里实在静雅可爱，我家花园虽然宽阔许多，却因过于富丽，倒被你这里比得俗了。不过你这里有个缺点。"

马自清听了，忙问："什么缺点？请九老明示，我立刻改良。"

吉九章哈哈一笑，说："这缺点不是容易改良的，我也不过偶然感到。你这里的女看护有些和环境不相符合。"

马自清惊然说道："莫非她们不用心伺候？请告诉是谁，我立刻辞退她。"

吉九章笑道："非也非也，她们对我尽心竭力，怎能还说不好？我是因她们和这里幽静的雅趣不大配合。告诉你吧，今天早晨才下小雨，我凭栏一望，见园中花木都像新洗，别有一种清新之气，又加风送花香，枝头鸟语，那边池上的雁齿小红桥头，立着两个穿白衣的女看护，正在倚栏闲话。我一看这景致，不由诗兴发作。你是西洋留学的新人物，不要笑我犯酸。"

马自清正色足恭说道："您不要这样说，我正嫌自己太俗，不会作诗。他日还要求您收作弟子呢？九老居然在这里得了佳句，真是我们医院的光荣。可否写给我拜读？"

吉九章道："我的诗并没有作成，只想出一句，就被你们的看护把诗兴打断了。"

马自清忙问："怎么？"

吉九章道："我正把心思沉在当前美景里面，沉吟觅句，突然听见红桥上的女看护大声笑起来，说着英语，互相调逗，又高唱外国歌。我再一注意，看到她们烫发描眉、涂眉画眼的摩登时髦，再加上一派仿效西洋电影明星的活泼态度，立刻把我心中美妙的诗意打断了，好比在西湖上看见了几座洋房一样地教人扫兴。其实洋房并不教人扫兴，只为在西湖上才扫兴了。摩登女子并非不美，只为在这地方，又赶上我作中国古诗，才觉不配合了。你这花园完全是古典式的，不掺杂一点儿洋味，好比一张古画，上面点缀人物，也该是野服老人或是高髻长裙的美女。你想可能仿佛？你不要笑我脑筋陈旧，也别疑我反对你们的摩登女护士，不过在我作诗的意境里，似乎觉得人地不宜。"

马自清虽不甚明白他的意思，却装出十分同情的样儿，接口说道："九老见教极是，这当然是敝院一种缺点。您想该怎样改革？请指教一下，我就遵办。"

那吉九章道："这谈不到改革，也不是缺点，不过是我忽然的感觉。像你这样幽雅的花园，又是养病的静地，里面的女看护似乎也该是意致幽静，带着东方美的女子。不但合乎病人的好静心理，比那蹦蹦跳跳、妖媚活泼的电影明星式的女子强胜得多。就在我自己，今天早晨，倘若桥上换个护士，能够有人淡如菊的意致，曼立远视的风神，只临流照影，小语喁喁，不那样显露健美体格，咯咯言语，我的诗也早就作成了。"

马自清深知吉九章早年是贵公子，一味爱逗豪华，中年以后，却变成两重人格，一重是积极热衷尽力做官，一重是趋向风雅好作诗词，想学名士。而对于女色却是一贯地爱好，不过阅历深广，已是曾经沧海，等闲的看不上眼。自从他住在医院，自己就曾特选几个最美丽聪慧的护士专伺候他，并特地叮嘱，务要博他欢心，希望他能爱上一个，自己便好从中取事。如今听他话头，亦知他不喜这种摩登女子，自己的心不特白用而且错用了。

马自清这种思想，实在侮辱女子人格，便是著者写到这里，也替抱

66

歉。但要加以试想马自清是何等人格，何等心思，创设这医院，抱着何等心理，选取美秀的女护士又有着何种作用。因为他这医院简直兼营着旅馆业务以及玩票卖淫各种副业。所以他用的女护士，都不是真的正经营业女性，而是搜罗一些来历不明的浪漫女子，稍教以看护知识，虽施以特种训练，使用来诱惑住院的人，做他生财的工具。所以常有本来没病，一经住院反而生病的，也有生病住院，来到就不能走，直到财产磬尽或是生命损失为止的。这种女护士，当然是个中败类，万不配冒用白衣天使的圣洁名称。无奈马自清既称她们为女护士，著者也只得照写罢了。

当时马自清听到吉九章的话，并未知他是信口谈论，竟信以为真对现在女护士不能满意，心中初觉失望，继而反倒欣喜。想到吉九章对女人的性癖已在无意中流露，自己算处到迎合的途径了。就立起拍掌道："九老高论，真教我茅塞顿开。一点儿不错，医院中女护士应该用优雅的女子，太活泼太妖娆，对病人实不合宜。就是我害病住到医院，也愿意女护士是个清秀雅洁的人，看着先心里舒服，再希望她能静静地谈话，静静地做事，教我感觉女性温柔，比在家里专受爱妻情人看护还觉着十分可心，病才好得快。若是过于摩登，打扮得花蝴蝶似的，病人看了，不是动心，便是讨厌，却于病体有碍。再说活泼过度，就要匆匆忙忙，冲冲撞撞，出入病房嘴里再唱两句外国歌，病人如何受得住？九老今天这个提议，对我们医院好处太大。我正在用人访求外界名士们的批评，力谋改善，一定遵九老意旨办理。"

吉九章道："你不要听我这句谈话就去小题大作，你们的女护士本都极能尽职，我只为提起早晨作诗的事，才信口妄谈，你若……"

马自清忙接口道："是，是，我绝不更动，只于把她们加重训练，改变作风。再另外搜求几个像你所说的体态貌美女子，做这医院的榜样。"

吉九章道："这也是多事，你莫只听我一人的意见。我现在已是不合时宜的人了，也许嗜好俗殊酸咸，你若信我的话，大事更张，准得弄糟了。"

马自清心想："我何尝想要更张？世上有几个像你这样来到医院作诗的？我的主顾十有八九是来享乐的。时常有病人在房内开留声机，拉女看护跳舞。我若依你这样把她们都训练成古画里的病态美人，恐怕头二等病房便要十室九空。我才不那样傻呢。现在只要寻个你理想的人，来迎合你缠绕就够了。"

当时便退了出来，归到院长室，暗自寻思，向何处去寻吉九章的理想人才？沉吟许久，忽然由吉九章所说人淡如菊那句话勾起了回忆，似乎记得在不久以前，曾见过一个女子，心中对她下过这四字考语。但是一时想不起是谁。苦思半晌，才想起是近来在眉月楼认识的妓女月琴，不由跃然而起。方要出门，随又想到自己和那月琴并无深交，她又性情孤冷，自己想要亲近尚感困难，何况利用做这样大事？她怎肯便受差遣？而且妓馆中黑幕重重，知道她身上有几许牵连？要把她拔出烟花，帮我同谋，谈何容易？我若想教吉九章坠入圈套，势必将这合他理想的女子弄到医院，充当看护。在吉九章面前以清洁高贵姿态出现，方能受他重视，得到成功。若使月琴仍以妓女身份和他接触，势必遭受厌弃，而且我也无法引进，这可如何是好？

马自清想着为难，好在他脑筋灵活，对于策划时候已深，经过若许筹思，居然得计。就在夜间去了眉月楼想要趁清静时光，与跟妈仔细谈谈，询问她的身世，联络她的感情，再定进行步骤。不料那月琴未在班中，只由跟妈招待。马自清等一会儿，见那跟妈甚是机灵，就跟她谈些闲话，随即问起月琴的情形，跟妈回答她是自由身体。马自清欣喜，就把月琴夸赞一番，随即将原来想的主意使了出来，就是前文所说的话，说月琴相貌极像他的亡妹，他触景伤情，打算要将她拯拔出去做骨肉看待，借以纪念亡妹。那跟妈听了，初觉好笑，就说："这自然是好事，不过太已离奇。只有向娼窑中娶小婆，没听过接妹妹的，恐怕月琴未必肯答应。何况她现在又混得正红。"

马自清就说："我也明白这事不易教她相信，不过我实在是志志诚诚，只要她愿意，有多少账都替还。出去以后，万不能做妾，完全教她自由。只是我希望她能像我那去世的妹妹似的替我照料一点儿事情。几时她寻着对象出嫁，我必要尽做老兄的责任。"说着又取出几十元钱给那跟妈，烦她相机进言。

那跟妈起初本把他当作神经病，只于信口答言，及至得到贿赂，立刻投降到他这一边，满口答应替他帮忙。并且说："月琴许好运到来，只为了生一副和别人相同的面貌，居然遇到这样便宜。我一定跟她说。她若不应，那才是命小福薄呢。"

马自清见跟妈已成了自己同党，就又切实嘱咐一番，许着事成之后必有重谢。那跟妈虽然不知马自清真意何在，而且娼门之中，向来没什么好事，人也没有好心。便有好心好事，也要被人猜测。她料着马自清或是爱上月琴，要娶她做妾，但不明白何以不径直说，反要绕这大圈子。又想他或是要从月琴身上取利，弄她到手，再行转售。但看马自清的豪爽派头，不像是人贩子。好在自己有利可图，也就不问马自清的用意，不管月琴死活，只希望办得成功，有钱到手。便和马自清定下约会，日后怎样替他进行，怎样给他通信。

马自清在月琴身边安下埋伏，便自走了。那跟妈到了次日，趁着月琴清闲无事，便把马自清的话说了出来，并且从中添了许多佐料。她本料着月琴和马自清感情生疏，一定不肯信任。不过先在她心中下了一粒种子，教她知道有这样好心，以后再由马自清自己前来，慢慢用事实博取她的信任，增加她的情感，积以日月，必能成功。但只怕在短期间月琴若另热上什么客人，生了委知相事的心，马自清的兄妹之情就要被夫妇之爱战败。但看月琴对客人冷淡情形，这种危险似乎不会发生。有一两个月总可以把这事做成了。她却没有想到月琴虽然身落勾栏为日未久，但她早抱着择人而事的心，无意久恋风尘。所以一听跟妈述说的话，便有些心动。因为马自清所许的甚为宽厚，似乎并无恶意。又感于骨肉之情，发生身世之感，再加由历来经验，知道在烟花中不易受人重视，莫说难得中意的人，便能遇到，人家也未必愿娶妓女为妻。自己又不甘做妾，距离原来希望日觉疏远。尤其因昨夜陆九芝的失约，受到绝大的刺激，更感觉在此受人抛弃，简直不可一朝再遇了。

她这种种心情，全无形中给马自清添了助力。她才向跟妈表示，对这事很能同意，所要考虑的只是马自清意思是否出于真诚，日后是否实践约言。那跟妈听了，手术室到成功如此容易，欣喜非常，当时趁着月琴吃饭，便去借打电话，向马自清报告佳音。马自清也喜出望外，便约定夜间前去和月琴面谈一切。跟妈回来，陪月琴又说了会儿话，便有客人到来。大凡客人白天去访相知，多是希望趁清静多得享受，不过人同此心，心同此理，很多人都去趁清静，结果反倒凑了热闹。所以每逢刮风下雨，或是星期一的白天，剧场影院照例不上座儿，而妓馆反而常有拥挤的现象。月琴生意本红，客人甚多。她待人冷淡，又向例不留夜宿，这样傲慢，若在别人早已生涯衰落，但她能因孤介寡合，使一班游客发生好奇的心追求不已。对于一种物件，愈难得到，才反倍觉得到的光荣，人们大概有此心理。月琴生意就借这种心理维持，只是并不能持久，若到人们发现绝无希望，就不肯再虚掷金钱了。好在月琴落溷不久，还未到教人绝望的时候，所以客人有增无减。在每日晚上灯花时候，照例座上满客。月琴每室稍作应酬，永没有两分钟以上的逗留。像昨夜和九芝那样长谈，还是向所未有的事。旁的客人凡月琴行止很忙，虽感没趣，却以为她的客人太多，奔走无暇，就想在她不忙的时候前来，看是如何招待，于是白天也人满为患了。哪知月琴对来访的客越发冷淡，只于心中还是念阁着那个失约的陆九芝，一闻有客到来，便赶着接待。一见不是意中人，只敷衍数语，便退出来，真到客人要走，毛伙喊叫，才再去欢送。

今天她又因天气甚好，更把满堂客人抛下，自和跟妈出门游散去了。马自清耗够时候，到了眉月楼，和月琴见面。他已得跟妈的暗示，自然做出极正经热烈的态度，一言一动，都表示他完全出于情感，毫无邪念。至于用钱方面，却是财主的绰号，对这些微小款项简直不值提起。本来以他这样老奸巨猾，欺骗月琴这样涉世未深的少女，已然易如反掌，何况他又处心积虑，表演精工。更何况月琴已先入了跟妈的话，把他当作好人，再看他每一提起亡妹，便双目含泪，悲戚欲绝，更认为天性深厚。既信他所言不虚，又料着他能对亡妹如此悼念，对我这貌似的人自然会尽其骨肉情分，万无异志。月琴天生心软，被他的眼泪感动，心中已很愿认这个异姓兄长了。

他第一次尚未做什么表示，马自清像作小说似的，谈了会儿那虚无缥缈的亡妹。在世轶事，又像电影明星似的做了一阵悲剧表演，也未向月琴探询意旨，便自别去。次日又来，却带了珍贵首饰赠给月琴，这一回却只谈他对月琴的出淤泥而不染怎样敬重，并且把他替月琴打算的前途计划说了出来。月琴听着，宛然是长兄关怀弱妹的情意，更暗生感激。到马自清临行，月琴就不由不以家人亲切之礼送了他。到马自清第三次来访，月琴已毫无矜持，直以骨肉相待。简单说来，马自清的计划进行甚为顺利，月琴很快地便依赖了他，过了没一星期，马自清第五次来访，就正式谈到替她还债，接出去到医院帮忙了。

在这时期中，月琴虽做着骨肉之梦，同时仍系着意中的人。但因九芝一直未来，她已暗自绝望，知道在这烟花巷中等他重来，直如暑日盼望天上落雪，不如出了这里，反易相逢。而且提高自己人格，到相逢时也较有希望。这种心理更怂恿她对马自清允诺，而且马自清对他陈说的话，都使她十分满意。例如马自清并没有太太，势不能另立家庭兄妹同住，所以要把月琴接到医院去住，一面可以替他照管事务，二来可以学习医术或是看护。虽然院长的妹妹绝不需要倚仗做事谋生，但学得技能在身，终有用处。三来在院中有看护同住，大家都是女性，既然方便，又可解闷。至于日后月琴以院长妹妹资格出去交游，只要觅得对象，马自清就尽他做兄长的义务，不过希望她不要忘了兄长，时常来往，分些家庭之乐给他。这话虽教月琴红脸不答，但心中却极快适意，于是更加深了感情，就教马自清出钱还债，即日脱离妓院。大凡妓女从良，照例都要敲一笔竹杠，明明只有千元的债，却要说上三千两千，把溢出的数目收藏起来，做日后之计。月琴因感激马自清，又把后望靠在他身上，怎忍相欺？不但不肯虚报数目，反而把自己手中所存体己先还了一部分债款，临到马自清头上，只要出七八百元，便已足够。马自清听到这微小的数目，大出意外，向她询问，月琴说自己已陆续还清不少，现在所余的只有这些。马自清由这件事上，便证明已把月琴骗得死心塌地，暗自欢喜。就趁着多费几文，替月琴厚赐妓院中人，做了很大面子。实际所用也不过千元。

到马自清接月琴出院，妓女伙计全体欢送，连曲巷中也轰动了。人人知道月琴被个阔人接出做妹妹，也有人造出谣言说月琴本是那阔人的胞妹，只为自小被人拐出，流落烟花。现在兄妹意外相逢，就接了出去。于是观者塞满巷中，都来看这有福的姑娘。马自清和月琴上了汽车，由人丛中徐徐开出，到了街上，才驶向医院而去。

马自清早在医院中一角替月琴布置了华丽的住室，对院中同人只说自己胞妹原在上海姑母家住着，现在要到天津来和兄长同居，对月琴也暗地叮嘱过了。并且接月琴的汽车也是向生利汽车行雇来的，未用本院汽车，以防泄露真相。当时到了医院，便有仆役接着进去，月琴随身带了几件箱笼行李，颇似远客初来的情景。马自清领她到了特备的卧室，月琴见陈设华丽，更感他重视自己，但回想多年风尘漂泊，不料今日又落到这里，心中颇为凄感。休息一会儿，才一同出来。先给院内几位重要同人介绍，又领到各处参观。月琴见医院规模宏大，才知马自清势派不小，以他的资格，居然肯认个妓女做妹妹，真是难得。不能不说是自己福分。自己有这样一个哥哥，前途自然无限光明。又听马自清说起院中的位置，原来他的住室相隔尚远，可以证明绝无他意。月琴的卧室却占着女看护宿舍的一部，在那一隅，完全是女性的禁地，除了院长，其他男性不许妄入，更觉他布置得井井有条，使这医院成为有秩序的圣洁区域。自己能由妓馆入到此间，直如由泥潭中拔脚，置身青云。不由又想起九芝，后悔曾在妓馆和他见那一面，倘然没那一面，现在能在此处相遇，大概他绝不敢那样轻视我。但转想又笑自己糊涂，若是不会在妓馆见面，我又如何知道世上有他？费这许多思量，而且他又怎会到这里来见我呢？

月琴这时除了想到九芝，感到惆怅，心境却已很开豁了。马自清又领她到花园内游览，但只在园中一角，小立纵目，并未深入久留。因为马自清费了许多心力把月琴罗致了来，固然完全为着他心目中那位九老，但要用长线放大风筝，在把月琴训练成功以前，并不要他见面。所以领月琴行走，躲着那位九老在楼窗中目力所及之处。月琴虽然对于花卉景物十分赞叹，马自清却借口怕她倦乏，返回住室，又把女看护长关小姐和两个最美貌而和他有着秘密关系的席小姐劳小姐，请了来与月琴相见。言说舍妹在这儿住着，恐怕日久寂寞，想要学些看护知识，给你们帮忙，请费心指导。那几位小姐自然答应，从此就陪伴着月琴，尽力巴结。马自清却暗地和月琴说，要她留意一切，等稍为熟悉情形，就要她做院务主任，把看护以及除了专门技术以外的普通职员，全归入管理之下。月琴感到马自清不特相亲，而且见重，更是感激。虽知这医院并非自己安身立命的归宿，但对这新得之家，甚为安适。决意尽力帮助马自清，以报他相待之情。直到如了自己的夙愿，能重逢意中人，离开这医院为止。

在月琴心中，直好似已许身九芝，这也不知是何道理，只可孽缘二字解释，本来仅见过一面，并未作过深谈，只于月琴芳心默许，示意九芝，教他独自来访。至于他若来时，月琴难道径直提出嫁娶之约？她当然并未设想及此，即使想到了，也未必能够。及至九芝负约不去，论理月琴应该由绝望而失意，渐释对九芝的思念，但她竟一反日不见日疏的惯例，因九芝的负约，更加深了相思。但相思也只是相思罢了，仍未发生托付终身的念头，而且那时连人尚不能见面，若竟想到终身结合的问题，岂不荒谬可笑？然而她居然会发生这荒谬的念头，就因为那日的一场离奇梦境，梦见和九芝结婚。虽然她在先并未作过此想，不能说是日之所思，夜则成梦。那日做梦以后，她的精神上受到很大刺激，脑中锁了极深的印象，这才莫名所以地对九芝生了莫大的希望。再加脑中印象又时时刺激她的神经，时候一多，不由发生心理作用，成为一种幻觉，把虚想认作实事，好像觉得曾和九芝有约，又好像自己曾与九芝有过甚深恩爱，已将心许给他，终身归宿，只在此人。

世上男女一见倾心的很多，但像月琴这样毫无事实，只由神经作用，弄成作茧自缚的却是很少。然而人在少年，若犯了情痴，什么奇怪现象都能发生，像她正不足为奇。然而按医学上说来，她却是神经有了病态了，因这病态的关系，于是见羹见墙，随时随处，都会联想到九芝。即以马自清而论，她若不是想到认马自清做义兄可以提高身份，称为小姐，日后既易于九芝结合，而且也免他蒙受娶妓女的丑名，未尽会慨然允诺。她以为借马自清阶梯，就可以和九芝减短距离，但梦想不到反而绕在圈里，且莫说以后的许多波折，就只眼前，已失却一个和九芝见面的机会了。因为月琴这样钟情九芝，九芝也未曾不钟情月琴，月琴她见着九芝才发生爱情，尚算稍有实际，九芝却是自从听到梁叔子讲说月琴的幽秀风姿，和徐止庵要给撮合的调笑话，便已无端地生出痴情。因月琴罢演失踪，竟觅遍天津中下级娱乐场，希望和她见面，更是痴得没来由。所以月琴对九芝避近一见，百种磨缠，虽然好似不近情理，只可归诸孽缘，然而由迷信说来，却未尝不是由于气机相感，便在这时，月琴在医院为九芝挂腹牵肠，九芝在外面也正为月琴失魂落魄呢。

且按下月琴寄居医院，受着马自清的训练，预备给他利用暂且不表，且说九芝自从和神经麻皮冶游归来，辗转思量，竟未前去赴约。第一因为不能断定她是否梁叔子所说的月琴，第二因为不愿割朋友的靴，但实际仍是注重对月琴的怀疑。看她的美秀容颜、静雅风度和所说会唱鼓词的话，确是颇为相像，但梁叔子所说的那个月琴，何等孤芳自赏，这个月琴一见自己便如此表示好感，暗相邀约，似乎有些轻狂。梁叔子所说那个月琴万不会这样。其实梁叔子所说的月琴是何品格，是何心地，梁叔子倏然一见，已不能完全识透，何况九芝未曾谋面，如此凭空武断，岂不可笑？不过九芝这中书毒的脑筋对世故少未深明，对女性更少认识，只于脑中存着许多古时美人的影子和无限的诗情画意，听梁叔子把月琴形容赞美，就留下一个至高无上的印象，时时在脑中发生幻想。她是怎样起俗绝尘，怎样冰清玉洁，姿色怎样像寒梅映雪，清娟绝世，气味怎样似佳人空谷，早袖天寒。简直替月琴绘了幅不着笔墨的真容。及至在眉月楼见着月琴，觉得一切都合了自己的理想，只是举止似乎轻狂，和梁叔子所说自己所想的那个人不能相符。若是真的月琴似乎绝不会对个陌生人递意传情，暗约私会。因此犯了犹疑。他本来全副心情都倾注在月琴身上，若能证实确是意中人，必然不顾一切，前去赴约。这一犹疑，既恐怕她只是同名，自己若去赴约，便对不住心头供养的真月琴，而且辜负麻皮的友谊也犯不上，于是强自抑制，不去赴约，实际心中终放不下。暗自打算，这月琴虽不能断定是真，却也不能证明是假，世上同名虽多，但能同样年纪，同样美貌，而意致又如此近似，却是少有的巧事。我猜测无用，不如明日去访叔子，领他前去瞧看。虽然此举有碍自己少年老成的名誉，又必受叔子奚落，但也顾不得了。

主意打定，到次日晨起，梳洗既毕，便出门去访叔子。到梁宅叩门，仆人回答叔子上北京去了。九芝大为失望，就问何时回来，仆人回答没有留话。九芝只得出来，自思叔子很少出门，现在突赴北京不知何事。他和止庵最相接近，何不前去探听一下。九芝只因急于知道月琴真伪，恨不得立时见着叔子，拉他同去，访寻不着，便奔走探询他的行踪。好像真把叔子急电催回，却不想即使知道了赴京的缘故和在京停止，也不能为这种事劳人家奔波。但九芝却好似非要立刻寻着叔子不可，匆匆直奔徐宅，既至见着止庵，才知叔子到北京去有所谋干。

因为叔子这班名士，表面厌弃财利，不肯为五斗米折腰，只盼优游林下，纳享清福，只做他的风流名士，但名士却要吃饱了才能做的，做名士的人，不见得人人都有饭吃，便是家有财产，名士既是聪明特殊的所谓超人，当然不会没有算计，怎肯坐吃山空？自然要做生财之道。但是做生意要费本钱，做官要受劳累，而且有伤名士本色，于是就想到一种方便法门，用风雅为苞苴，借诗文通声气，和当代在位阔人往来，设法在机关中挂个名字，领份干薪。这样既不伤清高的面目，仍可收实际的便宜，这真是最巧妙的方法。不享做官之名，而取做官之薪，也真是世上再便宜没有的事。然而细想起来，这才是最不道德最伤品格的事。无功受禄，既有愧于良心，而且大之有妨国家行政经济的运用，小则也足致人心于偷懒，实不如规规矩矩地出去做官做事，尽职员责，才算真正高尚。若都像这样名士的作为，国家社会还成什么样儿？所以到现在文明时代，这恶行已经完全取消，各机关已无挂名领薪的人。行政效率既然增加，公款也不虚耗了。但在叔子时候，政治尚未文明，在位者还习惯于供养名士，不止叔子一人，几乎凡是在野有名的俱都如此。所以最初止庵立的诗社，有许多不雅的人挂名要求加入，便是希望走这捷径，安享不劳之获。止庵看透他们的心理，才把诗社解散，重新组织。在止庵心中，自然很反对这种事，但人类终是感情动物，对于他人想利用风雅谋求利益，觉得十分可憎，但对于自己朋友，却特有着原谅，而且还肯帮忙。有几位老友的生活，都仗止庵支持。叔子本来在北京国务院中某厅有谘议的名义，每月白得三四百元，这时因政局转变，内阁换了首脑，一朝天子一朝臣，于是一部人得庆弹冠，一部人同悲失路，叔子的位置自也摇摇不稳。幸而止庵在政界资格极深，虽不说门第故吏遍天下，也算尽有知交。无论政局如何变化，内中总有他的故人，便是素无关系的，对他也有相当敬仰。叔子打听得当朝新贵有一个是止庵的旧门生，就托他代为关说，保存位置。止庵情不可却，只得写封信给他去了。九芝来徐宅之日，正是叔子赴北京的第三天，他此去的结果如何，尚不可知。

九芝由止庵的话中，揣测叔子的张皇情形，不觉又增了一番见识。叔子的家道本非贫薄，看他平日行云流水、宠辱不惊的态度，好像是个安贫乐道之士，便是没有饭吃，也能悠然自得。却不料也和平常人一样，对于并无必要的收入居然如此关心，不特屈节地方奔走。叔子还是个中最有品的人，尚且如此，从此我更认识这班人了。就是止庵也有可议，倘然别人像叔子这样行为，他必表示不满，也万不肯代为关说。但对于叔子，因是好友，就认为应该不惜破坏自己操守，替他尽力，这就是止庵唯一的短处。但在另一面说来，他生在科学时代，久历宦途，自然难免受到积习的熏染，也未尝不可说是古道热肠呢。

九芝因叔子为重大事件，赴京归期难定，不禁暗自焦急，就常常到徐宅走动，想着叔子归来必去先见止庵。却不料过五六日，叔子仍无信息。直到十一天的早晨，他又到徐宅，止庵迎头说："叔子已于昨夜归来，不但保住位置，另外得了好处，所以甚为高兴。因为后天是我们的诗社的集会期，再过三天又是我的贱辰，叔子主张由他做主人，借李克公的花园，遍邀社友，快乐一个整天。早饭教各位社友各自备一两样得意佳肴，做蝴蝶会，遍赏克公园中新开的芍药和丁香，晚间由叔子做东道替我预祝。我坚辞不得，只得由他。"

九芝听了忙说："我也得加入叔子的东道，替止老预祝千秋。"

止庵说："这恐怕不成，叔子已经拒绝了克公和眉山加入，一定要得自己称霸。大约是因为每月多进了两百番外快，所以要预告开销出去。"

九芝明白叔子是感激止庵关说的好处，故而要独自尽心，不要任何人加入。他只出些分份，就不领情了。九芝又谈了一会儿，由止庵家出来，又去访叔子，仍未遇见。

到次日清晨，便接到诗社中的请帖和叔子邀请作陪的信，信中说因为才从北京回来，俗务冗繁，常不在家，以致屡承枉顾，有失接待，甚为抱歉。今日本拟奉访，唯因舍亲某氏为侄完婚，邀做证婚人，不得不往。好在明日即值社期，可以见面倾谈一切，略解这几日心中郁闷。又说明晚为止老预祝千秋，务请陪席。午间社集，例作吟咏，吾辈可群居终日，李园风景足令盘桓，白日放歌，至于夜游秉烛，尽兴狂欢，扶醉同归，亦吾辈难得之乐事。老弟能做半日休暇，放量一饮否？等等的话。九芝看了，知道今日又不能和叔子见面，只可等待明天，虽有些失望，却还不甚着急，因为七八天都已等了，何争这一日？

但另有件事使他烦心，就是关于蝴蝶会，要自备两样佳肴。这件事在一班老名士老诗翁自然毫无困难，他们不是家资富厚的阔财翁，便是盈囊充裕的达老贵官，家里都使着很出名的厨司。例如止庵家是忠信堂的老掌灶的，煎炒烹炸太好了，孔眉山家是豫丰县的大师傅，李克公更是中西兼备，做中菜的是某王府的老厨司，做西餐的是裕中饭店下来的著名好手，只要吩咐一声，教他们各做两样拿手菜，便可了事。既别位家中没有名厨，总有个做饭的人，对付做一两样菜，也非难事。诗社中固然尚有几位寒士，雇不起庖师，但都有着主持中馈的太太，他们又多是南方人，南方的太太较比北方的太太多才多艺，北方的太太，尤其是天津土著的太太，对煎炒一道具有习惯上的笨拙，虽然向以上炕一把剪子、下地一把铲子著名，但这把剪子只能墨守成规，做不出新鲜花样，这把铲子也只能做她那传统的简单饭菜。譬如儿媳能做汤面，就可博得婆母的欢喜赞叹，唱出"我家媳妇会擀面，赶到锅里团团转"的歌谣，流传里巷。若是把菜熬得不臭不腥，把肉烧得有滋有味，那就更要有名于邻里乡党之间。所以天津人很少邀外乡人朋友到家中吃饭，便是邀请，也只能包饺子熬鱼相飨，想要吃几盘几碗，万不可能。南方太太却是不然，差不多个个都是烹炸名家，独力做成一席盛筵，并非什么出奇的事。至不济也会烧几样大菜，弄得鲜洁腴美，适口充肠。所以那班南籍社友，也不会被这蝴蝶会难住，只归而谋诸妇，便可以了。唯有九芝，却是毫无所凭借，孤身做客，连家都没有，又上哪里去弄这两样菜？若置诸不理，到时空手而往，固然不愁没人给吃，但大家都有贡献，自己仅大口一张，未免太煞风景。何况九芝又年轻脸热，不由为难起来。

自思这件很平常的事，到我身上，竟成为苛政。可见凡人做事，不可平等，交游也是如此，一个穷人和有钱的人交往，无异受罪。我向无高攀上峰之心，只为干了这种职业，难免在报章刊物显露才华，蒙他们诸老特垂青睐，不耻下交，还邀入这诗社，向对我都很体贴，知道我进益无多，总不使有所繁费。就像去年由辽东来了几位名士，大家轮流做东，推到我的名下，正愁着一席之费需用两三月薪金，实在力不能及，但又不愿厚着脸皮躲避。哪知止庵竟暗地替我出了请帖，借他宅中设宴，把场面圆过去。又怕我不好意思，仍装作公事公办的态度，向我索取用旨，实际所收的不及他所费十分之一。但我再多付，他就绝不肯受了。诸如此类的事很多，体贴我的也不止他一人。不料今日又受了窘。大约他们以为备办两样小菜并非难事，所以就忽略了，哪知我为此事更加为难。因为为明日座中人人争奇斗异，必然都有很好的东西拿出来，我既然忝居座位，便不想受人赞美，也总得像样儿，势不能把粗做的东西献到席上，即使拼着花钱，向大饭庄要两样贵薪带去。无奈他们立的规矩，第一要避免日常惯吃的市楼滋味，即便家常粗菜，也所欢迎。只这家常粗薪，我又上哪儿弄去呢？

九芝为难半晌，终想不起妙法。吃过午饭回到房中，拿起本书来看，但心里既悬系着月琴，又愁着明天的蝴蝶会，心烦意乱，看了半天还不知是哪一本书，更莫说书上的字。正在心神恍惚，又忽听隔壁有人呻吟，知道是神经麻皮又在作怪。这位颓废而不会作诗的诗人，近来更穷得厉害。因为半年后的月薪都已抵押了现款，花用罄尽，来源堵塞，智拙计穷，他零星债款更多，日日受着债主逼迫，走投无路，在前几日竟奇想天开，造了一封假信，作为他的令弟报告他的伯父因病身亡，这固然是他尚有良心，不忍把丧事安在亲生父母身上，就给这位向不对的伯父添些丧气，但也因为若说父母死了，就得回籍奔丧，债主绝不许他走。所以社中稍好的人，既可以借题弄钱，还可以不离开报馆宿舍，享受免费的两餐。于是他在假装初接到信的时候，先号啕大哭一阵，把同人惊动了来，再拿信教大家传观，跟着又去见经理，报告家中出了丧事。经理问他可要请假回家，他答说家中有人料理，无须回去。经理又问他可要支月薪寄回办事，他情知不说开口支取整年薪金，而半年内的都已主权有属，岂敢擅用？就回答家中丧费充足，无须支薪。经理见他既不请假，又不支钱，只来报告一声就完又愣着不走，不解是什么意思。当时跟他对愕了半天，方才觉悟，就取出十元钞票，送给他作为奠仪，这才合了他的意思，鞠躬致谢，退了出来。举着钞票逢人便说，经理送给我十元份金。这是取瑟而歌，暗示同人也该各尽人情。哪知他作伪功夫太差，那假信有着许多破绽，而且由他亲笔自写，任如何矫揉造作，也有人辨识出来。大家正在纷纷议论，说神经麻皮穷急生疯，假报丧事，想要骗钱。一会儿工夫全馆都知道了，一到他举着钞票宣扬经理恩德，激励同人照办，人们没一个肯来上当。又加麻皮素日借钱不还，失尽信用。应了士无贤不肖贫者鄙那句古语，人们对他鄙薄厌恶，一个肯敷衍的也没有。他空自奔走呼号，没有丝毫效果。反而福无双至，祸不单行，恰巧来了一个债主，见他手中有钱，就悄不声从后面夺去。麻皮见了回夺，已来不及了。急得又痛哭他的伯父，过了一天见并没一人来送份子，知道计策失败，不胜恼悔。但既费了许多心力，做了长时间的表演，结果只骗了经理，白给债主添一笔进益，自己毫无所得，实觉于心不甘。就又厚着麻脸皮，仍借丧事为由，向同人恳商借款，几乎说破了嘴唇，并没得到一人允许，只脸薄的九芝被他强磨去一元大洋。麻皮空自装神弄鬼，丢人现眼，只得着这点儿实惠，怎不痛心？又加穷得难过，越发无昼无夜地常犯神经，借着追悼伯父，时时发泄他的哀情怨气，什么奇声怪调都有。九芝听得惯了，虽然讨厌，也没法奈何。

这时听他呻吟，以为又是穷急作怪，也没理会。不料过了一会儿，呻吟得更甚，并且床板嘎嘎作响，似乎正在翻滚折腾，九芝心想麻皮大概又在出什么花样，我不要理他，若去瞧看，就许被他拉住哀词乞贷，又得受些损失，就决计不加闻问。不料过了一会儿，隔壁越来越不对，呻吟声由缓而急，由高而低，似乎非常痛苦。九芝心中忽觉一转，不由大惊，只怕麻皮穷极无路，万一生了短见，自寻一死，这声音很像服毒的人临死挣命，就再忍不住了，急忙抛书跳起，跑了出去，推开麻皮的房门，只见他果然正在光板床上伏着，却已不滚动了。只把手抓住床栏，哑声呻吟，身体不住颤动。脸上汗珠直有黄豆大小，一手抓住床栏，一手捂在胸口，腹下还压着他房中硕果仅存的破枕头。看情况不是真个服毒便是生了急病。九芝立刻生出怜恤之心，发声问道："你怎么了？"

麻皮似乎没气力抬头，也没力气说话，只从鼻中哼了一声，九芝又摇着他肩头慰问，麻皮才吐出几个字来道："我肚子疼，疼死了。"

九芝更觉吃惊，忙问："你怎么肚子疼，可是吃了什么东西？"

麻皮将抵在板上的头摇了摇，说出没吃什么，九芝听着才稍为放心，就问他道："秩如兄，请暂忍耐一点儿，告诉我你是什么病，应该怎样治？我好替你想法。"

麻皮点点头，才断断续续地说出他是肚腹疼痛，九芝问是怎样得的，麻皮说这是老病，每逢受凉就要发犯。九芝见他痛楚难堪，就给倒来一碗热水，又替他擦摩肚皮，麻皮才稍为舒服，才缓过气来，对九芝说出夜里睡时，梦见那个眉月楼的月琴，享到极快美的情趣，生理上发生变化，又因没有被子，衣服单薄，受了风，引起肚疼老病。九芝听了，明白他这病是侮辱月琴的报应，不由觉得十分污秽，立刻缩回手，不替他按摩了。麻皮又呻吟欲绝，央求九芝替他救治。九芝问他以前犯这病时都吃什么药，麻皮说不用吃药，每次犯病，都是吸一两口鸦片烟便能治愈。九芝听着为难，在这报馆里哪里有鸦片烟，就道："这可没法儿，我上哪里去寻这东西？而且报馆也不许人吸烟。去年王编辑不是在住室里偷着开灯，被查出来给赶走了？"

麻皮道："九芝兄，只要你肯帮我，我自己有法儿。我以前有几次犯病，都是到一家小烟馆去吸，现在仍可以到那里去。"

九芝略一沉吟，知道自己只一接触麻皮，就得遭受损失，这回又在劫难逃了。想着就道："好，那么我给你点钱，你就去吧。"

麻皮道："我自己怕去不了，肚子一阵疼起来，就许绊倒。你做做好事，陪我一次吧。除了你谁肯可怜我？"

九芝见他说得凄惨，只好应着，扶他坐起，见他身着短衣，就问："你的长袍呢？"

麻皮指指床角，九芝才见那长袍已被团成一个团儿，藏在碎布烂纸和破袜的垃圾堆中。原来他夜间用那长袍做被子，方才因为肚疼，竟给揉藏到一边去了，又加颜色陈旧，若非他指明，简直辨认不出。九芝拿过替他披上，那长袍已变成绉纱，回想十日前到眉月楼访艳时压制平贴的贵重情形，真是不堪回首了。麻皮身子抖颤着，把长袍穿好，九芝挽扶出室下楼，到了宿舍门外。麻皮立定不动，喘吁吁地说："车……车……"九芝只得叫来两辆洋车，向麻皮问明去处，说好价钱，才坐上去。

他们所去的地方是在很神秘的区域，走出很远，才由一条大街转入小巷，转了许多弯儿，才听麻皮叫唤，指着一个门儿，车夫停住。九芝下了车，见这一条很狭隘的小巷，两面望衡对宇，各有不少土壁板门的人家，鼻中闻得鸦片烟气甚为浓厚，料想附近的烟窟定不在少。不由心里纳闷，近年并没听说开放烟禁，无论吸卖当然都是犯法，总要竭力遮藏。但这里仍如此明目张胆，只这浓厚气味就可证明有大量鸦片，融合在空气中，乍闻直疑身在毒品销毁的场中，不啻明写着此处遍地毒窟。任是盲人走过，也能体验出来，却为何没人干涉，任其存在呢？想着又见停车之处，正在一个小门之前，那门已经破败倾倒，却能勉强关上，门旁墙上贴了张纸条儿，上写"美国饭店"四字，底下又缀了两行小字，是"炖肉饼饭小卖俱

80

全"。九芝更为诧异，在这陋巷之中，居然有这国际化的饭店，难道新大陆的人士也来到这种地方，经营这种商业么？麻皮既在这门外下车，想必里面便是燕子窟，却假借饭店的名义，避人耳目。但又何必单取那刺眼的字意？想着就开发了车资，扶着麻皮要向里走。麻皮的头摇道："不是这边，在对过儿呢。"

九芝回头看时，果见在美国饭店的对面也有一个同样破烂的小门，门上却斜出一支竹竿，上挑一支木牌，白地黑字，写着"义和成衣局"，已被风雨剥蚀得不成样儿了。就问道："就在这成衣局里么？"

麻皮道："哪里有这个成衣局，你跟我进去。"

说着就推门而入，只见院中更是破烂，遍地积秽，好似多年未曾打扫。进门就几乎撞着一只秽水桶，再进一步，又是一只行灶，灶前堆着许多乱柴，另一面又是一只大缸，缸旁是很大的垃圾堆，简直把个丈许方的院弄得没下脚处。院内只四间房，东西各二，门在南面，背面偏东是一间厕所，开着门露出里面的马桶。一个中年妇人在桶上，正在面红筋涨地表演着便秘的现象，若被药房照入镜头，倒是很有力的广告。她见有人走入，急忙把门拉上，但骂詈之声和恶臭之气，仍由门隙播送出来，分头扑入他二人的耳朵之中。九芝虽是生长贫贱，但对这种阵势还是初次见到，不禁张皇失措，进退失据。麻皮却不理会，仍扶着他向西面房中走去。九芝走到门首，猛觉一股香烟由旁边被风吹来，却不是鸦片气味，倒好像在佛堂里闻到扑鼻的香料气，不由转眼一看，原来在厕所之旁，余剩了一块二尺的隙地，竟用砖搭起一座楼。飞檐高脊，颇见规模，楼门只五六寸高，隐约可见里面挂着画像。楼前也用砖砌了个小方台，上面放香炉蜡台，却未燃烛，只炉中烧着三支香，还有三只小酒盅，摆满了酒和两小碟供品。一碟是三个剥了皮的熟鸡卵，一碟是五块香豆腐干。九芝知道本地迷信人家多供狐（狸）黄（鼬）白（刺猬）柳（蛇）灰（鼠）的五大家，作为镇宅大仙。旧式房屋都有这种仙家楼的特种设备，奉供也是这等仪式，并不足奇。所奇者是把仙楼和厕所设在一起，仙而有知，终日受臭气熏染，怎能享用供品？对于他们的供奉，不知认为崇敬抑或认为侮辱？

正在看着，忽听麻皮在耳边说道："你可走啊？"

九芝转过脸，才看见这西房门挂着棉布帘，不知里面是何光景，没胆量去掀这门帘，就望着麻皮，想教他先走。麻皮把扶在肩上的手用力一按，同时身体前倾，九芝不由得便向前扑去，未及掀帘，就进入房中。只觉烟气氛氲，如入雾中。睁了睁眼，才看出房中是两间打通，挨着后墙搭了很长的木榻，每榻上每隔四五尺便有一盏鬼火似的小灯，每一盏灯两旁，都有人躺着，一共四盏灯，七八个人，内中也有坐着谈话的。因为房间太小，被木榻占去多半地方，余地甚少。前面靠窗有一张小条桌，另外还有几只椅子。房中已塞满了，显得十分拥挤，没有回旋之地。九芝眼中看着雾中鬼火，耳中听得嗞嗞唏嘘及嘈嘈的语声，鼻中闻到潮湿腐败和鸦片的混合气味，直觉脑中有些发昏。又因房中拥挤，不知该向哪边下脚，就立住不敢前进。忽见那小条桌旁坐着的人立起迎过来问道："你找谁？"

九芝听出是妇人声音，到她走近对面，才见出是个三十多岁的妇人，旧式打扮，身穿短衣裤，梳着大盘头，身量颇高，很有健康美。下面却是一双小脚，生得圆圆的脸儿，重眉大眼，好像很有几分姿色，只是颊上有几丝横肉，又加说话时侧着脖颈撇着嘴唇，腆胸凸肚的，好像流线派头，但又眼光发贼，对人斜视，一见便知是个淫悍之妇。九芝一见，便知道是个不大安分的女人，她的面貌虽带凶气，但是徐娘风味，尚能动人，用新名词来说就是具有性感。尤其在这间屋中，人人都是鸠形鹄面，形状如鬼，她以风骚健美之次，挺然秀出，瞧着分外着眼。这妇人迎着麻皮，问他道："吸烟还是找人？"

麻皮说："给我们找个地方吧。"

那妇人便知是主顾来了，就喊了声："你们抽的快滚起来，别迟延挺尸装死。"

一言未了，榻上的倒着的烟客好似全都怕她，立时立起来四五个。那妇人便让麻皮进占了对门的一席地，麻皮也不谦让，就倒在右边，九芝也在右边坐下。这所谓左右是以中间那份烟具为标准的，那妇人似乎看出九芝不是顾客，只向麻皮问要多少，麻皮看看九芝，才答道："给一包吧。"

那妇笑道转身去取来一小匣烟膏，放在烟盘上面，九芝在她伸手时看见手上戴满了戒指，均起来不止一指一个，有纯金，有镶宝石，有翡翠的，并且由那短袖小袄露出半段粉腕上，也戴着两副金镯。九芝心想她必是这小毒窟的主人，以这微而又犯法的营业，主人竟会如此富丽，足见收入可观。想着就听那人喊道："小鬼，死到哪儿去了？还不快倒茶？"

九芝举目回顾，不知她所骂是谁，不料忽见账桌底下突然冒出个蓬头赤脚的小人儿来。因为房中烟雾迷人，那账桌下面又分外黑暗，这一有人出现，好似由地下钻出一样，九芝不由吓了一跳。又见那似人非人、似鬼非鬼的小动物，一瘸一拐地走到屋隅，斟了两碗茶送了过来。九芝才看出这人是个小孩儿，年纪好似……简直不好判断，好像身量和神态有着三十年的距离，只瘦小的身体至多不过十岁，但若看脸上由愁苦阅历而生出的皱纹，直可以说在四十岁以上。但这些皱纹全被污垢遮盖，不注意是看不出的。身上的衣服破得东垂一条西挂一片，仅能蔽体。脚下光赤不袜，皮肤都成了铁色。虽然穿着鞋子，却是差样儿的，一大一小，大的一只用麻绳系在脚上，九芝乍看辨不出是男是女，及至看到头上蓬如乱草的长发下面，露出耳朵，上面居然戴着一副变成黑色的假银耳环，才知道是个女孩。不由暗自叹息，这是谁家的儿女，落到此中，受着非人的待遇。那小孩送完了茶，又回到账桌下面，没入黑影之中。幸而九芝的眼睛已渐渐适应于房中的光度了，见那女孩又像陷入地下似的消失不见。接着听见从那消失的地方，发出一种澎湃声音，就凝眸细看，才在黑影中又发现了那小女孩的轮廓，原来她并未消失，只是坐在地上，正抱着只盆洗衣服呢。才知道她原来是个兼理各种劳役的女奴，心中更觉惨然，不忍再看。

回头看麻皮已经烧好口烟，正在悠然自得地对灯嘘吸，好像一进这里，肚痛的病便已痊愈，而且由动作上看出是位瘾君老手，对此道久已精娴。不由暗叹："麻皮真是尽力向下堕落，做足了颓废的功夫，看你将来可怎么好？"

想着忽听旁边有人坐起叫道："喂喂，掌柜的，我叫的饭怎么还没送来？这样空着肚子抽烟喝茶，我可受不了。"

那妇人已退坐在账桌后面，正口衔纸烟，口中仍低哼着"冷水浇头怀抱冰"的蹦蹦腔儿，闻言就叫道："还没送来呀？这美国饭店也许快关门了。小鬼快给催去。"

那小女孩儿慢慢由地下立起，抛撒着两只水手，浑身上衣服破片擦着，就向外走。那位等饭吃的烟客又叫道："小鬼，催他们越快越好。"

那女孩回头望着他，吃吃说道："你……你要的什么？我……我忘了，

83

你再说一遍。"

那烟客骂道:"你真是混虫,我不是要一碟韭黄炒肉丝,四只花卷,一碗清汤么?你要给叫错了,我不捶你才怪。"

那女孩一言不发,踉踉跄跄跑了出去。九芝这才明白那女孩的通用大名就是小鬼,由这两字便可看出她所受的待遇,不但主人虐待,就是烟客也随便打骂。料想她必不是那妇人的女儿,可是她的父母又在何处呢?正在纳闷,那女孩又跑回来,叫道:"来了,来了。"随见在她后面又跟着一个五十余岁的矮子,头上光秃,亮得好像水晶珠,身穿堂官式的旧布衣服,提着只油渍的提盒,走到那烟客面前,将提盒打开,饭菜端出,放在榻上烟盘旁边。

那烟客骂道:"老美你这小子,饿了半天,再不来我就过去把你的饭店拆了。"

那秃子赔笑说道:"张爷你多包涵,今天柜上忙点儿。"

那张爷说道:"你柜上生意好,就不把我当回事了?"

秃子笑道:"没有的话,你是老主顾,我怎敢怠慢?只是今天赶巧了,王月波今儿请姑父吃回门酒,定了两桌菜,妞儿两只手哪忙得过来?亏她赶罗,这才忙完了。压着很多外送的,先给你做,就知道你等吃啊。"说完提起空盒便匆匆走了。

九芝正听得诧异,恰巧麻皮教他躺下歇歇,九芝就躺在麻皮对面,低声问道:"这卖饭的不就是对门那家美国饭店么?"

麻皮道:"是啊,这秃子就是那饭店的掌柜。"

九芝道:"这僻地方的小饭馆怎起那么个带洋味的名字?"

麻皮道:"这是市井之谈,从玩笑上起的。那个掌柜光秃无毛,本地下等人管没头发的人就叫作秃老美,大约秃子因为头上光亮,摇摇晃晃,总像很得意似的,这个美字的解释,就是自命不凡的意思。大家叫惯了,就把秃字省去,简称老美。因为他开着饭馆,就叫老美饭馆。又因人们把美国也叫老美,就和他玩笑,改称美国饭店。那秃子随人呼马呼牛,居之不疑,就也自称是美国饭店。你明白了?"

九芝道:"在这穷地方开饭馆,哪有许多人照顾,怕难维持长久吧?"

麻皮道:"他已开了好些年,生意越来越好。只这一带的烟馆就足以

84

维持他。何况还有很多长主顾。你没听方才他说有人定整桌酒席么？"

九芝道："我听见了，一个姓王的请姑父回门，用他的菜。请姑父本是大典，用这起码小馆的菜，未免太不好了。"

麻皮道："说起来自然不像样，可是吃起来就不然了。美国饭店虽小，饭可不坏。准能抵得上高等饭庄。"

九芝道："这却怪了。他若能抵得上高等饭庄，里面规模一定不小，总要请顶好的厨师，很多么大的挑费？"

麻皮笑道："他不用请厨师，也不用挑费。告诉你，这是一件奇迹。这秃子有个女儿，是天厨星下界，只仗两只手，就支持这家饭店。"

九芝愕然道："真的么？"

麻皮道："岂止真的，还是怪事。别看秃子那种模样，她的女儿却生得美丽超群，天香国色。简直没法形容，你能见着，宁可用性命打赌，也不肯信她是个镇日跟油盐酱醋打交道的人。"

九芝道："有这种事，我真不敢信。在这杂乱地方左近不是烟馆就是赌局暗娼，若有个漂亮姑娘开饭馆，还不起哄生事？"

麻皮道："所以更是奇事。那位姑娘泼辣也泼辣极了，正经也正经极了。美国饭店也有一间房子卖座，可是去吃饭的人全都规规矩矩，没有敢生事的。就因为那姑娘厉害，早就把无赖们制得不敢上前。听说前二年有个流氓前去讨便宜，被那姑娘抄起一勺热油满泼在脸上，那流氓饶受了伤，还被她问得输了嘴，只可自己回去养伤，没法奈何，你瞧厉害不厉害？"

九芝哼了一声道："会有这种人，我倒得……"

话未说完，麻皮那里已乘隙而入道："你想瞧瞧，咱们就去那边吃一顿，我正饿呢。"

九芝听了，疑惑麻皮有意造作谣言，骗自己请他吃饭。就道："你说的可是真话？请你吃饭无妨，可别教我上当。"

麻皮道："我何必骗你？去看看就明白了。可是你得规矩些，若是嬉皮笑脸，挨了骂你可不要怨我。"

九芝听他说得确实，更动了好奇的心，就道："好吧，你快抽，抽完好去。"

麻皮道："咱们先去吃，吃完再回来抽吧。"

　　说着就向九芝要了一元钱付账，将抽剩的烟膏交给那妇人存柜，便一同走出来。见那美国饭店的门仍在虚掩，只开了一道缝儿，就推门走入。麻皮首先引导，进入左首的房间，见里面也是黑黑暗暗，放了三张方桌，每桌只带三张圆腿，桌上各有一只筷筒，一个醋盆，除此以外，更无别物。墙壁全是烟熏火燎，成为黑色。桌面原是白茬儿，未上油漆，但是年深日久，污秽厚积，比加漆还黑还亮。房中有一道门通着厨房，一种五味混杂的浓味和煤火的气味直由侧门扑了过来，由此可知这边墙壁色泽的来源。这时因已过饭时，室中并无食客，二人坐下，麻皮便喊了声来人，随见由厨房走过一个中年笨汉，满不是堂倌的打扮，走过来并无寒暄，便问："二位吃什么？要喝酒么？"

　　麻皮要了四两干酒，为着补治他的肚疼，并且符合他的颓废本色，又请九芝点菜，九芝道："我初次观光，完全是门外汉，请你代办了吧。"

　　麻皮便要了两样菜，那笨汉退入厨房，便听刀板作响，麻皮低声道："这笨汉是副手，凡是客人点菜，他光把材料切好，连炒勺也放在火口上，那位姑娘才过来动手呢。"

　　说着果然听着刀板声音一住，接着便有热油在釜上的声音，那笨汉才高叫大姑娘来上灶。随着对面西房内有很娇脆的喉咙答应了一声，跟着风门一响。要知美国饭店的姑娘是如何样的人儿，请看下回。

第二回

登楼临大道草长莺飞

　　麻皮、九芝在美国饭店要了菜，听有少女很娇脆的喉咙答应一声，跟着风门一响，有脚步声穿过院落，由另个门进入厨房。立刻叮当起来，刀勺乱响一阵，须臾又听当当两下，那娇脆喉咙低声说了句"再要菜再叫我"，就听那轻悄的脚步声又走出厨房，回对面屋里去了。九芝才对麻皮说了句"这位厨师架子真大"，就见那笨汉送过酒和菜来，二人就举箸品尝。

　　九芝觉得这两样极平常的菜，一个炒虾仁，一个拌鸡杂，本没有深思大意，却不知何以滋味如此美好。自己这二年陪着些有身份的人，常作文酒之会，著名饭庄也吃得不少，但好似向未尝过这样可口的滋味。以前常听人说那等出名的饭庄的肴馔多是昔日贵邸巨家若干年研究出的食谱，训练出的人才，渐渐流传出来，把精华落到饭庄，所以尽有精秘不传的手艺。尤其饭庄中因规模宏阔，大出大入自然不惜小费，精选材料，不惜牺牲。只说每日照例要一锅好汤，就得要几只鸡几只鸭几只肘子，以及其他种种，耗费很多。再如各样原料，也只取其精华，遗其糟粕。例如一只笋，本可做菜一盘，只为把较老的根部抛弃，就得加倍用两只了。平常的中级饭馆所以不及大饭庄出口精美，就为着舍不得那样消耗，那样牺牲。便是真个完全仿效，也照样得要失败。因为中级饭馆的顾客怎能去吃大饭庄的高价，而吃惯大饭庄的主儿，又怎么屈尊到中级饭馆去各异？中级的尚然如此，何况美国饭店这起码地方，平日只仗下级社会人士照顾，定价很低，又怎能预备高贵的材料？然而滋味却好到非常，吃起来绝没有普通饭庄那样油腻，颇有家常风味。但又说不出的新鲜可口。这是什么缘故？

若只仗托做到这样成绩，真是太玄妙了。

九芝不由大为赞叹，向麻皮道："你的话不错，这位姑娘真是天厨星下界，我向来在什么贵族饭馆也没吃过这样好味道。方才本来不饿，这时吃了几箸，居然把胃口打开了。她怎会有这样手艺，跟谁学的？"

麻皮道："大概是厨房里的天才，我听人说她只是从小帮着父亲卖饭，学出来的。"

九芝道："那么她父亲一定是名手了。"

麻皮道："名手么未免有点儿骗人，据说在她还没上灶以前，她父亲还指着自己，主顾只有车夫和小贩，所卖的饭也只有包子肉和辣豆酱两样。从她上手，才建筑了这个饭店。到如今若赶上这姑娘有病时歇工，饭店虽然不停业，也就只卖包子面汤了。因为秃子若自己动手，吃主儿准保给退回。这一带的照顾主儿，比坐汽车的还难打点呢。"

九芝道："这样说她竟是生而知之，莫怪你说是天才。"

正说着，忽听院内有人高声喊叫秃老美，连叫了几声，随闻对面西房的风门啪的一响，那娇脆的喉咙高声喝道："别喊，别喊，你是谁？"

九芝和麻皮听了，知道那位姑娘已离开房中，在院中出现，就急忙立起跑到门口，由小玻璃窗向外张望。麻皮是见过这位姑娘的，还不觉得惊讶，九芝却不然了，望到院内的人影，猛觉眼前一亮，心中一跳，立刻把口张开再也闭不上。在这样的环境下，看到这样打扮的少女，而又是他向来没见过的美丽出奇的少女，使他好似入到梦中，神志昏惑起来。

原来那个姑娘立在对面的门口，一手扶着门框，正在倚门而立，怒视着来人。那副神俏的身材，光艳面貌，简直可以说上帝精心结构的杰作。那副自然姿态，薄怒风情，更是画家灵感苦工的结晶，简直不形容，也没有法形容。大致说来，她有着不长的身材，似乎比常人稍高一些，但高得那么好看，体格健美，似乎不能说胖，都也只胖到把曲线表现得恰到好处。她那脸儿是不足够的长圆形，五官在比例上似生得稍大，但看着只觉太美丽了，若有一部缩小便成了缺陷。尤其五官配合适宜，那细长的天然弯眉，遥遥地把着如碧海的美目，目下垂直的一条脂玉似的鼻子，由眉眼鼻的中间距离空隙，显得异秀疏朗，表现出她的开展心胸，明朗性格。直而高的鼻子，表现了她的天真任性，阔度稍大而尝闭拢的嘴儿，表现了她的意志坚定。鼻和口的联系，又表现了她生气时的好看。而上唇中间的高峰，却似风情的源头，只一微动，腮颊上便弥漫了温柔情致。总而言之，这是一张谁看到也得心跳，看久了便得神经衰弱的脸儿。然而衣服打扮却太不配合了，头上虽是剪发，但已久未修理，留得很长，万缕青丝直披颈后，她竟把长的发由颈后折起来，发梢弯到头顶上，用个卡子束起来，很像一世纪前老婆婆所戴的高髻儿，样儿非常滑稽。但在她头上只因软玉似的额和乌云似的发，相衬而生对称的美意，不觉头发难看。她身上穿着蓝布短袄，青布长裤，腰间还系了一件旧月白色围裙。脚上白袜青鞋，鞋却拖着，露出补后跟的破孔。通身衣服都是旧的，但不知因何，只显漂亮，好像干净得没一个土珠儿。

　　她就是这样一副形象，然而这副形象还是由麻皮眼中看出来的，至于九芝他却可以说视而未见，因为被她的容光照花了眼。在九芝看来，见那姑娘目中射出的晶亮之光，好似一片明波，光湖闪耀，再加上脸上发出的珠气宝光，融成一片，就把他的神经摄住了。只觉眼中正看到一个绝美的人，至于这美人是何形容，他还未能辨别。

　　就在这一瞥之间，见那姑娘又走出一步，手仍握着门框，那大门口立着的人约有三十多岁，是个黑瘦子，满脸带着不安的样儿，身上没穿长袍，却空罩了件黑缎柔情马褂。下身穿着棉套裤，好像只两腿怕冷，把臀部置诸不闻不问。虽然光头不幅，却大有歪戴斜瞪眼的无赖神气。他也似被那姑娘容光所夺，看得呆了，一时没答出话。呆了一下，才点点头，说了句："名不虚传，真是一百一。"才撇着嘴报复那姑娘的怒喝，口中说道，"这老秃子。"

　　那姑娘似乎更生气，把手离开门楣，向他指着道："你别这么说话，秃子也是你叫的么？"

　　那黑瘦子闭了一只眼道："啊？叫秃子不好了？我又不知道他的大号，可叫什么？一个穷卖饭的，还这么些讲究？"

　　那姑娘双眉一皱，大声叫道："告诉你，这街门口儿就是没有人敢当我的面这样叫，你是哪儿赶来的？我还没见过你这一号。"

　　九芝这时心神已为这二姑娘所醉，不由生出满腹义愤，觉得那黑瘦子有意欺侮弱女，深可痛恨，直想出去打个抱不平，但自顾身如屠夫，又觉胆怯，方在迟疑，就见那二姑娘又走前一步，喝道："小子，你想来找便宜是怎么？"

那黑瘦子眉头乱耸，做出丑态道："什么找你便宜，我就要这样叫。"

二姑娘又走近一步，沉着说道："我就是不许你叫。"

那黑瘦子从鼻中哼道："你不许我叫，那么我不叫他老美，我叫他丈人。"

二姑娘听着，霍地跳上前去，却并未直奔那黑瘦子，是由侧面奔到那黑瘦子身后，身影真个疾如飞鸟，翩若惊鸿。九芝看着既惊且诧。初以为她是去打那黑瘦子，但却转弯奔了门际，不解何故。方疑她是要关门殴打，但麻皮却看得明白，低声道："这小子要遭殃，她抄家伙来了。"

九芝才见二姑娘奔到门际，猛一转身手中已多了根三四尺长茶杯口粗的木棍，原是根门闩，本来在开门的后面，二姑娘和黑瘦子说话，只向前走，却是为着去取兵器。这时抄到手里，立刻就变成刺巴杰中的九奶奶，双目圆睁，玉臂高举，高声说道："小子，你不用叫丈人，我若不让你叫奶奶我这字倒写着。小子，今日算你来着了。"

说着，抄起门闩搂头打去。那黑瘦子见她抄起门闩，已有点儿胆怯，但还不肯示弱，勉强嬉笑道："怎么？你还真要打架？"

说着向后一退，那门闩已打下来，他似乎轻视女子没有力气，就举起右臂去搪，满想搪住反手一抓，便可把门闩抓着。却不料手臂才迎上去，只听咔嚓一声，才知来势甚猛，搪架不住。手臂被打得向下一屈，门闩已斜奔额角，落到他肩头扑的两响，他只觉这一下伤了三处，一在臂上，一在头上，一在肩上，疼得身体一歪，哎呀叫了一声说道："你真……你这……"

那二姑娘门闩抽回，抡起再打，口中喊道："我不真打还跟你客气？今天非得打出你的牛黄狗宝来，上达仁堂换梅酥丸吃。"

那黑瘦子已经吃过苦了，不敢再伸臂来搪，只可后退着，乱伸双手，比试要夺她的门闩，哪知手上连伸了两下，正打在腕上，奇疼彻心，才甩着手呀的一声，门闩又由上而落，给来了个带背连胳膊，外饶脖颈，黑瘦子立刻发出了个像鸡吃了不能消化之物的打嗝声音，疼痛难忍，再也不能招架，急忙转头要跑，不料慌急失意竟撞在门框上，同时后面又拦腰一

90

棍，把他打出门外。黑瘦子踉跄前行，直撞到对面墙上，方才立住，未曾跌倒。循着墙根跑了几步，才敢回头骂道："好你个丫头，敢跟我动手，你等着，我若不……"

他的话未说完，只听轰的一声巨响，响完才听二姑娘喊着："去你的，你……等着。"以后只闻巷中脚步腾腾飞跑而去。原来二姑娘使了个出手，把门闩朝黑瘦子抛去，虽未打着，但却已把他吓跑了。

九芝听着十分畅快，论理他这文弱书生，眼见一个少女施展武功，把个男子赶跑，应该感觉她过于泼辣，有些可怕，但此际九芝却只觉她可爱，不特可爱，而且毫没有之粗野之感，只觉痛快淋漓。好像读《石头记》里探春打王善保家的慰快意味。十分醉心，但不敢出去，仍由窗孔向外观看。就见二姑娘立在门口，冷笑两声，走了出去，当然是去拾门闩。不大工夫便走回来，但已不是一人，后面还跟了那位饭店主人，也就是她父亲老美。那老美提着食盒，喃喃地说着，似乎已看见女儿和人争吵，加以埋怨。那二姑娘并不作声，也不气恼，仍舒眉展眼地好似因胜利而喜悦。把门闩放在原处，就回对面房里去了。老美将提盒放在院中，也跟了进去。九芝见美人已去，觉得怅然若失，就和麻皮仍归座吃酒，但心中已为二姑娘的美健风姿、明媚态度所醉，倒觉得酒淡了。

当时麻皮啧啧说道："你看见了？该信我的话吧。这能说不是尤物么？只于太凶了些，教人看着可怕。谁若娶她做太太，一言不合，动起后来，做丈夫的可够难受。"

九芝摇头道："这样天仙化人，若能做她丈夫，就每天挨几下又有何妨？"

麻皮叫道："咦？你倒豁了出去？那么我叫她出来打一顿可好？"

九芝道："我不惹她，她凭什么打我？只是你去叫她倒许挨了打！"

麻皮笑道："我才不敢去呀。实在这女子太好了，谁要娶她真是幸福，挨打那是笑话，恩爱夫妻真的不会挨打，还能得她保护。有这样太太就永不愁受人欺侮了。还有她这手艺，可以变着方儿给丈夫弄些吃，守在家里真如天天下馆吃喝，那是多么大的口福？真个的，你尝她的手艺，味道儿比大饭庄还强。上月我们馆里老朱结婚，用致美斋三十多块一桌的菜，我吃着还不及这美国饭店的滋味。只可惜地方太小，若是稍为宽阔干净些，足以在这里请客。"

九芝听着猛然如有所触，就哦了一声道："真是踏破铁鞋无觅处，得来全不费工夫，想不到意外解决了我的困难。"

麻皮道："你说什么？什么困难？"

九芝就把诗社中举办蝴蝶会的话说了，又道："人家差不多都有厨子，至不济也有太太，可以对付着做两样菜，到时交卷。我这光棍就难了，他又议定不许用饭庄的菜搪塞，定要家做，为吃个新鲜风味。我为这个正发着愁，想不到遇着这女天厨星，真是运气。回头跟老美商量，烦他女儿做两样拿手好菜，我不但可以塞责，还许大家吃一惊，纳闷我从哪里做来的妙菜。"

麻皮尚未答言，那老美已推门走入，见座上有客，就赔笑招呼"二爷们早来了"，随即走到通厨房的门前叫道："街口王家鞋铺要两盘肉丝炒饼，吃口重，外带一碟豆酱，多加辣的。"

那厨房的笨汉应了一声，就听刀俎作响，老美转身走回到九芝面前，问道："二位酒可够了？还添点什么？"

九芝教麻皮想，麻皮推荐道："这里做的肉丝末最是出名，咱们来个试试。"

九芝道："很好，你再想一个咱们吃饭。"

麻皮想是跟肉有缘，又点了一个烧狮子头，老美应着方要走开，九芝叫道："掌柜等等，我跟你商量个事。明儿我跟朋友公宴，每人要带两样好菜，想烦你这里做得漂亮好吃，不怕多花钱，你可以想想做什么好吃。"

老美手摸秃头，翻着眼寻思，口中念念有词，还没答出话来，便听厨房勺釜相触之声，知道二姑娘必已过来动手了。九芝偷眼看着厨房，仍是看不见人，只见人影摇动。那老美才开口说道："先生要两样好菜，做什么呢？元宝肉怎样？还有扒三样也不错。"

九芝一听，觉得他真和麻皮是同志，只会向肉上想，就道："这不成，我要新鲜漂亮的，带点家常味儿也不妨。因为吃的人口味很高，一带这频厌的菜去，难免招他们笑话的。"

老美又搔了半天秃头，摇着说道："这倒难了，只是想不出用什么菜，不如叫我们二姑娘出来，你与她商量。"

92

九芝听了大喜，这才是不敢请马，固所愿也。但矜持着说了句"好吧"，老美就高声喊道："二姑娘，你来，有位先生和你商量定菜。"

随听厨房中很清脆地应了一声，跟着锅勺响了几下，就见那二姑娘翩然由侧门走了出来。九芝猛觉眼前一亮，心中一喜，不由便立起来，要对她点头。但立即醒悟这礼貌是多余的，便又梭巡落座。那二姑娘已看他起立致敬和微红的脸，就对他嫣然一笑。九芝这时看视着她，感觉比方才远看时似又添了些无限美丽，尤其那明艳的容光焕然四照，黑亮的双眸闪翻如星，直合成一团宝光，笼罩了满室，九芝自觉全身都在笼罩之中。她那天真无邪的妙目直射着自己，好像那目光带着电气射到脸上，感到灼热，连带使全身都震动起来。

那老美本来只说有位先生要商量做菜，等二姑娘过来，当然看见有两个人，老美也没告诉是哪一个要和她商量，但她好像认准九芝是叫她的人，浅笑相望，等他说话。至于旁边坐的麻皮，她根本未加顾盼，好似把他当作了空气。就在九芝和二姑娘对视之间，那老美以为女儿必然开口询问，要不然九芝就得先说，却不料二人都没作声，他只得向女儿报告，指着九芝道："这位先生请朋友吃着玩儿，每人出两样菜，他想教我们给做，他还说打算做什么，教我们给配，我说来个炒肉再来个三样，先生说不好……"

他才说到这里，二姑娘咯的笑道："你真没分晓，你当这是溜煤球掌柜的请乡亲吃饭哪？总是肉呀肉的，人家这是朋友公议，各人带各人的菜，调换着尝尝，好像比赛似的，弄两样肉去不是招笑儿么？"

九芝一听敢情她不用细说，已经明白就里，简直连自己的身份也看出来，真是太省事了。不知成天在油盐酱醋烟熏火燎之中，怎会生出这样聪明的玲珑心窍？其实也不奇怪，只看她粉雕玉琢的容貌，又谁能信是厨房里的人呢？不由更觉敬爱，就道："小姐，你说得对，我就是这意思。请你随便给我想两样儿。"

二姑娘听九芝称她作小姐，忽然哧的一笑，跟着低下头去，瞧着自己那天然平瘦的鞋尖，一会儿就抬起来，已敛了笑容，只眯缝着眼做思索之状，说道："你这菜是几时要啊？若是今天怕是来不及。我们这里没有材料。"

九芝接口道："不是今天，明儿才要。"

二姑娘笑道："那就成了，明天早晨我爸爸上市，什么都带得来。你随便点样儿。"

九芝道："我只求小姐给忝配，什么都好，只要经你手做出来，准错不了。"

二姑娘一抿嘴儿，微露轻哂之意，却不知是笑自己不配承受他的赞奖，还是笑他说得过度，笑着猛一摇头，将自己鬓前长发摇向后面，才媚着眼儿说道："我替你焖一只小鸡，在肚子里放点栗子可好么?"

九芝忙道："再好没有，另一样呢?"

二姑娘道："还有一样，我不知买得着买不着，也不定做得好做不好，你先别问，明天来取时反正有你两样菜得了。"

九芝道："好极，好极。就这样，太麻烦你了。"

二姑娘向他溜了一眼，笑道："你还没看见我的菜是什么样儿，干吗好好个不住? 我还许弄坏了呢。"

九芝道："一定好的，我们吃你现在做的就已经觉得……"

底下的话还没说出，二姑娘已接口说道："好极了对不对?"说着忍笑背过身去，吐了口唾沫，才又转身说道，"那么就定规了。你明儿什么时候来取?"

九芝道："我在午前来取，在十二点前做成就得。"说着取出了一张钞票道，"请你收下定钱吧。"

二姑娘见九芝取出钱来，猛然向后一退，向她父亲一指："你与他交代。"就翻然回进厨房去了。

九芝见她一走，就觉得好似眼前失却一盏明灯。方才她在面前时，好似房中变得富丽光亮，就如春闺日暖、四壁琳琅的景况。她一离开，就见房中立刻回到破旧黑暗的原状，不由心中惘然，就把钱交给老美。老美说了声："忙什么，吃完再说。也用不了十块钱呀?"

九芝道："你先收下，等明天我来取时再算。"

老美见他出手大方，知是好主顾，就献殷勤道："你先生何必为取，留个住脚我送去好了。"

九芝心里也知道送去省事，但却不愿他送，正要说"还是我来自取

94

吧"，哪知二姑娘在厨房叫着她父亲道："你不用管，教他自己来取，万一做得不合用，还可以改呢。"

九芝听着接口道："对了，你不用费事，还是我自己来一趟的好。"

说着又听二姑娘叫她父亲道："你别尽怔着，王家鞋铺的菜该给人家送去，都快凉了。"

老美应声走入厨房，又告诉了九芝方才所要的饭菜，就自己送东西去了。厨房刀勺又响了一阵，跟着那笨汉把菜送出来，又退回去了，厨房中便重回静寂。

九芝料着那二姑娘必已退归住室休息，就一面吃着一面说道："真是绝代佳人，又美丽又聪明，只可惜落在这地方。她那样的美人若是怯弱了，还能有一天好日子过么？她的父亲并不能保护她啊。"

麻皮耸肩笑道："我看你已经受了她的迷了。从看见她就有点儿神不守舍，方才跟她说话，看你那种恭敬劲儿，满口好好对对，她说鸡肚子里塞栗子，你说好极，她说明天拆兑你也好极，好什么呀？明天她给做一样屎，放个屁，你也好极？本来么，这就叫天下无不是的情人，情人眼里出西施，情人嘴里出圣经。怎么都对，莫说鸡肚子塞栗子，就给你肚里填草，你也赞成。"

九芝受他一阵奚落，心里并不嗔怪，但面上却装作不悦道："你吃醉了，别这么满口胡说。"

麻皮道："还怨我说，多么可气。你瞧她那份劲儿，老美只告诉她有人定菜，也并没说明是谁，这屋有两个活人，她怎么就单认定了你？对我连理也不理，看也不看。我就是个麻子也不致连定菜都不配啊？"

九芝道："你别胡扯，本来是我定菜，人家并没错啊。"

麻皮道："是啊，她并没错，倘然是我定菜，就错到底儿了。看来人总得长得好脸子。我只为长得太好，教老天爷给加了些圈，倒弄毁了。眼看她跟你一眼一眼、一笑一笑的，我却没福分消受。"

九芝道："请你住口，这么侮辱人家闺阁，岂有此理？"

麻皮笑道："闺阁好么？闺阁就是闺阁，我想以后你一定要常到这闺阁来了？可记住带着我。我倒有落儿了。"

九芝道："你快吃吧，少说句成不成？"

麻皮道："我已经气饱了。"

九芝方要再说，猛觉面前人影一晃，猛抬头就见由厨房门里又走出二姑娘来，不由心中一怔，心想她原来并未回住室休息，仍站在厨房中，自己方才所说的话，必已被她听见。所幸还没有什么冲犯，麻皮信口胡言，可未免教她难堪，恐怕是来兴问罪之师了。

这时麻皮已看见二姑娘，吓得停箸发呆，但见二姑娘手里所持的东西，才把心放下，原来她两手里各端着一只粗制玻璃杯，里面盛满了水，小步姗姗地走来。九芝也知道是送漱口水，心中稍安。却又诧异，只听说她上灶做菜，并没听说兼理女招待的职务，今天何以屈尊？莫非真个应了麻皮的话，对自己破例优待？想着二姑娘已经走到桌前，把杯向桌上一落，口中说道："请您漱口。"

二人听了都觉她说得不是当口，因为照例必得客人吃完了饭，拿起剔牙签的时候，才可去递漱口水，固然早端了来预备，也未为不可，但客人还未放下食箸，似乎还不该说漱口的话。九芝却不敢失礼，欠身说道："谢谢吧，谢谢吧。"

二姑娘手中的杯仍擎着不放，又侧着脸单向麻皮说道："请您擦脸。"

麻皮更为愕然，心里纳闷，这女子话是糊涂了，拿来水杯却教人擦脸，我用什么擦呢？想着不由双手一动，表示没有手巾。

二姑娘很快地道："哟，这我忘了带手巾来了，怎么教人擦脸？得，干脆你洗洗吧。"说着将一杯冷水劈面泼去，全倒在麻皮脸上。麻皮觉着冷战，哎呀一声，不料另一杯又从头上落下，来了个冷水灌顶。好似一阵暴雨，头面全湿，身上也淋漓俱满，无异洗了个土耳其浴，所差的是穿着衣服，由衣领等处灌入里层，更弄得透心凉。二姑娘施完灌溉，擎着两个空杯，对九芝看看，忽又嫣然一笑，就转身去了。

九芝看她这轻快而又干脆的动作，知道这惩罚麻皮的冒犯，一时来不及拦阻，瞧着她回入厨房。九芝看见麻皮被冷水浇得耸脸到口，双目张合，样子非常滑稽，就忍不住笑了起来。那二姑娘好似没事似的，脸上不怒不笑，更不理睬麻皮，只对九芝一溜秋波，投过一个亲切的眼光，似乎对麻皮的轻薄惩罚，而对九芝的尊重也予以青睐，又翩然地回厨房去了。

九芝深深感觉她的意思，眼光随着她的背影直送进厨房，到被墙角遮住视线，才把眼光收回，却不料正和麻皮的嗔怒眼光正相抵触，九芝见他用手巾向头上脸上乱擦，神情狼狈而又滑稽，不由笑了起来。

麻皮瞪着眼道："你真幸灾乐祸，不够朋友，还有脸笑呢？"

九芝竭力忍笑说道："你怎么跟我火儿了？我坐在这儿一句话没说，你别惹不起官骂衙役。"

麻皮怒道："我怎么不与你火？瞧你这笑劲儿。"

九芝又笑起来道："这可没有法，我遇到好笑的事就忍不住笑。"

麻皮道："对，对，我这儿受气你当作好笑的事，我很明白，你是对她表同情的，我怎么不知道几时孟光接了梁鸿案，我这个红娘倒在中间遭殃。"

九芝笑道："好热的《西厢》，可是你又侮辱她了。"说着故意向厨房内看了一眼，做吃惊状道，"她又来了。"

麻皮听着吓得由座上跳起，举手作势遮挡。九芝笑道："别怕，我骗你呢。幸而你说的这典故她或者不知道，要不然你又得凉快一下。"

麻皮气得鼓着嘴道："好，不只幸灾乐祸，而且落井下石。我算认识你了，你这美少年到处都有便宜，我跟你到有女人的地方，总是给垫底儿。上回上月琴那里，就满是你的天下，我张嘴就怨没味。今天到这儿，你也跟女人站在一条线上，拿我开心。从此以后，我再不跟你在一块儿，气破肚子哪儿补去？"

九芝本来心中只是好笑，但听他说到月琴身上，正预备对叔子说明，请他去察看这个眉月楼中的红姑娘是不是南市书场的落魄歌姬，倘若果是旧人，止庵或许重提旧约。我怎该遇见这二姑娘便把月琴忘在一边？这半天里只醉心于二姑娘刚健婀娜的风姿，自喜待博美人青睐，哪还记得月琴？我这人未免太浮荡不实了。想着就无暇再和麻皮斗口，只向他道："得得，别胡扯了，吃完走吧。"

麻皮道："走啊？请你付账再走。"

九芝道："那是当然。"说着就应了一声，他知道那老美已然出门，那二姑娘已回到自己的住房去了，厨房中只有那笨汉，遂喂了声说道："请掌柜的来算账吧。"

却不料厨房中应声走出的仍是那位二姑娘，手里擎着一把雪白喷香的手巾走到桌前，就把手巾递给九芝。九芝看见那手巾就觉她和这里环境太不调和，黑暗的房屋，污秽的桌子，简陋的器具，在这中间会发现雪白的毛巾，似乎太已离奇。但心中已微悟这是特别优待，不料更有使他诧异的，接过手巾二姑娘的手就空了，敢情没有第二条。九芝才明白这是单独优待自己，心中又是一动，但当麻皮恰和他那奇怪的眼光触着，九芝忍不住就伸手说道："你先用这一把。"

这句话言外暗示二姑娘少打了一条手巾，所以先给客人，自己等补送的一条。好在麻皮居然知趣，并不来接，只摇头道："你擦吧，我早洗过了。"

二姑娘正伸手挡住九芝，似乎不愿他把手巾递给麻皮，因为这是她自用之物，自然不肯教不相干的人擦污。但听了麻皮的话，不知怎么低头一笑，就扬声喊道："喂，再打一把手巾来。"

厨房的笨汉应了一声，很快地便送来，随着二姑娘的指点，把手巾递给麻皮。九芝一看这条手巾，便知道是这饭馆里待客的常用品了。那么污黑油腻，和墙壁桌凳的色彩完全调和，和麻皮的麻脸料也无多差异。麻皮倒不客气，接过来放在桌上，冷笑着看九芝，九芝也正看他，二人目光相触，同时想起《铁弓缘》那出戏，茶馆里的妞儿给小生用瓷壶细碗，给丑角用那铁壶粗碗的情形。不过麻皮心中也是气愤愤暗骂这女子无耻，爱上了小白脸，居然这样现于表面，也不怕人笑话。九芝也是另有想法，以为女孩儿一种天真的表现，她用审美的眼光来定夺对人的待遇，以为什么样人只配使用什么东西才配合呢。就如一个四五岁的小姑娘，今天二姑娘见了九芝，就不自觉地起了好感，把花缎给那较美的，把粗布给那较丑的，她自己还觉着做得很对。这当然不能说她心有什么邪念。

但九芝还不知道他所用的这条毛巾竟是二姑娘妆台上的专用品，没有第二个人接触过的。及至挨到脸上，闻到一阵香气。这香气温中带腻，香气是香皂的味儿，温腻气是肌肤润泽所留，倘然把新毛巾洒上香水，擦过香皂，固然也能很香，但不会有这油腻的感觉。若说是特备给较尊贵的客人使用，那臭男子更不会遗留下这种妙味。心中一转，便明白这是女子常用的东西，但女子又哪有第二个呢？不由心更跳起来了。看了二姑娘一眼，二姑娘在九芝、麻皮对话时自己微微红脸，这时又被九芝一看，立刻低下头去，捡起竹箸，指点着盘碗算账。口中念着二毛四，一毛八，四毛二，四毛二再加三毛六，是八毛八……当然她是算错了账，不过她向来没当过这样差役，这时只为遮羞解嘲，才替了那笨汉的职务。但她心中不能安定，把账完全算错。九芝听她算到一块四毛六，又加上一个三毛一，竟变成七毛八，把前面整数给算丢了。她似乎也自知道算得不对，竟自己跟自己发了娇嗔，把拿着的竹箸一掷道："管他多少，你们给一块钱吧。"

麻皮望着九芝微笑，九芝却明知不止一元，她给少算了许多，就道："你大概算少了。"

二姑娘鼓起小嘴，眼望着桌上餐具道："乱七八糟的，谁算得过来？一块也许差不多，就这样吧。"

九芝听了明白，她初次做这事情，心里暗笑，你嫌多也算不过来，可是谁教你算的呢？就笑道："那怎么可以？好，我给两块钱大概也多不了什么，多了就算小费。"

说着就要掏钱，二姑娘拦住道："不用，你明天不是还来取菜么？今儿先不收钱，这桌上餐具放着，回头教他们算清楚了，明天一总再说。"

九芝点头道："那也可。"

麻皮跟着说道："可不是么？对极了。"

二姑娘听了，心有所触，脸上又一红，立刻由九芝手中接过毛巾，翻身走入厨房去了。

麻皮伸个懒腰道："完了，没什么可说的了。咱们也该走了，我真有点儿舍不得走。"

九芝指着他道："你瞧，你真讨厌。"

麻皮道："是么？红娘领莺莺赴道场，去看张生，以后传书递信全是红娘，一到了《酬劳闹斋》红娘唱'立苍苔把绣鞋冰透'的时候，可就讨了厌，跟着恐怕该《拷红》了。"

九芝道："闭上你的嘴不成？留神她听见。人家未必不知。"

麻皮听了，急忙张皇回顾，见没有人才低声说道："听见又怎样？至大再挨回浇。"

他才说完，猛听厨房之内有人叫道："你说得不错。"

一言未了，一阵大雨已随声而至，完全泼在麻皮头上，被浇得只顾打战，来不及回头。九芝闻声就向厨房里看去，他并没见着二姑娘，他只见一只盛水的大瓢，泼出门外跟着又缩回去。再看麻皮已又是淋漓尽致了，就走过替他擦拭着，口中说道："快走吧，你这是自讨其苦。"

麻皮好像出浴的狗，用力摇着头顶发上的冷水，嘴唇动了几动，他想说话又咽下不作声，向九芝摆手作势地说快走，九芝就跟他一同走出。到了门外麻皮仍要到那烟馆去享受他的剩烟，九芝他不肯再去了，就说："你自便吧，现在你已好了，用不着我照顾。我要回去了。"

麻皮道："好，那么你先走，我一会儿也就回去。今儿多扰了你，可是我不言谢。你这几元钱花得很值，我却遭了殃，有冤没处诉去。咱们好比残唐五代，你是头一代优待，我是末一代虐待，中间还差着三代呢。我虽说是有点儿麻子，何至这么不得人心呢？你却未免太带人缘儿了。不瞒你说，我到这烟馆来已有三四个月，常吃美国饭店的东西，这方前左右的人没一个不想着二姑娘的，可是谁也不敢上前。再说向来只常听说谁受了她的殴打，从没听过她跟谁交过一句话。所以今天你真是破天荒，她准是爱上了你。"

九芝道："胡说，大约这里的人都像你一样，说话讨厌，行事轻薄，惹恼她才得到打骂。我却是规规矩矩，不惹她生气，她自然也不会无故惩罚我。"

麻皮笑道："是啊，我不跟你抬杠，反正你自己心里明白，不必假撇清，只用行动表明心迹好了。若是你真认为她并不爱你，你也不爱她，以后当然不会再上这里来。若是我再在这里发现你的踪迹，就算我说对了。你敢打赌么？"

九芝道："我不打赌，明天还得来取菜呢。"

麻皮道："我是说除去明天，只管以后，你可敢赌？"

九芝道："有什么不敢，只是我不喜欢干这无聊的事。你快去承受，我走了。"

麻皮笑道："你含糊了？好吧，咱们回头再见。"说着一推那烟馆的门就进去了。

九芝望着他的后影，心中暗想：可惜一个青年人，前途正有无限光明，他却自甘颓废，却不知颓废就是慢性的堕落。所以由饮酒嫖妓，渐而至于落入黑籍，恐怕以后他希望甚少了，自己以后还是避着些好。想着便徐步前行，将要步出巷口，忽听后面隐隐泼水的声音，回头看时，只见美国饭店门中露出二姑娘那玉艳珠儿的脸儿和一只右手，手里提着个搪瓷面盆，身体却被墙角挡住，不能看见。那样儿像是开门泼水，当户小立。这本是委巷蓬门中常见的光景，但九芝眼中却好似看到一幅美人图画，感到颇有诗意。那二姑娘好似并不知九芝仍在巷内，先向北望了望，再回头向南才看见九芝，玉颊上起了两朵红云，微起朱唇，向他笑了一笑。九芝却感觉到她出来泼水未必是出于无意，不由也举手招呼，随见二姑娘唇吻微动，因为距离已远，听不清说的什么，只隐闻得明天二字，揣度意思当然是明天再见，或是明天准来。就对她点点头，方要说话却不料二姑娘很快地缩入门内，忽然隐失。九芝正觉一怔，就见由那烟馆走出那女掌柜，才明白二姑娘必是听见声音，故而躲了进去。由这一躲更可以看出心虚有病，胆小防人了。又见那女掌柜出了门，便东张西望，瞧见自己注视不已，好像十分感觉兴趣。九芝立刻觉悟，必是麻皮进了烟馆便把二姑娘对自己的情形宣布出来，所以这女掌柜生了好奇心，出门张望。不由暗骂麻皮混账，同时急忙转身，走出巷口。

到了街上，忽然发生眷眷心情，觉得这条小巷十分可恋。我在初来时对它非常厌恶，但离去却完全转变了感情，好似在这里遗落下什么，只想回去寻觅。看来麻皮的话也许难免应验，我实在不想再来，可是只怕由不得我。想着就心头怅惘，脚步蹒跚地走了一程，才坐车回到宿舍。

到晚上办了照例工作，回室睡觉。麻皮过来对他说白天的事，败坏人家姑娘名誉。麻皮指天誓日坚说并未对人提起，九芝也没法不信，只可把话提到麻皮身上，劝他趁着毒瘾未深，赶快戒除，否则便恐堕落愈甚，超拔不易。麻皮说他只于逢场作戏，并没实瘾，而且若不犯病也很少吸用。九芝听他言语前后矛盾，明白凡是堕落的人都这么饰过其非，只要作这口吻，就易劝转，无可救药了。因为堕落人大概都很聪明，唯其聪明所以性情分外浮动不定，那种做艰苦卓绝的事和那言下大悟，不惜刻苦改过的人，都是天资较敏的，因为不知危险错误，经人点破，便自回头。至于聪明人，自以为比劝他的人还要明白，如何肯听从善言呢？麻皮虽然并不聪明，但已染上这不要救药的习气了。九芝也就不多说，等他走后便自睡了。

这一夜他时梦时醒，梦中忽见二姑娘，忽见月琴，醒时也是这两人在他胸中交战，但他终是中了书毒，认定旧义难舍，旧盟难弃。虽然和月琴有一面之识，还不知真假。但因以前止庵和叔子的戏言，使他脑中镌上月琴的影像，是当作法定的情人。这自然是他的一腔情愿，然而已是先入为主。所以这时一想二姑娘，虽然不免情牵神往，但终被月琴所梗。好似一个有妻室的人，又受别个女性勾诱，既动了感情，却碍于理智的情形一样。不过事情全在虚无缥缈之中，九芝却完全认实，教人看着未免可笑。但是因情生痴的人，还能把影子看作实像，专心孤注，绝不会感情滑稽，发生疑问的。九芝只竭力把月琴提在心头，抵制妄念，但二姑娘的幻形仍不住地涌现出来。这一夜就这样过去了。

次日起床，已将到十点，他想到诗社之约是在正午，还得先上美国饭店取菜，就草草梳洗，连点心也没有吃，就要赶着出门。不料才走出去，忽见那边房门一启，麻皮探出头来笑着道："上哪里去？去会二姑娘么？我早知道，你必提前早去，趁清净得说话呀？"

九芝瞪了他一眼，猛然伸手将他推入房内，自己也跟着进去，立在门口，呆呆地望着麻皮，半晌不语。麻皮笑道："你这是干什么？别为我这句玩笑话就不好意思呀。人家正等着你呢。"

九芝这时心中踌躇，知道那二姑娘也许对自己钟情，此际前去取菜，万一她有什么表示，生出意外牵缠，那时可该如何办法，岂不自寻苦恼？我既已把爱情早付于月琴，任他弱水三千，只取一杯而饮。不要另外造孽，自寻苦恼了。所以最好现在不要再去见二姑娘了，免惹是非才是正理。虽然对她不住，然而既已无缘，莫如不见，于她于我都有好处。想着方在寻思不去的法子。但那二姑娘的笑容，此刻已又在面前幻现，跟着又似听见昨日她在门口的语声，重又犯了犹疑。这时恰巧麻皮说出人家正等你的话，九芝忽地悚然一惊，立刻明白此去危险，不可不避，才打定主意，对麻皮道："你不用奚落我，我不去了，拜托你替我跑一趟，把菜取来吧。"

麻皮愕然道："你干什么？你怎么不去？"

九芝本因心有所警，恐怕再惹牵缠，故而竭力自制，托麻皮代取，但不愿对他明说，遂笑着道："你就代劳一下吧。不过这太委屈你了。"

麻皮道："我倒不在乎，上厨房借提盒，来回坐车就成。不过你为什么不去呢？那二姑娘不是正等着你么？"

九芝道："人家为什么等我？别胡扯了，快去吧。我昨天已经给那老美留下十元钱，富裕的钱归你得了。"

麻皮一听有利可图，顺口答应道："我去吧，可是那二姑娘若问起你来呢？"

九芝道："你就说我被事绊住了，不能前往。"

麻皮便应着走出，先到厨房借了提盒，出门坐车走了。

九芝回到自己房里，思及那二姑娘，心中颇觉不安，但是自己的办法很是正当。一面看着表等麻皮回来。那表针由十一点二十分渐移到四十分、五十分，眼看就到正午了。九芝知道约会虽在正午，但并不能准时到齐，不过至多耽误半点钟也就入座。自己是社中最年轻的一个，应该先恭候着才对。若教诸位老人反而候我，就太不好意思了。想着不由焦急，暗恨麻皮不是办事的人。这里到美国饭店并不很远，又坐车来回，何致耽误这些工夫？这小子必是先到烟馆去过瘾了，早想到这层，就不劳他的驾。当时急得在屋中乱转。

直到过了十二点，才见麻皮回来。九芝虽心稍安，但仍沉着脸儿，想要问他因何如此延误。哪知麻皮入室把提盒啪的一声放在桌上，抬头看看九芝，脸上气色比九芝还加倍难看。九芝看着就把要说的话咽了下去，改口道："你回来了，多受累。"

麻皮愤然道："可不是受了累？谢谢你的好差使，我真倒霉。"

九芝愕然道："怎么了？莫非没把菜取来？"

麻皮道："菜是取来了，一点儿没误你的事，是我一个人倒霉。"

九芝莫名所以，忙问为什么，麻皮道："你还问呢？那我出钱自掏腰包坐车，到了美国饭店，进门遇见老美，告诉他说替你取菜，老美就叫二姑娘，人家先生取菜来了。那姑娘很快地从住室跑出来，身上换了新颖颜色衣服，打扮得分外好看了。可是一见我，就直了眼儿，半天才问'他呢'两个字，我就说你因为有事不能自己来，所以派我代取。二姑娘听了猛反身就进了厨房，老美也让我进了那间客座，就听厨房里锅勺响得离

103

奇，好像给碰破似的。老美告诉我说，一样栗子包鸡是早已烧好的，一样十锦茄夹是她早晨费了半天工夫把茄夹一个个地做好，等你们来取才下锅过油浇汁……我不瞒你说，我因为听你说把余下钱全送给我，心中直惦记着，就问这两道菜一共要多少钱，昨天留的钱可够。老美回答用不了，这两样菜虽贵，也有剩头，说着就扬声问二姑娘该多少钱，二姑娘没答声，老美再问了一句，厨房里锅勺又响了几下，便停住，才听二姑娘叫着做得了快拿去，两个菜一共十五块钱。我一听就怔了，就是燕窝鱼翅也未必有这高价，而且美国饭店素以价廉物美著名，怎会要出这样离奇的价钱？老美听着也发了怔，好似听得他女儿定价太贵，只于当着人不好驳问，只剩了翻着那烂红眼儿。过了一会儿，才拿起我的饭盒问可是要放在这里面。我点点头就说怎这样贵法，昨儿留的钱还不够，我也没有带钱来。二姑娘厨房里接口道：'那就放着，教他自己来取。'我这才听明白了，她明是故意拿一把，教你自己去，我就不说话了。可是老美好似听着不得劲儿，拿着饭盒进了厨房，低声说了几句，就听二姑娘说：'我高兴还许白送，今儿就要这大价钱，少了不成。'说完就像赌气似的走出厨房回住室了。老美才慢腾腾地把菜放进饭盒，提出来交给我，赔笑说：'先生请拿去吧，差的五块钱您几时得便再送来，不得便就算完了。'他说这话当然为着女儿讨价太大，在理上说不过，但又不能自行减价，才这样从中周旋。我就说别提五块钱，你们这不再要钱我觉得贵得出了圈，难道自己不觉得太贵么？老美只说材料太贵，实在没多开钱的敷衍话，当然他是不敢抹去女儿已经定出的价儿。我也没法再争，只可出来，身上已没钱坐车，就走回这里。你瞧我多么遭殃，白跑一趟，赔了钱，受了累，咳，我本指望那十块钱至少能剩回三两元，谁想她一掉歪把我给苦了。"

　　九芝听着他的话，虽然耳中所听的是二姑娘无理讹索，但心中却如见她伤心失望，凄凉惆怅之状，深深感到浓厚的情意，也证明自己所猜想所顾虑的不幸而实现了。幸而是派麻皮代取，若是自己亲自前去，恐怕今日就有个不可开交。但虽以此自幸，而想到二姑娘的颦笑喜嗔，以及柔情蜜意，不觉又以未能亲往为憾。但也不暇细思，只硬着心肠暂行摆脱。向麻皮道："我很明白你受了委屈，这给你道歉。"

　　麻皮道："用不着，你赔偿损失好了。"

九芝就取出两元钱送他，麻皮还不满意，又强讨了一元，才笑着道："那二姑娘对你真是一往情深，情深一往。料想从昨定下约会，她夜里准没睡觉。今天早晨特意梳洗打扮，不知唱了几遍盼情郎，这就是《西厢》上那句：'打扮得身子儿乍，准备着……'"

九芝拦住他道："你又胡说了，快住口。"

麻皮道："我不说底下那句成不成？她满心指望，临到时候竟去了我这麻皮，她怎不生气？才活该我倒霉，挨了竹杠。"

九芝道："得得，别絮叨了，我已经误了时候，先看看菜做得怎样吧。"

说着揭开盒盖，见上层是茄夹，下层是焖鸡。两样儿很漂亮，而且一股芳香之味，入到鼻中，直使害胃病的人都引起食欲。麻皮啧啧称赞道："这才是拿手好菜，把她的能为都施展出来了。倘不为你，她也没这高兴。"

九芝不理，盖好盒盖，就穿上马褂，戴上帽子，提着便向外走。麻皮叫道："倘若你们吃不完剩下的给我带回来，我要尝尝有什么特别滋味。"九芝已走出房外，下楼出门，坐车就到诗社的临时会场。

到了地方，下车进门，便有仆役把食盒接过去，交给厨房。九芝直入厅中，见社友已到多半，止庵、叔子等正在谈论。九芝上前一一周旋道歉说："我等菜来迟了。"

止庵笑道："你也预备了么？我想你可以例外的。既然依人作嫁，又没个主中馈的太太，不是强人所难？我原打算替你代备，不知怎么忘了。"

九芝听他说话，不由想起月琴，就望着叔子，想要对他诉说一切。但又觉当着众人不便，不如等饭后清净时再说，好在今天有整天时间，不愁没得机会，就和众人说些闲话。因为这是诗社，大家自然都带着酸溜溜的口气，不是高谈唐宋，便是评品时人。九芝正在默然恭听，忽听后面有人叫道："九翁才来，久不见了。"

九芝回头，见是一位不留胡须的老人，生了一个滚圆的肉头，小鼻细眼，耸肩驼背，神态颇为猥琐，认识是昔年曾做过知县的边子英。这边先生是宦海中的可怜虫，一生浮沉进退，都是附署闲官。只在十年前受某公知遇，署过半年任邱知事，因他姓边，就和任邱首户边姓联为同宗，他又自称是边大绥的后代，把家传的边大绥的亲笔字画重价卖给同宗，哪知被人看出是赝鼎，于是县太爷卖假字画的新闻就传播起来，又加有两次受贿的事件发露，就被士绅鸣鼓而攻，撤职回省。他从此便赋闲闲居，把那曾经放他署缺而已经失势某公一张照片供奉在家堂之上，每日馨香祝祷，盼他重执省政，但可仍旧飞黄腾达。常常指着照片告诉朋友说，某公是他唯一感恩知己的人。便这位某公一直高居不出，他就也守着照片，盼望了十余年。直到望近，某公才被挽出山，不过并非重执省政，而是加入了北京的政府。边子英有如睡龙起蛰屈蠖求伸，忙求谒见。哪知某公早知他在任上劣迹，竟屏拒不见。他还不知意味，又撞了许多钉子，方才改变计划，想托人代为说项，就把目标落到止庵身上。不料止庵却是有分晓的，也不肯替他说话。然而他总不肯死心，所以某公出山已有一年，他对止庵也磨了同样时候，至今尚未能偿其所愿。

　　九芝深知其事，很看不起他，但因是位老前辈，表面总得恭敬。见他过来周旋，就直立应声答了句："边县长，你早来了。"不过心里却觉对他的称呼有些奇怪。本来近年名气之滥，标榜之盛，已达到不能睁眼的地步，一个人倘然做过一任部长或是处长，卸任以后，他的亲友乃永远维持着做官的称呼。有些脸皮厚的，居然还要自称。若教外国人听见，直要疑惑中国官员都是终身职了。所以九芝不得不仿俗，仍称这边子英为县长。还有在这种文人中间的标榜，内中自有千奇百怪的现象，但只就称呼一项已是五花八门。例如翁字和老字原是有分寸的，古人到什么年纪才可以称翁，到什么地位才可以称老，都有不成文的规矩。因为翁字可算老爹的文译，而老倒有天下大老的意思。但在这名士社会里，惯把这二字滥用，三十几岁的就可以被称为某翁，附庸风雅的铜锈子弟，也可以被称为某老。固然这种事不能较真，倘若较真，名士家就先得取消。试思古时诸葛君真名士那句话，是名士二字的起源，三代以后一人的卧龙先生，才配称名士，后人谁能相比？倘若只会吟两句诗写两个字，就妄用这尊称，岂不像义和拳自称神圣附体，是一样荒谬无耻么？不过九芝虽处在这社会之中，他单独是个例外。因为年纪太轻，地位甚低，所以翁老二种尊衔向来落不到他的头上。此际听边子英以此相唤，甚觉不安。又想他素日向止庵等有地位的人周旋，对自己很少赐以颜色。现在忽然大为客气，料必有什么缘故。果然谈了两句，边子英就把意思露出来，先从身上取出一卷纸，然后举着作揖道："兄弟有件事拜托九翁，九翁是新闻界名人，交游广阔，一定能给兄弟帮忙。"

九芝忙道："只要兄弟能办，一定效劳。但不知您有什么事？"

边子英把纸卷打开，原来是一叠毛边纸，用誊写版印成的文件，他指着说道："这是兄弟最近的拙作，哈哈，这一首小诗，浅陋得很，求九翁给登登报。"

九芝就道："承赐大作，敝报篇幅有光，欢迎之至。"

说着就要取过一张，边子英道："不止贵报，我还求九翁给本地各家报纸杂志都转送一份，务必求他们刊登出来。日后兄弟一定请客。"

九芝心想，照例报章杂志登载稿件，对着作者要付酬资，即使诗词例不给酬，但也不能教著者倒贴，他怎么要请客呢？想着取过一张看时，原来上面题目是呈恩师朱退老，下面是门下弟子边子英末草。九芝看着便知道这朱退老既是当日提拔他的某公了，但不知怎样会有了师徒关系，这还未之先闻。又看正文一首七律是："满目丈公慈爱痕，凝望京华感旧恩。牧民颇似牧羊意，爱我还如爱子忧。憔悴十年候高躅，峥嵘五马出师门。何时得抱青藜杖，谁似先生齿德尊？"九芝看着几乎笑了出来，觉得不知所云。仔细品味，才明白他的意思，这首诗译作白话，就是说某公的德政还存在本地，他常常触景生情，感念老师恩德。第三句说自己做官时，牧民和牧羊一样，大概自表贤劳，但实际是否能爱护所牧的羊还是疑问。不过剪毛挤乳，取皮养肉的工作他是曾干过的。第四句说某公爱他如爱亲生儿子一样，第五句是他的苦衷，直候了十年才得恩师出山。第六句是他的希望，求恩师提拔他做官，五马出守以光师门。最末两句自然是灌米汤，不过说得那么别扭，这种诗还要登报，真是笑话。但他着意当然不在显耀文才，而只用以通声气。这必是他进不了朱退老的门，见不着朱退老的面，止庵又不肯说项，才逼得他异想天开，作诗登报，希望朱退老能看见怜念他的愚诚，给送封委任状来，委个上等县缺，以遂其愿。莫说那朱退老未必看得见他的诗，即使遍载国内报章杂志，被他看见，也不过骂两声放屁，更增加些恶印象了。便是我对这令人作呕的臭诗，也真不愿给他刊载。只是他既切切拜托，不好拒绝，只好权且收下，再作道理。想着就点头道："高明之极，佩服佩服，敝报当然乐刊载，至于他家我可没有把握。"

边子英又作揖道："哪里话，哪里话，九翁的情面也不肯驳回的，只求你多费心。"

九芝只得接过那叠纸，放在身上，正要说话，忽听房中一阵纷乱，似乎众人都站起来。原来到了时候，大家入席了。九芝忙走过去，先占了末席，别人又谦让了一会儿，仍是止庵坐了首席。本来他的首席和九芝的末席久已成为定例，余人都是随时变易。及至坐定，侍者便送上菜来，这是叔子预先调度好的，每一样菜的盛器下都标了一张红纸，写明是某人的出品。大家吃一样赞美一样，并不管东西是否好吃，赞美是不可少的。这是应酬要义，要使人人都过得去。不过口头虽一律对待，但舌头却不肯附味，尝尝好吃的才肯多吃，不好吃夹一箸便算完了。所以各人出品的优劣，仍然看是否吃光，以及余剩多少。吃过几样，茄夹上来，止庵看看红签，举箸说道："这是九芝的菜，咱们可得尝尝。"说着夹了一块，放入口中咀嚼，忽然大声叫好，众人吃着也称赞不已，都说大概今日要以九芝的菜做压卷了，这倒出人意外，就问何人所做，九芝不好说出美国饭店，只以是托一位同事的太太代做了，众人都诧异作家妇女会有这样好手艺，足使名厨失色。

接着又吃过几样，栗子鸡端了上来，叔子先注意了，叫道："这又是九芝的菜，这香味俱称上上，不等品尝，只一看就知道美不可当了。诸位请。"

大家一齐下箸，那鸡肉十分松软，应手而碎，露出腹中的栗子。叔子和止庵谈论道："这个菜做得真好，普通的鸡和栗子居然能做出这样滋味，真是难得。不知内中加了什么特别佐料，还有什么巧妙火候？我也曾吃过西洋人圣诞节常吃的火鸡酿栗，却不是这种味道，而且硬得难嚼。现在这菜难得适合我们老人的牙齿，止老何妨再来一匙？"

说着就持匙伸入鸡腹，又取了一些，送到止庵面前。哪知他的羹匙才一离开，忽听座中有人叫道："这是什么？"

九芝闻声向盘中一看，只见肚子堆中露出很黑的一点儿小东西，心想这是什么。叔子瞧见哦了一声道："这里面还有玩意儿么？"

说着就用箸向盆中翻挑，只见由堆中露出个白纸包来，九芝不由愕然，止庵叫道："这又是什么啊？纸包，纸包鸡？纸包虾？"

座中一人道："这可新鲜，栗子鸡再加纸包鸡，好个层层见喜的菜。"

叔子道："可是只这一包，给谁吃呢？我瞧瞧是什么吧，九芝，你这菜可真有趣。"说着将纸包夹到面前，用手拆着道："这是张硬纸包，颜色还是很鲜，好像是把鸡做熟以后才加进去的。这可……"

九芝听着猛然心中一跳，已经识到内中必有蹊跷，忙要伸手把那包儿抓过来看看，但叔子那里已拆开了，他忽立起大叫道："这是什么？怎菜里还……呀，这是一张钞票，还是十元的。还有一块小煤碴儿……这块肉是什么……"

这时座上的人全立起瞧看，只见纸包中是一张蓝色十元钞票，叠作方块形，还有一块硬煤，约有拇指肚大小，另有一块鲜紫肉，比煤块约大一倍，做长圆形，却有个钝角的尖儿。九芝瞧着也认不出是什么东西，不由愕然。

止庵叫道："九芝，这又是什么啊？"

九芝看着也认不出，方在惊愕，但这时已有善于格物的先生，就是那位边子英县太爷接着叔子的话莞尔道："那是鸡心，鸡的心啊。"

止庵接口道："鸡心还是生的，什么意思？还有这钞票和煤，九芝，你这个菜太出奇了。想请我们吃硬煤，外加茹毛饮血么？"

止庵说着，座中人视线已全移到九芝面上。九芝这时已明白这是二姑娘弄的玄虚，自己只顾躲避她，托麻皮代去取菜，不料竟弄巧成拙，惹出这样事来。现在当着众人面前发现，我将何以自解？又寻思她这纸包内三件东西的寓意，还未想出个所以然，众人视线已攻击过来了。叔子好像审判官似的，首先讯问道："九芝，这是什么意思，你快给解释。"

九芝红着脸道："我怎能知道？她就是这样做来的。也许无意中放错了。"

止庵应声道："不然，你不要巧辩。无心错放固然也算个理由，可是你想想，这三件不伦不类的东西，怎会无心放到一块？而且给放在菜里，这里面定然有个缘故，你必明白，就快说出来吧。"

众人也随声附和道："快说，快说。"

九芝面如红布，摇头说道："教我说什么？我也和你们一样的不明白。"

叔子道："你还嘴犟，看你的脸已经明明告诉心里藏着秘密了，快从实说来。要不然我这善于断狱的老吏也能摘奸发覆，把你的私隐发表出来。"

九芝道："请你随便查究，我本没可说的呀。"

叔子道："你真不说，我可要……"说着向众人道，"这倒有趣，我们今儿把九芝的秘密当作下酒物，大家定要把它研究明白。"

众人哄然答应，就七嘴八舌地议论起来。叔子却只仰望屋顶，凝神寻思，忽地一拍桌子，叫道："我明白了，这是件风流故事，必得我这风流人才想得出来。这是很简单的，不必多费脑筋。你们想呀，鸡心是什么？现在的摩登人儿，不是做爱情的表记么？可是在这里虽也有那种意思，还另有讲解，你们想一块煤一只心，连在一起就是煤心，煤心是什么？这两字若写在纸上，定看不明白，可是若由口里念出来，谁也能晓得。煤心就是没心，寻常人都把没字念作煤的音，这是六法中的谐声啊。可是弄这玩意儿的人当然不懂什么六法，只用这两件东西谐音骂人。不过骂人却在里面含着无限香艳幽怨的意味，虽然只两个字，可是我看着比一百首情诗还来得动人。因为这是女人的手笔啊，你们想吧，我们男子无论对于何人，即使气极恨恨骂出祖宗，大约总不会说这没心的字样。这都是女人，因为她所爱的男子做出薄幸行为，她伤心开口先骂准是那两个字，我把你这没良心的……"

叔子说着，还做了个娇娜的身段，使着腔韵，手向九芝一指。这滑稽态度惹得哄堂大笑。但九芝脸更窘了，嗫嚅说道："你真会造谣言，何必拿我开心？"

叔子道："我造谣言？现在请大家公论，我说得难道不合理么？"

众人都道："有理，有理。这事真确切不移。"

九芝道："好个确切不移，我请问这钞票又是什么讲法？莫非也有情诗在上面？"

叔子瞪着眼睛道："钞票啊，可不是情诗，你这一说倒提醒我了。"说着话向止庵道，"你可记得方才九芝说这些菜是烦谁做的？"

止庵道："好像说是烦朋友家里做的。"

叔子道："对了，朋友家里做的，恐怕必是朋友的内眷。哦，在座诸公，可有曾受九芝拜托替他做两样菜的？"

众人都道没有，叔子点头道："那么我可以说了，替九芝做菜的人，不是这朋友的太太，就是小姐，可是这位太太或小姐，必然是对九芝有情了。我不敢污毁九芝的人格，他也许很能君子自重，可是那太太或小姐因为爱他过甚，不定对他怎么追求，只是不得结果。于是乎因爱成痴，转情作恨。正在无可奈何，偏巧九芝这次去烦她做菜，她本十二分愿意效劳，才使出绝妙手段，做出这两样好菜，无奈九芝不体谅人家的心，竟拿了十元钞票作为代劳。这可伤了人家的心，就想出这巧妙的主意，把原票璧回，并且用煤心两样东西发泄她的幽怨，希望九芝看见受了感动，接受她的爱情。却不料这菜是请大家吃的，竟来个席上生风，给我们大家添了许多话柄。不，不是，添了许多兴趣。"说着停了停又道，"诸位看我这老吏所断冤狱，是不是明察如神？哪位有异议请提出来。"

止庵叫道："我承认这是定案了。"

众人一齐拍掌，表示通过，嚷道："都叫叔子已给说出来了，九芝还不从实招供，是哪家的小姐太太对你如此有情？"

九芝更被闹得挂不住，听着叔子的话，觉得他除了不知真情以外，所猜度的简直完全切合。那二姑娘当然是因我不去取菜，满怀幽怨，骂我没心。这种深情使九芝心头万分惭愧，再加满座的人一齐进攻，还都根据叔子的说法，认定自己和朋友家眷有情，这简直是品行上有污点，怎能承当。不由暗怨叔子不该胡批，但当时心乱如麻，不能沉着应付，慌乱中开口反驳道："没有的事，叔子简直乱说。我得要求赔偿名誉损失。"

叔子道："你若能出反证，并且说明这是什么道理，能使大家相信，我就赔偿。哼……只怕你纵有仪秦之舌也不能替自己辩护了。"

九芝道："怎么不能？我告诉你，你完全弄错了，这里跟我的任何朋友也没有关系。她既不是谁的太太，也不是谁的小姐，你得承认这节是错误。赶快撤回去。"

叔子听着，已从他说话中抓住把柄，跟着叫道："我先不用承认，你却已经承认了。她既不是太太，也不是小姐，那么她是谁？还有，我这一节错误，大概别的全没错吧？哈哈，老弟这算无所逃于天地之间，只有招吧。若再隐瞒，我们就认定是你朋友的太太小姐了。这是你自己说的，两样菜是朋友家里的手艺。"

九芝被他闹得实在下不来台，有心把二姑娘的事实说出，借以洗刷自己，但又想到今日自己本要对叔子谈起月琴，请他去辨真伪，若一说出二姑娘，他们大家必然为这件事起哄，自己就不好再谈月琴的事，否则必要被人谈论，我的艳遇何其太多，好像我在外面拈花惹草，岂不坏了我少年老成的名誉？而且止庵也必有一番规劝之言，那多么不好意思？想着就打算保守这神秘了。无奈叔子等人却已看出九芝神情，知道他心有所隐，有的揶揄，有的鼓掌，定要逼他说出来。九芝还不悟叔子是故意相激，只问是哪位朋友家眷，口气总着重在朋友二字。九芝听着好像已被大家观作对不住朋友的人，自然感到难堪。恰在这时止庵见九芝受窘，就替他解围道："得了，你们不要强人所难，也许九芝说着碍口，你们又何苦逼他？得得，快吃菜吧，杨奉声的庖厨风味。"

原来这时又新上了菜了，众人听了止庵的话，都举箸来取，九芝得止庵排解，方才脱开众人攻击，但他更加了百倍的难受，回顾座中的人，他所最敬仰的便是止庵，而且素有知遇之感，这时一听止庵的话，好像也承认了叔子的说法，居然指实自己说着碍口，劝大家不要相逼。这样体贴直等于判定自己罪名，从此必对我有了恶印象，这不冤枉死么？

九芝再忍不住，就举手说道："止老您也误会了，我并没有什么碍口，实在这件事不值得说。现在大家都判定我的罪状，硬说跟朋友内眷有什么关系，这我可承受不住，只可把事情实说了吧。"

叔子哈哈大笑道："秘密藏不住了，本来早就该实说。这里面一定有件风流玩意儿，正好当筵宣布，点缀今天的美满风光。"

九芝摇头道："你不要这样希望，这件事并没有什么风流玩意儿，我从头说起吧。"就把自从前日在止庵处得知诗社中将做一次集会，大家都要各自携两样菜，怎样没处烦人代庖甚感困难，到昨天怎样因同事张君犯肚疼，我陪他到烟馆吸烟，怎样到那奇怪的美国饭店，进门之后怎样看那当庖二姑娘殴打流氓，以后吃着菜觉得味道甚好，才想烦她代做。当时怎样接洽，怎样留下定钱，跟着那二姑娘怎样对自己和张君两样待承，张君

112

因说闲话怎样受到两次冷水浇头。及至回到宿舍以后因听张君奚落，说二姑娘对我有情，我恐惹牵缠，暗蓄戒心，就不再去，所以今天烦张君替取菜。张君到了那里，怎样吃了没趣，挨了竹杠。诉说完了，才又接着道，"这就是一往实情，当时我还觉得这两样菜讨价太贵，却梦想不到她会把钱原封璧回，又在菜里加了这特别佐料。现在都说明白，你们可以不再胡乱猜疑了吧？"

众人当他说时，直眼听着，及至说完，座上同时发出一种嚣声，表示恍然大悟和歆羡感动。大似剧中幕落时的观众表情。止庵点头道："原来如此。"

叔子忙拍手道："这真是个作诗的好题目，我说里面必有一段风流玩意儿的事迹，总没说错吧。"

九芝道："可是风流玩意儿并不在我身上。"

叔子道："不在你身上在谁身上？你这春柳丰神，就是惹事根苗。古语说，不知子都之美无目也。你不要以为今日没去取菜，就可以自告无罪。要知道昨天已结下冤孽，今天再想脱逃，哪儿成啊？所以把鸡心煤块都给惹来了。哈哈，妙极妙极，不过九芝你上了我的当。我本知道你说这菜是朋友内眷所做未必是真，只是要教你说实话，才咬定了这两个字，你一受不住，必然提出反证，那就把全部事实都暴露出来。"

九芝鼓着嘴道："你真聪明，可惜为这点小事费你的心思有些值不得，去做律师多么好呢？"

叔子笑道："你叫我做律师？好，我就做一回，现在先替那二姑娘保障人权，替她主张应享恋爱权利吧。把你这没心人……哦，对了，这还有一解，还是黑煤硬心。她也许说你是黑心硬心，不是说你没心。我就把你这黑心人押解到美国饭店，凭她发落。她也许施展女将军身手，来一出棒打薄情郎，我倒有好戏看了。"

众人大笑，又七嘴八舌说这件事应该撮合，给我们诗社留些佳话。九芝红着脸道："是不是？我早知道你们善于起哄，所以不愿意说。这又有什么值得大惊小怪，我不过去吃了一顿饭，烦做了两样菜，并没有多说一句额外的话。至于她弄这些事，与我何干，我也不能预先知道。瞧你们这闹法，什么撮合，什么佳话，请问说得上么？"

叔子道："你不要假撇清吧，我看你也并非无动于衷，只是对我们口便罢了。就说上次你对那个月琴，表面装得一点儿不理会，暗地却是上穷碧落下黄泉，升天入地求之遍……"叔子说着，见九芝现出很难看的颜色，忽然醒悟，这件秘密自己曾许他不再告人，如今怎可以当众说出，就急忙咽住。

止庵接着开口道："九芝老弟，不管是假撇清还是有动于衷，反正我听这情形觉得那位二姑娘痴情可怜，背之不祥。"

九芝听了这话，心中突受一刺，寻思背之不祥，我背谁不祥？将来总得背一个，简直不祥定了。想着就向止庵搭讪说道："您也这样说，都是哪儿的事啊？"

叔子道："哪儿的事？美国饭店的事。少时咱们散席我要告一小时的假，陪九芝看看那位二姑娘。"

众人都哄说："我去。""我也去。"九芝心想这可糟了，你们倘若结队去起哄，不被她都打回才怪，但这些位爷们没事尚要生事，恐怕说得出便做得出，就道："众位不要这样，人家虽然职业低贱，也是位闺秀，怎可以……还有她的厉害我已说过了，你们可想挨几下棍子？喝她几杯冷水么？"

九芝见大家起哄，心中辗转寻思，我本要今日向叔子报告月琴的事，想不到临时出了二姑娘这意外情节，反闹得喧宾夺主，怕不好对叔子说了。不过二姑娘虽然深情可念，但我对月琴却早已结心盟，并曾为她犯了数月相思，经过长期寻访，今日怎可违背初心，见异思迁？我还得对叔子说明，不忍受他的奚落，也要对得住自己的旧时意愿。想着菜已上齐，大家虽仍议论二姑娘，调谑九芝，却已纷纷起席。

九芝离座跟在叔子背后，见他要漱口，就递过杯水，叔子笑道："谢谢你，你这翩翩少年真令人歆羡，居然有这奇遇。鸡肚里三样东西可谓万金难买，不止于倾心，封假的价值，到我们老头儿可就没想有这福分了。"说着又吟道，"人老簪花不自羞，花应移上老人头。醉归扶路人应笑，十里珠帘半上钩。"跟着又拉长声音念道，"伤老也!"

九芝笑道："你把古诗记得真熟，连小注儿都背出来。"

叔子道："这个自然，老头儿遇到这伤老的诗，好比没饭吃的穷人遇

114

见饿殍，直好似自己的影子，怎会不镌心刻骨？你们春秋正富，好比财主坐着汽车，看到路旁饿殍自然连理会也不理会。你们所记忆的应该是韩冬郎那种艳诗，年当咏对，卿卿我我的勾当。"

九芝正漱着口，听着一笑，把水喷了满地，道："你老请这边坐，我有话说。"

叔子笑道："你要请大媒么？"

九芝不语，拉他到屋隅大沙发上坐了，方要说话，叔子忽然叫了声慢着，立起跑到桌前，原来他见仆役收拾残席，想起有东西在上面放着，就跑过去把那一张钞票一只鸡心一块黑煤，都给拿回，交给九芝道："这个你得珍重收藏，将来如有美满之日，应该把这三件东西嵌在锦匣里，放在洞房作为纪念。"

九芝不好意思，搭讪着道："钞票黑煤好保存，这鸡心放两天就要臭了。"

叔子道："你真傻，不会挂在院里用冷风干了，以后送到金店，用金叶包上，就成了一件美丽的东西。"

九芝笑道："亏你会想，可惜我没许多钱买金叶子。"

叔子道："不要紧，日后我来代办，现在你只好收了吧。你叫我有什么事？"

九芝低声道："我来拜托，你千万不要教他们诸位去起哄，人家二姑娘虽在饭馆掌柜，却是向不露面。和当垆的女招待不同，还是闺阁身份，这些位大爷向来没有拘检，见了女子就忘乎所以，倘然到那里胡说乱道，侮辱人家，似乎不大合适。"

叔子笑道："你倒多情，事情还没怎样，先已袒护起来了。"

九芝道："我说的是正理，并非袒护。你知道我们社里有几位先生因为有着厉害的太太，平常轻易不得接近女子，可是一得机会他们就好似要疯。去年有一次吃过饭打茶围，张二爷和王八爷尽抱着那姑娘不放，伸着胡子愣要鱼吃，惹得那姑娘生了气，闹出老大笑话。难为他二公还是一位中丞一位太史呢？这种事告诉外人都不肯信的。还有冯省长，认了个唱某戏的女伶做干女儿，干女儿本是江湖班出身，满不在乎，常和干爹搂搂抱抱。不想这年头伶人当令，有好些闺秀名媛，喜欢和她们来往，就有一位富商的小姐，跟唱某戏的女伶结了干姐妹，时常同游。一天女伶领那小姐到省长家去了，冯省长见小姐貌美，以为也是女伶一流，竟很不规矩地跟人家无礼起来。那小姐一怒打了他两个嘴巴，又跑回家去告诉父亲。她父亲出来要和冯省长打官司，老冯吓得不了，请出许多人调停，请客赔礼方才了事。你看不是……再说那二姑娘也不是好惹的，一个不防头，她抄起棍子来，岂不是笑话？更莫说教她打伤了。"

叔子点头笑道："依你说我们就不要去了。我明白，你是怕我们搅了你的好事。"

九芝道："你完全误会，我不是这个意思，我是打算只请你跟我一同去。"

叔子道："哦，只请我……我猜得不错吧。你是请准我这大媒了。我一定效力。不过还得跟徐止老说说，日后你们仗他地方多了。"

九芝道："你且不用乱猜道，也不用忙着告诉止老，我们出去再说。"

叔子道："好，现在我们就去么？"

九芝道："随你的便。"

叔子想了想道："你等着，我安置下他们，省得吵乱。"

说着就立起来，走向人丛。边子英等许多人迎着问道："叔老跟九芝做什么秘密交涉？可商量好几时访那美人？别忘了带我们瞻仰瞻仰。"

叔子摆手道："别捣乱，人家九芝自己的艳遇要自己享受，很怕人跟着裹乱。自古男女传情寄意，秘约幽期，都是两人悄悄行事，你们看过戏，琴挑只生旦两人，佳期也只多红娘，游园也只带着春香，有全班合演带众武行么？若是一个女的，约许多男的起哄，那只是二八月的狗，一个母狗在前，后面一串公狗跟着……"说着又改了口吻道，"吾唯恐诸公之为公狗也。我们且不管九芝的事，任他自己关心，且做正事要紧。今天是止老主课，请他出题，我们做起来。以前一连几期都没好生做了，今儿难得有整天工夫，大家正可着意推思，必须当场交卷。止老你快出题吧。"

众人听叔子一番话，把心情移转，都扭脸望着止庵。止庵笑着道："我本已定了题目，现在又改变了。我们把九芝这段情史当作课题，不限体裁，因为时间今天很从容，再加一课时钟九芝二姑娘五个字，碎锦格。"

一个应声道："这可难啊。"

叔子道："也不算难，有两个数目字，也就容易回检了。"

说着大家纷纷议论了一阵，须臾声音渐静，或坐或卧，或负手徐行，或出户徘徊，各自心有所思。叔子见把人稳住，就暗地对九芝来个眼色，九芝会意，悄悄由房中溜出，直奔门外。等了不大工夫，见叔子光着头走出来，到门外才由怀中取出他的六折皮小帽，戴在头上。

九芝笑道："咱们走么？少时他们发觉你我失踪，不知如何猜疑。"

叔子道："快走吧，若被一个鬼精灵的追出来，咱们就走不脱了。"

说着急忙离开门口，向前疾行，转过街口，叔子道："我老头子可不能跟你跑，你快雇车吧。"

九芝道："还不能雇车，我得走着跟你说话。你就安步当车吧。"

叔子道："也好，你可走慢点儿。那美国饭店远么？"

九芝道："我并不去美国饭店，另有个地方请你劳步。"

叔子一笑道："怎么，莫非你没心教我去看那二姑娘？哦，我跟他们弄鬼，你却跟我玩轮子。"

九芝笑道："二姑娘这事是临时发生的，在她以前还有一个人，你还记得么？我所以请你到另一个地方，不但你念旧，而且是尊重你的意思。"

叔子愕然道："什么念旧？你说的是谁？"

九芝道："你还记得那个吴月琴么？"

叔子怔着眼道："怎么不记得？从我跟止庵说了那回话，你就入了心，上各处寻访她，有一次被我遇见，你还求我保守秘密。哦，你莫非还没忘下她？哦，莫非那月琴又回了天津？在哪里卖唱，被你发现了？"

九芝点头道："不错，我发现她了，可并不是卖唱的场里。她现在已改业做了妓女，在眉月楼搭住，是个很红的姑娘了。"

叔子怔了怔，道："她做了妓女？怪不得寻不着。你怎么就会访着她，莫非像查户口似的挨门寻访么？这才叫有志竟成。真是'上穷碧落下黄泉，两处茫茫皆不见。忽闻海上有仙山，山在虚无缥缈间'。你就访了去，见到'楼阁玲珑五云起，其中绰约多仙子。中有一人字太真，雪肤花貌参差是'。"

九芝笑道："你别背《长恨歌》了，现在我打算请你到眉月楼看看，因为我并没见过那吴月琴是什么样儿，这眉月楼的月琴并没写明姓吴，只顶着个花字。"

叔子接口道:"这本是花丛惯习。她们觉着做生意辱没先人,所以常常不露本姓,只用花字替代。"

九芝道:"是啊,我因为这月琴二字很普通,虽然她自言会唱大鼓,现在落子馆台柱。容貌气度,与你和我说的也颇相仿佛。无奈她现在已是满身罗绮,珠气宝光。我所以断不定她是居气养移体,一洗旧日寒酸,还是根本并非你所见的人。从前几天就想请你去视查,因为赶上你出门,所以才到今天。"

叔子插口道:"哦,你已发现她好几天了,那么必然混得很好,怎不直接去问她呢?"

九芝道:"我们见了一面,且没再去。这遇合实在很巧,只是无意相逢。我并没'升天入地求之遍'。"

说着就把同事神经麻皮怎样向自己借钱去嫖,又怎样拉自己同去,怎样到眉月楼发现麻皮所识的姑娘名叫月琴,便注了意,那月琴怎样不理麻皮,只向自己倾谈,以后怎样她要去上台,自己便和麻皮辞出,月琴怎样在后面打了自己一下,又怎样做手势示意。叔子听到这里,忽然缩脖耸肩,通身一抖道:"好叫我销魂荡魄,荡气回肠啊!九芝,你太美了,仗着生了个好脑袋,到处得着艳遇。只你方才说的这霎时光景,真是人生难得之遇。能够享受一时半刻,就死了也值得。我情愿把期颐高寿,调换你这片晌光阴。可惜办不到,我就拿性命供献,人家也不肯那样对待。本来么?我这干柴棒胡子的老头儿,怎能引起人家爱心?没有爱就生不出柔情蜜意,所以必得你这样裙屐少年,配上娇媚少女,两下传眉弄眼,手挑心招,才有诗情画意哩。够味儿,哈哈,江淹说,销魂唯别而已矣。我说不然,唯有美人特垂青睐,暗传心事,享受的人在那忽然领会的一霎,才真是销魂。你别瞧不起我,我当阿婆三五时,也曾有过这种午间事哪。可惜如今回首前尘,已如隔世了。"

九芝听他居然因他人艳遇而忆起自己旧梦,发了牢骚演说起来,不由暗笑。

叔子说完,忽然埋怨着道:"底下怎样,你可说呀?"

九芝心想,你可得容说呀?就接着把自己怎样当时没领悟她的意思,就和麻皮快快下楼，以后走在巷中，又值笑道坐车出来，怎样做第二次的示意，自己回到馆中怎样在就榻之后辗转寻思，才回解她是要自己当夜抛弃麻皮独自前去。

叔子听着又像身上发痒似的，扭动着肩背说道："那你何不快去？这种情意就是赴汤蹈火，粉身碎骨，也不能不享受呀？"

九芝摇头道："我犹疑了半夜，到底并没敢去。"

叔子愕然道："怎样呢？"

九芝道："我有好几种原因，第一她虽对我示意，但并没切实说明，我怕万一误会了她的意思，反而闹成没趣。"

叔子道："你真糊涂，这种动心眼的风月事儿，只一眉一眼，一顾一盼就成了，含情尽在不言中，很有意趣。难道你要她给立个合同么？"

九芝道："经我自己细想，我寒矣，怎敢高攀人家红姑娘？即使她有真心和我要好，我也没力量承受。与其日后缠绵不休，自己找许多罪过，不如趁早躲避。你想想比如她教我每日去看她一次，我的薪金简直不够维持一星期的，那时已受情迷，也真没法解脱。不去她自然感到千分苦恼，若是竭蹶应付，就难免倒行逆施，变成个荒唐鬼。放着我们同事麻皮不就是个样么？"

叔子笑道："这话，依我看，你不但是风月的罪人，还是花丛的外行。那月琴既爱上你，就不会注重金钱，还许一切都替你安排好了，不劳你经心，不叫你破费呀。你一去就可以明白她的意思了。可是你不去，真是吃了脂油，吞了秤砣，铁了心，蒙了心。"

九芝笑道："叔老，你要我学那种流氓式，去讨妓女的便宜么？"

叔子红了脸，摇头道："不，不，我怎能教你做那种坏事？只因为月琴的情意令人可感，又佩服她巨眼识人，能让你这少年名士，所以……"

九芝接口道："我并不是糊涂，也不是心狠。我另有个缘由，叔老不要见怪。实自从你谈起有个月琴，沦落风尘的苦况，清矫脱俗的风姿，再加止老说起见笑的话，我不知怎的，竟生了痴情，把她深深印在心里。其实那时你们若真能寻着月琴，真个给我撮合，我还未必敢于应承。只为你们发现她和祖父突遭意外，被警局捉去，随即失业，我惆怅之下，对她的不幸遭逢、可怜身世，更抱了同情。心里竟没理由地发了糊涂，自己跟自己订了心头盟约，把她当了未来的伴侣，决计要寻访她，借你们诸公的力量，把她救出泥涂。可是我连她的面全未见过，怎会做那糊涂想头，连我也不明白。"

叔子听了却点头道："你不明白，我倒很能了解。你是闷得无聊，心情久已无所寄托，忽然听说有这样一个同病的可怜的人，已经动了心。再加我们一说撮合的话，你就不自知地把爱落到她身上了。虽然未曾见面，便已钟情，好像无理似的，其实不然，白乐天说得好，'同是天涯沦落人，相逢何必曾相识？'"

九芝笑道："我所不可告人的难心事，想不到你倒能谅解，也能曲为辩护。不过我就因为这个，才不敢接受月琴的好意，我还不敢断定她真是吴月琴，倘若闹错，岂不有负初心，愧对那可怜的人？而且还要多添一番苦恼，无限纠纷。所以我要等你去给鉴定一下，再作道理。"

叔子哈哈笑道："这倒妙了，向来我常被人请增鉴定古书古画，想不到今日竟去鉴定美人。但不知可要在她那粉嫩颊上印我那颗鉴古楼主经眼的图章么？好，咱们就去鉴定吧，倘若验明确是正身……"说着啊了一声道："胡说胡说，该打该打，我太唐突美人了。请你原谅。"

九芝笑道："我原谅不着。"

叔子道："倘然确是那个月琴，我一定教止庵慷慨解囊，成全你们的好事。就是你的夫人，我当老师唐突你的夫人，岂不应该谢罪？"

二人说着，九芝见已到了南市，再转一个弯儿，就是眉月楼那条巷，但告诉叔子已经快到了，又把未完的话简单补充了。叔子道："我全明白，不过我们进了眉月楼，看是月琴或另一个人，自不用说，若确是那个吴月琴，我该怎样？把我们以前的意思和你的痴情都告诉她么？"

九芝道："那倒不必，只要是她，以后来日方长。"

叔子道："可也不能一点儿没有表示，得教她稍为明白你的情义，好跟着和止庵商量，替她还债赎身。要不然她只把你当作普通客人，我们贸然去救她，她倒许起了疑心，不敢承受呢。"

九芝道："好吧，一切任凭叔翁做主。"

叔子道："你交给我，我总不致给你办坏了。何况这本是一件顺当的事，她早已对你有情了。"说着又叫道，"这不是眉月楼么？十年前我也曾在这里认识了姑娘，流连了不少日子。如今是不堪回首的了。"

说着已到眉月楼门首，九芝立住，要让叔子先行，叔子却推着他直走进去。进了堂屋，就见有一个伙计立起，先把他二人让入空屋落座，放下门帘才问："二位有熟人么？"

九芝深知此中规矩，所谓熟人是指所挑识的妓女而言，并非仅于熟之意识，自己虽专诚来访月琴，无奈不是她的客人，只处于客位，似乎不好答以熟人，想着不由踌躇。又因他自己入门以后，想着立刻便可见着多时思慕的人，可以揭露心情，畅话相思，心神已浮荡起来，有些茫然失措，只把眼望着叔子。叔子看出他的情形，就代为回答道："有熟人儿，吴月琴。"

那伙计听了一怔道："月琴已经走了。"

九芝听了，只觉顶门轰的一响，失声叫道："走了？怎么……"

只说出来半句，口中津液全干，喉咙涩涩不能发音，咳嗽一下，才又接着道："怎么走了？"

伙计道："从良去了。"

九芝好似坠下万丈深渊，头脑昏黑，身体僵木。又如飘在空中，落不到实地，睁着眼再也说不出话来。叔子就接口问道："她跟谁从良了？什么时候走的？"

伙计沉吟着道："这个，我也……"

叔子不待他说出，就知底下的话必是知不甚清，简直不愿实告。向来妓馆中的妓女好似穿林燕子，时有迁移，但也分为几种，若是妓女甲班迁到乙班，过后有客人又到甲班相访，向伙计询问迁移何处，十九得不到答复。因为妓馆也是一种营业，凡营业就有竞争性质，甲班当然不愿替乙班代招生意，但若是妓女从良之后，旧客来访，却可以告诉的。因为并没有利害的关系，还可以使客人绝望，或者在本班另挑识一个人。不过也要看客人的程度深浅，若是曾花过大钱的豪客，他们自不惜弯转相告，现在九芝叔子两个生人，他们就不犯多说了。叔子很明白这种道理，忙向那伙计招手道："你过来。"

那伙计走近两步，叔子取出五元钞票，递到他手里，那伙计出于意外，不敢接受，摇手说道："二爷，你干什么？"

叔子把钱强塞到他手里，说道："你尽管拿着，我只要跟你打听月琴落到何等情形，并没旁的意思。实告诉你，我有个朋友，去年春天在三不管席棚里遇见一个唱大鼓的月琴，就迷上了。她没容他进步，他就因事出了远门，回来再去寻访，那月琴已经不在那里唱了。他痴心不死，各处乱跑，一直没有影儿。直到前几天，才听人说这里落子馆有个月琴，也唱大鼓，在眉月楼混事。他就猜疑是那个月琴，所以今天我同来，想不到竟从良了。那也是没法的事，不过他要想明白这里的月琴是他迷的那个月琴不是，若不是呢，他还可以另去寻觅，若果是呢，人家既从了良，他也只好死了心。可是仍要打听月琴到底嫁了什么人物，混的怎样光景。也算没白迷她一场。劳驾你就跟我们说说吧。"

那伙计手握钞票，点头说道："我知道的就告诉你们二位，说句话又费我什么？无奈月琴先前在三不管唱过没有，我真不知道。反正她会唱大鼓是真的，还唱得挺好。落子馆的内行师傅都说她受过高人传授。"

叔子微笑道："那就许八成像她。"说着似有所思，忽然高声说道，"你们这儿可还有她的照片？"

伙计道："本来她屋里挂着不少照片，从良时全带走了。"说着也似有所思地道，"也许还有，她素日跟我们柜上四姑娘相好，两人曾一同照过相。哦，对了，照着影片，在四姑娘房里摆着呢。"

叔子道："你可以借来看看么？"

伙计现出为难神色，摇头道："无故地借那东西，只怕是不肯。"

叔子道："那好办，等会儿我自己去看。你且告诉我，她从良的细情吧。"

那伙计道："她是跟一个姓马的大夫走的。那马大夫很有名，开着自清医院。"

九芝道："什么时候走的呢？"

伙计道："我倒没记准日子，大概不过一个礼拜。"

九芝道："这马大夫是老马么？那人很好么？要她是做太太还是姨太太？"

那伙计在月琴从良时，原曾听过马大夫要认她做妹妹的话，不过伙计脑筋简单，思想污秽，绝不信有这种事。认定男女到一处，绝不会干净的。尤其从妓院接出妓女，除了泄欲外，绝无第二目的，因为他把马大夫认妹妹的事当作笑话，根本没入脑筋，所以这时不会对九芝说起，只回答说大概是姨太太。那马大夫年纪不小，家里不会没有太太的。九芝听了，更为怅然。就又问自清医院在什么地方，叔子暗想既有了医院名字，尽可出去打听，何必问他，就拍了九芝一下，插口道："我想没什么问他的了，你把方才说的四姑娘请下来，我招呼她。"

那伙计应了一声，就走出去喊了一声，叔子低声道："我只为看看照片，就招呼这四姑娘，你不要跟她说话。咱们看完了就走。"

九芝道："你为什么不教我跟她说话呢？"

叔子道："你现在正走桃花运，不要再拈花惹草，自寻苦恼了。再说有成的意见，现在失去月琴，另有个背之不祥的二姑娘呢。止庵的话是不错的，我还替她占地步，不容旁人侵犯权利。"

九芝听了，叹息一声，方要说话，只听外面楼梯有脚步声，眼见伙计打起门帘，从外面走进一个中等身量、体态环肥的妓女，虽然姿首未见佳妙，却还不甚讨厌。身上穿着半旧的旗袍，一张清水脸儿，未施膏泽。原来还没到上妆时候，他们来得太早些了。那妓女进门，先把叔子一瞥，眼光落到九芝身上，就留住不动了。伙计在门口问伺候哪位，叔子手指鼻子，答了一声"我"，伙计随问声道："贵姓。"叔子道："我姓梁。"伙计说声伺候梁二爷，就退出去。

那妓女面上立刻现出失望之色，好似抱怨上天错配了姻缘，现放着个年当貌对的美少，不给成全，反而匹配了个干瘪老头儿，好在本是露水姻缘，临时配对，须臾对面，顷刻分离，也许不再来第二次，所以她还善自宽慰，不至于像正式婚姻所嫁非人那样沮丧，只神情上显露冷静罢了。过来与叔子点点头，又与九芝问一声贵姓，便转身出去。叔子却对九芝道："你看多么可气，她一听伺候我，立刻脸拉长了。就是一句愁花有语，不为老人开。我也明白，自讨没味，好比吃东西，窝头固然不好，但桌上摆窝头一样，也许不十分讨厌，能对付吃点儿，但若把一盘红烧鱼翅放在窝头旁边，教人眼瞧鱼翅，口吃窝头，恐怕谁也不能下咽。而且还要痛恨窝头，以为若没有它，可以吃到鱼翅了。我这老头自知遭恨，也明白倘若把鱼翅请她，一定转得满室生春，另换一副好局面，连我也可以在里面享些乐趣，无奈我不能这样办，只可害她遗憾千古了。"

九芝笑道："别瞎扯了，凡事到了你口里，总要造出许多新鲜花样。其实何尝有这回事？你只是善于玄想，把平常事都给传奇化了。"

叔子道："不然，我怎不把自己传奇化呢？老弟你本来俊雅风流，再加天性多情，已成情场中危险人物，尤其近来我看面多春意，目蕴情光，这是走桃花运的现象。只要遇见情人，就容易钟情。你可以自己检点，饮食色性，固然是人之大欲，不过要做得正大光明，莫走入荒唐杂滥一路。这就是你一生的要紧关头，自己若能把持往往也许由此立下成家创业的基础，若是堕落下去，也许落到身败名裂的恶果。我以过来人的资格，和老朋友的诚心，很想借此机会，替你寻个好配偶，从此宜室宜家，收束住你的野心，激励起你的志气，规规矩矩地安分上进，就可以把一切危险都避免了。你本是聪明人，我虽不敢自称益友，但止庵等人都很器重你的。有他们照顾，自然不会看你误入歧途。只为你也不可大意，常要自己警惕，因为初入情圈，正在少年最危险时候，何况你的人品文学好处极多，但好处用到正途，便是济胜之具，用到邪路，便是助恶之媒。你聪明不用我细说。"

九芝听了，心中很感动地想，我一个落魄书生，想不到得着许多良师益友，这真是人生难得的福分，以后仗他们的指导成全，也许能够稍有成就。

想着忽门帘一启，伙计立在门外，说请二位本屋坐，叔子就和九芝一同出屋上楼。

到楼上见一间房门外立着个伙计，打着门帘，知道必定就是四姑娘的本屋。及至走进去，见房中陈设颇为整洁，那四姑娘正由床上慢慢地立起，发出酸懒的声音让座。二人就随便坐了，跟着老妈进来，斟茶递烟，又说了几句照例的话，二人慢慢应着，都举目四寻，寻他们的目的物。只见床榻上扶起着只大照片，是四姑娘本人的，迎面墙上挂着八寸照片，镶在镜里，上面共立三个人，细看时，原来是四姑娘的分身像，一个坐在椅上，一个立在布景窗后，只露出上身，一个蹲在地下，全是她一人。又寻了四下，仍不见伙计所说和月琴的合影。二人甚为失望，互相递个眼色，似乎说怎么没有呢？

那四姑娘见他们只向房中乱看，眼光看得奇怪，又不和自己说话，心中暗自诧异，这两个人是干什么来的？花钱打茶围怎不找乐儿，只向房中乱寻，莫非想要偷我？但看两人的派头又不像坏人。四姑娘心里纳闷，也不向他们周旋，只自默坐。而且虽然看着他们不是坏人，但因神志特异，也不敢出去。叔子在这僵冷局面之中，暗想大约自有妓院以来也没有这样嫖客，好像不为寻乐，只为怄气而来。与其长此受罪我何不如快走？只是照片不见，月琴问题未解决。早知如此，不如教九芝做主人挑识，可以博得四姑娘的好感，向她探问月琴消息。今僵局已成，我再舍着老脸跟四姑娘联络，也只于博她强颜一笑，敷衍数言，想着她开诚相见，有问必答恐怕不易了。自己正在为难，忽听九芝咳嗽一声，抬头看时，只见九芝点头暗递眼色，随着他的眼光已瞧到镜台上，已发现了一座小镜。原来九芝坐在镜台旁边，那镜台是新式的，两边有短镜，高低不等，那镜子放在低的一边，九芝只顾向高处远处寻觅，却忽略了近前低处。无意中回头一瞧，才发现镜台上放的镜子，仔细瞧时，果然有月琴和四姑娘合影的照片，只有四寸，用玻璃片夹着镶在银镜架上。九芝一看见，就忙报告叔子，叔子看他的指点就走了过来，来到镜台前，手搭在九芝的膝上，弯腰瞧看。只见影中是花园布景，在亭台之前一片的草地上，四姑娘手里举着本很厚很大的洋装书，眼光却不向书上看，直视前面。当然是在瞧看镜头，真是好个摩登老赶的姿势。月琴却侧卧在草地上，屈肱为枕，好像睡在床上，态度尚且自然，至于面部表情，月琴尖眉微皱，似乎带着愁怨思绪，四姑娘好像努力要装出笑容，却没笑好，只咧着嘴露出牙齿，倒像哪儿害疼似的。

　　叔子瞧着，九芝在旁边低问："可是你说的那个月琴么？"

　　叔子闻听是一言不发，看完了又走回原座，任九芝努嘴挤眼，他只不向这边看。九芝正在着急，叔子已立起来，由衣袋里取出两元钱，放在桌上道："我们该走了。"

　　九芝正巴不得他走，好出去询问真相，就也跟着立起来。四姑娘见他们要走，她懒懒地道："忙什么？再坐会儿呀。"

　　这两句话入到叔子耳里，经过心里的翻译，就变成意义完全相反的话，似说要走正好，免得讨厌。就笑着解嘲道："不坐了，今儿头一次别多打搅，明儿再来。"说完就向外走，好在他二人连马褂也未脱，拿起帽子就出了门。

四姑娘到门口，向九芝说句："明天你陪来。"

九芝应允，忽觉股际打了一下，心中方悟叔子说得不错，她这一打，直如告诉今天冷清局面，完全是对付老头儿的，对自己却觉抱歉。所以打一下示意，也许另有别的意思，就不敢回头，疾行两步赶到叔子前面，走出门去。

出了眉月楼的门，九芝忍不住就问："你看可是那个月琴？"

叔子仍然不答言，九芝着急道："到底是不是，怎不说话呢？你快告诉我，别教我闷着了。到底是她不是？"

叔子这才答道："可不是她？确凿是那个月琴，真可惜你的缘分太浅，她竟然从良走了。合起上次的事，已成两度空寻。去年今日，人面桃花，你比那重来崔护要有双料的伤感。其实细想起来，必是没有缘分，不然怎会这样凑巧？"

九芝这时好似一颗心已不在腔内，方寸空茫，呆呆地说道："我也信是无缘了。怎这样巧，按日子来算，大概在我发现她的第二三天，便跟人从良走了。其实我并没有耽误，在见她的次日，就去访你，打算同来看她。不料恰巧你有事上了北京，延迟到今天方才见面。"

叔子道："你怨我么？咳，既然无缘，怎样也赶不上。杜牧对这种事说得明白，他在湖州看中一个小女郎，定下十年之约，及至他到湖州做官，已过了约期，那女郎早出嫁了。他就作诗说：'自是寻芳去较迟，不须惆怅怨芳时。'你看那话多么解脱？"

九芝道："不然，这是无可奈何之语，正像一个老人，死去爱子，悲恸欲死，却咬着牙说我不难过。九芝难过正是难过之极，所以杜牧的不须惆怅也正在非常惆怅。"

叔子道："这样说，你自然也非常惆怅了？"

九芝叹了一声，叔子哈哈一笑，道："老弟，你惆怅什么？对于这个月琴，你从头到尾只是片面相思，何曾有丝毫实迹？起初不过我在三不管看见她个人，对止庵说起。止庵因我把她说得清丽脱俗，就要替你撮合，其实也是句玩话。谁知你竟认了真，走了心，自向各处寻访。经年逾岁，尚不肯断念，可是你连她的影儿也未见过。直到现在，你在眉月楼发现了她，虽然见面，却也不知是你所访的人不是，但相见也等于不见了。而且你空有如许之情，对方何尝感觉？就在那天对你有所表示，也不过因你的绮年玉貌，感动她的芳心。这种事年轻人在娼寮时常可以遇到，并不算什么奇遇。总而言之，你虽为她害了经年相思，然而她并不认识你，你俩中间也未曾谈过可纪念的情史，可回溯的往事。现在她已随人走了，本来毫无关系，无所谓对不住你。你与她本未相合，更无所谓散。没有影的事，仍落个没影儿的结果，有什么可伤感的呢？你若再愁眉苦脸，我可要笑了。"

九芝喟然道："我也自知无谓，不过这事奇怪，我自从听见你谈那月琴，就在脑中刻了很深的印象。如像以前跟她曾经认识，有过关系似的。听到她沦落风尘，就恨不得把她拯拔出来。却不想我自己也正是落魄穷途，比她还苦。以后各处寻访，好像暗地有种力量逼我这样做。虽然自知可笑，仍然痴心不死。你说不是怪事么？我就因为这事来得奇怪，疑惑默默中有着不可思议的道理，认为就是所谓缘法。如今我明白只是我自己的神经作用，再加上点念书念出来的书毒。自听你谈说月琴，觉得她天涯沦落，和我同病相怜，发生了一种莫名其妙的情感，于是自己脑中造成虚无缥缈的空中楼阁，结果又落了一场笑话。幸而只叔翁知道，若告诉旁人，莫不笑掉了牙？"说着又叹道，"虽然我现在已悟觉虚空，只是这年余的相思，已在心中划下很深痕迹，一时解脱不了，只可……"

叔子从鼻中哼了一声道："这两个字用得太不恰当，未来缠绵，何来解脱？你再说我又笑了。"

九芝听了更觉爽然若失，心中的一团热情，好似被冷水浇灭，深深感到无聊，就不再提说月琴了。叔子却恐怕他钟情过甚，因听她从良，精神受到刺激，或者暗自伤感，积思成疾，或是越发缠绵不解，做出荒唐行径，到那自清医院寻访，自陷危险。所以竭力替他泄气，教他感觉以前所行所为，无聊无谓，但可把这事告一结束。

叔子本来对九芝十分爱重，常和止庵等背谈，想要扶助他成家立业，成全这一个好青年。向来相待十分热心，不过叔子的热心却是闲出来的，带着一半好玩的性质。倘若换个朴质的人，想助九芝成家，自然由正途着手，央烦媒人给说一个正经作家的黄花碧玉，岂不稳妥？但叔子却不那样做，他一半安心成全九芝，一半要娱乐自己。所以总想给九芝做件风流韵事，以供自己的赏心乐事。月琴即已从良，眼见一件好题目失去，没有文章可做了。他也感觉失望，先用言语讽劝九芝，令其绝心，又想方设法安慰他。忽把心思移到那二姑娘身上，心想月琴既已走了，我何不去看看那庖厨妙手的二姑娘？既可以安慰九芝，我也很有消遣。由方才那栗子鸡上看来，二姑娘必是妙曼多情，倘然她的人品能配得上九芝，我又可做件好事。止庵已然说过九芝日后结婚他负全责，既有人出钱，我乐得出力。教九芝感激我呢。

想着就问："咱们上哪里去？"

九芝道："只可回去呀。我们还有诗没作呢。"

叔子笑道："我这时心也乱了，不能回去受罪。咱们上美国饭店吧，看那个骂我们没心的人，更正一下，教她知道你并非是没心，顺便我也瞻仰瞻仰那位刚健婀娜的美人。你可赞成么？"

九芝望着叔子，摇头道："我不赞成。"

叔子道："为什么？"

九芝道："我还没问你，为什么在这时候教我去见她？"

叔子道："我不是已经说过，为着教你对她更正道歉，这不是个礼儿么？你既与人家约定了，竟失信不去，惹得人家……那鸡肚里三件东西，简直是一篇血泪文章，也可以说是天地间至文。我敢保咱们诗社里的名士才子都做不出来。就是把这事教他们加以吟咏，恐怕也都要畏首畏尾。因为事情虽然简单，东西虽俗，但意境却是太高了。这是认识字的人做不出的，而且男子也做不出，只有绝顶聪明的女子，玲珑婉转的心思，还得被热烈感情所刺激，才会二五之精，妙合而凝地生出这种奇思妙绪。"

九芝接口笑道："这件极猥亵的事，教你一说，简直神乎其神了。我瞧未免夸张过甚吧。"

叔子摇头道："不然不然，我想这件事直可以仿不识字的诗人之列，作为没文字的绝妙好词，值得入无双谱。比苏蕙的回文锦加倍应该流传。那苏蕙就因为丈夫远离，经久不归，由多年的幽情怨绪激动了满腹的性灵才气，才产生了那流传千古的文学艺术结晶品。倘若她丈夫不曾浪游，长在闺中相守，也许至今没有回文锦这个名词。苏蕙两字也就与草木同腐了。可是苏蕙是个读书识字的宫门才女，吟诗织锦，只是本色作为，不算难能可贵。你这二姑娘，请想想她是什么人，只是卖饭的女儿，厨房里的丫头，再想想她每天所做的什么事，向来所见的什么人，据我们想来，应该只是污秽拙笨的灶下婢而已。谁知竟是那样天仙化人，居然有着妙性灵心，做出这么一篇文章，真是天地秀气不钟于男子，而钟于妇人了。哈哈，你不要笑，我屡次说是文章，一点儿不错，唐宋两朝，就出了八大家，我敢说上下五千年，还没出过像二姑娘这样神品，这是有的价值。再论到情致，更是足以动天地泣鬼神，古来有名的陈情表祭十二郎文等等，都比她不上。"说着拍拍九芝肩头一下，道，"你这小鬼，不要在我面前装狠心王二麻子，好像无动于衷，其实你……你掏出良心说实话，可是真不动心？恐怕早已感动得浃髓沦肌，说不定这时正在神驰于美国饭店的炊灶之间，却咬着牙跟我假撇清。大概一得机会，就暗溜跑去见她了。"

九芝听了脸又红了，勉强笑道："你说得我何至这样？"

叔子笑着嘴儿道："啧啧，得了，免开尊口吧。这次我说的不是戏言。给你撮合月琴时节，你也是这样木石无情，但背地里东寻西访，好像发痴似的是谁？在野书馆里遇见的又是谁？"

九芝听着好似被碗大的馒头堵住了嘴，窘得脸上由红面变成紫茄，吃吃地说不出话来。叔子笑道："你可被我问住了，没得狡展了。快跟我走吧。"

九芝这才挣出话来道："我不矫情，本来人非草木，遇到这事，怎能无动于衷。只是晋师本为伐秦而来，兵出无功，反弄成归途灭虢，未免自己转变太快，而也觉愧对……"

叔子道："愧对二姑娘么？那倒没关系，她所盼望的便是你去请罪，你能早去正是补过，有什么愧对？至于你说为访月琴而来，结果反去接近二姑娘，自惭转变太快了些，其实快慢都是一样。你今天不去美国饭店，明天后天以至于十天半月，也总得去呀？孟子说得好，以五十步笑百步，可乎？曰，不可。直不百步耳，是亦走也。你大概不能狠着不去吧？再说你对月琴并没有盟言誓约，只于精神上落了一点儿痕迹，现在事实已宣告绝望，你的精神恋爱还有什么着落？她既可以从良嫁人，你自然也可以别抱琵琶。寡妇为丈夫守节，起码还有鬼知情，你为月琴守志，人家做梦也不会知道。别装傻了，快去吧。"

九芝无言跟随着前行，口中微吟道："惭愧白茅人，月没教星替。"

叔子听了叫道："你这可侮辱二姑娘了，为什么人家是星？你简直是故作多情，自己解嘲。我虽是首先发现月琴的人，却不是她的娘家哥哥，你不用跟我来这套。好像那种俗人死了老婆，立刻续娶，满心高兴，却对亡妻娘家人装不愿意的劲儿。"

九芝听了也忍不住笑了道："我遇见你，真如冬天遇见大风，张口就被堵住。好，我再不说话了。"

叔子道："只顾嚼说了，也不知走出多远，可快到了？若还离得远，我可要讨饶，咱们坐车吧。"

九芝道："这就快到了，你看南面那水果铺旁边的胡同，进去转信弯儿就是。"

说着前行转入巷口，再经两道转折，进入一条小巷，但闻得香味扑鼻，好似空气中含有很深厚的鸦片成分。叔子道："这是什么地方？好似谁家大量地煮鸦片烟。"

九芝道："这一条胡同大约除了烟馆就是暗娼，清白人家恐怕除了美国饭店，寻不着第二家。"

叔子闻言，看了九芝一眼，心想你真武断，那位姑娘虽然可敬可爱，但既住在这种地方，谁能保住出淤泥而不染？你只见过一面，对她的身世家风还毫无所知，居然就敢断言清白，真是何所见而之然。这才是感情用事，爱谁谁是好人呢。就信口漫应了一声。九芝却由他的神色看出心理，忽然生了顾虑，就向叔子警告道："叔翁，你见了二姑娘可要留神，她是不肯受一点儿轻薄的。还是不懂面子。昨天我同着我那位朋友，只为说了几句玩笑话，就受了两次冷水浇头的责罚，倒闹得我不好意思。"

叔子笑道："你放心，我对她当作弟夫人尊敬，怎敢放肆？便有个言语不周，受到美人刑罚，我也谨受不辞。好在以后尽有机会报仇。"

九芝见他漫不经意，便又说道："你看在我面上，千万不要……"

叔子接口道："看你这爱惜劲儿，我还没怎样，你先护在头里。"

九芝见已到了美国饭店门口，便不再说。这时饭店大门却在关着，想

130

此时方申初，午饭已过，晚饭尚早，正在清闲无事的时候，便举手推门，竟只虚掩，着手而开。九芝便领叔子同走进去。一入院中，只见店主人老美正坐在有阳光的阶上，身旁放着一篮韭菜和葱，剥着皮儿，被辣气熏得流泪，两眼通红。见他二人进来，立起接待，叫道："二位叫菜啊？"

九芝见他并不向房里相让，而只问叫菜，初觉诧异，继而明白他是老实心理，以为不是饭时，所以猜着以为又来定菜。便笑道："我们是来吃饭的。"说着便转身进入那间客室。

老美听了，瞪着眼儿似乎有点儿为难，趔趔趄趄地跟入房中，九芝和叔子在一张桌上相对坐下，只等老美上前张罗，但坐下一会儿，还不见他过来，向外看时，才见老美立在门口，眼光呆直，举手搔着秃头，现出茫然无措的神气，被九芝一看，才慢腾腾走近桌前，问道："二位这么早就吃饭么？"

叔子一听这不像话，吃饭早晚是主顾的自由，卖饭的怎能多管？九芝倒没理会，点头答道："我们因为有事耽误，这才来吃午饭，你给想几样好菜，我们先喝酒。"

老美并不搭茬儿，仍直着眼呆望九芝，吃吃说道："你老定的菜，不是才取走了？"

九芝听着愕然，心想这是什么道理，我现在来吃饭，与早晨取走的定菜有何关系？莫非你这饭店也学商肆减价的办法，每人只限一份？取过菜便不许再来吃了？那老美抓耳挠腮地似要说话，却没再说，过来把箸子摆上。叔子看看他，也觉诧异，心想这位堂倌如此招待客人，也许是洋派，只这国产脑筋未免太对不起饭店的摩登名字。就向九芝道："别这样僵着，快教我瞻仰瞻仰你们那位天厨妙品吧。我现在虽然不饿，还可以吃几杯。可是得好菜来下酒。"

九芝道："好，你就想菜。"

叔子道："不然，入门须问过来人，我是外行，你曾吃过，才知道什么拿手。"

九芝道："我也只于试尝，并不知哪样最好。"

叔子道："那么就烦堂倌报报菜名吧。"

九芝见老美仍在等候，就问他道："你这儿有什么好菜，给报报名儿。"

老美又搔头，龇牙咧嘴地道："你要吃菜，炒个豆腐，炒个白菜，要不就炒个鸡子儿……还有肉丝炒饼……"

九芝一听，更为惊疑，心想怎么报来这样菜名来？我才向叔子夸奖这里肴馔精美，而且今天午间大家品评这里的菜比大饭庄还要在上，怎你竟忽然变格，只报出起码小饭馆的菜名？就问道："这是怎么了？难道除了白菜鸡子没有别样东西？你再想好的。"

那老美只搔头不语，好像小学生被人考住了，窘得难堪。九芝不知他受了什么病，心想该我丢丑，这真是不舞之鹤，辜负羊公。但不知二姑娘何以不见。现在既不定菜，不好意思请她过来，只好拣我曾经吃过的要上两样，等她过来下厨，再作商量。就道："不用你想了，我们要昨天吃过的那两样菜吧。"

老美挤咕着眼儿，似乎忘记昨天吃的什么。九芝很为不悦，但看二姑娘面上，不忍形于词色，只得忍着气告诉了他。老美慢腾腾由侧门退入厨房，只听他把正在盹睡中的伙计叫醒，二人唧唧咕咕说了一会儿，好像有所争执，老美又走出来，愁眉苦脸地向九芝道："先生，你改天再来吧，我们做不了。"

九芝一怔道："怎么……做不了？昨天我们不是还吃来着？"

老美好似口中含着热汤圆，含含糊糊地说道："昨儿不是有人做么？"

九芝不由瞪大了眼道："怎么昨天有人做，今天会没人？"说到这里，忍不住就把尽量的话吐出道，"你们……你们那位姑娘呢？"

老美也瞪着眼道："她病了，我不是告诉说病了？"

九芝头上轰的一响，心里乱跳，竟毫无理由地问道："你何时告诉过我说她病了？"

那老美呆呆地道："我不是说今儿外面叫的菜都给退回来，嫌我们伙计做的不是味儿？若她能下厨，哪有这事？"

九芝心想，我也没听你说过这话，你真是昏得可以，但这时已顾不得和老美多话，思量二姑娘怎么会无端病了，又病得这样急速，也可说是恰巧。莫非是为着……想着不由转脸去瞧叔子。哪知叔子也正瞧他，二人眼光一对，叔子便点点头，九芝忙将眼光避开，但也只可忍着不好意思，又问老美道："你们姑娘不是好好的，早晨还给我做昨天定下的菜，怎会这样快就害了病？是什么病啊？"

老美吃吃地道："我也不知道，她早晨还挺好的，自从做好你定下的菜，交给那位来取的人，那时旁边老胡家派人来要了三鲜肉，姑娘正给做着，还没出锅，忽然把勺一掷，就跑回自己屋里，倒在床上。我只当她怎样了，赶过去问，她说头疼，准是被煤气熏着了。要睡一天，不许惊动她。以后我又进去问她好些没有，她嫌吵又生了气。吓得我也不敢再进去了，你二位多包涵吧。我们这半天买卖都停了摆，送出的菜全退回来，本来只仗她一人下厨，换了吃主儿就不依。所以有叫菜的我也不敢应了。"

九芝听着心中一阵惶愧，一阵感激，觉得二姑娘的病多半是为自己而起，虽然她也许只是伤心懊愧，未必真病。但这也是我的罪过啊。想着忽觉背上被打一下，随闻叔子哼着说道："谁略道相思似此，一捹头索去憔悴死。你真造孽不浅。"

九芝听着更觉凄惶，但恨叔子不该当着老美乱说，但转想老美在梦里也不会看过《西厢》，就转脸向老美说道："二姑娘人家是得病了，咱们怎样想着这饭吃不成了。"

叔子也叹息道："真是不巧，这饭咱既吃不成，咱们也只可走吧。"

九芝心中实不忍这么一走，但虽知二姑娘对自己深情若揭，自己也该对着她有所表示，有所安慰。无奈实际毫无关系，怎能贸然行事？但无论如何，也不能一言不发地走去，起码也该教她知道自己曾来访过一次，并且定了再来之约。只是这怎么说呢？

九芝正在为难，叔子在旁见他皱眉踌躇，知其故就替他开路道："真可惜，我没福吃好菜，今天晌午你带去的两样，不就是他们这里做的么？味道太好了，不过那两样菜都很费手续，费火候，我想她这一害病，就许是替你做菜给累病了，真对不住人家。"

九芝得了这话，急忙接着说道："可不是，我太抱歉了。"

老美却不拾这茬儿，摇头说道："她哪一天都得做几点钟活儿，怎会做两样菜就累病了？我看准是被煤气熏着了。"

九芝也不接他的茬儿，只自说道："劳驾你见你们姑娘替我问候吧。"

老美回答："那可不敢当。"

九芝觉得不能再留了，只得和叔子一同走出来。老美还说："教二位白跑一趟，改日再补吧。"

九芝回答说："我们明天还来，这位梁二爷太赞成你们姑娘的手艺，非得多吃几回不可。"

九芝这话，只为叫老美转达过去，使她知道自己如期必至，莫为自己犯忧思。哪知话未说完，叔子在旁边不知怎的，忽然平地跌倒，一出房门，地下并没什么东西绊脚，竟而踉跄欲倒，慌得一把揪住九芝衣服，才得立住。叔子却已吓得高叫起来，九芝也吓了一跳，忙扶住他道："你留神啊！"

叔子道："幸而拉住了你，若跌倒了，我这年纪就许起不来。"说着仍扶九芝往外走去。

老美站在门口，叫声："二位走了，明天见。"

九芝应着，也说声明天见，便到了大门以外，未走出两步，忽听院内咚的一声，九芝听见了也没理会，挽着叔子前行，满面凄酸，一心怅惘。正要和叔子说话，叔子忽立不动，向他摆手。九芝不知何故，方一怔，叔子便向后努嘴，九芝还未回顾，已听得院内有娇脆喉咙叫着爸爸，随又闻说话之声，心中一动，自思这不是二姑娘的声音么。她怎又出房来了？这时便听叔子低声笑道："等着，我们命中还该有的吃喝。我那一跤不是白跌了。"

九芝这才恍然大悟，明白叔子那一跤是有作用的，居然把卧病的二姑娘惊起来了。但起来又将如何，我们也不好意思再进去啊？才想到这里，立刻就得到叔子那一跤效果的证明，只见老美匆匆由门内跳出，向左右乱看，口中叫着："二位请回，二位请回。"及至瞧见二人，方又一怔，好似料着他们已经走远，却不料仍在门外，就招手说道："二位请回来吧，我们姑娘……好了。"

叔子听了，向九芝看了看，似乎说你看如何，我的手段收了功效，你的姻缘也算全完证实，无可解脱了。随又说道："好好，居然又有的吃了，该着我不白来一趟。咱们进去。"

九芝这时已确知二姑娘相爱之情，她必是因为早晨自己未曾亲来取菜，芳心怨恨，所以再没高兴工作，假装有病，自去房中闷睡。以致害得这美国饭店临时停业。及至自己和叔子到来，她在睡梦之中不能知晓，老美蠢如鹿豕，更梦想不到我便是他女儿害病的渊源，自己也不会叫醒她报告，只当作普通顾客，不敢为我们心动他的宝贝女儿，恨不得赶忙推出门外，哪知我们一走，他女儿还得睡下去，饭店还得有一两天的休息。幸而叔子奇想天开，故作跌倒，把二姑娘惊醒。大概她听见声音，就从窗户瞧看，我们出大门向外走，她也正由卧房往外跑，出来对他父亲说病已痊愈，教把我们喊回去，不要教走上门的主顾失望。由此她不但深情固结，而且十二分的热烈。这一霎间芳心震动，想必有意于我。

九芝正自那想着，已被叔子挽着回身入门，一进院中，只见东面她住房的风门开着一道缝儿，露着二姑娘半截脸儿，秀发微蓬，妙目惺忪，像是刚才睡醒的样儿。想必睡觉的缘故，脸上脂粉淡退，但她皮肤太已细润，反由毛孔中分泌出一种细微剂质，成为一片宝气珠光，显得那额角眉心越发光润如玉。衬托着微有红晕的眼圈儿，只有说不出的风韵。叔子只在一瞥间，瞧见她半截脸儿，已经失声喝彩道："绝了绝了，只这半面妆已是天香国色。"

九芝却一瞥间注意到二姑娘发红的眼圈，立刻意识到她必哭过。她为何人而哭，为何事而哭，当然不问可知。正在满怀凄恻，忽听叔子放狂乱说，恐怕惹恼二姑娘，忙要拦他，还未开口，只听砰的一声，二姑娘已缩身回去，把风门关上了。因为关的力量甚大，叔子吓了一跳，自然就闭了口。九芝忙拉他同入客座，仍坐在原处。见方才老美摆的匙箸还未撤去，倒省得再费事。老美跟着进来，想是因为他女儿病好，又能继续营业，龇牙丑笑道："我们这馆子只仗姑娘一个人，一害病买卖立刻就完。去年春天她病了半个月，也就关了十五天门，主顾错了她做的不吃啊。"

叔子听着，就倚老卖老地跟他闲扯道："这可不是常事，买卖全仗你们姑娘，你们姑娘岁数大概也不小了，早晚总得出阁，那时你怎么办呀？"

老美嘻嘻笑道："到那时我把买卖收市，跟她去。我只这一个女儿，她也只这个老爹，姑爷还不养我的老么？"说着又手搔秃头道，"我们姑娘可不像别人，她别提多么疼我哪。"

叔子听着，瞥了九芝一眼，教他注意这种责任，日后能如所愿，不但得到如此美妻，还能饶上一位秃头丈人呢。九芝心中明白，却装作没有

135

看见。

老美又问："你二位还是要那两样菜么？"

九芝道："不拘什么都成，请你跟你们姑娘掂掇，拣方便的做两样菜好了。"

老美应着进了厨房，这里九芝目不转睛注定风门，只等二姑娘过来。叔子低声笑道："我这会儿大有销魂之意，通身骨头都发了酸。"

九芝道："你为什么？"

叔子哈哈笑道："我替你美的。旁观尚如此，你这身受的又当如何？老弟，你记得贵姓？是不是在百家姓上？是单姓还是复姓？"

九芝忍不住笑道："教你说的？我又何至这样发昏？"

叔子道："我若是你，非得发昏不可。试想这样一个美人儿，为我费心，为我生气，为我害病，为我失魂落魄，忘了天真女孩儿的尊贵，这种种表示，都是天大恩情。我的老天，你怎报答人家啊？我以为便是捐躯顶踵，也难报答于万一。"

叔子说到这里，忽然忍俊不禁哈哈大笑起来，九芝问他为什么，叔子只摇摆手，等笑完了说道："我是想起《鸿鸾禧》那出戏，二姑娘比金玉奴好，美国饭店的菜也比豆汁更好。你自然更比莫稽好，只有这位金松差点儿。将来莫稽发迹做官，金松也摇晃着秃头要随任就养，你当然不至于像薄情郎那样行事，因为到了棒打一场很用不着使女丫头，只夫人的健儿身手就够受的，你是早经领略的了。不过这位秃金松老太爷随着出入衙署，莫稽还得对人介绍这是家岳，那滋味倒不大好了。"说着又笑。

九芝镇着脸道："这有什么好笑？你别胡扯了。"

叔子道："好好，我胡扯，但盼你们翁婿冰清玉润，美具难并。我不说了，咱们的菜怎么不来呢？"

九芝睁着眼睛没离那风门，却并未看见二姑娘过来，但老美却出去一次，已回来好久，和那伙计预备材料，也早弄完，但二姑娘仍不见来。老美似乎恐怕客人等急，就高声叫道："二姑娘，你可来做呀？材料均切好了。"

随闻二姑娘在对面住室中应了一声，九芝以为她这就过来了，谁知又等了老半天，还没消息。叔子不知是急于看人，还是忙要喝酒，又道：

"怎样？把我们墩起来了？这可受不了。"

九芝只可摆手，教他少安毋躁。但老美在厨房听见叔子的话，觉得太下不去，就又走到厨房门口叫道："二姑娘，你可麻利点儿，人家等了这半天……"

他才说到这里，对面房中的二姑娘不知怎么发起火儿，提高了响铃般的喉咙叫道："活该，谁教他等着的？他不许不等么？别这么大爷高兴来到就是时候，我还有个伺候得着伺候不着呢？愿意等就等，不等就走。你也别这么拿鸡毛当令箭，大惊小怪，尽自催我。也想想我怎么头疼的？到这会儿还没好哪。"

叔子听了不住耸肩吐舌，直向九芝指点。九芝也很明白她这一腔邪火，满口气话，完全为着自己发作，不由对着叔子一笑，心中虽感辛辣，也既回味成甘。如饮琼浆，说不出的甜蜜。但那老美却已承受不住，大惊之下，诧异女儿莫非疯了，这样得罪客人，太不是买卖规矩。万一人家责问起来，这可如何是好。他虽蠢得可笑，对女儿的情形一点儿没看出来，但这时居然聪明，不等客人不依，先自己呵斥女儿道："不许这样胡说，若是你头疼做不了，就痛快说。方才不是你说病好了可以做，才教人家二位回来的？你这会儿怎又说谁教等的，爱等不等？别忘了咱们是做买卖呀。"

跟着就听又应声说道："方才是我说的，我就爱说了不算，说话不算话的人多着呢，又不只我一个。也不是我起的头儿。"

正在这时只听老美呵呵了两声，似乎明知姑娘说话无理，但不敢申斥她，自己不解二姑娘是何以如此矫情，纳闷之间，气已馁了，嗫嚅说道："不管怎样，你总得做菜啊？把人家叫回来，又是你嘴里说出……"

话未说完，只听二姑娘又插口叫道："不错，是我说的。方才我一阵高兴，就那么说。现在又不高兴做了。"

老美急得顿足道："好孩子，别这样说，咱们做买卖还能看高兴？你快给对付着炒两样儿吧。要不然，我跟人家怎么交代？"

二姑娘应声道："有什么不好交代？这又不是唱戏，把我的报签贴出去，就板上钉钉了。你不会自己动手，或者教老田上灶也成。"

老美发出又气又急的声音道："你这可是搅了，从晌午老田上灶，做多少人家退回多少。现在还拿大贵材料作践着玩儿呢？人家一看准得站起来就走。"

二姑娘道："凭什么走？难道我就不能派个代表下厨？"

老美咳咳道："这怎么还有代表的？你只许着能做啊，要不人家还不回来。"

二姑娘道："你真是死脑筋，比如昨儿有人定下菜，说今天自己来取，到今天人家端架子不来，只派代表来取。咱们不也得老老实实地交给他带走？难道还能说非本人来不成？怎么现在我教人替做就不答应了。"

房中叔子听到这里，悄向九芝说道："好厉害的美人，把她心里的怨气都绕着弯子吐出来了。你别装没事人儿，句句都骂你呢。可是她父亲一直莫名其妙，尽跟着受叔伯气。你是会的，还不赶紧出去？"

九芝红着脸说道："这可怎么说呢？"

叔子笑道："我若是你，就出去跟老美说，他们姑娘既不舒服，万别劳动，快请回房休息。我们的饭随便谁做都成。往后日子长着，我们要天天来吃，何在乎这一回？你就这样说去。"

九芝摇头道："我不敢说。"

叔子道："这有什么不敢？"就拉着他向外推去，九芝仍是趑趄不前。

叔子笑着由小窗向外一望，恰见对面房门悠然一闪，二姑娘已很快地走进房去，只瞧见她一只拉门的玉臂，也随即缩入不见，只听她那娇柔的声音由门内发出道："我就不信，谁还非我不可。若要我做，就耐烦儿等着。"

老美这时已立在院中，满面愁容，用手摩擦着秃头，怔了一会儿，才缓缓向这边走来。叔子忙退回座上，随见老美走进来，皱眉咧嘴，好像要哭似的说道："二位多包涵，你都听见了，我们姑娘又犯了小性儿。咳，只为她从小没娘，才惯这样。我也没法，其实她平常比谁都孝顺，今儿也不知怎么……您二位，要不……就改天，我真说不出口。我怎么对得过照顾主儿？"

叔子不等他说完，就摇头说道："没关系，年轻人哪短得了使性发火，何况又不舒服。你先别劳动她，我们也不走，你给拿两壶酒来，我们喝着等候。她几时高兴了再做。"

老美听了仍自迟疑，叔子道："你不用犹疑，就是我们等到晚上，她不高兴下厨，我们喝完酒，上别处吃饭也成。"

老美听了，才放下心，感激不尽地道："你真太厚道了。这样将就我，换别位早不依了。"

叔子指九芝道："谁教他是你们老主顾呢？待常了跟一家人一样，哪有不将就的。"

九芝听了，瞪了他一眼，心想你怎尽信口乱说，我就来过两次，就老主顾了？还说什么一家人，若是二姑娘在面前，只怕你这撮小胡子难保。这时老美却不懂叔子的双关话，只向他笑着说道："二位喝酒，连酒菜也没有，怎么办？"

叔子道："你们没现成的冷碟么？"

老美道："有也只涮面汤和辣白菜。"

叔子道："好极，好极，你就拿来。"

老美跑进厨房，须臾端来两壶酒和两只冷碟，放在桌上。叔子口中连说好好，但一看那冷碟，才发现是最起码的粗制品，白菜是外层的老厚部分所做，每片约有二寸长，一碟不过八九片，而且少油无盐，也没汤汁。那面涮也是一样，上层都变作黑色，而且浮尘遮满，乍看几乎不认识是什么为伴。叔子知道，在小饭馆照例都预备几样粗制冷碟，俗名酒菜，价钱甚贱，来了客人便给摆上，因为做得太坏，客人很少肯吃，饭馆因客人不吃，越发做得马虎。只于有例无减，只管保存不废，看来就是这种酒菜。也许在前十天便已做成，客来摆上，客去撤下。好像是上供一样。但上供的东西只可供活人食用，这酒菜却永远没人领教，必得用到腐臭为止，才抛弃了重换一套。这两碟大概已离抛弃不远了。看样儿岂止有碍卫生，也不是自己的牙齿所能对付。不由皱眉问道："还有新鲜的么？"

老美道："没有了，您包涵着吃吧。"

叔子觉得实在没法包涵，但又不惯吃寡酒，就道："我烦你到外面买点东西成么？"

老美因他和气体贴，无以回报，闻言满口应道："成，成。"

叔子便拿出钱来，烦他到稻香村买花生熏鱼等菜，老美接钱说道："稻香村这溜儿可没有，得上东兴大街去。你得多等会儿。"

139

叔子忙说："若是太远就不必了。"

老美便不回言，推门便走了出去。他似乎像是对过卧室中走了一转才出门而去。

这里叔子斟上两杯酒，让九芝同饮。九芝苦笑说道："我真对不住你老，教你在这里受罪。放着高尚盛宴的风雅事不做，却来这乌黑的陋室坐冷板凳。"

叔子笑道："莫看这陋室，我却以为别有洞天，比玉殿珠宫还美丽有趣。难道你在情云爱雾之中，你不安于这陋室么？"

九芝道："我自然乐在其中，怎会不安？只是教你抱屈。"

叔子道："我正在因你之所乐而乐之，一点儿也不抱屈。人的好恶喜愁，大都由心境而分，并不以实境而定。我做个最不堪的比喻，假如我有个美貌小妾，十分得宠，我把她的房间收拾得美丽绝伦，宝帐牙床，锦衾绣枕，比画上的还好看。但是我家的厨房却是十分污秽，一堆黑煤块，两只脏水桶，都在大灶旁边，又臭又热，真是时疾的发源地。教人们看来，当然认为小妾的绣阁似天堂，厨房苦似地狱。就连小妾也是一样看法，只守在自己房里，万不肯踏进厨房一步。但若用了个少年美貌的厨子，小妾和他勾搭上了，因为宅中耳目众多，只有厨房可供幽会。于是她的观念就随心境而改变，绣阁中虽然床笫美好，衾枕香温，只因里面有我这干柴棒的老厌物，便由天堂变为地狱。那厨房里虽然污臭不堪，但因里面有个可意的男子，那煤堆既胜于牙床，麻袋也强似锦被。整个厨房就由地狱变成天堂了。现在我看这里，便等于小妾之对于厨房，你难道没有快感么？"

九芝听着，不由哈哈大笑，方要说话，不料忽有清脆声音从厨房传出，好似给他的笑声伴奏乐。这笑声非常清静，大有深院无人之概。忽闻铁器当当之声，分外震耳，不由相视一笑，都觉得老美既已出去，院内更无别人，定是那笨汉老田。但这半天并没人来叫菜，他无故摆弄锅勺做什么？方在诧异，又闻呼唤老田的声音发于厨房，二人听那语声，更觉奇怪。原来二姑娘不知在什么时候已由卧室到了厨房了，随听那笨汉老田朦胧答应，似乎他就在厨房门外的墩上坐着打盹儿呢。二姑娘叫应了他，又说道："老田，你给跑一趟，上菜市买一斤青虾来，再带半斤料酒。"

老田道："料酒不是有么？青虾也是早晨买的，在冰箱里。"

二姑娘道："我知道，那个虾都不新鲜了，教你快去你就去，不用废话。"

老田才不再作声，提着只菜篮走去了。叔子听得明白，便对九芝努嘴挤眼，九芝也明白二姑娘的差遣老田必有用意。老美既不在家，她又把老田打发出去，并且要买的东西都非必需，看得出是借题教他离开。她为什么这样，想来必是趁着老美不在，要对自己有所举动。但还多着个老田，所以也调了出去。她将要如何却无法测度。想来必是爱情的责罚，善意？恶意？自己也只可敬待领受。想着心中似惊似喜，却又忐忑不安。

叔子悄声道："老弟，你这时觉着怎样？有些像罪犯等判决的味儿吧？"

九芝心想果然不错，真好像影片的外国法庭，犯人辩诉完毕，庭长宣告辩论终结，随和十二位陪审官一同退席，只把犯人留在庭上，等待他们再一出现，便要宣布判定的罪名了。自己此际心意真和那犯人一样。便向叔子点点头，念了一句诗道："山雨欲来风满楼。"

叔子笑道："我看雨中还必挟有迅雷，你等着吧。"

九芝耸耸肩，道："这都是你的德政，定要捉我来，现在我遭了难，你倒看了热闹。"

叔子道："我倒愿意替你挨这一雷，无奈人家还不屑于打我。但不知她要怎样？咳，虽然已经走了两个，还有我碍眼呢。论理我也该回避，别不长眼睛。老弟你自己喝着，我告便，出去转个弯就回来。"

九芝忙拦住他道："别捣乱，你走我也走。"

叔子道："我已经有了胡子，怎能倒没了眉眼？（注：俗谓不辨风色，取厌于人者为没眉眼）"

九芝摆手低语道："你听，她这是干什么？"说着把嘴向厨房一努。

叔子果闻厨房有炒菜声音，鼻中也闻着香味，不由诧异道："这是什么意思？难道她已不咎既往，居然赏菜给咱吃了？"

九芝只凝思无言，过了须臾，厨房声息忽静，二人都目不转睛地望着厨房风门，只见人影一晃，二姑娘的亭亭倩影挟着宝握珠光，在门中瞥然而现。通身上穿了一件深蓝色布长袍，越发显得腰身叶叶，玉骨珊珊，头发似乎滚得蓬乱，稍加理顺，用绳儿勒上，蓬蓬如云，别有风韵。简直极

141

尽乱头粗服、云鬟风裳之美。那脸庞儿好像半日未施粉脂，却愈显润腻如脂，光华四射。只在眉心添一点小猩红，那是因头疼挤成的，衬着微颦的眉、活泼的眼，合成一种绝世娇媚之神。叔子一看，便直了眼儿，心神摇荡着暗叫：绝了，世上竟有这样美人？九芝这孩子真福气。我若倒退二十年，一定甘为她死。

　　九芝一见二姑娘也惊讶，今日的乱头粗服，比昨日更美了许多。但因这是第二次见面，也不敢像叔子那样震眩。看她手中端着托盘，盘内放有两盘菜，两只酒壶，两个杯子，姗姗地走过来。九芝本想着她怨恨自己失约，爽快的性格经不忍耐，调那老田出去，就为着对自己施行惩罚，这一见面，不是凉水浇头便是玉掌相加，虽然自己不想临难苟免，预备敬谨承受，但也有些发怯。就不错眼地望着她，却不料二姑娘态度安详，并无怒恼的神色。规规矩矩，执行堂倌职务。及至到了桌前眼皮也不抬，先轻伸玉手，将桌上原有的杯壶冷碟放回托盘里，再把盘中的两样菜放在桌上，两壶酒分放两边，每人面前一份，摆完了她就把托盘向旁边空桌上一放，随即转回身，腰儿倚着那空桌，双手抱肩，明眸斜视，注定九芝和叔子的桌面，一声不响，似有所思。九芝和叔子见她这种情形，都暗自诧异。二姑娘任他二人瞠目相视，只作不见，纹丝不动地保持原来姿势。二人看着倒有些发窘，转而互相观望，用眼光互询她这是什么意思，跟着又都使个迷茫的眼色，表示莫名其妙。

　　叔子觉着这样僵着不是久局，想要打破沉闷空气，但看二姑娘的冷静态度，知道自己不宜开口，就向九芝使眼色，教他说话。九芝本来自从午前在栗子鸡中吃出新鲜东西，就被深情所感，生出悱恻的相思，及至到了这里对影闻声，越觉难忘。这时见面，恨不得长跪谢罪。又见二姑娘面上虽然冷静，但眉梢眼角隐隐含着幽怨，并且由于心理作用，好像耳边颊上犹积泪痕。越发气荡肠回，不知如何是好。见叔子给他暗示，就忘了不好意思，厚着脸皮向二姑娘赔笑道："二姑娘贵恙好些了么？我……我们劳动你真对不住。还有今天早晨你做的菜太好了，我没得自己来取，实在抱歉，所以来给你赔罪……"

　　九芝鼓着勇气，好像初次当众演说似的，好容易才期期艾艾说完了，二姑娘竟似没听见，头也没抬，身也没动。九芝说完半响，并没得到一点儿影响，不由窘得满面通红，转过头去瞧着叔子，无可奈何地做个苦笑。叔子知道二姑娘有意斗气，自己若对她说话，也是自讨没趣，不如来个沉机观变，看她到底怎样。就低头看看桌上的菜，见是一辣子鸡，一盘笋丝炒肉，做得色香俱美，又看看面前的酒壶，心想方才拿来的两壶我们还未饮用，她怎给撤下去，又重换了两壶两菜？并且这壶容量都较大着一倍，我们才饮了不久，哪喝得了？还是且尽一壶用吧。就不理会那二姑娘，只向九芝道："老弟喝啊，这两个菜做得真好，只闻味儿就引起我的馋虫来了。"

说着提起自己面前的壶，伸长手要向九芝杯中斟去。九芝才谦让说我自己来，不料忽然一只雪白的手从中间落下，挡住叔子手中壶的去路，叔子抬头看时，只见二姑娘已走近桌前，伸手相阻，见叔子看她，就整着脸儿道："老先生，你不用照应，自己喝自己的，每人一壶这是规矩。"

九芝不知她葫芦里卖的什么药，叔子却料着必有文章，二人对望一眼，用眼光互相告语，只好谨遵台命，于是各自提起壶来，斟了一杯，看看杯内，都是白色的，九芝心想不过都是白干，为何弄这情致？就举杯向叔子让了一声，叔子却又举杯对二姑娘笑道："谢谢，你不喝么？"

二姑娘没说话，只摇摇头，叔子就饮了半杯，张口哈了一声，似乎赞美酒好。九芝忙也举杯陪饮，哪知饮到口里，猛觉不是酒味，其酸非常，立刻鼻中哽地一响，就要低头把口中东西吐出。但一转脸正和二姑娘的眼光相触，见她微含嗔怒，眼中射出严厉的眼光，好似大人在大庭广众中见自己孩子顽皮，不愿呵斥，只用眼光震住。那一双乌黑的眸子微一转动，好似发出声音说："你敢吐？"九芝也真是情场人物，所谓风月天生一种人，有着被女人倾倒的灵心慧性，一瞧二姑娘的眼光，立刻明白这是成心安排的罪刑，来报复自己早晨的失约，所以她是特预备两壶酒，不许互相斟酌。原来叔子那壶中是酒，自己壶中是一种最出名的白醋，现在只有敬谨领受，若吐出来就失了惩罚之意了，使她芳心不快。何况我又罪有应得呢？想着就看看二姑娘，将口中的醋全咽下去，也学着叔子哈了一声。二姑娘脸上微露笑影，随即用手掩了嘴儿。

叔子看出九芝拧眉的样，就问："这酒可好么？"

九芝道："很好，很好，不但气味香醇，还有开胃顺气的力量。方才我心里不好，喝下一口就舒服了。"

说着又把余剩半杯饮下，虽觉口中很不好过，只忍着不形于色，但在饮时听着二姑娘微微作声，似要叫唤，又忍住了。九芝眼珠一转，立刻想起一个对付她的主意。他知道二姑娘十分相爱，据人说醋要多饮，能够伤人脏腑，她当然知道，只为要惩罚自己，才想起饮醋的恶作剧。但自己饮了一口，她尚觉快意，到第二口，她就生了怜惜之心，想要拦阻，却因一时口羞，未及出声，自己已然饮下，大约她未必肯教再饮了，自己就利用她这种心理，撒了一娇，看她怎样。

当时便向叔子道："请，叔翁，我看你今儿分外高兴，又喜欢这酒。咱们对饮三杯吧，一饮一干不许剩底儿。来来，各自斟上。"

叔子方要说我可来不得了，九芝对他使个眼色，叔子会意道："谁教你喝酒开胸顺气呢？我就舍命陪君子吧。"

说着二人全都斟上，九芝故意斟得沟满壕平，溢出杯外，斟时只听身旁窸窣有声，似乎二姑娘挪近了些，也不瞧她，就端起杯，向叔子说请，杯还未到口边，猛觉由旁边伸过一件东西，横在面前，同时手中的杯被那东西从下面向上一撞，失手跌落，满都洒了，却正落在那件东西上面。细看时知是那方才端菜的空托盘，被二姑娘拿着抄底和撞落酒杯，正落在托盘上。九芝哼了一声，转脸看时，二姑娘却镇着脸儿道："我看你斟得太满，酒要洒进袖里，忙拿托盘接下，不想倒打掉了。再换个杯吧，酒也凉了，该要换换。"

九芝还说不凉不凉，二姑娘忍不住掩嘴一笑，九芝只觉脚下被踢了一下，忙低头看时，她的脚早缩回去。再抬起头，见桌上两只酒壶都已进了托盘，她托着直进厨房去了。不由和叔子又相一对眼光，叔子低声问道："你杯里是什么？"

九芝皱眉道一个字："醋。"

叔子立起来道："好，镇江白醋，这也是有典的。苏东坡黄鲁直佛印共饮桃花醋，却酸得皱眉，所以后人给画了张三酸图，其实今儿你喝的醋才叫桃花醋呢？只可惜你独自其酸，我这老的不能奉陪，未免有愧古人。"

九芝道："那容易，我可以替你讨一杯来。"

叔子道："谢谢吧，我命里不带桃花，只陪着喝醋，岂不是石女做姨

144

太太，枉耽虚名？"说着又挑着大拇指道，"你这小孩是真成，只看方才大口喝醋，满不带相，就看出是情场健将，一杯老醋，真抵得万丈情丝，她更要被你缚住，缠绵不解了。倘若方肯领受，哇而出之，那就大煞风景。她排布的好阵式也全破坏，弄得索然无味。所以男女调情，只一人知趣没用，还得有个好配角，还得有个好导演，才能凑成好戏。像方才你们两人做的要多情致，却没有一句话显露出来，含情都在不言。我这旁观的几乎变成呆子，看了半天，还没明其妙呢？"

说着见九芝努嘴，忙住了口，随见二姑娘又走出来，把两只壶分放两旁，一只杯放在九芝面前，又退立一旁。叔子想要明白九芝杯中换了什么，就让他再喝。九芝斟上和小子笑道对饮，喝到口里，觉得很烫，却又淡而无味。叔子一看他的神情，便知仍不是酒，就用眼光询问，九芝不好回答，就用哑谜示意道："你尝尝怎样，这酒更好。简直是青绿水金生丽，和往常喝的在山清完全一样。"

叔子听了，知道他杯中是白开水，心想方才是惩，现在改为爱惜了。原来叔子反对饮大酒的人，人家拿白水给他，不过仍教我以酒相陪，未免欺负我这老头儿了。想着看看二姑娘，见她仍倚了旁边空桌立着，面向着对面的墙，目眉含颦，似做深思，就搭讪说道："二姑娘，你别站着，请坐吧。"

二姑娘一转脸儿，仍是神情幽怨，悄然说道："老爷子，你可别这样称呼，我怎么敢当。"

叔子不由一怔，连九芝也诧异了，心想自从看见她的为人，是刚健婀娜的态度，泼辣爽快的神情，怎现在突然变了样儿？而且说话也改了语气。叔子忙又说道："你太客气了，什么叫不敢当？"

二姑娘道："哦，可不是不敢当，我只是小饭馆里的穷丫头，你二位是什么身份？到这儿吃饭已经屈尊了。"

九芝听了，只觉头顶轰地一震，脊背悚然生寒，立刻明白她的意思了。叔子也是一样了解，眼望着九芝，心想你卖弄多情，惹出事来可怎么应付吧？二姑娘本已爱上你，方才经过小小试验，她又认出你是个知情解趣的人。向来女人看人，是小处落墨，观人于微的。不由便把心全扑到你身上，同时就想到终身问题，才感觉她身份低微，虽不知你是何人，但看

145

这翩翩少年的样儿，料着总比她高贵得多，所以触起心事，改了态度。方才的话，虽未必是有心试探，但是言为心声，总非无端而发。反正你算把祸惹下了。就用眼光催九芝回答，人家开口对你试探了，你可给个答复啊。

九芝明知二姑娘的心事，但被小子笑道看得有些发窘，一时说不出话。叔子只得代他回答道："二小姐，你干吗这样客气，这年头儿哪还有这些讲究？现在时兴女子职业，况且男女平等，男子做事谋生，女子也一样做事谋生。伏处深闺使奴唤婢的小姐倒被人看不起了。何况你还有特别技能，男子都赶不上呢。"

二姑娘微微一笑道："老爷子，你说话可真有趣儿，我有特别技艺，什么特别？给人家当女厨子啊？"

叔子听她屡次称自己做老爷子，心中一转，立刻明白，暗想好聪明的女子，这样恭敬是安心使唤我老头儿呀。就笑道："二小姐，你的长处多着呢，自然不全在烹调上面。可是只这样已经可观了。做女厨子那是笑话，将来必成为良好的主妇。不是我倚老卖老，说句打嘴的话，日后小姐出阁，我必设法跟你们先生交个朋友，好常常享受口福。"

九芝听叔子调谑，只怕二姑娘一翻脸教他难堪，哪知叔子胸有成竹，知道处在这样地位，准买了保险。果然二姑娘只粉脸一红，低下头随又扬起来，含羞笑道："瞧这老爷子，只是喝多了吧？"

叔子哈哈大笑道："大概是的，我老有酒言酒语，你们多包涵。"

九芝是怕他趁势乱说，忙插口道："叔翁你少喝点儿，别醉了，又……"

叔子接口道："醉了又怎样？你是怕我失仪？告诉你不会的，我自己很小心，要不然下次再来，二小姐要给白水喝了。"

二姑娘听着脸又轰地红了，背着身向着窗户，九芝向叔子皱眉努嘴，埋怨他不该攻人隐私。叔子心想，我正在这里做七夕乌鹊，给你们搭桥，你们却都惺惺作态，自做好人，反显我老头儿张狂。咳，现着你们规矩，我来个袖手旁观，看你们怎样。就只顾自饮，再不开口。九芝望着二姑娘满心倾倒，似有万语千言要说，但转念又是害怕自己作茧自缚，无端弄这牵缠，日后将要如何结果？想到这里，忽然自警，又想退步。稍迟再看到

146

二姑娘的美丽，寻味她的深情，心里重热了起来。

他这里自己做内心的争战，沉默无声，陪着叔子一口口地呷着白水。二姑娘芳心很乱，焦灼难堪。她确是被九芝引动处女的热情，把整个的心都扑到他身上了。她这样未受高深教育，未历摩登情场的女子，只一爱上男子，绝没有第二种思想，一念就念到终身问题。所以有人讥讽中国的说书唱戏，女子一爱上男人，便想到婚姻问题，开口便是相公多少年纪，可曾娶妻，认为粗陋鄙浅，非常可笑。其实这正是情理之谈，阅历之事。现在摩登女性自然懂得交际真义，她把人生观念，对婚姻的态度避而不谈，虽然尽可以在玩弄男子方式之下，长度桑间濮上的生活。譬如有个男子结识了女友，常常出入旅馆，以至于产生了时代结晶的私生子，送到医院去卖钱，全都无损大雅。但这男子若发生爱情，不顾分际，向女友请求结婚，也许惹那女友哈哈大笑，骂他是十八世纪的脑筋，不脱对女子的占有欲，不配过现代的流线生活。记得有篇美国小说，述说一男一女在轮船上遇见，彼此未通名姓，就都发生了欲念，因在船上不便，就在中途某处下船，到旅馆同住。第一夜过得如火如荼、如胶似漆，大有相见恨晚之势。到了第二夜，男子忍不住了，便向女子询问姓名住址，预备别后通信。女子回答说：我们的遇合，正好在迷离恍惚，若留了痕迹，就破坏诗意的回忆了。男子遭到拒绝，也无可奈何。到第三天，因为那女子太迷人了，男子觉得离不开她，就更进一步，请求订婚。女子笑着说，我们距离谈婚事的程度还远得很，请你不要着忙。她的意思好似以为同居只是一时游戏的举动，婚姻那是长久郑重的结合。所以尽可和人同居，不能轻议婚事。那男子以为后来还有希望，就暂且抛置不提，哪知到了次日早起，竟发现那女子已乘船自己走了，留下一封信给他，上面写着：我本打算多盘桓几天，不料你这两日的举动伤了我的感情，只得提前离开。我初见你，以为是个很能事的人物，谁想竟是个蠢东西，不配现代的男女关系，还抱着村人思想，见好女子便要拉回家去做管家婆。我们女性若尽遇到你这样男子，就好比悠游山林的小鹿，到处遇到猎人，完全失去自由的乐趣、人生的趣味了。奉劝以后再不要做这笨事等等的话。

像以上所述的时代女性的心理行为，在一班新人物看是对的，我们莫测高深，也不敢说是荒谬。只以为不能用着这种摩登女性的眼光，去衡量古代女子和现今没学问没阅历的女性。可怜她们怎有那样前进的思想呢？例如《磨盘山》的窦仙童爱上了薛丁山，很不必定亲，也不必请程咬金做媒，只拉薛丁山进山去住几天，再放出来，拱手而别，然后请罗章等人进去。再有《乌龙院》的阎婆惜，结识了张文远，只要临时小凑，不想长久姻缘，那样她就不必逼宋江下休书，写明改嫁张文远，也就惹不出杀身大祸了。只是那些位密司马丹，未受新潮流洗礼，梦里也做不出这种妙事。直到如今也是一样，只因家庭和婚姻制度一直维持不废，所以除了一部太新的女性以外，还是注意着终身配偶。一爱上男子，便会想到婚姻问题，这就是《西厢记》上红娘说张生那句，不想姻缘想什么？

所以这时二姑娘一爱上九芝，乍一相逢便思琵琶，也是自然的情理。不过她并非打算立时成就，也没打算立时表明意旨，所希望的，仅是给九芝一个暗示，教他常常来相见。本也难怪她焦急不安，九芝来此吃饭只是出于偶然，她昨日初见便已钟情。九芝走后，她终夜辗转思量，只仗九芝所留的一线希望，自行安慰，盼望早晨亲来取菜，好通情怀。哪知九芝失约未来，二姑娘懊怅欲绝，就在鸡里放了东西，指望他看了可以受感动，重来相访。但是否能来，还无把握。才捺头憔悴，自己闷了起来。九芝若是从此不来，那就许相思成病，造了大孽。如今好容易盼得见面，虽把自己心意已隐约表示出来，但他心意如何还不知道。当着叔子又不便深说，她所盼望的就是九芝能给个日后常来的暗示，即使不能常来，也希望能定个重见之约。倘若失去现在的机会，他匆匆走了，也许从此把自己忘却，不再前来，人海茫茫又向何处寻觅？

大凡一个人若爱上了一个人，主动方面常把对方看成伟大，把自己看成渺小，尤其女子对于所爱男子，更易发生这样观念。并不知人和人各有缘法，各有眼光，甲所视为绝顶人物，常被乙抛弃不顾，甲乙眼中的良玉精金，又常为丙丁菲薄得不值一钱。并非世人都有同样爱好，但女子爱上某个男子，就不免心意迷惑，以为这样有目共睹的好好男子，必为人人所爱。任何女子见着，都在据为己有。若一放松了，便将失去。这就等于一个人在商肆中看到一件心爱之物，立刻想到这东西必是因为放在僻处，未被他人发现，否则万不会留到如今。于是在价之时，亦要紧握在手里，看看身旁经过的人，都像要来争买。其实那东西已放置多时，无人过问。他若不买，还是照旧束诸高阁，不知几经岁月才遇第二个主呢？

这时二姑娘因爱上九芝，以为像他这样人才，随处都可得到情人相爱，也许早已有了情人。今日这里出门，或者立刻有人把他恋住，永不会再想起这蓬门之中曾有个二姑娘为他憔悴。所以盼有个机会，对他表示真心，定下爱的契约。今日便因有人同坐，不能如愿，也必得由他口中讨个后会约期，再放他走。要不然自己这悬望之心就将无法安置，以后简直不能过下去了。但是一看他们已将吃完，还不得一点儿缝隙，心中怎不焦急？所幸她父亲和那老田出去这半天还未归来，好像体贴人心，故意在外拖延似的。但也不会再有很大工夫的耽误，这时间越发宝贵了。她急得没法，真想当着叔子跟九芝微言示意，无奈脸皮终是厚不起来。叔子这时早已看出她目光闪烁，身体动摇，现出局促不安之态，知她心中必有着急的事。

恰巧九芝把水当酒喝得够了，向叔子道："你的酒怎样？我想吃饭了。"

叔子答道："好吧，我的酒也够了。"说着眼望二姑娘，示意请给盛饭。

二姑娘却不动身，懒懒地道："忙什么呢？先喝着吧。你不是教我父亲去稻香村买酒菜么？"

叔子道："那里因为小姐不舒服，没敢惊动，才烦他买些酒菜，现在小姐已经给我们做了菜，他回来也用不着。"

二姑娘道："还有老田给我去买佐料，也没回来。我看等他买来，好给你们二位做饭哪。这老田真没眼色，看不出忙闲，用他一去不照面儿，到不用他的时候，盼他出去，他倒在眼前，叫人真没法儿。"

叔子听了，心中一动，觉得末尾一句不像只说老田，稍一寻思，连她一直焦急不宁的缘故也明白了。暗骂我真老糊涂，方才她打发老田出去，我已有所悟，却还自己当作九芝一体，赖在这里不动，却忘记碍眼中的我与老田一样碍事。如今人家骂出讨厌来了，我还不知道意味么？想着就放下杯子，站了起来，向九芝道："你知道附近哪儿有厕所？我得出去一趟。"

九芝方一摇头，二姑娘已答话道："你出门往北，再向东拐，再往南，过了那座破大院就看见了。"

叔子心想这道可真不近，大约往返总得半点钟，这是教我来一次远足旅行，就起身往外走，但在转身时，暗对九芝挤眼一笑。九芝感到他必有作用，既觉不好意思，而且想到叔子一去，便剩下自己和二姑娘，立刻心跳起来，当时未加思索，也立起叫道："等等，我也……咱们一块儿去。"

叔子走着说道："别一块儿呀，我讨厌有人跟。"

九芝这时已走出两步，不料从旁横伸去一条腿来，正绊在他胫际，他立足不稳，身体向前一倾，几乎跌倒。但随着那条腿又伸出一只手，拉住他的胳膊。九芝晃了两晃，方才立住，转脸看时，见二姑娘玉面绯红，现出羞涩的笑容，同时眼光却含着娇，腿儿已缩回去，但手仍抓在自己臂上。二人目光一触，二姑娘猛一皱柳眉，一咬银牙，九芝忽觉臂上被她抓的地方疼痛非常，忍不住哎呀叫了出来。二姑娘连忙放手，口中嘘了一声，九芝明白她是怕叔子听见，向外看时叔子已走出门外了。

九芝晓得目前就要发生事情，不敢再看二姑娘，方要逡巡归座，忽听二姑娘喂了一声，九芝不由转脸看她，只见二姑娘脸上仍赧然微笑，但目光已变作脉脉含情，凸着小嘴儿，似有揶揄之意，低声说道："你不是要……也要……跟他去么？你不用去，这院里就有。"

九芝听了，明白她把自己要随叔子出去的托词当作实事，留住以后，还恐有所需要。她如此相问，不过由语意中听出对自己的特别优待，叔子就必须出去，自己就不用出去。这和《铁弓缘》的卖茶妞儿对小生用瓷壶细碗，对小丑用铁壶砂碗是一样令人销魂。但九芝并非真要告便，正在踟躇未答，二姑娘又悄声说道："告诉我是……大便小便，小便院里角上就成，大便上我屋里，那儿有痰盂，可以当马桶。"

九芝听着猛觉身上一阵灼热，好似被她的热情给包围了。虽然她的言语似乎有欠蕴藉，但出在一个蓬门碧玉口中，只能感激她的真挚豪爽，不该向细处苛求。她这几句话，简直把满腔热爱全显露出来，可见对自己爱到沦肌浃髓。居然把她的闺房贡献做我的临时厕所，当然还预备在我用过之后由她代办善后，更可知道已甘心处在什么地位。但是我怎能跑进人家女子房中方便？倘若那老美回来，见女儿房中有男子做着三上之一的功夫，将要说些什么？何况我根本无此需要呢。九芝虽然和二姑娘首次交谈便触及这秽恶问题，但他心中却仍未失香艳之感，只觉二姑娘的深情蜜意不胜消受。似乎比说些甜言蜜语还为镌心刻骨。

于是就望着她摇头道："谢谢你，我并不要……方才是说着玩的。"

二姑娘眼珠一转道："你为什么要跟他一块出去？"

九芝无言可答，只笑了笑。二姑娘似乎也明白他的意思，不再向下追问。忽然一撩眼皮道："早晨你为什么不自己取菜来呢？取去的菜吃着还好么？"

九芝道："早晨诚因为匀不出工夫，才托人来取。那两样菜好极了，没一个不夸奖。谢谢你给我脸上增光。"

二姑娘撇着嘴笑道："说不着这废话，我只问你，可在那菜里吃出别的东西？"

九芝听了，呵呵了两声道："不错，不错，菜里有一张十元钞票，我已经给你带回来了。"说着就伸手向衣袋中去取。

二姑娘猛伸手将他的手腕打开，离了衣袋以外，才又问道："我没问钞票，还有别的呢，你看见了么？"

九芝道："看见了，是那块煤和……"

二姑娘接口道："就是那两样儿，你可明白是……是什么……意思？"

九芝故作不解道："我还不大明白。"

二姑娘道："怎么你还……那是骂你哪？"

九芝忍不住笑道："骂我啊，我早明白那是骂我。"

二姑娘道："你明白为什么装糊涂？"

九芝道："俗语说拾银子拾钱，没有拾骂的。我还不装糊涂？"

二姑娘哧的笑道："你真……你就坏吧，也不怕损德？"

九芝道："我怎么了？"

二姑娘又现悲凉之色，叹口气道："你啊，你教我说什么，呀……"

她说到这里忽听院中有脚步声，二姑娘一惊，就推门出去，见是父亲老美回来。老美一见她由客座中走出，大为诧异，叫道："你怎么出来了？你好了么？"

二姑娘迎着说道："你一去就是大半天，把饭座蹲在屋里，算什么呀？我怕人家不乐意，只可挣扎着起来，给炒了两个菜，现在倒觉好些了，只

151

剩了胸口疼。"

老美道："别说了，我上西边横街巴家南味坊去买，哪知已经关了门，只可再到东边大胡同，才买了来。"

二姑娘把手里东西接过，又道："现在人家都喝完了酒，这菜已用不着，好在也得算在他们账上。你再给跑一趟，上药房买一趟胃活，上回我吃着很好。"

老美道："教老田去吧，我先歇歇儿。"

二姑娘道："老田也出去买佐料了，你快去吧。"

老美拗不过女儿，只得又出门走了。

二姑娘回到房中，把手中包儿向桌上一抛，转脸瞧瞧九芝，见他正抱肩而坐，那一派俊雅安详的态度，实是可爱。但是酸文假醋，装傻充呆的神气，也实叫人可恨。二姑娘觉得他必然对自己的心事全看明白了，只是故作不知，要自己忍着羞耻一一诉说，这未免太拿架子了，你倒是爱我不爱，不爱又何必前来啰唆，若爱我就该体贴些，何苦故意折磨我在你面前出丑？想着不由心里恨得慌，柳眉紧皱，妙目圆睁，咬着牙就奔到九芝面前，一把抓住他的脖领。

九芝大惊，只疑二姑娘在自己身上施展武力，吓得叫道："这是怎么？"

二姑娘望着他，牙儿咬着，却把眼儿眯成缝，由缝中放出火热一般的精光，脸儿绷得挺紧，却在颊上现出酒窝，口中发出清爽的声音道："你别再装着玩儿，就真格的吧。你明白我骂你的意思不明白？你知道从昨天你走后直盼到今天早晨，是为什么？我看见来取菜的不是你，气得一头倒在床上睡觉，是为什么？方才你们来了，我正睡着，我知道了，你们已出了门，我教父亲把你们叫回来，是为什么？叫回你们以后，我又不给做菜，是为什么？你明白不明白？明白就快说，别怄我。"

九芝想不到她竟用这急剧手段，要自己做爱情的招供。这恐怕是自有情场以来未曾见过的事。但也知道她出于感情的冲动，又加向来没有谈爱的经验，也未在戏剧电影小说中受过文雅的训练，才任着自己的性情，创造出这种粗豪莽撞的方式，倒是真挚可感。使人不忍对她再存虚矫之心，更怕万一应对失旨，挨上一顿粉拳。九芝这时是既爱且怕，不由冲口回道："我全明白，全明白，你对我的意思太好了。在我从看见那菜里的东西就明白你，是你骂我没心，这当然你是有心，我才……"

二姑娘听他末一句猛觉羞涩难堪了，粉面通红，哎呀了一声道："你别胡说，我有什么心？"

九芝看看她，知道这是女孩儿常态，男子不理会她的热情，她就悲伤怨恨，到男子表示接受她的爱了，她又害了羞，假撇清起来。就不理这茬儿，仍接着说道："其实我比你还是……从一见就把你记在心里，再抛不下。只是不敢冒昧，求你……"

二姑娘接口笑道："你怕什么？"

九芝道："我已见过你打人了。"

二姑娘略的一笑，松开了他脖领的手，轻轻放在九芝肩上道："你当我是疯子，见人就打么？在这地方，若不厉害些，简直一天也住不了。其实我还不愿意打人，倒想有人打我。"

九芝道："有谁能打你？"

二姑娘香肩一耸，做出了柔弱可怜的样儿，赧然笑道："凡人都有个收管儿，只是能管我的人，就能打我。"

九芝张着嘴道："打你？好家伙，只怕打不成你倒教你给打坏了。"

二姑娘道："没有的话，只要是能管我的人，只要我愿意教他打，就打死我也不还手。"说着一看九芝，忽又发起娇嗔道，"你又装糊涂，我这傻子还尽自废话。"随又抓住他的衣裳道，"你比猴子还灵，什么都明白，咱们别在转弯抹角的，这屋里也没有人，我也把脸舍给你了，你就痛快说，打算怎么样吧？"

九芝这时可犯了嘀咕，不知如何回答，只可反问道："我还不大明白，你问我打算怎样是什么意思。"

二姑娘听了，咬牙发恨道："你还是装明白糊涂，这教我怎么说呢？"说着忽然转过身，将脊背向着九芝，才颤声说道："你方才不是说早已有心了，我也……简直告诉你，我活了这么大，这还是头一回懂得走心。从一见你就觉跟你离不开了。你自己琢磨着，把我怎样吧。"

正在这时，忽听外面又有很大声响，二姑娘猛吃一惊，料着不是老田便是那老头儿回来，若是老田还可以再支他出去，若是那老头儿就算把机会失去，不能再和九芝说话了。心中一阵着急，不顾向外瞧看，只对九芝说道："白麻烦半天，也没得说……你快告诉我，什么时候再来。说准了……"说着不等他回答，就硬作主张道，"今天晚上，你自己来吃饭。"

才说到这里，只听门外一声咳嗽，二姑娘听出是叔子的声音，也不及听九芝如何答复，急忙回头去看，只见房门徐徐推开，叔子迈着方步走进来。二姑娘暗骂好讨厌鬼、好糊涂虫，亏我还指引你到很远的地方，你竟这样飞快地回来，难道显露你的腰腿壮健，还有几年活头？其实叔子挨这屈心骂才是冤枉，他本不要出恭，只为行方便才借题躲出去，到外面也只在街上闲走，一个人来回闲踱，自然无聊，无聊便觉得时间长久，和二姑娘九芝陶醉爱情，不觉光阴过逝，适成反比例。叔子在街上流连许久，自觉着有半点多钟，他们有话也该说完，自己可以回去了，才徐徐地回来，还特别小心仔细，故意把街门推得作响，由街门走入，更迟迟其行。到了房门，还遵照上堂必扬的古礼，咳嗽一声，这样极尽体贴，倒遭了二姑娘的怨恨。

因为二姑娘在房和叔子在街上的心境大不相同，所以不觉得叔子出去也没有十分钟，便已回来，好像故作恶剧，心中发恨，只白了一眼，也没说话，便重回过头去，向九芝瞧看，要他答复自己的话。九芝知道她的意思，心想她必是希望我重来继续这场未完的谈判，所以教我晚上再来，而且当然是要一人独来。我既深知她芳心悬念，急欲说个明白，本该遵命办理，无奈天已夕照沉西，转眼已将入暮，我出去和叔子分手又赶回来，自己那么往返，教她父亲和伙计看着岂不疑心？不如稍迟一天为妙，想着便一面招呼叔子，一面暗向她摇头。

二姑娘看着，以为九芝拒绝她的约会，立刻脸色凄惨，鼓起嘴来。秋波莹莹，气得要哭。九芝知道她误会了，想要解释，但叔子在原位已坐了下来，正面向着他，只得先说了句："咱们吃饭吧。"

叔子道："我这一耽误，肚子有点儿饿了，你自己吃好了。"

九芝道："我也本来不饿，那么就……"

叔子觉得他们的交涉必已办妥，现在当着自己没有什么可说，应该提议回去，就接口道："可以算账走了。"

九芝应了一声，抬头望二姑娘，想要教她算账。不料她正双手抱肩，注目视他，并没理会他们的话。叔子看看她，又瞧瞧九芝，才低声叫道："二小姐，我们走了，请你把账算算。"

二姑娘才从鼻中哼了一下，并不来答言，反而走入厨房。九芝诧异，这里并没有管账先生，只由她做盘心账便成，怎倒她进厨房，好像里面有账桌似的。就举目向厨房看看，只见二姑娘正立在门内和自己正是斜掉角儿，叔子望处恰在这直线以外，不能看见。二姑娘凸着嘴，红着眼圈，不住耸肩拔气，那意思是表示自己方才的摇头使她伤心，当然要磨着自己重行点头。看情形大有若不如约便不肯算账放行的意思。此时九芝应该跟她将误会说明，说自己并非是不肯从命，而是因为有所顾忌，打算明天再来。但这几句话不是眼光所能传达的，好在叔子本已深知和她的秘密，我所以这样掩耳盗铃地遮遮盖盖，本只为着怕她难堪，现在也不必再拘忌了，还是跟她说开了吧。就开口道："这里掌柜伙计全不在家，二姑娘又头疼刚好，别尽自劳动了，我去替他弄漱口水手巾吧。"说着对叔子使个眼色，便立起由侧门走入厨房。

一把拉住二姑娘，向里走了几步，到屋隅低声说道："你别错会了意，我不是不来，是恐怕来得太勤，教你父亲疑惑。所以打算明天来。"

二姑娘一手搭在九芝肩上，露出雪白的牙，咬着下唇，声音从齿缝中透出道："你不用害怕我父亲，我教你来你就来。"

九芝道："我也是恨不能今天来跟你谈谈，只是太……你看太阳影子都上了房，一会儿就天黑。我出去还得借个因由把那老头子抛开，再自己赶回来，莫说你父亲，就是伙计看见，不也骂我犯了饿隔，刚吃完又来一顿，不定安的什么心。那多么不好意思呀？你……"

二姑娘沉吟道："我也明白，可是今天我不跟你说……又得悬一夜的心。咳，你别笑话我，我自从见了你，就好像遇见前世的老亲人，心里存着好些话得跟你说似的。可是这都是哪里的事？总共只见过两面，我就这样……一定不明白，你……准得笑我没羞没臊。"

九芝道："那是你错想了，我很明白你。"

二姑娘面上现出凄冷的笑容道："你不用说我，我自己都跟自己纳闷，你怎么明白？"

九芝道："我居然就明白。这是一种缘分，不只男女，就是朋友也常有的。初次见面，就好像多年的熟人一样，心里时时牵挂，再放不下。谁也讲不出什么道理，可是谁也难免不遇着这种事情。你怎能说我不明白？昨天见了你，我也是一夜没合眼。"

二姑娘听了，猛握住他的手腕道："真的么？那么为什么不来取菜？"

九芝道："我就因为太爱你了，才成心不来。"

二姑娘瞪圆了眼睛说道："怎么着？你成心？为什么成心？"

九芝心想，现在越说越多，她简直忘记外间有人正在等着，就道："这话儿说起来长了，等明天再告诉你。现在外边屋里还有人等着，我该走了。"

二姑娘听了，初觉悚然而赧然并自惭，但一转秋波，就改变了态度，更把手腕拉紧，很急促地说道："不管他，我非问明白不可，到底为什么？你今天成心不来，明天也可以成心不来，那我就……你不说别打算走。"

九芝无可奈何，只得说道："我告诉你可别怪我冒昧，我从一见就爱上你，恨不得立刻跟你到你家，永不离开。可是回去自己寻思，万万办不到，与其办不到……还不如趁早躲远些。"

二姑娘惊讶问道："怎么办不到？你的话我简直不懂。"

九芝道："咳，我告诉你吧，我是个穷人，不配对你有什么……不但是你，可以说世上女子都没有我的份儿。"

二姑娘听着，面上由惊转笑，摇头说道："你穷又怎样？这不像句话。你就穷，难道比我们开小馆的还穷？再说我看你这人马刀枪的，别瞎说了。"

九芝叹道："你不知道，我哪点敢比你？你大小还做着生意，是位少掌柜。我却是给人做小事儿，真可以说是一贫如洗，现在住在做事的地方，连个家也没有。请想凭我这样，怎配跟你亲近？说句冒昧的话，即使你对我看得极理，到日后又得不到结果，我何苦害你将来伤心，还自寻烦恼？所以只可咬咬牙，只当根本没见过你，不再前来。你明白了？"

二姑娘闻言，凝眸望着他道："我明白了，你只为穷，就不愿交我。那你是从哪儿看出我是嫌穷爱富的人？"

九芝道："我并非说你嫌我，是我自觉不配，又怕以后没有结果……咳。"

二姑娘冷笑道："你怎么知道没有结果？别是正话反着说，嫌我是穷家女儿吧？"

九芝惶恐说道："罪过，我把姑娘真看作天上神仙，怎敢……再说我自己的景况已跟你提过了。"

二姑娘秋波一转，道："啊，你倒是一口咬八字儿，说了半天，还是你穷。那么……我问问你，明天你能得到头彩么？"

九芝不知她什么意思，瞠目未答。二姑娘接着道："你若得不了头彩，明天不也是一样的穷？今儿为穷不来，明天还是你，你还是不来，对不对？"

九芝道："不对不对，我现在深知你的好意，已顾不得许多，决意服从你的命令。这次前来就是榜样。我在菜里看见那三样东西，知道姑娘叫我，连忙赶着来了。明天约会，我既说出，绝没个反悔。你要明白，我并不是没心的人，只是自量身份，不能不仔细顾虑，很怕……这些话等到明天再说吧，到那里你就明白我的苦心了。"

二姑娘撇着嘴儿道："又是这套，我不要听，痛快告诉你，我活了十九岁，这才是头一回跟男人舍脸。我既跟你舍了脸，你就是个叫花子，那也得算着了。你不用多想，明儿早些来，我也有好些话要跟你说。你几时来呢？"

九芝道："我倒是什么时候全可，只是有你父亲和伙计，难道你又把他们都支出去？这未免不大方便。"

二姑娘沉着道："父亲向来不管我，我也向来没有用他管的事。只是这回倒有点儿不好意思，要不咱们上外面去吧。"

九芝道："在哪儿见呢？你说。"

二姑娘道："你说。"

九芝恐怕叔子等得急了，略一寻思："在公园见怎样？"

二姑娘道："好，几点钟？"

九芝道："下午两点怎样？"

二姑娘道："就是两点，可准不见不散。"

九芝答应着道："就是这样，我走了。"

二姑娘一把拉住，望着他似有所思，忽然缩回一只手，将衣襟纽忙解开一个，伸手到衣内，只见她皱眉用力，随闻有撕裂之声，她把手重行露出，指间已绕着一挂黄澄澄金链，在端还挂着寸许红绸碎块儿。九芝看着，知道这是兜肚上的链子，她因仓猝扯下，竟把兜肚也撕破了，方在诧异，二姑娘已把链子递到他手边，九芝愕然说道："这是干什么？"

二姑娘道："我给你你就拿着，不用多问。"

九芝才说声"我不要"，二姑娘已沉下脸儿道："你不要？不要我的东西，好，你要不要？"

九芝见她生气，自己又忙着要走，心想这也许是女儿常态，对于所爱的人总要给一点儿表记，以志不忘。我若不受，她就许生出误会，更费口舌，好在这包金链子所值有限，我就受了也罢。就赔笑说道："我是因为还没送你什么，我怎好先受你的东西。你何必生气，好就给我吧。"

二姑娘这才回嗔作喜，仍作申斥声道："你这人天生各别，这么讲来回注儿。"说着就把链子放在他手中，九芝接过，猛觉这链子很是沉重，再看了看，才知道是真金所制，不由心中一震，立刻悟到她这番赠予，不只作为纪念，内中还含有资助之意，大约是由我告穷惹出来的。想不想这小小饭馆，居然大有利润，主人的女儿竟有黄金饰物。但我可怎么能受，想着哈了一声道："这，这是真的，我实在不能要，请你……你一定要给我东西，另给件别的好了。"

二姑娘推着他的手道："你好糊涂，真的不好么？难道你要假的？少说话，快去吧。"又附在耳边低声道，"快放在衣袋里，别教人看见。你若真心对我，将来什么全是你的。这点东西又算什么？"说到这里，那九芝已被推到门边，二姑娘也把底下的话咽住了。又叮嘱一句"明天准去"，便挥手教他出去。

九芝不能再说，只得将金链放入衣袋，向她点点头，便转身出来，这才回到叔子身旁，不知他这半天做什么，是否等得不耐已然走了，还是又犯老不正经的毛病，在偷听私语。向座上一看，只见他正用一根火柴向那烟熏的墙上题壁呢。九芝急忙走过去看时，墙上黑地现着白字，是一首七绝，写的是："年少温柔许入乡，衰翁栏外自回肠。春回右三十年尽，曾是……"他正写到"是"字，底下还得五个字未曾写出。九芝看了又气又笑，觉得他在这里题壁未免唐突二姑娘，就上前用手涂抹道："你这是做什么？岂有此理？别捣乱了。"

叔子回头看他一笑，把火柴梗掷下道："这不怨我，你那里欢娱嫌夜短，我这里寂寞怨更长，怎能不寻个消遣？你若再不出来，我就要效大鼓词里王二姐的办法，一天不来粉壁墙上画一个道，两天不来道儿成双，再远会儿横三竖四画满了墙。"

九芝道："得得，别说了，咱们走吧。"

叔子道："走啊？走，我来付账。"九芝道："我已付过，快走，天不早了。"

叔子哈哈笑道："你还知道天时早晚，真也难得。我还觉着早得很呢。"

九芝不再说话，直拉他走出，到了门外，叔子看着九芝只笑。九芝也不作声，出到巷外，叔子才问二姑娘说了什么言语，定了什么约会？九芝道："你当然想得出，何必问我？"

叔子道："我明白，女子情事是千篇一律，当局都感觉趣味，过来人无什么稀奇。不过这位二姑娘是别成一派的女子，刚健婀娜，妩媚粗豪兼而有之，她的情致一定与众不同，所以我愿闻其详。"

九芝道："对不住，请步翁原谅。我不能把人家闺阁的隐秘向外宣扬。"

叔子斜睨着九芝，冷笑道："原来在我告便的一点儿工夫里，你们已经孟光接了梁鸿案了。可是女子魔力特大，能以做出意想不到的奇迹。本来咱俩是很知己的朋友，可以说交情极深，关系极密，若有个男子想要插在中间，以疏间亲，恐怕绝不可能，但是二姑娘竟只在半点钟的时候，在你心里占得最亲密的位置，把我这老朋友隔开。方才进美国饭店以前，咱们是无话不说，现在出了饭店的门，你就归顺到她那一面，对我讳莫如深了。以五伦而言，世上除去父母兄弟以外，比朋友更亲的只有夫妇，莫非你二人已经……"

九芝听着忙接口道："请你别胡扯吧，我跟她并没有什么亲密关系，不过只为着道德才……"

叔子道："什么道德？桑间濮上，采兰赠芍，还扯得上道德？"

九芝道："你这八个字的批语我可不能承受，未免太侮辱人。你要知

159

道，什么事都有道德，就是做贼的也讲义气。这就是盗亦有道那句话。"说着忽呵了一声道，"我真教你气糊涂了，这样譬语简直侮辱自己，岂有此理。我的意思是说情爱也该维持道德，就按你说的至亲莫若父母兄弟，你可该把私情对他们说么？"

叔子说道："不用讲这个，我很明白。什么道德，你只是嘴严罢了。女子都爱嘴严的男人，所以你只是要取得她们的信任。好像商店童叟无欺，表面是商店道德，实际是广招徕，人们因他瞒得住，就都去照顾了。"

九芝涨红了脸道："你这是什么话？不嫌太刻薄些么？我若这样存心，叔翁跟我交友不怕失了身份？"

叔子连忙作揖道："失言，失言。老弟别生气，我只想激你把实话说出来，好满足我的好奇心。谁想徒劳无功，反倒弄成言多冒失，真该打嘴，老弟多原谅。我也不问了，只祝你们结果美满吧。"

九芝道："多谢你善颂善祷，可惜我和她还没到这程度，总共见了两次面，哪谈得到结果？"

叔子道："我看她对你一往情深，已经心坚如石。像她这样女子，大概未必有大家闺秀的蕴藉，摩登女子的思想，恐怕一爱上你，便已想到终身大事。也许方才已经对你发表了。便是初见羞于启齿，料想不久也将提及。那时你一点头，就是美满结果了。"

九芝道："我想她未必看得起我这穷人，便是看得起，也未必就好意思谈到终身大事。便是谈到了，我也未必点头。也未必便是美满结果。你要明白，我和她中间，还隔着云山几万里呢。我早想到这层，所以总不敢来见她，谁想你多事把我拉来，又弄出这样牵缠。"

叔子道："你别怨起我来，我得问问，你们中间这云山万里是什么？"

九芝道："第一是我的穷。"

叔子道："你的穷容易解决，止庵不是答应帮你？"

九芝道："我却不愿受他帮助，男子创立家室，怎能依赖他人成全？何况也不是久计。再说止庵起初是可怜那个月琴，才爱屋及乌，才落到我身上。现在怎能移转给旁不相干的人？"

叔子道："这你说错了，止庵对你是十二分器重，十二分关切的。从没知道有月琴以先，他早就和我说过要助你成家立业了。"

九芝道："这个先不必谈，你看那二姑娘的气质和我配合么？"

叔子愕然道："怎么？你嫌她么？"

九芝接口道："不，我不是嫌她，只是怕她。觉得我这样孱弱和她那样的女将军，有些害怕。"

叔子道："这样说你是不爱她啊？那么你又何必虚与委蛇？"

九芝说道："我并非不爱，只是在爱里含着一点儿别的意思，我也说不上来。好像我一到她跟前，就自觉渺小了。咳，不管爱不爱，我既自知日后未必能圆满结果，就该及早躲避，或是对她痛快说明。只因我这人意志不坚，常被感情操纵，所以常常做出错事，弄得过后追悔。"

叔子道："你到底是什么意思？把我都闹糊涂了。对这二姑娘到了儿有意无意呢？"

九芝仰天怔了半晌，才似恍然大悟道："你这一问，我自己也想不出个确切的答案。方才灵机一动，才有些明白，我并非不爱她，只为心里把月琴存得太久了，一时还撇不开。这二姑娘又是另一型的人，和月琴差得太远，所以我总觉得有些隔膜。好比一个人从小念惯了古文，一旦攻读白话文，即便知道它是非常美妙，心里总觉生疏，不甚融洽似的。"

叔子道："这话我倒信，人情恋故剑，本不稀奇。"

九芝道："月琴如何能说是故剑？你今天说话完全拟不于伦，实在因为月琴是我人生以来第一次发生爱情的人，脑中印象极深，所以虽然关系极浅，她也许根本不记得我，我却永远忘不了她。"

叔子道："这话不错，我活了将近六十岁，一生和女子恋爱最少也有十次，但到现在全都忘了，便是相处最久、相爱最深的，也已印象模糊。但却记得在十二三岁时在园里摘枣，由树上掉下，擦破了手，一位美貌的表嫂看见，替我扎裹上药，我挨着她的身体，心里乱跳，以后就常常变着方儿替她做点事，到她出门远行，我就偷着哭了几场。当时并没丝毫野心，到长大才知那便是爱，也就是初恋。所以现在想起来，还是情景宛然在目。"

九芝听他高谈阔论，知道已忘了本题，不致再穷诘自己了，就故意逗引他的兴致，叔子是最喜欢提说自己少年韵事的，一开了头儿，便刺刺不休。九芝和他搭讪着，走了一程。叔子累得腰脚疲乏，便叫来洋车二人坐上，直奔诗社的会场。

到了地方，九芝对叔子道："我们走后他们必曾寻我，现在进去，准有人询问上哪里去了，你可得善为遮掩，别说实话，惹他们起哄。"

叔子道："好吧，咱们只说同去访一位朋友。"说着便走了进去。

只听房内一片喧哗之声，似乎有两人拌嘴，许多人跟着讪笑。及入室中，只见人位已经少了许多，想是临时退席，止庵也未在座，所余只有不到二十人，疏疏落落地坐着。在室隅有两位老者，正在面红耳赤地互相诋骂。九芝一看，不由皱眉，原来这两位都是社中无聊的人，一个年近七十，面容丰润，精神烁烁，身上穿着黄缎袍紫马褂，头上留着小辫，看模样很像位前朝遗老，但实际是个白丁，终身都以教读为业，到如今还在私塾为王。但他却善于吹牛，对于不知底细的人，就自称在前朝做过四品贡堂，对于稍知底细的人，就自称胜国顽民，并且自持志高自洁守志不屈，从未做过民国的官。其实他倒愿意做官，还曾极力钻营，只可惜没有尝识，所以辄阻，也只落得说嘴。这就如同寡妇屡次私奔，到处被拒，到老仍是独身，却乘机自夸贞节一样。

这位先生名叫胡鲁题，起初投入诗社原为巴结止庵等人，思投门径。但止庵薄其人品，敬而远之。他虽然失望，但在另一面，却揽了起笔墨生意，颇有生发，才安心做了长期社员。因为社中的人遇着应酬，以文人资格，不能只送俗礼，必须做些秀才人情，但有的事情太忙，有的文笔太差，不得不托人捉刀，却又不肯多出酬报，因为越是本行人，越知道本行的底细，越轻视本行的价值。就和设肆的人买自用的布，定要选取佳品，还得比外行便宜多一点儿，并不只于文人相轻。所以在这又要驴儿好，又要驴儿不吃草的方式下，文墨好的不肯贱售，稍劣的又不能中意，自然大有才难之概。胡鲁题就趁这机会大揽生意，自己定出价格，喜寿屏联，每副一元，长联加倍。诗词每首一元五角，律诗加倍。七律再加五成，五七古加二倍。祭文寿序，每篇八元，墓志铭神道碑，每篇四十元。这价目表似乎弄得贵贱悬殊，不合比例。其实他却具有深心，因为诗联文序，是普通常用的，所以取廉价倾销主义，以广号召而收实利。至于墓志铭神道碑等郑重文章，只有富贵人家才用，但人家尽有翰苑名流可以托请，万不会落到他头上。乐得提高价码，自高身份。这又好似那种常骗人的珠宝店，把碎铜烂铁滥起名目，标上成千的高价，明知没有敢问，根本也不急于出售，只仗耐性等待，在十年八年之间，经过千万人的眼目，也许在这千万人中能有个嗜古的财迷，居然出钱买去，他就可得到养老之资了。若始终不逢购主，也没什么损失。胡鲁题做这生意，倒还有人捧场。一班境遇较丰的社员，遇有应酬，懒得自己动笔，就花个一元两元，托他代作。胡鲁题每月也可以凑得和束脩差不多的钱，在他便很为得意了。

哪知好事多磨，又遭拂逆。社员中又出来一位和他争利，这就是国人的通病，不会创造，只解模仿。譬如一个僻巷之中，有人开一家米店，生意若能维持，立刻就有人看着眼红，却绝不想另寻好地方自图发展，必在这僻巷开一家米店和前一家相峙竞争，也许数月之间，米店竟林立于僻巷之中，结果必致同归于尽。诸如此类，所在多有。真猜不出是什么心理。胡鲁题这样的寒士营生，居然也有人模仿起来。这人就是现在和胡鲁题对面拌嘴的人。

此公外面实在难看，长如电杆，瘦似骷髅，一张脸生得可怕，面黄干枯，好似陈年的橘皮，再加上蓬乱的黄发，稀疏的黄须，配上身上所穿光绪年间的宁绸袍子，已看不出原来颜色，只表面上被油泥尘土显得土黄，简直像是新在河南某处和古物一同出土的陈人。他姓毛名叫道昌，据称在某一时代做过西藏大臣的随员。又在广西做过知县，但已事隔多年，无稽可考。现在只以和某退任省长同乡的渊源，在人家公馆住居，对外也自称是省长老友，每日常共清谈。只是据那省长公馆中人传说，他的太太是省长少爷的乳母，他是夫以妻贵，跟着吃碗闲饭，睡张闲床。但他倒是个念书的人，会念几句歪诗。起初尽力奔走，加入诗社，也为着通些声气，有所图谋。虽然止庵拒绝他干求，深受挫折，但他还不肯歇心，仍在里面寻求机会，逢人巴结。每月两期集资聚会，他典卖当凑，也必到场联络感情。以后见胡鲁题独出心裁，做了笔墨先间，居然收入不错，由羡生慕，就也仿效着向同社兜揽，一面批评胡鲁题劣点，暗示自己较他才高学广，一面在价目上做竞争，比胡鲁题低减一半，并且抹零去尾，毫不计较。于是有爱贪便宜的，或是被他巴结得不好意思的，就离开胡鲁题成为他的生活。

胡鲁题营业日渐冷淡，发现被他倾轧，怎肯干休？就竭力设法抵制。

起初只是暗地钩心斗角，不久渐渐公开地敌对起来。每次见面，都要抵隙寻衅，互相讥诋。社员们都看惯了，虽不免暗示斯文扫地，但对这二位先生却是无法应付。因为他们都是穷生凶，急生恶，而且年纪很大，若是勒令退出，他们就许拼了老命。谁也不敢惹事，只可掬着惜老怜贫之心，加以宽容。但这二公的行为很不一样，毛道昌只是一味软工，对人缠磨，胡鲁题原有脾气，时常作酒骂街，只是所骂的全与生意有关。社员有了应酬文字，若是自己撰作被他知道，就斥为守财奴，若是托了别人，就骂是有眼无珠，不解真伪。若托了毛道昌，就更和他结下不共戴天之仇，定要骂个狗血喷头才罢。因此社员更厌恶了他，只得为渊驱鱼，为丛驱雀，把生意多赶到毛道昌那边去了。他才悔悟失计，又向众人卑礼致歉，企图挽回，因此满心怨毒更要向毛道昌发泄了。

九芝对他们的神态已经看惯，倒当作一种趣事，像听相声似的足以消遣。这时进门见二人不知怎么在第六个字你用平声，再说仙佛连用到底是仙是佛，这上面分别不清，关系亡者的身份，你怎么含糊凑合，这样手笔就敢替人作挽联，还要人家的钱，你真不要脸。毛道昌气得脸似姜黄，发着撰舌口音叫道："你真是村学，就只懂得死守绳墨，连拗句都不知道。就是作诗，只要词句超妙，偶然倒了半仄也没关系，何况挽联？仙佛两字本是笼统来说，形容亡者自有生来，你能断定他是仙是佛？少来胡扯，凭你这满腹恶浊的人，不配批评我。"

胡鲁题哼了一声道："你不要强词夺理，反正是非自有公论。"

毛道昌道："对了，是非自有公论，你看在座诸公的态度，就明白公论在我这一边了。"

胡鲁题顿足喊道："放屁，公论在我这边，在我这边，一定在我这边！"

毛道昌冷笑道："胡鲁翁，你说公论在你那边？不错，昨天还有人谈起你的诗呢。上月你替张局长作的送李总长寿诗，上面有一联是'无儿悲伯道，有女慰中郎'，李总长看了，气得把纸撕碎，跳脚骂街。请问这两句可是祝寿该说的话？为什么在大好日子勾人心事？无儿已经难受，还下个'悲'字。自古至今寿诗上可见过这个字眼儿？人家张局长若不厚道，就得追回那五块钱笔润。请问你的书是怎么念的？"

胡鲁题听着，气得面如紫色，伸手指着他的敌人，说话都岔了声儿，叫道："你放屁，放屁！晚生下辈，敢来批评我？你是什么东西，你也配附庸风雅？我今儿也说说你的不要脸。"说着面向众人，好像演讲似的喊道，"你们诸位都是高尚人物，跟这卑鄙浅薄的假斯文为伍，认为可耻，我早就想鸣鼓而攻之，只为关着情面，不好意思，今儿可不管了，这是他自取其辱。你们诸位知道他当初加入咱们诗社就没安好心，只想巴结有力量的，钻营门路，占点便宜。谁引他进来的我也不用说了，他加入没几天，作了四首诗，送给徐止老，止老被几乎笑掉了牙。教我看来，记得上面有两句是'赤子居心公不老，苍生属望我同情'，你看该死不该死？还有一回，吴大爷做生日，他去作诗送礼，那更妙了，吴大爷没敢悬挂，只给那徐止老看，我也看见了。有两句最妙，是'声名高似王石谷，著述多如徐止庵'，大家有些莫名其妙。吴大爷说：'我只会画两笔兰花，向来没有人请教，怎会声名高于王石谷？这样拟于不伦简直骂人，可是下句有趣，我虽然只在张家口时候，被聘修过志书，上面有我名字，勉强可以算是著作，却总不能够说著述等于那徐止老呢？'徐止老当时也说：'岂有此理，怎把我当作古典，引来和古人作配？'吴大爷说：'好处正在这岂有此理上面，他必很费过一番心思，他这样双马一拍，预教你看见，感谢他的赞美，至于我被他一言之褒，居然能和止老并论，还不受宠若惊么？'大家为他这几句诗笑了半天，哪知他还别有用意，作诗拍完吴大爷的马屁，过了没几天就……"

　　胡鲁题话说到这里，对面的毛公也不知是气得不能再忍，抑或是知道下文还有更难听的话，忽然插口打岔道："你是满嘴胡说，乱造谣言。我得要求赔偿名誉。"

　　胡鲁题道："我说的都确有其事，徐止老和吴大爷全能做证。他二位现在虽没在这里，必然还来，大家可以问问。"

　　毛公红着脸喊道："问啊！我一定要问个水落石出，谁破坏我的名誉也不成！"

　　胡鲁题哼了一声道："别不要脸了，你若有名誉，还谈不到破坏，你根本是鸡毛蒜皮连针尖大的名誉都没有，还有脸说破坏。"

　　毛公叫道："你个老东西，敢说我没名？你又有什么高名？真恬不知耻。"

胡鲁题道："名誉区区多少比你名气大些。在三十年前，我赫赫扬名的时候，阁下还不知在哪个村里拾粪。我说出来吓你一跳，民国初年有人做尖宣诗坛点将录，一百单八将之中，便有我这老将。而且别人都是做过官的，诗人自传，唯有我这白丁，居然能列在数，可见只凭本事得来，特别露脸。你凭什么比我？我拔根汗毛也比你腰粗。"

毛公拉着长声喊道："别吹咧，我见过那诗坛点将录，上面没你这么一号。再说你不是常跟人说做过知府，倒国变方才退隐，怎么又变成白丁了？"

胡鲁题听了，猛悟自己只顾对他攻击，竟失神走口，在别的方面露了破绽。不由一阵奇窘，还强作辩词道："我说民国白丁，你不要语遁辞支，胡拉乱扯。反正你跟我比差着天下地下，以后你得有自知之明，不要再大胆妄为，与别人混动笔墨，丢我们诗社的脸。"

毛公听胡鲁题又把话回到本题，仍是重在争夺生意，就冷笑道："哦，我比你差着天上地下，那么一定比我强了？可是上回怎会栽到我手里？"

胡鲁题瞪圆了昏花老眼，叫道："什么？我栽到你手里？你胡说，你做梦！"

毛公好似抓着什么把柄，操了必胜之券，倒现出好似真有其事，气定神闲地道："我一点儿没做梦，现有证人在座。叔老、仲英、九芝都知道这件事。"

九芝听他忽然把自己拉上，不由一怔，和叔子愕然相视，只听他又接着道："去年春天我们诗社同人游春，到东郊去，顺便走进吴越山庄，去凭吊赵古风梁水裳二位的坟墓，大家三五作队，分在桃花树下吃野餐喝酒，我们这一席是徐止老、九芝、仲英，你我谈笑中间，止老提起梁赵二人的风流韵事，对着他们的坟墓不由发生感慨，又说水裳去年还曾结队来游，同在这桃花下饮酒，如今只隔一年，我们虽然又到了这里，和他相距咫尺，但隔了一层黄土了。就议论用这种意思，大家联句。你说这事可是有么？"说着见胡鲁题点头，就不待他开口，紧接着说道，"你承认就好，听我往下说。当时止老随口念了一句词儿，我记不甚清，反正韵是一律，体是七绝，他念出头一句，九芝跟着续上第二句，我也没费思索，立刻接上第三句，这时只短了一句，但座上只有你和仲英两人，仲英自言没有这种才学，敬谢不敏。自然该着你这上过点将录的老诗翁作第四句收尾了。可是你抓耳挠腮，弄了个眼蓝，直等到太阳西沉，大家将要起身，你终于没说出来。到底还是止老替补了一句，才算了局。我在那时便认识你的才学，总共七个字费两点钟工夫，还交了白卷。还充什么诗人？真叫给诗社丢脸。我才明白你是一肚子茅草，平常做东西，只能背着人干，不是扣替工，就是翻书抄凑，若教当众挥毫就待现出原形。托你代笔的人真是糊涂，还不如自己去抄书或是径直去烦有真才实学的人，何苦花钱上你的当？这件事可是有凭有据，止老九芝都在这里，你敢说没有么？"

他说着自以为已给了敌人致命的伤，万万无法遮辩，被揭穿的短处将要永成话柄，自己这可在众人面前打倒了他，以后便能操全胜之势，包售笔墨事件，把他的生意全夺过来了。想着正满面得意，望着胡鲁题，好像猫捉着老鼠，咬住它的脖颈，先不吞食，只看它如何做垂死的挣扎，以为快意。不料胡鲁题却不像他所想的老鼠那样觳觫，反而挺起脊梁，眉飞色舞地哈哈大笑，笑完了道："不错不错，你说的完全事实，这件你若不说，我还忘了。多谢你提醒我。可是你说的话不详细，把要紧的地方都忽略了。不知你是忘记还是故意遮掩……"说着向叔子招手叫道："叔老，你还记得那一次联句的事么？"叔子摇头不答，胡鲁题道，"你一定记得，只不好意思说罢了。我却好意思，诸位听着，他方才已经说明白了，是去年在吴越山庄，吊赵梁二位的墓，诸位都是诗翁，自然明白应该怎样做法。我只说出那天的诗句，请你们批评。止老头一句是'隔岁重来更惘然'，他是说以前年年来此修禊，凭吊赵古风墓地，今年重来，去岁同游的梁水裳也已长眠于此，所以觉得惘然。九芝接的第二句是'落花飞絮晚春天'，写眼前风景也是应有之事。"说到这里，忽然手指那位毛公，提高声音道，"第三句该他了，你们猜他作了什么？真妙得很，他作的是'小桃无恙人如旧'这么七个字，诸位想想，'小桃顽症'倒也罢了，不过细想起来，也有些欠通，据《说文》，恙是虫子，只伤人而不伤花木，桃花本来无恙啊？这就好比说人没被蝗虫咬着一样无理，因为蝗虫向来是不吃人的。我且不管这个，只讲'人如旧'三字，本来作诗原意是吊赵梁二人，并且止老头一句已说出'更惘然'的话，第三句正是紧要关节，应该点出题目，还他个'更惘然'的所以然，底下的句子跟着结束，这是最浅近的道理，连学童也能知道。这位诗翁不知怎么奇想天开，硬说是'人如旧'，可教我怎样接法？要顺着他的口气说，万一梁水裳从坟里跳出来，他要质问，你们竟敢说人都如旧，我怎么不如旧了？哈哈，诸位听听，这就是此公的大手笔。我作了一世的诗，还没遇到这样笑话。前天我在李将军寿筵上，听两个说相声的说了段圆谎，一个瘦的常说云山雾罩的话，一个胖的向瘦的借马褂穿，瘦的借了给他，却约定要胖的替他圆谎，若圆不好，就将马褂退回。于是他就说昨夜风大，把井口吹出墙外。胖的圆说并非井口移动，而是木墙被风吹倒，移到井口那方。瘦子又说煮熟鸭子飞上高楼，胖的又说并非熟鸭会飞，而是卖鸭的人将鸭挑在扁担上，和人打架，一抢扁担，于是鸭子飞入楼窗。瘦的最后又说出更离奇的话，胖的实在没法再圆，只可退还了马褂，敬谢不敏。我对这毛公一样法，不退回马褂了。图谋倒很容易，却犯不上跟着他丢人。所以莫说两点钟，就是两年，这首诗也只好三条腿儿下去了。幸而止老高才，怕他下不得台，与他接了一句是'谁掉白头哈暮烟'。这句实在太好，但就全首看来，可就生硬得很。因为第三句走入歧途，只仗末句硬给拗过来，神仙也弄不好。现在我都说出来了，诸位也听明白了，请诸公论断一下，是我栽到他手里么？他还胡说乱道，比如他来一句秧歌，我也得接着腔唱，不唱就算栽跟头呀？"

众人听了，全都大笑，却非笑他们所说故事的滑稽，而是他们两人争执时的状态，只为做一点儿笔墨生意，竟不惜乱揭短处。这一来双方都原形毕现，不但暴露学问浅薄，而且自招品行卑劣。真是斯文扫地，令人可耻。

那毛公见众人哄笑，只疑是同情于胡鲁题，不由羞窘难堪，想要驳辩，无奈急切想不出词儿，就哦了一声道："你满嘴强词夺理，不值明白人一谈。"

胡鲁题道："我怎不值明白人一谈，你也说出个理由。"

毛公道："我不犯对驴操琴，好在是非自有公论。"

胡鲁题道："对了，自有公论，可不定在谁一边？"

毛公道："自然在我这一边。胡鲁老你不用吹牛，看同社诸公对谁看重，就可以分出你我谁高谁低。当初你包办笔墨生意，独占利市，怎么大

168

家渐渐都抛开你用我呢？最近这一个星期里，边县长托我作寿联，李将军教我作寿序，王处长不但是托我两档事，替他的亲友转烦的还有好几件。我若没真能为，大家就肯这样重看了？你生气也白费，破坏也没用，趁早别自讨无味。"

胡鲁题听他对自己夸示生意兴隆，并且报出细目，不由气冲肺管。知道他所说并非虚谎，必是实有这些生意，原来都是我的主顾，竟被他夺去，还来自得意。胡鲁题气恼尚在其次，最伤心的是自己真穷得不了，当这薪桂米珠之际，束脩所入不足浇裹，幸而在诗社弄得外快，是当作经常收入，近数月生意清减，使他欠了许多柴米之债。而且他家中床头人，是他十年前的小姜，如今已变成逆子魔母，十分凶悍，常常向他勒索征资，去吸鸦片，打小牌。近来因无力供给，每天在家所闻，不是房帏叱骂，便是债主登门，当然痛苦难堪。这时听到毛公的话，想到所受苦楚，若不是他争夺生意，自己何致如此。想着不由愤恨难禁，突然把心狠了，生出短见，颤颤巍巍手指毛公大叫："小子，你可害苦了我！我把这条老命跟你拼了。"说着就一头向前撞去。

毛公大吃一惊，因为他年纪已老，恐怕出什么意外，不敢闪躲，反而迎着抱住他，叫道："你这是怎么？有话好说，我不打架。"

房中诸人看着他们斗口，正觉有趣，忽见胡鲁题变了面目，撞头拼命，把斯文风雅之场改作比武争雄之地，都吓得一跳。大家虽然对这二人久已鄙薄，不愿多管闲事，但因胡鲁题年龄已高，恐有危险，万一跌倒地下，便许一眠终古，在旁的人全有不便。于是纷纷上前解劝，七嘴八舌费了许多力气，才把他拉开，扶到一旁坐下。胡鲁题见毛公害了怕，便乘势作态，叫着说："士可杀而不可辱，今天他侮辱了我，我不能活了。拿纸笔过来，我留遗嘱，你们谁也不能拦我，现在拦住我，我回去也还走这条路。先把绝命书寄到报馆，再写张冤单，揣在怀里，上城隍庙去上吊，在阴阳两界全跟你没完。"又向毛公喊道，"我家里一共老少十七口，我死了你可给养着。"随又哭叫如狂，定要纸笔。有人拦阻他便撞头，一拉他又坐到地上撒泼。众人无法可施，面面相觑。

叔子向九芝低声道："你看见了？这就是任他怎样不堪，我们始终忍耐，不也教他退出的缘故。依我本心，就任他们鸡争狗斗，犯不上管。但为我们全体面目，又不好不管。"

说着就走向前去，遮在两人中间，劝了几句，那胡鲁题还是不依不饶，叔子正色道："胡鲁翁，你尽这样闹法，想要怎样？毛先生夺了你的生意，也不算犯法，这本是凭笔墨和人缘卖钱，社友们既可以烦你，便可以烦他。你并没有得到专利权，干什么这样着急？像谁夺了你的命产似的。"

胡鲁题被叔子排解一顿，立刻气焰大杀，不再撞头拼命了，把老脸羞了个通红。他知叔子是社中主要人物，不敢得罪，只把胡子弄了几弄，搭讪说道："我倒不是为夺生意，这东西太岂有此理。"

叔子笑道："你也不必遮正，二公争竞半天，揭人之短，显己之长，实际为着什么？这不是和商人牟利一样？在我家附近的街上路南路北各有一家布店，都挂着大减价的招牌。路南一家开无线电招引行人，路北一家就开留声机。路南揭出老尺加一，路北就揭出购必得彩。路南在窗上写着买一送一，破格大牺牲，路北就写出诚实大减价。这种暗骂路南不诚实，路南怎么肯相让？跟着就写出货真价实，认明比较，敝号开业数十余年，信用昭著尚远近皆知，不敢明夸诚实暗行欺骗。路北那家跟着又写出本号公平交易，不当宣传。近有无耻同业，以水残货品减价出售，蒙骗主顾，就是买一送十，仍然上当，敬请注意辨别，以免鱼目混珠。两个这样纸上谈兵，越来越甚，结果受了官方干涉，才作罢论。现在你们二公虽然所争的是笔墨生涯，比卖布高雅多了，但实在也不脱商战范围。现在我没有工夫多说，只能简单地定个调解办法，从此以后，关于本社社友以及由社友介绍的笔墨生意，完全由你二位包办，不许有第三人跟你们争利，你把全部生意公平分析一下，凡是关于喜事寿事的文字，算是一类，关于丧事和其他函启杂项的文字，算作一类，请你二位各挑一类，以后就可以各抱一门，永没有争竞了，你们看这办法如何？"

毛公听了无言，胡鲁题却叫道："这不成，本来是我创立的事业，他硬插足进来，等于窃盗。叔老你竟教失主和贼盗平分失物，这未免太不公平。"

叔子道："胡鲁翁你想错了，这本是自由职业，人人可做，怎能说到是你创立的？我言尽于此，你若不依，那也就没法解了。只可请各位社友以后遇事自己多操劳些，不要托人代办，省得惹事。把我们清雅的集会变成争利的市场。"

胡鲁题一听觉得这条釜底抽薪之计若是实行，自己的砚田便永无再润之日，心虽怀恨，但也只得屈服，叹气道："叔老，我不是不服气，并不是争利，你既摆出道儿，我怎好不依？好，就这样各抱一门。"

叔子笑道："你愿意了？那么我再给你点便宜，先请你挑选一样，剩下归他老先生。可得一言为定。"

胡鲁题心中盘算，平日的笔墨生意，以寿事较多，喜丧两种稍少，按比例算来，寿占三成，喜丧各占一成，我若选喜寿一类，三加二便是五成，丧事只占两成，加上杂项文字也不会甚多。想着就冲口说道："我要喜寿，图个吉利。"

毛公听了道："那么我只好取第二类了。请问叔老，从何时起始？"

叔子道："自然从现在起始，已经应下尚未交卷的不算。只从现在起，鲁翁只许接喜寿类文字，毛先生只许接受丧事和杂项文字，谁若违约，就取消他代办笔墨的权利，并且把社员资格也停止一年。在座诸位不要烦错了人，你二位也请记住了。"

叔子说完，胡鲁题见毛公欣然答应，不由诧异，我把肥肉先抢到手，他只得到骨头，应该十分懊丧，却为何倒喜形于色呢？想着忽然念头一转，想起一件事来，猛将叔子拉住叫道："叔老，我问你件事，前者听徐止老要编印诗集，可着手么？"

叔子道："他已决定下月起手了。"

胡鲁题眼睁圆了道："他不是说要用个人帮着编辑校对？"

叔子道："是啊，这还是件繁重工作，大概总得一二年工夫。止庵本来想让九芝帮忙，现在既定规本社同人的笔墨事件全由二位包办，从我这儿说，九芝是没有资格了。"

胡鲁题听了，暗自顿足，心想怪不得看他高兴，原来他已想到这件事，止庵编印诗集，用人帮忙，起码也有一年的长期工作，止庵待人又厚，每月送上百八十元很在意中，我自闻消息，便想谋营这个好缺，怎现在竟会一时蒙住，叔子先让我挑选，好事已握在手里，又从指缝漏了出去，教仇人捡去这天大便宜。想着又悔又恨，又气又痛，立刻颜色大变，体颤声嘶地叫道："不成不成，我是帮止老编诗集。原因素日待我太好，我总得给他尽点心力。再说这种事也不是外行能做的。我不要喜寿了，我要丧事。"

毛公听了，方要开口驳辩，叔子已变色摇头道："鲁翁方才是你自己选的，怎能反复？"

胡鲁题忽然面色惨白，好像抽血机器一下把血液抽尽，眼眶发青，皮肤上挂了一层灰，太阳穴和颊部都凹进去，不但增了十年老态，好似罩了一副鬼脸儿，只见眼珠上吊，鼻孔掀张，下颏低坠，连胡须都枯集紧缩，若倒在床上，简直就像要寿终的样儿。但叔子因对他鄙夷不屑，正把目光向着他处，没看见他的神情，若是看见也许有法转圜了。但当时叔子侧着脸儿，听胡鲁题颤巍巍地说道："我一定得改，止庵已经和我约定了，你方才说过，已经应下尚未交卷的可以不算，我正好援个例。"说着又低声道，"叔老，你只当惜老怜贫，成全我一回。"

叔子仍摇头道："没有的话，止庵根本就没和你提过，请你不要麻烦。这事没我丝毫的关系，不过既立在两面中间，总得秉公论断。说定的事，哪能随便更改，这是决定不成的啊。"

此时叔子说话时本是面向窗户，背着胡鲁题，不愿和他对面，但说着忽觉背后声音有异，同时又听周围的人发出惊异的喊叫声，叔子猛一回头，只见胡鲁题已向下倒去，扑通一声，身体横在地下，头颅撞在椅角，鲜血涌出，染红了白发。叔子大惊，连道："这怎么了？"

众人呼啦一声都围了过来，有人去扶胡鲁题，有的喊叫不要动，看还有气没有，有的跟着吵，却说不出什么主张。九芝见胡鲁题晕厥倒地，担心他年纪已老，不禁蹉跌，万一死了，叔子将受累不浅，就急忙跑过去，见叔子已蹲下身，摸摸胡鲁题的腕脉，抚抚胸口，再试试口鼻气息，就叫道："诸位不要怕，他只是闭过气去，不致有性命危险。哪位帮我扶他坐起来，再赶快给医院去电话，请位大夫，或者叫一辆救护车来。"

九芝听了，忙上前帮叔子扶胡鲁题坐起，但他身体已有些僵硬，费了很大力气才扶得坐起，又盘屈手足，抚摩胸口，半天才听他喉口咯的一响，中气冲开浊痰，跟着吐出丝丝的喘息之声。虽仍昏迷不醒，但看情形似有了转机，不致立时死了。叔子纵然养气功深，也已吓得面无人色，这时才惊魂稍定，抬头问人谁打电话去了，一个人应道："我看边县长跑出去，大概是打电话。"

叔子道："劳驾哪位再去看看，催他快来。"

另一位社友应声"我去"，方要出去，只见那边县长从外面走进来，众人七嘴八舌地问他，边县长答道："我已经打过电话，医院的车就来。"

叔子道："你叫的是那个医院？"

边县长答道："是自清医院。"

叔子道："你为什么单要自清医院？是有关系么？"

边县长道："有什么关系？我因为那医院离得最近，只隔一条街，可以快来。"

叔子听了低头不语，他那里正自盘算，自己是无端管这闲事，惹出纠纷，胡鲁题若是死了，不待说后患无穷，但是幸而平安无事，这老东西必趁机会讹上了我，医药善后之费不知还要多少，想着自己发愁。又听边县长说叫了自清医院的车，叔子虽不知自清医院的细情，但却常有耳闻，听说那是极贵族化的医院，费用很大，平常人不敢问津。现在既叫了那医院的车，只得入那医院诊治，这一来又加重了无限负担，论理这件事为胡毛二人的纷争而起，那位毛公也该分担大半责任，但他穷到如此轧沙求油，势必不能，终必全落到自己身上。边县长一点儿不体谅人，单单给我这贵族地方。想要请他另换别家，又觉不好出口。正在为难，又举目向人丛中一看，已没有了那位毛公的影子。知道他是恐受牵连，早已乱时逃避。不由后悔，方才为他主张权利，真是不值。

忽听外面有人高喊："医院的车子来了。"众人纷纷跑出，须臾就领着两个医院护士抬着布床进来，叔子和他们说了两句，便把胡鲁题搭到床上，抬出房外，一直出门搭进车中。护士问明叔子是负责的人，要他跟随前去。叔子当然义不容辞，九芝为帮助叔子，也相随同去。还有那位热心的边县长也愿前往照料，就一直到了医院。

叔子一见那宏壮的门庭，更觉心寒。九芝却是没有经验，以为医院是慈善事业，当然以救人为先，必把病者先抬进手术室，诊治完毕再议其他。他所想的自然在理，但是别家医院或者如此，这里却是不然。自清医院救护车一直开进院中停住，两个护士下车，先不理会病人，只向叔子指

173

点着道："挂号室在对面，请先去办理入院手续。"

叔子心里念记着胡鲁题，便说："请快来搭病人下来，请大夫诊治。我们哪会不照手续办理？"

护士笑了笑道："你不办好手续，交齐费用，我们怎能动手诊治呢？"

叔子听他言外似说必须先收钱后治病，若先治了病，恐怕收不到钱。不由心中气愤，说道："不经大夫看过，我们知道应该行什么手术？吃什么药品？并且住多少日子？按什么标准交费呢？"

护士道："你到挂号室一问便知道了，我们都有章程。"

叔子不犯和他多说，只得走进了挂号室，见里面有三张写字台，四五个人都在工作，便上前对一个职员说了情形，那职员一声不吭，拿过一张印字的纸递给他。叔子见是一张挂号费收据，数目是五元，便问："还有什么费用？"

那职员才开口道："这里只管挂号，你交了挂号费，再拿这收据到那边交钱。"

叔子只可取五元交他，再循着指点到另一张桌上，向另一职员递过挂号收据。这个职员倒是不嫌烦絮，先问了病人姓名、年岁、病情以及职业住址，又问要几等病房，叔子犹疑说道："不是不需要住院，还得请大夫定夺。"

那职员道："这样的病必得住院，你住几等吧？"

叔子无奈，回答就三等好了。那职员立时把脸一沉，低下头挥笔便写，写了长长一大篇，递给叔子，又举手向后面一指道："你拿这条儿到那边桌上交款。"

叔子拿着那张纸，不由吸了口冷气，立觉头晕心悸，几乎也像胡鲁题似的猝然昏倒，勉强倚着桌沿支持身体，心中暗叫："这简直要抄家了，是害苦我了。"

原来这条儿上列着一排细目，有六七项，是预存手续费一百元，预存药费八十元，三等病房三星期起码，每日五元，共计一百零五元，雇用女护士早晚两班，每班四元，共一百六十八元，男仆役费每日一元，三星期共二十一元，洗涤费十元，合计起来约有五百以上。叔子看了，心想以前也曾和医院打过交道，却未见这些细刻条件，新奇名目。方要质问，不料边县长在旁已看着不平，先开口问起来。那位职员逐条答复，叔子才明白了一切，原来那手术费，注有预存字样，是要先交存在医院，到出院时再行结算。有余退还，不足补缴。其于住院，照例最少三星期，即使住一天便死了，也要按三星期计算。至于雇用女护士，也为病人的安全和舒适起见，虽然并非每个人必须雇用，但像胡鲁题这样年纪和病症，却是绝不可少，仆役费，用仆人伺候饮食排泄的酬劳，这种事女护士是不屑做的。至于洗浣衣服被褥，当然要病人出钱，医院怎能管这闲事？

叔子听着又疼又恨，想不到自己多管闲事，竟受这样惩罚。偏偏又来到这家讹人的医院，挨受竹杠。这费用不但贵得可怕，而且还有几样不在理的，无论自己拿不出许多，便有此力量，也觉太犯不上。想着直打算把病人运走，不在这时医治。但叫过边县长咬耳朵一商量，方悟不大可能。因为已唤用他们的救护车，并且病人已到了这里，便能退出也恐耽误过久，于病有碍，还许他们也未必肯于答应。边县长就劝叔子道："只可认头多费几文，就赶快教他们诊治吧。否则恐怕胡鲁题那样年纪，万一有什么意外，岂不更糟？"

叔子有苦难诉，只得向他说自己身上实没这些钱，而且也真无力担负。边县长因救护车是自己所唤，颇觉歉疚，就道："叔老若是手头不便，小弟可以代垫。不过也不能完全给他们，这样需索还得要求减少些。三等病人入院就得先交四五百元，头等病人岂不得成千累万？这真岂有此理。"

说着就向那职员婉言商酌，说了半天，那职员寒着脸儿，只用定章不能更改答复，结果算特别开恩，把雇用看护一项免去。本来这一项明是骗人，因为三等病房是多数人同居的，并不同于头二等的单间，谁又见过三等病房许多病床之间单有一张床前坐着一个看护，久守不动？看护在三等病房向来是流动性质，只两个人常常来往，便可以都照顾到了。所以特开一项用费，无非巧立名目，额外需索。实际至多由官中看护稍加注意，绝不会另用专人的。这就是自清医院的独有作风。那职员也是经过训练的商业能手，并不似其他医院同人死板板照章办事，对病人拘着多讨一文是一文的宗旨，但生意却以做成为目的。起始虽以定章为言，好像没有商量余地，但病家实在力不能及，他也绝不教交易破裂，顺风转舵稍为通融。这时表示可以把雇用看护一项减免，却又说道："你们既然实不愿出这笔钱，

175

也只可取消看护，不过病人年纪应伺候，为他舒适，实是应该雇用的。你们一定不用那也没法，倘若病人因为缺人照料受到什么委屈，发生什么情形，医院可不负责任。我已经把话告诉你们了。"

这职员的话真如曾经临床诊视，以医生口吻说的言语。其实他只坐在屋里，连病人的脸都没见过，又怎能妄做决定？只不过因为病家吝啬，心中不满，故而在允许减免之后，还给几句恫吓的话，使病家感觉不安，以图快意。并且希望病家因恫吓而害怕，竟肯变计出钱，便可替医院多弄些进项，但是没弄清病人和出钱的是什么关系。当这世道浇薄，人心沦丧之时，便是父母害病，儿女出钱诊治，恐怕也只敷衍塞责，得省即省。倘若病人身有巨产，手握财权，儿女也许肯多花钱，但所求的却是快给治死，至于真切关心，不怕费钱的，只有父母对儿女，丈夫对妻子，至于妻子对丈夫即不如此，那还得看爱情和家庭情形，像叔子对胡鲁题，既无感情，又没关系，只是受了无妄之灾，暗地痛心疾首，叫苦连天，所以替他诊治，仅为希图免累，怎还会顾及舒服不舒服，委屈不委屈？所以听了那职员的话，默然不答。只向边县长低语商量，借了二百元钱，合上自己身上所有，把费用缴了。

那职员付了收据，才打电话给管理人，通知某号病人业已交过费用，叔子等出了挂号室，见已有护士把胡鲁题由车上搭下，送入病室，不由暗叹他们办事敏捷，还是由于钱力发生的效力。就跟着进了病室，见一大夫两位女看护正在给胡鲁题使用手术，少时涂药包裹，只费了十分钟工夫，便已完毕。胡鲁题却早已苏醒，还是由于大夫的手术敏捷，真是妙手回春。叔子看见胡鲁题已经睁开了眼，口中不断呻吟。叔子看着，方才放心。只见大夫给他口中喂了两匙药水，便吩咐把他重行搭上布床，送至病房。

叔子忙上前向大夫鞠躬致敬，先报了姓名，随又询问胡鲁题伤势是否要紧，几时可以复原。却不料只见大夫一沉脸，一耸肩，接着一扭身，便走开了。叔子大吃没趣，心中不胜气恼。本来叔子平日以名士身份，在他所回旋的一部社会中，向来受人尊重，到处逢迎，今日到了这洋气充溢的医院，竟频遭屈辱，不由暗骂这群生番，简直自外生成，连我梁叔子都不认识。方才在挂号室签名的时候，我说出姓名，以为那职员必然大吃一惊，立时改容优待，或者还许特向院长报告，给我打个特别折扣。哪知他听了毫无所动，好像从来没听见过我这个人一样。如今又受这大夫的冷待，真真把人气死。但又一转想，古时有位名士，去嫖妓女，那妓女嫌名士猥琐，不肯承迎，只管自睡。名士推她翻身，说你这样傲慢，难道不知我是名士么？那妓女回头哼了一声说："名士是什么东西，能值几文钱一斤？"这件事流传甚久，所以有人作了首水调歌集的诗词，起首几句是名士是何物，能值几文钱？做贼还能无赖，自古有薪博士。虽然把我们名士骂苦，但也可以证明不敬名士的，都是妓女之流，我又何必和他们计较？

叔子这样一想，气方稍平，便又随着布床，想去看看病房景况，和胡鲁题慰问。走了好几个转弯，见布床已推入一个门内，便紧走几步，想要随入。不料忽有一位管理员从斜刺冲过来，拦住他们，问做什么，边县长回答看病人，那管理员指着墙上的钟说道："现在已过了探望病人的钟点，请你们明天再来。"

九芝忙说："我们不是来探病人，是才送人入院，看着动手术，就送进病房，你总得容我们进去瞧瞧。"

那个管理员道："不管怎样，只要时间一到，院里就不许闲人逗留，请你们快出去吧。"

叔子知道无理可说，气得拉了二人，便向外走，一直出了院门，才顿足恨恨骂道："这真是不近人情、不懂人事的地方，我真正倒运，无端遇到这种逆事，还弄到这样地方。"

九芝只得在旁劝解，叔子终是烦恼。大家走了几步，边县长问叔子回哪里去，可还到诗社去赴晚宴，叔子摇头道："我哪还有那种兴致？何况出了这样的事，人们必然全散了，恐怕也凑不起来，痛快地取消了吧。不过大家盛意为我，总得派人通知一声。我这先到止庵家去，托他的仆人给跑跑路好了。"

九芝听了，情知叔子再没兴趣饮宴，因为胡鲁题医药费要损失他两月的收入，怎不懊丧？不过他此去徐宅，必要对止庵诉苦，说不定还希望止庵帮助几文，自己就不便同往了，想着便道："叔老上徐宅，请坐车吧，咱们改天见。"

叔子道："你不陪我去么？"

九芝道："我还有些事情，想要回去。"

　　边县长也告辞回家，叔子道："我明天还得到医院去看看老胡，你二位若有工夫，不拘哪位，请劳驾同去一趟。因为我实在晕头自己进那化外生番的地方。"

　　边县长和九芝都说明可以同去，顺便看看胡鲁题，就约定时间，在叔子家集齐。九芝因所定时间和自己与二姑娘约会冲突，就假说有事，请向后延展两小时，叔子和边县长都同意了，当时二人各自分路，叔子边县长上车而去。

　　九芝在街上蹒跚独行，寻思今日发生的事，叔子老有童心，竟而如此高兴，先约我去访月琴，弄得满心惆怅，又强拉着去美国饭店，竟又惹出许多纠缠。他未免太高兴了，谁想乐极生悲，闹出这声悲剧的结果。又想方才胡鲁题和那毛公的争利丑态，真是斯文扫地。自己忝为同道，实觉代为汗颜。在当时附庸风雅，初和这班人接近，还不知如何道高德重，但多日体验，才发现满不是那么回事。虽然胡毛之流尚居少数，可是大多数也照样教人失望。较有身份的，官派十足，没有做过官的，更酸得难受。我因自己年轻，时时想要寻得良师益友，在道德学问方面稍求进益，却不料多是这样的人。除了一位止庵实可钦佩以外，叔子为人便不免受累。细想起来，我这样厮混，以有为的少年，竟跟在一班老人后面去吟风弄月。他们为着消遣有涯之生，我却未免消遣得太早了。真不如自己闭户读书，求些实学，以备异日发展。若尽这样未老先衰地消沉下去，我的前途便很黯淡了。尤其现在遇着二姑娘这样牵缠，她对我虽然十分爱重，但我以寒微之身，实不敢接受她的好意。明日相见，尚不知如何结果。可是我既自知无望，起初又何必惹这纠缠？便是以前对月琴的迷恋，也同样的心中矛盾。总而言之，我竟是一直在可笑的环境中转日子呢？年轻轻的人不能立身创业，只这样寄情风月，而实际却为捕风捉影，长此下去，岂不将成胡毛二人那样老大悲伤，想来真可惭愧。我只有从此立志改变途径，做些实事求是的功夫，不要再醉生梦死了。就是明日见着二姑娘，也要把我的实在状况对她说明，至多做个朋友，用正当手段了结这段情缘，以后再也不惹绮魔爱障。除到了有所树立，可以谋及家室的时候，再和女人打交道不迟。

想着不由心怀冰冷，怅惘走到宿舍。休息一会儿，到了饭时，走到餐厅，见同人纷纷议论神经麻皮的事，向人打听，才知神经麻皮因亏空太大，既被债主逼迫，又苦生计艰困，竟然异想天开，在今日下午去访本地一位有名财主，带着他自己私印的假折据，冒充本报馆代表，去请那财主入股五百元。那财主素知这家报馆经济富足，不会招募外股，而且即使招股，对他这样富人，五百元的要求也微细得不值。而且麻皮的态度衣饰也令人起疑，就稳住了他，打电话向报馆询问是否真有此事。主事人闻知，大怒之下便通知警察，一同到那财主家里，把麻皮捉住。可怜麻皮还得意扬扬，以为成功在即，却不料当时犯案，连一切证物都被搜出，便由那财主家中直入警局，这时大约正在狱中吃不花钱的晚餐呢。

九芝听着，精神大受刺激，想到早晨还和他见面，不想数时以后，他竟成为罪人。他做这种事，总不会临时起意，必已经过多日的筹备，却怎一点儿神情也没露出。可见一个有望的人，竟这样完了。想着十分感慨，饭后办完了工作，便早早地回了宿舍，上床睡觉。到了次日午后，将近和二姑娘约定的时刻，便整衣出门，一直奔公园而去。

到了园门，见离约会时刻还早五分钟，就徐步而入。他知道男女约时见面，女子为高抬身份，绝不肯早到，定要男子先去等她，尤其受过新教育有着新思想的女性，论理应该懂得守时刻的重要，但她们对男友的约会，更是不肯如时惠临。常见在影院戏场门前，男子手持票据，东张西望，急得好似热锅蚂蚁一样，所等的必是这样摩登的女性。九芝虽知二姑娘不会有这样习气，也许自己必得稍候一会儿。就走进园中，绕着草地徐徐散步，却不料只转了半圈，忽见面前绿荫之下，有个女子招手相唤。

第三回

东风吹梦一曲玉参差

上回结尾九芝到公园去面会二姑娘，他到了公园，恰巧有人叫了一声，用手相招。九芝注目一瞧，原来二姑娘先已来了，就迎上前去。二姑娘见他，也向他走来。九芝见二姑娘这时装束和昨日大不相同，身上穿着可体的花绸旗袍，外穿一件小风衣，足下也换了半高跟的漆皮鞋，手里拿着一柄花伞，不单看不出是饭店当厨的人，连小家蓬门的意味都脱去了，宛然像是大家闺秀。但若细看，便可以在微小地方露出临时装饰的痕迹，好像对这个样装饰尚不习惯似的。九芝心里明白，她所以这样刻意趋时，完全是女为悦己者容的意思，也可以说是完全为着自己，她恐怕仍照平常装饰，到这公共处所被人指目嗤笑，并且也和自己不相调和，所以很费了一番后劲饬，由此可见她是如何相重，不由心中动了情感，而且二姑娘美艳的容貌，在树影花光之间，添了一层衬托情景，显得分外动人。九芝不自觉地心跳起来。二姑娘显然于种约会是初次经历，以她那样泼辣豪爽的人，竟面现着不安和羞怯。也许因为心情十分动荡，虽然对九芝笑着，却两颊红润，目光闪烁，好似恐怕被人看见。九芝也不住心跳。两人走到切近，互相望着，倒觉无话可说。其实是每人心里，都有太多的话，只在喉咙口挤住了，对望一下，全不好意思地低下头去，跟着又抬起来。

九芝觉得不能不开口了，就低声道："你早来了？真对不起，我倒来在你后头。"

二姑娘摇摇头道："不是你晚，是我早了。今儿柜上又很忙，直到一点还有好多菜等我做，我看快到时候就跟我父亲说有事要出门，这几个菜等明天再做。我父亲说不像话，人家主顾不能等明天再吃。我说那么就教

180

他们上别家去叫，跟着回到自己房里，洗脸换了衣服，就跑出来上理发馆去一次，出来看钟，还没到咱们约会的时候，可是我干什么去呢，就先到这里等你来。"

九芝听她证据中把急于赴约的真意赤裸裸表示出来，毫无掩饰，这是任何跟情人约会的小姐万万不肯说的，不由更感她的真诚热烈。九芝虽然向来很少和女性接触，但由瞧看小说和观察他人，对女性颇有认识，这时因为二姑娘的一切和以前所见所闻的女性完全不同，反而感到一种深厚的情致。就望着她笑道："二姑娘，你真对我太好了。"

二姑娘用手中的伞柄触了他一下道："你别叫我二姑娘，我有名字。"

九芝道："你叫什么？"

二姑娘脸上一红道："我叫凤屏，可是说起了这名字，还没人叫过。我自己听着耳生，家里从小都叫我二凤，你也跟着他们叫吧。"

九芝道："那我怎敢，叫你凤姑娘吧。"

二姑娘摇摇头道："不要姑娘，我一听就想起那些饭座儿，他们都这么姑娘姑娘的，教人讨厌。"

九芝道："那么叫小姐？"

二姑娘噘着嘴道："我更不要小姐，你别越说越远。我问你，你今年二十几了？"

九芝道："我二十二。"

二姑娘道："那你比我大三岁，就这么着好了。"

九芝听着，已明白她的意思，但仍不解道："你说我怎么样……"

话未说完，只觉胫骨奇疼，原来又被她的伞尖打了一下，忍不住疼得叫出了声，同时说道："我明白了，你是妹妹，那么凤妹妹。"

二姑娘咯咯的笑起来道："你这人啊，真有点儿……"说完又咽住了。

九芝接口道："我有点儿什么？有点儿贱骨头？说不明白，一打就明白，对不对？"

二姑娘听了，更笑得花枝乱颤。但这时有两个行人走到附近，听见笑声对她瞧看。二姑娘立刻止住了笑，羞得脸儿通红，转身向九芝埋怨道："都是你惹我笑，教人看着多么不好意思？走，咱们找清静地方歇会儿，别尽在这里站着。"

九芝便举目四寻，见不远处有座花架，架下虽然有人，但架后丈许小径上的一只椅子却还空着，就指着说道："咱们那边去吧。"

　　二姑娘举步便走，张望着园内行人，低声笑道："你看这里一对对的，还是真不少。可是他们怎么都像跑马似的，绕着圈儿跑什么？"

　　九芝闻言一看，不由笑了。原来这园内中间是一片长圆形草地，周围是碎石道路，圆径约有三四百步，游人差不多都循着石径散步，但有些少年情侣并不寻僻处谈心，进园就围着草地绕这么几个圈子，而且步履飞快，好像赛跑似的，不知是什么道理。大概女子要在人前炫耀她的健美身体，而男子却陪伴着，教人注意他有着美丽伴侣。凤屏初到公园，自然是看不惯的。在她那朴实的脑筋，必以为情侣到了一处，应该避人私语，当人展览已经可怪，何况还像走马灯似的飞跑呢？想着就道："有些人常常走进园里，匆匆转几个圈了，便又出去，既不散步，又不为吸新鲜空气，只看他们像一阵风地出去，我真不明白他们是干什么。"

　　说着见迎面过来三个游人，一女两男，女的擦着一脸黑油，假充日光晒成健康肤色，年纪总有二十多岁，却梳着两条小辫，冒充幼女，走在中间，将两臂分架在两个男子的肩上，简直像是《独木关》戏里薛仁贵带病扶着两个小军出场的姿势。不过这个女子却没唱在月下的戏词，只大说大笑，满嘴中西合璧地说话。二姑娘看看三人，又回顾九芝，满面现着轻薄之色，小声说道："这地方不好，怎净这样的人？"

　　九芝知道她看着这班摩登过度的男女深觉刺目，她这时虽然也正为情颠倒，但她的爱情是隐秘的、谨慎的，仍守着旧时代的古风。今日公园赴约在她已是力趋潮流了，和那种放荡惯了还距离极远，所以如此鄙视。想着还未说话，忽觉自己臂上多了一只柔荑的手，方知她竟也情不自禁仿效那班情侣的模样了。就紧紧挟着她的手臂，由花架底下穿过，到了小径中的空椅上并肩坐下。二姑娘望着对面花墙，半晌无言。忽又低下头去，用伞尖掘起地下的碎石，一一挑到远处，倒挖成一个小坑，又把旁处石子拨过来填满。九芝在这沉默的空气中，更觉不安，就忐忑说道："凤妹妹，你也常出门么？"

　　二姑娘抬头望着他，摇了摇头，又转过脸去，才不开口说话，但不知怎么声音变得哑涩了，徐徐道："你干吗还说闲白儿？我问你，你打算怎样?"

　　九芝一听,知道问题来了,也是难题了。虽不愿对她装不晓,但也不好径直接茬儿,就问道:"你说什么怎样?"

　　二姑娘柳眉一拧,凸起小嘴儿道:"到这时候,你怎还说这话?咱们上这里是为什么?"

　　九芝这时心里本和明镜一样,实不忍再作遁词,无奈又难于直说,只得把本意鲁莽诉出道:"凤妹妹,我很明白你的心。不过我只能跟你做朋友。"

　　二姑娘愕然说道:"朋友?朋友是什么意思?"

　　九芝道:"就是两个男人或是两个女子交朋友一样。你忘了自己是女的,我忘了自己是男的,两人要好的换心,永远谁不忘谁。"

　　二姑娘听着,迟了一下道:"就只这样么?"

　　九芝道:"朋友可不就只这样?"

　　二姑娘转过脸来,凝眸望着他,颜色惨变,忽然点头道:"我明白,我好傻,人家是局面人,我这厨子丫头怎么配……"说着突然举起双手,将脸儿埋入掌心。

　　九芝猛悟她是误会了自己意思,深深地伤了心,不由万分悔恼,忙去拉她的手。二姑娘却较上了劲,把手夺出去。九芝看着她娇嗔而又委屈,好像受了欺负的神情,不知怎么,忽地把心软了,忘却一切的顾虑,完全屈服于她的爱情。就抚着她的肩头,悄然说道:"妹妹,我很明白你的心,可是你把我的心给想错了。你方才说不配,倒是实话。只不知是谁配我?你大概还当我怪不错呢,那哪知我可以算是世界上最穷的人。现在只做着一点儿小事,勉强活着,根本没有成家的能力。所以你虽有这样好意,我也不敢拾茬儿。就连昨天早晨我对你失信未曾自去取菜,也是这个缘故。因为我从第一次见你,心里便爱得……不了,又看你对我那样,回去直寻思半夜,想到自己这样贫穷,根本不配爱人。既知道将来没有结果,何苦自寻烦恼?我的意思也和你一样,认为男女有了爱情,就得往长处打算,像现在那班荒唐的年轻人,只顾一时便宜,苟苟且且地毁人一世,我还不敢做那样缺德事。所以宁可忍着难过,也不愿再去见你。现在你既露出这样意思,我心里实是感激,无奈自知没有指望,只可答应跟你按朋友来往。其实这也是多余，只于不得不……咳，教我说什么呢？如今你逼得我都说出来了，就请原谅我吧。"

二姑娘听了，忽然转过身，握住他的手，很快地道："你的话可是真的？我不信你这样穷。"

九芝道："你不信请去打听，我在采石路北那家报馆做事，你到那里一问，便知我是干什么职务，得多少薪金了。实在我每月所得，仅只够一个人生活，还得省吃俭用。不瞒你说，我平常在报馆里吃伙食，连下小馆儿都不大敢。前天到你那里吃饭，还是那位麻脸朋友强拉去的。"

二姑娘冷冷笑道："看你说得这可怜，既这样穷，怎昨天敢花大洋十元定两样菜呢？"

九芝道："咳，那是我跟一班朋友立了个吃饭温酒的会，每月一两次，平常每次公宴只一两元就够了，这次因为有人出花样，要每人带两样菜赴宴，别个朋友可以教家里厨司给做，或是太太代办。我却没有法儿，因为赶巧到你那里吃饭，觉得味道很好，就托你代劳。我虽为着应酬朋友，想要弄得好些，可是并没想花太多的钱。到那麻脸朋友回复我说，你把十元钞票全留下了，我还心疼了半天。你知道那是我七八天的薪金呀。"

二姑娘点头道："这样说你是真穷了？"

九芝道："我难道说是假穷？跟你说谎有什么好处？"

二姑娘望着他，抿嘴一笑，喜上眉梢地道："我就怕你的外表倒好像个少爷似的，倘然不是少爷，哪会看得起我这个烟熏火燎的穷丫头？我还得问你，你再穷也还是文明人儿，我这样粗根粗底，小门小户的，你嫌不嫌？"

九芝道："你怎说这话？我不知什么粗细，什么门户？只觉得世上没有比你再可爱的人，不过……"

二姑娘接口道："你这话是从良心上说的么？"

九芝不答，只在脸上现出诚恳态度，二姑娘看着冲口说道："我知道了，不用再说，你别笑我脸厚，我回家就跟父亲去说，教他给咱们操持办事。我算嫁定你了。"说着似乎感觉很羞，就倚在九芝肩上，低声说道，"你不要笑话我，我也不知道什么缘故，活了这么大，一直讨厌男女，认准男子都是脏心烂肺，没好东西。到我家买菜或吃饭的人，只多看我一

184

眼，我就大棍子揍上去，饭客也吓跑了。所以那一带的人，给我起了个马蜂的钻，言其只招惹准被蜇个不轻。父亲常劝我不要脾气太暴，我也明白这样耽误生意，很容易惹祸。无奈我孔明不由已地看见男子就觉厌烦。他们对我一笑，我就当是有心啰唆，火儿立刻攻上来。只这回瞧见你，也不知怎么，好像遇着前世亲人似的，心里再放不下。前天直寻思了一夜，早晨七点钟就上厨做了菜等你，失魂落魄的，不知往门外跑了多少次。好容易等来了，却是你那麻脸朋友。他说你有事不能亲来，托他代取。我听着像傻了一样，忍不住哭了半天，才想起在菜里放了那几样东西，交给他带走。指望你看见了，许再来瞧瞧我。可是怎能保准呢？我再也做不下活儿，跑回自己屋里，盖上被子装病。哭了两三点钟，觉得头疼心口也疼，身上还发烧，敢情真病了。又过了一会儿，竟昏昏沉沉睡着，忽然做梦梦见你又来了，立在院里，我赶出去拉你，你倒往外跑，我一急就醒了。正在蒙蒙眬眬，恰巧听见你在院里说话，我一时蒙住，分不清是真做梦，赶着爬起从窗户往外瞧，正看见你的后影走出大门。我才觉出不是做梦，忙叫父亲询问，他说因为我不能下厨，已经把你们驳走了。我急得要死，忙说病已见好，能够做菜，教他快把你们追回来。等到看你又进了门，我就赶着洗脸换衣服出去，病也不知哪里去了。"

　　九芝听着她述说情形，感到完全是女孩子初恋的意境，毫无伪饰。知道她实是一见钟情，发生了太已高尚最热烈的爱。这种爱本是没有端绪可寻，没有道理可讲的。不由也大动情感，拥着她说道："亲爱的，我不知哪点值得这样见爱，我真惭愧，差点儿辜负了你。若不是你在菜里放了那几样东西，我就许不再前去，岂不……"

　　二姑娘接口道："这是有缘分管着的，现在我知道咱们有缘，你想不去也不由你了。这我倒放心，只是不明白……你告诉我为什么我一见你就这样认死扣儿？好像没你活不了似的。"

　　九芝笑道："傻子，你不是说有缘分管着么？这也是缘分呀。"

　　二姑娘扑哧一笑道："可不是？我真傻，你往后就永远叫我傻妹妹好了。这名儿好听。我娘活着时候，常叫我傻孩子，我爱听这个字。你这样一叫，我这才又有人疼。"

　　九芝听着她这天真动情的言语，暗暗销魂。再看她婉转依人喁喁切切之态，不但和持棍殴打流氓，用水泼麻皮的时候完全判若两人，就连前昨两日所见的爽脆性格也已消失不见，变成个极温柔娇痴的少女了。不由更深爱恋。但想着自身环境，立刻醒悟这眼前好景不能长久维持，恐怕终落一场虚空。想着便似兜头浇下冷水，把火热情怀化作凄凉意绪，徐徐缩回了手，低头不语。二姑娘看着，吃惊问道："你怎么了？"

九芝凄然道："你要我永远叫你妹妹，我有什么法儿能够永远？你要知道，咱们是没指望。方才我不该忘其所以，对你说那些话。"

二姑娘一皱眉说道："为什么没指望？哟，又是你穷啊？我不怕穷。"

九芝道："你不怕，我怕。便是因为你爱我，甘心跟我受罪，我也不忍作践你这样鲜花似的人儿过一世的苦日子。"

九芝还要开口再说，那二姑娘凤屏已握住他的手道："得了，现在咱们谁都明白谁了，不用多废话，你更不用拿穷来推辞。你要明白，你穷才更可我的心。像你这样的人，若再是个有钱少爷，大概咱们连面都见不着。坐汽车的还照顾美国饭店？你只痛快说，真愿意要我不？"

九芝想不到她这样开门见山单刀直入地抵住相问，深感不好回答，但心中已完全软化，再没有能力抵抗她这排山倒海的热情，只叹了一声道："你这话问的……就好像问一个讨饭的人可愿意成为财主一样，又岂能不愿意的？不过愿意又该怎样？还是那句话，我本来一见就爱上你了，如今你对我这样，我更感激你了，因为我又爱你又感激你，所以……还是不敢愿意，你要明白，我一愿意就害了你了。我太穷啊，固然你现在的日子也不舒服，可是像你这样又美丽又能干的人，前途总该有好希望。若是嫁了我，这一世就永远苦下去，莫想再翻身了。你也想想，我现在什么情形，不过勉强自己糊口，倘若再加上一个人，那就只有一同挨饿。我自己不成问题，但是何苦害你？再说你这样一朵花儿似的，每日当厨上灶，已经够惨的了，难道还忍心再往苦里作践？我跟你有什么仇呢？"

凤屏笑道："瞧这一套，直教你别说废话，你还是没完没结。往后少提穷字，受穷我愿意，你看我是不能受穷的人？再告诉你，我是穷里长大的，我们父女开饭馆才有几年，以前过的日子就没落到讨饭罢了。所以这话别跟我说，我什么都明白。就是穷也分三六九等，事在人为，穷在人受。你不是事由小，赚钱少么？可是也许在自个儿花着不够，添上我反倒富裕。"

九芝道："我知道你能干，善于持家，不过也得不即不离，倘然我能要稍为长进，能教你过平常人中等生活，不致太苦，那里就是你不愿意，我也不肯放过你。"

凤屏咦了一声道："中等生活，什么样中等生活？你给我讲讲。"

九芝道："中等生活就是不太富，不太穷，平常日月，比如说，能赁一所小三合房子，或者和别人住一所，自己有两间整齐住房，吃饭穿衣全都按部就班，应时到节，再能用一个女仆人，生活不太劳苦，在那俭里还能享受点快乐……"

凤屏没等他说完，就用手按着他的肩头，欣然说道："对了，对了，你这话就跟从我心里说出来一样，我就想过这样的日子。"

九芝听着，伸直了手臂，忽然若失的姿势道："可惜我的力量不能办到，未免太辜负你的心了。"

凤屏听着，似乎要笑，却又忍住，才咬着下唇，点头说道："可惜啊？我也觉得可惜，不过按你方才说的那样中等生活，大概每月得多少进项才成呢？"

九芝道："咳，你问这个做什么？我既办不到，说了岂不越发难过？"

凤屏道："我们只当说闲话儿，教我听听，也许有个拆兑。"

九芝道："拆兑什么？按现在生活程度，要过那样的日子，总得每月有百元以上的进项。我所入的还不够三分之一。我的好妹妹，你想能怎样？咳，别挤我说丑话了。"

凤屏一笑，凝眸望树枝隙外的天上云朵，似有所思地徐徐说道："这样也不是没有指望，莫说你还不至于长久这样困着，也许不久便要发达，就让永远熬不出头，也有法儿。只要你真心爱我，你可以紧着手，存点钱啊。比如说，你一月只有三十块钱，花两成存一成，总还不致太为难。这样一月十元，一年一百二十元，过个六七年，加上利息，就能上千，到那时候人……"

九芝不待她说完，便已跳起来道："什么……要照你这样，只怕存够了数儿，也都白了头发。"

凤屏笑道："何至于呢？不管几年，反正我总等你。只要手里有点儿体己，存起来吃点利息，再加上你的进项，就可以过像你说的那样日子了。"

九芝道："就是存上十年，又能有几个钱？还是免不了受苦。再说你的青春就这样耽误下去么？我万万不肯。"

凤屏摆手道："咱们对付着，凑合着啊。我也可以积余点儿。过几年有了底儿，再办大事。我也不敢说大话，自然巧媳妇做不出没米粥。可是我这痴孩子也会折大改小，用八个钱过旁人十个钱的日子，我办得到。你不用多想，安心等几年，我准等着你。你若真爱我就别怕受苦，省吃俭用，为咱们终身大事苦熬。那么咱就定规五年吧。你说怎样？"

九芝听了，觉得她这别开生面的谈情，不说亲道爱，而只朴实说理，做长久的打算。但是一片浓厚之情，却全从言外流露，分外感觉心意坚执，恩义分明。使人难于禁受。不由心中感动至极，望着她自觉眼眶发湿，鼻头发酸，凄然叹道："妹妹，你这样待我，可教我说什么？我真不知自己哪一点值得你见爱。不过我怎忍虚耗你的青春，你知道五年不是短时候啊。何况便到五年，也未必……"

凤屏忙又拦住他道："得得，我只许你说到这儿。合着说了半天，只听你推辞，起初为爱我肯要我，以后我给出了道儿，你又不忍虚耗我的青春。那么怎样是了呢？我别糊涂着，大概是你嫌着我，只不好意思明说。我这一片真心，倒弄成没脸强赖。得了，你既不愿意，那就不用……你快请吧，今儿算你晦气，遇个不要脸的丫头。"

九芝见她恼了，心中又羞又急，忙握住她的手，口不择言地道："好妹妹，你错怪了我，我实是不……我不说了，完全依你。你教我怎样我就怎样，从此我就是你的……你的人。再不说那无谓的话，只为你努力上进，反正咱俩是有福同享，有罪同受了。"

凤屏听了稍微一动，但仍低着头道："你这话是真的么？"

九芝道："不信我给赌誓，我若有一个字是假的，教我……"说到这里，猛觉一只肥腻的手伸过把口掩住。

凤屏说了句："用不着发誓赌咒，咱们只凭心。"把手松开，又道，"那么咱们就一言为定了。你可不许再提穷字。"

九芝点头道："我不提，再也不提了。"

凤屏又道："咱们五年的约会也算板上钉钉了。谁也不许变心。"

九芝道："那是一定，但盼我稍有长进，把咱们的约会缩几年。"

凤屏道："那就得看你的心我的命了。你若想快些，就把每月薪水存起来一半。啊，还得归我管着，免得随手花出去。不过这样你就太苦了，可受得了么？"

九芝心中也知道这是个难题，自己的入钱日常已感捉襟见肘，以后突然减半，除去伙食所余无几，不特应酬全不可能，连日常零用都得减免，恐怕日久难于支持。但因有爱情鼓励，又不愿使凤屏失望，就得忍受辛苦，点头应道："成，成。为咱们前途打算，就受点苦也是应该，何况还没甚苦。就是这样，我每月初一便给你送去。"

凤屏望着他道："这可是长久的事，别只顾一时高兴都答应了，以后熬不住苦，又变了卦。"

九芝道："若是不吃饭也能活着，我就连吃食也省了。只受点窘怕什么呢？再说心里在常想着你，便窘也不怕了。"

凤屏点头微微扑哧一笑道："好，那么你就按月送吧，可是不必交给我，存进银行去好了。"

九芝有生以来尚未和银行打过交道，闻言深以为异，暗想银行是给富人预备的，我这区区小款，何必小题大作，忙道："我向没到过银行，还是你给收着吧。"

凤屏掩着嘴笑道："我往哪儿收？你交给我，我也得送银行。"

九芝听着心想，听你这样开口银行闭口银行，倒像跟银行怪熟似的。暗道美国饭店和银行许有交际，但还没说出话来，凤屏已从手提包里取出一个红皮硬纸本儿，递给他道："你拿着这本儿，去到惠民银行交了钱，他们就给写上数儿了，很便利，一点儿不麻烦。"

九芝看了看，心想看你不出，居然还是银行主顾，大约存过几许点心钱，所以有这存折。现在交给我继续存入，倒省得重立户头。想着就接过来，见那存折似乎用得很久，面上都已污旧，写着凤屏名字。随便翻开里面头页，见一行的都把钱数写清，不由一怔神，方知她对储蓄颇有恒心，已存了不少日子。再看看这左右两页，印着双钩的九十两个号码，知道前面还有八页，方要向后翻，但无意中眼光落到右下角的结存数字上面，觉得字码排列甚长，不由注目一看，原来一共竟有六位，除去小数点下的末两位，前面列有四位，而最前一字竟是个"五"字。九芝不由倒吸一口气，又向后翻了两篇，到第十六页中间便没有了，最末结存的数目是九千四百零几元。九芝看着怔了半天，才把呆直的眼光抬起，射到凤屏脸上，凤屏也正望着他微笑。

九芝呆呆地道："你这是什么意思？"

凤屏指着那存折道："你还问什么？它已经告诉你了。这就是说你不用发愁，也不用苦熬，咱们有钱。方才我是故意试探你呢。"

九芝仍似昏惑着道："咱们……这些钱是你的么？你真有……"

凤屏道："哟，怎么不真？不是我的又是谁的？"

九芝道："你哪儿来的这些钱？"

凤屏道："做买卖赚的。我慢慢存的。你知道我父亲把柜上的事全教我管，赚的钱也全给我。你别看不起我们小生意，哪一个月也得剩点，至不济也过百，几年工夫只存不取就存出这数儿。"

九芝看存折上果然在支取栏内全是空白，分外显得整齐好看。

凤屏又道："要不我为什么问你中等生活是怎样情形呢？这叫活该可你的心。我这点钱每月可以取六十块利息，加上你的薪金，恰好过你说的那样日子。这目下可堵上你的嘴了吧？看你还说穷。方才我是试探你，可肯为我受苦。你别当真，我怎忍教你为难着窄。你就放心好了。这笔钱预备咱们长久度日。你先替我收着，可别弄丢了。现在若用钱办咱们的……"凤屏说着，似乎不好意思，嗳嗬一下，到底用减字偷声的方法，把个"喜"字咽了下去，接着说，"咱们的……事，我父亲手里还有，他是老财迷，只爱存现钱，藏在炕洞里，大概总有两千。也是留着给我的。等我回家跟他说明了，明天你就去取，顺便也该认……认……"

凤屏说着，见九芝一直俯首无话，凑近看时，见他脸上通红，双眼含泪，不由心中纳闷，就推着他问道："喂，你怎么了？"

九芝抬头，望着她凄然叹道："你真待我太好了，我实在有说不出的感激，可是你也把我难死了。"

凤屏听着大愕道："怎么我把你难死……这……你还有什么为难？"

九芝摇头道："正因为没有为难，我才为难。比如你没有这存折，要

190

我刻苦十年我也情愿。现在你……天呀，我一个男子汉，怎能用你的钱？照你那样办法，我简直被养活一世。我成什么人？可是我也知道，事情已经到了这样地步，我若驳了你，一定教你伤心。这可怎么好？"

凤屏哼了一声，随又现出笑容，柔声说道："敢情是为这个，你真有志气。我没看错了人。可是你不想想，咱们是谁跟谁？何必分得这样清楚？倘若我分文没有，得仗你养活一世，那我也害羞么？"

九芝道："那不能一概而论，我养你是理所当然。"

凤屏道："我养你就不应该了？别瞎说吧。本来你的就是我的，我的就是你的。说不上谁养谁。何况你不会长久这样，我从你身上将来还不定享到什么福分？不要只看现时。"

九芝道："我很明白你的话，很感激你的心。不过实没脸那样办。料想你也未必愿意我是个没出息的男子，所以最好……你把这存折收回去，只当没这回事，我还照你起先的话，每月存钱，过几年再结婚。"

凤屏听了，凸起嘴儿道："你这人怎这样拗性，方才你说过不忍耽误我的青春，其实不只我一个人，你的青春也一样可惜。现在既有这不耽误的道儿，你难道说非得耽误不可？这不是成心……我越对付，你越拿乔，说了半天，还是我贱。你很不必说这些理儿，干脆就……"说着又回头过去，伏在椅背上，似乎哭了。

九芝暗自叹息，心想我本料着跟她说不能，白费口舌，白找别扭。无奈我一个昂藏七尺男儿，怎自低品格，自颓志气，甘心受女子豢养。所以不得不跟她婉言商量，哪知又把她惹恼了。看来此事实不可开交，她既如此深情，我恐怕再坚持也没结果，只得为爱情牺牲志节了。也罢，好在我还不是无用之材，日后只要努力上进，未尝不能补上这层缺憾。想着就低声说道："怨我，怨我。我本知道说也没用，白惹你生气。只是我实在……咳，得了，方才也算我没说，别生气了。"

说完见凤屏仍伏着不动，肩头频频颤动，似乎正在哭泣。九芝手足无措，没口说道："你别怪我，我爱你感激你的心，只恨没法掏出来教你看，又怎能拿乔？你那话太冤枉我了。好妹妹，我从此再不说话，一切依你，还不成么？"

凤屏还是不言不动，九芝又央劝了半天，把话说绝了，凤屏还是不理。九芝有些着急，忍不住便拉着她的玉臂，想把脸儿凑过来，不料凤屏毫未挣扎，随手便转过身。九芝向她脸上一看，竟是出于意外地无哭泣之容，而是满面春风，喜容可掬。同时还哧地一笑。九芝惘然若失地道："你这是图什么，我急了一身汗。"

凤屏白了他一眼道："你还说我，不把人家惹急了，你的故事还有个完么？大概你是有着特别脾气，非把人气哭不肯甘心。现在见我没真哭，还得再抓个碴儿变卦吧？"

九芝笑道："教你说的，我真成了拗种，为什么还变卦？现在我算卖给你了，完全服从。"

凤屏变色道："什么？你骂人啊？说我用钱买了你是不是？"

九芝忙分辩道："不不，你是用爱情买了我。"

凤屏方转身笑道："这样说你还买了我哩？"又面带笑容发狠道，"就是这样，非得把人怄急了不能算完，现在若不是……你看我没真哭，还不得变卦么？"

九芝道："教你说的我成了什么人？我何尝成心怄你，只不过……"

凤屏摆手道："得得，少往下说吧。方才你不是答应我了，就照着你答应的话办，用不着讲什么表儿里儿。告诉你，俩人要好，就是没理可讲的事。若是说到为什么，图什么，应该不应该，那就压根儿谁不用理谁。你若真心爱我，就把废话免去，办真格的。这个存折你存着，用钱尽管去取。我向来没刻过图章，只凭折子办事。"

九芝摇摇头道："这个我看不必吧。还是归你存着的好。"

凤屏又一沉脸儿道："哦？这是我的钱，你不能要是不是？"

九芝忙道："不不，我不是这个意思。你的也是我的，我的也是你的，谈不到谁的。我只因为所住的宿舍人很杂乱，带着存折不很妥当，万一丢了，岂不要命？"

凤屏冷笑道："有什么要命？丢就丢了。"

九芝道："可是我过意不去呀，而且咱们将来的幸福都在存折上面，怎能不小心呢？"

凤屏从鼻子哼出笑道："我若不是知道你不是借题推辞，真要把你这人看没有了。怎么，咱们幸福就全在钱上？倘若没有这点钱你就觉着没了

192

幸福？咱们的事自然不能办了？得，你不用再说，我这人是天生拗种，只要有个打算，九牛二虎也拗不转。现在咱们已经到了这地步了，你管了我，我也管了你，你就趁早听话，别教我着急。若惹火了我……"凤屏说着咯的一笑道，"你看见过我打人了，惹我照样打你一顿，也得老实拿着。"

九芝听了，不由毛发悚然，心想这可好，才在口头上定了婚约，她便要用拳头立起家规。往后日久天长，我这身体怎当得她那花拳绣腿？想着不禁耸肩吐舌。

凤屏更笑起来，握住他的手腕道："你害什么怕？我这两句话别再把你吓跑了。"

九芝笑道："何至于呢？倘若为这个挨你的打，是多么大的幸福？拳头里藏着上万的钱，世上的人谁不想挨这样打？"

凤屏撇嘴道："别瞎说，我凭什么打别人？就连你我也……"说着一扬那握紧的粉拳道，"你若不听我的话，我还是真打。"

九芝道："这个实在教我为难，请你想想，是应该男人的东西归女的收存。若是女的有东西该归男的收存。比如等将来，有什么财物等，是不是该交给你？"

凤屏点头道："那自然得交给我，不交我可得成啊？可是现在这存折得交给你。头一样，算咱们定亲的凭据，好比我的人虽没过门，嫁妆先过去了。二者你也就得操持办事，事事短不了用钱。有这个在手里，可以方便些。好哥哥，你就拿着吧，若再跟我分争，我可就不向好处想了。"

九芝见她心意坚决，无可奈何只可收了，道："我有生以来，还没见过上百的洋钱。记得去年秋天，有位姓高的朋友托那位梁老头儿替他卖一只古董鼻烟壶，据说是什么轩的，十分贵重，讨价五千元。梁老头儿送给徐止庵看，没有说成。一天梁老头儿要上北京，临上车才托我把鼻烟壶退给姓高的。我想只送一次也没什么关系，就答应了。哪知姓高的也出了门，没在家。这鼻烟壶我手里存了三天，这三天工夫，我简直坐立不安，寝食俱废。就像《盗银壶》戏里那个丑角看守银壶一样。现在你这存折更不知教我受多大罪过。"

凤屏道："什么话？你说我的存折，你还当是我一个的，丢了你赔不起呀？"

九芝摇头道："不不，也是我的，不过我是穷人，发财如受罪。不知道教它折腾到什么时候，才得反回头来教你收存。"

凤屏撇嘴道："那还不容易，你只快些办事，到那时候连你这个人都归我管了，莫说东西。"

九芝笑道："我当然不会慢的，你想我又不是傻子，好容易有了房屋，还愿意尽在街上挨冻么？这存折我就带着了。亲爱的，我不知你怎这么大胆，这么信我，倘若我不是好人，拐了你的钱逃走了呢？"

凤屏撇嘴笑道："那倒有趣，倘然真有这事，我还是满不在乎。也许我看错了人，抱怨自己瞎眼，绝不会丢了难过。"

九芝道："你倒大方。"

凤屏道："不是大方，我一点儿也不大方。现在我看着钱就像我的命，可是旁边得有你，倘若把你给丢了，钱对我还有什么用？我不明白是什么缘故，大概是前世缘法。我活了二十来年，以前没见过你这样的人，以后准知道再遇不到你这样的人。所以我的指望现在时时刻刻在你身上。倘若我真失了眼，你居然把钱看得比我还重，踏一踏脚就上尼庵当姑子，我要钱做什么用？"说着又拍着他的肩头笑道，"你若把钱拐走了，可记住花完了千万回来，我看你可比钱重。"

九芝听了，虽觉词不达意，当然因为没有学问，所以谈情说爱不及女学生来得透彻，但精诚坚恳的意思却更令人感动。不由抱住她的玉臂，凄然说道："亲爱的，我很明白你，咱们往后看吧。"

凤屏道："不用往后看，我知道你不会错的。不过有件事和你商量，我跟你结婚以后，饭店非得关门不可。你总会看见，我歇工半天生意就没了，何况永远离开。所以关门……"

九芝听她说了半天，已明白她的心意，就插口道："这根本无须商量，你父亲当然要跟咱们一同住。咱俩度日，有个老人家照顾多么福气。你难道舍得离开他么？"

凤屏望着九芝道："你真愿意要我爹同住么？"

九芝道："我怎会不愿意？我很明白你父女相依为命。你嫁了人，教他往哪里着落？"

凤屏眼圈微红，叹息说道："你这样我可放心了。我父亲那个样儿，我只怕你嫌他，不愿……咳，我的老爹爹太已可怜，从我母亲去世，我才四岁，他一直做着母亲的事，简直完全为我活着，莫看我们小本营生，他还是省吃俭用，可是把我养得比大家小姐还娇，不知怎么疼爱才好。在我五六岁时候害过一次病，父亲正在一家商店做粗活，进项还不能养我。到我害病，他把身上的衣服都卖了，替我治病。事也不做，一直在我跟前守了半个多月。到把我看活了，他却几乎累死，把事也散了。就在那年冬天苦得最甚，连住处都没有，在一条胡同里给人家打扫胡同，讨些残羹冷饭，夜里就在门洞里睡觉。有时赶上场风搅雪，就把他的身体当作被子紧紧拥抱着我，再用他平日拾来的破烂棉絮，一团团堆在我身上遮不严的地方，他自己常常冻得佝僵了，到睡醒时在地上翻滚半天，才能伸直了腰腿。那苦处简直一言难尽。这样过了二年，他又在一个外乡人开的小饭馆帮忙，以先只打杂差，以后才渐渐学着上灶做活。好在主顾都是卖力气的苦人，只要解饿，不要好吃。他对付干下去，又过了二年，那外乡人回了老家，他就把买卖接过来，自己经营。慢慢混得好些，方才又找了赋闲的师傅把生意扩充，添卖酒菜，又借了些本儿。我也大了，跟着学习也能上灶。到那厨子退伙不干，生意归了我们。主顾们竟说我的手艺比厨子还好，买卖越发火爆，才混到这样儿。你想想我从做事那天，就同父亲一同活着，不管受苦享福，没一天离开。好像谁离开谁也活不了。父亲的心全放在我身上，简直忘了他自己。这几年稍为宽裕了些，他把所赚的钱全给我，教我尽兴花用。他自己舍不得费个小钱，可有时上百的给我买衣服首饰。饶是这样，还常常看着我难过，说补不过少时受的苦来。你想他对我这样，我可舍得抛了他不管么？何况我也知道，他没了我准活不下去。所以你方才一说愿意教我父亲同居，我心里说不出的痛快。"

　　九芝点头道："这是应该的。你的父亲和我的父亲一样，我既爱你，当然也爱你的父亲。你放心吧，咱们结婚后，就教他把饭店关门，跟咱们一同度日。"

　　凤屏道："我看不必等咱们结婚，饭店就先收市也罢。这是没多久耽误的事。我也干不下去了，明天到我家再跟父亲商量吧。"

　　九芝点头唯唯，凤屏凝眸想了一下，忽又赧然说道："你打算还等多少日子呢？"

九芝道："我想与你……说好了。"

凤屏道："大主意应该你拿。"

九芝道："俩人的事，还分什么彼此？"

凤屏沉吟道："若依我看……我看不如……不如快些。倒不为别的，我看你全好，只是瘦些，气色也不大好看。跟大伙儿吃伙食饭，在宿舍里过穷光棍的日子，一定舒服不了。还是早些……也得……一个年轻人没有管哪儿成啊？"

九芝听了，不由心中油然发生夫妻之爱，暗想这真应了各人女婿各人疼那句俗语，方才定下婚约，立刻就关心到我的起居饮食，肥瘦强弱，恨不得立刻必自照料。但不想我在今日以前许多年里，一直没人照管怎么活来？这意思却是太可感了。就道："我明白，你这么关心我，我也一样希望早和你到一处去。亲爱的，你虽然从小受苦，可是还有个父亲，互相疼爱，互相倚依。我却是只自独自。你想想我这几年苦生活，一个人住在一间宿舍里，每天做刻板的工作，吃刻板的伙食。回到房里，天天是冷冷清清，独对孤灯。若再过下雨下雪的天儿，或是有灾有病的日子，我是什么滋味？所以我的心永远好像被冰镇着，冷得麻木。虽然年轻，竟好像老头儿了。今儿好容易得到指望，眼看幸福就在前面等着，我真恨不能一步跳过去。"

凤屏看了他一眼，笑道："你可跳啊！谁拦着你？"

九芝道："我自然要跳，明天定规以后，我们就开首预备着。"

凤屏道："啊，要不然不用等明天，现在你就跟我家去见父亲。"

九芝沉吟道："现在不必，还是明天吧。"

凤屏道："你才说要跳，怎么又不挂劲儿了？我们去与父亲说好，可以把生意立时不做，明天就操持办事。即或你没工夫，我和父亲就先出去看房子买东西，多么利落！你为什么不去？难道说不好意思？"

九芝道："不是不去，是我还有个约会。你昨天见过的那位梁老头儿，他从你们饭店出去，便惹了一桩祸事。"说着就把昨日的事告诉一遍，又道，"那姓胡的受伤进了自清医院，还不知病势如何。梁老头儿约我陪他同去探望，本定在今天午后两点，我因为要先来看你，就给往后推了一点钟，现在已到时候，得要去了。"

凤屏听了，似乎颇为怅惘。她倒不是一定忙着和父亲商量，而是对九芝依恋不舍，所以想借题拉他回家，顺便挽留晚饭，便可做长时厮守。如今不料反提醒了九芝立刻要走，自然感觉惘怅。俗语说女大十八变真个不错，凡是生理上心理上以及环境上的各种刺激，都足以使其发生变化，凤屏本是个爽快的性格，今日竟被爱情浸润，一变而为悱恻缠绵，而本来性格尚未全改，还不致泪眼颦眉，闻言只叹了口气道："你真是非去不可么？"

九芝道："叔子正在逆境中间，我实不能不去帮他。倘若失信，就对不住朋友了。"

凤屏道："那么你就去吧。"

九芝道："你呢？"

凤屏道："我自然也回家，难道我能自己在这儿？"

九芝道："那么我们就出去，我可以送你一段路。"

凤屏无语立起，和他同出园门。方才进园时，还是两不相关，这时出去已是未来的夫妇了，自然形迹上越发表示欢爱，挽臂而行。园中游人见九芝清秀文雅，凤屏明艳照人，大家都向这天成佳偶投射羡慕的眼光。九芝和凤屏都在羞赧中感觉得意。

出了园门，凤屏便问九芝到什么地方，九芝说了地址，又道："我先送你回家，再坐车去赴约。"

凤屏道："你要去的地方在北面，我家却在南方，你送我不是越走越远？得，时候也不早了，你就快去吧。可记住明天早去找人。"

九芝道："那么给你雇车回家。"

凤屏摇头道："不用，我自己会雇，你去你的。"

九芝却不肯便走，又立刻对她看了一下，才说声："我走了，明天见。"

转身走了几步，回头见凤屏仍立在原处，向自己望着。就挥手示意教她叫车，凤屏也挥手教他自去。到九芝转过角，她还向去路呆望半响，方才抱着半欣喜半怅惘的心情回家去了。

九芝和凤屏分手以后，心中迷迷惑惑，恍恍惚惚，好似乍从梦中醒来。大凡情人相聚之后，极紧张的情感突然松弛，都不免有这种感觉。何况九芝还在短时会晤中间，生命竟发生很大变化，在未来花园以前，尚是畸零无侣的苦人，如今未出花园，身心已一齐有了着落，成为一个受人关切爱惜的幸运儿。在未来花园以前，尚是个一贫如洗的穷汉，如今未出花园，竟已成了富翁，身上藏着上万的资财。这数目虽不很巨，但在九芝眼中看这长至五位的数码，和普通人眼中看那一串长蛇的天文数字一样多得不能想象。虽然他对这笔巨款并不想据为己有，也不想擅自动用，只于把这存折看作日后幸福保障，有这个便宜补助自己能力所不及，使凤屏不致受苦，因此他才对存折非常重视，并且好似感到一种安神定魄的力量。一面走一面隔衣抚摩着袋内存折，觉得自己前途很是平平，幸福基础已然奠定。虽然一个男子不该依赖女人，自己也绝不愿倚赖凤屏。但有她这样内助，再有她的积蓄作为生活保险费，自己便可以安心上进，也许由此得到发展。真梦想不到会在无意中遇此奇遇。凤屏不知看出我有什么好处，竟如此倾心相爱，委身相事。总共只见面三次，便决定了婚姻大事，而且据她自述，她的心意在初见时便已决定。看来男女两性感应，真奇妙不可思议。所谓一见钟情，竟然真有。而且这样风急火速。可是细想起来，不能不说她过于任性，过于鲁莽，倘我是个坏人，岂不一失足成千古恨么？但我并不是坏人，她也并未失眼，就只可归之于天意该当，前缘有定。也可以说我的运气到来城墙也挡不住了。我绝不在乎她的妆奁，只得到这样容貌美丽、性格明快的人做终身伴侣，已是人间厚福。论我的身份和环境哪一样也不配得到她，但她却把我看得太高，还自嫌家世寒微，尤其以父亲出身低贱，怕我嫌弃。其实我何尝那样存心势利？莫说她父亲做的是正当职业，不足为辱，若真是相悬过远，我也得爱屋及乌，为她而爱她父亲。她说这话未免浅视我了。我岂止要爱她的父亲，还得和她一样孝敬。只听那老人对凤屏的慈爱，多么令人可感，我和她夫妇一体，怎能不替她行孝报恩呢？

九芝在路上胡思乱想，忽叹忽笑，好似发痴一样。及至到了梁宅，叩门一问，才知叔子早已出门。九芝看看手表，原来已过了约定时刻近一点钟，又恍惚记得昨天原先约在医院会面，就又坐车直奔到自清医院，到了地方，下车便向里走。他因昨日来过一次，知道病房是两座楼，一座是头二等病人所居，在院中最北端，前面临着花园，和院长住宅女看护宿舍紧相毗连，距离院门甚远，环境颇为幽雅。若住在向花园一面，简直和医院完全隔离。所以无怪许多无病的人全愿前来静养，给自清医院添了无限好生意。至于三等病房则在医院中部，不但和那种挂号待诊药剂庶务手术诸部分相接甚近，而且楼下便是手术室，时常有病人号叫呻吟之声，给楼上病人破闷。这就是自清医院的不平等制度。

九芝进门穿过阔大院落，直奔三等病室楼房走去。进了楼门，便觉耳中一片繁杂，心想病人居处本该清静，何以如此骚乱。但转想也许有几个病人同时施行手术，也没介意，仍向里走。已上了二楼，忽见甬路中间站了许多人，围成一团，只闻人言里有女人哭叫和男子说话之声，但外围站的多是医院中穿白衣人员，看不见里面的人。九芝心中诧异，暗想这是什么事，便要凑过瞧看。忽听人群里女人哭声之中，夹着一个苍老的男子声音叫道："嫂夫人，请你放手，不要再闹，有我在这里，可以担保依你的话，你放手呀。"

九芝忽然一听这人语声，觉得十分耳熟，不由一怔，暗叫这是止庵的声音，他老先生怎么来了？别不是吧？想着就跳了过去，向人群中一望，果然不错。却又大吃一惊，只见在地上坐着个半老的妇人，身上穿着半旧的青缎裤袄，未着长衣，头上半秃头发，在颈前剪齐，下面还是两只缠足。看年纪在四十上下，脸上还带有脂粉，额际贴着太阳膏，头发抹得光板一样，虽在地下撒泼打滚，并未蓬乱。但脚上的鞋却已挣落一只。她正在涕泗横流，哭号不已。一只手捶着地板，一只手拉住一个惊愕失色的老头儿，正是梁叔子，叔子旁边立着徐止庵和那边县长，正在苦口劝解。在那妇人后还有个瘦似骷髅的少年，身穿油包似的灰布长衫，有着和地皮同色的一张小脸，因犯也似的长头发，年纪似在十六和二十中间，正蹲在妇人身后，有气无力地喊叫助威，连叫："妈妈，你就跟他拼了吧，咱们不能受这欺负。你死了我打官司。"

徐止庵呵斥那少年道："老贤侄，你不许这样，我这不是已经答应你们？我说话没有反悔，你们还闹什么？"

那妇人道："你答应了可快办呀？我在这儿瞧着，差一点儿也不成。别想蒙哄我。"

徐止庵点头道："办，办，我这就办。你先放手。"

那妇人道："我放手他要跑了呢？告诉你我们当头人被他害到这样，我得见个真章儿。人活着给他治病，人死了他给偿命。我就这么容易放了他？"

徐止庵听着，似乎因她无可理喻，急得踏脚，就拉过边县长，附耳说话。九芝听那人所说的言语，才悟到她必是胡鲁题的老婆，那少年当然是胡鲁题的儿子。但又纳闷胡鲁题虽然行为卑鄙，也是为穷所迫，实际终是读书的人，却怎会有这土娼老鸨式的女人和吸毒乞丐式的儿子呢？正在这时，边县长已瞧见九芝，就招呼一声，九芝忙走过来。止庵看见他叫道："九芝，你来了正好，快给帮帮忙。"

九芝道："您教我做什么就请下令。"

止庵却说："请你稍候。"又向边县长道，"老兄，请你去跟医院接洽，现在只要二等房间有空，立刻挪过去。"

边县长应了走去，止庵又向那妇人道："嫂夫人大概也知道我是谁，我总不致对你失信。许了必办，请你快放开叔子，这样太不成体统了。"

那妇人道："你只许了我个大概其，还没说小花儿呢？现在快说给我多少？"

止庵摇摇头，好似对这妇人说话大有儒依儒冠坐于涂炭之势，但又不能不耐着性儿和她商量。苦着脸说道："嫂夫人，你别弄错了，鲁题是自己害病跌倒的，叔子为着朋友义气，才送他进医院。你讹他可太不该当。何况鲁题现在仍然活着，并没有死。你有什么损失？能望谁要赔偿……"

话未说完，那个枯瘦少年发出暗哑的声音道："你别这样说，我父亲明明是被梁老头儿气坏的，不找他找谁？就是我父亲没死，我们一家全仗他养活，他一病我们就没有饭吃，可不得教梁老头儿赔偿？"

徐止庵道："老贤侄，你这话未免差些，我已说过，你父亲自己病倒的，赖不上叔子……"

那妇人叫道："你别瞒我，我早打听明白，是这梁老头儿给气坏的。怎么赖不上他？"

止庵道："就算叔子曾惹他生气，可是他受伤是由于自己跌倒，并没有人推他打他呀？嫂夫人，你不明白现行法律，就是张三和李四打架，李

200

四负气不过，上吊自尽，只要张三没有劝他自杀，没给他拴绳扣儿，就连累不上。因为打架的事很多，并非全都自杀。李四自杀是他自己情愿，张三不负责任。这件事也是一样道理，便打到法院去也不会教你占了上风。你不要抱着旧脑筋，想趁机会讹人。其实我跟鲁题也和叔子一样是老朋友，并不想偏向哪一面，只是秉公论断，替你们息事宁人。你们最好抛开这种妄想，从友谊上商量，我总要给你们想办法。"

那妇人听了，和少年对望了一下才道："我常听我们先生提你徐老爷子是个做官的大人物，你老既出头来管，一定亏不了我们，你说怎么办吧？"

止庵点头道："这也很容易，我知道鲁题景况不佳，家无余资。现在可以答应你们，在他害病期间，按月送点生活费。"

那少年接口道："你给生活费么？一月给多少？"

止庵道："大概你们每月多少浇裹？"

少年道："我们一月总得千八块钱。"

止庵听着一怔，九芝也觉愕然，就插口道："你们说实在的。徐止老是慈心好意帮忙，你们不要信口开河。请问令尊每月有多少进项？你们每月浇裹上千块钱？"

那少年瞪了九芝一眼道："父亲哪个月不挣千儿八百的？"

九芝笑道："令尊既有偌大进项，何致为争一两元的卖文生意闹出这样事来？我倒很知道令尊的景况，大概他教书的束脩每月是三十元，卖文至多和这数目一样，至于府上浇裹多少，我却不敢妄谈，也许真像你所说的那么多，不过那另有来源，不关令尊的收入。所以现在只能就令尊说话，他害病期间，少了多少收入，徐止老就给补助多少。你们浇裹根本不必谈。这是顶公平的办法。"

止庵听着说道："这就对了，我每月按六十元送过去。"

那少年和妇人面面相觑，似深恨九芝揭露真相，破了讹索计划，但仍不甘心，那少年又叫道："谁说我父亲只挣这一点儿钱，凭父亲只挣这一点儿钱？"

九芝道："这是有的考察的，可以向他教书的人家和诗社朋友大家问问。"

那少年才没话可说，但那妇人仍叫着："不成，只给六十元不成。你们伤了人，才给这么点钱，你们真把人看得不值钱，我死在这里也不答应……"

她也说不出理由，只管哭叫，把讹索本意全露出来。徐止庵以局外之身，为帮助叔子倒被缠在里面，老头儿急得唉声叹气。叔子被那妇人揪住，怕她撒泼动武，不敢开口。九芝自己和他们周旋，大有孤掌难鸣之势。幸而边县长从楼上下来，先向止庵报告，已和医院接洽停当，立刻便可以把胡鲁题搬到二等病房去。说完又向那妇人道："现在就把你们先生搬到二等病房去了，你还闹什么？"

妇人叫道："二等不成，得住头等。"

边县长道："才说好的，你怎么又变卦？"

那妇人道："我看着面子才答应住二等，如今他既不厚道，只给我这点钱，我就变卦。"

边县长听着莫名其妙，九芝告诉了他，边县长才帮助劝说，和那难母难子费了许多口舌，结果又给加了一倍方才了事，还是立时付给。那个妇人接了钱，她儿子便迫不及待地向她讨要，母子争竞了半天，终被儿子得去一半。这时医院中人已动手迁移病人，那妇人才放开叔子，进房去照料，但儿子却抽冷子跑得不知去向。

九芝这才向叔子慰问，又询问胡鲁题的妻子因何来此胡闹，叔子惊惶初定，只指着边县长道："你问他吧。"

边县长就叹道："九芝大概还不知道胡鲁题的家庭状况，他可算世界一等苦人，但也是自作之孽。在十多年前，他跟着我一个同乡姚县长在河南某县做幕友，任上正遇着一个财主家出了命案，县衙里的人全都大得其法，胡鲁题也分得几文。饱暖思闲事，就结识了一个流娼，那流娼年已不小，带着一个男孩，一个女孩，在各处码头做生意，也可算是老鸨。胡鲁题犯了老骚，与她打得火热。没有几月，那老鸨把女孩卖给姚县长，她自己也带着男孩嫁了胡鲁题。据说那男孩还是她亲生自养的，胡鲁题居然大度包容，一概全收。娶姨太太还许拖着油瓶。哪知道这女人十分厉害，进门不久，就把原配太太气死，胡鲁题把她升为正室，把她的孩子也抚为己子，就是方才这两块宝贝了。胡鲁题自从得了这位好妻子，真是罪孽深

202

重，妇人好吃懒做，又喝大酒，又打小牌。据说还有别的情形，那倒不必细谈。她虽然很有积蓄，却把住不往外拿，只逼勒胡鲁题弄钱供她挥霍。又加那儿子天生下流，很早便学会吸海洛因，偷拿拐骗，无所不为。近年更变本加厉，常跟父亲要钱、动武，妇人还帮助儿子欺凌丈夫。老胡受的苦楚真是一言难尽。结果倒被老婆儿子制住，只好到外面拼命弄钱。你只看见他卑鄙得可恨，却不知实际是困苦可怜。只看他对钱财过于贪恋，却不知他若弄不到钱，回家是什么罪过。这个人简直在活地狱里呢。昨儿他进了医院，叔子自然要给他家送信，哪知母子竟认作好机会，跑来拼命撒泼，今儿止庵已知道老胡的事，就同叔子前来看望，也遭了无妄之灾，进门就遇见这母子二位揪住叔子胡闹。先要求把病人移到头等，还是我劝着，才折中改为二等。跟着又开口讹钱，若不是咱们在这里，只怕他们二位老先生不知要被讹去多少呢？"

九芝正在听边县长说着，忽见房门开放，有看护用轮榻把胡鲁题推出来，那妇人随在旁边，一面抹泪，一面照料，好像十分怜惜，十分关心。不时地伸手扶扶枕头，整整被角，其实是做给旁人瞧看，表示她和胡鲁题是正式的恩爱夫妻，倘若胡鲁题有个好歹，她有讹索的优先权。至于胡鲁题平日在家是否也能享到这样优待，那就只有她自己心里明白。这时胡鲁题头上捆着绷带，只露半截脸儿，却张着双目，似乎已经清醒，看见止庵点头儿还微动了一下，好像在病中仍忘不了他谄媚的本性。口中含糊无力地说："止老恕罪，我不能起来，这里点头了。"

那妇人似乎不愿他开口说话，教人看出伤势不重，就连连推他，胡鲁题似也自悔不该忘形，透出精神，就呻吟两声，又闭上眼。边县长看着，向九芝一笑，于是大家都随走向楼梯。那轮榻由几个护士抬着，颠颠簸簸地下去。止庵走在九芝旁边，不由低声讲说医院设备太欠形容，倘是重病的人，这样颠簸上下，如何承受得住。哪知下楼经过院中，进了头二等病房的楼门，才知这边设有特别轮榻，上下的小升降梯，可以很舒服地上去，并不经由楼梯。九芝暗想，医院本是慈善性质的营业，怎竟如此势利，昨日的剥削钱财已经令人发指，现在才又知道，他们对于病人待遇竟如此阶级悬殊，人有贫富贵贱，病有轻重安危，怎能不管病情，只以钱数决定待遇？看来到这里的三等病人，都是活该死的了。胡鲁题本落在虐待

203

之数，不想止庵前来，竟把他升步，挤入优待之列，这也是运气。否则若是止庵不来，任他那老婆儿子再凶一些，恐怕叔子也不肯应允升入二等，他实在没这力量，逼死也无用啊。

九芝正要想着，哪知胡鲁题运气尚不只此，还有等二步升迁。众人见轮榻进入升降梯中，胡太太随着升了上去，就也转入楼中想要照看一下，略作周旋再走。却不料还未踏上楼梯，只听楼梯上噔噔作响，有一个头顶光秃、西服笔挺的中年男子走了下来。原来正是院长马自清。说也奇怪，在这不大的工夫内，不知医院中哪个透亮眼认出了徐止庵这位阔佬，跟着便有顺风耳报告马自清。马自清对这种机会向来不肯放过，何况又听到胡鲁题老婆儿子的讹索情形，知道这个病人是止庵的朋友，由他负责出钱，于是又有了盘算，就赶忙由院长室奔出，预备对止庵致敬。在二楼恰见轮榻由升降梯推出，问知病人姓名，便对护士吩咐两句，又循楼梯向下奔来，便和止庵等遇上。他虽不识止庵，但那一双江湖眼由这一行人的斯文派头和止庵的眉眼气度，便已断定不错，迎着止庵鞠躬高叫："您是止老么……"

止庵听了方一点头，马自清跟着跳到近前，很亲热地握了握手，便退后一步，伸手叫道："敝院今天得止老光临，真是蓬荜生辉，十二万分的荣幸。简直等于福星下降，全院病人都可以不药自愈……"

止庵被他这一闹，竟给闹怔了。方要请问尊姓大名，马自清已提高声音，像旧日官役对上司背履历似的，做着自我介绍。介绍完毕，又取出一张名片敬谨递过，才向别人请教一下，散了几张名片，便向止庵道："止老难得光临，请到上面稍坐，自清也好听听高明教诲。"

止庵道："谢谢老兄，容改日专诚奉谒。现在兄弟这要去看看敝友。"

马自清应声道："啊，贵友是方才从那边挪过来的胡先生么？你既然……那么自清给您引路，先去看看贵友。"

说着就转身上楼，在前引导。到了楼上，便道很是宽阔，建筑和装饰都极富丽，颇有外国大医院的势派。转过一个弯儿，只见甬道尽处是一面法国式长窗，却是双叠并列的，全面都是透明玻璃，光线十分充足。窗外正对花园中高树之巅，绿叶葱茏，映着明洁玻璃窗，觉得十分幽雅爽豁。九芝看着，想这里真个幽美，二等病房居然有此环境，不知头等要好到什么份儿？想着见马自清走到便道尽头一间门口立住，推开房门，让众人先入。九芝抬头一看，只见房门上钉着镀镍的横牌，上面刻着"特等一号"四字，不由一怔，惊诧方才边县长明明说是移到二等，还为这个费过口舌，怎现在比头等又升上一级，竟弄到特等来了？难道这医院巧立名目，特等就是二等么？想着由门缝向房中瞥了一眼，见里面的陈设装潢直似富家闺阁，更为诧异。转脸瞧着止庵，止庵也瞧见门上牌子，愕然止步。

马自清道："止老请，胡先生就在这屋。"

止庵迟疑着道："怕不对吧，我们原定二等房，这是……"

马自清哈哈一笑，把门推开，众人果见胡鲁题已高卧在极华美的席梦思钢床上，那位胡太太坐在床边，见众人进来又坐在床边象牙色绿绒的沙发上，悠然自得地吸着纸烟。一见他们才又低头抹泪。马自清证明并无错误，又向止庵笑道："哈哈，止老，贵友到了敝院，怎敢不竭诚招待？这样已经太简慢了。不过敝院已没有再好的房间。哈哈，自清对止老久已钦佩，今日得机会尽一点儿敬意，实是万分荣幸。哈哈，请里面坐，请里面坐。"

止庵和叔子九芝互看了一眼，都觉得这马自清言语太甘，谄媚太过，恐怕他心中别有用意，不只于表示敬重。叔子和九芝因昨日领教过院中的辣手，此际便想到他或是久闻止庵是位阔佬，乘机要敲竹杠。这一间特等房还不知讨若干代价。止庵也理会到这层，但因被马自清情面罩住，又当着胡鲁题夫妇，不好说我们不敢受你抬举，还把病人抬到二等去住。就望着叔子和边县长，似乎询问他们应该怎样，边县长还算机灵，就替止庵下梯道："马院长盛意真是可感，不过这样骚扰总不大合……我看还是二等……"

马自清不待他说完，已插口笑道："你这话太见外了，房间对我都是一样，特等和二等有什么差异？我说句取笑的话，您难道还要照章付款么？我预先声明，贵友无论住多少日子，行多少次手术，我都完全尽义务。这医院就和止老的一样，莫说止老这一位，以后止老介绍多少人来，我若收一文钱，就是狗彘不如。"

九芝听着，暗叫糟糕，敢情他不只要借房间敲竹杠，而是有大欲焉，大概要从止庵身上寻一笔大生意，起码要他捐个董事，恐怕止庵还不易逃脱。止庵这时当然也看了马自清意有所图，但他并未明说，无法拒绝，而且胡鲁题已被搬入房中，安置停妥，事情很是不好办了。只得无言走入。九芝细看房中，更瞧出豪阔可惊，四壁都是方面瓷砖，两面窗户，宽大明洁，都有碧色绒的窗帘垂在两边，房间陈设虽然力从雅素，没有鲜艳颜色，但格式全仿闺阁，家具都是极贵重的质料。地毯约有一寸半厚，床上放着锦缎被子和驼毛厚毯，床边的新式梳妆台陈列着各种名贵的化妆品。真是富丽到无可形容。九芝暗想这里设备已极讲究，便是极上等的旅馆也不肯如此不惜工本。乍进来直疑是贵小姐的妆阁。医院预备这样的房间有什么用处？患病的人只求治病还要摆谱么？

但九芝哪里知道，马自清特备这种房间，本不是普通病人住的，真正病人顾命还来不及，绝不需要这种例外享受。至于来享受的，却是另外几种人，虽然害病，却无须医治，而且也不能治的。例如在报上登着因政躬违和，入某医院休养的患政治病者，或是富贵人家的老爷少爷，在外面有所遇合，要到旅馆幽会，却恐耳目太多，走漏风声，特寻世内桃源，以治疗病症。或者有钱人家的小姐，未曾出嫁而先学养子，或是丈夫出门经年，太太在家竟教他不劳而获。这都名为养症，必须寻僻处医治。还有一种有钱没处花嫌家里不大舒服，旅馆不很受用，也要寻特别地方，治他财大身弱的病。马自清这几间精室，但是为以上几种人预备的。

不过今日胡鲁题因着意外机缘，居然也会置身贝阙珠宫之中，却是稀世的奇遇。凭他的身份，便替人作上一百副对联，也不够一日房价。只为马自清要攀附止庵，利用他做垫脚的工具，才得在这席梦思床上被松软的弹簧垫、轻柔的鸭绒被温存着他的苍皮瘦骨。只是委屈了那绣枕锦衾，在二者之间露须眉可憎的老脸。倒是自有这房间以来，未曾见过的奇景。至于胡鲁题的太太本穿着污旧的绸衣，在外面还不甚显，到这清洁的境地，简直变成一个泥人。她又装作痛惜丈夫，不住哭泣，把鼻涕乱抹。

止庵看着皱眉，就又向马自清道："马院长，房费多少倒没关系，实在无须用这太讲究的房间，请您最好还是给换一下。"

马自清听了一笑，方要说话，胡鲁题太太已迎头反对道："不能换，万不能换。你瞧这一趟颠簸，他已经翻了白眼儿，再要挪动，还不咽了这口气？请问谁给偿命？你们为什么不一直送进二等，这时再折腾个二回？

从我这儿就算不成。"

马自清接口道："是啊，我说过这医院和止老的一样，咱们自己人住哪里不是一样？病人身体要紧，可不能再挪动。"

胡太太应声说道："是呀，这位大夫的话才叫圣明。徐大爷，您为朋友就为到底，别打这小算盘了。"

止庵听这二人成了同志，异口同声，赌气也不再说。马自清延大家落座，自己立在止庵面前，雄辩滔滔，口若悬河，说了医院成立的历史，自己创办时所费的苦心，以及现在有多大的规模，以后还预备做如何进展，最后又述说本院董事和赞助者都是当代名人，一个个地数着姓名。九芝听着，以为他文章作到题目，就将要开口向止庵请求了。哪知马自清手段高强，并不急于收功，说到分际，又一笔岔开，转而说历年的成绩，曾救治了多少人，某人的糖尿症，某人的肝凸，某夫人的肺膜炎，某小姐的子宫瘤，都是自己亲手治愈。再指点某号房间经张总理住过，某号房间经李督办住过。

正在说着，一个少年美貌的女看护进来，记录病人的热度，又给整理衾枕，随后又来了一位大夫，带着另一个女看护，进来给病人洗创口换绷布，又给吃了药水。胡鲁题这半天似乎睡着，经大夫一阵折腾，他便又醒来，不住呻吟。那大夫工作完毕，将要出去，被马自清叫到一边密谈。胡鲁题却睁着眼向众人瞧着，口中喃喃作语。众人便凑向床前慰问，胡鲁题因方才睡醒，精神尚在恍惚，又没看见床后的妇人，竟一时忘记装作危笃之态，因止庵问他可觉好些，他就低声答道："从抬到医院上了药，就不甚疼了。只还头晕，心里也闷得慌。在那三等房里，一屋有四十多人，都是外症人。整夜叫唤，我旁边一个是棚匠，登高摔折了腿，不住声鬼号，真吵死人……"

说着忽听背后妇人叫道："你少说话吧，别累着。"

胡鲁题闻言立刻就上气不接下气，喘个不住。众人看着都有些明白，他这样精神清爽，言语流利，显见伤势不重，只不过昨天一时跌晕，经过敷药调治，已然毫无危险，只须稍行将养便可痊愈。现在不过受着妇人教唆，故意作态，以为讹索地步罢了。但是胡鲁题方才说了许多话，也不好意思便装死，喘了一会儿，又把眼光向四下一转，落到止庵身上，才吁吁地道："搬到这里可好了，谢谢止老你照顾我。只是这屋子太大了，只我一个，夜里睡不着怪闷气的。我可以……"

他本想说可否要本书看，因为昨夜清醒半宵已然知难受，所以做些请求。但一转想，自己若能看书，岂不等于直说病势甚轻，就把话咽住。但众人已听出来，还未开口，只听马自清在身后说道："胡先生怕一人闷苦，那好办，我可以派两个女护士轮班，一面看护一面做伴。她们很能教病人愉快。"

叔子一听这话，想起昨日交费情形，心想在这特等房间用女护士做伴，还不定什么价码，忙接口道："我想勿须，鲁翁若用人做伴，嫂夫人就住在这里岂不正好？"

胡太太听了，不住摇头道："不成，不成，家里没人不成，我就得回去。"

众人闻言愕然，不解她何以重视家庭，却轻视一家之主的丈夫？只胡鲁题心中明白，她是因为才得到一笔外快，要回去搜集邻舍赌友痛快打上几十圈麻将。和儿子有了钱便忙着吸毒一样，不过她总还较为稳健，不致像儿子那样，得到钱就跑。但此际心里也是长出小手，痒得要死了。若留她在此做伴，准得发狂受急。

这时马自清又插口道："胡先生这样年纪，在害病期间，精神上的安慰比药物治疗还要紧，所以总得有人做伴。胡太太既不能留在这里，还是由敝院派女护士吧。敝院女护士都经过特别训练，不但尽其所能给病人安慰，并且语言行动上面，都能使病人起美感。还有对住特等病房的一种特别优待，就是可以把护士唤到房中，由病人挑选。敝院专备特等病房雇用的护士，共有七人，敢说全是第一流人才，不但别家医院万比不上，就是这办法也是别家所没有的。敝院只为病人着想，希望他精神得到愉快，可以补药力不足，使其提早痊愈。譬如一个人得病住到医院，既然受疾病的痛苦，又感孤单的寂寞，便能雇个护士做伴，但是由医院指派，也未能合病人心意，反怕添了不快。所以敝院特定这办法，由病人自行挑选，自然能够称心如意，就可以觉得像住在家中，由太太或是情人伴守伺候一样。不但忘了是在医院，还可以忘了是在病中，好得便能特别加快。本应该一个月出院的，十天半月便可以出去了。虽然在雇用护士上多花了钱，但在其他方面无形中省得更多了。统算起来很合算的。现在我叫护士进来，请胡先生挑选。"

说着就伸手要按床头的铃，叔子忙道："不必，不必，您等我们商量商量。"

那位胡太太虽不关心丈夫，但却懂得吃醋，听了马自清的话，早气得凸着薄片嘴，小声喷喷着说："妈的什么地方？什么玩意儿？还教人挑一个呢。这是妈的医院，还是妈的……"底下的话她没说出口，给咽了下去。

九芝在旁听着也觉好笑，暗想马自清这小子真也该骂，自有医院以来，没听说有这办法，简直太已侮辱女性，罪大恶极。他借着开医院，做了别种性质的副业，实是社会败类，应该取缔。但他还沾名自喜，以为独出心裁，首创杰作呢？他所说病人得到称心如意，类乎太太，似乎情人的伴侣，终日耳鬓厮磨，岂止不会减病，反要添病。岂止不会早日出院，反而要长期留院了。

这时胡太太听叔子说要商量，就接口道："不用商量，从我这儿说绝不能用。他就一个人住着又怕什么？还会被老鼠吃了，黄鼬嚼了？"

胡鲁题呻吟着道："你们也得给留个人做伴啊？医院又不许看书。我真闷得受不住。"

胡太太听了他的话，竟想讹了，以为他真要个女护士做伴，大怒说道："呸，别不要脸了。老东西从多早晚娇惯起的？你是被他的话勾起了脏心，要趁坡找个乐儿呀？我宁可看你伸了腿闭了眼，也别打算。"

胡鲁题随抖颤道："这是哪儿的事，我不是要看护，是跟他们几位商量，谁有工夫常来瞧瞧，给我做伴。"

止庵这时已觉大不耐烦，就开口道："我们想想，谁能住在这里，给鲁翁做伴？我派个下人来成不成？"

胡鲁题随道："我跟下人有什么可说？最好咱们朋友，可以谈谈解闷。"

止庵一听，他倒撒起娇磨起人来了，这本该是太太的职务，然而太太放弃责任，又不许用女护士，竟赖到朋友头上来，谁愿意守在这里呢？这场事本是叔子所惹，似乎他应勉为其难，就看了叔子一眼，叔子已知其意，就摇头道："我不在，近来犯咳嗽，夜里总得咳嗽半宿，岂不影响病人？再说鲁翁也许跟我余怒未消，瞧着我更要添气，不必烦……"

说着眼光一转，恰落到边县长身上，边县长也急忙说道："舍下二儿正出着疹子，一切需我照料，若不为叔老的事，我连门都不能出，哪能在外面耽搁，实在对不起。"

九芝听着，知道就要轮到自己了，吓得俯首缩头，希图幸免。哪知竟听止庵说道："你二位既不能来，只得有劳九芝老弟了。好在他还方便，年轻人也没许多事情。怎样九芝，你可来么？"

九芝一听，止庵硬拍到自己头上，知道躲不过了，只得说道："我也不成啊，晚上还有工作，您是知道的。"

止庵道："你完了工作再来也可。"

九芝道："那太晚了，人家医院早就关了门。"

止庵道："我可以求马院长特别通融，马院长，你能法外施仁，夜里开门放我们陆老弟进来么？"

马自清这时已知道女护士这笔钱挣不上了，他本意在巴结止庵，对他的要求哪能不允？而且医院虽然应该纪律化，但他这里却是大有伸缩余地，莫说晚间开门放人进来，在以前曾有位高级军官住在这里，还召集朋友通宵打牌，把后门通宵开着，以备赌客所叫的妓女出入呢。但他听了止庵的话，还故作为难道："夜里出入是章程上禁止的，实际也怕搅扰病人安宁，不过止老既这样说，无论如何也得通融，敝院对于止老没有不可能的事。只请陆先生多加小心，最好别穿皮底鞋。我在晚上专派一个听差在后门等候着好了。"

止庵听他答应了，急忙道谢，九芝知道事已定局，推辞不掉，心里埋怨止庵，何必对老胡这样热心周到，给我揽这苦差，还给你自己找事。我这苦差，当上几日也就完了，你现在欠了马自清的人情，以后可慢慢挨竹杠吧。他正愁抓不住你的小辫，你怎么这毛遂自荐的，倒又低头递给他，真是何苦？想着忽又忆起明日还和凤屏有约，不由冲口说道："止老，今天我恐怕不能来，明天晌午还跟人有个要紧约会，从明天晚上开始成么？"

止庵笑道："你就今晚来了，明天早晨再走，也误不了事。好老弟，我都头疼了，你别再教我着急。"

九芝只得点头应允，这时胡太太见事都商妥，第一个坐不住了，立起给九芝行了个不男不女的礼道："谢谢这位先生，你多偏劳，我可得快回去，家里没人，街坊又杂乱，我心都长了草了。不陪诸位，不谢诸位，我先走了，改天再见。"说着就向外走去。

胡鲁题听着，暗骂该死，你心里本业早就慌了，只念记回去赌钱，不输光了，三天也离不开牌桌。想着就叫她回来，是想教把钱给自己留下一点儿，但胡太太已知道他的意思，只装听不见，仍向外走。胡鲁题忍不住，竟忘了正在装病，大声叫道："你别装聋，快回来。"叔子等以为他还有话说，也随着喊叫。哪知胡太太竟好似耳塞棉絮，一溜烟跑得无影无踪。大家全都匿笑，胡鲁题既觉难堪，又醒悟自己不该高喊，就边咳带喘地装作难过，以自掩饰。这一来反引得众人对他注意，都感觉他的病忽轻忽重，精神时好时坏，在这不大工夫里，便有许多次变化，简直装假全显露于外，可惜装得不匀。便也不肯说破，只相视而笑。

止庵就立起说道："现在没有事了，我要失陪，改日再来奉看。"

别人听后也随着向胡鲁题告辞，胡鲁题只说："谢谢众位，我晕头了。"又向九芝说，"老弟务必来跟我做伴，千万别忘了。"九芝只得答应着。

胡鲁题所以这样要人伴守，以他的年纪而论，似乎不大近情。六七十岁的老人，照例都喜独居静养，怎会像小孩似的非人不可？但确是另有原因，据人说他在某家做西席的时候，每日两餐都在账房，和管账先生及几位住闲亲友共凑一桌。有一日账房忽然丢了笔钱，虽然数目不大，只有三百余元，但竟闹到主人耳中，大家都猜疑是住闲亲友中一个最有嗜好的李某所为。虽未得着凭据，只因人人都猜疑他，主人也认为情真罪确。就教人讽示李某，令其离去，这一来无异判定他是窃贼。那李某本已穷途无归，只希望主人提拔，如今惨遭不白之冤，又断攀援之路，一时气愤心窄，就在卧室上吊自杀。并且留下遗书，自诉冤枉，末尾还说人穷受诬，理所当然，并不怨恨主人，罪魁祸首只在那无耻的窃贼，他阴魂有知，必为厉鬼报之的话。这件事因主人手眼通天，并未闹出什么风波，马马虎虎便算结了。但胡鲁题自从那李某死后，就再不敢独宿。借口害病，央告宅中小听差给他做伴，因此招了许多闲言，说先生有陈迦陵的同样癖好，要

211

把小听差当作云郎。可惜主人不似冒辟疆那样风雅，竟认他品行不端，加以驱逐。后再就他处馆，宁可牺牲应享食宿供养，也要住在家中和老婆孩子挤着壮胆。所以他这时到了医院，独居偌大房间尤其害怕。昨夜已受了通宵的罪，所以今日以寂寞为由，竭力要求夜间有人做伴。

九芝无端应了这件苦差，心中很不舒服，但看在止庵面上，也没法拒绝，当时随着众人告辞出了病房。马自清跟定了止庵，先请到办公室去坐，止庵力辞，他又请上院中各处参观，止庵被缠不过，只得随缘稍作浏览，才得脱身出门。在马自清恭送好仪之下，大家一同上了止庵那辆古式的老马敞车，徐就归途。止庵还邀九芝到家中吃饭，九芝因满腹心事，急想静息些时，就托辞不去，半路下车，回到宿舍自己闭门休息，其实却是思念凤屏。

因为和凤屏定约之后，便到医院，一直跟着捣乱，对于那关系终身的大事，还未得稍作思量，对于凤屏的一往深情，还未得稍作回味，这时才闭门深思，但也没什么可想，因为事已定局，更无审量斟酌，只脑中把凤屏的言语重温一遍，神情重摹一番。但已不久百感纷来，自思以畸零身世，沦落无家，人海栖身，直如羁旅，想不到意外有此遇合，又摸摸衣袋中的存折，更觉凤屏不但情义缠绵，而且大有知己之感，居然如此见重，把她的私房体己都交我保存，足见把我看得太重了。固然她的身体性命已都付托给我，何况这身外之物。但是平常女子便不会如此大方，常见女人嫁夫多年，平时只知剥削丈夫，自饱私囊。到丈夫有所需用，她宁看着为难受窘，也仍不拔一毛的，所在多有。何况凤屏和我只见面三次，除了知道是穷人以外，根本不晓底细。竟尔这样相信，当然完全由于爱情作用。她曾说过，即使被我欺骗，她也情愿认命。那意思好像世界上只有我一个男子，我若负了她，她便再无生趣，金钱更失了意义。这样又像她活在世上，只为着我，许多积蓄钱财，也是为我，难道她从很早便知道世上有我么？这倒无须研究，爱情本没道理可讲，尤其未经世故的少女爱情，更是玄秘难测，常常不知所以然，所以古人特造出缘字，以解释这种无法理解的恋爱问题。本来一男一女素不相识，忽然遇到一处，便自深纠固结，生死难分。或者因为一晤，偶然一谈，便闹得谁为相思至死，谁为谁舍命捐生，这是什么理由？只有归诸缘分。

九芝想了半天，心中一阵凄凉一阵安慰，但凄惶也是由安慰生出的凄惶，安慰也是由凄惶生出的安慰。过了半晌，已到晚饭时候，就到饭厅吃饭，不过胸中已被感情充满，匀不出很大空隙容纳食物，只吃了一碗饭便离开饭厅，前去办公。他每日所办的刻板工作需要两到三点钟才能完毕，又因是副手，总得等主干者把事办完，他再整理一下，交了出去，才可以离开。这日主干人来得稍晚，所以完工较迟，九芝下班出门，已到十点半钟。他回到宿舍，添了件衣服，便坐车直奔医院而去。

到地方寻着后门，方一按铃，门便开了。马自清果未食言，真派了个人候在门内，还引领九芝穿过花园，直送到楼上。九芝闻着花园内草木芬芳涵在夜气之中，分外神怡心旷，暗想这马自清人虽龌龊，但他所造的这个环境，却极清雅，当地富人庭园还没一处能及他这里。倘若我是有钱的人，也很愿意小住此间，一面享受园林清福，一面享受少女伺候。在绿窗花影之下，静坐观书，或是引杯独酌，那是何等适意？常看报纸上某大员为组阁发生问题，便因病入院休养，大约入的便是这种医院。而这医院也是那种人设立的，若只做真病人的交易，恐怕性命交关缠绵床笫的人，并不需要这过度的享受。只胡鲁题不知哪里来的福运，竟阴差阳错地来到这里，和富人阔佬同享清福。老东西得到这样乐境，既有人代出医费，代管家计，还有人前来做伴，落得无忧无虑舒服下去，只怕这病没日子好了，止庵可要大遭其殃。叔子出不起钱，自然把责任全推到止庵身上，自己倒卸肩，可见人也不可厚道，厚道便得吃亏。好在止庵花两千还不在乎，只是花在胡鲁题身上，入到马自清手中，未免太冤枉，但又有什么法儿？连我来尽这不情愿的义务，也一样冤枉啊。

九芝进入特等病房，见胡鲁题正在醒着，见他到来，很是欢喜。九芝没什么可说，只慰问了两句，便坐在椅上，燃支纸烟吸着。胡鲁题对他说："这里的院长待承极好，方才已派人送进一张床来，预备给你休息。"

九芝转脸一看，果然在临窗处添了一张独睡小床，上面衾枕很是新洁，心想这全是沾了止庵的光，我们才得到如此优待。但以后止庵还不知要加若干倍补偿他呢？胡鲁题自九芝到来，似乎精神大好，竟刺刺长谈起来，说他第一次吃这特等房的饭，竟是如此考究，四样小菜，是蒸银耳、熬鸭条、烧银耳、炒笋丝。还有奶汁白菜和鲍汤，做得直比忠信堂丰泽园还强。言下舐嘴吮舌，似仍回味不尽。九芝听着，暗想你真是刘姥姥进了大观园，把没吃过的东西都吃到了，没享过的福分都享到了。只是这医院未免奇怪，凡是有病的人，绝不会贪图口腹，医院替病人备饭，也只注重在清洁卫生，怎这里竟特请高手名厨，给病人精究食品，病人吃这样珍馐厚味，是否相宜，而且有几个能吃得下呢？

九芝哪里知道，这医院的精馔名肴，并非给病人预备的，而是专供无病住院的人享受，胡鲁题虽借止庵的光，住到特等病房，但若为他一人还不配受这等待遇。因为院中尚有两位特等病人，马自清为他们预备佳肴，胡鲁题才得分润口福。他自有生以来，除了偶然应酬宴会以外，在学馆只尝苜蓿风味，在家庭更惯于粗粝盘餐，像这样独享珍馐还是初次，所以更觉此间乐不思蜀了。论理他饮水思源，应该感激叔子的成全。若不是叔子多管闲事，使他气昏受伤，怎会享到这如天之福？就好像被人推落河中惨遭灭顶，却在河底摸着若干明珠成为富人。那个推落河的仇家，便成为帮他的恩公。应该一变怨恨之心，而为感激之念了。但胡鲁题却不这样想，仍对叔子恨恨不已。当着九芝骂了半晌，又把话锋转到那个和他争夺文墨生意的本身上。向九芝大放厥词，说自己的学问比姓毛的胜强万倍，他怎配和我并论？叔子虽以名士自居，可惜是个假的，简直有眼无珠，不识高低，居然教我和姓毛的平分生意。我不是吹牛，拔根汗毛比姓毛的腰粗，连叔子都算上，他也不是个儿。一动笔就是鲜花嫩柳，只会捧个歌儿舞女，说些肉麻的话。我却是天生带着金马玉堂风象，只可惜生得太晚，只赶上科举的尾巴，要是早生十几年，总有个状元在手里拿着，还会容这班野名士在我面前卖狂？

九芝听他说着，很不耐烦，但又没法拦阻，及至听到末尾，觉得茬儿不对，他并不算小，若说赶上科举的尾巴，这尾巴却很延长的，足有三十多年的光景。只以止庵而论，比胡鲁题还小两岁，好像是光绪二十三年的进士，在以后还有过几科，才废了科举。胡鲁题生在那时候，有着和止庵一样的机会，若文才足用，还会不能成名？如今他竟以这种话蒙我，我才不信呢。

想着就说道："鲁翁是光绪几年生年？"

胡鲁题道："不是光绪，是同治元年。"

九芝笑道:"那么您还赶上三十多年科举时代呢。连止庵是同治三年生人,还在光绪二十多年中了进士,你难道当初不曾考么?"

胡鲁题听了,似乎很惊讶九芝能知道这些旧事,不似平常少年人容易蒙混,不由红了脸道:"我不是不曾考,而且考了许多次,苦于少运不佳,从十四岁取了童生,直考到将三十岁,才中了秀才。那时止庵已经在翰林散了馆,到我们那省做学政去了。我也从那时候接着考举人,大概跟止庵没缘,在他任上总没考中,到他差满回京,跟着飞黄腾达起来,接他后任的姓葛,也跟我没缘,又耽误了三年。当时我们省里有个王铁嘴,算命最灵,他给我算命,说必得到光绪三十三年才能中举人,跟着转年准能联捷成进士,还是出不了鼎甲前三名,碰巧就是状元,以后尽是城墙挡不住的运气,到四十年顶子准红。我算了命,别提多么高兴,眼看再过三年,好日子就来了。哪知上天成心跟我怄气,还没等到王铁嘴说的年头,忽然霹雳一声,废了科举,这一下可毁了我,只有眼巴巴地盼望有大德行人做主,再把科举恢复回来。哪知盼来盼去,总没信儿,宣统竟不到四年,我的顶子又上哪儿找去?随后又改了中华民国,遍地都立了学堂,才知道什么指望也完了。我不难过别的,起初考了十多年,才把秀才考上,我都不着急,最伤心的是好容易进了学,有了中举人的进士的指望,王铁嘴亲口许我准成,而且年头并不远,只差了三二年工夫,偏偏就在三二年里,出了天翻地覆空前绝后的大改革,竟教我赶上了。这不是老天爷单跟我一个人怄气?咳,真是往事不堪回首。倘若科举迟停几年,那不在末一科中了,只落个光杆翰林,放不着学差,得不着好处,我也可以落个太史公的头衔,上各处送送对子,打打秋风,也混个成家就业。便是现在,在咱们社里,也可以坐上首座,有人烦我作诗作文,凭太史公的身份,总不至于拿角票论行市,起码一篇也得送我三十二十。姓毛的小子还敢夺我生意他也夺不去呀。"

九芝听着暗笑,你老先生真是脸皮厚,考了半世,只中了一个秀才,还自称有金马玉堂气象。原来这金马玉堂是王铁嘴封的,你竟当作真事,弄成终身遗憾,好似到口馒头被人夺去,大概直懊恨了这些年,到如今还念念不忘,真是可笑可怜。但听他说到末了,竟又回到做生意的本题,把翰林的清贵头衔和他无聊可怜的笔墨生意并为一谈,好似那一个文化机关一代气运所系，科举的存废问题仅仅影响了他今日能挣角票或洋钱的大事。这话说得真是卑鄙，令人肉麻。

九芝后悔不该引逗他做此长谈，忙在面上现出同情的态度，口中却说："可不是么，不过你的病才好些，说多了话恐怕伤气，请歇会儿吧，天也不早了。"

胡鲁题闻言，也想起自己正在装病，不该为此兴奋，倘被九芝告诉止庵，便怕好景难长，奇福难享了。就趁坡儿喘了一阵，才咳嗽着道："可不是，我把话说多了，这会儿胸口很痛。"

九芝道："你快歇着，我也要睡了。"说着也躺在那张新备的床上，拉开被子盖上，便闭目装睡。

不想因日中曾受刺激，神经身体两俱疲乏，闭上眼不大工夫便迷迷糊糊地睡着了。这时还不到十一点钟，比他平日睡眠尚早一些。胡鲁题昨夜在三等房被吵得一夜无眠，今天还没歇过乏来，晚上因念记九芝，怕他不来，也未合眼，这时见已有人做伴，心中安稳，也很快地睡着了。二人都睡得很沉，在半夜有医师和护士做照例的巡视，他们都沉酣不觉。

九芝直睡到次日天亮才醒，睁开眼来，见天色尚在阴暗，似乎晓光未透，疑惑为时尚早，但看看手表，已过了六点，坐起瞧瞧窗外，原来天色沉阴，又像下雾。就吸了支纸烟，才轻轻下床，把自己带来的牙刷取出，到浴室去洗漱。这特等房的设备比旅馆上好房间还要讲究，不但附有浴室，而且里面非常美备。九芝洗漱完毕，看胡鲁题睡得还极香甜，便由暖瓶中倒出点水喝了，自思时候还早，医院的门总得八点才开，自己现在出去，又得惊扰执事的人，不如安心待一会儿，等候时候，在这里吃些点心，再行出去，便可以直赴凤屏之约了。

想着便坐到沙发上，拿出一本书看。这本书原是他自己带来，预备夜里睡不着解闷的，但翻开看了两页，只觉心气浮动，看不下去。便又抬头四顾，见房中陈设净雅宜人，虽在阴天，却仍显着光明爽豁，真是良好环境。倘若我自己能有小楼三楹，布置出一间这样房屋，在里面静坐读书，才是人生一乐。但是谈何容易？无论像这样名贵陈设，所值甚巨，购办不起，就是这时的美点，也都是由幽雅的环境生出来的，若不是前面临着花园，也造不出这样清新氤气。只看窗外那棵高树，碧影婆娑，映满玻窗，给添了多少幽静趣味？同在一座楼里，恐怕后面对着医院中心那一排的房间便景象全非了，何况在重巷中赁房居住？便能收拾得和这里一样，也不会有如此意境的。

想着眼望那被树影遮蔽玻窗，不由立起来走了过去，临窗下望，全园风景都收入目中。远近高低，多是树木参翳蓊然浓碧。楼下花畦中一片片夜开朝合的牵牛花，因为日光未耀，还都开着，被晓风徐吹，幽幽微颤，而且地下晨露未晞，石径尚湿，土地也还潮润。全园花木在湿气中好似活力倍增，生气远出，令人看着替它们舒服。同时鼻中好似闻到一种花芬水汽夹着土腥合成的妙香。九芝不觉神怡，心想诗社中许多朋友成天吟风弄月，咏柳吟花，不过把古人的滥调套语、故典陈言搬来弄去，何尝有一毫诗意？作诗应该用自己的灵感，捉住景物的灵魂，把一时眼中所见，心中所感的，都发泄出来。不过这样严格讲求，就恐怕古今没有几首可以算诗，而且已有的文字，也不需用。就像我现在所见的景致和感觉，就没法写出来。想着就举目远望，见园的北角还有一曲清溪，上面架着木桥。再一细看，原来这道小河是由楼旁蜿蜒流过去的，只被树木遮掩，不能一目了然。只常由树隙竹篱映出水尖，分外觉得有趣。想见这园是经过高手安排，才能这样位置不俗。但如此佳境，会被马自清那龌龊东西做了主人，真是怪事。又见在一弯碧流之旁，几株垂柳之下，隐隐露有一方石几和数座石墩，九芝心中一动，暗想我何不下去到园中一游，再向那石几旁临流小坐。

就带着书走出房外，一直下楼，进到园中，果然闻着方才隔窗所想的那样妙味。先在花畦看了会儿，才又信步向前行走，循着石径，经过一座小亭，一座花架，又转了几个弯儿，才到那桥下面。原来这园子以树为主，很多地方都用树丛隔开，所以分外显得曲折幽深。九芝在小桥上立了一会儿，又走下来，沿着溪边走了几十步，便到了那放石几的地方。坐在石几上举目四顾，见这一带分外幽胜，树木十分茂密，直可不透天光。大概这里必是故家旧园，马自清购过又加以修葺，否则万不会有许多老树。而且临水几株垂柳，枝干横斜，直要伸过对岸。垂柳映入水中，被风摇动，划出缕缕波纹。溪中芦苇丛生，直蔓延到岸下，越发觉得林影水光，苍翠扑人。再看对岸，也是临河种柳，柳栏后面不过丈许，便是园墙。墙下是一带极低土房，窗纸接地，想是花窖，窖上的墙全爬满壁萝。

九芝正在瞧着，忽觉座下石几甚为冷清，就立了起来，再沿着溪边向前看，又发现两丈以外有一座小茅亭。亭基较地面稍高，原来一半深入河心，就在水中打桩，上架木板，另一半都在岸上，位置很有趣致，而且小得可爱。亭上放着两张木椅，九芝心想，我何不到那亭子上去坐。便要举步，但方一立起身来，书落在地上，他就弯腰拾起来，再向前一看，不由又立住了，只见由医院那面走过一个穿白衣的人来，沿着溪边，分花拂柳，忽隐忽现地已经快走到那茅亭了。九芝由那人走路姿势看出是个女子，觉得医院中着白衣的女性，不是女医生便是女护士，自己不好向前迎凑，便止步不前。随又见那白衣女子走到茅亭，便转身进去。因为低着头，看不表面目，但已看出是个苗条的少女，手里似还拿着什么东西。一进亭内便把手中东西放在一只椅了，临河而坐。九芝心想，这女子多半是个护士，幸而我没过去，否则走个对头，很不好意思。便她这样早往园里独坐，难道也有雅兴来领略园林清趣么？想着就见那女子坐定之后，双伸玉臂，伸了个懒腰，似乎春潮起早，犹带娇羞。随即侧身斜坐，低俯粉颈，把齐肩丝发垂到前面，又伸手拿起对面椅上的东西，向头上一高一下地动作起来。九芝才明白她是趁着早凉，来临溪篦发。不想在这清幽之境，看到旖旎风光。龚定厂有两句诗是"唯恐刘郎英气尽，卷帘梳洗对黄河"，我现在看着美人梳头，眼福也算不浅。但她是否美人，我还没看真呢？

九芝对那女子看了一会儿，也不过为目前风景衬托，发生一种诗情画意，实际对那女子本身，并未如何着意，何况连面目都未窥见，而且九芝此际心中被凤屏占据，也无心顾及闲花野草。不过他所要去的茅亭，已被女子捷足先登，自然不便再往，就又转身退回，看看手中的书，心里还打算小坐一会儿，消遣这孤寂旭光。但那石几上太凉，只好另寻坐处。看看旁边不远有一块半岛形的土埠，深入河身，上面细草茸茸，围着一株树，截剩尺许，好像固定的小圆几，而且正临水边，在土埠周围，芦苇甚稀，天然是个垂钓的处所，那断树就是恰好的坐具。九芝哪里知道，这棵树的性命就是为垂钓而断送的。因为在不久以前，那位久居医院养病的吉九章有一日在马自清随侍之下，到这地方来钓鱼消遣，吉九章指着这棵树下面，说是最好的钓矶，就坐在树旁，钓上了几条小鱼。却屡次被树上横枝妨碍钓竿，纠缠钓丝，而且树上常落青虫，抓在人衣服上，颇觉可厌。马自清在旁看着，为巴结他高兴，当日就叫工人将树截断，只留树根。不过自从截树以后，吉九章并未再来垂钓。这时倒被九芝看中了，就走了过去，坐在树根上，转脸向茅亭上看看。见相距稍近了些，中间又没有树木遮蔽，而且这土埠和茅亭都伸入河心，两下好似只隔着粼粼碧水。但那茅亭中的人，都映入河中，成为倒影。料想在那边也必在水中看得见自己影子，但那女子仍自侧身梳头发，并未向这边看。九芝也就不再看她，只自低头展卷，看了两篇，才后悔自己把书带错了。早知道有这地方，应该带一本古人诗集来，在这里倚树临流，讽诵几首，才是意趣深长，不负良辰美景。现在带的这本笔记，在卧房中虽是遣闷破睡，却觉不合时宜，索为寡味了。

　　九芝想着，又听着鸟声渐噪，不由把目光从书上抬起，遥望对岸树顶，想要寻觅鸟的踪迹。却因它藏在深处，不能看见。但觉树上绿叶似乎发出亮光，就再仰首上望，才知道雾已消了，天上虽仍沉阴，云层已转灰为白，并且生出裂痕，露出一片的青天，故而树叶发亮。不过坐在阴森的密树底下，未能觉察罢了。九芝仰望流云飞过树杪，青天忽大忽小，随云变形，忽东忽西，因风移位。不禁悠然意远，领略出"水流心不竞，云在意俱迟"的绝妙意境。同时心中也泛了酸，想出一句诗是"云行意自闲"，初觉意致幽深，很耐咀嚼，继而想到这还是由"云在意俱迟"套来，而且较人家原句浅薄得多，简直要不得，不由无意识地摇摇头。忽觉脖颈抬的时候太久，有些酸痛，就低下来用手抚摩。不料正在这时，忽听耳边发生轻悄的脚步声，好似有人由背后蹑足走过，觉得诧异，就转身瞧看，果见一个穿白衣的女子由身后飘然走过去。看那样儿，似乎起初本在蹑足徐步，恐怕惊动了自己，及见自己回头，她一惊才放急脚步走开。

　　九芝初回头时她正走到背后，没容看清面目，她已走出数步，九芝想，这女子是什么意思？为何不光明正大地瞧，竟这样轻轻悄悄，躲躲闪闪的，好像怕人看见？既怕人何必走这条路？想着尚向茅亭看了一眼，亭上已没了人，知道她就是亭上梳头的女子，便又转回头又瞧她，哪知那女子也停在数步外的石桌旁，手扶着石桌边际，面向河岸，却在偷眼向这边瞧。九芝这时已能瞧见她的半面脸儿，猛觉那清秀的面庞似乎熟识，只是苦于近视眼，虽然距离很近，仍不免有些朦胧。但在一瞥之后，他的眼睛虽未辨认清楚，精神意已有了感应，心里像小鹿似的跳起来。他因为心跳，才渐似有所悟，不自主地立起了身，瞪圆了眼睛，把他所能运用的目力都逼迫出来，向那女子瞧看。但在未看清之时，那女子早已看清了他，就盈盈地走了过来，越走越近，越看越真，九芝已认出她是谁了，不由失声叫道："哎呀，你……"就要扑奔过去，但同时脑中一转，心中一跳，跟着脚下一软，反而扑地坐回树根上面。

这时女子已到了近前，九芝眼见她千真万确就是经止庵叔子戏言给自己作伐，以后在三不管失踪，自己痴心寻访经年才无意在妓馆中相遇，却因不知真假未践独访之约，以后和叔子再去竟已凤去楼空，致使自己惆怅至今的月琴，而且是曾经叔子由照片鉴定，前后只是一个人的月琴，想不到竟在这医院中相见。九芝初认出是她，很快地忆起以前的种种经过，恨不得扑过去抱住她说个明白。但同时眼前漾出凤屏的影子，使他如同遭到重击，竟颓然坐下。但月琴已到了近前，那一副玉润花嫣的旧时容貌，仍在眉月楼灯前所见，除了稍为消瘦别无改变。盈盈立在面前，已使九芝情难自禁。还有最厉害的，是月琴的满脸含着幽怨，满眶汪着清泪，眉尖心事，眼角哀情，都十足表现于外，直胜似一篇《陈情表》十首《断肠诗》。九芝由她面上神色，便知道自从眉月楼一晤之后，她至今未忘自己，并且她那日的隐语密约，并不同于娇姬弄态，荡女调情。在她实在含有绝大意义，无限深情。自己轻易辜负了她，不知害她如何失望伤心？当时景况，只由现在面上神情可以知道了。至于她的从良嫁人，虽不知内中是何遭遇，有何参差，但她的身体不管落在何方，一颗心终是恋着自己，可以由这副眼泪证明无伪。世上竟有这样钟情的人，我对她真罪大恶极，百身莫赎了。

这些思想，在九芝脑中似闪电般转动，感情激发到了顶点，再忍耐不住，忽觉通身生出绝大勇气和力量，他的身体直如从树根上弹了起来，跳近一步，拉住月琴叫道："你不是……你怎么在这里？"

月琴点点头，并没回答他的话，只颤声叹息道："我真想不到在这里遇见你，我想永远见不着了。"说着眼睛一闭复又睁开，泪珠已直滚下来。

九芝看着，似觉那一颗颗泪珠都变成千斤巨石，落在自己心坎上，立刻也陪着流泪。这真奇怪，两人只见过一面，连一句深心话都没说过，居然会精神团结，在久别重逢之际真如远离骨肉、遭难夫妻，恨不得抱头痛哭。这是什么缘故？真不能不归诸缘法。最难得两人都是一样痴心。

　　相对着掉了半天泪，九芝才把心里头的凄惶劲儿过去，心神稍定，拉住她的手问道："你怎么在这里？你这身衣服好像给医院做事。前者我到眉月楼去寻你，那边的人都说你跟人从良，我很……"

　　月琴接口道："怎么？你还去寻过我？这是多早晚的事？怎么那天夜里我教你抛开那姓张的，自个儿回去找我，你为什么不去？难道没听明白我的话？"

　　九芝道："我倒是听明白了……"

　　那月琴很快地道："听明白怎么不去？你知道我等得多么焦心。"

　　九芝摇头道："提起来话长，大概你做梦想不到，咱们虽然只见过一次面，可是从老早就有了关系。"

　　月琴愕然道："怎么，难道以前见过我？"

　　九芝摇头道："没有见过，可是知道你。这样说吧，在去年春天，你可在三不管书场里卖过几天唱？弹弦的是你爷爷，你住在市场南边一条小胡同里，和许多瞎子住同院，对不对？"

　　月琴红着眼圈怔怔地道："你怎么都知道？这真怪了。"

　　九芝道："告诉你，这里边有好些事。去年你在三不管书场唱曲时候，我并没去过，是我一位老朋友梁先生去了，看见你很是诧异，觉得像你这样清秀的人品，居然落在江湖，实在可怜。回去就跟我另一位老朋友徐先生提起了你，他们都是很有资格的人，又都爱管闲事，打算要设法把你救出来，成全归到正路。又因我尚未成家，徐先生就说明天到三不管去看看，倘然那个月琴真像梁先生所说的那样好法，就给九芝撮合撮合。梁先生也很赞成。哦，九芝就是我的名字，我叫陆九芝。那徐梁二位当时也许说的笑话，可是我不知怎的竟入了心，这也许因为我自幼孤苦无依，对沦落可怜的人分外容易发生感情。所以虽没见你的面，只听梁先生说就再忘不下了。等到第二天，我们三个一同奔了三不管，那位徐先生做过大官，家里很富，向来也不知三不管在什么地方，居然为你不辞劳苦，真是不易。哪知到了书场，见里面已换了一群怯妞儿喊叫，更没有你的影儿，打听卖茶的才知道你不唱了。好在梁先生在头天曾缀着你到家，他就提议到你家去看。哪知到了地方，竟发现院里都搬空了……"

月琴忙接口道："敢情你们还到我住的地方去找过，咳，那怎找得着？我爷爷跟瞎子是师兄弟，就借住在那里，谁想他们不干好事，竟偷着卖鸦片烟。就在我和三不管书场怄气不唱的那天，他们犯了案，被巡警抄了，连我们爷俩儿也捉进去……"

九芝接着道："是啊，我们也打听出来，当时都很挂心，只得回家。那位梁先生还特别关心，居然到警局打听你的官事，才知道你们爷俩儿择解清楚，释放出去。我虽然替你喜欢，可是更没法寻找你的下落。徐梁二位白费了回心，连个知情的都没有，只可把这篇儿揭过去。无奈我仍然放不下，虽然连你什么模样都不知道，但时时刻刻脑子里总停着你的影子，眼里总像看见一个又清秀又憔悴的姑娘，向着我掉眼泪。说也奇怪，我所虚拟的影子还真像你。就和你方才乍见我的神情一样，可是并没穿白色衣服。因为梁先生头次告诉我，你穿着灰色衣服，所以总想着你是一身灰。简直说吧，我好像着迷似的，寻思着你若不离开天津，必还得唱曲吃饭，就每天出去乱走，不管什么下等地方，凡是有女角的书场，我都走遍了。这样过了一年，也没……"

九芝正说到这里，忽觉胳膊被人握得极紧，原来是被月琴握住，不知她何以这样有力，竟握得发痛。她正把莹莹泪眼望着九芝，似乎说不出的感动，口中呜呜地叫道："你真……真傻，我并没再上书场……已经在眉……咦，你这些话怎在眉月楼见面时不跟我说？"

九芝道："在眉月楼我还不知道你准是那个月琴不是，再说还有本客在旁边，我只是朋友，也不好深谈。"

月琴道："可是我约会你自己再去，你为什么墩了我？"

九芝道："咳，你哪知道？我当时心中只有一个憔悴可怜的月琴，在眉月楼遇见了你，虽然名字很对，你的态度一切也不合梁先生所说的情形。无奈你当时太漂亮了，太阔气了。我竟不敢相信你就是那个月琴，只怕弄错了，多惹是非。所以你虽有那样好意，我也不敢承受。你要知道，我是极穷的人，自觉只配爱那落魄穷途的月琴，却不敢高攀红姑娘的月琴。那夜若应赴你的约，万一夜深了不能回去，要应照规矩开销钱，我却拿不出来。"

月琴含泪笑道："傻子，我既叫你去，还会害你为难？不过你不去也对，现在说明白了，我倒感你的情义，可是以后……"

九芝接着道："以后就只剩伤心了。我想寻梁先生陪着到眉月楼看看，是不是他所说的人，偏巧梁先生因事上了北京，等了他好几天才得回来，再同到眉月楼去，你已经从良走了。梁先生从你姐妹房里看见了照片，认出两个月琴是一个人。你说应有多么伤心后悔啊。"

九芝说到这里，猛然想到在访月琴，发现凤去楼空之后，跟着被叔子拉到美国饭店吃酒，便和凤屏发生纠缠，到昨日这纠缠已变成终身的了。现在我又跟月琴畅述旧情，岂不是自惹烦恼？我怎这样荒唐呢？

九芝在初见月琴之时，被她幽怨神情激动了自己的积蓄感情，弄得不能自制，竟一时把凤屏忘了，对月琴说了许多心腹话。这时突而清醒，知道自己所说的一言一句，都要变成惹祸根苗，必致闹到不可收拾的地步。但话已出口，再想取消怎来得及？当时只剩了满心彷徨，呆呆发怔。但这时月琴已接着分辩道："我离开眉月楼，倒是真的，不过没有从良。班子里不知道我的细情，所以信口乱说。其实我出来还是为你呢？"

九芝怔怔地道："为我……"

月琴点头道："可不是？我自从那次看见你，不知怎么回事，也同你方才所说对我的情形一样，简直放不下了。好像和你认识了多少年，有什么拉不开扯不断的关系。从那夜约会下你，我到别处串门，坐立不安，跟着就跑回来，满想你一定得来。谁知等了一夜，也不见影儿。我心里才难过起来，知道你既失了我的约，就绝不会再来了。因而胡思乱想，觉得你必是因为我是班子姑娘，没有好心，约你也没有好事，所以不肯理会。我空自放不下，也是剃头挑子一头热，又有什么用？何况那姓张的客人又是没尾巴的麒麟，未必再来。便是来了，我也不好托他找你，便能说出口来，他也不肯替我办，也未必能把你邀来。所以我简直断了指望，失魂落魄地好几天。恰巧这医院的马自清同朋友到眉月楼去玩，看见了我，忽然托老妈跟我说，因为我长得像他去世的妹妹，他一见便生了感情，打算认我作干妹妹，出钱还债，接到医院里住，当一家骨肉看待，日后出嫁任我自由。我听了觉得这倒是个跳出苦海的机会，只要他真是好心，我就可以趁此洗出干净身子，到外边去寻你。你要知道，我当初所以落到火坑里，只是为着我爷爷去世，没钱埋葬，才向班子使了押账。可是因为事由不错，到那时已经把账还得差不多了。只为出去也没处投奔，所以还在里面忍着。到马自清跟我提这意思，我便跟他见面，他倒很诚实，言说只替我还账，然须我给他立手续，接出以后，完全照亲妹妹看待。现在愿意在医院做点事情消遣，就做点事，不愿意也随我的便。到日后我寻着可意人家出嫁，他管赔管聘。我听他没有歹心，就答应了。可是班子人们绝不信有这种事，马自清又替我做脸照规矩赏了钱，他们更认作我是从良嫁人了。"

九芝听着月琴自诉离奇遭遇，知道她和马自清发生了兄妹关系，诧异之下，不由把心情又转过来，向她问道："怎么马自清救你出来？我看他……他是这样好人么？"

月琴摇头道："他不是好人，也没这样好心。"

九芝愕然道："那么说他骗了你，你……"

月琴接口道："不不，他没骗我，他虽不是好人，对我也不是像他说的那样好心，但也不致像你想的那样坏法儿。自从我到了这里，他倒是怎说怎办，待我又亲热又规矩，没有一点儿不好。现在我是这医院的副看护长，每天只管两间特等病房，做有限的事，剩下工夫，马自清给我请了位女教师，每天念几个钟头的书，还常常出门去走走，希望能遇见你。无奈天津这地方太大了，也不知你藏在哪里，只遇不着。"

九芝听着心想，怪不得她吐属有异，原来已经受了教育。但又纳闷，说道："若是这样，马自清岂不是真把你当亲妹妹看待？完全出于好心。"

月琴冷笑道："你只说对了一半儿，他倒是把我当亲妹妹看待，只不是好心。"

九芝越发诧异，问道："怎么呢？我看着马自清的为人，还料到他能做这样好事，怎你倒说他坏心？"

月琴看着九芝道："走，咱们上亭上坐着去。这儿石头太冷。"

九芝便和她携手同行，月琴又接着道："你认识马自清么？哦，我还没问你怎样来到这里。"

九芝就把胡鲁题受伤，误送到这家医院以及昨日和马自清种种接谈，全都简单说了。这时已到了茅亭，二人据椅对坐，月琴凝眸深思地道："阿弥陀佛，谢天谢地，若不是误打误撞，咱们还见不着面。"

九芝道："昨天马自清尽力劝我们请护士，我们怕他敲竹杠，没有答应，要不然咱们昨天就见着了。你不是正管特等房么？"

月琴摇头道："也是见不着。听你说这病人的情形，还不配惊动我。我是专伺候阔人物的。你从这上面，就明白马自清的坏心了。"

九芝听了忽若有悟，叫道："哦，我明白了，他是借这医院做不道德的营业，把你当作生利的……"

月琴道："你别看得这么浅，他对别个看护倒是有这意思，不过也并没露在表面。你要明白，他只要病人……哦，不管有病没病，反正住在这里的就全算病人吧，他只要病人爱上一个看护，再恋着这里的舒服地方，多住些日，他便有钱可赚。因为这里费用已经极大，遇着好主顾了，看护便白尽义务，不图工资开在账上。只有不能常住的主儿，偶然撞来，他才用看护敲诈呢。"

九芝道："你自己又怎样呢？"

月琴道："我啊？我可以说是专伺候一个的，也可以说是为一个人预备的。"

九芝一怔道："这……这是什么意思？"

月琴道："你知道有个吉九章么？"

九芝道："这是新闻人物，人所共知的大阔佬官，大实业家。我怎不知道？"

月琴道："你知道啊？他就是这里的长期病人，已经住了好几个月了。我就是伺候他。"说着举目端详九芝的脸色，跟着又找补了一句道，"他现在是我的干老儿，我是他的干女儿。"

九芝听着哦了一声，月琴接着道："可是马自清起初不是这样打算，他是想叫吉九章娶我做姨太太，所以特意认作妹妹，对吉九章却说是亲的，想要结一门阔亲。"

九芝道："马自清把你从班子里接出来，就为这个么？"

月琴点头道："不错，要不然怎说是为一个预备的呢？只是我以先并不知道，后来才和干老儿研究出来。在前些日子，吉九章和马自清夸赞这

225

花园的清雅，在天津真是世外桃源，但可惜女护士都太摩登，太健美，像西洋姐似的，不合这里的意味。若是有个东方式的美人，才不辜负好地方。这本是随口的闲话，马自清听了，竟自生心，恰巧在眉月楼看见我，觉得恰和吉九章所说的仿佛，就接到医院，稍为学点看护常识，便给吉九章介绍，说是他的妹妹，现在从家里出来，在医院帮忙，学习看护工作。吉九章待我很客气，他真是个好人，不但心地好，而且精明，又有文学。马自清起初只教我伺候他，时常见面，处得感情很好。老头儿实在喜欢我，可是始终没一点儿坏心，简直把我当女儿看待。常说我心性聪明，想要教我作文作诗。我告诉他现在正跟女先生学国文算术，他一考我的程度，就纳了闷，觉得马自清是很开通的人物，又肯教妹妹到医院做事，却怎不早教上学，将到二十岁，才请先生念小学校的功课。就问我以前怎没上学，我也答不上来，吉九章更生了疑心。又加马自清每看见他就夸赞我的好处，露出拉拢的意思，吉九章更觉情形不对。就在一天对我根究起来，我起初不好意思实说，吉九章便把马自清可疑情形告诉了我，又说不必隐讳了，我因为很看重你，才要明白你的实情。马自清的品行我早已看透了，再加冷眼瞧着，他对你绝不像亲胞兄对亲胞妹的情形，恐怕这里面有什么隐情，或者你在这里有什么难言之隐，你可以同我说，我愿意给你帮忙。我听了吉九章的话，才醒悟马自清安心不善。就把我的出身来历和怎样到医院的经过都实说了，吉九章听完想了半天，才笑着对我说，这是马自清跟我使用心机，摆布的美人局，当初他屡次要求我做这医院的董事长，希望捐助基金，或是加入股本，又希望我几时再出山当权，提拔他做卫生部长，或是国立医院院长。我只哼哈敷衍，并没答应。他才生心设局，骗我上套。在前次上北京以前，一天和他说闲说，谈到这里女护士都受了西洋影片的迷，个个打扮得像洋妞儿，放在北戴河海边倒很合派，对这里的园林清景不大配合，这东方式带古意的花园，能有东方式的窈窕美人点缀才好。马自清竟把我无意的话有心听去，跟着便揣摩我的意思，把你选来，假说是他妹妹，以看护资格和我接近。还怕我有所顾忌，居然还屡次暗示，他赞成妹妹和我接近，一切全取放任态度。世上岂有这样的老兄？我由此发生疑心，今天才问明白了。吉九章说着，大骂马自清卑鄙混账，跟着又对我说，他实是爱我，不过另是一种爱法，他已年过半百，又正养心学佛，除了功名一念，尚未能除，别的欲念早没有了。所以从初次见我，就把我看作女孩一样，并且他膝下只有两个儿子，都已成人做事，只生过一个女儿，却在十多岁时病逝。马自清说我像去世亡妹，虽是假造之谈，他想把我补上没女儿的缺憾，却是真心的话。当时就教我给他叩了头，改作父女称呼，不过暂时背着马自清。他说几时他离开医院，再对马自清实说，先揭破他的诡计，后表明我父女的关系，教他白喜欢一场。因为我自从认了老头儿以后，每日常在他屋里，他教我念书写字，或是讲些世事人情，我可真长了见识。老头儿也曾问过我的终身大事，我把你告诉他，他说我太痴心，只见过一面的人，怎能知道好坏？更怎能知道他对你也会有情？虽然这种一见倾心的事关乎缘法，古来也曾有过，可是有些靠不住。我说我自己也明白，无奈心里这扣儿只解不开，非得寻着你见了面儿，倘若你对我真个无情，或是已经有了家小，我才死心呢……"

九芝听了她末两句话，猛觉心中一动，口中发出一种含混的声音。月琴住口望着他道："你说什么？"

九芝怔怔地道："我没说什么，你往下说。"

月琴才又接着道："吉九章听了我的话，就答应帮我寻你，但是我并不知道你的名字住处，也不知干什么行业，只能说出姓陆和大概的模样。吉九章觉得很难寻找，但仍许着慢慢说话打听。就在每天和老头儿谈话的当儿，马自清只疑他的计策成功，更上紧地对老头儿巴结。恰巧上月医院里又来个买办出身的阔佬孙三，住了特等房，你知道这医院的缺德章程，每逢特等头等的病人新来，可以自己挑选看护。看护还得排班候选，简直和我在眉月楼的情形一样。不过平常我是例外，这次马自清看上了那孙三有钱，竟也教我跟大伙一同过去，偏偏就选上了我。那孙三却不是好人，见面便贫嘴淡舌，很不规矩。到了第二天更不成样儿，竟自动手动脚胡乱啰唆。我气哭了，骂了他两句，就跑进吉九章房里。那孙三被我骂恼，也闹着要见院长。吉九章大怒，拉开房门就走出去，那孙三一见他就吓毛了，原来他以前曾做过老头儿的属员，现在他主持的银行，又是老头儿做董事长，他做经理。所以一照面就闭了气，好像老鼠见了猫似的。老头儿把他说了几句，回到屋里，孙三也跟着进来，直对我赔不是。出去以后，再也不敢在这里住，当日就搬走了。过了两天，还来探望老头儿，又送给我几件首饰，当作赔罪礼物，老头儿教我收下。从这一闹，马自清看老头儿这样护庇着我，更认是入了圈套，就又开了几条道儿，跟老头儿大敲竹杠。老头儿只拖延着，许他过一两月再说。他虽不痛快，也只好等着。可是等到一月以后，大概老头儿就上北京接什么督办的任去了，预备教我跟着同去，那时马自清鸡飞蛋打，还得撞一鼻子灰……"

她说到这里，忽听背后脚步声音，两人都回头看时，却也是一个女护士，那护士看月琴和一个男子说话，就向她笑笑，低头而过，月琴倒红了脸。九芝等那护士过去，就问道："这是你的同事么？"

月琴点头道："是的，她是真的看护长，管理着一班护士，只我是个例外。她确是什么护士学校毕业，很有点儿能为。家里还挂着助产医士的牌，得过马自清的允许，家里有了生意，给她来电话可以随时出去。"说着向那护士去处凝望一下，又把眼光收回，望着九芝道，"我的情形都告诉你了，我到这医院来是为着你，以后认了吉老头做义父，想随他出去，也是为你。想不到上天保佑，没教我费事就在这里遇着，你也该跟我说真的，打算怎样吧？"

九芝听了这话，立刻把缥缈心灵收回到现实境地，当时瞪着眼，只觉面前立着凤屏的影子，隔在自己和月琴中间，并且那影子渐渐放大，充满了面前的空间。尤其把自己的嘴堵得不能出气。

这时月琴见他不语，忽然脑筋一转，生出疑惧的心，悚然一惊，便抓住他的手问道："怎么……你不答应我，难道……你方才不是说，从没见面时就爱我，并且曾寻过我许多日子，现在怎……莫非已经……"

九芝听了她最末一句话，好像头上中了一击，心中的话几乎就要说出来。不过他这时若是直诉已经和凤屏有约，虽不知局势要演变到什么程度，他也许可以免生后来的悲剧。无奈九芝犹疑怯懦，只顾看目前，忽一转想，觉得月琴对自己诚挚如此，倘若告以实情，她那脆弱的心灵万万承受不住。而且自己和她虽无确约，但是相爱在先，因为误传她从良消息，我才绝望又爱了凤屏。现在知道她专心相寻，一切为我，我若迎头给她打击，未免太已薄情，而且也不公道。但现在若不以实情相告，就得接受她的爱情，有所约定，那又怎样对凤屏呢？凤屏也一样不可辜负啊？

九芝在这地方，真有些优柔寡断，胁迫之间，忽然生了个拖延的主意，就接口道："不不，你不要疑我……我对你始终一样。自从听叔子说起你那天，直到现时都是一样爱你。方才说的话，实在不假，我活到这么大，第一次懂得爱人，就是爱你。"

月琴道："既然这样，你怎不说话呢？咱们这事好像书上故事似的，你寻了我一年，我等你也有好些日子，现在好容易遇上，应该怎样，你想应该怎样？"说着眼圈一红道，"咳，我对你实说了吧，你别笑我脸大，我虽然连这次才跟你见了两面，可是从头次见面以后，我心里简直就把你当作独一份的亲人。我自己也不知怎么回事，只一想到你，就想出老远去。常常好像看见你成了老头儿，我成了老婆儿，在一起厮守着的样儿。你就可以明白我的心意了。现在你说咱们可以结婚么？"

九芝一听，心想这又是一个提起婚姻问题的，和凤屏如出一辙。不由身上出了冷汗，心里窘得要哭，自觉只可说谎敷衍了。就道："这个当然……不过我自己还有点儿难题，方才就是为这个犹疑。"说着见月琴面色倏变，就拉住她的手道，"亲爱的你不要错想，我爱你的心敢质天日。只不过结婚的话，我不敢立时答应……"说着眼望她眉愁黛惨，似乎受到绝大的刺激，心中又疼又急，忙又说道，"可是只于现时不敢决定，至多三两……一两天，就可以回复你。"

月琴颤声道："为什么现在不能……其实我不是着急，已经等了你这些日，我也没怎样着急，今天这是遇见你，若遇不上，我就是再等个三年五载也是一样。现在你只能给我句准话，便再过十年结婚，也没关系。我难过的只是你这些话说得教人疑心，为什么不能决定？我想你必是已经娶了太太。"

九芝把头摇得好像拨浪鼓似的道："没有的话，我何曾娶过太太？你不信去问问病房里我那老朋友。"

月琴道："我信你不会骗我，干吗还问旁人？可是既未娶太太，为什么……"

九芝只怕她问出太太以外可有别个女人的话，更怕她由自己口中寻出缝隙，再问出未娶太太，可曾定下太太的话，自己便要硬杀实砍地撒谎，不易作遁词了。所以急忙接口说道："说了半天我还没告诉你，我是怎样一个穷人，现在我只在报馆做小职员，每月只三四十元薪水，没家没产，孤身一人，你想我对这样大事，怎能不……"

月琴听了，似乎因为明白他迟疑的原因只为这个，不由面现笑容道："哦，你是穷人啊，那么怕我嫌贫爱富？"

九芝道："不是不是，我明白你的心。"

月琴道："那你又犹疑什么？"

九芝道："我只是为自己的事，现时不能告诉你。你也别问。"

月琴沉吟道："你怎还瞒我呢？我告诉你，头样儿不要想我受不了穷。你知道我的出身，从小儿跟着祖父走江湖卖艺，受冻挨饿，三两天没饭吃，小庙时睡觉，什么罪都受过，别看现在像个小姐似的，若教回到原样，照旧还能忍受。何况有你在旁边，我不穿棉袄也过冬了。二则你若有什么为难，尽管跟我说，我干老儿待我比亲女儿还好，准能帮咱们的忙。你总知道他的身份，大概没有办不到的事。哦，现在，你跟我去见见他可好？他这时已经起床了，看见你一定喜欢。等他到北京，咱们跟着去，还可弄个好事由做。"

九芝道："好好，将来当然要这样办。不过现在我不能见他，还得赶快回报馆去上班。你只等我一天好了，今天晚上我还来，跟那老朋友做伴。来的时候就可以回答你了，你现在不必再问，晚上等我来吧。"

九芝这时只恐怕月琴再向下追问，无法应付，所以急想逃出这个窘境，容开工夫，好另想办法。但月琴见他慌慌欲行，心中既眷恋难舍，又复疑虑不安，就拉住他说道："你怎这样忙，好容易见着，还没说什么就要去。"

九芝道："亲爱的，你原谅我，我今天是早班，方才我起床就要出去。因为怕门没开，只可等着。现在已经过时候了，我心里也有许多话要跟你说，只好等晚上见面，好在只半天，你就安心等我吧。"

月琴见他神情迫促，以为真要上班，就不再拦阻，又问："你晚上可准来呀。"

九芝笑道："你这不是傻话？我怎肯不来？就是天下落刀子，我顶只铁锅也要来的。"

月琴又问得几点来，九芝道："昨天我是半夜才来，今天提早些，也得过十一点。"

月琴道："那时门已关了，怎么进来？"

九芝道："我曾得马自清的特许，他派人给留着后门。"

月琴道："从花园进来啊？那么我在花园等你。可记着越早越好，别教我念记。"

九芝连声答应，转身向外走。满心的恋恋不舍，但脚却像逃难似的，紧向外跑。一直走到楼门，心想应该看看胡鲁题，跟他说一句。就走了上去，到了房中，见胡鲁题已经睡醒，见他进来，就问："你上哪里去了，我还当你走了呢？"

九芝道："我到花园坐了一会儿，现在可该走了。你有事么？"

胡鲁题道："你何必忙？在这儿吃些点心可好？"

九芝道："我有点儿事要赶着去办，不陪你了。晚上再见。"

胡鲁题道："晚上你可准来啊。"

九芝点点头，就转身走出。才到门外，便见月琴正立在斜对过一间房门前面，知道她是随着上来，在这里等着自己，也就向她点头示意，将走近她身边，忽见月琴招手，九芝就凑到跟前，原来月琴见他长袍的衣领向里倒着，纽子也未扣上，就伸手替他整理，同时悄声说道："你可记着早些来，我有好些话要跟你说。"

九芝道："自然，我必能早到。"才说出这句，猛觉由月琴身后的房门缝隙现出一张带胡子的脸，向自己瞧看。那房门原开着二寸缝隙，所以这脸也只露出窄窄的一条，但九芝在这时候突见有人窥视，不由大吃一惊，连忙向后倒退，转身就走。月琴由他的神色醒悟背后有人，顾不得招呼九芝，忙着回头去看。九芝走出丈许以外，将来楼梯口，回头看时，只见那胡子脸已探出门外，原来是个清癯的老头儿，月琴正红着脸，指点着自己和他说话，就不敢再看，三脚两步走下楼梯，直奔院门出去。

心里却已明白，那老头儿必是月琴所谓的义父吉九章，平日闻名，今朝见面，果然气度不凡。月琴得到这样人做义父，实是福分，但却要加重我的困难。我在这二者不可得兼的窘境中，何去何从？若是舍弃月琴，月琴后面有这样仗腰的义父，就肯教他干女儿受屈了？但这不能以势力决断，凤屏并没有阔老儿，而只有老美那样的父亲，难道我就欺她孤弱，背信违盟么？而且凤屏直已算正式订婚了，虽无证人证物，但我身上已存有

231

她的财产。这存折在我良心上，比婚书还有力量，倒不是在乎钱财，而是为着情义，我已说过卖给她了，现在万万不能变卦。但对她不能变卦，那就只可对月琴抛舍，可是月琴也是不可辜负的。她这是怎样为我，我当初又怎样为她？如今好容易看见面儿，却要给她绝大打击，使其伤心一世，怎能忍心做得出来？我只为不忍，方才竟含糊其词，没把凤屏的事说出，倒给她个热火罐儿抱着，以后更没法实说了。倘若今夜我再到医院，对她说业已订婚，请她断念，恐怕这打击比早晨说出实情还要恶毒百倍。她万万禁受不住，我的罪更百身难赎了。想着心中焦急，昏然欲晕。

忽听身旁呜的一声，吓得向前一耸，只见有件庞然大物从身后带着风声驰过，回头看时，原来是辆汽车。立住辨视一下，才知已在第五荫路的十字路口。暗自诧异，怎迷迷糊糊地走出医院，又跑了这许多路？简直神经麻木，只仗下意识动作，幸而没被车撞着。想着仍循道向前，心中又回到原来的问题上面。自己逼问自己此事将如何解决，限期只有十几点钟，到夜里再和月琴见面，便得给她切实答复，不能再把游词敷衍。再转想哪有十几点钟的限期，现在便已到了和凤屏约定的时候，到了她家一定先教拜见岳父，随着商议进行婚礼。或者立时就得寻觅新房购买家具，那就越发板上钉钉，不容转圜了。看来凤屏的约会先不能赴，可是不赴又将怎样？

九芝想着，急得满身大汗，心慌气喘，真比遭了什么患难还要焦灼。这时已走到一条河岸上，他立住望着滚滚黄流，忽把焦急变为颓丧，心想自己遭到这等难局，不管是造化弄人，还是自己作孽，反正是实摆在这里，绝无圆满解决之望，终必亏负一方，无论负了谁，都要愧悔终身，永为良心责备，绝无幸福可言。看来现时的和我将来的精神的痛苦，全都无法避免，怎样也是受罪，不如痛快寻个解决，抱头跳下河去，两眼一闭，把烦恼完全解除，对后事概不闻问，倒是个简爽办法。但虽这样想着，却自己知道是感情偶然越轨，理智绝不允许实行。又呆了半晌，眼前似已看不见河水，只月琴、凤屏两个影子盘旋上下，忽然叹息一声自语道："我可实没法儿了。现在不但没有办法，就连她俩的面我也不敢见了。天啊，我便不投河也得逃跑。我上什么山里寻座古庙修行，做个逃情归佛的和尚吧。可是这岂不两头儿对不住人？无奈我绝没法两面都对得住，又不能只对住一面。天哪，真害苦了我……"

他才说出这句，又摇头道："别怨天，我这是自作孽，谁教我到处钟情，作茧自缚，现在怨谁害苦了我？"想着忽然脑中一转，想起那害自己的人，拍手自语道："不然不然，是有人害了我，是叔子，不错，是叔子。一起头月琴便是他发现的，闹了许多张致，惑乱了我的心，才弄出和月琴这段纠葛。这还没什么，最害人的是那天上眉月楼访月琴不遇，他偏要拉我上美国饭店，以致弄出这节外生枝的事，才跟凤屏定约，害得我走投无路。还不全是叔子的罪过？若没有他这勾命鬼儿，我便自己不安分，也未必弄得这样凑巧。他实是害了我，我被他害到这样，可不能容他逍遥局外，得教他给想主意。他不能掇梯上竿，拔了梯儿看。"说着顿足道，"对对，就是这个主意，现在就去找他，就去找他。"

当时回头见一辆洋车走过，便叫住坐上去，直奔叔子家中。到了地方，也没顾得打发车钱，就举手敲门，有个女仆出来，认识九芝，迎头告诉说主人没在家，出去有一会儿了。九芝闻言着急，就问上哪儿去了。女仆说等我进去问问，说着又走进去，须臾出来说道："大爷上徐宅去了。"九芝才听见头两个字，已霍地转身便走，那车夫因他还没给钱，追着叫先生，九芝回头才想起未曾付钱，随即上了原坐的车，又告诉了止庵的住址，车夫向前奔去。九芝在车上寻思，叔子现在止庵家中，自己此去，势不能单向叔子密谈，必得在止庵面前出丑了。以前寻觅月琴等等的事，都请求叔子保守秘密，现在完全瞒不住了。被止庵听着，多么不好意思。他岂不把我看成荒唐鬼么？但转想自己现在患难之中，虽然不是危险，然而处在歧途之前，一出一入，关系甚大，稍错一步，不特要终身难对天良，而且连身名都要败裂。自己并没有丝毫办法，只有求他们有学问、有见识的老人，代为谋断，怎还能畏怯不言，讳疾忌医呢？我也顾不得许多，只可有一句说一句了。

想着车已到了徐宅门前，忙令停住，先打发了钱，然后走进门内。先向门房问徐老爷可在家中，门房因九芝是主人的特客，向来时常上门的客人中，曾经止庵特许不必通报便可延入客厅的，总计不过十人，有些高官巨绅，都得不到这种待遇，九芝却是其中的一个，可见止庵对他如何器重了。当时门房赔笑回答老爷正在书房和梁二爷喝酒。说着穿上长衫，领九芝进入一道大院，再穿角门，进了一座花园，转过藤萝架，才又走入一道月亮门，门内迎面便是书房，九芝隔着明净的玻璃窗已看见止庵和叔子正对坐闲谈，门房打起门帘，说了声陆先生来了，让九芝走入，便自退出。

九芝到了房中，止庵一见，就欠身笑道："不速客一人来，莫嫌简慢，快坐下跟我们吃。"

叔子也笑着说："你怎这时来了？我真想不到。来，先喝一杯。"

九芝见桌上肴馔还齐整未动，似方入座不久。自己满腹心事，丝毫不饿，想要说吃完了，又想起从早晨水米未进，少时若饥火上攻，支持不住，再向主人讨饭可就反为不美，不如依实了吧。想着见那伺候桌的小下人已给搬好座位，跑出去取杯箸，就点点头，走过去坐下，笑道："我真是不速之客，来得还恰是时候。"

叔子道："哦，你是从医院来。我还没道谢，为我的事倒给你添麻烦。"

九芝道："叔老怎跟我又客气起来？您是想喝酒了，故意要我罚一杯么？"

叔子笑道："该罚该罚，你也陪一杯。"

说时那小下人已把杯箸取来放好，叔子为他斟上了酒，九芝忙道："谢谢您，我先不能喝，我……我……我还有事。"

叔子听了一怔，方要开口，止庵那里早看出九芝气色不定，虽然强颜谈笑，但精神恍惚，好似有着心事，就迎头问道："有事……有什么事？莫非胡鲁题在医院又出了什么毛病？"

九芝摇头道："不，不是他，他很好。"

叔子接口道："那么谁不好？"

九芝轰地红了脸道："啊，我已经到您府上去访过一次了，听说您在这里，我想正好同您二位一并……一并领教领教。"

叔子也看出九芝神色不对，就放下酒杯说道："你有什么事？看你这神情，必不是闲白儿，你说吧。"

九芝未曾开言，先看看叔子，又看看止庵，现出很窘的样儿道："我真惭愧，跟您二位说，这这……"

叔子用手拍着大腿道："你就说吧，咱们是谁跟谁？"

止庵看着，觉得九芝或有不易出口的事，向小下人使个眼色，教他出去，才向九芝道："这房里只我们三个，你还有什么不好意思？"

叔子纳闷道："九芝向来可没这样吞吞吐吐，今天莫非美国饭店出了什么问题？"

九芝本来满腹心事，纷乱如丝，好似一部二十四史，不知从何处说起，这时被叔子一提，才抓着端绪，赧然说道："虽不是美国饭店……美国饭店也有事，可不是今天，今天是医院出了事，我……我遇见月琴了。"

叔子听着大瞪两眼，咦了一声，止庵却叫道："月琴？月琴是谁？这名儿很熟啊。"

叔子道："你忘了？去年春天我在三不管发现了一个风尘尤物，咱们想要给九芝撮合，连你止老也曾纡尊降贵，同去相访，却想不到已是凤去楼空，那个人就叫月琴。现在九芝和她遇见了。九芝，你在哪里遇见她的？"

九芝还未答话，止庵已摆手叫道："慢着慢着，这茬儿不对。去年你逛了三不管回来，报告遇着这个月琴，次日我和九芝就跟你去访，那月琴已是人面桃花不知何处去了。算来只你一个人见过她，我和九芝都是空劳想象。现在九芝说他遇着月琴，他既没见过，便能遇见，又怎能知道是月琴呢？这我不明白。"

九芝听了更红了脸，羞窘得无地自容，叔子却只望着九芝半晌无言。止庵又问道："你们怎都不说话？难道这里面有什么隐情？"

叔子叹口气道："隐情么，只怕现在也隐无可隐了。我得先问问九芝，九芝，咱们原定的保守秘密条约，你可还要维持？我看怕维持不住了。谁教你把话说漏了呢？不过还得问你，若答应不守秘密条约，我就替你对止老实供实说了。喂，你快说……"

九芝俯首向地，点了点头。叔子知他默允了，就向止庵把月琴失踪以后，九芝如何痴心寻访，遍历歌场，如何上穷碧落下黄泉，两处茫茫皆不见。倒被自己遇着一次，他又如何请求守秘到了今年。他如何和馆中同人走马章台，在眉月楼遇见了名叫月琴的妓女，意态颇似那未见面的意中人，但他不敢确认，想请自己前去鉴定，偏巧自己因事去京，到回来才在社中会期那天同去访候。却不料那月琴已经从良，受到第二次人面桃花的

235

惆怅。不过由那月琴遗下的照片，鉴定确是我所见的月琴。

叔子说到这里，向止庵道："这就是关于月琴的全部，经过你明白了？"

止庵怔怔地说道："真有这样的事？两次均是寻芳去迟，可谓缘悭。九芝你倒不必害羞，凡是少年哪个不善钟情？我只替你难过，怎么才寻着她竟从良了？哦，你说今天又和她遇见，她既然从良，已是落花有主，你遇见又将如何？九芝，我可要劝你一句，钟情不怕钟情，可不要做出荡检逾闲的事。那月琴已经从良，你便遇见也得往开处想。要知道濮上桑间，那是丧品败德的邪路。我们任有多大，也不能帮你作恶。"

九芝见止庵误会自己的意思，正色劝告，不由心中感激，自思向来佩服止庵，就在这种地方。他平常和蔼随缘，不见棱角，好似十分通脱，但在通融中却隐有锋芒，对邪正善恶之间，丝毫不肯假借。自己能得到这样良师益友，可谓幸运了。但老先生却把我看错了，想着便振起精神答道："止老，我并没这种意思，倘若月琴真个已经从良，我现在还不致受难，也不会来和您二位商量。"说着便向叔子道，"那日我们在眉月楼听见月琴从良的话，实在误似。她并没给人做了太太或姨太太，而是做了马自清的妹妹，现在正以马小姐的资格，在医院特等房里做特种护士。"

叔子和止庵听了面面相觑，或咦的一叫。九芝明白他二人的意思，以为这事太已离奇了，并且以马自清的奸诈卑鄙，一个女子和他接近，还有什么可信的事？九芝觉得他俩看低了月琴的品格，忙接说道："您二位不知道，这里面还有隐情，马自清把月琴接到医院，并非为他自己，而是为着利用月琴，巴结一个住院的阔人。"说着就把自己早晨到花园闲望，遇见月琴的情形，以及月琴自述入院的经过全都说了。

九芝说到吉九章的名字，止庵忽然叫道："吉九章也住在自清医院么？他还是月琴的义父？这倒有趣。"

叔子道："我也常在报纸上看见这吉九章，止老和他有渊源么？"

止庵笑道："怎没渊源？他是光绪十年我在浙江取的门生，人倒很好，只是鼎革以后，我闭门不出，他却飞黄腾达起来。道不同不相为谋，所以很为疏远。至今已有十几年不见了。不过他还记得我这老师，在前五六年，他做河南省长，有个情不可却的人，托我给他写了封八行，居然有效。他不但把那人提升到一等大县，终其任未曾更动。并且立时复我一信，措辞很是谦恭。在这'说士年来每自羞，腾书十九付东流'的时候，他也算很古道了。"

叔子笑道："止老您还这样说？现在朝野人士，谁不对您尊敬？书何尝付过东流呢？"

止庵笑了笑，便向九芝道："以后又怎样？你还没说出有什么困难？有什么跟我们商量？"

九芝这才强忍着不好意思，说出月琴和自己好似久有默契，从眉月楼见面以后，她已矢志相从，出妓院而入医院，也是为着拔出烟花，作他日相逢的张本。所以今日遇着，她把心意完全吐露，预备离开医院，和我结婚了。看她那坚决的意思，好似绝不容我驳回。这可怎么好呢？

止庵听了叫道："一个风尘女子，居然有这坚决志愿，却是难得。这不但是韵事，也是佳话。"

叔子也笑道："你为她害了经年相思，她也对你掬出满腔热爱，这才叫买金的遇着卖金的，换句话说，你俩全是求仁得仁，这是多么美满的事，你干吗还装着愁眉苦脸，想骗谁呢？"

止庵接口道："九芝，我明白你为什么发愁，那不成问题。我已经许过你了，现在最要紧的，你得对这月琴考察一下，她对你的爱情固然不会虚伪了，不过她本身的心地秉性，是否温和守分，宜于做读书人的妻子？我并不薄视风尘中人，只是她曾在个中走过一遭，难免有所习染，恐怕你冒昧行事，将来成为终身之累。所以劝你事先留神。"

叔子笑道："只要是那个月琴，我就敢担保她不会坏的。凭她那样虞美人性格，清如梅，淡如菊，就是把她放在任何坏地方，她也能出污泥而不染的。"

止庵道："既然九芝愿意，你又担保，这事便没有问题。我现在可以拿出钱来，给他们宜室宜家。在墙子河边，我有一座小小产业，是三楼三底的小红楼，现在房客正退了租，空着没人住，就借给你做新房好了。"

九芝听着，还未答言，叔子已拍手道："九芝，你看，万事俱备，连东风都不欠了，你还愁什么？哈哈，我敬你三杯，作为庆贺。"说着就把壶伸过来。

九芝忙用手挡住，摇头说道："您二位误会了我的意思，我不是想娶月琴，为没钱办事，没处居住，才来跟您二位商量。我现在的难题，是……是不能要月琴。她越意志坚决，越要把我难死。您二位不知道，我现在正立在最困难的地位，简直要把我逼自杀了。"

止庵叔子听了，全都一怔，道："怎么，你……何致如此？难道马自清不教月琴嫁你？那也有办法，总不致自杀。"

九芝摇头叹道："怎不至于……咳，我简直是自作孽，不可活啊。您二位知道我为什么不能娶月琴？咳，因……因为我已经订婚了。前后只差一天，就弄成……"

叔子没待他说完，已跳起叫道："你说什么？已经订了婚？跟谁……你这年轻人，原来到处钟情，背着我们拈花惹草。这是跟谁订了婚，你说，说。"

九芝道："我并没有背您，您是知道的啊？"

叔子方才一怔，止庵已叫道："莫非跟那天栗子鸡肚里的东西有关么？"

叔子听了恍然大悟，叫道："对了，八成是她。九芝，你是跟美国饭店的二姑娘订婚？"说着见九芝点头，就抓住他的手叫道，"真是她呀？那么在什么时候？哦哦，是不是前天你喝醋以后，我去如厕的当儿，你们就孟光接了梁鸿案？我那时本看出事情不对了，却没想发生这样大事。"

九芝摇头道："不是在那时候，那里只于定了个约会，到昨天在公园见面，才议及婚事的。"

叔子叫道："哦，二姑娘昨天又和你在公园见面了？你就跟她……"

话未说完，止庵已叫道："看着你们可闷死我了，这二姑娘是怎么回事？你俩这样鬼鬼祟祟的，做了多少背人的事？"

叔子望着九芝道："这又是件瞒不住的秘密，我可说了。好在止老吃过栗子鸡，也知道这件事的，只于没晓得咱们前去拜访罢了。"说着就把前天和九芝去访月琴不遇，就转道美国饭店，去看那灵心妙手的人。当时二姑娘怎样对九芝柔情蜜意，都原原本本地说了。

止庵听了摇头道："还有这种事？九芝，你走的是什么运气？怎女子都这样一见钟情，这可不大好。男子遇着这种奇遇，一之已甚，岂可有二？而且平常人也一样听说，像你所遇这样，只有一种邪僻的人，倒为前几天唱秦腔的元元红，同时有许多女人争他，并且甘心为他失身荡产，可谓走到桃花运的顶端，但他过后不久就遭了祸，你当然不能和那种人相比，不过我看你遇的事，来势凶猛，很觉担心。你可是自己检点。"

叔子道："止老您先别说这个，我却责备九芝做事莽撞轻率。你和那二姑娘才认识几天，怎就提起终身大事？你未免太性急了。我很明白你一心恋旧，还想维持月琴的夙约，只是早一天先和那二姑娘订下婚了，自然无以对月琴，而且也舍不得她。不过那二姑娘也是背之不祥，这才叫左右为难，进退维谷。我很明白你的心情，无奈可太难措手了。虽有智者，莫能为力。"说着又点头道，"那么你在我走开的当儿，跟那二姑娘有了什么交涉呢？"

九芝忸怩地说道："我只和她……她跟我定了一个约会，就在第二日到公园见面。"

叔子笑道："哦，你去了。我们到美国饭店是前天的事，你所谓的第二日，便是昨天，昨天不是我们到医院去看胡鲁题么？你什么时候去赴这约会的？"

九芝道："就在到医院以前……您不用这样审我了，我痛快说吧。昨天我到公园赴约，那二姑娘她……咳，我真没法说。本来只见过两三面，连我也觉得谈不到啊。您二位听了也必骂我荒唐，可是您二位没有身临其境，绝不能想象她是怎样跟我缠磨，简直誓死相从，犯也死心眼儿。您二位更不能想象我是怎……我也别只替自己拣好的说，把罪过都排到她身上。反正当时……或本来很容易动感情，当时也有一半受了感动，也一半被逼无奈。结果……结果就答应和她订婚了。"

叔子听了，失声叫道："你已经跟二姑娘订婚了，这得给你道喜呀！止老，你不要只听我们说话，把那二姑娘当作平常的小家碧玉。你是没有看见，那二姑娘真称得起国色天香，姿容绝代。凭我看花老眼，经几十年经验，还没见过那样刚健婀娜的美人。和九芝是佳偶天成，值得喝彩。"

止庵听了点头道："这当然是件好事，我也该给九芝道喜。不过他还有问题，昨天才和这二姑娘定下婚事，今天就遇见故人……"

九芝苦着脸儿接口说道："是啊，叔老您不要只顾开心，请替我想想。

方才我已说过月琴跟我所表示的意思，她好似和我早有精神上的联系，从眉月楼一面之后，她竟也像我对她似的，发生了不知来由的痴情，决定守身相待。就是随马自清到医院，也是为着提高自己身份，洗去妓女的丑名，预备日后和我结合，并且借以访寻我的下落。您二位想，她既有着这样心情，抱着这样希望，好容易意外和我相逢，把真心吐露出来，我却恰巧在前一天和别人订了婚，对她已无希望。倘若把实话告诉她，恐怕她万受不住这样打击，那简直比用刀刺她的心还要残忍。我怎能在她万分高兴的时候，迎头给她……咳，您二位绝想不出我当时怎样为难。所以只可听她一个人说，没敢搭茬儿，但又不能不对她敷衍，我的神经都刺得麻木不仁，也忘记了当时说了些什么，大概还曾说过当初怎样对她无端爱情，遍地寻觅的话。现在想起来，这些话很不该说，也不必说。因为我既和别人订了婚约，已经成为有主儿的人，怎该还刺激月琴的感情？无奈我有些自己管不住自己了，幸而还能在大处自加警戒，虽没敢告诉已经订婚的事，但月琴提到后来怎样的话，我都没加可否，只含糊敷衍着。随后借口有事跑了出来，应许她晚上再到医院仔细商量。其实这事还有什么商量？一切都绝望了。不过月琴的情义，我若辜负了，势必终身抱憾，而且我对她发生爱情在先，虽然未曾有过关系痕迹，但在未见面时，我已经自己对自己做过良心上的誓约，现在若抛弃了她，未免愧对良心。这事自然怨我意志不定，做事莽撞，只听了月琴从良的消息便信以为真，对她绝了指望，立刻把心移到别人身上。但事情也赶得太巧，机缘也变得太快。前天才得着月琴消息，今天已见月琴本人的面。但偏偏在这两天的夹当里，会出来个二姑娘，和我订了婚约。这不是上天捉弄人么？您二位请替我打个正经主意，我现在实已方寸无主，不但月琴那里要和我正式谈判，那二姑娘还约定教我今天早晨到她家认岳父，我已经失了约了。"

叔子听着，大瞪两眼，只管摇头，叹气说道："这事真是难，难，难上加难。我真不解怎会这样巧法？造化弄人是不错的，不过你也有些自作孽。我这智多星只怕无能为力，因为这是治一经损一经的事。我早说过你运走桃花，到处得着奇遇，不要当作好事，早晚要惹麻烦。现在可不幸而言中了。如今法律不准双娶，你的头脑很新，当然也不肯效法齐人一妻一妾。月琴和那二姑娘又都对你情深似海，大约你也无法轩轾。我这局外人，可怎能代作主张？现在还得你自己当机立断。反正二者不可得兼，你是取鱼，还是取熊掌，拿准主意，先把大前提解决。我们依着你的主旨，给设法办理倒还可以。比如你决定维持二姑娘的婚约，我们就替你设法开发月琴，倘若你不能无情旧人，希望和月琴结合，那你虽然已和二姑娘订了婚约，我也拼着为难受窄，设法替你取消婚约……"

叔子说到这里，九芝已摆手说道："您不必说了，这全是后话。我现在所难的就在难定取舍。这两个人全都背之不祥，我对谁也不忍辜负，而且她们俩谁也受不住这种打击。您是未曾当场亲见她们的情形，倘若您去对月琴说我已经和他人订婚，请她断念，恐怕这句话就能致她的命。"

叔子点头道："哦，这样说月琴是情义特重，若负了她便将有死有活，这当然不可能了，那么只好取消二姑娘的婚约。"

九芝接口道："什么？您难道没见她那刚烈的性格？而且她跟我认了死扣儿，我若变卦，恐怕立刻便有祸事。"

叔子听了，一吐舌头道："真格的，看她的脾气当然不能容你变心，那种人什么事都做得出来，就许来拼死，跟你拼做同命鸳鸯，若不然也许负气自杀。"

止庵在旁道："真会有这样危险么？"

叔子道："怎么不会？所以我说九芝这桃花运走得不好，所遇的都是难得的佳人，也是不祥的尤物。就是月琴已经可怕，试想对陌生男子只见过一面，自己立下相从的志愿，便好似已经结了盟约，矢志不渝地守身相待，百计寻觅。其实说真了她还没跟九芝说过一句体己话，对他的家庭身世以及品格心地，更是茫然。只爱上了，便一厢情愿地在暗地里干起来，这样人可算太不平凡了。不过她的英气蓄在心里，表面不露棱角。那二姑娘可就不然，满脸的英华发露，美也美到极点，刚也刚到极点。我初见她，便觉得像戏台上的武生，若扮作黄天霸，那英俊气概真可以空前绝后。我替她相面，认为古人所说，上可为烈女节妇，下可以杀人害人。就是这种高相，凭着刚烈之气，什么惊人事都做得出来。"

止庵悚然说道："若是这样，她更是不可辜负了。她既有如此性格，爱上九芝，恐怕要百折不回，何况还有着婚约？"

叔子道："这婚约不过是口头的，若是九芝昧起良心，矢口不认，也可等于没有，不过……"

九芝听着，没等他说出下文，已插口道："你说婚约是口头的，可以不承认么？那恐怕办不到。"

叔子道："是啊，你还没听完我的话。我的意思也以为即使你昧起良心，用抵赖办法对付，对方换个旁人也许无可奈何，那二姑娘却不会容你抵赖。"

九芝摇头道："我说的不是这个意思，你要知道，婚约虽是空口无凭，我凭良心也不能抵赖不认。而且我们两人中间，还有不只口头空话的实质凭证，恐怕任何大奸大恶的人也没法对她抵赖。"

叔子听着愕然道："怎么，难道你还给她写了什么婚书大帖？"

九芝叹息一声道："我倒没给她写什么，是她给了我一件东西。这恐怕比婚书大帖还来得厉害。我简直卖给她了。"

叔子道："哦，她给了你什么表记？这也是题中应有之义。何致就卖给她？"

九芝耸肩苦笑，从衣袋中取出凤屏给的那一个银行存折，放在桌上道："她给我的就是这个东西，我方才所说卖给她的话，并非指这里面的钱，而是指她的情意。她因为我起初执意推辞，诉说自己贫寒状况，没有赡养家室的能力，不愿累她受苦，她就拿出这个存折，教我筹办喜事，并且说了许多将来过日的办法，把我的嘴完全堵住。又用强迫手段，一定要我接受。您二位总能信我不是贪得无厌的人，可以想象我怎样竭力推辞，无奈她……结果我还是被她感动得无法坚持，只好收下。这里面是她多年来口熬肚攒的体己，竟整个地交给我，世上妇女有几个不是把钱当命，她居然能不这样，试想对我是……咳，婚约也许能赖，这存折恐怕不能赖吧？若是给她退回，我可万万没有这样勇气。"

九芝说着，把存折翻开，止庵、叔子都迫近瞧看，看到最后的总结数目，不由面面相觑。瞠目失声叫道："哎呀，这是二姑娘给你的？她一个开饭铺的女儿，竟有这些体己？居然肯交给你，这可太难得了。诚然不在乎钱，其情可感，不过这数目也很可观。不怕你笑话，我活了将近六十岁，还未曾同时得到偌大数目的钱。倘然有人把这些钱给我，就买我的人命也肯卖。九芝，你真是几生修到？我常说世上最贵重的东西，是三种带

242

颜色的，一是青春，一是黄金，一是红颜。三者中能得到两样已是神仙神泽，现在你正在青春少年，得着红颜知己，还对你供献黄金，这简直比'父做宰相子做状元，家有万顷良田，生逢太平盛世，常共娇妻美妾，呼儿唤女乐灯前，直活到重经开辟，依然还我好家山'那首妄想的词儿，真样令人可羡。我真看着你眼热得很。"

九芝苦着脸道："得了，您别尽自取笑，我都要愁死了。"

止庵这时正看那存折，点头嗟叹，听了九芝的话，就道："老弟，你还愁什么？我看这事可以解决了。这二姑娘实是难得，你看她这钱是多少日子积攒的？中间不定有着何等辛勤艰苦，何况女人看财最重。我常见有做了半世夫妇，丈夫遭逢逆境，做妻子的看着他困厄欲死，终不肯拿出私财接济。由此你可看出那二姑娘是怎样为人和对你如何情重了。你方才说卖给她，这话不错，我也以为你是卖给了她。我并非见钱眼开，这万把块钱，在我眼里还不算回事，不过在蓬门小户之中，却是惊人的数目。至于这件事，任何人也得认为是惊人的事。我这心如止水的老翁，也被她的深情感动了。劝你不要三心二意，就老实履行她的婚约吧。"

叔子也道："我也是这样主张，事情已到了这步田地，你不但订了婚约，还接了……这就等于聘礼一样，好比她是男家，你是女家，你这姑娘已经受了男家给的四大金八大金，按这存折上的钱数，足值一百大金。你也不过是个小家碧玉，人家把如许丰厚的聘礼聘定了你，难道还买不动你的心？还要一匹马安两个头么？"

止庵道："你方才说四大金八大金是什么意思？"

叔子道："您连这个都不晓么？这是本地的名词，定亲约聘，用真金饰物，每一件便叫作一大金，不过内中也大有区别，一副镯子重到三两，也算一大金，一副耳环只三五分重，也算一大金。所以在纳聘以先，便有争执，小户人家更闹得厉害。譬如女家要八大金，恨浑身是胆都是极重的金镯，男家却只想用细簪小戒指耳环等等搪塞，常常话不投机，因为这个把婚姻闹决裂了。"

止庵道："我记得本地风俗礼聘只是暂时给女家存着，到正式迎娶的进修，还得给男家原封退回，女家并不能得到实惠。又何必争多论少呢？"

叔子道："聘礼固然照例退回，不过在小户人家，却有的只为荣耀，教亲戚邻里知道他女儿许给阔主儿，也有的当心不善，讨来多少大金，都给变卖花用，到迎娶时硬不退还。男家也不能为此经官成讼，只好虐待新妇，以泄愤恨罢了。"

九芝听他二人竟抛开自己的事，谈起闲话，不由焦急说道："您二位别管几大金，还是管我吧。我可怎好啊？"

叔子笑道："你的事不是已经解决了？你教我们给拿主意，现在我们已一致主张维持二姑娘的婚约，还有什么问题？大约你自己也明白非走这条路不可吧？"

九芝含愁说道："您二位只想一面，却没想另一面。照您主张，月琴可怎办呢？您二位好像都受了这存折的感动，我也未尝不受感动，不过从月琴那面着想，我得自己抱愧。好像我太重视金钱，被二姑娘买去。月琴没有这些钱给我，我就对她变心。而且凡事总得持平着想，我现在把良心放在中间，对她两人丝毫没有偏向，只就事实判断，她两人全是对我一见钟情，不过月琴一切居先，我爱她已有一年，便由眉月楼见面而起，也比二姑娘早得多。只于二姑娘对我的关系发生过于迅速，虽然相见较晚，成之却快，月琴反因种种参差落到后面。现在她风尘漂泊孤苦无依，一颗心寄托在我身上呢？现在说痛快话，我也不知是由于念旧理，还是第一次恋爱分外能够铭心刻骨的缘故，对于月琴实在不能抛置。我也知二姑娘情意太厚，还有着已成的事实，和您二位方才所说的道理，在情在势，对她万万不可背负。不过我的心中，觉得对她两人仍是半斤八两，不能分别轻重。而且虽有您二位的主张，我还是不能决定去取。叔老方才说我若对二姑娘谈心，她就许来和我拼命，可是您没想到月琴也是一样。我若教她失望，她虽不至拼命，但伤心之下，难保不自己送了小命儿。"

正说到这里，忽见一个下人从外走入，到止庵面前，低声说了几句。止庵皱着眉点点头，便立起道："二位稍坐，我到后面去一趟。"

叔子知他必是有事，忙说请便，止庵就出室而去。这时叔子九芝只顾说话，饭吃得很少。止庵去后，二人也不知饱了没有，却已耽误得不愿再吃，都离座漱口。叔子拿支纸烟坐在大椅上吸着，九芝坐在他旁边，默然许久。

叔子只对九芝摇头，半晌才道："你这件事，我是敬谢不敏，本来可有法解决，无奈你对两方面全有不忍舍之情，不能舍之势。畏首畏尾，身无余略，简直没法可办。除非二者得兼，来个东食西宿，左宜右有，才可你的心，解你的围。只可惜现在不是那种时候，恐怕要想圆满解决是没有希望的。我看这事最好你自己做主，想怎样办就怎样办。反正两边半斤八两，都是一样。"

九芝叹道："若教我自己做主，万万不成。我简直下不了决心，便把自己逼到自杀地步，也未必能对哪一个表示割舍。"

叔子道："你自己拿不定主意，可是别人替你打算你又不依。"

九芝道："你们若有好主意，我怎会不依？"

叔子道："我们不是主张维持二姑娘婚约么？其实论理说，那月琴是我发现的，应该做她的党人，反对二姑娘。然而我竟背叛了月琴，心里很是惭愧。但为你前途打算，也说不得，因为你娶二姑娘危险性小些，我们还可以替你对付月琴，你若是要娶月琴，我们对那二姑娘实在没法抵挡，恐怕要有问题。何况你跟人家婚约也订了，存折也拿过来了。而且你自己也知道婚约不易取消，存折没法退回。可是我们的主意，你还是犹疑不听，这还有什么法儿？"

九芝听了默默无言，情知自己优柔寡断，但是对这种事也实无法当机立断。因为怎样都是亏心，自己只想避免亏心，才不能决断。不过也知道绝没有两全之法，结果总得对一面亏心。只是要我决断对谁亏心，还是没这毅力。叔子的话虽然有理，但他们也是随风倒，没准主意的。起初教我舍弃二姑娘，以后我把存折拿出来，他们便又改了主意，教我舍弃月琴了。由此看来，俗语说清官难断家务事，我这事虽非家务，但也有些性质相同了。

九芝想着，和叔子对怔半晌，叔子又说了些没用的话，埋怨九芝不该风流自赏，和二姑娘乱定约会，以致作茧自缚。又抱怨自己在美国饭店不该故意取笑，假作如厕，给他们以说话的机会，才弄出这事。若当时坐着不动，他们不好说话，便定不了约会，即使九芝隔日再去，约会也得推迟一天，那样便在赴约之前，先已遇见月琴，九芝身上还没受约束，事情也就好办了。九芝听着他的话，只觉絮烦，很不爱听。便叔子却也不再说了，二人还是对怔着。

又过了一会儿，才见止庵回来。止庵倒背着手儿，一步步走入房中，脚步甚慢，看样儿好像自宅就是这样，一步挪不了四指地扭了过来。进到室中也没对他们招呼，仍保持原状，低着头来回地踱。叔子、九芝看着一怔，都以为内宅出了什么事情，使他大为忧烦，所以出来还是这样深思出神，便都不敢作声，只望着他来回地走。止庵走了一会儿，走到他原坐的椅上，抬头一看，才见客人全已离座，桌上酒肴都已撤去，不由咦了一声道："你们都吃好了？"

叔子哈哈大笑道："您这才看见，我们本早吃完了。"

止庵也笑道："我真老了，脑筋不够使用。想了这么半天竟越想越钻进牛犄角里，更滞住了。"

叔子道："您想什么这么用心？可是作诗想对么？"

止庵："我干什么在这时候作诗？想的还是九芝的事。想到一点儿难题，竟再也想不通。"

叔子道："谁又想得通？我们在这里也一直搔首无策，仰屋兴叹呢。"

止庵道："不然，你们是根本没有办法，我却是有了办法，只是这办法里的一个阶段教我为了难。"

九芝听了，不觉跳起叫道："您有了办法？什么办法？请告诉我。"

止庵笑道："你先别忙，这办法不是我想的，是一个人送来的。倘若能解决你的难题，你真得谢谢这个人。"

九芝瞪目问道："谁啊？"

止庵道："你且少安毋躁，听我慢慢地说。方才你絮絮叨叨，说了那些车轱辘话，我很明白你是对哪面都不忍割舍，固然你知道将来必得辜负一面，可是要你自己决断对谁负心，你却万不忍为。所以我们无论教你弃谁取谁，你都不能赞成。这就因为你不忍自动对谁负心，换句话，你倒盼望能做被动，她们中间有一个能舍弃你，你就可以心安理得地专抱一枝了。可是这两个人都有痴情，谁肯放松你呢？我正想着，不是下人来叫我了？他说内人请我进去一趟，我不知什么事，就进了内宅，不料来了三十年的故人。三十年前我携眷在山东做官，当时济南有个色艺超绝的女伶，叫作文翠仙，很是倾动一时。官场每月宴会，常常传她演戏。我有位门生，是本地知府，十分迷她，花了不少缠头，那文翠仙有点儿爱好虚荣，

246

常在官眷宴会上见到内人，总是特别殷勤，屡次说要到衙门请安。内人因我家规严肃，不许闲杂人入门，都推却了。过了二年，文翠仙居然嫁了那个知府，她才以门生小妻的资格，到我宅里来。对内人十分巴结，定要抛开门生关系，认内人做义母。内人缠她不过，只得含糊答应。又过了半年，我回到北京入阁，以后遭逢国变，就退隐了，从此有将近三十年不闻消息。不过我那门生久已去世，更不知她的下落。直到今天，文翠仙忽然领着个女孩子上门来求见内人，仍打着那知府旗号。内人想了半天，才想起是她，就请进内宅见面一谈。才知道她苦命，初嫁那知府，没过五年，便居了孀。以后很受了几年颠连，又嫁给一个商人做妾，过了十几年，生了个女儿，商人又死了，她被大妇赶出。幸而手中还微有积蓄，但想着后来没有办法，只得重操旧营生，教女儿学戏。现在女儿已经学成，又到北京投了位名师，受到指点，最近在北京登台几次，成绩很好，便被天津戏园约来。她母女因人地生疏，没有照应，竟打听着我的住宅，投奔了来。她倒也明白我家不许优娼进门，所以仍打着我那门生的旗号，若是照女伶拜客的式子，从门房就得挡回去，不给通报。不过她既已进来，对内人诉了许多苦楚，内人仍然念着旧时情分，很想帮她，无奈没有法儿，又搭着文翠仙一死儿要给义父请安，内人只可把我叫进去，商量应付她的办法。我进去以后，文翠仙带着女儿叩头行礼，闹得我也不好过于寡情，当时就给她女儿一点儿钱做见面礼。文翠仙坚辞不受，只求我捧场。我说自己不常看戏，只可转托别位亲友。她却要我在前三天务必去占个包厢坐上一会儿，给招招声价，助助威风。结果竟每天留下五个包厢，四十张散座，一共六天。我当时马马虎虎地收下了，要给她钱，她说不忙，改日还来请安，就带着女儿走了。我在她走后，仔细一算，才知道挨了个挺大的竹杠。你给算算，包厢一天五个，六天三十个，每个十二元，共是三百六，散票一天四十，六天二百四，每票两元五，共是六百，合计起来，只差四十元不到一千。我既收下了，又不便退回。你们看，这不是无妄之灾？而且文翠仙还要求我多给邀人，务必座上客常满，厢中人不空。我又上哪儿寻这些人去？到时候还得叔子代为分劳，请你们宝眷和亲友，都去占个座儿。我还得派人给各处分送，这才叫劳民伤财。”

叔子笑道：“我想那文翠仙必是托你代销，绝不会径直教你花这些钱买票。"

止庵道："是啊，不过我怎能替她做推销员？按着亲友家送票换钱？只好我请客罢了。"

叔子道："你的话诚然也是，这就是女伶时常失败的原因。她们虽然仗着色艺炫人，但真实艺业大都有限，还得私下联络有钱的人捧场。若只靠戏院卖票，就许上不了两成人，所以总得自己设法销票。可是销票也很不易，唱一天就是上千张票，几十包厢哪容易销得净呢？若是交际广阔的女伶还好，因为户头多就分的票少，而且可以轮流下手。例如认识一千人，她今天打扰这二百家，明天打扰那二百家，每家隔五天才轮到一次，每次花上三十五十，也还受得住。这个女伶就可以站住了。若是交际不广的呢，同样也要销那些票，譬如她只认识二十家，就恨不得二十家把票给都包了。可是她认识的人家还贫富不均，自然向较富的加倍多塞。但是无论何等有钱人家，即使醉翁意别有在的人，要每天花几百捧女伶，恐怕谁也禁不住。好面子的或者能应酬几次，终久也畏难而退。吝啬的至多只咬牙挨上一下，以后便望影而逃。这女伶唱上几天，再到人家拜访，便要十叩柴扉九不开，结果必致门可罗雀，从此不能再唱了。记得前年我有一次在宴会上遇见个新下海的女伶，她不知听了谁的谣言，把我当作财翁，当时便托人引见，定要认我做干老儿。我乘着酒兴，竟受了她的头。到次日她又上门请安，送了四样礼物，我不好推却，也收下了。哪知过了没一个礼拜，她又上门对我说，不日就要在春和戏院上台，求我捧场。我以为她是要我笔头吹嘘，觉得作几首诗登报是很容易的事，就答应好办。哪知她所谓捧场者，乃在彼而不在此，临走时竟给留下六七百元的票，我才吓怔了。好家伙，我家一年挑费还不到这数目，怎能教一家老小同挨经年之饿，以博女伶一时之欢？何况我也实拿不出来，虽然以往叫了我声干老儿，我又吃过她的礼物，所谓已种其因，自然应食其果。便明知是竹杠，也只好忍疼挨受。否则就算在女伶面前栽了跟头，把老脸丢尽了。无奈她的竹杠太大，实在承受不起，只好悉索敝目，把散票留下二十张，其余几百多张原封退还。那女伶接到以后不知怎样笑骂，我自己已羞得永没敢见她。每一想起，便面红耳热。最后只可自己解嘲，说这叫作小杖则受，大杖则逃，也是明哲保身的道理。"

止庵听他说到这里，觉得大杖小杖两句，是圣人所谓事亲之道，他竟用在这个地方，未免太失便宜，不由哈哈大笑，九芝也随着笑起来。但想到自己正在难中，止庵才说想出办法，却又扯到女伶身上，叔子也跟着凑趣，二位倒谈得满有兴味，只是把我忘了。想着便再笑不出来，又沉下脸儿。

叔子见他独无笑容，就向止庵道："咱们别闲扯了，您不是给九芝想出办法了？怎么只把文翠仙说了半天，九芝的事竟落下文？您看他含愁不语的样儿，心里准在恨我们呢。"

止庵笑道："若不是你述说这段露脸的事儿，我就快说到正文上了。文翠仙本是引子，好比说书的讲水浒，总得从盘古开天说起。因为我的灵机也是被文翠仙触动的啊。方才她和女儿走后，我也从内宅出来，心里就想起九芝的事。可是文翠仙的影子还在脑里留着，就这样二五妙全地，把她和九芝连在一起，才悟出个办法。因为我忆起文翠仙在山东正红时，便在宴会上常看她的戏，有一次看到一出新戏，忘了叫什么名字，大概情节是一家老夫妇，膝下只一个女儿，爱如掌珠。父亲在外贸易，把女儿许给一个商人儿子。母亲在家中听媒婆蛊惑，也把女儿许给一个恶棍的兄弟，女儿自己却在门口遇见一个书生，两下互相爱慕，私定了终身。过了些日，父亲从外乡回来，向老妻说已把女儿许人，喜期甚迫，便得预备妆奁，送女儿到夫家成婚。母亲听了大惊，便把自己也替女儿许了主儿的话说了。父亲大为焦急，又深知那恶棍的底细，就埋怨老妻鲁莽胡为，夫妻互相争吵，被女儿听见，更如晴天霹雳，惊恨欲绝。恰巧这时恶棍家也催娶，老夫妇束手无策，只得借词拖延。但那外乡商人因为过了喜期，不见亲家送女儿到门，就前来诘问原因。那父亲无计奈何，只得把实情说了。商人疑他有心赖婚，就翻了面皮，扭到归官成讼。那恶棍听得风声，也在县衙递呈，控告他一家两许，请求判归己方。这时女儿见事不祥，恐怕将被官府断归任何一方，都非己所愿。就和书生暗地商量，随他逃跑。不料那恶棍兄弟不安好心，常到她家门外闲走，恰巧遇见她随人逃跑，便给捉住，也送到县衙，指控那书生诱拐未婚妻。县官是位老进士，为人精明，善于折狱。当时见这案子头绪纷纭，很是搔头。及至升堂审问，那对老夫妇俯首无辞，只求公断。那商人跟恶棍都坚持不让，定要照婚书判断，依

249

约成婚。但再问到女儿，她却非书生不婚宴，否则宁愿一死。县官见那商人和无赖各有婚证，但是那书生却才貌超群，和那少女实是天生佳偶，不由动了怜才之念。无奈拘于律例，终觉无法判断。当时只可谕令退堂，明日再审。回到内衙，直寻思了半日，方才得了主意，就暗地设法预备。到了次日，升堂重问。两造仍坚执原词，那商人无赖更坚执婚约，抵死不让。再问那女儿也还是那套，县官大怒，痛骂无耻贱人不识父母之命，不待媒妁之言，竟敢卖弄风流调情惹事，如今既给你父母大丢其脸，又给老爷多添麻烦，到了堂上还恬不知耻，贪恋奸情，说出宁死不嫁的话。你这贱人本就该死，你死了一点儿没有可惜，正好给大家解了恨。那女儿听了，就向上叩头，说道，我抛头露面，丢丑蒙羞，早觉活着没味，老爷既这样说，我情愿求死。县官听了连叫好好，随教差人去取来烈性毒酒，递给那女儿。那女儿接过一饮而尽，立刻倒地死去。县官便教件作来验，报告确已毒发身死。那父母和书生全都大哭，商人和无赖也全呆了。堂下来看审案的人无不议论县官残忍，竟用这过于彻底的办法来解决他自己的难题，害得一个罪不致死的少女惨遭非命，未免太毒辣了。那县官听完件作报告，就询问何人领尸。先问那商人说，你方才说曾和她父亲面订约，非得她做儿媳不可，现在她虽死了，也算和你儿子有过姻缘之分，你该领尸埋葬。商人回答我只娶活人，不要死人。何况尚未过门，有何情义？坚辞不肯。县官又问那无赖兄弟说，你曾声言媒证俱全，姻缘早定，已把她认作老婆，就是她死了，也绝不肯让给他人。现在她真死了，你该话应前言，还把她当作老婆，领尸收葬。那无赖兄弟回说，方才那不过是气极的话，我得不着活的，凭什么要死的？再说她已经失身他人，我怎能还把她当老婆，惹人耻笑？也坚不肯领。县官只得再问书生，那书生回答生不能同衾，死当同穴，我为报她恩情，甘愿视如爱妻，领尸安葬。县官连说好好，你倒是有情义的人，那么就具结领尸。又教那商人和无赖也把婚书当堂焚毁，具结完案。那书生领得尸首，抬回家中，痛哭了一场，正要买棺盛殓，却不料尸身忽然活转。惊喜之下，方在互诉经过，忽闻外面有人拍门，出去一看，原来是县官派人来送贺仪，资助成婚。他二人才明白县官的深意，权使诈术，成全一对佳偶。至于所饮毒酒，却是一种茉莉花根，捣烂和酒饮下，便能醉人致死。但毒性一过，仍能重苏。服一寸便死一日，不过至多能服六寸，到七寸便长眠不醒了。那女儿所服不过半寸，所以当日即苏醒，但局面却已全变了。二人感激县官，金熔范睢，丝绣平原，日日焚香叩首，祷祝他富贵长生，且不必提。那商人和无赖闻知风声，虽然不忿，无奈婚书已毁，甘结已具，也就无可奈何。这二人从此天长地久，长乐永康。这出戏的情节便是如此，我记得很真。"

叔子接口笑道："你真会忙里偷闲，无端给说个故事。难道是为九芝解愁？其实这出戏我虽未见过，这故事我却知道，好像在哪部笔记上面，不过事情没这样繁难。记得只是一个女儿，许了三个主儿，闹到当官，知县没法解决，就用这个法儿，教女子当堂服毒身死，然后问三家谁肯领尸，最后有一家肯领，便把女儿断了给他。哦，我想起来，这故事出在纪晓岚的《阅微草堂笔记》。"

九芝听叔子说着，心中寻思，止庵不会无故在这时说笑话，想必有着用意，就不理会叔子，只望着止庵，等待下回分解。止庵也向他笑道："你明白我的意思么？我这不是说着玩的，实在关系着你的事。"

叔子道："我却莫测高深，这和九芝有什么关系？难道也要学那县官的办法，教九芝吃茉莉根装死，然后请月琴和二姑娘同来，问她们谁肯领尸？你别被古人欺骗了，阅微草堂的话，大都是假的，和那些鬼狐神怪一样，这故事未必不是出于虚造。至于这出戏，当然是从笔记中摘下来，添枝加叶排成的。古人说尽信书不如无书，何况是戏？千万不要上当。再说茉莉根的记载我也见过，好像必得福建某个地方出产的才成。难道你会有那个地方的茉莉根？就是真有，你也未必敢给他吃，万一所传不实，竟把他给毒死……"

止庵摇头笑道："你真是胶柱鼓瑟，我何致这样笨呢？方才说出由文翠仙想起她唱的戏，由她唱的戏想到九芝的事，使我触动灵机，忽然有悟。但也不过悟出个道理，并非完全照样仿效。因为九芝的问题，所难者全是他自己不能决定去取，这就和那戏里县官对三家争女的案子没法判断一样。那商人和无赖全有确实把握，而那书生却为女儿所爱，准酌人情法律，县官才为了大难。可是他很聪明，知道若由自己判断，怎样也不得圆满，就把责任推到那三家头上，教他们自己判断，假装毒死女子，看他们谁要领尸，便判断给谁。现在我们也可以学他这高招，九芝既不忍辜负任何一方，就不必教他为难，咱们很可以另想个法儿，对月琴和二姑娘试验一下，看她俩谁至死不渝，谁会中途变志。只要试验出来，九芝便择其善者而从之。至于那失败的一面，但在过后参透机关，也只有自己愧悔，绝没脸再来纠缠。九芝所以无法解决，只因两人情分不可轩轾，不忍偏负。到那时即知某一个辜负了他，他也就可以决然割舍，无愧于心了。不过我想了半天，只想这个原则，至于怎样办法，却是搜索枯肠，百思不得。只好大众研究。"

叔子听了，方才明白他的意思，不由点头赞道："只这原则就高明极了。我非常赞成，办法却可以另想，总不致没有。"

九芝听着，也觉止庵果然替自己发现一条最好的路，难为老头儿为我用了这些心思，由此可见他的头脑清楚，思想活泼。无怪当年在宦海享有大名高位。只可惜他那临大事、决大议的高明心胸，竟用在我这儿女私情的琐事上面，真是大材小用。但由此可见老头儿对我实是天高地厚，若换个别人，莫说烦他用心，便只把这种事对他说，他也早掩耳不欲闻了。

想着就听止庵问道："九芝，你看我这条道儿划得如何？"

九芝忙道："您为我太费心了，这道儿自然再好没有。虽然她俩对我都极诚恳，我不应该对她们使诈术。无奈事到如今，除此实没再好的路可走。只好叫她们自己判断自己，我就可以立在被动地位，避开对她们决定去取的困难，也得减少良心上的痛苦。实在于我身上功德莫大焉。不过用什么法儿实行呢？"

止庵道："我已经说过，法儿还没有，得大家想。"

叔子笑道："我看这法儿总不难想，以我们两个饱经世故的老人，对付两个没阅历的女子，还会没法？只是我们先得解决一下，依止老主意，就好似用试金石试验她们，谁是真金，谁是假金，不过试金石只用一块石头便妥，现在试验她们，却得先研究是分别试验还是一同试验，是用一样题目，还是用两样题目。若是用两样题目分别试验，我立刻便有对二姑娘的办法。只教九芝把她的存款全都取出来，然后对她说把钱全丢了，明露出安心侵占的意思，看她爱情是否改变。倘若变了脸跟你追讨，你就原封儿还她，这样既看出她重财轻人，感情已伤，婚姻也就随着作罢。"

九芝没待他说完，已摇头道："我不赞成，凤屏既肯把存折交给我，

252

已经表明她把我看得比钱还贵重。倘若我做出安心欺骗的举动，那就变成道德品行的问题，即使她因而鄙弃了我，也只是恐怕失身匪人的缘故，不能怪她变志。例如一个女子，发现她的丈夫做了强盗，因而请求离异，您能说她是犯了背弃丈夫的罪么？这样试验太不合理。而且我的意思，以为她二人既不能互相睹面，自然得分别试验，不过题目应该一样。就如学校招生考试，因为报名人数太多，可以分在两个试场考试，但考题却不能两样。否则无论斟酌难易的程度，也免不了有所差异，那就不公平了。"

止庵听着点头道："诚然，诚然。九芝这话不错。为求公平，当然应该用同样方法试验。咱们就这样决定，至于用什么方法，我起初还以为容易，现在细想了想，才觉艰难得很。咱们由戏文小说上看，自古至今，凡是男子试验女子的爱情，总不外利用世态炎凉的道理，隐起本身的富贵，装作贫贱，来考察女子的真心。就像戏台上的《汾河湾》《张廷秀回家》等等，都是这样。现在若教九芝也仿照行事，简直不大可能。因为九芝本来不富，无穷可装。她们二人也深知他的景况，本不是为富贵而来。现在便勉强求其可能，教九芝假说失去职业，行将落魄。这也等于从席子滚到地板上，高下相差无多。绝不能改变她们的心。而且月琴那里有个阔干老儿，正要替九芝开辟道路，腾跳青云。二姑娘手有余资，不愁困窘，也是没用。绝不能哪一个吓退了。除却装穷以外，我再寻不出别的先例，这可难了。"

叔子听着止庵说话，一直寡言沉思，等他说完，忽然笑道："装穷不成，还可以装疯啊？怎忘了《宇宙锋》，赵高小姐不愿嫁给秦二世，大装其疯，结果得保坚贞。九芝也可以照办。像《浔阳江》宋江吃屎那样，来个假装疯魔，看她俩谁肯不负于心，甘愿嫁给疯人，你就和哪一个结婚。到洞房花烛之夜，你再霍然而愈。这个法儿如何？"

九芝摇头道："谢谢您的好主意，我可办不到。莫说吞污吃屎，我万万干不来，就是《宇宙锋》女角那点做工，我也装不像。得，您别拿我开心了。"

叔子哈哈一笑，随又正色说道："只为止老提起戏来，我才因戏及戏，其实开言戏之耳。说了半天，都是废话。你装穷她们不怕，装疯她们也不肯信，都和没说一样。我却想出两种办法，自然也离不开装字，全是从病上来。第一种要毁坏你的容颜，第二种要毁害你的性命……"

九芝听着，不知他是何意思，面色倏然改变。叔子看了道："怎样？连你听着都大受刺激了，必得如此惊心动魄，才能使她们心意动摇，咱们的试验才能收到效果。你且听着，我这是有道理的，她们俩在还不知你是张三李四的时候，连话都没谈过几句，更莫说对你的性情人品、家世根底有什么认识，却一见钟情，宛转春蚕，作茧自缚。一个在一面之后，把你当作未来的伴侣，立即脱离风尘，立志向人海中寻你；一个在邂逅初逢之际，便缠绵不舍，百计牵萦，到底用最高速度，和你订了婚约。试问这是什么缘故？她二人并不是荒山野洞长大，初来人境见到第一个男子，感觉新奇，非得据为己有。她俩一在风尘，一居市井，男子都见得很多，何以对别人漠然无视，对你就不能自持？我以为这固然是孽缘前定，冥冥中自有天数，但最有关系，使她们一见倾心的，还在你的外表。所谓外表，本包括着气度举止等等，不过吸引力最大的，自然是你这漂亮面目。女人爱俏本是常情，你若不信我的话，我就请问一句，月琴全见过我，何以竟看也不看，理也不理？其实我的性情不见得比你坏，学问不见得比你低，衣服穿得比你还讲究，然而竟不能得到她们垂青，你能说不是因为我老丑么？由此对照，可知你所以被爱，多半由于年少貌美。然而男女爱情若只系于容貌，那可太靠不住了。所以我想由这上面试验她们，《爱经》上有两句话，是初见以色，久处以情。若是有真情的，虽然最初是因你的美貌而生爱情，可是既已有了爱情，就再不在乎容貌。即使你变成魔鬼，她也不会变心。若是本无真情，只于爱俏，你的容貌只一毁坏，她便没的可爱，势必趋然返思了。我就用这道理来做试验，九芝可以假作受了意外创伤，或是装作出天花，变成麻丑。改变了容颜，再和她们相见，看有什么结果。"

止庵听着拍手道："这道理很对，这主意极好。不过九芝怎样能变丑呢？"

叔子道："这很好办，我有个内侄，曾在外国游学，对化装术十分擅长。他是跟专家学的，用医学手术处理，能把一个人的相貌完全改变。随便走在街上，也没有人能看得出。不同舞台上那种化装，全仗油彩，只在灯光下看着像真。若是实行，我教他来替九芝修饰，虽然尽力求其难看，却敢保教她们对面也瞧不出假来。这是一条道儿，还有一条，就是教九芝装病，咱们托位大夫，或者假扮出一位大夫，当着她们宣布九芝得了一种无望痊愈而又最易传染的病，最好说是第二三期肺病，另外再用别的方法，教她们完全相信九芝绝无生望，只有等死。她们中间哪一个对九芝有真情，必然因他病入膏肓，更加怜爱。一定不辞牺牲，不避讥嘲，径来和他同居，预备生则相守，殁则相殉。至于那个没真情的，一听他害这样的病，便全灰心绝望，尤其恐惧传染，为保重自身，或者连探望也不敢，那就更试得清清楚楚了。"

正在这时，忽见一个下人走进来，向止庵说道："外边来了个年青人求见，自言姓胡，说老爷是他的老伯。"

止庵听了一怔神道："我哪里有这么一个老贤侄？这人什么样儿？"

下人道："这人才二十多岁，穿得很褴褛，又黑又瘦。"

止庵摇头道："这是谁呀？我想不起来。你再去问问他，跟我有什么瓜葛，此来有什么事情，若是求帮，你就到账房要几元钱给他得了。"

下人应声出去，须臾又进来说："来人非见老爷不可，他说他父亲是胡鲁题，跟老爷是好朋友。他有要紧事跟老爷说。"

止庵哦了一声，望着叔子道："胡鲁题的儿子又找我干什么？莫非胡鲁题在医院出了什么意外情形？可是九芝你离开医院时他不是很好的么？"

九芝道："不错，他情形很好，也很高兴。我看他不会有什么变化。"

止庵略一犹疑，就向下人说道："你把他让在前院客厅里坐吧，我见他问问是什么事。"

下人应声走出，叔子道："我想不会有好事，老胡妻子的样儿，您昨天已经看见了。"

止庵摇头道："诚然怕没有好事，不过他既来了，我就得见，要不然老胡又该引用蘧伯玉使人于孔子，孔子与之坐而问焉的古典，说我慢待他儿子，就是瞧不起他了。"说着就走了出去。

这里叔子、九芝对坐无言，心里又都回到方才的问题，过了一会儿，九芝忽开口说道："叔老，您的意思我很明白，您认为女人对男子爱情起头儿都是注意容貌，所以想教我假作毁坏容貌，试验她们谁有真情。这当然很可以办，不过我想一个女子对男子的希望，不但要得到美感，还注重长久的幸福，倘要发现男子是个没有希望的人，不能终身依倚的人，她的爱情也会变淡的。我说这话有个因由，在上月一天报纸上，有段退婚启事，是个女子具名，看那口气还是由友谊而订了婚约。但到了数月以后，女子发现男子原有肺病，就抱怨他不该隐瞒，又为自己终身幸福打算，便延请律师取消婚约，并且登报声明。我当时看见，很为叹息，敢情一个人的健康和爱情有偌大关系。所以现在听您的话，又想起这件事来，觉得可以仿效那段广告上的话，反其道而行之。我也装作肺病突发，求您那位令亲把我装成病人模样，再以诀别方式，请她们来受分别试验，或者再请个假大夫，在旁证明我的病势已没有希望痊愈。她们只要信了，自然得要思想思想，何若嫁一个寿不永的痨病鬼？即使能够苟延岁月，也永没有人生幸福，或者有个废然思返，也许两个人全寒了心，结果她们两败俱伤，我也落得镜花水月，好梦全空，那也叫无可奈何。老人常说，男女情好，只是那么回事，不必认真。我很赞成这种道理。不过现在逼得我没法不对她们认真，万一因我认真，而使她们全露出假来，我也可以从此勘破情关，永抱独身主义了。"

叔子听着点头道："你先别管结果怎样，那只好听天由命。不过这办法倒是比我高明，我原想教你害损容貌的病，或是假装受惊，毁了脸面，伤了身体。可是都不如你这害肺病的办法，把整个人都毁了，而且还有传染的危险，又给她们加了一层顾虑。若没有真情，绝不肯自轻性命。对，对，就用这题目考试她们。必得这样，才能试出真心。"

九芝道："不过题目太难了，恐怕大家都不能交卷。"

叔子道："这也因为她们对你都太热烈，好比投考的学生太多，程度定得很高，学校若不把题目出得难些，就许人人分数全能及格，可怎样分别去取呢？"

说到这里，只见止庵掀帘走入，叔子就住了口，迎着问老胡的儿子有什么事，止庵摇头摆手，叹息说道："真糟糕，鲁题怎有这样的妻子，真真令人可叹。我方才出去，鲁题儿子已经让进客室，我走到门口，无意中从玻璃窗上往里瞧了一眼，敢情这位少爷没在椅上坐着，竟立在摆小古董的多宝架上摸索东西。我进去，才惊惊慌慌地转过身来，一只手还藏在长袍底下，始终没往外伸。我也没说破，只让座寒暄。这时张升进去送茶，

256

他真眼快，竟瞧出架上空了两个空座，就附在我耳旁说架上短了一只玛瑙瓶，一尊镀金佛像，准是这姓胡的偷的，问我可要逼他拿出来。我怎好意思那样办，就叫张升出去，才向这位少爷请问有什么事。这位少爷真妙极了，你就做十年梦也梦不到，他竟是来告他母亲的状来了，说他的母亲是妓女出身，很不规矩，待他尤其刻薄，昨天我给的钱，原为资助一家人度日，哪知她带着钱从医院走出，就一直没有回家。家里没钱做饭，饿得孩子直哭，到今天晌午以前母亲才回来，据她自己说，是在外面玩牌输光了，其谁能知道，她也许把钱贴给别人了。不过家里可太苦了，所以来求我，以后再给钱千万别交给她，只交给他好了。现在因为母亲把钱输光了，一家还都饿着，还得求我可怜，再赏给点钱……"

九芝听着接口道："这茬儿不对，来的不就是昨天在医院所见那个儿子么？他曾把您给的钱分去一半，拿到钱立刻就走了。他怎能说都是他母亲输光？恐怕倒是他花光了，又变法儿跟您骗钱。"

止庵道："这还用问么？自然是那妇人好赌，这儿子吸毒，全都混账。老胡处在这种家庭，实在罪孽深重。当时我虽不便说破，但也发了火，就对他说，我只能按昨天定的办法帮助你们，不能额外多给。不管是谁花的，谁输的，昨天才给了那些钱，今天就没有了，你想可说得下去？我绝不能再给一文。他听了我的话，居然跪在地下，做出乞丐求帮的样儿，还说了些卑鄙的话。气得我真要打他，但结果还是缠不过，只得给了二十元，打发走了。"

叔子道："你也太厚道了，还给他钱。那么偷的东西也由他带走了？"

止庵道："钱和东西都不算什么，我但求他快走。和这种人打交道，直如衣冠坐涂炭，实在没有法忍受。"

说着大家都替胡鲁题叹息，过一会儿，止庵说道："咱们不必管他，还是书归正传，九芝的事到底怎样？"

叔子道："九芝自己想了妙法，比我主意还高明，你看怎样？"就把方才计议的话重诉一遍。止庵听了，也觉办法虽佳，题目未免太难。但遍想再没更好的主意，于是大家同意照这办法施行。

叔子道："这事虽然决定，但不能突如其来，起码也得过十天半月，才好实行。否则你今天还欢蹦乱跳，明天就病得要死，谁肯信呢？九芝你且老老实实回去做你的事，切记要少出门，尤其得咬住了牙，便知道她们要为你望穿秋水，断尽柔肠，以至于相思欲死，你也不许走近她们的住处，更莫说见她们的面。哦，她们可知道你在哪里做事么？"

九芝道："不知道，我没有对她们说过。"

叔子道："那好极了，你就躲些日子，等我给你布置。不过举行考试的考场应该设在哪里呢？"

止庵道："他既装病，自然该住医院。"

叔子道："不成，医院只收留真病人，他是好人装病，怎能进医院？医院又不是咱们开的，谁肯跟咱们通同作弊呀？我想不如随便借个地方，实在没法就借我家做考场也成。作为九芝在我家养病，好在她们两人一个知道我，一个见过我，在我家倒是很合宜的。"

九芝道："那么我从现在就得藏起来，不能再到凤屏家去，也不能再到医院里去。胡鲁题得另托别人做伴了。"

叔子道："那是自然，你就不用管了。少时我还得到医院去，叮嘱老胡一下。因为月琴今天晚上见不着你，必很焦急。她就许向老胡打听你的住处……"说着又哦了一声，望着九芝道，"我看你这两天有些情迷心乱，虽说没对她告诉做事的地方，可是不免有什么漏话。比如你只说在一家报社做事，却没提出名字，以为很秘密了。其实本地报社，有数的十几家，她只用上心，挨家打听，还会寻不着你？所以你得小心防备，最好能告些日子的假，搬出宿舍，别叫她们寻着。"

九芝道："告假怕不方便吧。"

止庵道："我看你就痛快告假躲开好了，简直不用回去，只由叔子代写封信寄到社里，说你突然得病，不能工作，你就先住在我这儿。即使因此丢了职业也没关系。这次试验完毕以后，只有一个及格，你就得跟着结婚。现在这点收入也不能维持你的家庭，我可以在小儿纺纱厂里替你另寻个位置。"

叔子道："这更好了。九芝你就依止庵的主意，在这里住着吧。我先到医院给老胡留个话儿，然后跟报社替你请假。这样他们便是寻了去，也不能知道你的下落，只能得到害病的消息，教她们先悬几日的心。以后你再请她们见面，她们先听到你害病，再看见你的病态，就不至于疑惑，可

258

以信以为真了。"

　　九芝心想，自己今天背信失约，已不知害她们如何悬心牵挂，以后她们寻到报社再听说我害了病，而又无处寻觅下落，更不知如何难过。到最后我约她们见面，居然寻着我了，而我又把一座伤心惨目而又绝望的阵式，摆到她们面前，这简直是一连串的残忍行为，好像用极残酷的刑法，来刺两个少女的心，我简直是情场中最恶毒的人。不想止庵、叔子这二位老先生，居然也助纣为虐，这真是个奇怪局面。但是实逼处此，还是没法不这样办。就是向来仁慈及物的止庵，因为不能教我违背法律，双娶重婚，也只好走这条道儿。不过他二人身处局外，又没这样细心，就想不到她们的痛苦。可是我虽想到了，发生万分怜惜，无限歉意，也照样得干下去啊。想着心中颇为忐忑，半晌不语。

　　叔子却发挥了他那好事者无事忙的本能，过一会儿就告辞出去，替九芝办理一切。这里止庵就着下人把花厅左面一间小室收拾出来，给九芝居住，九芝从此便住在这里。

　　到晚上叔子又来，报告说："已然全办妥了。到医院见老胡说情形很好，就把九芝的事草草告诉他，叮嘱倘有人打听九芝，就说九芝本约定每天前来相伴，忽然失信不来，不知什么缘故，无妨装作纳闷。若问九芝住处，就径直告诉他做事报馆的地址。好在九芝已经躲开，不怕前去寻找。老胡都答应了，只是他还要个人做伴，我也答应另派人去，晚上从你这儿派个下人去好了。当时马自清还进房去周旋，口口声声地问着止老，我明白他不是周旋我，只于用我给您代致殷勤，也没很理会他，他就走开了。过一会儿我出来，看见一个穿白衣服的漂亮姑娘，正立在对面一间房门口，望着我虽没说话，却很有似曾相识的意思。我瞧出她是月琴，她也认出我，好像因九芝的话，知道我是位撮合山，很想打招呼，只于羞涩不能作声。我心里很感慨，她本是我夹袋中人物，很应该特别优遇，加以拔撰。却不料被事所迫，反而要和别人同样待遇，不能稍尽故旧之情，实觉抱歉。倘若日后她能中选，做了老弟的太太，我一定要对她把这件亏心事声诉出来，负荆请罪的。到了医院，我本想回家写信，但又寻思九芝的病总该有个发作的理由，若说正在谈笑之间，忽然由一个好人暴发咳嗽痰喘，跟着就变成痨病鬼，未免太不合理，不如作为他意外受伤，震动内部，因而惹起原来潜伏的肺病，一发而不可收拾。我主意打定，就亲身到报馆去，见着经理，自称是九芝的朋友，向他说九芝走在路上，被车撞倒受伤，现在正送入医院救治，暂时不能到馆工作，所以前来替请病假。那位经理倒还不错，托我向九芝问候，还给了两月薪水，补助医药费，我就替带来了。"

说着把钱取出交给九芝，九芝道："谢谢叔老。不过您方才说不能进医院，怎又告诉人说把我送进医院？难道您又变了主意？"

叔子笑道："你好死心眼儿，这本是随便说的。我本想说你在我家调治，只为怕他们询问我家住址，所以改说医院。他若问是哪一家，我可随便信口指出一处，他若去探望，发现不在，过后我可以说因为那医院不适宜，当日就搬出来。不过他并没问。"

九芝道："倘若月琴跟凤屏到报馆打听出我在医院，就上各医院去找呢？"

叔子笑道："那自然找不着。过后见面，就说医院因你的病最好长期静养，所以又搬出来。哦，我还想出最后一节的办法。过十天半月以后，我就派人把月琴和二姑娘分别请来，你对她们说，自己的病据大夫说已很少痊愈的希望，只有静养，或有万一希望。因为不忍把悲惨消息教你知道，所以直忍了这么几日。现在既不能在津久居，有几位朋友花钱在北京西山某村赁了间房，即日便移出居住。若能养好，自是天幸，否则便要死在那里。现在行将启程，只得请你来做最后的诀别。至于前所订的婚约，所许的诺言，我这没有希望的人怎忍毁误你的终身，当然一切只做罢论，以后请自己珍重，不要以我为念。这种话怎样说法，在你自己斟酌，不过大意就是如此。对二姑娘还要给她存折。她若看见你的情形，听了你的言语，就是暗地灰了心变了意，也不会径直表示出来，必然还有一番虚情假意。你只坚决地说不忍害她的终身，严词拒绝，那个变心的人自然会趁坡儿走了。"

九芝道："照你这样说变了心的自然趁坡儿走，不变心的呢，当然不肯走了，那么您知道谁会变谁不变，应该先请谁来？若是先请的这个竟守住我不肯走，那另一个还试验不呢？"

叔子听了，不由摇头道："我还没想到这层。不过也许第一个失败，第二个成功。"

九芝道："哪会这样凑巧呢？"

叔子沉吟半晌，才道："有了。我以朋友资格劝她走，说病人不宜长久说话劳神，请她离开。"

止庵接口道："这也不成，万一她说自己和九芝已是夫妇，甘心同生同死，要以妻子伺候丈夫的病，你这朋友就要疏不间亲了。"

叔子道："这也没有什么困难，我只布置出一个局面，教她们初次看见九芝时候，谁也不能发表意见，更莫说守着不走。等到离开以后，才可以用事实表白出她们的真心。"

九芝道："您这话我不太明白，到底怎样办法？"

叔子道："你先不必问，只把这件事全交给我，我为你已经费了不少脑筋了。这好比一出戏，由我来导演，你只等到时候做主角唱戏好了。"

止庵笑道："你完全负责，可要把事办妥当了，不要弄糟。在她们却终身大事呢。"

叔子道："当然，当然。我一定公平行事。绝不会亏待任何一个。这件事是我活了六十岁第一次要得的宝贵经验，怎能不郑重办理？好明白所谓真爱情三个字是不是实际真有，还只是戏文小说上的东西。不过据我看来，恐怕是没结果的。我在少年时也曾久历情场，无论本身经历，或是旁观别人，只觉爱情好像凌霄花一样，必须依附别的树木，不会自己生长。若斩断依附的树木，它就枯死了。爱情所附的东西，不是财便是色，没有财色，也没有爱情。譬如一对十几岁的小儿女，互相恋爱，好像完全出于纯洁爱情，其实这爱情还是在容貌上面。试看恋爱的男女，都是年少漂亮，丑陋的很难得到恋爱对象，便可以算是证据。又如我在风月场中曾见过一个妓女，因为客人对她变心，竟然自杀殉情。一个人肯牺牲性命，自然可以说是真情。但还是不然，因为那个客人是有名的财主，妓女要跟他从良，已经议有眉目，不料这客人竟变了心，跳槽结识他人。妓女以前所经客人跳槽的事很多，从良议而未成的也有几次，何以以前不死，偏在这次为富人自杀，可见她大半难得有钱郎。再加看着财主被别人夺去享受，于心不甘，才因愤恨嫉妒绝望种种心情行了短见。这就和去年估衣街失火，大成号的东家因被烧得家产绝尽，投入火场是一种道理，只能说是绝望自杀，却不能说他对所做生意有特别爱情。"

止庵笑道："教你这一说，世上就没有真爱情了？"

叔子道："我想是的。因为我没见过有离开容貌钱财的爱情。就说我的小妾，嫁给我这老丑寒酸的颓然一老，居然扶护爬高，很为尽心，好像是出于真情。其实还是由于财字。她母家太穷，嫁给我才得饱食暖衣，故而感激知足，和平常人家姑娘嫁给财翁，在比例上是一样的。所以我认为九芝这件事，十有八九要不得结果。恐怕她们两个看见你成为没希望的人，全都来个溜场而下。你到底只落一声苦笑，全盘皆空。本来这爱情找不得真理，只能含糊马虎，且图眼前欢乐。就像编《蝴蝶梦》这出戏的人，实把庄周骂苦了。一部《庄子》，对人看得何行了彻，怎做事竟那样不能达观？看见扇坟的妇人就该明白夫妇关系不过如此，回家听田氏自夸贞节，无妨认她自个贞节，何必弄许多玄虚？结果只不过试验出来无须试验的真理，白害一条性命，又何苦来？庄子若是这样笨虫，还会做得出'南华秋水'那些好文章么？我虽然学问不及庄子，也绝不是无事生非，对小妾加以试验。比如我现在寻一个少年美貌的人，留在家里同住，教小妾和他时常接近，那么不出几日，小妾势必做出丑事，或者和他携手同逃。我只落得晚景凄凉，那又图什么？"

止庵、九芝听着都笑起来，叔子道："你们不用笑，我说的是至理实情。所以这次试验，我认为是蠢笨的，不过在这二美夺夫的局面下，又不得不这样蠢笨一下。倘若她两人不是半斤八两实难轩轾，只要有可以斟酌去取的地方，我必主张九芝舍鱼而取熊掌。现在所难的，是没法分辨谁是鱼谁是熊掌，必待试验而后知道。但试验结果，也许全是钱，一齐随水而逝。九芝就只剩空对秋波哭逝川了。"

止庵听着点点头道："你这理论我倒有些相信，就和我方才说的那出戏一样，当那女孩子活着时，两家订婚的全都拼命地争夺，到她假死以后，谁也不肯收那遗骸。九芝要装成受伤又害病，在人眼里和枯骨又差多少？真难得她们不变心。我为这个要跟九芝立个条约，倘要真有此事，你可得付之一笑，不许走心，更不许因此鄙视女子，发生厌世心理，或是抱什么独身主义。这次试验一失败，你就立刻忘记她们两人，由我来主持，给你别缔良缘，你得答应我。"

九芝听了，知道止庵恐怕万一应了叔子的话，自己将因刺激而出意外的事，故而有些约束。心中感激老人为自己真是无微不至，就信口应道："我答应您，您放心。我是看得开的。"

　　止庵道："咱们一言为定。我夹袋里现有两个好人才，只等试验失败，我就给你做媒。"

　　叔子笑道："你夹袋里的人才先存着备用吧，可不要摆出来。这两个已经闹得天昏地暗了，再来一个，我更没法应付了。"

　　说着大家一笑，又谈了半晌，九芝想知道叔子如何布置，屡次用话引他，叔子只说到时自见，天机不可泄露。九芝只得罢了。

　　到午夜叔子别去，九芝就住在徐宅小书房里，一切招待甚为周到。止庵每日两餐，都出来陪他同吃，叔子也偶来过访。九芝工作惯了，乍一休息，感觉到清闲意味，才知道这是一种福分。每日在小园玩赏花木鱼鸟，生活十分安逸，只是心中很不安定，时时寻思凤屏这时该怎样惊疑，月琴该如何悬望。

　　在最初三天，丝毫不得消息，到第四日晚间，叔子又来，言说已探出月琴和凤屏的消息。昨天他又到医院去看胡鲁题，据胡鲁题说，九芝那夜未曾前去，到次日早晨，月琴便进他房里，先很客气地问候，随即打听九芝昨夜未曾前来。胡鲁题得了叔子的话，就对她说九芝原定每日前来做伴，昨夜竟而未来，连自己也不知道是何缘故，正在着急。月琴又问了九芝的住址，胡鲁题就把九芝做事的地方说了，月琴方才出去。到了第二日，她又到了胡鲁题房中，已是粉面焦黄，两眼红肿，告诉胡鲁题，她昨日到报馆去寻九芝，据报馆人说，九芝在街上被车撞伤，送到医院去治，未回报馆。她问送到哪家医院，馆里人说不知送在哪家，也未亲见九芝受伤，只是九芝一个朋友前来替他告假，这样说的。她问不出头绪，只可回来，所以去问胡鲁题，可知九芝消息。胡鲁题答说，没人到医院来，所以不知外间的事。连九芝受伤的消息还是听她说才晓得的。月琴很失望地走出去，不过从早晨以来，她不断到房里来，好似因为老胡是九芝朋友，特别加以照应，但神色却惨淡极了。老胡把这事告诉我，又细问九芝情形，我约略说了个大概，就起身告辞。一到门外，就见月琴正在角路对面站立，眼瞧着我，好像想说话又不好意思开口。我走到楼梯口，她又随后跟来，低声叫梁先生。这姑娘眼力真厉害，只去年在三不管见过一面，居然能记住我的面貌，又听九芝提说，知道我的姓。这时见我从老胡房里走出，就断定是九芝所说的那个朋友，也是给她做媒的月下老人，竟敢冒叫一声。当时我就立住了，假装不认识她，问有什么事。她对我笑了，笑得那么可怜可爱。她说您老先生别装不认识我，我已经从九芝嘴里知道您老先生，正在满心感念，想不到在这儿遇着了。我听了她的话，也只可一笑，她跟着就问我是还知道九芝的下落，我觉得很难回答，若说知道，岂不泄漏天机？若说不知道，日后还得场上露面，怪弄得不对当口。犹疑了一下，才得了主意，对她说，我和九芝实是交情深厚，不过近来已有两三天没见他，今天来到这里探看，才听病人告诉九芝受伤，不知送到哪家医院。我也正在着急，想出去打听呢。月琴听了，就托我务必上心，若是寻得九芝下落，立刻给她通个电话。我就 口答应，请她不要焦心，我对九芝愿负全责。她对我说了许多感谢托付的话，真是缠绵悱恻，令人销魂。不过你听明白了，她缠绵悱恻可不是对我，完全为着……哈哈，你想为着谁呢？那情形直如一个情重的妻子，因为丈夫害病，把希望都寄在医生身上，不知怎样斯哄似的。我当时简直被她感动得沦肌浃髓，恨不得把实情告诉她，立时领她来这里和你见面，并且当日便请止老主婚，把你们配成佳偶，拜了花堂，入了洞房，地久天长，才合我的心意。可是我顾念大局，不敢轻举妄动。只用言语抚慰，许着一得九芝下落，立刻给她通信，就告辞出来。她直送我出门，还扶着上了洋车，又吩咐车夫慢慢走，路上留神。我虽明白她是爱屋及乌，敬武松才恭维武大郎，不过她对我也未必没有一点儿感恩知己的意思。所以我一路上昏昏沉沉，怅怅惘惘，回到家里，还自迷迷糊糊，晕晕乎乎。

说完喘了口气，端起碗来喝茶，还摇头晃脑，好像咀嚼当时情致，回味无穷。九芝听着他说话，脸上忽红忽白，似乎情感大动。到他说完，才恢复本来气色，故作消闲，笑着问道："您不是说把她两人的情形全探着了么？那那一个怎样了？"

叔子扬脸白了他一眼道："你也得我一件件说啊。我也知道你心急，可惜我只一张嘴，难说两下话。花开两朵，先表一枝。你要我开口全吐出来可不成。"

九芝笑道："是，是，我一点儿也不心急，您慢慢说。"

叔子道："你若不忙，我又何必忙着说，咱们改日再谈好了。"

止庵道："你别怄九芝了，算我心急，快请开金口吧。"

叔子一笑，才道："我被月琴着实感动了，心里就生出偏袒的意思，只想像这样多情人，实在不可多得。何况既是我的开始原荐，就该管装管卸，得格外成全。"

止庵道："这你就不公平了。"

叔子道："咳，凡人都有私心，止老你不能说我。当初你在前清申辰年奉派做朝考阅的大臣，因为知道有两个旧时放四川学所取的门生到京会试，就处心积虑，竭力想提拔他们。虽未暗通关节，却很费心摸索，结果那两位都会试得中，殿试也有一个得列进呈十名以内，可惜事机不顺，到底没得弄到鼎甲门生。这是你自己说的。月琴是我首先选拔的人才，现在她的卷子又落到我的手里，大权在握，怎能不竭力成全？再收个状元门生以留佳话？"

说着见止庵又要开口，就摆手道："你先别说，就算我有私心，这私心也只于发于一瞬之间。我一回到家里，便打消了。因为我要知道那位二姑娘的情形，但因她认识我，怕被纠缠，就另托了个精明用人前去美国饭店买菜，顺便探听。那仆人等我回家，便迎头报告他所见的情形。咳，九芝，你好缺德。这两字确实用得太重，冒犯不恭，无奈寻不出别的字眼代替，只好请你包涵。敢情美国饭店已经歇业了，变成荒凉冷落，大有国破家亡之势。那仆人是提着菜盒去的，假装附近住户前去买菜，进门见院中冷冷清清，没有一点儿烟火气。你那位未来的秃泰山正坐在院里发愁，连头也抬不起来。见仆人带着提盒，就摇手说生意收了，教他别处去买。那仆人不但不走，倒上前跟他搭讪，说了一会儿，渐渐投机，就自答是某家厨子，素知美国饭店手艺高强，今日家中临时来了客人，仓猝来不及添菜，才上这里来买几样应急，怎恰巧赶上收市？你的生意不是很兴旺么？你那秃泰山不答，这时又有了别人来买菜，好像和他熟识，也问他为什么歇业不干，你那秃泰山才说，平日上灶做菜，都是姑娘动手，若换个人主顾就全翻了。所以姑娘一歇工，就不敢开市。这回姑娘不知受了什么邪祟，在前三天早晨，她起床还是很高兴的，哪知一到下半晌就变了样，两眼直勾勾的，真像中了邪病，也没上灶做活。到第二天还是一样，问她话也不答应，急忙请了大夫，被她给赶出去。又请个看香的姑娘，她也给打出去。我也没了法儿，好在她还照常饮食，可是不肯睡觉。到第三天晚上，忽然一头倒在床上，就睡起来。直到这时，快有三十点钟，她还没醒，真把人愁死了。生意已是歇了三天没做，其实生意闲了也不打紧，我只这一个女儿，若有好歹，不是要命么？那仆人听得明白，就又搭讪着走出来。我一听他的报告，才知道那二姑娘竟这样痴情，她必为着九芝失约，大受刺激，才失了常态。就应了《西厢记》上红娘那句话，'一捺头只去憔悴死'了。我对这样的人，又怎忍加以歧视，若袒护别人来破坏她，岂不有伤阴骘，有愧天良？所以我虽起初挟有私心，也不敢不公平了。"

说着猛然转脸瞧着九芝，见他正低着头，手臂放在桌沿，额部搁在桌上，面向地下，就叫道："九芝你干什么？快抬起头来看我。若不抬头准是掉眼泪呢。"

九芝道："谁掉眼泪来？我何致这样……"

叔子笑道："是啊，你何至于此呢？不过谁心里什么滋味，自己知道罢了。咳，这什么也不怨，只怨年头儿赶得不对。倘若在前五十年，简直是一出《弓砚缘》，两美一夫，可以成为大团圆的美满结局。只为现在习俗和法律全改变了，讲究爱情专一，只许一夫一妻，才把挺好的事弄成难题。将来不管落到谁身上，反正总得留一片缺陷的情天，不但你以后要过黄连拌蜜的日子，永远对着好花圆月，忍忘泪眼愁眉。就是我这管闲事的也是一半功德一半罪孽。这有什么法儿呢？所以我劝你最好赶快把情感训练一下，教它麻木不仁，好抵挡日后的刺激。若从现在便为她们伤感，只怕将来直到了那天，你要承受不住，或者就许失去把持力量，把事情弄乱了。"

九芝这时低着头，连连眨眼，已把泪痕风干了，才抬头笑道："瞧您说的，我……我何至……"

叔子接口道："你又何至？得得，我不再说，随你怎样都好。不过我从此再不对你说什么，咱们只照原定办法行事。我为朋友任劳任怨，不管将来谁感激谁怨恨，只是自尽其心。从明天便要筹备考选事宜，克期举行。你到时候只要去做一个主试的委员，也可以说是主演的演员。你得完全抛开感情，置身局外，好像替别人办事似的，照我编的剧本表演。演完了就没你的事，只等享受结果好了。"

九芝道："不用您嘱咐，我一定遵命行事。但不知您要怎样筹备呢？还有您方才说在美国饭店的事，还没完呢，她……她到底怎样？"

叔子道："并不怎样，你就不用打听了，我已经说得太多，很够你失眠时思索的了。"

说着又立起伏在止庵肩上，低语半晌，二人相视而笑，却又叹息不已。

过一会儿叔子便走了，九芝想知道他方才和止庵说了些什么，无奈向止庵套问了半天，也没得到回答，只得怀着满腹疑云，自去纳闷。

哪知从这日以后，叔子两日未到徐宅，只胡鲁题的女人又上门求见止庵，哭诉儿子的不孝，把钱都抢走了，现在家中已经断炊。但她却不说求止庵资助，竟从身上取出一个包裹来，向止庵说，这是她娘家祖传的一件宝物，当嫁妆带到胡家。多年来屡经困乏，并没舍得出手，今日实在没可奈何，才带出来供献给您，不敢说卖，只求周济几个钱度命。止庵听着，还以为她是故意弄出这手段，明是前来求贷，却不肯直说，还带件东西做幌子。明知我不会收下，结果必白给些钱了事，她还不担乞借的名儿。这种用心实是可恶，自己对胡鲁题一念之慈，反惹来许多麻烦。但胡鲁题的老婆儿子怎都这样无耻呢？想着方要说话，却见那妇人已把包裹打开，止庵不由愕然失惊，原来包裹里并非别物，竟是前日胡鲁题儿子从这里偷去两件古玩中的一件。暗想这真奇怪，怎儿子才偷了去，母亲竟拿到失主面前求售，这是什么缘故？但也不愿对她多话，只答了句："好，那么我就留下。这东西我倒有。"说着叫仆人到账房取五十元钱，随即立起到多宝阁前，把那件古玩放在原来的空处，又指着另一个空格道："嫂夫人回去请对令郎说，他倘若还有合用的古玩，还送来卖给我。他前天曾来过了。"

那妇人初听止庵教仆人取五十元，似乎不能满意，方要开口请求增加，忽见止庵把东西放到架上，位置大小正相合，又听了他的话，立刻瞪目红晕，不再作声。等仆人把钱取来，交付给她，她连忙道谢一声，匆匆走了出去。止庵还不肯丢礼，直送到二门，方才回来。和九芝把这件事仔细研究，都认为妇人必不知是从本宅窃去，大概胡鲁题儿子前天偷得两件古玩，当时未及出售，带回家中，被妇人看见给抢过一件，也许是不告而取，反正没对儿子问明来历。她以为很值些钱，想寻个阔主出售，以博高价。但她不认别人，就想起止庵，以致阴错阳差，把赃物送上失主的门。及至止庵不客气地收买，放回原处，她才明白是儿子从此间偷去，自己又送回来，当时不知多么恐惧羞窘，故而接到钱就忙着走了。

止庵因为胡鲁题有这样混账的妻子，家庭生活可想而知，正替他叹息，不料那个派去医院代九芝给老胡做伴的仆人回到家中对止庵报告，言说胡鲁题有了惊人的变动。

第四回

斜月窥欢双声金络索

止庵一听家人报告，说老胡夜中曾对他隐约示意，说自己久住特等病房，挑费太重，叔子绝没力量担负，终于落到止庵身上，无端受累花许多冤枉钱，他实在于心不安。而且觉着不犯这样便宜医院，所以想和止庵通融办理，止庵若肯给他一千块钱，他情愿搬到三等病房去住，或者径直回家将养也可。当时他虽不是这样明说，但已把意思透出。仆人听得明白，回家要禀告主人。止庵虽然涵养功深，听了忍不住拍案怒骂："好没脸的东西，我好心给他治病，他倒讹上了我。想由这上面生财，真认为他怎么想来？他的老婆孩子已经寡廉鲜耻达到极点，哪知他更空前绝后地不要脸，真气死人。简直不许人做好事了。"

九芝在旁劝道："您何必跟他生气，现在世风日下，人心狡诈，时常有这种事，实际只是自造兹心生祸害的警告牌，和前山有虎行人止步是一样意义。教人害怕不敢热心，不敢行好，结果弄成作法自毙。例如水浒上大名府那段事，卢俊义雪地救李固，后来反被陷害，本是小说家虚构的故事，但后世尽有这样事发生。以致有人议论说，卢俊义咎由自取，当日若任李固冻死雪地，哪有后来的祸患？这话自然过于偏激，试想人若见死不救，还成什么世界？然而救了人有祸患，那就无怪有这偏激之说。而做这议论的，也可知是由于经验上把心伤透了。像止老这样古道热肠，还会遇到胡鲁题贤伉俪贤乔梓，倘若止老因此教训，竟改抱独善其身的主义，许多孤寒失了救济，那该怨谁呢？所以我以为这种人最能阻遏常人为善的心，实在罪大恶极。胡鲁题本来伤很轻微，根本无须住院，我看可以请他回家了。"

269

止庵道："他也愿意回家，可是得要一千元盘费。好，我虽不能照办，也可以送他几文，买个恶人远离。这笔钱要和绝交书一同送去。"

说着就写了一封信，另带了三百元钞票，交给仆人，教立时送给胡鲁题，请他当日搬出医院。又给马自清写了封信，声明胡鲁题的住院费用，只供到本日为止，以后概不负责。仆人领命带着信走了。九芝在旁看着，觉得止庵办得痛快，对于无耻的人，原该这样对付，只尚过于宽厚。但他却没想到，止庵这番举动，虽是对付胡鲁题，却竟与他发生连带关系，间接影响。当时旁观那仆人走去，也未理会。

过了半晌，仆人回来，报告以把钱和信全交到了。止庵问胡鲁题说了什么，家人道：胡先生看了信，很不满意，竟埋怨我不该嘴快，把他随口闲谈的话告诉主人。如今弄得耽误了交情，都是你们下人爱串闲话的过处。我只为三百元，便堵上一个阔佬的门，那才犯不上。现在暂用把钱存着，可不能离开医院，必等你们主人前来把话说开了才成。当时仆人请他照主人信里的话，务必出院。他只不肯，恰巧马自清也因接到主人的信到他房里通知，限当天出院，过期便没人负责供给费用。胡鲁题还自狡展说徐止老一定管他，不会半途缩手的。马自清便把信给他看，又说倘若继续住院，请他立时先缴十天费用，总计八九百元。胡鲁题没法，才答应给家人送信，前去接他，赶早赶晚必在今天出院。仆人就回来了。胡鲁题还教仆人传话，说他回家将养好了，还要上门来见主人，说说今日的事。

止庵听着，只是皱眉摇头，吩咐通过门房，以后凡是胡鲁题家人前来，一概挡驾。仆人退下，止庵又和九芝谈了半晌，对于胡鲁题大有痛心疾首之意，说难为他是个念书的人，不知把书念到什么地方去了，反把人变得不如市井无赖。

九芝笑道："止老您是最通达的，不能说念书的就不是好人，我觉得书也有好坏，就是一样的书，还分人怎样看。比如说看史书，宋朝岳飞忠义愤发，结果反被秦桧害死。平常人看了，必要愤慨不平，痛恨秦桧，佩服岳飞。但在另一种人，看到岳飞死在风波亭，那样凄惨，妻子死亡流离，那样可怜，秦桧却得安富尊荣，到死后还有门前十客的风光，他就发生了卑鄙的思想，认为岳飞十分拙笨，而想效法聪明的秦桧了。像这样只看反面的人，便是学富五车，也只有增加他的卑鄙。所以胡鲁题实在不值一论。他根本就不算是读书人啊。"

止庵听了点头道："你这话倒是通的。我以前有种书呆子的偏见，总以为读书人能比平常人有些道理，这自然是旧时代士为贵的心理造成，到现在才被胡鲁题打破了。叔子今日怎还没来？我要把这件事告诉他，并且商量以后痛快把咱们诗社解散了。只你我三五知己在舍下常凑着玩吧，我可不愿再和这班人捣乱。自从立这诗社，差不多每个社员都曾托人麻烦过我，不是求给当道写信，就是想法在我身上剥削。你不记得去年有位社员加入以后，就给我送了四首诗，把我捧得天旋地转。不过诗作得还好，我以为必是我辈中人，哪知过了两天，他竟登门造访，满口市井鄙俗，竟提到现时贩海洛因可以发财，他想和我合股营业，由他自己操持营运，在我家里存货，借我的情面罩着，地面上不好究问，准能一本万利。当时气得我把他骂出去。这样的事很多，并不只一个胡鲁题。我可不敢再多领教了。"

九芝听着，想到叔子，也盼他前来好听听情形。哪知叔子一连三日未露面儿，到四日先后方才到来。止庵便问："你上哪里去了？怎好几日不见光临？"

叔子道："我替九芝奔走呢，你先不必问，九芝你该跟我走了。现在已到上场的时候，有人在我家里等你。"

九芝忙问是谁，叔子道："就是我们那位舍亲，正等给你化装，并且助演这出戏。止庵您若愿意去参观，就跟着走，到我家再谈。"

止庵道："我当然要看看的，不但在你们筹备时间，就到开演的当儿，我也得到座参观。"

叔子道："你想看啊，那可有些……等少时再商量吧。"说着就招呼二人一同出门。止庵只给家人留下了一个话儿便上车走了。

一直到叔子家门，下车进去，入到一间客厅坐定。叔子便由他室请来一位三十多岁、身着西装的人，给九芝止庵引见。说这位是舍亲邵子扬，对于化装极有研究，而且深通医道，他很乐意帮助九芝。不过他也是忙人，只能抽一两天的闲暇，所以他今天来到，我们就着手实行了。

说着又向九芝道："我已经替你安排了两间病房，一间在四十里外，一间就在舍下。你先化了装再去看。"

271

说着便推九芝坐在椅上，那位邵子扬立刻拿过一个铁盒，里面尽是各种油彩药物和一些器具，着手给九芝化装。止庵和叔子在旁边看着，起初还不觉怎样，只见他把油彩和药向各部涂抹，还以为未尽能遮人眼目，过一会儿，才渐渐发怪起来，只见九芝颧骨隆起，太阳穴和两腮全塌陷了，鼻孔张大，眼睛光彩全失，嘴唇干枯肿厚，耳朵边也发黑发干，尤其面上皮肤皱缩，好像瘦得只剩皮骨，而且皮肤内含着青色斑点。九芝本是好好的人，经这一化装，止庵看着只觉他好像真有了病，并且气息像属沉缀不堪，几乎忘记来化装前的本形了，不由鼓掌赞美道："我若不是和九芝同来，乍一见着，准得吓得不轻。"

邵子扬笑笑，又把他的脖颈胸腔和手臂都给弄得干巴皱缩，头发也染上灰尘，弄得蓬乱，大致完毕，他退后端详一下，又润色了半天，才道："成了，我想这样不致被人看出破绽吧。"

叔子拍掌道："我们亲眼旁观的，都看着糊涂，别人当然更看不出破绽了。何况我们安排的背景又能帮助化装，我太有把握了。"

九芝道："我自己还没看见是什么样儿，请给我一面镜子。"

叔子寻了面镜子给他，九芝照着一看，呀的一叫，忙把镜子放下道："我怎变成这样了，真怪怕人，简直生气已尽，命在旦夕了。"说着又照了一下，摇头道，"这虽是化装，我看着心中仍是难过，但不知能还原么？"

邵子扬笑道："当然能的，过十天后就能还你翩翩浊世的原样儿。"

叔子道："九芝你先来看看你的病房。"

说着就引导出去，进了旁边一间小室，房子好像是下房或厨房，墙壁污暗，地下只有桌椅，一床放在窗下，上面铺着旧被褥。叔子教九芝坐在床倚枕而卧，那副脸儿和环境互相衬托，分外阴惨凄凉。叔子又放了一只破痰盂在床下，盂中的红赤无烟煤很是难看，指着说道："这里是猪血和一些痰呕，真算病人吐的。"说着教大家退到门首，向床上照看，是不是真像。

止庵看了一眼，便转脸说道："好了，我不敢再看。再看便明知是假的，也要掉眼泪了。"

叔子招手说道："九芝你下来，咱们还到客屋里坐。"

说着大家又全由这间特设的病室出来，到了客室。九芝道："叔老你

272

教我这样装扮到什么时候，不但难看，皮肤还觉不舒服。"

叔子道："对不住，你要忍耐三天到一星期，大概不至于再多了。请你们坐着，我要去请应试的人员了。你们把街门关好，我带她们回来时，必用力拍门，九芝可记着急忙跑进病房，上床躺着。"

九芝道："你这就去叫她们来么？你预备先叫谁？"

叔子道："我想先叫月琴前来，这倒没什么偏向，只因月琴脾气稍为比较柔和，容易对付。"

九芝道："谁先来也没关系，可是我对她们说什么呢？"

叔子道："你是病人，无须多说话，只由我应付她们好了。我这出戏的大意是这样的。作为九芝在某天出门办事，在路上忽然晕倒，又被车给撞伤了，当天被人送到一处小医院，不知怎么被一位蒙古大夫给治错，他原来是传染了天花，因为用药错误，把热毒引入肺内，恰巧他原有肺病，这一来可就暴发起来，又给移到较大的医院。据大夫说已经没有希望，而且这病症传染力量很大，应该隔离，同时还得报官，这就是九芝失踪时候的经过。幸而正在这时，我向各处寻找九芝，居然在那家医院找着了。因为病人一受隔离，又加一层寂寞痛苦，更没生望，就向医院央说，求他们不要报官，由我把病人领回来，负责把他送到郊外僻远空旷的地方，自己静养，绝不致传染他人。就是不能久活，也可以死得安静舒服，稍尽我做朋友的心。医院虽答应了我，但还怕我不能如言实行，万一事情泄露，医院仍得负责受罚，就派了个大夫随同病人到我家来，一面替他医治，并且施行防止传染的手续。一面还监视我实行对医院的约言，直到病人离开天津为止。这位大夫就由舍亲来扮演。现在作为今天早晨把九芝接到我家，明天早晨得便到郊外村庄去。九芝因为对月琴曾有婚约，所以趁这未走时候，做最后诀别。并且我也曾受月琴嘱托，既然寻着九芝，当然要请她来。这是对月琴的话，至于那二姑娘凤屏呢，自然是九芝自知已无生望，要向她取消婚约，退还存折。你听明白了，就宗着这意思表演。我这就去请月琴去。"

止庵道："我还是不明白，倘若月琴来了不肯走呢？"

叔子笑道："我不是安排下一位大夫了？他可以摆出严冷的面目，跟她打官话，决然不许任何人接近病人，否则他就要把九芝拉回去，照章办

273

理。这时我就暗地劝她们，为九芝安全，不可和大夫抵触，再把九芝所要去的村庄地名告诉她们，言说大夫只监视病人去到那里去了，就自回来，并不长住。她们若不舍九芝，可以在明后天自己到那村庄去。我对月琴凤屏，全是这样办法，绝不愁她们不走。"

九芝道："这样今天在这里唱完了，明天还得带着原来脸谱再到村庄去？"

叔子道："那是自然，你不要嫌麻烦，爱情就是麻烦事儿，常教人一世弄不清楚。现在试验爱情，更比什么分析化学还繁难得多。你为一世的事，只可耐性儿受我摆弄。"

九芝摇头道："这真要命，不过到乡村去玩一次倒也不错，但是得几天呢？"

叔子道："我方才说过，先以三天为期，倘若她们一个都不去，咱们过三天就回来。倘若有一个去，那就不但得多耽误时候，你还要继续表演，直到可以说明的时候为止。"

九芝道："什么时候才可以说明呢？"

叔子道："那得看对方情形。现在恕我不多说了，天已不早，得先按程序办事。我要走了，你们可留神些。"说着又向邵子扬道，"你先穿上大夫衣装，省得临时措手不及。最好大家都到病房去谈，可是听得叫门止老务必出来，只把病人留在里面。大夫没有关系。"说完便戴上帽子走了出去。

九芝见叔子走了，叹口气道："好，叔老用我排了戏了，简直笑话。"

止庵道："叔子向来便好做张致，无论什么事，经他一办，就弄成小说意味。教你哭不得笑不得。不过这事他虽游戏三昧，对你却功德无量。若不这样，简直没有办法，就许逼得你越陷越深，不可收拾。"

说着又过了一会儿，邵子扬已穿了一身白衣，大家都倾耳听着外面。止庵道："九芝你不如先就位吧，省得临时慌乱，露出破绽。"

九芝就依言走入病房，止庵和邵子扬也随过去，又谈了一会儿，便听外面叫门，大家精神立感紧张。九芝便躺到床上，邵子扬用枕头垫起他的上身，忙和止庵出来。假大夫立在病房门口，止庵立在病房窗外，随见梁宅小仆出去开了街门，叔子第一个走进来，后面随着一个少女，当然是月琴了。止庵和她还是初见，不由注目端详，果然秀美非常，但这时已是玉韵如土，目光呆直，连脚步也是跟跄欲跌。身上穿着青色旗袍，头上还戴着白帽。想见她正在医院工作，听了叔子的报告，立刻脱去制服，匆匆随着前来，却忘了摘去头上帽子。

叔子见止庵在院中立着，便装作和他初见，招手叫道："止老你来了会儿吧，我接来九芝，才派人给你送信，想不到你这样快就来到，你看见九芝了？"

止庵点头道："看见了，真想不到他会……咳……"说着叹息一声。

叔子顿足道："真教人难过，前几日还好生生的，真可惜他这年纪。"说着又连连顿足。

他身后的月琴随着他的顿足，眼泪涌出来，跟着喉中嘤咛一声，就用手掩面，抽咽不已。叔子闻声回头看她，向止庵道："这位就是吴月琴小姐，九芝的……咳，他们得见见面儿。"说着就向病房内走去。

那假大夫拦住道："你们最好不要进去，要看病人隔窗子就成。"

叔子装作无可奈何，就领着月琴走到窗前，月琴隔着玻璃向里一看，见九芝已偃偻如鬼，面目俱非，不由猛地一叫，扑到窗沿上，头儿碰得玻璃作响，哭叫道："你这样真的……"

九芝在房内看见月琴悲惨形容，不禁心如刀绞，暗骂自己混账，叔子无德，凭空摆这阵式，害她难过。但也只得忍着，对她笑了一下，若在平时，九芝这笑容本是很可爱的，这时因有化装在脸上，反倒显得特别凄惨，比哭还难看，月琴立刻失声哭起来。

叔子忙道："我在医院已对你说过了，这是没法的事。你不要哭，病人听见更要难过。"

月琴这时也想起是在别人家里，急忙忍住悲声，又向房门跑去，口中说道："我不信怎几天他就病到这样？天啊，我为死为活，为他熬到如今，才得见着，他又……"

叫着已到了假大夫跟前，被阻不能再向前进，就叫道："你躲开，我看看，我不怕传染。传染上和他一块死了更好。"

那假大夫厉声道："不成，我不能教人进去。"又向叔子笑道，"梁先生，昨天你跟我们医院怎样说的？怎现在又教人来搅闹？传染上你们不要紧，我们可担不起这干系。你知道这本是私下通融的事，医院负着责任。"

叔子连应是是，忙拉住月琴，劝她不要着急，又向大夫低声说道，"请你特别原谅，这位是病人的……"说着凑近大夫耳边说了两句，接着道，"请你容他们说几句话，这简直是最后的诀别。我教她只进到外间，隔着门看看，绝不到病人跟前。"

假大夫才吁了口气，从衣袋取出几只口罩，递给月琴和叔子，教他俩戴上掩住口鼻，自己也戴上一只，才退入门内，说道："你们只进到这里，不要再往前走。"

叔子拉住月琴走入外间，在指定的地方站住，假大夫站在他们面前。月琴拭干眼泪向里面看着，见九芝躺在床上，只把头部垫得高些，正可以看到门外。脸上瘦得颧骨暴露，皮肤上斑斑点点，瞧着可怕。眼光散漫，神色全无。月琴虽没有经验，但也看出他病入膏肓命在旦夕了。当时嘴唇乱动，半晌才颤声叫道："你怎样了？"

九芝对着她似要点头，却无力，只把下颔动动，有气无力、断断续续地道："你来了，谢谢你，我不能多说话，咱们算完了，实在对不住你。可是我没想到害得这病，咳，你多保重。别在这儿待，快走吧……"

月琴还没听他说完，已噭的一声跳了起来，叔子忙把她扯住，才没有被她扑进房去。她挣扎着哭道："我不走，我不怕。我要跟你在这儿，上哪儿都去。你们别拦我，我已经……嫁定他了。"叫着仍向里挣。

叔子忙向假大夫使个眼色，假大夫就向月琴道："你先别吵闹，等我给你看点东西。"说着走近九芝床前，把叔子预备的那只假痰盂拿起来给她看看，随着走出，遮在面前说道："走走，请你快出去。"

月琴看见那痰盂内的东西，已然双目俱瞪，神情如狂，听了大夫的话，仍不肯走，只央告道："我看见了，我明白，我不怕。你教我进去，我要伺候他，直到……我不伺候他还有谁呢？大夫你多行好吧。"

假大夫摇摇头，向叔子道："你教这位小姐出去，不要麻烦。要知道这样对病人是没有好处的。"

叔子忙拉着月琴便向外走，一面走一面低声说道："你且出来，听我告诉你。你若可怜九芝就听我的话。"

月琴迷迷惘惘随他走出，到了院中，叔子又把她拉入客室，让她坐下，才道："吴小姐，我明白你的意思，当然你要伺候他不肯走的。可是我已经跟你说过了，九芝本该隔离等死，我把他弄出来，你知道费了多少气力，托了多少人情。现在若把这大夫惹恼了，再弄他回去，那可就没法了。我其实知道九芝已然没救，至多再活上几天几十天，所以费这些事，只为要他死个舒服，尽我朋友之义。医院原说除我以外，不许任何人知道这事。我只为九芝和你有特别关系，才请你前来，已经违背条约了。你可千万别再替我惹事，还害九芝临终受苦。"

月琴听着，伏在桌上泣不可抑地道："梁先生，他真没希望了么？"

叔子道："是的，不但医院这样断定，连我也看得出来。可以说绝无生望。即使他有命能逃出这道危急关口，也要抽骨换胎，变成了痨病鬼，仍然没有几年活头儿。依我看，小姐已然来看过他，也就算情至意尽了。请回去吧，以后只当无他……咳，就不用念记了。"

月琴哀哀地道："这可不成，您知道……我绝不能这样舍了他，情愿跟他一块儿死。您总得替我想法儿。"

叔子道："你不舍他，现在也得走，要不然白害了九芝。你若要……"说着又低声道，"我明天早晨就把九芝送走。这里也不能久住，头样儿医院不依，二则我家里也怕传染。我昨天就把家里人都打发走了，明天九芝走后，还得消了毒，才能教他们回来。你若要跟九芝在一处，明儿可以到这儿去找，可是要去晚些，别被大夫遇上，惹他说话。"说着就用笔写了那乡村的地名，交给她又道，"不过我劝你还是不去的好。因为他已是没日子的人了，你去了也没用处。"

月琴泪汪汪地看着那地址条儿道："他一定搬到那地方去么？"

叔子道："我怎会骗你？这村子是我家祖坟所在，我已经派人去与看坟的借房子了。本来打算把九芝从医院接出，一直到那里去的，只为他想和你见面，我也想给他预备身后应用的东西，和现时的饮食等类，所以特向大夫私下通融，在我家停留一天，明天早晨再起身。你要伴他就上那村里去。我是必跟他做伴的，可是千万别再上这里来，因为大夫已很不愿意了。他只怕传扬出去，不但替那医院惹事，本身还要担干系。吴小姐，我不留你，你就快请回吧。"

月琴听了，知道不能再留，立起说道："那么我明天就上这村子里去。

我一定去，梁先生您千万多费心，替我照应他。"

叔子道："我们那样交情用不着你托付。"

月琴又道："谢谢您，我就走了，您领我再去见见他。"

叔子摆手道："很不必，你明天不是就可以守着他了？何争今天这一时？"

说着就推门送她出去。月琴仍回身向病房那边瞧着，恋恋不舍。叔子用身体挡着，一步步向外逼出去。月琴只得转身向外，到门口又向叔子殷殷嘱咐，千万对九芝说，教他不要难过，我明日一定到村里去。

叔子道："好，我一定跟他说，你放心吧。"

说着把月琴送到门外，说声再见，便关上大门，吁了一口气，走了回来。见九芝已立在病房门口，就道："已经唱过一出了，你倒演得不错。"

止庵道："这位月琴小姐是位柔和的人，表面上倒没什么精彩表演，不知她对你说些什么？这样容易就走了？"

叔子道："她原不肯走的，还是我把村子地名告诉她，她说明天准去。"

止庵道："好，已经有一个准去了。"

九芝道："这话还难说，现在当着叔子她一定要去的。何况她和我还有相当感情，见面自然觉得难过。不会当时就变心的。这关系只在她回去思索几番以后，就许要转念了。"

叔子道："这话倒有理，不过月琴对你确是有着真情。我到医院见着她，一说你的病状，她当时就傻了，半晌才流出眼泪，临出门走路还跌了一跤。若不动心，怎会这样？不过结果如何，我也不敢断定，只能看以后的事实。"说着忽又向止庵道，"我想起一件事来，那胡鲁题还在医院没走，我曾向人打听，据院长说昨天就教他出院，他也托人给家里送信，教他老婆儿子前来接他。哪知他的老婆和儿子正在为家务吵架，归了警局，家里并没有人。胡鲁题又不肯自己走。马自清教他住三等房，他又反对。结果昨天又赖了一夜，今天上午他老婆才到医院去，当时并没有把胡鲁题接走，原因是没钱雇车，还得回家去筹款，到下午再去接他。"

止庵道："你曾看见他么？"

叔子道："我没去看他，只听医院里人说的。"

止庵道："咱们且不管他，现在天已不早，你快去请那位二姑娘来吧，赶着把戏唱完了，好跟我回去吃饭。"

叔子道："我就去，可是那二姑娘是很泼辣的，不比月琴这样柔和，我们可要留神，不要被她闯进屋去，抱着九芝不肯松手，那就糟了。"

止庵道："那只好把房门关上，只教隔窗说话。"

九芝道："最好叔老预先跟她说明，教她知道这位大夫操着大权，他并不是怕谁受传染，只是怕有人受了传染，被官方知道，势必追究来源，医院便受不住。所以大夫绝对不许人到我跟前，否则宁可把我送回医院。"

叔子道："是啊，这就是我对月琴那一套。"

叔子走后，大家在闲说着，过了半天，止庵道："时候不小了，叔子也许就要回来。我们预备着吧，那位二姑娘可不好对付。"

九芝听了，急忙上了病室的床上躺好，假大夫研究一下，见里间房门是半截玻璃，用木框界成九个方格，就把中间方格一声玻璃摘下，再将门锁上。那摘下玻璃的方孔好像牢眼儿似的，预备二姑娘来时，使她隔门瞧看，以防撞到床前发现破绽。假大夫就守在门外，止庵也掇张椅子坐下，仍和他们谈着。

又过了不大工夫，就听外面叩门，三人全都神经震动。九芝知道二姑娘的热烈性情，料着她来了必有一番惊人动作，不由心跳得撞着喉咙，通身出着冷汗。止庵和那假大夫也久震于二姑娘的声威，当时提心吊胆，显得十分紧张，全屏息不再作声，也没敢向外张望。便听梁宅小仆开了街门，随着有人走进来，三人全血脉贲张地等着，哪知只听得很轻悄的步履走了过来，到了门口，竟是叔子。止庵和假大夫都注目向他身后瞧看，想瞧二姑娘是什么样儿。叔子走到门内，身后并没人跟着，止庵和假大夫才又转过眼光瞧着叔子。叔子见他们这紧张的神情，也觉诧异，相对怔了一下，叔子才笑道："你们这是……怎不说话呢？"

止庵还不敢答言，举手作势向外面指着，似问那人可在外面，怎不进来？叔子明白他的意思，哑然笑道："瞧你们这神气，还当那二姑娘在外面哪？放心吧，她并没来。"

止庵才说出"怎么"二字，便听九芝声音从那牢眼儿发出，说道："她没来？为什么？她是病着么？"

叔子听了，过去由牢眼儿向里看看道："你真关心她啊？不错，她是病着，不过不是不能来，然而居然不来，你就不用痴心了。我是特地回来取存折的。"

九芝哦了一声道："怎么，她只要存折……"

叔子道："你别唱戏了，听主儿不来还唱什么意思？快出来，我跟你说。"

九芝闻言跳下床来，假大夫把门开了，叔子让大家仍到客室，坐定以后，叔子才叹息道："知人真是不易，看二姑娘的情形，好像是个富于感情，多有血性，能够为爱情牺牲，什么事都做得出来的人。哪知我竟看错她，连月琴都不及，多半是变心了。"

九芝听着瞪大了眼，似要说话，但又咽了下去，随即闭目低头，静默无声。

止庵却插口道："怎么呢？"

叔子道："你听我说啊，这次到了那美国饭店，里面仍是清锅冷灶，寂静非常。那位老美没在家，只一位伙计在院里坐着。一见我就说不卖饭了，你上别处吃吧。我说我是来找二姑娘的，有事跟她说。伙计说二姑娘病着，不能见人。我说我能给她治病，总得见我。那伙计看了看我，大概把我当作治病的大夫，就走到二姑娘住室的窗外，敲着玻璃叫着二姑娘有人给你治病来了。我也跟了过去，就见那玻璃里面挂着纱帘，撩着一个角儿，由那角儿瞧进去，见二姑娘正在床上盖着大红被子睡觉。伙计叫了几声才惊醒她，慢慢坐起来，向外瞧看。我一看她的脸儿，又瘦又小，两眼也失了神，倦倦怠怠，好像气力不能支持身体，真是清减作相思样子，变成个病美人儿。可是另外一种娇怯风姿，为她平常所没有的，分外令人可爱。尤其额上那一串红点儿，更艳得无可形容。我看着心想她是为九芝才病得这样，这才叫'一捺头自当憔悴死'。好可怜的女孩子，不由鼻尖也酸了。当时不待伙计说话，急忙凑到窗前，教她看见我，并且举手作势，问她可不可以让我到房里去。二姑娘怔怔地看着我，似乎还神志迷茫，继而清醒了，认出是我，忽然面色一变，现出又惊又喜的样儿，向我招了招手，随即转过身去，似要下床奔出来迎我。我急忙跑进去，到了房中，见她已下了床，正攀着门楣，身体欲前不前呢。我忙扶她仍坐回床上，倚着床栏，用被子围在她身上。她直着眼儿看我，头一句便问：'九芝呢？他这些日子哪里去了？'我自然得跟她做戏，先显出伤感神气，劝她不要惊慌，且沉住心听我说。她听了我的话，立刻直起身，问：'九芝怎么了？难道他遇着不好的事？'我就随着说：'九芝倒没遇着什么事，只害了生病，现时已在危急。'二姑娘听了，往后一仰，头儿撞到床栏后的墙上，哇地哭了，向我说她早想到了，从九芝那天失信不来，她就猜着是有了事故，又加访不着消息，便天天做梦，看见九芝不是囚犯样儿就是病人样儿。有一次还梦见九芝躺在大街上，好像死了的样儿。可怜空自着急，九芝又从报馆失踪，没处寻找，天天似醉如痴，好像疯了一样，害了病自己也不知道。直到现在，还是天天梦见九芝，可是没一回是好样儿。所以她心里已不敢向好处指望了。哪知果然九芝是不好了。她说着又俯身扑过来，抓住我的手，悲声求我告诉细情。我就把曾对月琴说的那一套重跟她说了一遍。最末后才说到我费了几天工夫，才从一家医院把九芝寻着，见他已因受伤而惹起了潜伏的肺病，还传染了天花，医院已认为绝无生望的人，正要报官加以隔离。我知道医院中隔离病人的待遇是极悲惨的，便是好人在那样痛苦的境地，也难活命。何况是病重的人？所以打算把他弄出来，另寻静地将养，便死也可以死得舒服。但是医院因为法律关系，不敢应承。我费了若干力量，托了无限人情，才算和医院商妥条件，许我把九芝弄出医院，可是要在当日离开天津城市，并且完全保守秘密。由九芝出院以后，直到离开天津，不许和任何人接触，除了我和一个大夫以外。因为医院还特派了一个大夫，跟随着照视，直到九芝出离天津为止。我只可答应了。哪知九芝出了医院，又想起二姑娘你来，他自知是绝望的人，不忍不告而去，使你长久悬念。而且还有连手的事，需要弄清。求我容许稍为停留，和你见上一面。我只得向那监视的大夫央告，偏那大夫又很固执，我说了一车好话，才得他答应，瞒着医院在我家里停留一日，明早再赴乡村。可是得把九芝关在一间屋里，紧闭门户，不许有人接近，只能隔着门或窗子说几句话，若有违犯他就要变脸，仍把九芝送回医院。这当然是大夫为着人道主义和本身责任，恐怕传染别人，把事闹大了，他不免要受处分，所以特别小心。不过对我们却太不方便了。二姑娘你若去时，无论怎样伤心，可记住不要进九芝那间住房。这是体贴九芝，万一惹恼大夫，真送回医院，那真是催他早死。你若舍不了他，只忍过今天，明天九芝便要送到南乡四十里外的乡村，你可以前去寻找。那里没有大夫监视，只我一个人给他做伴。你要长久守着不走也可以的。说完我又把乡村地名仔细告诉了。我说这一套话，足费有半点钟工夫，二姑娘已俯身抬头，怔怔地瞪着我，脸上变得不成人色，眼泪一行行地往下掉。我心想这人真是痴心钟情，萍水相逢，一言相许，有了夫妇之约，便生伉俪之情，居然关怀至此，恐怕她见着九芝，不知要如何椎心泣血，扑面投怀，很要费一番对付呢？哪知我说完了，她还是落泪出神，过了一会儿，忽然直起身向后仰着床栏，眼珠一转点了点头，好似想起了什么，又一咬牙，才向我说道：'您看九芝到底怎样？还有指望么？'我就摇头说，我不懂医道，不过看他病得难看，只听大夫说他没有长久活头了。我倒很信西医，可是也曾见过有西医断定必死的病，却由中医治好，或是自己养好，糊里糊涂仍旧活下去的。不过九芝的病，十分沉重，能好的希望很小吧。二姑娘听了，又像自语似的，说了句这是我的命，怎这样巧呢？也许是我妨了他。我就劝她不必这样想，天灾病业，是由不得人的。现在二姑娘可能跟我过去么？二姑娘并没立刻回答，想了想才道：'您家里不是有个大夫管着九芝，不许别人到他跟前么？我去了也不得说话。再说九芝的心意我也明白了，他倒是应该这么办，可是我不愿意跟他……我想先不去了，去了白难过也没用。好在有您的照应，也不会教他受屈。你回去就对他说，我还有我的事情，今天先不去，教他等着我吧。'说着又问，'九芝手里有我一个存折，您知道么？'我听二姑娘竟说不来看，又先开口问存折，不由怔住，就答说我知道的，九芝约你前去，多半就为这个。二姑娘说：'我既不去，就求您把存折给送来好了。最好请您立刻送来，我还有用。'"

止庵听着插口叫道："怎么，她竟口口声声讨要存折？简直把九芝置诸脑后了？"

叔子道："我也这样想，她简直完全出了我的意料。初听九芝害了重病，还很像关心的，以后越来越冷淡，竟把九芝抛开，只问存折了。所以我也很觉诧异，就答应说，二姑娘既然不去，我一定赶着把存折送过来。这存折放在九芝手里并没有用处。二姑娘听了含着泪向我笑了一下，没再说话，只咬着嘴唇怔神儿。随即呻吟一声，好似坐得工夫大了，支持不住，向旁倒下，我也没什么可说，觉得不能再留了，就搭讪着告辞出来。临出门时二姑娘还说今天把存折送去，可是没提九芝一个字儿。我答应着走出门外，赶紧雇车就回家了。你们听……这情形，当然她是变了心了。不过她起初倒是很爱九芝的，在九芝失踪之后，她曾万分悬念，天天做梦，因为疑虑过甚所以只梦见不祥的情形。今天我去了，一提九芝得了重病，没有生望，倒合了她梦中的预兆，所以深信不疑。她虽然感情热烈，却是抱着现实主义、善于自遣的人，一听九芝没了生望，也就不再为你痴心了。这就是古人所谓甑已破矣，顾之何曾。于是硬着心肠不来瞧看，只顾追问她的存折。这存折本是购买可人夫婿的代价，如今货物已经残毁，她自然要收回代价，好另外去收买别人……"

九芝当叔子说话时，一直低头听着，缄默无言，这时忽然插口道："叔老，您说得未免太过了，她倒未……"

叔子不待他说完，已很愤激地冲口说道："她倒怎样？我一点儿也不太过。我曾亲眼看见她那越来越冷淡的态度，若按她平日情形，一听到你病了应该怎样关心着急飞快跑来？便有刀山剑树，也拦挡不住，才合我们的预料。如今她竟这样冷淡，除了流泪出神以外，并没有别的表示，连月琴十分之一也赶不上。我算又得了一回经验，往常看小翠花唱《大劈棺》，在庄子生前，田氏对丈夫是那样恩情相爱，及至庄子病故之后，田氏除了一身素服以外，生活如常，大有人死不可复生，悲痛乃是蠢事的意思。最后爱上楚王孙，又要开棺劈丈夫的天灵盖，变得那样凶悍，若和开场时比较，谁能信这个披发持刀的人，就是那个婉转笑聱的人？我以前还以为小翠花做戏形容过甚，今日由二姑娘身上，才信女人真会那样的。我并不是说二姑娘对九芝的热烈情形是出于虚伪，就是田氏在庄子生前，因为一心从夫，胸无异念，那种对丈夫温存爱护的情形，当然全是真的。何况九芝的绮年玉貌，二姑娘更是志在必得，寤寐求之呢。这边九芝失踪以后，她相思成梦，弄得形销骨立，忧郁成病，也是出于真情。只不过她这真心变得太快，一听我诉说九芝病危合了她的梦境，就完全相信，跟着转了念头，觉得九芝已经没了希望，自己再为他伤心也没用了，还是赶快收回存折，另做打算吧。她这样善自排遣，本是哲学家的态度，很可佩服。只是出在女人身上，未免太煞风景罢了。"

这时那位假大夫接口说道："您的话一点儿不错，我以为还有个地方得要研究，就是九芝失踪以后那二姑娘天天做梦，胡思乱想，你以为这是爱情的表现，但是她是想九芝呢还是为存折呢？"

叔子愤然说道："真格的，这话难说，谁知她是为什么？不过看她对我追讨存折的情形，也许是两者俱有之。"

止庵道："得了，不用说了。这二姑娘不待试验已经失败，我们费了许多心机，结果只对付月琴一个人，未免小题大作，令人爽然若失。早知如此不如径直成全月琴，可以省许多事。现在这二姑娘很不必再提，叔子你就赶快把存折给她送去，我们再研究以后怎样办法。依我的意思，两个投考学生，既有一个名落孙山，当然另一个得见录取。我们不必再费周折，教九芝远赴村庄，简直就把月琴请来，告诉她一切内幕。跟着我们就张罗婚礼，教九芝宜室宜家，你们看好么？"

叔子道："我也不愿再到美国饭店去了，见着二姑娘有什么可说？怪没趣的。我打算派仆人把存折送去，跟她要个收条儿好了。"

止庵道："她会写收条么？"

叔子道："不管她，反正我送去东西，她得想法给个凭据。"说着就向九芝要存折，打开看看笑道，"我们这次试验，只害得九芝人财两空。你不抱怨么？"

九芝摇头道："我不抱怨，因为用不着抱怨。不过方才止老说把试验停止，就此对月琴说明真相的办法，我不赞成。"

止庵道："依你想怎么样呢？"

九芝道："我主张不管凤屏，只对月琴一个人，也要按原议进行，不能中止。"

叔子道："你又何必呢？现在二姑娘已然落选，只剩月琴一个。依我看来，你们已是乾坤定矣，眼看就要钟鼓乐之。你就看在夫妇情分上面，对她从宽些吧，何必还较真儿？难道你以为她回去经过一番思量，也会变心？定要看她是否肯到乡村去么？"

九芝点头道："不错，我一定要看她到底如何？二来还……还……"

叔子道："你还要干什么？"

九芝略一沉吟，恐怕自己的话说出要被他讪笑，就咽了下去，改口说道："二来我自己也想到乡村走走，开豁开豁心胸。叔老，我们俩只当作一次秋季旅行，不也很好么？"

叔子本是个好动的人，闻言便被引起兴致，接口说道："好，咱们就借这机会走一次，还可以顺便扫墓。"

止庵道："你们既愿意去，就去好了。可惜我不能奉陪。"

九芝道："我也不敢惊动止老，您只静听信息吧。你看我们也是白去一次，月琴也许看出这个样儿，已经寒了心，不会前去。结果只做成我和叔老一次旅行。"

叔子道："结果怎样先不必管，我且派人去给二姑娘送存折。"说着走了出去，向仆人吩咐了几句话，仆人便带着存折走了。

叔子回到客室，九芝迎着道："我和叔老商量，现在把我的化装取消了吧。这样很难过的。"

叔子道："不成，你得仍旧带着。明天到了乡村，月琴若去了，我们还有戏唱。这是我的原定计划，方才止老说就此作罢，教你和月琴完成好事，你以为不公平，仍要去乡村去做第二步试验。既要试验，就得带着原来化装，要不然还试验什么呢？"

九芝道："我只想到乡村等候，只要她去了，我们就可以说明实情。这样省得我带着化装，怪难看的。"

叔子道："不成，咱们还得照原定计划行事。你不过今天再忍半天，明天到了乡村，所见的都是农夫野景，就不会觉得难看了。"

九芝听了无语，不过一会儿，那个仆人回来了，向叔子报告，已经到了美国饭店，把存折交回了，还要了个收条。叔子接过一看，见是一小张白纸，上面并没有字，只印着一个戳记，是德记饭馆四字，不由笑道："难得他们还有图章。"

又问仆人交给谁了，仆人说："我到了那里，见院里没人，就喊了一声，从房里出来一个秃老头儿，问干什么，我就提来送存折，要面交给二姑娘。那秃老头儿听了，翻身跑进房里，过一会儿又走出来，向我说二姑娘正病着，不能见人，教我把存折交给他。我不肯答应，秃老头儿就把我领到窗前，我隔窗看见里面一位姑娘对着我做手势，又说把折子交给她父亲好了，我看没错儿，就把折子给那秃老头儿，又跟着要收条，秃老头儿跑进房去，半天才拿出这张纸。我看了说怎上面只一个戳记，秃老头儿说他们都不会写字，只可打个戳。这也不过是个交代，你已经见着本人，还不放心么？我一听也没法儿，只可拿着回来。"

叔子点头道："好了，那二姑娘没跟你说什么话么？"

仆人道："什么也没说。"

叔子挥手教他出去，便向九芝笑道："这算完结一桩儿女公案，二姑娘也算大智慧人，一听说你沉疴难起，就用慧剑斩绝情丝，以免自误，丝毫不做濡滞，也可见其进锐其退速的古语是不错的。爱情本该由理智产生，若只介感情用事，那就等于你釜中热气，得下面常常有火烘着，才能蒸发不绝。若是底下断了火，上面再被风一吹，立刻就要化冷水的。只是在这冒热气时，也真教人感动。我这旁观的都替你动心，认为她对你的举动真是奇情壮采，绚烂非常，真想好好用心作一篇长度体的歌行，记载你们的韵事。哪知她的爱情，竟如此脆弱，禁不住一点儿风波，弄得虎头蛇尾。幸而我这人太懒，而且变化太快，否则我若把诗作出来，刻成集子，她这一变卦，我还得整析重修呢。咳，九芝，你回想当初，在饭店她以醋当酒的时候，在公园她把身体钱财一齐付托的时候，再想想现在你心中什么滋味。"

九芝摇头苦笑道："我觉得毫无滋味。"

叔子笑道："当然毫无滋味。你曾吃过珍馐，饮过蜜汁，现在她送来一盆冷水，你也只好灌下去。可是这盆水与当初酒壶里的水，可大不相同。"说着哈哈大笑。

止庵道："你别笑了，九芝这时心情很是难过，你何必幸灾乐祸？我看你还是偏心，因为月琴是你举荐的，总希望她成功，所以对二姑娘怀着敌意，现在她失败你就愉快了。"

叔子道："没有的话，我是极公平的。并且对二姑娘还特别倾倒。你若说我也爱上了她，希望她和九芝破裂，以求自使私图，倒许有之。无奈我又太老，万万巴结不上。"

止庵哦了一声道："你真老而无耻。幸而你是老了，倘若还在中年，不定要出什么是非？"

大家笑了一阵，因为九芝不能出门，明晨又要前往乡村，叔子便在晚间特备小酌，留止庵吃饭。饭后又说了一会儿，邵子扬有事先走了，止庵也起身告辞，临行向叔子说："请你一切偏劳，我只等待好消息，但盼九芝得到圆满结果，载美同归。我就立刻操持婚礼，给你们宜室宜家。"

叔子和九芝送出大门，看他上车走了，方才回室。九芝这夜就在叔子家客室睡下，叔子已把一切应用行李物件安排妥当，派仆人定妥车辆。

到了次日清晨，早早便把九芝叫起，一同梳洗。但九芝因带着化装，不能沾水，只得漱了漱口。才吃过点心，外面车已来了，仆人先把行李什物和罐头养品先运出放在车上，叔子才和九芝出去。见那车是一辆三十年前的新式马车，已是敝旧不堪，只供下乡上坟之用，车夫和马都是一样的又老又瘦。九芝戴上帽子，仍装作害病，同时却可以遮掩难看的面目。他已向子扬讨得一瓶可以很快洗掉化装的药水，藏在衣袋，预备到相当时候立即洗掉这附身厌物。

当时两人上了车，车夫一扬鞭儿，嘚嘚嘚行去。经过马路直奔南关大街。走了约有一点钟，才出了天津市。到了郊外，这时正在夏间七月，郊外树木虽少，也看得见丛丛浓绿，而且时见空地上芳草如茵，庄稼也长起来。久居城市的人，只看到这样风景，便已心旷神怡了。只是近郊田地很少，墓地却多，大道旁边尽是某氏之先茔。土地之气硗薄，草木不繁，仍带着荒凉气。直走了十里，才看见乡村意味。田地渐渐多起来，树木菜圃也接连不断，时时见远远一片人烟，叔子便指着说是某村。道上又常见孤烟直上，下面有塔形建筑，叔子告诉那是烧缸或烧砖瓦的土窑。再走过去，只见风景渐渐变了，来到一片较低的地方，一片大水塘，遍生芦苇，大道便在苇塘旁边转过。时时被车身惊起一群群的苇雀。九芝看着一片浓绿，上映青天，青天上点缀着几片白云，再一转便见水塘中芦苇渐少起来，让出一片清波，种着荷花。这时花还未发，只见嫩叶盖满水面。水边上有一间茅屋，门前覆着一只小舟，却是不见人影。九芝看得心神驰荡，连叫好地方，我愿在这茅屋里住上几天，享享人间清福。

叔子笑道："你这一说话，就是北方人可怜口吻。向来住在城市，没见过风景，只见到这么一点点水，一点点花草，就觉得美丽非常。你若一到了江南，看见那种水如碧玉山如黛的景致，再看见那天然图画的伟丽江山，还不得疯了啊？"

九芝道："我也自知鄙陋得很，无奈没村舍出门游历，看那江山胜境，也就只可以这里满足了。叔老你是开过眼的，自然不能和我比。"

叔子道："我虽然生于北京，原籍却是广西，少年时还曾返回家乡，中年又做了一阵浪游，真是开心不小。到了晚年，本想选处青山结茅自隐，无奈因为一来先祖先父的坟墓都在天津，二来我没有钱，在京津一带熟人较多还能混出饭来，若是住在天台雁岩之间，那就只可和仙人寻白石吃，我既吞咽不下，我的家人更没那样肠胃，尤其我的小妾，在那里要犯了牌瘾，要凑八圈，我就能找来和刘晨阮肇要好的两个仙女，也还是三缺一。她绝对不肯住的。咳，所以一个人要享些山水之福，也还得有这份本钱。穷人是办不了。"

说着只觉到渐阴暗，抬头看见当头盖了一片乌云，跟着又听苇叶微微作响，原来下雨了。但看远处还是阳光灿然，这就是所谓车辙雨，时常车辙左边大雨淋漓，车辙右边却是晴天好日，在夏天是常有的。但再过一会儿，天上云彩竟接连上了，阳光全敛，雨竟下个不住。车子冒雨前行，离开水塘前面道左又是一带水田，连绵甚远，忽然惊起一只白鹭，拍翼高飞，冲开迷离细雨，贴着无云的青天飞去，落到后面苇塘里不见。

九芝拍手叫道："我可看到王右丞那句'漠漠水田飞白鹭'的诗意了，真是幽静美的表现。"

叔子道："这景致我倒见得多了，不过今天很巧，赶上下雨。你要知道'水田飞白鹭，古木啭黄鹂'两句，原是别人的诗作在王维以先，王维却给加上'漠漠''阴阴'四个字，据为己有，倒成了名句。你今天在雨中看见这种景致，可知道'漠漠'两字的妙处，只还有点儿缺憾，就是天未全阴，那边的青天还不能十足观'漠漠'的神气。"

九芝道："只这样已经够我寻味的了。我现在诗意满腔，恨不得作一首，无奈作不出来。只好还咀嚼古人遗句。"

叔子道："所以我们作诗很难，不能清新，作个什么意思？若要清新，无奈一切的佳景妙句，都被古人说过了说尽了。"

说着见那马路已离开水田，向东转去。经过一座古庙，庙旁有五六座碑，却已多半断塌。庙后一片空地，上面断垣残础，起伏相接。有的却做隍堞之形，叔子指着说道："这里传说叫作黑牛城，我听人说过，某朝某位将军，在这里屯兵被困，断了水道，兵士干渴欲死，将军得神人指点，说黑牛下面有泉，将军醒来，果见有只黑牛卧在附近，就令军士在黑牛卧处掘井，果然不一三尺，便有清泉涌出。以后便在这里筑城，命名黑牛，以志灵异。如今都已圮废，快要无迹可寻了。人世沧桑，真是雷光石火。我最怕凭吊古迹，吊古便要发生物犹如此，人何以堪之慨。"

正说着只听得啪啪有声，原来车路渐窄，两旁都是高秆庄稼，时时侧出横逸，打击车厢。这时雨已住了，但那庄稼上的雨滴落到车上，好像又来了一场暴雨。叔子点头道："到了，这就到了。"

果然穿过这片庄稼地，前面便看见一片村落隐在树林之后。转过树林，全村豁然在望。只见这村子是在一带土堆上面，房舍都像楼似的。大部都是土房，也有的在外面抹一层青灰。有几处墙上都贴着一块块方形的灰纸，想见村民多以捞纸为副业。叔子教车夫向东走了数步，方才停住，和九芝下了车。九芝见脚下土地干燥，墙上的纸也未见湿，知道方才的雨并未下到这里。叔子抬头指点着道："这里就是我家看坟人董大的宅子。咱们就住在这里。"

九芝抬头一看，只见土坡上有五间土房，做锁头式，两端两间突出，中间三间凹入。前面一块空地，围以半段颓垣篱笆，有三四只猪在土圈里卧着，五六只小鸡随地啄食。靠东端有一只水井，上置桔杆，柳罐就拴在木架上。再看那几间房子全有不大的窗户，糊着白纸，窗户中心还贴有红纸剪成的花样。九芝觉得一切全有古意，尤其耳中特别清静，在都市中时时都有嚣声，因听惯了就不大理会，但在这地方竟有一种奇异感觉，好像耳朵失了作用，什么也听不到。虽然偶有鸡狗之声，却分外觉得幽寂。

当时和叔子步上土坡，走入篱内，见中间有道风门，叔子便拉开了，叫道："董大爷在家么？"

话声未了，只见一只狗蹿过来，汪汪乱叫。随有一个穿红衣梳小辫的女孩子走了出来，赶开了狗，却向二人瞪眼发怔，忽又跑开，口中叫着爷爷。九芝不由笑了，这时纵目前程，只见门内这间房是个穿堂，前面还有道门，门外是很大一道院落。才知道这是后门，同时鼻中又闻得一股臭味。转脸一看，这间房内毫无所有，只堆着许多干草，屋角地下放只马桶，一只小毛驴正在吃草。叔子不耐烦，拍着门框，又要喊叫，忽见从马棚旁的侧门走出一个老头儿，身上穿着粗蓝布裤、黄葛布褂，手里拿着支烟袋，头发都已花白，面上也皱纹堆垒，颜色却黑中透红。老头儿出来一见叔子，就满面含笑叫道："二老爷来了，快屋里坐。"

叔子便和九芝走入，被领进那老头才走出来的房中，见里面可着前檐一铺大炕，炕上铺着苇席，中间还铺着一块灰色毡毯，却是面积很小，只做中心一点儿地方，还不够一个人的长短。地上有一桌两椅，式样很为拙笨。桌上陈设一个大葫芦，都已变成红色。还有一只粗制茶壶和几人茶碗。墙上也有字画，中堂是一幅印版的老寿星，两旁配了四条美女月份牌，以外尚有合家欢乐等年画。炕头上放着白茬儿的木箱。九芝看着知道乡下能够这样，已是大家了。

那老头让他二人上炕坐，叔子坐下，遂便说："董大爷，我前几天给你捎个信来，你知道了么？"

那董大爷发着半怯的语音道："知道了，二老爷要来住两天，那还不方便？这里有的是房子，我给你打扫了两间就在旁边。"说着一指，"这位是谁？"

叔子给九芝引见，说道："我这位朋友因为有病，要到乡下静养，我陪他来住几天。"

董大这个乡下人倒不懂得什么恐惧传染，讨厌病人，闻言只说："好，乡下比城里清静，你们尽住着。"又问，"你们还没吃饭吧，我去招呼家里做饭。"

叔子道："饭倒不忙，你且领我到住的屋子看看，我们的行李东西还在车上，得先取进来，打发车子走呀。"

董老头儿便领他们走出，经过养驴的空屋，进入东端的房间，指着道："这屋子还宽敞，从昨天就收拾好了。二老爷看看短什么。"

叔子和九芝瞧时，只见这房子果然较为宽大，前后都有窗户，只不很大。墙壁居然涂着白灰，只屋顶没有顶棚，露着椽箔苇把。也是靠后窗一铺大炕，炕上放着新苇席，席上放着小炕桌。地下一桌二椅，都未经油漆漆过，还是白茬儿。桌上摆一块无盖的方砚，有一只无套的旧笔，一块缠成妇人缠足形的破墨。一只小绿豆瓷碗盛着清水，还有一柄吃饭用的羹匙，放在里面，想是当作水壶用的。以后还放着几本书，九芝拿起看时，一本是石印的《三国演义》，一本《粉妆楼》，一本是同治二年北京秀山堂选印的乡试笔墨，看着不由好笑。但主人这样惨淡经营，很可想见待客的热心了。

叔子看着连声夸好，道："董大爷太费心了，我们就把行李取进来。"说着就向外走，董老头儿叫声别忙，自向院中叫来两个长工，随叔子到后门口，由马车上把行李取进来。叔子就和九芝商议，几时再教马车来接，九芝到了乡村看着一切都觉新鲜，又想多享受些清福，就主张最少住半个月。叔子道："半个月太长了，我又不能奉陪。再说你别觉初来新鲜，住上三天就要腻了。咱们折中，住一星期吧。"

九芝点头，叔子便给了车夫酒钱，吩咐他到某日来接。车夫称谢而去。

叔子九芝回到房中，见铺盖旅行箱都已摆在炕上，叔子道："你看这大炕，能睡六七个人，咱们把它当作床用。炕的那边算你的床，这边算我的床，炕外公用。"

说着都把铺盖展开，叔子拿出所带的玩具食物和几件衣料，送给董老头的家人。这些东西在天津很平常，一到乡间便觉得特别精美。董老头接过称谢不已，遂出去预备茶饭。过了一会儿，两个长工送进茶来，是一只红泥壶，两只瓷碗，但上面锔子钉满，好像破过多次，还没舍得抛弃，仍将就应用，不计外观。这当然是乡人的俭德，但壶中的茶斟了出来，不但颜色红酽过度，而且是满天星的味儿。叔子虽有自带茶叶，但因这是主人敬客之物，不好辜负，就和九芝各饮了一碗。

九芝喝着道："这茶颜色虽然难看，味儿竟还不错。"

叔子笑道："这就叫渴者易为饮。"

九芝道："我也饿了，还盼着饥者易为食呢。"

说着董老头儿进来，说道："饭就熟了，可是太慢待二位。今天没肉，我们这里有个串村庄卖肉的，三天才来一回呢。昨天他倒来了，我想买二斤给你们留着，无奈天气热了，怕搁不住，所以没买。你二位包涵着吃吧。"

叔子连说："很好，你不要客气。"

九芝也随声应着，心中却想原来乡村生活如此清苦，竟没地方买肉？

要见他们习于素食。老头儿说卖肉的三天一来，昨天才来过，我们岂不还得吃斋两天？想着又听董老头儿又道："也只今儿委屈你们，明天初八，东过蛮头村是二五八有集。我起早去一趟，就把肉买来了。那儿挨着河，还许有鱼呢。你们城里人爱吃鱼，我们可嫌吃鱼上当，又不解馋，又不解饿的。"

叔子道："你不要这样张罗，我们吃素也成的。"

董老头儿笑道："大远地来了我们小地方，就没有好东西，难道连荤腥也见不着么？你们城里人嘴是高的，吃惯了鸡鱼肉。咱们就按大粪说吧，我们乡下的粪，就有一车放在地里，也没老大的劲儿，唯独从城里买来的粪，价儿真贵得怕人，比粮食贱不了多少。可是肥啊，用水一泡，就起挺厚的油。那都是好东西变的，我们常说城里讨饭的也比我们乡下财主肚里肥。"

董老头儿正谈着大粪，一个长工已用大木托盘把饭送来，放在炕沿上。九芝看时居然还有两样菜，一样是盐水拌豆腐，一样是炒鸡蛋，还有一样是把山药切成片儿，小红枣去核切成两半，放在山药片上蒸熟，看着红白相间，倒也美丽。以后就是老腌咸菜和大盘的玉黍面馒首，但黄的颜色却有深有浅。另外一大盆棒子糁粥，热腾腾地冒着白气。鼻子闻着有一种清香之气，为向来在饭桌上所未闻见的，立刻胃口大开，比平常见着燕翅席还动食欲，叔子也啧啧称好不止。

董老头儿道："这没什么好，新粮食没下来，都是陈的。二位若等秋后再来，尝尝新的，那才另有个滋味。今天我也没添菜，只给炒个鸡子儿，自己家鸡下的。棒子粥怕你们吃不服，就教把白面蒸了点心，你们包涵着吃吧。"

说着又问可要喝酒，叔子道："我们都吃不惯早酒，晚上再喝。董大爷你坐下一块吃吧。"

董老头儿道："我才吃过了，不陪不陪。"

叔子便和九芝坐在炕上，相对而食。九芝吃得香甜饱美，吃一样夸一样，又道："我是寒士，但平常吃饭总是精米白饭、肥鱼大肉，吃得都觉腻了。常想日食粗粝的更要清苦难堪，可是我还没尝过粗粝。今日来到乡村才知道粗粝也是美食，菜根更别有风味。这种享受，是讲究口腹的人所

292

领略不到的。"

叔子道："本来是么？人类进化，饮食的研究日精，却不知只是把精华消灭，例如日常米饭，因为磨制精细，养料全没有了，使人吃了生病。就像吃细米的都长脚气，人们还把细米当作宝物，粗粮因是家的所用，没有人肯研究，反而太扑独儿。我常说现在饮食成了种科学，都市的人研究食物，到了极细微的程度，某种东西藏有某几种维他命，某种所含蛋白质较多，某种所含糖质丰富，必得配合了吃，把当初只重烹调的食谱，比得非常粗浅。而且医生也参加了厨房的工作，酌定某种人该吃什么东西，在什么时候吃，直研究到热量单位。所以有些人受不住这些麻烦，直说人类现在把用来养生的食物，当作用以治病的药品，可谓自寻苦恼。但是既然这样考察，总应该得到健康了？然而据人考查，无论东西中外，凡是都市中人，体质都较往年退化，疾病都较往年增多。只看我们天津，在我小时候人们还不懂卫生这个名词，什么养料成分，更梦想不到，然而当时所见的人，多是肥粗大胖，如今饮食成了科学，人们反倒面黄肌瘦，满街病鬼了。但是乡村里并没有受这影响，村庄人当初也吃粗粮，现在时还吃粗粮，始终不懂什么讲究，因而永远这样健壮，能说不是粗粮的好处么？所以我向来家庭中粗细粮合用，小孩子都很结实。我的朋友没一个不闹脚气，只有我一个人幸免。"

九芝点头道："是的，我也和你一样想法。不过近年人情奢靡，悉纵口腹，成为习惯。好像吃粗粮就伤了脸面，又以为粗粝不堪入口，以致没有来试的机会。其实若给他们尝上一回，一定也会爱吃。就像这棒子楂粥，我吃着就比白米稀饭香而有味。想起饭庄里油腻的汤来，好像令人欲呕。再说这玉面馒首，天然有一种甜味，白面做饼得加油盐，还不如这个好吃。"

叔子笑道："好吃你就尽吃吧。"

九芝道："可不得我吃，我这时生出一种感想，将来稍有积蓄，买它五亩之田，树之以桑，自耕自食，自织自衣。每天有这么两顿田家茶饭，闲时临流垂钓，映月读书，也是人生一乐。足堪娱老了。"

叔子笑道："你且别想娱老，总共二十多岁的人，连一点儿事业还没做呢？"

九芝道："我也不过说说罢了。其实就想这样脱懒苟安，也不是件容易的事。昨天你曾说过要享清福，还得有力量。古人把隐遁看得很容易，所以说未闻有巢买山而隐，可见古时随处可以安居，到后世才有了买山资这个名词，好似没钱连山也不能入了。现在我在城市里，还愁混不出饭来呢？"

叔子道："你说起饭来，这棒子糁粥真是好吃，我还得再来一碗。"

说着把碗交给长工又道："我当初看《儿女英雄传》，看到安老爷住在邓九公庄上，早晨起来看见人们勤劳的情形，到吃饭时，摆上肴馔，大概和咱们现在吃的差不多，安老爷很为感慨，说了句这才是长久吃饭的道理。我看着觉得悠然神往，至今脑中还留着印象。你记得有句俗语是：赌赢钱，当天完；分家钱，当年完；买卖钱，六十年；庄稼钱，万万年。赌博和分家的钱，自不用说，买卖还是将本图利，所以还能保守一世两世，不过现在的市侩奸商，杀人不见血，割别人的肉往自己身上贴的，恐怕连六年也维持不住。只有庄稼人还和当初一样。他们所以吃得长久，就因为会吃的缘故。倘若也像城里那样奢华，自然长久不了。"

九芝道："虽然，我想乡里人所以这样俭朴，爱惜物力，由于身经汗滴禾下土的劳苦，知道粒粒皆辛苦，一丝一粟，来处不易。故而既加珍惜，也歆满足。城中去是遍身绫罗者，不是养蚕人。自然不以为意了。"

说着饭已吃完，乡下人不懂得漱口擦脸，只拭拭嘴，便下了炕。九芝的腿已盘得麻了，过了一会儿才能行动。董老头儿又陪着稍谈，便出去治理他的家事。叔子和九芝稍稍休息，看钟已过两点，二人便走出去，在院中盘桓一会儿。见院落很是宽大，土地平坦，院角上堆着许多柴草，靠着南墙下，也种了一些草花，如大麦熟小麦熟和牵牛马樱之类，内中还杂有几株高粱卷子，不过都未长成，只一片环绿，点缀点幽趣而已。二人遂走出正门，门外便是村内街道，两面俱是人家，颇似城内的里巷，只是街道较窄，房舍参差不齐。又没有店铺，显得非常冷清。几个小儿赤着身体，在槐树下用木杆敲取树上青虫玩耍。看见他们二人，都似遇见奇怪事物，小眼灼灼瞧着。村中的狗也瞧他们眼生，追着狂吠。二人走出村口，才见有一家店铺，设在村端，开门向着旷野，门前支着一段苇棚，棚下平排着三个用泥土筑成的长方形矮台，却是上宽下缩，表面涂着青灰，由旁边放着的木凳，才知道土台是当桌子用的。再看小门以内，居然摆着货架，放有酒罐油桶和纸烟等物，一个妇人坐在门限上洗衣服，旁边地下还伏着个不满一岁的小儿。因为洗衣的水溢出满地，和地下土混为泥浆，那小儿在泥浆里乱爬，滚得泥人一样，妇人也不理会。还有个男子，只穿短裤，手持着破蒲扇，倚在土桌上打盹儿。这时太阳才稍偏西，光焰很为炽烈，二人立在树影下，看着那店铺中人，感到非常幽寂。

叔子指着说道："你看这家儿，大概就是村里唯一的铺子，这里是杂货店兼酒馆茶馆，也就是村里人唯一堕落的地方。和城市里的销金窟一样，为了成人所疾视的。"

九芝不解道："这种铺子有什么不好，难道还藏垢纳污？"

叔子道："如果只这样就算了，你哪知道村庄的俭朴生活，就是花钱吃壶茶，也算耗费。现在晌午刚过，没有人来。到了黄昏歇凉，就有许多人来吃茶闲话，谈论张长李短。一切是非都从这里发生，风化也从这儿败坏。什么有错处的姑娘，不规矩的寡妇，全是人们的话题。当然有事实才能发生议论，可是有时候由议论也能造成事实。除此以外，还有喝酒赌博，在城里，一个人要喝上两杯白干，谁能说他不好？就是整瓶地痛饮白兰地状元红，也只是一种嗜好，或者算一种雅趣，万万扯不到品行上面。但在村里可就不然，他们不说喝酒，而说喝大酒。这和抽大烟耍大钱都是一样罪过，被认为丧身败家的危险。爱喝酒的人，说媳妇都没有人肯给的。再说这小屋里，又常常私立赌场，因为是一村的交际场所，容易集合赌徒。而且吃用方便，村人典房押地卖老婆，多半在这小屋里造成结果。我所说并非专指此处，大凡乡村都有这样地方。"

说着就出村向前走去。前面尽是农田，树木很少，二人在烈日下晒着，绕了个圈儿，方才由东村口出来，从西村口回去。西口外有座庙宇，孤立在高坡之上。只有三间土房，还不及平常两间宽。庙身并无屏蔽，只前面从高埠起，筑了三面短墙，也是土的。唯有前面门楼都是朱红颜色，不过十分低隘，需要弯腰才能走入。门楣上贴着黄纸对联，上联已经剥落，只下联还留有"保佑一方"四字，再看上面横批，却是龙王庙。二人也没进去，转身又见庙前一片空地，在五六丈外，地下还有安木桩的痕迹，想见不久前曾经搭台唱戏。由庙貌上可知香火很盛，龙王爷尚不寂窦，但这已是村中仅有的名胜古迹了。二人流连半晌，又走进村口，想要回董家休息，哪知因出来时匆促，未曾看清门户，这时竟不认识了。又不值得问人，只可再转出村口，由早晨走过的后门进去。

到了房中，叔子笑道："怎样，只一点钟工夫，已经把村里村外都游遍了。少时再出去，还只看见这个，恐怕明天就要腻了。你还要住半个月呢？"

叔子说着又把话锋转到月琴和二姑娘身上去，九芝似乎认为二姑娘已自把自己弃如敝屣了，对她很是伤心，不许叔子谈论这事，叔子只可不说。又过了一会儿，二人就在炕上隔着茶壶一左一右地躺在铺盖上，眼望房顶，颇有闲得思过之感。

九芝说道："叔老，你回头问问主人，可有报纸没有？借几张看看，这样干坐着怪闷气的。"

叔子笑道："这真新鲜，你想离城四十里的乡下，能有报纸么？庄稼人还看报，你当是在外国呢？"

九芝道："没报能借本书也好。我平常总是书报不离手惯了，吃饭也看，上厕所也看。其实有时未必真看，只是成了生活上一种习惯，也是精神上一种寄托。如今什么也没有，好像很不得劲儿。你可以跟主人借一下，不管新的老的全成。"

叔子笑道："主人倒是有书，只怕你不能看。"

九芝道："怎么呢？"

叔子道："新的是本年皇历，老的是光绪年皇历。咸丰年的也许有两本，你要看么？"说着坐起打开旅行箱道，"我倒带来了几本，是《全唐诗》和《寰宇访碑录》，你拿去看吧。我很知道到这里来要感到寂寞的，不比你未曾阅历，只疑这荒村僻壤里，还有西湖盛景，可是访寻不尽。我却知道什么也没有，还得我们自寻消遣。"

说着把书递给九芝，二人各执一卷，又看了半天。九芝看着日影西斜，正说一会儿就凉爽了，我们再出去走走。忽见一个长工又端着木盘进来，放在炕沿上。九芝坐起看时，只见盘中菜饭，仍和晌午吃的大同小异，不由诧异道："这是什么？主人还摆这么多的点心，再说我们早饭才吃过不大工夫啊？"

叔子道："什么点心，你真老赶，这就是晚饭了。你知道乡下日出而作，日落而息么？来在人家已是第三顿饭了。吃过总等不到天黑，便要睡觉。他们的日子是随着太阳过的，不比咱们家里，把日夜各取其半，作为一天。你将就吃点儿吧，到明天也许能习惯了。好在咱们带着点心，晚上饿了还有的吃。"

九芝听着，只得和叔子又同吃了一顿。董老头儿又过来谈了一会儿，到二人吃完饭，他招呼长工泡茶，便走出去了。叔子自己把茶壶洗净，放了自带茶叶，才交给长工去泡。九芝便拉着叔子走出后门闲立，只太阳还在半天，光影满地，温度和午间差不多，看表才过五点，夏日天长，离黄昏还有三个钟头。九芝暗想这时若在市里，因为天热关系，人们还蛰伏家中，未到活动时候，必得再过一点多钟，街上才发现乘凉的红男绿女。街上和公园的冷食店，才能坐客告满，一切生活也全跟着活跃起来。而于会享受的人，更要在八点钟天黑以后，才翩翩姗姗地走上西餐馆的屋顶，去吃饭，饭后再到夜花园去看杂耍，或是打几盘高尔夫球。午夜以后再进餐馆吃消夜，实际等于晚饭。饭后回去再凑八圈，直到天亮以后，吃了那顿名为早点，实际消夜的食品，才上床睡觉。和乡下人的生活，整个反了过儿。自己若在市里，这时也只是一天的开始，但到乡下竟是一天的结尾了。由此可知市中奢靡风气的不合理而多弊害。俗语说早睡早起，又省灯油又省米，然而市内人的迟睡迟起，又岂止耗费灯油和米呢？但自己虽明知这道理，无奈因习惯关系，今天初到乡下要在六点钟睡觉，恐怕万办不到。若从天黑便倒在炕上，辗转反侧，直到天明，那罪过可不好承受。

想着便把这意思对叔子说了，叔子想了想道："这倒没要紧，乡下虽然早睡，我们还可以自由，并非一到天黑就强要你睡，依然可以对灯长谈，耗以时候。不过多费主人一些灯油。临走时多谢他几文好了。你若怕失眠，咱们还可以劳其筋骨，以夜间倦乏，得到浓睡。我此来本要顺便扫墓，打算明天再去。现在离天黑还有三个钟头，很可以走一趟。把带来的东西先当祭品供献一下，以后便好随便吃用。"

说着便回到房中，向主人借了只小篮和高香炉烛台等物，把祭品带好，教一个长工携着随行，便出了后门，走下高坡，向东南去。先循着车道走了一程，又转入小路，曲折数步，叔子道："我每次来总在清明，那时庄稼还未长成，所以能够认识。现在一片青纱帐，我可迷糊了。"

那长工闻言便指着道："前面就是，过了那片棒子地，在那谷子地的边上。"

说着又向前走，过了那玉米地，便瞧见一片光地，九芝看那片藏在禾稼之中，好像碧玉上贴了一块黄纸，面积很小，只前面围有矮的土墙，前面临着窄路，门旁竖有石碑，刻着宗周堂梁字样。短门两丈处有两座坟，一正一偏，由墓门到坟头之间全是空地，约有一丈半宽，不过偏向左右。直到左面矮垣全是光地，长着青草。至于右面和坟后却种满了谷子。叔子看着笑向九芝道："你不懂田地的事，也能稍为想象，这两丈多长一丈五六宽的地方可有几亩？"

九芝道："我也学过算术，知道一亩的面积，应该是几步乘几步，这点地连半亩也没有。"

叔子道："可是我的茔地原是二亩七分多些。当先原是买董家的，所以还托他家照管。"说着低声道，"你看董老头儿，背着把坟地五分之四都给种了庄稼了。可见倒是天下人的同好。谁都说乡下人诚实，他当然年年如此，欺我清明只来一次，就偷着种晚谷，其实坟地本来闲着他能利用也未为不可，只不该欺瞒。请问五十年来二亩地的租价该是多少？他不给我，还每年三节去到我家讨看坟的工钱，未免太不讲理。可是谁教我的祖先在他管辖之下呢？我也不计较了，但求他好好看管吧。"

说着走到坟头前面，便摆下祭品，点了香烛。叔子叩拜已毕，九芝也跟着行过礼，二人就立地坟前，等待香尽。这时夕阳已落，就要接近地平线，二人向西望去，只见禾稼连绵，高低起伏，被晚风吹动，如同碧海翻波。西面既无山峦，又无树林，好像一眼便可望到天边。在天边的极远处，一丸红日大如车轮，平搁在碧海上面，说不出的壮丽。尤其红光所照，使禾稼的绿波都照上金色波纹，时时变幻。二人看得心旷神怡，连声喝彩。直看到日轮渐没，沉至地平线下，只剩了西边天上一片红光。渐渐那红光也淡下去，才回转头来，向东瞧看。只觉眼光由明转暗，好像天宇幻作青色，再望看云影迷茫，苍霭四合，数只乌鸦拖着哑哑的声音，飞向炊烟起处。不禁又觉百感茫茫，无端交集。

叔子便说："咱们收拾收拾，回村去吧。"

九芝随他走到坟前，见香已全烬，把烛吹灭，一切东西移入篮中，仍交长工携着，循原路缓步归村。夏季日落后黑得很慢，好像落日余光还留恋在世界上，迟迟不去。走到村头天还很亮，长工问从前门回去还是由后门回去，叔子道："从村里走前门吧，省得上那高坡。我的腿有点儿乏了。"

　　说着就向村口走去，九芝因方才所见落日的壮丽光景，心中灵感跃跃欲动，想要凑两句放款，走着路便负手低吟。哪知一进村口，忽见三四丈外一株大树旁边停着一辆马车，在车旁立着一个黑衣时装的女子，还有两个村人，似在互相说话。九芝因眼睛近视，还向那边呆看，叔子早已瞧见了，猛把九芝拉了一下，低声说道："你还往前面走？没看见那是谁么？"

　　九芝才要问是谁，叔子已接着道："月琴来了，正在那打听，你想怎样？是对她说明，还是继续试验？"

　　九芝吃惊说道："是她么？我自然还要话应前言。"

　　叔子道："那么你就快躲开。"

　　说着二人转身就向村口跑去，那长工不知就里，也跟着他们跑。到了村口外被房屋遮住，看不见月琴和车子了，九芝才喘息说道："咱们还是进后门到屋里等着，她也就快寻到董家去了。"

　　叔子沉吟道："我看最好你自己先回去，只躺到炕上，装作病人好了。我还是迎着她去，省得她寻到董家，董家的人不知就里，若告诉你出去溜弯儿岂不露了破绽？"

　　九芝想了想道："那么也好。"

　　叔子就教九芝和那长工由后门回去，自己重进村口，直向里走，到了那马车近前，只见车旁只剩下两个村人和几个孩子，在那里喁喁议论。月琴和那代携行李的车夫已走向董家门口，眼看就到了。叔子忙紧行几步，追了上去，将到月琴身旁，就叫了声："是吴小姐么？"

　　月琴只穿着青纱旗袍，脚下白帆布鞋，正匆匆前行，忽听人唤，回头瞧见叔子，似乎怔了一下，才应了声道："是您啊，我才打听董家，这村里姓董的很多，有几十户。幸亏我说出有两个人从天津来，住在董家的话，才有人指给我。您怎么从外面来？九芝呢？"

　　叔子在暮色苍茫之中，见月琴面上虽带风尘之色，却无愁苦之容，还似有些眉开眼笑，不由心中诧异，但想也许她远路前来，未免芳心无主，现在遇见自己，觉得欣慰，也是有的。就答道："他还在房里躺着呢。我是才到村外转个弯儿，方才回来。没想到你会在这时候来。"

说着已到了董家门口，便接着道："就是这个门，你跟我来。"

二人一同进门，月琴回顾着说道："我也是头回到乡下来，敢情村庄里是这样，清清静静，倒是不错。你看人家院落多么大，这在市里不会有的。这大地皮，还盖楼房出租呢。"

说着忽然一声狗吠，有只大黑狗从院中跳出来，要向二人扑咬，月琴吓得向叔子身后藏躲，幸而一个长工出来，把狗赶开。叔子道："乡下人家差不多都养狗的，到晚上就放开，为着防贼。"

月琴心胆犹怯，就问九芝在哪边房里，叔子道："就在这边。"说着引她进了穿堂，转入九芝住室之中。

九芝自村口跑回来，就躺在炕上，盖上被子，心神不定地等待着。自思月琴既来，自己的命运或将决定了，想不到她居然会来，自己这次试验也算可以解嘲。想着过了须臾，就听月琴和叔子说着话走入室中，不由心中乱跳。这时房中已然昏暗，只隐约可辨人影。九芝见二人进来，就装作呻吟，表示自己知道有人走入，只是不能说话，故而以呻吟示意。

哪知月琴并未理会他的呻吟，入室便大声说道："哟，屋里怎这样黑呀！还不开灯？电门在哪里？"

叔子笑道："小姐你做梦哪？还当在你们医院，这乡下哪有电灯？等我唤他们要盏油灯。"说着又咦了一声道，"这桌子上放着灯呢，必是在我们……我出去的时候，主人给送来的。等我点上。"说着就听见划火柴声音，叔子又道，"还是盏煤油灯呢，这必是主人的宝物，过年也未必舍得点，居然给我们用，面子不小。"

九芝躺在炕上，偷眼看着，见叔子已把灯点上了，灯罩擦得很亮，捻着火头也大，居然满室光明。以九芝看惯电灯的眼光，乍看油灯本该感觉黑暗，但这也是心理作用和环境关系。倘若在城市中原住的房里，忽然由电灯改为油灯，当然不知怎样气闷，这时因为换了新环境，他又预料夜间将要用古色古香的豆油灯盏，认为必然黑得可观。但不料竟能有煤油洋灯，于是出于意外地觉得很亮了。但看月琴立在叔子身边，看着点灯，并没向自己瞧看。九芝本想她进门先要奔自己来的，如今竟这样暇逸，不由暗自诧异，口中竟忘了呻吟。

叔子点上了灯，端着移到炕沿上，道："九芝方才还睡着，现在也许醒了。你来看看。"

月琴才移步走到炕前，躬身向九芝瞧着。九芝心乱如麻，闭了眼睛，又低低呻吟两声。月琴看着他，脸上并无表情，淡淡地道："他从来到这里就睡在炕上么？"

叔子道："可不是，一路颠顿，很够他受的。"

月琴举目向九芝周身端详一下，九芝脸上化装仍在，只身上因匆匆跑回，未脱长衫，就拉幅被子盖上，脚下还穿着鞋，露在被外。

月琴看看道："这大热天，就有病也不该穿长衣服，哟，鞋子也还穿着吧？这多不舒服。"

说着就把鞋给脱下，两手拿着两只鞋，互拍一下，方才九芝在村外跋涉所蔽的黄土还浮在鞋上，这一拍竟在灯前起了一阵烟雾。月琴把鞋掷在地下，向叔子道："怎这些浮土呀，老爷子，您怎不管他，教他一人还在外面走路。"

叔子愕然道："没有，他并没走路，这是鞋上原来的尘土。"

月琴笑道："您说是从天津带来的浮土么？别哄我吧，我早看见他在外面走路了。老远地瞧见我拨头就跑，回到这里，又躺在炕上。"说着用手掀起九芝的被子道，"你别装着玩儿了，我已知道你是成心使这招儿试探我的心，我可犯不上跟你也装着玩儿。你快起来，别把这丑脸儿对着人，你觉得好看哪？"

九芝听着大惊，不由便睁开眼，望着月琴，又看着叔子发怔。叔子也吓怔了，两人都想，难道方才在村口被她看见了么？月琴看着九芝道："你还怔着干什么？快给我起来。我知道你是没病的，方才还要外头跑，看见我来了，才躲进来装着玩儿。我什么都明白，你快起来。"

九芝听她把自己隐秘已说破，知道再装也是无益，而且自从发现二姑娘变心，这局中只剩月琴一人，已无试验的必要。何况她又都明白，但只不解她怎样明白的，难道方才真个在村头看见了我么？想着不由地便坐起来，脸上讪讪地道："你怎么知道我不是真病？"

月琴冷笑道："我自然知道，这有好人告诉我哪。"

九芝愕然看看叔子，又向她道："谁告诉你？"

月琴道："就是医院住的胡老头儿。"

叔子闻言叫道："怎么他还没走么？"

月琴道："他因为家里未曾去接，耽误到今天早晨才走的。昨天我去看九芝，九芝装得真好，简直真和病重一样，又有大夫拦着，不许我上前儿一些，不许留在那里。我回了医院，哭了半天，打算今天再上村庄，来和你做伴。可是思前想后，太已难过，一直没吃东西，同事都说我病了。到了晚上，我到我义父吉九章房里，说起这事。吉九章也觉惊异，劝了半晌，我也听不进去。以后又走出去，经过那胡老头儿门前，我想起他和九芝你们都是熟人，就进去把这凶信告诉他。因为心里难过，说完就哭了。哪知胡老头儿倒笑起来，跟我说，这事他知道点影，九芝并没有什么病，便有病也不致这么快、这么重，他们是成心骗你。我听了不信，说他们无缘无故为什么骗我。胡老头儿说，自然有个缘故，大概九芝还有个情人，也想嫁他，再加上你这边，弄得九芝不知哪头炕热了。就有那徐止庵梁叔子两个奸狡巨滑的老头儿替他设这一计，摆阵式试验你们，哪一个变心，就算栽了。好教九芝娶那个不变心的。我听了还是不信，问他怎么知道，他说是听梁老爷子说的。"

叔子听到这里，忍不住叫道："好混账东西，我把他当个人，他却破坏我的事。哦，我明白了，这是一口怨毒，他并非对我，倒是跟止庵过不去。因为止庵驳了他的无理要求，又教他即日出院。他才怀了恨，却又没法报复，恰巧有这件事，他知道是止庵和我做主，就给揭穿了，好出口气。其实这又当得什么，只顾他是小人罢了。"

月琴听着叔子的活口，好似对这事已然成为事实了，就道："老爷子，他说的不错啊？当时我听了，气得一宿也没睡觉，到今天早晨，一起床就出医院，直奔你梁先生家去了。哪知到了您家里，才知您和九芝已经在清早走了。我不信还跑进门看，果然昨天九芝住的房子已经没了人。我只得重返回医院，带了随身东西，也没告诉马自清，只给他和吉九章都留了个字条儿，说我有要紧事出门，得过几天回来。就出了医院，想雇车下南乡，哪知雇车可费了事，汽车是不下乡，街上洋车更不走这远道儿。幸而有人告诉，教我到南关街的马车行打听。我寻到南关一家马车行，一提要上董庄，车行人就说早晨有辆车，被人赁去也是上董庄。本行还有两辆车，却被雇去送大殡，等到回来也许太晚了，不能应这买卖，得等明天再说。我竭力跟他们商量，车行人因怕太晚，空车不能赶回，还是不肯答应。我许着到董庄给人马安排住处，另多给工钱酒钱，他们才答应了。在车行直等到下午两点多，才有送殡的车回来，把我送到这里。你们还得跟这里主人说说，给他们车马人安置住处。"

叔子道："这好办，交给我，我就去照顾他们。"说着走了出去。

九芝见叔子向外走，知道他是故意躲开，好教自己和月琴谈心。其实这时局面不同平常，他一走开，自己就得过堂受审了，但又不能阻拦，只得看着他出去。

这里月琴用眼光把叔子送出门外，才转回身来，向九芝发恨说道："你害得我好苦，我这人天生是直心眼儿，不愿意逗闷子，本来不该跟你实说，你不是试验我么？我也假装不知道，来了一句话不说，只老老实实地伺候你的病，只看着你那位好二姑娘来是不来，来了又怎么样？"

九芝吃惊道："你怎知道有个二姑娘？"

月琴道："我不只知道有个二姑娘，还知道她是开饭馆的，做得一手好菜，有一回给你们做了盘栗子鸡，里面还有煤心的新鲜佐料，真算她会勾引，就把你给迷上了。"

九芝道："你准是听胡鲁题说的。"

月琴道："别管听谁说，反正这事不假吧？我本想不言不语，跟你们斗心眼儿，可是那样就要把我闷死了。咱们还是明锣响鼓，痛痛快快，当面说个明白。你到底打算怎样，我虽然不是千金小姐，可也犯不上跟一个开饭馆的姑娘一块儿到老，把终身大事教人家耍着玩儿。你趁早别弄这套鬼玩意，只痛快说，若是舍不了那个二姑娘，我立刻可以走。"

九芝道："得了，我这事也出于无可奈何，请你原谅。"说着就把自己因失却月琴，才和二姑娘认识的经过，以及被迫订婚，以后跟着就遇着月琴的巧合情形，全都说了。因为万分无奈，才由叔子想出这个办法，最后又说二姑娘怎样冷淡，立时把存折讨回去，所以她在这试验上已失败了，如今只剩了月琴一人，更无丝毫纠纷。既然来了，就算对得住自己，在这里同住几日，稍为休息，便可回津。止庵和叔子必然就替咱们筹备婚礼，以后一片坦途，尽是乐境。你也不必埋怨了。

月琴听了他的话，虽然快意，但是女子的嫉妒能够前妒五百年后妒五百年，无论是过去未来，现在，只要她所爱的男子和别的女人有过爱情，都要一样发生嫉妒。这时九芝虽说对二姑娘已经说了过去的一切全都付诸泡影，但月琴心中仍解不开扣结，又如怨如慕如泣如诉地说了半晌，抱怨他已爱了自己不该移情他人，九芝只得唯唯谢罪，哄了半晌，她才稍露笑容。又望着九芝道："瞧你这难看样儿，好好的人，偏要弄成这样？现在还留着给谁看？还不快洗了去？我知道你这种演电影一样，用什么药和颜料化装的。"

说着见地下放着只木盆，里面存着洗脸的剩水，就拉九芝过去，教他洗脸。九芝也觉这化装毫无用处，该取消了，就道："等等，只用水洗不成，还得药呢。"

说着就取出子扬给的药瓶，拔开木塞，把药倒在手上，向脸上涂匀，一会儿化妆料全融化了，才用纸细细擦拭，跟着又涂了一层药水，再用纸拭了一会儿，脸上已恢复本来肤色，才向水盆中着力擦洗，又用了次胰子，才算全干净了。

月琴看着道："咳，你多么可恨，这是多年老肺病，暴发出来，外带天花，大夫说没救，医院都不收的人哪？跟着赶了你来，若是个没真心的，见你病到那样，自己一寒心，躲在旁边，自去难过，不来找了，那可不上了大当？不但落个改变心肠，让你卖乖，自己还不得怀恨死呀？你们这主意真叫缺德，我想起来就得骂。"

她才说到这里，忽听门外有人叫道："别骂，别骂，我给你小姐赔罪还不成么？"

说着走了进来，正是叔子。笑着道："主意是我出的，你骂我这老脸往哪儿放？其实出主意完全偏向你，因为我看你对九芝的情形，知道一定禁得住试验。那二姑娘却是靠不住的。这好比考文章，我知道你完过篇，准做得出来，那二姑娘才会做起讲，还差得远，才出这题目的。暗含着就是给你开道儿啊。"

月琴听着他的话，虽不大明白，但知道是在遮盖，就也不好随便再

304

说，只笑着道："谢谢您的好意，要不亏您开这道儿，我还来不了呢。"

叔子搭讪着道："吴小姐，我说的实话，你总知道。当初九芝并没见过你的面，若不是我先在三不管发现了你，回来对他揄扬，你们还没这姻缘呢？我既首先发现了你，你就好比是在我手里中试的门生，我是你的老师。老师还不偏向门生的么？"

说着看看九芝，又笑着说道："哈哈，你居然光复了本来面目，恭喜恭喜。这一来可算大功成就，乾坤定矣。只等着钟鼓乐之了。你先别怔着，咱们还得打算打算，吴小姐住在哪儿啊？咱们随乡入乡，已吃过了晚饭，吴小姐一定还没吃呢。"

月琴道："怎么？你们早吃完了？我连午饭还没到口呢。"

叔子道："那可糟糕，我们在三点钟前已吃过晚饭。这乡下人不懂得什么消化，也没地方买去，等我去和董老头商量。"说着便向外走，走到门口又住步回头说道，"你们这未婚夫妇的关系，在乡下人听着是扎耳朵的，我想假说你们是兄妹，妹妹来看哥哥的病，说着也好听。"

九芝道："随你怎样吧。"

叔子方才出去，过了一会儿才回来，向九芝道："我已跟董老头儿说了，他请月琴住在咱们旁边这套间里，不过现做饭可来不及了，只有剩下了的棒子糁粥和蒸饽，一会儿就给热了送进来。好在咱们还有自带的小菜和点心，吴小姐将就一顿吧。"

月琴道："成成，只要有吃的就成，不过我走了一路，满脸的土，得教他们给弄点水来，洗洗再吃。"

叔子闻言便跑出叫来长工，给打来脸水，月琴洗了脸漱了口，幸而随身皮夹内带有简单的化妆品，效应着装饰完毕，方才吃饭。饭后长工又给送进一壶茶，叔子便问月琴可要休息，月琴道："这样早如何能睡，我也不乏，不过可以先把住处收拾好了，咱们谈会儿再睡。"

于是叔子擎着油灯，九芝挟着她的行李，走入套间，九芝就把行李打开，铺在炕上，大家才又出来。把灯放在小桌上，围着坐定，一面喝茶一面闲谈。月琴心里妒念未消，仍惦念那位二姑娘，便又提起来了。九芝不便说什么，叔子因二姑娘既已落选，又当着月琴的面，自然顺情说好话，把二姑娘鄙薄得不了。月琴听着自然高兴，但话里话外常对九芝讽刺，似

305

说不该移情他人，到底又被人负了，才是报应照彰。九芝无言可答，只可望着她笑。跟着又换了题目，叔子又提起当年三不管的事，询问月琴在风尘中情形。月琴缅怀身世，感叹唏嘘地说起当年一祖一孙，一弦一鼓，奔走天涯的旧事。叔子九芝听着，深为叹息。说着不知不觉已到了十点钟，在乡村已算是深夜了。说话间每一停顿，便闻外面风摇高树，似闻天风海涛之声，远处村犬遥吠，断续不绝。其实这夏天并没有大风，只是树高易动，每有微风，也晃动出声势。三人听着，都发生一种萧瑟之感；觉得如豆残灯，也似暗生出秋意。

叔子看着他们笑道："现在这村里，醒着的动物恐怕只咱们三人和村里的狗了。这情境你们大概还没经历过，我当初却已饱尝了。记得三十年前，在深州做幕，赶上变乱，随着州官家眷避到山村里一处财主家，借房住了几日，天天过的都是这样日子。记得当时作过几首诗，有两句是'小园松老风疑雨，孤馆灯昏夜似年'，可知就是这样情景。还有听着犬吠就想起王维雪夜访裴迪那篇文章里'深巷寒犬，吠声如豹'那两句，其实豹是什么声音，我就没听见过，只觉狗的吠声四季都是一样。有时因犬种而不同，不过在秋冬时候，听着分外凄凉罢了。可是像我们现在，虽是夏天，感觉不和秋冬一样么？"

月琴道："这样日子真是难过，咱们到明天不回去么？"

九芝道："你怎么来就腻了？"

月琴道："一切太不方便，你们都要受屈。若没什么事，乐得回去呢。若就我自己说，这些年在都市里住得很伤心了，倒很愿意在乡村住。不过不要住得这么远，顶远离城十里八里，寻座小房子，组织小家庭。过半城半乡的日子，倒有趣儿。可是九芝得在城里做事，怕办不到啊。"

九芝道："诚然怕办不到，咱们在这里享几天清福吧，白天到外面跑跑也很有意思。再说这里主人他还要特为我们到远处买肉，也不可辜负人家好意。咱们总得再住三四天，你们以为如何？"

叔子道："我随着，我到了这年纪，既不羡慕城渠的繁华，也不感觉村里的寂寞，更不会相信家里姨太太，离开了她，还可以少听许多家计米盐的絮叨。住几天我是不在乎的。"

月琴却只望着九芝说道："你愿意住就再住啊……"

底下的话却没有说出，但意中似已露出有九芝同住在她得所依托，别无所恋，就住到沧海变田，田变沧海也没关系的。

当时又谈了一会儿，大家感觉不能再坐了，而且因为白天奔波，颠簸得身体困乏上来，就分别安歇。九芝、月琴都觉大局已定，心事已了，睡得很是沉酣，居然没犯择席的毛病。叔子却是既过劳，有些卧不贴席，但睡到次日早晨，仍是叔子先醒，把九芝唤起，看钟已经八点半了，套间里月琴也闻声惊起，三人同洗漱完毕。跟着长工送进饭来，月琴还以为是早点，叔子告诉这就是早饭了，主人早已吃过多时了。月琴对这乡村式的饭食也觉新鲜可口，叔子因不见董老头儿，询问长工，才知他果然赶集买肉去了。

及至饭罢，天已十点多钟，又稍休息一会儿，九芝便提议到外面去游散。大家出了后门，立在高坡上瞭望，天上白云弥漫，是个假阴天儿，却不带雨意，好像老天给搭了座十里凉棚，遮住阳光，正好闲步。三人走下高坡，循着村边走了一会儿，只觉一切景物和昨天一样，除了一望无际的禾稼，便是疏疏落落的茔地。但又走了一程，忽见迎面有两个村童，提着小花罐，说笑而来。近前看时，只见那瓦罐里贮着清水，水内有十多尾小鱼，才过寸许长短。九芝便问这鱼从哪里得来，小孩回身指着东面说，那边有条小河沟儿，天旱时便是一湾死水，有时还要干涸。若雨水勤时，就涨成一条小河，和十里外的大河接上，大河里的鱼就随着流冲进来，有时可以得着过斤大鱼。今年雨水很多，河口是接上了，可是有一段塞得太高，大鱼进不来，只有这小鱼仔儿。

九芝听了就道："有水地方必然风景不错，咱们前去访访。"

叔子笑道："瞧你这样儿，好像听见什么名山大川似的，一条小河沟儿，还用个访字？真把这字委屈了。"

九芝道："你不知我是孤随客间么？指培堤为泰山，虽是笑话，但是勺水而识江湖，却也是做学问的起点。"

叔子道："好，你就做你的学问去吧，还不知有多么远呢？"

说着就走向前去，果然走到一里之外，看见那条河沟，原来只有二三尺阔，深不及尺，淙淙而流，好像雨溜一样，实在和河字不能发生关系。也没什么景致可看。三人全都失望。九芝抬头上望，见这河沟蜿蜿蜒蜒，循着一片低地流来，前面的远处一簇葱茏，仿佛有树。就提议沿着河岸上前面看看。大家说笑着前行，居然得到一处佳境。那是一座小石桥，架在河上，桥的两旁种着不少柳树，桥下似乎特别低洼，所以河水又宽又深，还长了些稀疏的芦苇。临堤几株柳树，都是倒栽，垂条拂水，随风袅娜。那石桥已经坍落多年，水从坠落的石堆中间流过，稍见湍急，便发生尺余长的小型瀑布，还微有潺潺之声。九芝看着，便说这地方很有趣，我们坐一会儿。三人走下河坡，坐在柳树下的茸茸青草上，天气薄阴，不冷不热，被微风吹着，鼻中闻着草木清芬，挟着水腥，不由心旷神怡。河中的水清澈见底，时见小鱼成群游过。

月琴便说："方才那两个小孩儿的鱼一定在这里捞着的，我们也捞两条好玩。"

叔子道："你没有家具，用手捞么？"

月琴道："您瞧着吧。"

便和九芝蹲在水边，张手作势，等待鱼群游来。便那小鱼也很机灵，才游过来，一见人影，便逃到远处去了。月琴几次伸手，却落了空，倒把水搅浑了。九芝看着大笑，月琴不许他笑，鼓着嘴说："我非得捉着它们不可。"

九芝只得帮她捉鱼，叔子却不管他们的事，自己倒在草地上，仰望白云，享受静趣。不由想到自己劳碌一生，昏昏如梦，壮年风尘，争名夺利，结果是一事无成，老年壮志全消，只为生活苦挣，身体何曾一日安闲，心境何曾一时清净？今日你对白云，羡慕它的悠闲，但白云有知，下顾世人不知如何笑我呢。想着自觉爽然，不由信口吟道："吾生无乐忆山林，坐对白云有远心。"

才念了两句，忽听月琴叫道："捉着了，捉着了。"

随见她掬着水淋淋的手，转身过来，手中果然有一条寸许的小柳条鱼，微微蠕动。叔子道："你又没个盆儿盛它，小鱼气短，一会儿就死了，何苦害条性命，快放了它吧。"

月琴笑了笑道："好，我就放它。"

说着就把手伸到水里，叔子凑过去看，只见那小鱼入水，立刻改了萎缩可怜之状，摇鳍摆尾而去。不由灵机一畅，把才吟的诗下两句也促成了，正在欣然要告诉九芝，忽听远处有脚步声音跑来，还有人叫喊。

三人不觉一怔，立起走上河坡，只见一个乡人，赤着背，把蓝布小褂搭在肩头，循着河边跑来。叔子一看，认识是董家的长工，但不是伺候吃饭的那一个，就迎着摆手叫道："你干什么？找谁呀？"

那长工看见他们，便直奔过来，只见他满面通红，汗水直流，用小褂拭着脸，也不懂称呼一声，径直说道："找你们哪，快回去。"

叔子一怔，道："谁找我们？"

长工摇头道："不知道。"

叔子纳闷，又同他诘问半晌，才听明白，原来他正在村头做活，忽见主人董老头儿走来，问他可看见天津来的二位先生没有，他正说没瞧见，忽然有本村两个孩子走过，告诉说新来的两男一女都往小河那边玩去了。董老头儿就教长工快去找回来，长工立刻向河边寻觅，却说不上是董老头儿找，还是另有别人。

叔子听了，向九芝道："这里哪有人找我们，准是董老头儿买肉回来，要对我们送人情，叫回去看看。"

九芝道："肉又有什么可看？"

叔子道："你不要这样说，乡下人实心眼儿，把肉当作贵物，是值得观赏。譬如咱们给家里买来几两燕菜，宴请朋友，不也可以请朋友过过目么？"

九芝道："好吧，咱们就回去，不要辜负他的盛意。"

说着便随长工走去，这次却不走河边，只抄小路取捷径。叔子在路上没什么可说，就和长工搭讪，问些关于乡村的事，长工不会说话，又有着口羞，只能简单应答。走了半晌，他都很少说话。及至望见村口，不知他是和叔子厮熟了，还是被勾起谈锋，忽然自动地向叔子询问道："你们卫里马倒不少啊？一匹得多大价儿？"

叔子听了，不知他何所见而云然，觉得没法回答，就道："我哪里知道？"

长工道："你们坐洋马车，怎会不知道？"

叔子心想我们何尝常坐马车，便要向他解释，自己平时只坐人力车，有时也坐回汽车，除非下乡送殡才坐马车。但又觉得对这种人无须废话，就道："我们坐车都是雇的，谁知道价钱？"

长工哼了一声，又向前走，将到村口，才又说道："这两天卫里来的马车可不少，昨儿来了两辆，今儿又是两辆。"

叔子一怔，道："什么？你说什么？"

长工道："我说又来了两辆马车，我在村外头看见，一辆是敞篷儿的，一辆是有车厢的，带着好些东西，好像搬家一样。直进村里去了。可不知是找谁家的，这村里除了我们主家常有卫里人来，还有西头儿董大疙瘩，也给卫里杨家看管坟地。那杨家是大财主，他家坟地就在南边高坡上。"说着用手指点着道，"你老看，南边那棵大杨树就是杨家坟地，足有七八亩大，四面都是磨砖对缝的花墙，里面只石头供桌就有二十多块，好势派咧。每年清明上坟，总来五六辆车，整猪整羊上供，供完了都给看坟的。所以董大疙瘩家不盼过年，只盼清明。那杨家才叫人旺财旺。方才那两辆车，大概是他家的。可是时候不对，七月里干吗来呀？"

这长工的嘴不开是不开，一开了还是词源滚滚到泄水瓶一样，不把肚里存货倾倒净尽不肯停止。叔子因心有所触，急欲问个明白，无奈插不进口，直待刚说完了，才得问道："你说这两辆车是几时来的？"

长工道："就是刚才这一霎儿，我正在村头地里做活还没完，我想索性干完了再去看，顺便上井台喝口水，再歇歇凉儿。正在这么个当儿，主家就从村里跑出来，教我来找你们。"说到这里，他那固体的脑筋才忽似有悟，又唔了一声道，"这样……那两辆车别是找你们的吧？"

叔子却早已想到了，再无暇理他，转过头来望着九芝，见他面上也青白不定，现出惊异忧虑之色。知道他已听明白长工的话，和自己发生同样心理。但又见月琴立在他旁边，就怔了一下，拉着九芝走开两步，附耳说道："你听见了，这是谁来找咱们？可不是二姑娘呀？"

九芝皱着眉道："我也怕……可是您想她怎么会来？她已经做出那样……"

叔子接口道："是啊，我也想她绝不会来的。她前日那样冷淡绝情，赶忙要回她的命产，如何会来？可是这两辆车未免可怪，难道不是找咱们？这村里忽然有了风水，家家有贵客到来？"

说着忽然直着眼儿凝思，好似突然想起了什么，九芝方要问他，叔子

310

已满面涌出笑容，高兴非常地举手向九芝胸膛捣了一下，叫道："我想起来了，还是找咱们的。你猜是谁？"

九芝道："谁呢？我实猜不出谁会到这里来。除非是你自己的亲友。"

叔子道："怎会是我自己的亲友，傻子，你真糊涂，没听说带着好些东西么？这准是止庵来了，老头儿不知怎么一阵高兴，也许纳闷不住，就找了咱们来，一同过几天乡村生活，再打听你的事情如何。老头儿一来，还不得带两个下人？捎许多食物？说不定连厨子也跟着。这一来咱们可有乐儿了。"

九芝听了觉得十分有理，止庵前来，当然需要两辆车，以带行李轻重，叔子想得不错，但只诧异止庵虽然老有童心，天机活泼，但他暮年身体怎禁得颠顿风尘？难道家中人也不拦他？但这也难说，前三年他还和旧日翰苑同人逛过一回上西山云水洞呢。今日此来，也非特别意外。只是老人奔波，虽由高兴，也有一半为我，真是可感。想着不由欣跃鼓舞，拍手叫道："不错，您这一提，我也料到了。一定是止老，绝没错儿。走走，快接他去。"

月琴见他二人只鬼鬼祟祟地私语，随又欢跃起来，便问："你们怎么回事？到底是谁找啊？"

九芝道："就是前天你在叔老家见的那位白胡子老头，他可是我们的好朋友，一向最热心的，以后还要求他帮助呢？你见了可要恭敬些。"

月琴点了点头道："就是那位徐老爷子啊，大热天儿，他偌大年纪往这里跑什么？"

叔子道："你哪知道，老头儿有趣着呢？他只一高兴什么事都办得出来。"

九芝道："诚然是的。您二位都是老而多情，老有童心。这才是真实的寿征。我说句失敬的话，我这二十多岁的人，和您二位在一处，常常觉得情意投合，好像岁数差不多。所以您二位恐怕都得花甲重周，因为现在是和二十多岁一样，再过五十年也只和七十段人一样。"

叔子道："你真善颂善祷。"

九芝道："我说的实话，普通的老人，不是岸然道貌，生气毫无，就是常犯神经，喋喋不休。我实没法和他们相处。您和止老也许是学问胸襟

311

的缘故，绝不带老人神气。"

叔子笑道："你这话去对止庵说，我却是个久被生活压迫，满怀私欲纠缠，业已身心俱疲的人，可不配你这批评。"

说着已走进村口，只见董老头家门外果然停着两辆马车，叔子看着，却没有止庵自用的那套敞车，以为他珍惜多年相从的老马，不忍令其辛苦长途，所以完全雇用。想着也未介意。及至走到近前，只见两车上都已空无人在，车夫坐在树下休息。那辆敞篷的上面放着许多东西，有桌椅家具，有锅炉煤炭，还有整包的大米、整袋的白面以及各种罐头食品。另外不少包裹都堆放车上。叔子看着叫道："你看止庵真带着厨子来了，连给养也带了许多，他打算长住是怎么？干吗带这么多？"

说着见九芝立在那带厢的车旁一招手，叔子走过一看，只见厢内还有大小三只皮箱，都是新的，箱旁还立着两个行李卷儿，叔子看着，就信口议论道："这倒不怨止庵，一定是他家人办的。因为老头儿出门只怕要受委屈，所以带的东西多多益善。这皮箱里准是止庵的衣服行李，铺盖是下人的。咱们快进去，准是董老头儿等咱们不来，就请止庵进去歇息，下人也跟着进去了……"

叔子且说且走，和九芝、月琴进入大门，哪知方踏进门限，便和一个人恰相遇着。叔子因在最前，被那人的肩头撞了一下，那人也是匆匆向外走，所以没避开进来的人，及至撞着，他也住步向旁一闪，叔子才看见了他，不由口吻大张，瞪着眼，张着手，好像遇魔一样，要叫也叫不出来。九芝已看见那人，几乎变得和叔子一般模样。只月琴看见那人毫无惊异，因为听叔子说止庵带厨子同来，见这人年约五十多岁，身体矮小，头顶光秃，两道红边眼儿，身上虽穿着件干净长衫，却是短只及膝，露出下面的裤脚袜鞋，满是油渍，一看便知道是个厨子，还以为叔子的话不错，哪知叔子和九芝都不和她同样想法。因为来人虽是厨房人物，但和徐止庵毫无关系，而是美国饭店大掌柜，二姑娘的令尊大人，并且曾被叔子戏称为秃泰山的老美是也。

他二人在此时此地突然遇到这意料不及、梦想不到的人，怎会不惊诧欲绝，怎会不怔了？月琴看着老美，再转视叔子九芝，见二人已变成木雕泥塑两座立像，不由诧异，正要开口，那老美已先打破冷僵局面，笑着说道："你们回来了？二姑娘在里面，她的病才好，这道儿颠簸得够受，我就先扶她进去，才又……"说着忽然想起什么，猛向九芝一望，速速摸着烂红眼道，"你……你不是病得要……病着么？这不是好好儿的?"

叔子九芝这时好像遭了雷击，身心麻木了，虽然听见老美的话，却都回答不出。还是叔子先还了阳，转脸望着九芝，这时二人脸上的神气便是古今绝顶的文豪也形容不尽，便是中外第一的画伯也传神不来。好像额上写着糟糕，鼻头写着要命，眉头写着如何是好，嘴巴写着这是怎么回事，颧骨上写着做梦也想不到。这些地方两人全都相同，只叔子脸上多了一些惭愧，自愧诸葛不亮，把事给看错了。九芝面上多了些恐惧，似乎觉得事情弄到这步田地，想不到她会来的，自己是见她，还是逃跑。二人既这样相对发怔，那老美也因九芝欢欢跳跳，和所闻消息不同，猜不出是什么情理，也搔着秃头发怔。若不是月琴开口，还不知怔到什么时候。

月琴听了老美的话中有二姑娘字样，也自怔了，但她却醒悟得快，跟着便向九芝叫道："你们都受了什么病？到底怎么回事？可说话啊？这个人说二姑娘在里面，二姑娘又是哪个？你快说。"

九芝、叔子听了她的话，好似又挨了一雷，倒给激活了。九芝知道自己落进了天下至困之境，一件事弄得阴错阳差、七颠八倒，如今好比积犯落网，众罪齐发，我可怎样应付？我可顾哪一头是好？正急得走投无路，又听月琴诘问，九芝哪里还能回答，只恨不得弄地缝钻下去。也不敢看月琴，只瞪眼向叔子望着，好像小孩儿惹了祸，知道责罚已临，怕得要死，却又知道不能逃避似的。幸而还是叔子较有主意，听了月琴的话，又看着九芝的情形，知道他已经急昏了，完全失去应付的能力，只待自己解围。现在二姑娘既已到来，月琴又当场看见，无可隐瞒，眼看就要有一场纷扰，不知闹成什么结果。自己只可勉为其难，从中拨治。万不可使两个女的到一处会面，必须各别应付，我得先稳住了月琴，再去见二姑娘，打听她的来意。其实无须打听，二姑娘当然是和九芝同守共命来了，要不然她抱病奔波，为着什么？反正不管如何也要辨出个道理，好救九芝的难。要不然这事要闹大了，她简直得跳河。我这主谋也该负责。

想着便提起勇气，硬着头皮向月琴说道："你先不用问，我也不用瞒你，二姑娘并未两个，自然是那个人。我们原本看出她的情形，断定她不

313

会来的，哪知她会来了。我们当然要想办法，不过你最好别参与这事，闪开面儿，好容我们跟她交涉。"

月琴沉着脸道："我闪开……我为什么闪开？你们原来说要试验我，还有这个二姑娘，好像谁来了谁就……好在她来了，九芝你打算怎样？是教我闪开让她啊？"

叔子听了，知道九芝不好回答，就抢着说道："你这是傻话，你和九芝算是婚姻已定，当然不会变化。我说教你闪开，只为我和九芝好对付她，怎样把她劝走，省得你露面又生枝节。我看你最好再上村外绕个弯儿，我和九芝去见她。"

月琴冷笑道："您说九芝跟我婚姻已定，绝没变化了，那好，我就信您的话。我的未婚夫我自己有权管他，凭什么教别个要抢丈夫的女人跟他会面？您教我闪开可以，可得九芝跟我一块儿走，我不能教他见二姑娘。您自己去交涉好了。"

叔子听了略一沉吟，知道这时月琴绝不肯放开九芝，再说九芝见着二姑娘也恐纠缠不清，更添麻烦。不如拼着自己这副老头皮，独自去办吧。想着就道："那么你就和九芝出去走走，我自己去见她。你们听我的信儿。"

月琴听了，拉着九芝就转身出门，九芝这时好像呆了一样，跟跟跄跄随着她走。这时老美在旁听着，似乎有些明白，就要转身向里走去。叔子看见忙叫道："老兄，你等等，咱们一块儿走。"说着就赶到他身边，且走且说道："你知道你和小姐是为什么来的，咱们可得把事往好处办，你可不准乱说话，弄出麻烦不是玩的。"

老美看看他，只哼了一声，也没回答。叔子又说了一句："你只听我的好了。"说着就抢在老美前面，向前疾走。自己心中盘算，我可说什么呢？现在虽把九芝、月琴打发出去，不过暂免冲突，我见了二姑娘对她怎样说法，这事要紧是决定主张。九芝反正不能二者得兼，必须留一去一。但是留谁去谁呢？固然方才我曾对月琴说，她和九芝姻缘已定，但我的话怎样作准？现在二姑娘也来到了，并且带着行李用具，好像把家搬来，要和九芝久住其间，来势甚凶，恐怕不易打退。我以前简直把她看错了，既来了再要她回去，那算万难。且也没法可说。

想着才在踌躇无策，忽听老美在旁问道："他不是好好儿的，哪里有病？"

叔子知道老美言中指着九芝，就道："你老不用问，这里面有好些事，等我跟二姑娘面谈。"

说着已将走近房门，叔子被老美这一搅和，一点儿主意也没想出来，但是到了房门不能立住发呆，只得走了进去。叔子这五六十岁的人，竟变成了个小学生，平时不用心，到考试时走进课堂，功课还一点儿没有预备，心里忐忑万状，脸上也涨红了。及至走入所住房中，却见里面静悄悄的，不见人影。只炕上多了一个小旅行箱。叔子见二姑娘没在，不由惊讶起来，就向老美问道："二姑娘不是进来了？怎没在房里？"

老美怔怔地道："可不是，方才我出去搬东西，她还正和那个老头儿在这里说话。"说着哟了一声道，"我又回来了，外面的东西还没人管呢，我还得赶着搬进来。"说完转身向外跑去。

叔子想要叫住他，但没叫出口来，只望着他跑出。自己独自寻思，二姑娘既已进这房中，怎的不见？我从前门进来，又没遇见，她必是久等我们不回，董老头儿领她出后门去寻找，要不然就是在后门闲眺呢。想着急忙奔出后门，站在高坡上一望，见四外并没人影。就下了高坡，再向东注目一看，只见在将到村口的路上，有一幕惊人情景，这情景旁人看着毫不可惊，只叔子瞧着便觉脊背冰冷，魂魄飘荡，好似以前看古代豪侠故事影片，两雄狭路相逢，欲拼生死。各自后退几步，然后单映甲方一个镜头，作势向乙方冲去，又映出乙方一个镜头，持剑向甲冲来，跟着再演映出双方由两端奔来，将在中间相遇。这一霎该是如何紧张。又如在欧战初起时候，在报纸上记载德军已攻入比利时，乘胜直驱海岸，同时法军也越境和登岸英军联合向德军迎击。双方现尚距离若干公里，将在佛兰德平原中心相遇云云。看报的人不由便立想象数万大军自两面攻来，突然接触的情景。这相遇二字，是何等山崩地裂的声势。虽未亲见，也将悚然失色。

叔子此际同样情绪，但所见想景却不紧张，不但不紧张，而且很静悄安闲。在薄云轻阴之下，油绿的禾稼和土黄的村舍之间，碧树稀疏的路上，有几个人走路，这一幅风景，岂不很美得入画，令人心旷神怡。然而叔子却看得遍体出了冷汗，惶惶无主，好似见着了什么可怕事情，几乎减缩欲逃。原来在将近村口的路上有一男一女同行，虽然背面，只看后影也认出是董老头儿陪着二姑娘。那二姑娘穿着件白色旗袍，手里还提着支旱伞。看他们行走的方向，好像不是要进村口，而是要由村口向南行去，但还没到村口，已由村口中转出两人，正是九芝和月琴，并肩携手而来。当叔子才看见他们时，九芝、月琴也从村口转出，还未看见二姑娘，叔子倒打了个冷战，口中叫出一声哎哟。这当儿九芝已看见二姑娘，二姑娘也瞧见九芝了。双方同时站住，相距还有丈许，都像木雕泥塑一样。九芝身旁的月琴也怔住了，二姑娘旁边的董老头儿也立住了。叔子这时好像个倒了霉的草包军师，运筹帷幄，运了个乱七八糟，派出军马以后，本想旗开得胜，单等设宴庆功，没想到登高一望，竟见所派的军马都落入敌人埋伏之中，眼看全军尽殁。知道自己没法收拾，事无何为，罪无可挽，除去脱下八卦衣，弃军而逃，别无他策了。但叔子还算责任心重，初念真个想跑，转想又绝不能跑，而且也无可跑，只得立着瞪目呆望。

忽见二姑娘身体动颤起来，似在发笑，笑得花枝乱颤似的，徐徐移步向前走去，九芝看着她，好似减缩欲退，却没移动地方。叔子看着，忽然想起二姑娘的勇力武功，又是一身冷汗，暗叫不好。二姑娘已和九芝订婚，这次后来，当然预备跟他做同命鸳鸯，如今见九芝毫无病容，又另结了别的女人，态度如此亲狎，还不要气疯了？其实无须亲看，方才董老头儿必已把机关泄露，岂不红眼？她可不比别的女子，生气只于哭号，说不定怒气上冲，就现出英雌本色，先抓住九芝打个落花流水。莫说九芝鸡筋难当尊拳，便搪得住，也要闹得章法大乱，局面大僵，更不好收拾了。还不如我拼着老脸，豁出老命，去拦住她，替九芝挡住头阵，再作道理。想着又见二姑娘向九芝徐徐走近，心中更急，就发出邻人有急，披发往救的急劲儿向前跑去。虽然腰脚很不利落，跑起来好似麒派的徐策跑城的步法，看着十分滑稽。所幸还没人瞧见。

他奔到半路，就见二姑娘已到了九芝跟前，伸手抓住他的衣领，似乎两人都没说话，只听啪啪两声，二姑娘的纤掌已落到九芝脸上，九芝左颊立刻变作大桃灼灼的颜色，红艳欲燃。叔子不由顿足叫道："别打别打，有话好说，看着我，我来了……"

但他这一顿足，竟把脚停住了，站着叫完了，才想还得快向前跑。哪知还未举步，又哟了一声，更把脚连顿着说："你怎么也……快别……哎哟……"

原来他起初的哟，是看见月琴为保护九芝扑过去推二姑娘，第二次的哎哟，是看见二姑娘用臂向月琴一搡，月琴倒退了两步，坐在地下，这更不成体统了。叔子急得乱叫乱跳，但是未离寸步，及至想起自己怎不上前，在老远叫喊当得什么？才又跟跄前奔，但这时董老头已走过劝解了。叔子奔到近前，只见月琴已立起来，仍要向二姑娘拼命，董老头儿遮拦解劝，二姑娘并不理会。月琴只向九芝喊着："你到底怎么回事？可快说呀。"底下没听九芝答言，又是啪啪两下。叔子喘着到了二姑娘身旁，见二姑娘的手才从九芝脸上撤回，仍作势要打。叔子就一把扭住她的手，把头伸到她和九芝中间，一手指着自己的脸，喘吁吁地叫道："别打别打，要打打我，这全是我的错，你别冤枉他。"

二姑娘转脸看见叔子气急败坏的样儿，不觉一怔，说了声"你"。叔子在奔到近前时，才急中生智，想到九芝的病讯全是自己所传，二姑娘也未亲去探看，现在很可以自己担任起来。其实这时叔子骤逢变故，方才已然大乱，不过当前情势，业成剑拔弩张短兵相接的局面，除去自己甘冒不韪把这祸头揽在自己身上，或可缓冲之外，更无其他办法能解这步僵棋。明知是一片烂泥塘，自己踏进去也拔不出脚来，但是追原祸首，无疑是自己把九芝推躺在泥塘里，并且眼看就有一辆十轮大卡车，被一个喝醉酒的司机驾着，风驰电掣般要横穿这片泥塘而过。为了良心的责备，正义的驱使，便成了我不下地狱谁下地狱，一股子勇气油然而生，竟顾不得摆他平日名士风范，更来不及打点辞令，往前一抢，先把二姑娘打人的那只手揪住，跟着往前一挺身子，从两者之间硬嵌进去，并且大声疾呼，请双方停战，把引起争斗的责任，完全揽在自己身上。

二姑娘出其不意，先是一怔，不由一闪，及至看出夹在中间的是叔子，只说了一个"你"字，意思是你怎么也在此时此地出现了，但是话并没有全说出来，只说了一个"你"字，便把叔子拉着的那只手使劲一甩，竟自挣开，怒目横眉向叔子道："你这时候钻出来干什么？我跟姓陆的今天有死有活。你别以为你夹在里头，便当了娘家人？我就能够饶姓陆的？今天姑奶奶弄死一个够本儿，弄死两个赚一个。不用说是你，就是把皇上请来我也不怕。你要还想多活几天，趁早躲开，要是把你挂在里头，也是我这一条命抵偿。"嘴里说着把牙一咬，又要从旁边扑奔九芝。

叔子生长这么大，虽不是特别养尊处优，然而自视身价甚高，像这样当面受人抢白，还真是第一次。一来为了给朋友排难解纷，一方面也看出二姑娘确实情急，不但没有动火，反倒笑脸相迎，伸着两只手，一边拦住去路，一边不住说道："凤姑娘，凤小姐，你先不用着急，这件事都怪我一个人不好，你先等我把话说完，你的气不出，再动手打也不晚。无论如何，也得容我把话说完了不是？"

二姑娘把眼睛一瞪道："好，给你五分钟，你快点说。姓陆的为什么装病躲着我？为什么跑到这里来装什么孩子？那个女人是个什么人？快说快说。"

叔子本来才想起一个话头儿，被她这么一阵大刀阔斧，全给喊穿了，想想又说不得。才想起要蒙哄她两句，但是旁边又站着一个月琴，一个弄不好，瓶子没放好，罐子也倒了。一波未平，一波又起，岂不是越捆自己越紧？眼前的事，又不像是作首诗填首词，可以容自己慢慢思索，字斟句酌，一方逼得又紧，一方听得又真，更不能把任何一方劝到别处，暂时避避风头。把一个倜傥不羁的风流才子弄得直同热锅上的蚂蚁一样。揣测叔子这时的心思，但愿一切是做的一个噩梦，只是事实当前，绝非自认梦幻便可了事。尤其五分钟的期限，眼看就要到达，真要等到第二次大战开始，那时恐怕连说话的机会都没有了。正在着急，猛然想起方才二姑娘好像是说了一句那个女人是个什么人，根据她这句话的语气，似乎还没有明了确实，现在除去把九芝跟月琴的身份说着疏远一点儿，或者能够少缓一步。不过要说他们是什么关系呢，说得太远，两个怎么会聚在一起，当然她不会信。说得太近，又不能去掉她的疑心，并且月琴就在旁边，说的话她也不会听不见。看神气她还不知道二姑娘跟九芝的秘密。当着她一经宣布，恐怕是按倒葫芦漂起瓢，她也不能善罢甘休。两气夹攻，益发难于应付。

就在他这略一沉吟，二姑娘早又连催两回："快说快说，别误了我们入土的吉时。"

闹得叔子心慌意乱，忽地一跺脚，心想无论如何事难两全，二者相较，月琴比二姑娘文雅多多，也许不至于当时就拼死活。只要能够解开目前危机，再作缓图，总比一场混战来得彼善于此。

想着便又咳嗽了两声，向二姑娘笑着道："凤姑娘你也太性急了，我这么大年纪的老头子，哪能禁得一阵撕掠？现在心口还在蹦呢，你也得容我缓一口气呀。"

二姑娘呸地啐了一口道："谁教你管这闲事呢？你不会趁早躲开么？我还是不知这份情，你倒别累着，还是那边歇歇吧。我自会问姓陆的，用不着你这狗拿耗子。"

说着便真又往前一抢，叔子赶紧又把双手一拦道："别忙，别忙，还是等我说完可好？这件事谁也不怨，只怨我一个人好闹玄虚。凤姑娘，你知道那位姑娘是谁？"

二姑娘道："废话，我要知道她是谁，我还问你么？"

叔子又放下一半心去，嘴里说着话，却不住向月琴挤眼，也不知道月琴是看见还是没有看见，便硬着头皮说了下去："凤姑娘，这件事虽是我有点儿不对，可是你也太莽撞了一点儿。既是不知道这位小姐是谁，就不该当着许多人给九芝难堪。我告诉你吧，这位小姐姓徐，是我们一位老朋友的小姐，论起来还是九芝的一个世交侄女呢。"

二姑娘听了，脸上略显犹疑之色，但是却不深信，只回头看了月琴一眼，谁知月琴只听了这一句，脸上颜色已经惨变。二姑娘装作不知，却向叔子道："噢，原来是九芝的侄女，那么九芝就是她的叔叔了？好，好，我信我信，你再往下说。"

叔子虽恨二姑娘出语刁刻，不过她已然连命都不要了的人，说两句尖利的话，那又算得什么呢？此时正盼月琴能够体谅自己苦衷，等把这一套说完了，再有其他表示，不要闹得救火不成反引火焚身。便赶紧又说了下去："你和九芝这一节，我是知之最早，前些天又听说你们已然订了婚，不久就要办事。大家谈论起来，有的羡慕九芝有艳福，有的就说恐怕未必。不怕凤姑娘你不爱听，他们都说一个开饭馆子的姑娘，哪里肯嫁九芝一个穷酸？不过是看在九芝年轻英俊，人又外场，以为他家中富有，所以才跟九芝套的交情。所贪的不过是九芝的几个钱，绝没真心跟他去过苦日子。"

叔子才说到这里，二姑娘把眼一瞪，向叔子道："你告诉我是哪个王八蛋背地里糟践人，我要不敢把他撕碎了，我姓他的姓。"

　　叔子急道："凤姑娘，你的性子也太急了哇，不拘什么事，你也要听人家说完了再发脾气呀。方才说的，不过是旁人说的闲话，这却不是我在姑娘你面前邀功，我因为和你见过两次，对于你的为人虽不能说知之甚深，但已看出你是个亢爽的小姐，绝不是那种趋炎附势只慕虚荣的浅眼皮子。当时我便向他们分辩了几句，偏是他们执意不信，我便犯脖子性情，一定要给他们一个老大证据看，才想了这么一个坏主意，教九芝伪装生病，又把你送给九芝的存款折子一齐退了回去，所为试试你是真心要好，还是贪图九芝财貌？你也不想一想，如果真是九芝变了心，他不会自己找个地方一躲，给你一个面儿不照，你有什么法子能够找到他？你又有什么凭据可以啰唪他？再者真是那样，又何必还巴巴地给你送信？还告诉你这个地方？这本是一件很有风趣的事，谁知偏偏遇见你这么一个急性子的人，跑到这里，不分青红皂白，见面就讲拼命。不管是谁，任意叫骂。凤姑娘，这话我不该说，你对九芝这份至诚，自是叫人佩服，无话可说，但是对于别人未免太已难堪。尤其是这位徐小姐，本和九芝是世交晚辈，只为好奇，才跟来看个热闹。谁知竟受了你这种侮辱，如果她也像你一样的脾气，翻起脸来，或是跟你过不去，或是跟九芝质问几句，九芝怎么应付？你既是真心跟九芝好，有什么话也可以慢慢地问，慢慢地商量，也不能就这样大马金刀地出口伤人。你要知道这位徐小姐的父亲是怎样一个人，真要是听见他的小姐受到外人这样侮辱，一怒之下，恐怕中国虽大，能使九芝没有立足之地。那时逃难还怕来不及，美满良缘岂非泡影？就以我个人来说，固然不应当夹在中间，闹这次玩笑，实际说起来，也还是为了你们这是喜事，所以才来凑处热闹。对与不对，总之没有恶意。你就是看在年纪上，也不该就这样……"

　　一句话没说完，猛听九芝喊道："梁先生，你快看，徐小姐到哪里去了？"

　　叔子一看，果然站在九芝身边的月琴不知什么时候已然走得没有影儿。

第五回

花落水流红天惊石破

叔子不由大吃一惊，顾不得再和二姑娘多说下去，急忙跑到九芝面前悄声道："今天这局势真是大糟特糟，这都是止老一个人闹出来的毛病，却教我在里头受了大罪。你怎么当事则迷，我在那边绊住了她，你还不赶快想个法子化解这回事？先把目前这步难关渡过去，怎么毫不经心，把站在身旁的人走丢了，你都没有理会？这可真是笑话。这话我不该说你，大概你还是有点儿偏重于这位饭店的少老板吧？"

九芝听了，神色全无表情，只淡淡说道："到了这个时候，反正就是我一个人，也只有我了解我，任他变化，我只听其自然吧。"

叔子听他说的话，看看他的神气，仿佛目前这一场紧张局面他只是旁观者，而并非个有主角的样子。心里又是着急又是有气，恨不得当着二姑娘把这事始末揭开，然后自己脱身走去，任他们去发展演变。继而一想，事情不对，九芝这个人一向并不如此，只看他方才那样惊惶失措，仍是一腔热情，岂能一眨眼的工夫便会打破迷关，斩断情丝，变成这样冷静。一定是由愁烦惊惧而伤了神经，听他说话，看他神气，似已看穿一切，由积极而成消极，其实满怀忧念，一腔苦闷，既不能对甲开诚布公，更不敢对乙吐露肺腑，酸甜苦辣，火热冰寒，集于一身。莫说九芝涉世未深，情场初历，就是个中老手遇到此情此景，也难免矫首顿足，无法措施。这真是满脸笑容，一肚热泪，再要这样僵持下去，说不定还要闹出更大的变故。推原揭首，都赖自己一手造成。倘竟因此而造成不可追悔的惨剧，我虽不杀伯仁，伯仁由我而死。不必有人叫骂，良心谴责也自难堪。到了这个时候，我不入地狱谁入地狱，总该想出一个办法，救人自赎。二者之间，二姑娘虽是这样热情，而脾气暴躁可怕，即使成就，也未必便是九芝之福。月琴固是已经落溷之花，但是心地清白，性情温柔，配上九芝不失一对佳侣。必不得已而去，只有舍二姑娘而取月琴了。但是月琴已然离开九芝，不知去向。她这是到什么地方去了呢？难道她是看着敌对不过二姑娘，又怕九芝为难，自甘弃权，抽刀断爱，舍己成人？真要是这个样子，益发可敬可爱，更不能使九芝失去这样佳偶。好在时间不大，即使走去，也不会远。不如自己去把她追回来，告诉她的底细，先把二姑娘敷衍走，赶紧把喜事简单办了。九芝跟二姑娘不过是口头契约，并没有证人证物，等她见生米已成熟饭，自是无法可使，事情既难两全，也就不必勉求不毁了。

想到这里，心里很是兴奋，才要追问九芝月琴到底是往哪条路上去的，这句话还没说出来，却听前面一阵喧哗声音，虽然离得远，听不甚清，但是一阵顺风刮来，嘈杂依稀可闻："二大爷，二大妈，你们快来看看吧，到你们家去的那位大姑娘掉在河里了。"

叔子一听，轰的一声，从脚下冒出一股凉气，直达胸口，脑袋一晕，几乎倒在地下，又悔又急又怕又恨，一颗心不住乱跳，两条腿也一个劲儿乱抖。正在这个当儿，猛听九芝一声狂喊："徐小姐失足落水了，我们赶紧救她要紧。"说完不顾叔子，更不顾二姑娘，转身撒腿就跑。

叔子也正待迈开两条弹簧似的腿追了过去，就觉得自己肩头被人一把抓住，并且蛮力极大，好像五根钢钩抓了进去一样，疼得哎呀一声。回头看时，正是二姑娘。瞪着两只大眼，仿佛要冒出火来，脸皮铁青，一手抓住叔子肩头，一手叉在腰上，冷笑一声道："哼，老梆子，你们不用跟姑奶奶来这套花活。这叫金蝉脱壳，姑奶奶我懂这个。一个装死，一个丧，一个送殡，你们就全都走了，把我往这里一扔，再打算找你们，你们就闪了。告诉你，老梆子，这件事我也看透了，从里到外，都是你这老汉奸一个人闹的。姓陆的我也不找了，我这条盐换来的命我也不要了。咱们两个就是前世的冤家，今生的对头。我把你送回去，我也跟你搭个伴儿一头走。这也不错，我倒是找着一个一块儿并骨的了。"

一边说着，一边咬得牙咯吱咯吱乱响，嘴里却还不住嘿嘿冷笑。叔子见她已经逼出事来，还是一味凶狡，并且抓得自己十分疼痛，尤其知道现在她的心理，爱九芝到了极点，恨九芝也到了极点。她看九芝一走，以为

322

是受了自己指使，她认为九芝已然变了心，追回来也是无益，所以由恨生怒，由怒生狠，不找九芝，而要拿自己出气。到了这个时候，她正在怒火不可遏止的当儿，自己再和她讲理，再和她说好话，自是没用，并且月琴现在生死不知，即使不死，九芝也绝不能再要二姑娘，真要是死了，这一场人命官司，也绝不能善罢甘休，九芝对于二姑娘也绝无结合的可能。自从认识她以来，已然受了她不少的气。先前因为九芝的关系，隐忍着不说什么，如今已经没了顾忌，为什么自己这样一个有身份的人，要受这样女人的侮辱？不如痛痛快快骂她一顿，也出出这几天受的冤气。

想着就把身子一扭，把自己的两只手往上一搭，使出吃奶的劲头儿往下一甩，二姑娘出其不意，没想到叔子会有这么一下子，手一滑便离了叔子的肩膀，因为上半身全在空着，手一滑下来，带得身子也往前一栽，赶紧挺腰一晃，这才没有摔倒。益发大怒，用手一指叔子道："老梆子，你还打算拒捕殴差么？你的胆子还真有两下子呢，姑奶奶今天要是不把你撕了，你也不知道马王爷是三只眼。"

说着两手一伸，又要扑过来。这时叔子已然转过身来有了准备，一见她又要扑奔自己，赶紧一闪，跟着就把自己想好了的话头喊出来了："好，好你个泼辣丫头，你真是浑血包了心了。你现在已然把堂堂总理的小姐逼得跳了河，你还敢这样无理？难道我一个当局长的，还怕了你一个开饭铺的野丫头？你敢再沾我一手指头，我今天就要了你的命。"

叔子这几句话，实在是逼出来的，月琴虽不姓徐，止庵做过总理却是真的，自己做过局长也是不假，虽说卸任已久，然而将来自己百年之后，讣闻上总少不了这一条的，这也并不是冒充吹嘘。况且叔子明白社会学，任是什么样的老百姓，没有不怕官的，尽管是过时的局长，余威总不能完全消灭。姑且祭起这个法宝试她一试。其实这时候的二姑娘只知爱人被夺，生死尚且置之度外，即使叔子是个现任的局长，能够办到弓上弦刀出鞘，机关枪架在前头，迫击炮摆在后头，爱情神圣，二姑娘也在所不惧，何况空口说白话，岂能听进二姑娘的耳朵，看进眼里？听他叫完了，毫不理会只冷笑一声道："屁股上画眉毛，好大的一张脸？开口局长闭口局长，局长什么东西？倒拿来吓我了。凭着一身剐，敢把皇上打。豁出皮和骨，敢玩母老虎。局长难道不是十个月怀胎人生父母养的？我今天倒要看看这局长是个什么变的。"

说着仍要勾奔叔子，叔子一看这个姑娘实在可以算是雌中之英了，居然会连局长都不怕，这个撒手铜既是用不上，第二件法宝又没有练出来，在这青黄不接的时候，说不定这顿打还是真要挨上。正在着急，究属念书的有文曲星保驾，忽然出了救应，就是美国饭店的商标经理秃老美。

他先前也觉九芝不对，不该这样欺骗二姑娘，并且还要把另外一个女人也放在这里。这岂不是故意气人？依着自己心思，也很想把九芝拉过来打一顿出气。所以二姑娘一再破口大骂，伸手就打，自己始终没有出去拦着挡着，总想二姑娘受了这么多天的委屈，借着这个机会，散散心火也好。后来看见叔子一出头，他当时就担了很大心思。叔子不像九芝那样年轻力壮，一个手重，就许闹出人命。再者叔子是了事的，又不像九芝是正头乡主，说起来也不合乎情理。要劝解还没的劝解，那边有人喊嚷徐小姐掉到河里，他已是吓了一跳，闹来闹去，还是闹出人命来了。九芝一跑，二姑娘要和叔子拼命，叔子急得连嗔带喊，二姑娘没害怕，秃老美沉不住气了。没有看起这个老家伙还是个局长呢，记得有一天饭店里去了两个客人，一个姓张，一个姓李。姓李的称姓张的是张局长，姓张的称姓李的是李处长。从中午吃到下午，连酒带菜，一共吃了三块多钱。两个人算在一起，也有六七十岁，吃东西不带钱，跟他要急了，他就拿他那个局长吓人，那时自己还有火性，便着实地挖苦了他两句，放他们两个出了门。先总以为他这个局长是纸老虎骗人的，谁知不到两月，冤家路窄，便吃了他一个大亏。一清早到菜市里去办调和，才一走进去，便被人拦腰一把抓到一间小屋子里，说自己没有靠着左边走，违犯了警章。认打认罚，认打是打一顿板子收黑屋子，认罚要罚三元七角二分六厘。钱虽不多，数目太怪，怎么还有这些零碎数目？交罚款的时候一看，这才恍然大悟，执行罚款的可不是那位张局长么？自己才明白罚款的数目，正是那天的菜价。自己觉得倒也好笑，出了那间小屋一看，在一块玻璃上贴着一张寸数多宽尺数多长的红纸条儿，上头歪歪斜斜地写了几个大字，是"后"补钱政局长张守"紧"启。这才知道他这个局长还是候补，而并非实缺。饶是这样，连前带后，两个三块七角二分，自己已经损失了。他要再是实缺，这个小买卖大概就归他了。

由于经过蛇咬，见了井绳自不得不有些顾忌。今天叔子这一喊，虽没有喝退二姑娘，却把秃老美吓了一跳，从前已经受过局长的教训，如今又是局长，无论如何不能再上第二次的当。再者那边还有人喊出了人命，不管是真是假，总不能把这种事情硬拉自己头上来，不要越闹事情越大，弄到不可收拾。还是做买卖的吃亏，还是趁早儿收了的好。心里虽是这么想着，但并不敢慌忙地便跑过去。因为二姑娘虽是自己的亲闺女，可是一向父权不振，女儿为大。自己贸然过去，一个不好，还许把自己饶在里头。行动稍为慢了一点儿，二姑娘已经又奔了叔子。秃老美实在是忍不住了，咬牙一跺脚，过去先把二姑娘的腰抱住，然后急喊一声："老先生，你还不快走？"

叔子这时候已然感到惊慌失措毫无办法，忽然出了这么一颗救星，那还不念祖宗有德有灵么？对于秃老美解围的盛意，只有心领，连个谢字都没来得及说，三步并作两步，嘴里还喊着："九芝等一等我，咱们一块儿走。"边喊边跑，追了下去。

二姑娘正要找个对象拼命的时候，忽然被人从后抱住，又急又气，方要用足力量，把后头那人也给一下子摔死，再追叔子。万幸秃老美喊出来了，二姑娘一听，正是老父的声音，虽然愤怒，但是周身的力气已然消散了一半，只把身子向前一挣道："爸爸，你揪着我干什么？人家欺负我，你老不说一句，不哼一声，反倒帮着人家也欺负我来了？"说到这里，音声已然有些哽咽起来了。

秃老美自从跟着二姑娘来到这里，眼看变起多端，心里已然十分不得主意，自己女儿的脾气又是知之最深，绝非自己所能教管。当着人碰钉子还是小事，一个处置失当，反而会引起更加重大的纠纷。所以心里虽是万分焦急，却只有搓拳揉手的份儿，一点儿主意不敢拿，一句话也不敢说。直到现在，一看事情已然紧急万分，叔子说得又是那样严重，唯恐真的闹出人命，事情益发没有收场，实出无奈，这才冒着奇险过去揪了一把。原来一定会和自己大吵大闹，也只好送她一对耳朵，教她吵闹一阵子出出气也就算了。谁知这位令爱竟是大改作风，并没有丝毫剧烈表示，反而只是轻泪一弹，再无话说。一想自己从前也是一个吃惯花惯的主儿，只因交友不慎，把一份家私完全糟掉，老伴儿也因急气交加，撒手西去，自己困顿

325

儿死。幸而仗着这个女孩子，出头露面，想出这么一个行当，不但没有饿死，而且有辛勤所得，挣出了现在这份产业。一个女孩子实属不易。原来她也不是这种脾气，却为日处市井，不如此便不能应付这当前局面，日积月累，才变成了这个样子。做着买卖的时候，对于自己这个女儿，有心攀附的不知多少，全被她软的硬的支了出去，最近才知道她赏识了这个姓陆的。果然人品不错，先还想着他们要是一结婚办事，自己的买卖也不做了，姓陆的家里又没有人，自己跟着他们一起过，这后半辈子是可无忧无虑了。万没想到事出意外，一会儿工夫，会闹出这么多的岔子，设身处地，怎能怨她焦急？自己既不能帮她和外人办个交涉，反而帮着外人了结此事，又怎能怪她伤心？总之都是自己无能，才会落到这个地步。一时安慰不好，解劝不好，再看督阵自自己揪住二姑娘之后，早已一溜烟似的跑得没了影儿，越想越不是味儿，一时没了主意，鼻子一酸，眼睛一辣，也陪着哭了起来。

二姑娘一见秃老美也哭了，自己倒没了主意，止住了啜泣，向秃老美道："爸爸，您老也不用哭了，咱们算是教人家糟践苦了，现在什么话也不用说了，咱们回去吧。谁教咱们没有势力呢？我这才知道，人的嘴无论说得多甜，事情无论说得怎样可靠，没钱没势，烧熟的鸭子也会飞走。咱们还是回去吧。"

秃老美见女儿忽然急转直下，仿佛大彻大悟，从此把这件事扔到九霄云外，看神气已是顺利解决，其实更是添了一番心思。因为自己女儿的脾气自己知之最深，原是宁折不弯的性情，如今受了这大刺激，岂能如此无声无臭善罢甘休，其中一定还有别的毛病。不是憋着和对方拼命，就是要想法自裁。二者有一件发作出来，也是不了。不过事情已然到了这个时候，也就没有别的法子，只好暂时先躲开眼前这一关，以后随时监视着她，过上些时，也许会稍微冷淡一点儿。正在这样想着，只听二姑娘一声喊道："爸爸，您老看他们够多可恶，我们这里步步后退，他们倒一节一节进攻上来了。居然还弄了几个破兵吓人来了。爸爸，您老躲开一点儿，我今天跟他们拼了。"

说到这里，一咬牙一跺脚，便向来路抢去。秃老美一把揪住二姑娘，再往那边看时，只见前途一阵尘土飞扬，并杂有马蹄声音，果然远远跑来一群人，约莫着也有十多个人，里头果有几个穿着灰色衣裳大兵打扮的人，骑马跑步，风驰云涌一般直向这边跑来。秃老美一看，也有点儿往上撞气，想着这班人真是欺人太甚了，不用女儿和他们拼命，自己先跟他们拼了。想着一撒手二姑娘，飞步迎了上去。相距原本不远，眨眼间两下已然碰到一处。秃老美才喊了一声："今天不是你就是我！"才往上一扑，不想从后头有人一把把秃老美拦腰抱住，嘴里还直喊："使不得，有话慢慢地说。"

第六回

烛烧蕊报喜花好月圆

秃老美急忙回头看时，正是那个罪魁祸首梁叔子，这时气已撞了上来，哪还顾得什么，一看叔子抱住了自己，便大声喊道："你趁早撒手，我们父女今天活不成了，弄死一个够本，弄死两个赚一个。你要我死容易，我先把你弄死。你要怕死，趁早儿躲开，我找那个倒霉的。"

秃老美急气交加，连话都说不上来了。哪知叔子却不慌不忙地道："你先不用着这么大的急，什么事也弄不到拼命啊？你先消一消气，听我说。"说着把秃老美放开。

秃老美一边喘一边指着叔子道："你说，你说。"

叔子道："你先不用急，这件事有了办法了。我并且可以告诉你这件事的始末缘由，你和你小姐听明白了，也就不至于生这么大的气了。"

说着便把九芝如何认识月琴，如何又认识了二姑娘，直到现在怎么样到这里来的一切一切全都说了一个清楚，还要往底下说时，旁边二姑娘却冷笑一声道："这样一说，一切高主意全是你一个人出的了？弄到现在一个马出了两个鞍子，你说怎么办吧？还有你干什么弄了这么一拨虾兵蟹将来，难道是拿来吓我的么？我告诉你吧，我这一辈子，就是不怕损的。你要有种的，你教他们照着我脑袋来一枪，以后的事全听你的。你要没有这个胆子，趁早躲开这里，那一套这里行不开。"

叔子道："二姑娘，你先不用着急，这话要是在前半点钟，我都不敢见你。我却没有法子。现在我可敢说这句，你们这件事，不但顺利，而且大大顺利。姓陆的包在我身上，如果再有变化，我情愿死在你的面前来赎我的过错。你看怎么样？"

二姑娘哼了一声道:"你不用又来这一套缓兵之计,你说得那么好听,姓陆的哪里去了?那个娘们儿又哪里去了?这些个丘八是干什么来了?"

叔子道:"话太长了,咱们到村子里去说好不好?"

二姑娘道:"这个也可以依你,走,咱们找地方说去。"

说着挺起胸脯,随了叔子,又走进方才那个院子,才一进院子,便把二姑娘吓了一大跳,原来这院里除去陆九芝、月琴之外,又多出了两个老头子。一个年轻的军官,浑身军装全是湿的,仿佛淋了大雨,又像是掉在水里被人救上来的样子。九芝站在一个老头子的身边,月琴也站在一个老头子身边,身上穿的却不是方才那身衣裳,而是一件乡下人穿的短衫,不但花样老旧,颜色也晦暗无华。更特别的是月琴头上还扎了一块布,顺着鬓角不住往下流泥汤儿。越看越不明白,心说这都是怎么一回子事,这些人都是干什么的?

正在怀疑,叔子早已跑到自己前头向那两个老头子道:"幸不辱命,把这位凤小姐请来了,容我介绍完了之后,请你们二位再宣布一切。"

说着便向二姑娘道:"凤小姐,我给你引见一下。"

说着一指上首坐着的相貌清癯的老头子道:"这位是徐止庵徐总理。"

又一指下首坐的那个矮胖老头儿道:"这位是吉九章吉将军。"

又一指那个少年军官道:"这位是陶蔚生陶军需长。"

又一指九芝道:"这位是……这位无名氏是风流学士惨绿少年佳人眼里的才子……干脆用不着我介绍了。"

说着又做了一个鬼脸儿,向徐止庵道:"止老,我的差事完了,该听你们二位致词了。"

徐止庵向吉九章一笑道:"九章老弟,我先说几句事情经过,以后再由你了结这一场风流官司吧。"

吉九章含笑点头,徐止庵满脸带笑向大家全都点了点头,然后说道:"今天这件事真是无巧不成书了。前半节的经过大概众位已经知道了,我再续演这后半节吧。我和这位九章老弟早先原有渊源,他这次进医院养病,我事先不知道,直到昨天才听朋友提起,便到那里去看看他,谁知他病早已好了。是我提议到外头游逛游逛,九章老弟也很愿意,便打电话给了这位陶军需长,请他备几匹马,几个弟兄一同出去走走。九章老弟问我想到什么地方去，我心里一动，因为我知道今天这里有这一局，不知我们梁叔子办到了什么样子，也想到这里看一看。于是我们便到这里来了。当我们正在前边那道小河边散步的当儿，万没想到这位月琴小姐因为没法应付当前变动，由于苦闷，竟尔想起轻生，便向这一湾流水纵身跳下。当时我们并没有看清楚就是月琴姑娘，九章老弟一见有人落水，便教弟兄们下去捞救，弟兄们还没有动身，这位陶军需长陶老弟已经奋勇跳了下去。这里才救起月琴小姐，那边九芝兄弟也正好赶到，惊问之下，才知事已决裂到这步田地。我正在着急之际，又没想到我们这个陶老弟竟会抱着月琴姑娘手腕痛哭起来。这事情更是出乎我的逆料之外。经九章老弟一问，才知道当年月琴姑娘混迹风尘南市卖唱时候，原与我们这个陶老弟有一段未了之缘。陶老弟由于九章老弟提拔赏识，荣任了军需长之后，想起从前那一面之缘，心里虽是依依在念，也曾到南方一带寻踪探问，却苦于不得消息。哪里想到会在此地相遇？我一问起，才知端的。本来这件事一个马出了两个脑袋，正苦无法收束，如今陶老弟这一来，竟是天造地设，再巧没有。当时我便询问了月琴姑娘和九芝老弟两个人的意见，他们两个居然知难自退，全都愿意挥慧剑而断情丝，炼云而补遗恨。我们这里才商量好了，叔子就到了，我向他一说，他也认为这两对良缘，竟是千古佳话，慌着忙着便跑回去了。这就是一切经过，略便是如此。我想陶老弟和月琴小姐这件事已无问题，只不知这位凤姑娘和九芝老弟尊见如何，请明白说出，也可了这一桩公案。"

九芝这时真是说不出是恨是喜是甜，正在犹疑未言之际，却见二姑娘向前走了一步，向徐闻两个道："二位老先生，我们这件事劳动您老二位跟着受累，又肯这样玉成，我还有什么不愿意的？您老二位只问姓陆的，他现在心里是不是还另有打算，也教他说一说。"

九芝还未及搭话，吉九章掀髯一笑道："得了，得了，这位姑娘实在是嘴不饶人，从我这里说，姓陆的绝无异言。我是一个扛枪杆儿的，做什么事都喜欢痛快。既是两方都无话说，省得睡多了梦长，又生闲事，依我的主意，今天我们就借这个地方，我与止老当个公证人，你们就在今天订婚，再择个日子就办事。"

止庵看了二姑娘一眼，笑着道："我还有一说，月琴姑娘已是九章老弟的干女儿，这位凤姑娘我却爱她爽直豪气，也想收她做个女儿，只不知凤姑娘可肯屈尊不肯？"

二姑娘一听，这简直是一个跟头栽到云眼里头，焉有不肯之礼？当下走过去叫了一声干爹，当即拜下。把个止庵也是乐得闭不上嘴。

这一来当时一场云烟，化个清净。当下便由梁叔子找了笔墨纸张，替他们四个填了婚书，由徐止庵念过一遍，又由梁叔子唱礼，彼此行了一个甜蜜的敬礼，大家又一道贺，事情完了。骑马坐车，全都回去。

过了几天，拣了一个好日子，便在青年会两家合在一起办事，观礼的人因为是看在徐止庵和吉九章的面上，来得很是不少。热闹一天，到了晚上，九芝和二姑娘才回到家里。秃老美递过来一封信，九芝接过打开一看，原来是神经麻皮张秩如送来的一封贺信。只见上面是不新不旧长短句的诗，写的是：恋爱之神，保佑着你。桃花般的红运，照临着你。你是爱河里的宠儿，你是青春的骄子。我羡慕你，我嫉妒你，我祝福你，愿你俩福慧双修，举世无比。九芝看了，只笑了笑，又想起他在饭店被二姑娘打跑时的狼狈样儿。